이 도서의 국립중앙도서관 출판예정도서목록(CIP)은 서지정보유통지원시스템 홈페이지(http://seoji.nl.go.kr)와 국가자료공동목록시스템(http://www.nl.go.kr/kolisnet)에서 이용하실 수 있습니다. (CIP제어번호 : CIP2016017127)

임나경 장편소설

황금소나무

작가의 말

"자랑스러운 우리의 숨겨진 문화유산을 찾아가며"

"우연이 운명이 된다." 저는 이 말을 이제야 절대적인 진리로 받아들입니다. 그저 허무맹랑한 개똥철학이라고 우스갯소리로 치부하던 그 말이 제게 큰 하나의 사건을 만들어 주게 될 줄은 꿈에도 몰랐더랬습니다.

2013년 청아한 가을의 가경과 함께한 삼 일간의 제주도 여행은 제게 크나큰 충격을 선사해 주었습니다. 우연히 몽골리언 마상 서커스장에서 생전 처음 곡마단을 보고 강렬한 전율을 느꼈습니다. 정수리에서부터 온몸을 관통하는 첫 충격은 곧 제 소소한 호기심으로 이어졌고, 우리에게도 몽고의 마상 서커스보다 훌륭한 문화유산인 '마상재'가 있었다는 사실을 발견하게 되었습니다. 조선통신사의 꽃이라고 불렸던, 또한 옛날 일본인들이 그리도 한 번이라도 보기를 간절히 바랐다던 그 자랑스러운 문화유산을 왜 이제야 알게 되었는지 부끄러웠습니다.

'곡마'의 집필을 준비하면서, 아직도 그 자랑스러운 전통을 잇기 위해 남몰래 최선을 다해 가며 노력하시는, 전통 마상재와 마상 무예를 지키시는 분들을 뵙게 되었습니다. 지금은 하나의 오락거리로밖에 소개되지 않지만, 일본 마상 무예의 중요한 본류가 되었던 눈부신 과거의 영광을 재현하기 위하여 오늘도 그분들께서는 자신과 싸우는 외로운 시간을 보내고 계십니다. 무엇보다 '곡마' 출간의 기쁨을 그분들에게 오롯이 드리고 싶습니다.

제 작가 인생에서 꼭 기억하고 영원히 감사를 드릴 분이 계십니다. 다듬거리며 걸어가는 역사소설가로서의 외로운 행로에 크나큰 이정표를 만들어 주신 황금소나무 정영석 대표님께 가슴 깊이 감사드립니다. 그저 제 머리와 가슴속에 묻힐 수 있었던 이 작은 이야기를 이렇게도 곱게 단장하여 내놓을 수 있도록 노심초사 도와주셨습니다. 또한, 동양화처럼 '곡마'를 너무도 아름답게 다듬어 주신 편집부의 성유빈 선생님께도 깊은 감사의 말씀을 올립니다. 처음 표지 디자인을 보고 나서 며칠 밤을 설레어 잠을 이룰 수가 없었습니다.

아마 이분들께서 계시지 않았다면 전 그저 제 상상 속에 이 소설을 품고 있어야 했습니다. '곡마'에 대한 여정을 시작할 수 있도록 용기와 큰 도움을 주셨던 사단법인 산악승마협회장 백영철 회장님, 영천 시청의 문화체육부 정우영 선생님, 수원의 한국전통무예연구소 최형국 박사님, 제주도 웅지승마센터의 김대환 교관님께 가슴 깊이 감사의 말씀을 올립니다. 재작년 여름, 일면식도 없이 메일로 도움을 요청했던 무례한 저를 나무라지 않으시고, 오히려 상세하고도 방대한 자료와 함께 자상하게 가르쳐 주셔서 이야기에 대한 크고 단단한 뼈대를 완성할 수 있었습니다. 또한, 현장의 생생한 감동을 그대로 전해 주는 영상을 지원해 주신 엠케이미디어 무칸의 한대환 대표님, 한국전통마상무예학교 마상무예 시범단원이시자 사단법인 24반 무예경당협회 중앙시범단 부단장님이신 박대호 부단장님께도 깊은 감사의 말씀을 올립니다.

마지막으로 무엇보다 항상 말없이 뒤에서 격려와 응원을 아끼지 않고 보내 주셔서 마음 편하게 집필할 수 있도록 도와주시는 너무도 고마우신 부모님, 세상에서 가장 엉뚱 발랄하나 사랑스러운 로맨티스트인 정원이, 최고의 독자인 동생과 함께 '곡마' 출간의 기쁨을 나누고 싶습니다.

뜨거운 여름의 평원을 질주하는 말처럼 신명 나게 이 여정을 걸어올 수 있어 행복합니다. 제가 그동안 받았던 기쁨과 설렘의 순간들이 그대로 독자분들의 마음속에 전해지기를 간절히 기원합니다.

2016년 여름의 길목에 서서

임 나 경 드림

차례

프롤로그

꿈을 꾸었다.

가마아득한 그 옛날부터

품고 있던 꿈.

불가함을 알면서도

간절히 이루고 싶었던 꿈.

가혹한 현실 속 영원한 고통이라는

대가를 치르면서도 포기할 수 없는 미혹.

그래서

또다시 꿈을 꾼다.

다급스럽고 매서운 현실이

사정없이 조여 올지라도,

위태로이 나달거리는

끝없는 나비의 날갯짓처럼

그 찬란한 열락의 순간을

껴안기 위하여.

세상과의 숨바꼭질

발칙한 연정

"아, 스님……."

"기련! 보고 싶어 미칠 거 같았소!"

홍안의 여인은 우갈색 납의로 덮인 가슴에 숨을 묻었다. 억센 팔힘에 절로 고개가 젖혀지자 쓰러진 지붕 사이로 보이는 아청빛 밤하늘이 눈동자에 가득 스며들어 왔다. 절로 온몸이 가벼워지는 가을 밤. 가마아득한 천상의 비단 위에 총총히 박힌 별들은 바라보기만 해도 어지러웠다.

선녀들의 옥빗 같은 초승달이 비추는 폐가 안, 아련히 서로를 바라보는 두 남녀가 세상이 허락지 않는 인연을 감히 만들고 있었다. 갓 스물을 넘긴 듯한 잘생긴 승려는 갓과 도포만 갖추었다면 양반집 도령이라고 해도 믿을 정도로 귀티가 흘러넘쳤다. 사내의 품에서 애절한 눈빛으로 달뜬 숨을 몰아쉬는 여인은 여느 사대부가의 아녀자들처럼 옥비녀를 꽂고 도홍빛 쓰개치마를 어깨에 두르고 있었다.

눈빛으로 사랑스럽게 서로를 어루만지던 그들은 더는 숨겨 둔 연정의 불씨를 통제할 수 없었다. 사내는 여인을 격렬하게 끌어안은 채 살짝 벌어진 여린 꽃잎 속으로 뜨거운 숨을 불어넣었다.

"너무 그리웠습니다. 이제 더는 견딜 수가 없습니다."

"나 또한 하루가 십 년이었소. 먼발치에서 그대의 뒷모습만 보아도 가슴이 마구 뛴다오. 기련, 그대와 헤어지고 나면 다시 만날 때까지

기다림은 형벌과 같소!"

열렬한 입맞춤으로도 자신의 마음을 다 내보이지 못한 듯 사내는 여인을 영원히 놓치지 않을 듯 다시 한 번 끌어안았다.

"기련! 정말 보내기 싫소."

사내는 자신의 저고리를 벗어 그 위에 정인을 눕혔다. 곧 다가올 시간이 못내 부끄러운 듯 여인은 그만 눈을 꼭 감고 고개를 옆으로 돌려 버렸다.

미세하게 떨리는 손가락이 지나칠 정도로 조심스럽게 옥빛 삼회장 저고리의 옷고름을 풀어 젖혔다. 흐린 시야 사이로 보이는 하얗고 부드러운 앙가슴이 설렘과 긴장으로 들썩이고 있었다. 사내는 뽀얀 상아빛 언덕 위에 담홍빛 얼굴을 묻고 탄식하듯 한숨을 내쉬었다. 눈부신 하얀 가슴골은 오랜 시간 꾹꾹 숨겨 둔 사내의 열기로 금새 붉게 물들었다.

"제발 내 여인이 되어 주시오. 그대를 얻을 수만 있다면 그 어떤 것도 다 버릴 각오가 되어 있소!"

"스님, 그건 위험하옵니다! 차라리 평생 서로를 그리워할지라도……."

사내는 듣기 싫은 듯 입을 맞추며 거침없이 비단옷을 벗겨 내렸다. 몸을 감싸던 옷들이 정인의 뜨거운 손에 의해 한 꺼풀씩 벗겨지자 여인의 은홍빛 얼굴은 이제 만추의 홍시처럼 새빨갛게 변해 갔다.

"아, 스님……."

"명단이라고 부르시오. 난 이제 불제자가 아니오. 나에게 부처는 오직 그대뿐이오!"

암사슴처럼 가녀린 목덜미에는 명단의 숨결과 입맞춤으로 연분홍 상흔이 새겨지기 시작했다. 그는 생전 처음으로 여인을 온전히 갖고자 하는 순수하고도 본능적인 욕망에 에워싸여 있었다. 뜨거운 입술이 탐스러운 가슴의 첨단에 가까워질수록 폐가는 사내의 숨소리로 가득 찼다.

"아, 이리하시면 아니 됩니다!"

"오늘은 참지 않을 것이오. 그 수많은 밤을 고통스럽게 지새우며 그리워했소. 이제 그대는 내 여인이오!"

사월 초파일 탑돌이 때 명단은 현세에 재림한 보살을 보았다. 선홍빛과 송화빛으로 물든 연등 줄 아래로 눈 같은 소복을 입은 슬픈 자태의 여인은 지옥 불에 떨어질 중생을 긍휼히 여기는 보살이었다.

'저 여인은 누구인가?'

갑자기 명단의 목구멍이 없어질 듯 죄어 오고 심장이 두방망이질쳤다. 심장에서 시작된 열기가 온몸으로 퍼져 귓구멍까지 파고든 듯 멍멍해져 아무 소리도 들리지 않았다.

'왜 이러지? 대체 왜 이러는 걸까?'

처음으로 겪어보는 두렵고도 매혹적인 감정이었다. 숨을 크게 내쉴수록 더욱 가슴 한가운데가 답답하게 느껴졌다. 명단은 두 눈을 꼭 감고 뒤돌아섰다.

"사형, 어디가 아프우? 어허! 얼굴이 이리 뜨거운 것을 보니 고뿔이라도 걸린 거 아니오? 연등 만든다고 밤을 새울 때부터 알아봤소. 어서 들어가 쉬시오."

명단의 마음을 알 리 없는 사제 정유가 다가와 걱정스럽게 바라보았다. 생전 처음 알 수 없는 열병으로 곤욕을 겪는 사내는 마음을 들킨 마냥 화들짝 놀라 자신의 이마를 짚는 정유의 손을 뿌리쳤다.

"아, 아니다! 난 괜찮으니 걱정 말고 네 할 일이나 하거라!"

"하지만 이리 몸이……."

"어서 가래도?"

명단은 화를 벌컥 내며 획 뒤돌아서더니 빠른 걸음으로 대웅전으로 향하였다. 정유는 입을 벌리고 멍하니 쳐다보았다.

"참 나, 걱정해 주는 것도 화낼 일인가? 대체 왜 저러시는 거야? 얼굴은 말고기 자반처럼 벌게서."

대웅전 계단 옆에서 속세에 하강한 아리따운 보살을 바라보는 명단은 마치 큰 대죄를 지은 것처럼 식은땀이 흘러내리고 심경하기 그지없었다.

"미쳤구나……."

부끄러움과 죄책감에 시달리면서도 그의 두 눈은 오로지 탑돌이를 하고 있는 젊은 여인의 모습만 쫓고 있었다. 연등이 비추는 고운 목덜미와 얼굴이 가득히 들어올 때마다 머리끝에서 발끝까지 알 수 없는 강렬한 힘이 그를 온전히 사로잡고 있었다.

명단은 명석하고 불심이 강한 승려였다. 하나를 가르치면 열을 깨우치는 제자를 주지승은 항상 자랑스럽게 여겼다. 명단 또한 그런 스승의 기대를 저버리지 않기 위해 매 순간 마음가짐을 단정히 하여 스스로를 다그쳤다. 그에게 불도란 필생의 과업이자 정해진 운명이었다.

그런데 그날 밤 명단은 또 다른 길을 보았다. 가서는 안 될 위태로운 벼랑길을 쳐다보며 송두리째 넋을 빼앗겼다. 그 여인은 혼례를 올린 지 두 달 만에 남편을 병으로 여읜 동래 향청 좌수의 며느리 하기련이었다.

기련을 본 뒤로 명단은 매일 밤 뒤척였다. 눈을 떠도, 불공을 올려도 그 무미하고도 고운 얼굴이 떠올랐다. 그는 점점 첫 연정의 열기에 야위어 갔다.

'품어서는 안 될 마음이어도 좋다. 저 여인을 보는 지금이 부처님의 또 다른 말씀을 듣던 순간보다 훨씬 행복하구나.'

겨우 열여섯에 청상이 된 기련에게 시댁 식구들은 지아비를 잡아먹은 요망한 여인이라고 악다구니를 쓰며 저주를 퍼부었다. 특히, 교활하고 공명심이 강한 시아버지는 불쌍한 며느리를 그냥 두지 않았다.

"네가 정녕 우리 가문에 열녀문을 하사받게 해 준다면 내치지 않을 것이다. 허니, 죽은 듯이 살며 평생을 수절하거라. 그럼, 호적에 그대로 네 이름을 올려 주마."

병약했던 지아비와의 기억이라면 초야 때 느꼈던 고통과 수치심이 다였다. 멀쩡했던 그는 혼례를 올린 지 보름이 지나자, 갑자기 피를 토하며 쓰러졌다. 늘 비실거리던 몸으로 하루 종일 눕거나 나부라지는 그를 간호하는 동안 희망은 사라져 갔다.

지아비가 죽고 일 년 넘게 기련은 시어머니의 화풀이 대상이었다. 장손이었던 아들이 허망하게 가 버리자 부아가 치밀 때마다 시어머니는 별당으로 건너와 머리채를 휘감으며 분을 풀었다.

"이 죽일 년, 천하에 몹쓸 년! 네년 때문에 내 아들이 죽었다. 이런 천벌 받을 년!"

처음에는 지어미로서의 죄책감에 제대로 고개를 들지 못했지만, 시간이 갈수록 그녀의 마음속에는 알 수 없는 증오와 분노가 생겨나기 시작했다.

'왜 나 때문에 죽은 거야? 내 잘못이 아니야, 절대 아니라고!'

일 년 가까이 소리 없이 울던 기련은 언제부턴가 시어머니의 핍박으로 울분이 치솟을 때마다 만덕사를 찾았다. 고려의 큰 절이었던 이곳은 석기 왕자의 역모 사건으로 한바탕 피바람이 스치고 지나간 상처와 굴곡이 어우러진 곳이었다.

황폐하게 변해 버린 이곳이 마치 지금의 자신의 모습을 보는 듯 친근했다. 이 세상에서 유일하게 자신을 위로하기 위해 존재하는 곳이라는 생각이 들었던 그녀는 시간이 날 때마다 만덕사로 향했다.

만덕사는 온전한 치유의 공간이었다. 가리가리한 몸으로 허리가 부러지도록 불공을 올리고 나면, 육신의 고통과 함께 마음속의 상처도 하나둘씩 사라졌다. 비틀거리며 절을 할 때마다 그녀는 인자하게 웃고 있는 부처를 향해 하고 싶은 말을 다 토해 내었다.

'제가 무슨 죄를 지어 이리 고통을 당해야 합니까? 억울합니다! 정말 억울합니다!'

마음속으로 수천 번 악다구니를 쓰며 미친 듯 백팔 배를 올리고 나면 온몸이 후들거렸지만 마음은 편안해졌다. 불공을 올리고 난 며칠은 이상하게도 시어머니의 저주와 매질이 전혀 싫지 않았다. 기련은 그렇게 하루하루를 버티며 살고 있었다.

"보살님, 이걸로 땀을 닦으십시오."

초복을 앞둔 어느 날, 불공을 올린 뒤 땀을 식히는 기련에게 누군가 하얀 명주 손수건을 내밀었다.

다감한 사내의 목소리에 순간 기련은 긴장을 하며 주위부터 살폈다. 열녀문을 하사받은 뒤 시아버지가 자신에게 늘상 했던 말이 귓가를 맴돌았다.

"너로 인해 해괴한 소문이 난다면 그 즉시 자결해야 할 것이다. 늘 내외하고 금수라 하더라도 숫내가 나는 그 어떤 것과도 마주하면 안 될 것이다. 알겠느냐?"

경직된 얼굴로 주변을 살피던 그녀는 주변에 다른 이가 없음을 알고 안도의 한숨을 내쉬었다. 기련은 살포시 미소를 지으며 손수건 임자를 올려다보았다.

"고맙습니다……."

잘 생긴 젊은 승려가 그윽하게 내려다보고 있었다. 승려는 그녀와 눈이 마주치자 휙 뒤돌아섰다. 기련은 자리에서 일어나 다가갔다.

"스님의 존함을 알고 싶습니다."

그러나 승려는 뒤돌아보지도 않고 대웅전을 뛰쳐나갔다. 정신없이 뛰어가는 그는 버선발이었다.

"저런……."

기련은 웃으며 섬섬옥수 위에 올려진 하얀 손수건을 내려다보았다. 손바닥에서 기분 좋은 향이 풍겨 나왔다. 그녀는 다시 한 번 주변을 둘러보더니 손수건에 코를 대고 깊이 숨을 들이마셨다.

은은한 향내가 그녀의 마음을 편안하게 어루만져 주었다. 불공으로 인한 몸의 고단함도, 고행을 힘들게 하는 한 여름의 더위도 느껴지지 않았다.

"너무 좋다……."

기련은 손수건을 어루만지며 승려가 신지 못한 미투리만을 물끄러미 바라보고 있었다.

얼마 뒤, 기련은 다시 만덕사를 찾았다. 불공이 끝나자, 친절을 베푼 젊은 승려를 찾기 위해 한참을 찾아 헤매었지만, 그의 모습은 보이지 않았다.

"아니 계시구나……."

축 쳐진 어깨로 절 문을 나서는 순간, 그녀 앞에 귀까지 발갛게 상기된 그가 고개를 숙인 채 주춤거리며 다가왔다. 기련은 어린아이처럼 환히 웃었다.

"스님! 어디에……"

그는 주변을 두리번거리더니 기련의 손을 잡고 뛰기 시작했다.

"스님, 대체 어디에 가십니까?"

그녀의 다그침에도 그는 아무 말이 없었다. 오로지 사내의 거친 숨소리와 함께 기분 좋은 땀내가 풍겨 올 뿐이었다. 그의 팔에 이끌려 가면서도 기련은 두려움보다 미지의 시간을 향한 해방감에 설레고 있었다.

절 뒤편에 있는 대나무 숲, 서늘하고 어두운 곳에서 명단은 발걸음을 멈추었다. 가쁜 숨을 몰아쉬던 그는 기련을 뚫어질 듯 바라보았다.

"스님……."

기련은 두 손에 소중하게 감싸고 있던 것을 내밀었다. 파란 금낭에는 하얀 학이 수놓아져 있었다.

"지난번에 주셨던 손수건을 넣어 놓았습니다. 스님을 위해 제가 만든 것이니 받아 주십시오."

명단은 말없이 한참 동안 기련의 얼굴을 쳐다보았다. 민망해진 그녀는 한 손으로 얼굴을 감싸며 고개를 숙였다.

"스님, 하오면 이만……."

갑자기 바위처럼 굳건한 손이 기련의 작고 하얀 얼굴을 끌어안았다. 그녀는 혀끝에서 짠맛을 느꼈다. 곧이어 기도를 막는 뜨거운 숨결이 여리고 부드러운 입술 사이로 거침없이 스며들어 왔다.

"으읍!"

기련의 두 입술 사이에서 시작된 불길이 온몸 구석구석으로 퍼져 사지를 마비시켰다. 그녀는 가마아득한 곳으로 사라지는 듯한 몽롱한 기분에 그만 두 눈을 스르르 감아 버렸다.

"죽을죄임을 알지만, 그대를 연모하오! 처음 본 그 순간부터 그대를 연모해 왔소!"

입술을 뗀 명단은 다시는 놓지 않을 것처럼 꽉 끌어안으며 소리쳤다. 그것은 상사병을 앓고 있는 사내의 절절한 고백이라기보다는 자신의 천하디 천한 신분에 대한 처절한 절규처럼 들려왔다.

"스님……."

"이미 죽을 각오를 하고 있소. 날 관아에 고발한다고 해도 후회하지 않소! 이렇게 그대에게 내 마음을 전했으니 그것만으로 충분하오!"

기련의 심장은 미친 듯이 뛰기 시작했다. 단정한 젊은 승려에게 손수건을 건네받은 순간부터 이미 그녀의 마음은 한곳으로 향하고 있었다. 파란 비단 금낭 위에 수놓인 학은 오랜 시간 동안 숨겨 온 마음이었다.

"스님……."

넓은 가슴에 얼굴을 묻은 그녀는 두려움과 환희로 미친 듯이 내달리는 심장소리를 들었다. 오랜 서러움의 시간을 보답 받은 듯, 여인의 얼굴에는 수줍고도 행복한 미소가 번져 가고 있었다.

두 사람에게 그해 여름은 또 다른 삶의 시작이었다. 이제 기련은 시어머니의 갖은 구박과 저주가 전혀 원망스럽지 않았다. 머리채를 흔들고 침을 뱉는 그 순간이 오히려 고마웠다.

'그래, 이 순간만 참으면 된다! 이것만 참으면 돼!'

힘든 고통의 대가로 명단은 다정한 말로 눈물을 닦아 주고 따뜻한 품으로 안아 주었다. 기련에게도 이 험난한 세상에 자신을 진정으로 아껴 줄 진정이 생긴 것이었다.

시간은 두 사람의 갈망을 더욱 깊고도 뜨겁게 만들었다. 서늘한 가을 공기를 데우는 두 남녀의 몸부림은 더욱 거세어져 갔다.

"기련, 너무 사모하오! 이제 그대를 보지 않으면 죽을 것 같소!"

순수한 열락의 손길에 기련은 소리 없이 환희로운 비명을 질렀다. 동정남의 서툰 몸짓을 오롯이 받아들이며 그녀는 모든 것이 격렬한 휘몰이 속으로 빨려 들어가는 순간을 체감하고 있었다.

"아, 스님께서는 제 진정한 정인이시옵니다."

열락의 순간이 흐를수록 유연해지는 스스로를 바라보며 명단은 자신도 모르게 치밀어 올라오는 격렬한 본능에 사로잡혔다. 발그레한 그녀의 얼굴은 초여름 선명한 봉선화 꽃잎처럼 짙어져 갔다.

"아, 모든 게 사라질 것 같습니다."

고통스럽기만 했던 죽은 지아비와의 첫날밤은 생각도 하기 싫을 정도로 수치스러웠다. 그것은 사랑이 아니었다. 여인으로서 결코 품고 싶지 않은, 꿈에서조차 기억하기 싫은 씁쓸한 순간이었다.

폭풍 아래의 파도처럼 거칠게 넘실대던 질주가 멈추었다. 자신 위에 쓰러져 거친 입김을 토하는 그의 등을 어루만지는 그녀의 눈가는 촉촉이 젖어 있었다.

"이제 죽더라도 후회 없습니다. 진정으로 연모하는 정인을 만나고 죽으니 그 어떤 미련도 없습니다."

"아씨, 왜 그러십니까?"

"아, 아니다."

찬간에서 조반을 준비하던 기련은 갑자기 토악질이 치밀어 올라왔다. 어젯밤에도 먹은 것을 다 게워 내고, 밤새 명치를 주먹으로 쳐 대느라 잠을 설친 그녀였다.

"아씨, 어디 편찮으신 게 아닌가요?"

"괜찮다. 아마 잘못 먹어서 그렇겠지."

곧 설이라 집 안에는 항상 손님들로 북적댔다. 시아버지에게 청탁하는 자부터 일가친척까지 모여들어 새벽부터 밤늦게까지 기련은 찬간에서 하루를 보내야 했다.

"요즘 음식 장만하시느라 제대로 드시지도 못하셨지요? 어서 들어가시어요. 정리는 제가 다 하겠습니다."

가외는 억지로 작은 마님을 찬간 문으로 떠밀었다. 그믐달이 거의 보이지도 않을 만큼 어두운 밤이었다. 숨을 내쉴 때마다 뭉게구름 같은 입김이 생겼다 사라졌다. 종일 갇혀 이제야 제대로 바깥바람을 쐬니 방금 전까지 괴롭히던 어지러움과 토악질이 느껴지지 않았다. 기련은 웃으며 울렁이던 가슴을 쓰다듬었다.

"그래, 너무 음식 냄새만 맡아서 그런 게야."

기련은 자리에 누워 흔들리는 불빛을 물끄러미 바라보았다. 체기가 진정이 되니 동지 때 보았던 다정한 미소가 눈앞에 선했다.

'뭐하고 계실까? 아마 경전을 읽으시든가 주무시고 계시겠지?'

동지의 탑돌이가 끝난 뒤, 찬바람이 몰아치는 폐가에서의 은밀한 이야기를 떠올리자 그녀는 온몸이 갑자기 달아올랐다. 입술을 촉촉하게 데우는 달콤한 숨, 그 기분 좋은 살 냄새와 다사로운 가슴, 그리고 순간을 잊게 만드는 뜨거운 몸부림, 모든 것을 쏟아붓고 가냘픈 목덜미에서 거칠게 몰아쉬며 속삭이는 그 목소리까지.

'그대와 이곳에서 멀리 도망쳐 오순도순 살고 싶소. 우릴 닮은 아이들을 낳아 말이오…….'

기련은 홍안이 된 양 볼을 감싸 안았다. 머릿속을 맴도는 기억의 흔적 때문인지 뜨거운 방의 열기 때문인지 알 수는 없었다. 감격으로 가득 찬 그의 고백을 상기하자 저절로 수줍은 미소를 지으며 입술을 깨물었다.

"이를 어째!"

갑자기 귀신을 본 것처럼 기련의 두 입은 벌어지고 얼굴은 새하얘졌다. 급히 미간을 찌푸리고 손가락으로 뭔가를 세던 여인은 그대로 쓰러졌다.

'어쩌나! 이제 어찌해야 하지?'

밤새 잠을 잘 수가 없었다. 밀려오는 두려움과 공포감은 가련한 여인의 숨통을 사정없이 옥죄었다. 정인과의 꿈결 같았던 순간들은 곧 치욕스러운 오명으로 남아 가혹한 현실로 다가올 것이 분명했다.

'명단에게 말을 해야 할까? 그럼 도망가자고 하시겠지? 하지만 어디로 간단 말이야? 시아버님께서 절대 가만두시지 않을 텐데…….'

머리를 감싸고 수천 번을 생각해도 명확한 답이 떠오르지 않았다. 이 모든 문제에 대한 답은 유일하게 한 사람만이 알고 있었다. 바로 자신, 기련이었다.

설날이 지나 대보름이 다 되어 가던 흐리고도 몹시 추운 날, 기련은 핼쑥해진 얼굴로 만덕사를 찾았다. 절 마당으로 들어서자 그녀의 눈에 대웅전의 불상이 들어왔다. 황급히 얼굴을 붉히며 고개를 돌렸다. 차마 감히 쳐다볼 수가 없었다.

"보살님, 오늘은 불공을 올리시지 않으십니까?"

인자한 얼굴의 주지승이 기련에게 다가왔다.

"예, 몸이 좋지 않습니다."

"저런……. 고뿔이 드신 모양입니다."

노승은 눈에 띄게 야윈 얼굴의 젊은 과부를 한참 동안 쳐다보았다. 자꾸 눈길을 피하는 그녀를 보자 그의 낯빛이 점점 어두워졌다.

"무슨 걱정이 있으십니까?"

"아, 아닙니다. 오늘은 몸이 힘들어 그냥 돌아가겠습니다."

성급히 절문을 향하는 가랑가랑한 모습을 보더니 주지승은 깊은 한숨을 내쉬었다. 염주 알을 굴리는 주름 잡힌 앙상한 손가락이 눈에 띄게 떨고 있었다.

"나무관세음보살……. 이 일을 어찌 할꼬, 어찌해야 하는가?"

사제들과 함께 공부를 마친 명단은 저만치 고개를 푹 숙인 채 절 문을 나서는 젊은 보살을 보자 얼굴이 환해졌다. 근 한 달 만에 만나는 정인을 보자, 그는 상기된 얼굴로 달려갔다.

"기련!"

여인은 입술을 깨물며 천천히 얼굴을 들었다. 못 본 새 많이 여윈 정인의 눈에 눈물이 가득 고여 있었다. 그는 한걸음 다가서며 손을 내밀었지만, 여인은 매정하게 뒤로 물러났다.

"보는 눈이 많습니다."

왠지 냉정한 그녀의 반응에 그는 충격을 받았다. 명단은 종종걸음으로 절 문을 나서는 기련의 뒤를 따르려고 했지만 누군가 그의 팔을 붙잡았다.

"사형, 이 무슨 추태이십니까?"

"먼저 가거라!"

정유는 두 눈을 부릅뜨며 노려보고 있었다.

"지금 가시면 앞으로 사형으로 모시지 않을 것입니다. 여인 때문에 신세 망친 승려의 말로가 어떠한지 모르십니까?"

"안다."

"아시는 양반이 어찌 이러시는 게요? 지금 사형의 모습은 장님이 눈 먼 말을 타고 밤중에 물가에 들어서는 것과 같소."

명단은 정유의 말에 아무런 대꾸도 하지 않았다. 그는 그저 웃으며 사제의 어깨를 두드리고는 대문을 향해 뛰었다.

사제는 경악한 얼굴로 사형을 뚫어질 듯 바라보았다.
"이미 엎질러진 물이로구나. 큰일이야, 큰일!"

"기련! 왜 그러시오?"
답답한 얼굴로 명단은 기련의 팔을 잡아끌었다. 그러나 그녀는 아까보다 더욱 거세게 팔을 뿌리치며 얼굴을 돌렸다.
"가십시오. 괜히 저 때문에 난처해지십니다!"
"대체 왜 그러는 거요? 그리고 얼굴이 왜 이렇소? 어디 아픈 거요?"
"그냥 가시라니까요!"
"기련! 대체 왜 이러시는 거요? 내가 잘못한 것이 있으면 말하시오. 어서!"
"됐습니다!"
"어서 말하시오. 내가 무엇을 잘못했다는 말이오? 그대를 이리 화나게 하다니 내가 잘못했소. 정말 미안하오!"
기련은 맑고 고운 눈에 눈물을 글썽거리며 그를 바라보았다. 명단은 말 못하는 정인의 고통에 마음이 저려 왔다.
"미안하오. 정말 미안하오! 앞으로는 내 더욱……."
"이제 우리 둘은 만나서는 아니 됩니다."
명단은 순간 주변의 모든 것이 멈추는 듯했다. 아니 마치 꿈속인 양 몽롱하고 흐릿했다.
그녀는 말을 잇지 못하고 흐느끼기만 했다. 명단은 기련의 작은 얼굴을 감싸 안고 다급스럽게 되물었다.

"무슨 일이오? 혹시 우리 사이를 어른들께서 아신 것이오? 어디 아프오? 말해 보시오! 답답해서 가슴이 터질 것 같소!"

기련은 잠시 숨을 고르더니 그의 눈을 똑바로 바라보며 천천히 그리고 또렷하게 말했다.

"전 떠날 것입니다. 하오니 당신도 저를 잊으십시오."

명단은 그녀의 얼굴을 잡던 손을 툭 떨어뜨렸다.

"정말 그대의 진심이오?"

기련은 더는 그의 얼굴을 마주 볼 수가 없었다. 마음은 어서 그를 잡으라고 재촉하고 있었지만, 그녀는 입술을 깨물고 울음소리를 삼켰다.

기련은 몇 년 전에 장터에서 반가의 여인과 마음을 나누다 끔찍하게 참수당한 한 백정의 얼굴이 떠올랐다. 비정한 현실이 정해 놓은 잔인한 잣대 앞에 그 사내의 눈은 죽음의 공포가 아닌 슬픔으로 가득했다.

사내는 그 여인을 간하지 않았기에 태형만으로도 충분한 벌이었다. 그러나 감히 반가의 여식을 천한 마음에 담았다는 것이 괘씸한 처녀의 아버지는 결국 그에게 더 큰 죄를 뒤집어씌워 죽음으로 내몰았다.

기련은 한 사내의 진정한 정인이 되어서야 그 사내의 마음을 이해할 수 있었다. 매 순간 보고픈 정인을 감히 쳐다봐서도 안 되는 현실 속에서 그 사내는 고통스러운 상처로 몸부림치며 죽어 간 것이었다. 그리하여 기련은 명단과 같이 있을 때마다 기다림의 시간이 비록 길고 힘들지라도, 이리 바라볼 수 있다는 것만으로도 충분하다고 생각했다.

"대체 왜 그러는 것이오? 난 어찌하라고 이러는 거냐 말이오!"

기련은 두 눈을 감고 매섭게 뒤돌아섰다. 자신의 죽음보다 더 두려운 것은 명단의 죽음이었다. 외간 사내, 그것도 천한 승려와 연정을 나눈 것도 모자라, 서로 탐하여 아이까지 가졌으니 이 땅에서 백번 죽어도 모자란 운명이었다.

"날 잊으십시오. 그저 한여름 뙤약볕을 달래 줄 소나기였다고 생각하고 잊으십시오."

"그럴 수 없소!"

명단은 기련을 돌려 세웠다. 그녀는 아랫입술을 꾹 깨문 채 그를 외면하였다. 부여잡은 두 팔이 파르르 떨고 있었다.

"그대가 잊을 수 있다면 나도 단념하리다! 날 이미 마음에서 잘라냈다고 말해 보시오!"

기련은 두 눈을 감은 채 있는 힘껏 그의 팔을 뿌리쳤다. 그러고는 마치 도망가듯 앞을 향해 뛰었다. 한순간에 연정을 잃어버린 사내는 눈앞에서 멀어져 가는 정인을 보자 심장이 찌릿하게 아파 오고 숨을 쉴 수 없었다. 뭐라고 말을 하고 싶었지만 목구멍이 달라붙은 듯 소리가 나오지 않았다.

'어찌 내게 이러는 것이오. 대체 난 어찌 살라고…….'

“뭐라? 그것이 사실이더냐?”

찬간 할멈이 서슬이 퍼런 안방마님 앞에서 고개를 조아렸다. 가마무트름한 얼굴에 고집스러워 보이는 입술은 분노로 바들바들 떨었고, 상대를 죽일 듯이 노려보는 매서운 두 눈은 잔인하게 빛나고 있었다.

“그러하옵니다. 어찌 쇤네가 마님 앞에서 거짓을 고할 수 있겠사옵니까?”

“분명 헛구역질을 하는 것을 네 눈으로 똑똑히 본 것이더냐?”

“제가 본 것이 아니라 작은 마님의 몸종인 가외가 이야기를 했더랬지요. 그저께와 어젯밤에도 작은 마님께서 토악질을 해서 걱정이 된다고 말입니다. 제가 빨래하는 맹단이에게 물어보니 분명 요 몇 개월간 달거리가 없으셨다고 합니다.”

이 씨의 숨소리가 더욱 커지기 시작했다. 옥빛 저고리와 목홍색 치마를 입은 그녀는 가르마 하나 흐트러진 곳이 없는 단단한 매무새를 지닌 여인이었다. 손에 낀 담홍빛 옥지환을 엄지손가락으로 이리저리 굴리던 그녀는 벌떡 일어섰다.

“지금 그 발칙한 것이 어디에 있더냐?”

“만덕사에 가셨습니다.”

“만덕사라?”

“예, 작은 마님께서 그곳에 자주 가시지 않습니까?”

“자주 간다? 그래, 그랬지. 일 년 전부터 뻔질나게 그곳을 드나들었지."

이 씨의 한쪽 입술이 추켜 올라가더니 이내 냉소가 어렸다.

"허면 그 가증스러운 것이 천하디 천한 중놈과 눈이 맞았다는 것이냐?"

모멸감에 가득 찬 그녀를 곁눈으로 훔쳐보던 찬간 할멈은 그 잔인하고도 서늘한 기운에 오금이 저려 몸을 웅크렸다. 창호를 향해 걸어가던 이 씨는 뒤돌아보며 찬간 할멈에게 표독스럽게 소리 질렀다.

"당장 방개를 부르거라. 내 오늘 이 요망한 것을 요절낼 것이다! 어서!"

"허허, 대체 망아지처럼 정신없이 뛰쳐나가 어디를 헤매다 이제야 들어온 것이더냐!"

주지승은 어깨를 축 늘어뜨린 채 대웅전 앞마당으로 들어서는 제자를 보며 혀를 찼다. 명단은 마지못한 듯 고개를 푹 숙여 예를 올렸다. 주지승은 천천히 제자 앞으로 다가오더니 이리저리 훑어보았다. 다 죽어 가는 낯빛으로 금방이라도 눈물이 떨어질듯한 두 눈을 보고 있자니 절로 가슴이 아려 왔다.

"쯧쯧쯧, 못난 놈! 날 따라오너라."

"하오나 곧 경전을 낭독할 시각이 아닙니까?"

"무슨 잔소리가 그리 많어? 경을 치기 전에 따르지 못하겠느냐?"

주지승은 거칠게 숨을 내쉬더니 성큼성큼 걸어갔다. 명단은 당장 쓰러질 정도로 마음과 몸이 힘들었지만 억지로 몸을 이끌 듯 스승의 뒤를 따랐다.

늘 그러하듯 스승의 방은 단정하고 기분 좋은 서책 냄새가 풍겨 나왔다. 아무리 번다해도 이 방에만 들어서면 절로 마음이 가라앉고 번다한 모든 것들은 생각나지 않았건만, 실연한 명단의 마음은 여전히 답답하고 무거웠다.

"그래, 뭘 하다 이제 들어왔느냐?"

"그저 답답하여 잠시 바람을 쐬고 왔습니다."

"어림도 없는 소리!"

주지승은 책상 위를 손바닥으로 거칠게 내리쳤다. 그저 작은 방안을 울리는 소리였건만 명단의 귀에 그 소리는 천둥소리처럼 들려왔다.

"네놈이 뭘 하고 다니든 난 개의치 않는다. 허나, 중생을 구제하는 불제자로서 의무를 망각한 행실은 용서할 수 없구나."

명단은 화들짝 놀라 눈을 크게 뜨고 스승을 바라보았다. 마음속 구석까지 다 휘저어 알아낼 정도로 강렬한 그의 눈빛을 보자 명단은 이내 홍안이 된 얼굴을 떨구고 말았다.

"그 여인과 이미 인연을 시작할 때는 모든 것을 버릴 각오가 되어 있지 않았더냐?"

"이제 다 끝났습니다. 이미 파계한 몸이니 부처님의 법당에 발을 들일 수 없겠지만, 세상을 떠돌며 중생을 위해 죽을힘을 다 하겠습니다."

"허허, 어찌 이리 위약하고 어리석을꼬? 제가 연모하는 여인조차 거두지 못하면서 누가 누구를 구제해?"

주지승은 명단의 앞에 하얀 보따리를 던졌다. 명단은 의아하게 스승을 빤히 바라볼 뿐이었다.

"그 여인과의 인연은 이미……."

"시끄럽다! 많이 넣지는 못했다. 우선 급히 쓸 노자와 함께 얻어 온 옷을 주워 넣었다."

"그냥 떠나겠습니다. 이러지 않으셔도 되옵니다."

스승은 한심하다는 듯 깊은 날숨을 내쉬며 제자를 바라보았다. 아무것도 모르고 실연의 아픔에 허우적거리는 그는 아직도 소년처럼 여리고 순수했다.

"쯧쯧, 그 여인은 이미 홀몸이 아니다. 이 생에 네가 아비 노릇은 하고 죽어야 하지 않겠느냐?"

"예?"

명단은 순간 모든 것이 정지되는 듯 들리지도 보이지도 않았다. 귓가에 들려올 정도로 가납사니처럼 마구 뛰는 심장 소리만이 들려올 뿐이었다.

"어서 가서 그 여인과 떠나거라. 필시 한동안 법당이 시끄럽겠지만, 내가 알아서 무마하마."

"스승님……."

"어서 가래도! 촌각을 다투는 일이다!"

불호령을 내린 뒤 뒤돌아 염주를 굴리는 스승의 손은 떨리고 있었다. 가장 사랑했던 제자, 그래서 더욱 믿었던 제자였다. 제자가 준 실망감보다도 아끼는 그를 떠나보내기가 힘든 스승이었다. 명단은 스승의 뒷모습에서 깊은 슬픔을 보았다. 비틀거리며 일어선 그는 눈물을 흘리며 하직 인사를 올렸다.

"그동안 모자란 저를 거두어 주시고 부처님의 큰 가르침을 내려 주신 큰 은혜, 잊지 않고 다른 이에게 베풀며 살겠습니다. 이리 스승님께 못난 모습으로 떠나 송구하옵니다. 늘 강녕하십시오."

다부지게 마음먹고 정인에게 이별을 고했지만 기련의 마음은 갈기갈기 찢어진 듯 힘들고 아팠다. 눈앞에 가시밭길이 펼쳐졌다. 그 모든 것들은 오롯이 자신이 감내해야 할 몫이었다. 그녀는 털썩 자리에 주저앉았다. 온몸에 소름이 돋을 정도로 강한 두려움에 에워싸였다.

"명단……."

모질게 말하고 뒤돌아서 왔지만 그녀의 마음은 여전히 그를 향해 손을 뻗고 있었다. 다시 돌아가 아니라고 같이 떠나자고 매달리고 싶었다. 하지만 그리해선 안 되는 일이었다. 자신을 미워하며 그동안의 애틋한 시간을 그가 잊을지언정 그의 비참한 말로를 지켜보는 것은 지옥 불에 떨어지는 것보다 더욱 고통스러운 일이었다.

기련은 땅을 짚고 세차게 일어났다. 봄 내음이 살짝 깃든 늦겨울의 밤바람은 차가운 한기 속에 다사로웠다. 이른 봄의 온기 때문인지 누런 다색으로 덮인 산천의 나뭇가지에서는 새순이 돋아나기 시작했다. 조용하나 강렬한 그들의 움직임에서 다가올 봄에 대한 갈망이 느껴졌다.

“그래, 살아 있는데 뭐가 두렵겠어? 비록 여인이라고 하지만 살아 있는데 하지 못할 일이 무엇이야?”

기련은 아랫배를 두 손으로 고이 감싸 안았다. 그가 준 희망의 씨, 두 사람의 사랑의 결실을 감싸 안았다. 두 뺨엔 끊임없이 눈물이 흘러내렸지만, 그녀는 새로운 시작에 대한 기쁨으로 환하게 웃고 있었다.

“주지 스님! 큰일 났습니다!”

저녁 불공을 올리기 위해 대웅전에 초를 밝히던 주지승은 뛰어 들어오는 제자를 꾸짖었다.

“어허! 이게 무슨 짓이더냐? 여기는 법당이다. 곧 불공을 올릴 터이니 준비하거라!”

“지, 지금 그게 문제가 아닙니다. 큰일 났다니깐요?”

“어허, 어찌 그리 경박하게 말을 하는 것이냐?”

제자는 겨우 숨을 진정하고는 오만상을 찌푸린 채 절간 대문을 가리키며 소리를 질렀다.

“지금 정현덕 대감의 하인들이 이곳으로 몰려와 대문을 열라고 난리입니다. 저 소리가 들리지 않으십니까? 대문이 다 부서져라 걷어차고 있습니다!”

제자의 말대로 쿵쿵거리는 소리와 함께 사내의 거칠고도 우렁찬 목소리가 대웅전까지 들려왔다.

“어서 문을 여시오! 반가의 아녀자를 탐하고도 어디 감히 부처님을 찾으시는 게요? 당장 문을 열지 않으면 관아에 고해 국법에 따라 처결하도록 할 것이오!”

주지승은 고개를 흔들며 자신을 내려다보고 있는 불상을 올려다 보았다.

‘드디어 올 것이 온 것인가?’

“끼이익!”

문이 열리자 몽둥이를 든 험상궂은 사내 열 명 정도가 예도 갖추지 않고 성큼성큼 걸어 들어왔다. 가장 체격이 크고 다박나룻한 얼굴에 칼자국이 깊게 새겨진 가납사니가 주지승 앞으로 바짝 다가와 죽일 듯이 노려보았다.

“우리 작은 마님 어디에 계시오?”

주지승은 불쾌한 듯 미간을 찌푸린 채 굳게 입술을 다물었다. 사내는 몽둥이로 자신의 손바닥을 찰싹찰싹 때리며 비릿한 웃음을 지었다.

“이 방개의 몽둥이찜질을 당하셔야 입을 여시겠소? 우리 작은 마님 어디에 숨겨 놓았냐니까?”

“부처님의 법당에 와 이 어디서 망발이오? 당장 물러가지 못하겠소?”

“뭐라? 불공을 드리러 온 반가의 여인을 꼬드겨 겁탈을 해 놓고도 이리 뻔뻔스럽게 구는 것이더냐? 얘들아, 안 되겠다. 이분을 고이 모셔서는 안 되겠구나!"

하인들은 실실 웃어 가며 주지승을 에워쌌다. 숫기 가득한 사나운 사내들 틈바구니에서도 주지승은 전혀 기죽지 않고 더욱 큰 목소리로 호통을 쳤다.

"부처님께서 계신 곳이오! 어찌 이리 무엄한 짓거리를 하는 것이오?"

"에잇! 그 주둥아리 다물지 못해?"

뒤에 있던 한 사내가 주지승의 등을 내려쳤다. 노승은 땅바닥에 쓰러지며 고통스러운 듯 뒷목을 부여잡았다. 주변의 승려들은 깜짝 놀라 그에게 달려가려 했지만, 이내 사정없이 내리치는 몽둥이와 발길질에 비명을 지르고 말았다. 순간 만덕사는 속세를 떠난 불국토에서 지옥으로 변했다. 승려들은 피투성이가 된 채 자신들이 무고하다고 소리 질렀지만, 방개와 사내들은 재밌다는 듯 낄낄거리며 더욱 거칠게 승려들에게 매질을 가했다.

"누구냐? 죽기를 각오하고 우리 작은 마님을 꼬드긴 놈이 누구냔 말이냐? 어서 대라!"

잔혹하게 매질당하는 승려들의 모습을 바라보며 작은 사동과 절밥 짓는 늙은 노파가 석등 뒤에서 떨고 있었다. 사동의 짚신 위로 지리고 누런 물이 흘러내렸다.

"큰일이로구나. 이러다 스님들 다 돌아가시겠다."

"너무 무서워요! 이거 보셔요. 오줌 지렸다니까요?"

"이게 무슨 날벼락이냐? 에구에구, 그냥 밟아대며 몽둥이찜질을 해

대는구나! 아이고 정말 큰일이구나. 양반의 여인을 그것도 열녀문까지 하사받은 수절과부를 건드렸으니……. 이 일을 어찌하면 좋아!"

점점 주변이 어두워졌다. 강색으로 물든 서쪽 하늘은 이내 짙은 남빛으로 변해 가고 있었다. 기련은 온몸을 파고드는 한기와 허기로 쓰러질 것 같았지만 지체할 수 없었다. 분명 혈안이 되어 자신을 찾고 있을 시부모를 생각하니 한 걸음이라도 더 내딛어야 했다.

"인정이 되기 전에 동래성을 빠져나가야 해. 여기에 계속 있다간 꼼짝없이 붙잡힐 테니까."

기련은 크게 한번 숨을 들이쉬더니 미간을 찌푸리며 더욱 안간힘을 다해 발걸음을 재촉했다.

"대체 어딜 그리 바삐 가시는 거요? 허허, 봇짐도 없이 혼자서 가시면 어떡하자는 거요?"

낯익은 목소리에 기련은 걸음을 멈추고 뒤돌아보았다. 꿈에라도 잊을 수 없는 그 얼굴, 그가 변복을 한 채 그녀를 바라보며 웃고 있었다. 멍하니 서 있는 그녀를 향해 명단은 천천히 걸어왔다. 그가 한 걸음 한 걸음 더 다가올수록 그녀의 심장은 더욱 거세게 내달리기 시작했다.

"왜 내게 말을 하지 않았소? 내 오늘 스승님께 혼쭐이 났소."

"아니 됩니다. 어서 가십시오. 이러다 잡히시면 큰일 나십니다!"

사색이 되어 밀쳐 내는 그녀의 가녀린 두 손을 명단은 부여잡았다.

그러고는 작은 두 손을 감싸고 입으로 숨을 불었다.

"이 고운 손이 다 얼었구료."

"하오나!"

눈물을 지으며 고개를 떨구는 작은 얼굴을 명단은 감싸 안고 입을 맞추었다. 산바람에 까칠해진 차가운 입술은 바들바들 떨고 있었다. 그는 가슴에 정인을 가득 끌어안고 흐느낌으로 들썩이는 등을 두드렸다.

"어찌 혼자 다 감당하려고 했던 거요? 어찌 그리 미련한 거요? 이제 우리 두 사람만 남은 거요. 앞만 바라보며 열심히 삽시다."

"열이요!"

"열하나요!"

술(戌)시가 지났건만 관아 안은 대낮처럼 훤했다. 만덕사에서 끌려온 무고한 승려들은 차가운 밤공기 아래 고통스럽게 장을 맞으며 신음하고 있었다.

"그만! 자, 어서 실토하거라. 그놈을 어디에 숨겼느냐?"

"모릅니다! 제발 믿어 주십시오!"

"네가 그놈과 가장 친하다고 들었다. 네가 모르면 누가 안단 말이더냐?"

"정말 모르옵니다! 모르는데 어찌 아뢸 수 있단 말입니까?"

고통스럽게 문초를 당하는 제자들을 차마 보지 못한 주지승은 앞으로 나서 무릎을 꿇었다.

"제자들을 제대로 못 가르친 제 불찰입니다. 저를 대신 문초해 주십시오."

현령의 옆에 서 있던 좌수 정현덕의 눈 밑이 파르르 떨렸다. 날카로운 눈매에 작고 마른 체구의 그는 한눈에 보아도 매우 재빠르고 처세에 능한 인물임을 알 수 있었다. 그는 잠시 망설이는 현령에게 다가가 음험하게 속삭였다.

"분명 저놈이 빼돌린 것입니다. 저 중놈들을 요절내시면 늙은 중놈이 괴로워 실토할 것입니다."

현령은 짜증스러운 얼굴로 그를 바라보았다.

"허허, 어찌 죄 없는 이들을 문초한단 말이오? 좌수의 며느리 또한 잘못이 크질 않소? 물론 젊은 승려 놈이 분수를 몰랐으나, 알아보니 오랫동안 절간을 들락거렸다고 들었소. 중놈만 요절낼 일이 아니지 않소?"

현령의 말에 정현덕은 아랫입술을 깨물었다. 사실 그의 말이 틀리지 않았다. 집안 망신이었다. 그 때려죽일 연놈을 잡아다 당장에라도 목을 베어야 열녀문을 하사받은 가문의 위신을 세울 수 있었다. 이제 천하의 조롱거리가 된 유서 깊은 동래 정씨 가문은 조선 팔도 어디서도 얼굴을 들고 다닐 수가 없게 되었다. 동네 앞에 떡하니 세워 둔 열녀문은 이제 지나가는 이들마다 손가락질하며 히죽거리며 바라보는 구경거리로 전락한 물건이었다.

"풀어 줘라."

"방금 뭐라고 하셨습니까?"

현령은 피곤한 얼굴로 말고기 자반처럼 얼굴이 벌건 정현덕을 바라보지도 않고 자리에서 일어났다.

“이 추운 날에 제대로 먹지도 못하고 계속 이러고 있지 않았소? 분명 그놈 또한 승려들이 잡혀 간 줄 알고 아직도 숨어 있을 것이오. 다들 절에 돌아가면 마음 놓고 모습을 드러낼 터이니 기다려 봅시다.”

“지금 제정신이신 겁니까? 난 향청의 좌수요. 향회에서 이놈들을 풀어 준 것을 두고 문제 삼는다면 현령 자리를 보전하실 수 있을 것 같소?”

정현덕은 얼굴에 독기를 가득 품고 현령을 노려보았다. 그의 앙상한 두 주먹이 벌벌 떨리고 있었고, 하얗게 세기 시작하는 수염 또한 강풍에 떨리는 나뭇잎처럼 흔들리고 있었다. 현령은 가소를 띄웠다. 좌수보다 키가 큰 그는 비웃듯 내려다보며 껄껄 웃어댔다.

“허면 이 몸은 파직당하겠군요. 덕분에 고향에 내려가 주경야독하며 편히 살면 되겠습니다. 분수도 모르고 덤빈 중놈 탓하시기 전에 며느리 훈육을 제대로 못 하신 것을 후회하셔야지요? 자, 뭣들 하느냐? 어서 풀어 주래도?”

현령은 귀찮다는 듯 대청마루를 내려와 내아로 향했다. 정현덕은 두 주먹을 움켜쥔 채 현령의 뒷모습을 계속 노려보았다.

“고얀 놈……. 내 상소를 올려 네놈의 관복을 벗기고야 말 것이다.”

재빠른 눈빛으로 정현덕의 얼굴을 살피던 형방이 다가와 내아로 들어서는 현령의 뒷모습을 보며 속닥거렸다.

“좌수 나으리, 이대로 두면 안 되겠지요? 제가 향임 어르신들에게 고하여 어서 빨리 향회를 열도록 하겠습니다."

정현덕은 잔인한 미소를 지으며 고개를 흔들었다.

"저 거만한 놈이야 윗선에게 일러 처리하면 될 것이니 신경 쓰지 말게. 그나저나 그 연놈을 잡아 명줄을 끊어 놔야 하는데 큰일이로구먼."

만덕사로 돌아온 승려들은 절 마당에 그대로 쓰러졌다. 특히, 장을 심하게 맞은 자들 중에는 대문을 들어서자마자 혼절하는 이들도 있었다. 공양주 노파는 사색이 되어 쫓아와 수건으로 승려들의 상처를 닦으며 눈물을 흘렸다.

"에구머니나, 이를 어찌하면 좋누? 그래 어떻게 된 겁니까?"

"명단 그놈 때문에 우리 모두 죽을 뻔했습니다. 스승님, 어찌 이럴 수 있습니까? 반가의 아녀자를 희롱한 것은 그놈인데 어찌 저희들이 곤혹을 치러야 하는 것입니까?"

장을 맞아 나부라진 한 승려가 악다구니를 쓰자, 다른 승려들도 화가 난 듯 동조하기 시작했다.

"맞습니다! 저 혼자 살자고 도망가지 않았습니까? 불제자로서 도저히 할 수 없는 짓입니다."

"말씀해 보십시오! 도저히 그놈을 용서할 수가 없습니다!"

"분명 그 좌수가 가만히 있지 않을 겁니다. 정현덕 그자는 욕심 많고 극악하기로 소문난 자입니다. 오늘 이렇게 풀려나도 분명 저희들을 해꼬지할 겁니다."

아무 말 없이 대문 옆 돌무더기 위에 앉아 있던 주지승은 두 눈을 부릅뜨더니 자리에서 벌떡 일어났다.

"네 이놈들! 너희들이 그러고도 부처님의 제자라고 떠벌릴 수 있느냐? 중생을 위해 제 몸 하나 던져야 하는 것이 우리의 의무이거늘 어찌 같이 수행한 동료가 일신의 안전을 위해 피했다 하여 이리 망발을 일삼을 수 있다더냐? 분명 그럴 만한 사연이 있었을 것이다. 오늘 이리 무사한 것도 부처님의 가호로 알고 입을 다물 거라!"

공양주 노파는 불안한 얼굴로 주지승에게 조심스럽게 다가갔다.

"하지만 스님들 말씀도 일리는 있습니다. 좌수 그 사람은 아주 끈질긴 자입니다. 체면을 그리 목숨보다 중히 여기는 자들이 양반이 아닙니까? 열녀문까지 하사받은 가문에서 무슨 짓인들 못 하겠습니까? 잠시 다른 곳에 몸을 피했다가 잠잠해지면 다시 이곳으로 오는 게……."

"당치도 않은 소리!"

주지승은 공양주와 제자들을 쭉 쳐다보며 다짐하듯 천천히 입을 열었다.

"절대로 부처님의 법당을 함부로 할 수 없다. 겁이 나는 사람은 잠시 떠나도 책망하지 않을 터이니 그리하거라. 나라도 이곳을 지킬 것이다. 뭘 하는가? 저녁 불공이 늦었네. 어서 준비하게나!"

채근하는 주지승의 말에 공양주 노파는 얼른 찬간으로 뛰어갔다. 승려들 중 몇몇은 불공 준비를 하기 위해 대웅전으로 향했으나 나머지 사람들은 서로 눈빛을 교환하여 단호하게 말했다.

"스승님, 저희는 잠시 다른 곳에 몸을 숨기겠습니다. 어린 사동도 저희들이 데려가겠습니다."

주지승은 고개를 끄덕이며 제자의 어깨를 두드렸다.

"그리하거라. 내 너희들의 마음을 모르는 것도 아니니."

늦은 밤 불공이 끝나고 지친 승려들은 식사도 하지 않고 그대로 절 방에 들었다. 맞은 곳을 어루만지는 그들은 여전히 낯빛이 어두웠다. 이부자리가 깔려 있었지만 그 누구도 편히 누워 잠을 청하는 이들이 없었다. 알 수 없는 불안함과 초조한 기운이 에워싸고 있는 듯 절 방의 공기는 무겁고도 싸늘했다.

"아무래도 불안해. 정현덕 그자가 어떤 자인가? 탐욕스럽기로 소문난 자인데. 참말로 걱정이구먼."

"왜 아니겠나? 어서 잠이나 자자구. 내일 새벽 불공드리려면 지금 자도 늦어."

경전을 이리저리 뒤적이던 주지승은 뻐근한 가슴을 진정시키지 못해 뒤란으로 향했다. 그 어느 때와 마찬가지로 밤바람은 부드럽고도 평온했다. 이상하게도 이 고요한 평화가 그의 마음을 더욱 짓누르고 있었다. 맑고도 청아한 달빛은 아끼던 제자를 그대로 닮아 있었다.

"잘 살거라……. 뒤를 보지 말고, 마음 무거이 하지 말고, 곧 태어날 아이만 바라보고 살거라."

저녁 내내 탄 속을 달래느라 물을 들이켠 공양주 노파는 소피가

마려웠다. 밖으로 나오니 마당 가득 달빛이 가득했다. 만월이 다 되어 가는 하얀 달은 곱고도 가량스럽게 절 안을 내려다보고 있었다. 목 언저리를 파고드는 쌀쌀한 공기에 그녀는 하품을 하며 몸을 부르르 떨었다.

“참으로 밝구먼. 그나저나 명단 스님은 어디에 계시는고? 그 집 며느님이 여리여리한 것이 약해 보이시더만. 그 몸으로 어찌 멀리 도망을 가실꼬…….”

뒷간에 앉아 볼일을 보던 그녀는 어딘가에서 풍겨 오는 쿰쿰하고도 기분 나쁜 냄새에 콧구멍을 벌름거렸다.

“킁, 이게 무슨 냄새야? 뭐가 타는 냄새인데? 아궁이 위에 뭘 얹어 놓고 잠이 들었었나? 아니야. 이건 음식 타는 냄새가 아닌데? 꼭 나무가 타는 냄새 같은데……. 에구머니나!”

그녀는 사색이 되어 대충 옷을 훔쳐 올리고는 뒷간을 뛰쳐나왔다. 킁킁대며 냄새의 행방을 찾던 노파는 어딘가로 미친 듯이 달려가기 시작했다. 그녀는 그곳이 아니기를 바랐지만, 이미 저만치에서부터 뜨거운 화기가 느껴졌다.

“세, 세상에! 불이야, 불! 불이 났어요! 주지 스님, 스님들, 어서 일어나세요!”

법당에서 가장 거룩한 곳, 대웅전이 활활 타오르고 있었다. 이미 불은 서까래를 다 태우고 지붕 위까지 번져 가고 있었다. 화마는 신이 난 듯 탁탁 소리를 내며 거침없이 모든 것을 삼켜 버리듯 넘실대며 춤을 추고 있었다.

노파의 고함소리에 제대로 납의도 걸치지 못하고 나온 승려들은 눈앞에 벌어진 엄청난 광경에 그만 얼어붙고 말았다.

"이, 이게 뭐요?

"분명 정현덕 그자의 소행이오."

"우릴 해하려고 한 짓이요. 빨리 불을 끕시다!"

승려들이 불을 끄기 위해 동분서주하는 동안 주지승은 망연자실한 채 붉게 타오르는 대웅전을 바라보고 있었다. 눈앞에 펼쳐진 저 모습이 한순간 꿈이라고 착각하고 싶었다. 그러나 잔인하게도 오감을 통해 느껴지는 이 모든 것들은 현실이었다. 노파는 발을 동동 구르며 주지승을 재촉하며 소리를 질러 댔다.

"스님, 어서 불을 끄셔야죠? 저러다 불이 번지면 법당이 다 없어집니다!"

"이곳은 부처님의 성스러운 법당인데, 어찌 이런 짓을! 참으로 극악무도하구나!"

청량하고도 차가운 밤공기는 어느새 숨을 쉴 수도 없는 악취로 변해 갔다. 풀잎이 흔들리는 소리도 나지 않는 고요한 달밤에 만덕사에서는 눈뜨고 볼 수 없는 처참한 일이 벌어지고 있었다. 불을 끄기 위해 승려들은 안간힘을 쓰고 있었지만, 대웅전을 태우기 시작한 불길은 모든 것을 다 없애 버릴 듯이 더욱 거센 몸짓으로 춤을 추었다.

절 밖 미루나무 밑에서 낄낄거리는 두 사내는 모두가 안타까워하는 이 풍경을 흐뭇하게 바라보며 연초를 피우고 있었다.

"내 이제껏 행한 일 중 가장 쉬웠네. 거 참 잘도 타는구나."

"그 못된 형방 놈이 후히 쥐어 줄 거라 했으니 어서 가세!"

대웅전에서 시작된 불은 찬간까지 번져 가더니 절 안의 모든 것을 집어삼키고 있었다. 부처의 자비를 간구하는 갸륵한 불심 대신 이제 이곳에는 마음껏 춤을 추며 온 세상을 태울 듯한 화마의 웃음소리만이 가득할 뿐이었다.

속세의 그 누구도 슬퍼하지 않았다. 오로지 가량가량한 얼굴의 청아한 달님만이 이 모든 일을 보고 일그러진 얼굴로 구슬프게 울고만 있을 뿐이었다. 참으로 너무도 고요하여 소름끼치는 슬프고도 안타까운 밤이었다.

짧은 행복과 영원한 이별

"이보게, 조 서방 안에 있나?"

옆집에 사는 재담꾼 김 서방이 찾아왔다. 메기수염에 코 옆에 점이 난 그는 한 눈에 보아도 우스꽝스러워 보이는 외모를 하고 있었지만 운종가에서 꽤나 유명한 자였다. 그가 저잣거리에 나타나면 삽시간에 많은 이들이 모여들어 아수라장이 될 정도로 만담 솜씨는 한성 최고였다.

방 안에서 열심히 서책을 필사하던 사내는 늘 그러하듯 문을 열고 미소를 지었다. 방 안에는 베껴야 할 서책들이 여기저기 널려 있었다.

"오셨습니까? 어서 드시지요."

"아니네. 거 보니 베낄 서책이 많은 모양이로구먼. 바람도 쐴 겸 나오게나."

김 서방은 툇마루에 앉자 허리춤에 채운 연초 쌈지에서 절초를 꺼내 곰방대에 채워 넣었다. 방 안에 있던 사내는 빙그레 웃으며 찬간에서 불씨를 가져와 그의 죽장에 불을 붙였다.

"고마우이. 역시 자네는 곰살 맞아 좋구먼."

김 서방은 시원스럽게 곰방대를 빨더니 목구멍 깊숙한 곳에서 연기를 내뿜었다.

"요즘 일거리가 늘어나나 보구먼? 하긴 곧 새 식구가 생길 터인데 열심히 벌어야지."

"일거리가 들어오니 고마운 일이지요. 밤을 새워도 모자라 걱정입니다."

김 서방은 껄껄 웃으며 죽장을 물고 빼끔거렸다.

"그러한가? 참으로 부럽구먼. 그나저나 운종가에서 재미난 이야기를 다시 하나 시작해야 하는데 뭐가 좋겠나?"

"그렇지 않아도 찾아뵐 생각이었습니다. 아녀자들이 좋아할 만한 이야기가 있지요."

조 서방은 빙그레 웃으며 방 안에서 서책 한 권을 집어 들었다.

"'성운애사'라고 아련한 남녀의 이야기이지요. 천계에서 살던 두 남녀가 만나 서로 은애하는데, 둘은 절대 만나서는 안 되는 사이지요. 그래서 벌을 받아 각기 다른 곳으로 떨어져 고난을 겪는 이야기입니다."

"여인네들이 눈물 꽤나 쏟겠구먼. 사랑이야기라면 다들 사족을 못 쓰지. 헌데, 자네 안사람은 사람이 참하더구먼. 이 한성 바닥에서도 그리 예의바르고 얌전한 사람은 없다네. 면포전 할망구는 꼭 양반집 아씨 같다고 칭찬이 늘어지던데?"

조 서방의 얼굴에는 잠시 당황하는 기색이 비쳤으나, 이내 가소를 지었다. 찰나였으나 김 서방은 살쾡이처럼 두 눈을 반짝이며 미심치 않은 그 모습을 놓치지 않고 바라보았다.

"제 처가 조신하지요. 제가 많이 부족한 놈이라 그런 처를 데리고 삽니다. 하하하!"

"자네도 사람이 바르니 천생연분인 게야. 그래, 산달이 언제라고 했나?"

"다음 달입니다. 아마 추석 다음이 될 거 같습니다."

김 서방은 죽장을 마루에 대고 털며 자리에서 일어섰다.

"시원할 때 몸을 풀어서 다행이로구먼. 우리 안사람은 한여름에 해산하느라 몸조리할 때 죽을 고생을 했다네. 잘 되었구먼."

김 서방은 빙그레 웃으며 아무 말 없이 사립문을 나섰다. 서너 걸음 정도 걸어가다가 그는 조 서방을 보며 큰 소리로 외쳤다.

"안사람에게 잘해 주게나! 그리 착한 사람은 없다네!"

환히 웃으며 허리를 굽혀 인사를 하는 조 서방을 보며 김 서방은 가석한 표정으로 고개를 흔들었다.

"저리 둘이 좋아하는데……. 망할 놈의 세상, 죄인 아닌 사람들을 죄짓게 만드니 말이야. 양반, 천민 구분하면 무얼 하나? 인연이면 서로 만나는 것을……. 쯧쯧."

"서방님, 진지 드셔요."

창호를 열고 상을 든 여인은 배가 많이 불러 힘들어 보였다. 명단은 벌떡 일어나 나가더니 내자가 들고 있는 상을 냉큼 받아 들었다.

"내 몇 번이나 일렀소? 이런 건 날 시키시오. 그러다 큰일 나오!"

"괜찮습니다. 찬거리도 많지 않은 걸요."

"그래도 힘든 일은 날 시키시오. 그러다 다치면 어쩌려고 그러오?"

이미 해가 져서 쪽빛으로 어스름해진 밤하늘에는 별이 하나둘씩 나타나 반짝거렸다. 나물 반찬과 손바닥보다 더 작은 생선이 오른 초라한 상차림이었지만, 지아비를 생각하는 여인네의 가상하고도 순수한 마음이 그대로 배여 있었다. 여인은 생선을 발라 지아비의 밥 위에 얹었다.

"이게 웬 생선이요?"

"저자에 나갔는데 산달이 얼마 안 남았다고 어물전 아주머니께서 챙겨 주셨어요. 아무리 거절해도 막무가내이시더라구요."

"이런 건 기련 그대가 들어야 하오. 자, 아 한번 해 보시오."

"괜찮습니다. 저도 곧 먹을 터이니……."

"어허, 아 하고 입을 벌려 보시오."

기련이 수줍은 듯 입을 벌리자 명단은 빙그레 웃으며 그녀가 올려 준 생선살을 밥에 얹어 먹여 주었다.

"참으로 맛납니다. 이제 서방님께서도 드시어요."

기련이 생선을 발라 명단의 입 앞에 갖다 대자, 그는 괜스레 한번 피식 웃었다.

"어서요. 제 팔이 아픕니다."

"알겠소."

그는 마지못한 듯 내자가 주는 찬을 받아먹었다.

"맛나지요?"

"그렇소."

서로를 먹여 주며 두 남녀는 세상 그 누구보다도 행복해 보였다. 거친 보리밥에 부족한 찬거리였지만 가년스럽거나 애처로워 보이지 않았다. 두 사람이 바짝 다가들어 앉아야 아랫목의 온기를 느낄 정도로 좁은 방 안이었지만, 그들은 한성에서 제일 넓은 기와집에서 사는 듯 하루하루가 더없이 풍요로웠다.

밤하늘에 달이 정남을 향해 가는 시각, 세상은 하루를 마무리하느라 고요하고도 평온하였다. 기련은 책을 베끼는 명단 옆에서 삯바느질을 하며 앉아 있었다. 필사를 잠시 멈추고 고개를 젖혀 경직된 목덜미를 주무르던 명단의 코에서 피가 흘렀다. 당황한 그는 재빨리 한 손으로 종이를 찢어 콧구멍을 막았지만, 기련은 깜짝 놀라 손수건으로 명단의 얼굴과 손을 닦으며 걱정스럽게 바라보았다.

"너무 무리하시는 것 아니에요?"

"모레까지 다 베껴서 운종가의 책전에 갖다 주어야 하오."

기련은 미간을 찌푸린 채 먹물로 얼룩진 그의 오른손을 안쓰럽게 바라보았다. 수심이 가득한 그녀를 보며 명단은 껄껄 웃어댔다.

"지금 웃음이 나오셔요? 전 참으로 속이 상합니다."

"다 이게 누굴 위해서겠소? 그대와 앞으로 태어날 우리 아기를 위해서요. 허니 부지런히 일해서 우리 세 식구 풍족하게 살 수 있도록 해야지요?"

"하지만……. 그리 무리하시다가 쓰러지시면 어찌합니까?"

"하하, 나중에 더 벌어 오라고 채근이나 하지 마시오. 여인들은 아이가 생기면 여우에서 호랑이가 된다고 하더이다."

"서방님도 참!"

명단은 살짝 눈을 흘기는 그녀에게 다가들어 손을 잡았다. 그는 예전 별당아씨의 야들야들하고도 하얀 손은 없어지고 여기저기 터지고 데인 흔적으로 거칠어진 아녀자의 손을 보는 것이 못내 속상한지 한숨을 내쉬었다.

"고운 손이 거칠어졌구료. 참으로 미안하오."

"서방님, 전 이리 같이 있는 것만으로도 이제 바랄 것이 없습니다."

기련은 명단의 품에 머리를 대고 눈을 감았다. 명단 또한 아무 말 없이 고개를 끄덕이며 그녀의 어깨를 두드렸다.

밖에서 가을이 오는 것을 알리는 이른 풀벌레 소리가 들려왔다. 환한 보름달이 작고도 어설픈 초가를 다사롭게 비춰 주었다. 창호에 비친 두 남녀의 그림자는 서로를 보듬으며 사랑스럽게 바라보았다.

잠시 뒤, 방 안의 불이 꺼지자 나지막하게 들리던 풀벌레 소리는 더욱 커져 청량하고도 공허한 밤을 가득 메우기 시작했다. 디딤돌 위에 얹힌 크고 작은 미투리 두 쌍은 서로의 존재만으로도 충만한 두 사람의 마음처럼 다정다감하게 놓여 있었다.

"이보게, 새댁! 배가 많이 불렀구먼? 많이 불편하지는 않어?"

뒤뚱거리며 운종가로 나온 기련을 보자 어물전 여인이 반갑게 뛰어나와 맞이하였다. 기련은 이마의 땀을 소맷부리로 훔치며 늘 그렇듯 밝게 미소 지었다.

"괜찮아요, 아주머니. 늘 챙겨 주시는 생선을 잘 먹어서 그런지 몸이 한결 가볍네요."

"에구, 그깟 생선 토막이 뭐라고. 그래, 해산날이 다 되어 가지?"

어물전 여인은 기련의 부른 배를 이리저리 살펴보았다. 한동안 그녀는 고개를 갸우뚱거리더니 손바닥을 쳤다.

"맞네. 이리 부푼 모양새를 보니 분명 딸일 거야. 내가 애를 넷이나 낳았잖어?"

"정말 신기하네요."

"큰딸은 살림 밑천이니 꼭 효도할 게야."

기련은 품에서 엽전을 꺼내 어물전 여인의 손에 쥐어 주었다.

"서방님께서 어제 서책 값을 받아 오셨어요. 저기 저 조기 중에 큰 것으로 하나 주시겠어요?"

"그래? 내가 실한 놈으로 하나 줄 터이니 기다려 봐."

어물전 여인은 이리저리 좌판을 둘러보더니 오늘 들어온 가장 큰 생선 중 하나를 집어 들었다. 그녀는 주변을 두리번거리다 작은 고기 두어 마리도 잽싸게 같이 넣어 주었다. 미안해하는 기련을 보자 어물전 여인은 웃으며 억지로 손에 쥐여 주었다.

"괜찮어! 받을 때 받어! 새댁이 참하고 이뻐 주는 거야."

그때, 저자거리 한쪽에서 시끄러운 소리가 들려왔다.

"저놈 잡아라, 저놈!"

선전 주인이 한 젊은 사내를 정신없이 좇고 있었다. 쫓기던 사내는 길가에 서 있던 기련을 가차 없이 밀어냈다.

"에잇, 비켜!"

사내의 거친 손짓에 기련은 그만 뒤로 벌러덩 넘어지고 말았다. 깜짝 놀란 어물전 여인이 일으켜 세웠지만 기련은 고통스러운 듯 입술을 꽉 깨물며 다시 쓰러지고 말았다.

"아, 아주머니. 배가, 배가 너무 아파요……."

어물전 여인은 기련의 말에 산모의 치마를 들추더니 입을 벌리고 잠시 멍하니 쳐다보았다. 푹 젖은 속바지 밑으로 물이 뚝뚝 떨어지고 있었다.

"이거 아이가 나올려고 이러는 거 아닌가? 큰일 났구먼! 어찌하면 좋은가? 이보게, 어서 업고 가세!"

어물전 여인은 주변을 둘러보더니 길가에 선 봇짐장수 젊은이를 다짜고짜 끌고 와 재촉했다.

"어, 어디로요?"

"시키는 대로 가면 되지? 새댁, 아직 정신은 말짱하지? 이 젊은이가 업고 갈 테니 길을 가르쳐 주게."

힘없이 고개를 끄덕이는 기련을 보며 봇짐장수는 얼른 짐을 내려놓았다. 사람들은 아이를 밴 여인이 쓰러지자 금새 구름처럼 모여들었다. 어물전 여인은 부아가 치미는 듯 이리저리 손을 휘두르며 고함을 질러 댔다.

"거참! 사람이 쓰러져도 그냥 보고 있다니……. 참으로 정내미 없구먼! 아, 뭐해요? 비키지 않고!"

"너무 많이 주셨습니다."

삼 년 전 노환으로 궁에서 나온 이 상궁은 손사래를 치며 엽낭을 밀어내는 책쾌를 웃으며 바라보았다.

"아닐세. 늘 이 늙은이가 적적하지 않게 책을 베껴 주지 않았나? 거

기다 눈이 잘 안 보일 때면 시간 내어 서책도 읽어 주었잖은가? 곧 안사람도 몸을 푼다니 받아두게."

융통성 없는 사내는 곤란한 표정만 짓고 앉아 있었다. 이 상궁은 그에게 바짝 다가가 엽낭을 직접 그의 손에 쥐어 주었다.

"늙은이의 호의를 자꾸 거절하는 것도 실례일세. 자, 어서 가서 안사람에게 맛난 거라도 사 주게나."

"허면 다음에 올 때 재미난 서책을 하나 더 베껴 드리겠습니다. 그건 제가 그저 드리는 것이니 사양하지 마십시오."

"거 사람도 참! 알겠네. 그리하게."

이 상궁의 집을 나서며 명단은 무엇보다 기련이 좋아하는 백당전의 옥춘당이 떠올랐다. 바삐 걷던 그는 마음이 급한 나머지 이내 달리기 시작했다.

해가 진 운종가는 아직도 많은 사람들로 북적였다. 한달음에 운종가에 도착한 그는 막 좌판을 정리하고 있는 백당전 주인에게 다가가 제대로 숨도 고르지 않고 헐떡이며 정신없이 좌판을 둘러보았다.

"여기 있는 사탕들 하나씩 다 주시겠어요? 특히, 옥춘당을 많이 담아 주세요."

"쯧쯧, 조 서방, 지금 사탕이 문제가 아닐세. 자네 처가 몸 풀게 생겼어!"

"예?"

"낮에 저자에서 쓰러져서 봇짐장수와 어물전 아줌마가 자네 집으로 데리고 갔다네. 아, 뭣해? 어서 가지 않고?"

얼굴이 하얗게 질린 명단은 숨도 고르지 못한 채 다시 뒤돌아 정신없이 뛰었다. 그의 뒷모습을 보며 백당전 주인은 걱정이 되는지 고개를 흔들었다.

"무사히 낳아야 할 텐데……. 초산이라 많이 힘들 터인데 어찌 하면 좋누?"

"이보게, 정신을 차리시게! 자네가 정신을 잃으면 아이가 태어나지 못한 채 죽고 마네."

초가집에서는 다급한 산파의 목소리가 들려왔다. 어물전 여인은 초조한 듯 계속 손을 만지작거리며 마당을 서성거리고 있었다. 그녀는 연신 사립문 밖을 고개를 빼고 쳐다보았다.

"애가 빨리 나오게 생겼어. 에효, 그나저나 애 아비가 될 사람은 왜 이리 안 와?"

그때 명단이 땀투성이가 된 채로 마당으로 뛰어들어 왔다. 명단은 어물전 여인에게 다가가 숨을 헐떡이며 물었다.

"어찌된 일입니까?"

"아까 낮에 새댁이 우리 집에서 생선을 사고 나오는 길에 어떤 못된 놈한테 세게 밀려 넘어져 양수가 터졌다네. 애가 좀 더 있다 나와야 하는데 일찍 나오게 되었으니 정말 큰일이로구먼!"

명단은 허옇게 말라붙은 입술을 깨물었다. 방 안에서는 힘들게 숨을 몰아쉬는 기련의 숨소리가 들려왔다. 그는 방문에 바짝 붙어 안타까운 듯 소리쳤다.

"괜찮소? 내가 왔으니 기운 내시오!"

그러나 기련의 대답대신 기운 빠진 산파의 목소리만 방 안에서 들려왔다.

"지금 새댁이 혼절해서 깨우는 중이오. 너무 걱정 말고 기다리시구랴."

명단은 두려웠다. 갑자기 출산하다 목숨을 잃은 여인들의 이야기가 머릿속에 떠올랐다. 불덩이처럼 뜨거워지고 몸속의 피가 거꾸로 흐르는 것 같았다. 그는 비틀거리며 마루에 걸터앉아 두 손을 마주 잡고 고개를 숙였다.

"자네가 왔으니 난 가 보겠네. 어서 기운 내게나. 이리 경사스러운 날 풀이 죽어 있으면 어떡해?"

어물전 주인은 명단의 등을 한번 툭 치며 웃었지만 그에게는 위로가 되지 못했다.

"이 은혜를 어찌 갚아야 할지……. 정말 고맙습니다."

"걱정 말어. 원래 첫 애는 힘들게 낳는 법이야. 난 내일 다시 들르겠네. 친정어머니께서 아니 계시니 나라도 미역국을 끓여 주어야지."

어물전 주인이 사립문을 나서자 명단은 털썩 주저앉았다. 효곡에서부터 한시도 쉬지 않고 정신없이 뛰어온 터라 다리가 계속 후들거렸다. 하지만 그는 억지로 짚고 일어서서 천천히 방 앞으로 나가갔다.

방 안에서는 기련을 깨우느라 애를 쓰는 산파의 목소리가 계속 들려왔다.

"새댁! 바깥어른이 왔어. 정신 차려야지? 정신 차리고 버텨."

"서, 서방님께서…… 오셨…… 다구요……."

"이제 정신이 드나? 이제부터 이 악물고 애를 낳아야 하네. 자꾸 지체하면 자네도 아이도 위험하네. 알겠나?"

산파와 기련의 대화를 듣는 명단의 눈에서는 계속 눈물이 흘러내렸다. 불덩이처럼 뜨거웠던 몸이 갑자기 으슬으슬하게 한기가 돌았다. 마치 호랑이를 만나기라도 한 듯 알 수 없는 불안함이 스멀거리며 그를 엄습하기 시작했다.

"아, 괜찮을 거야. 정말 괜찮을 거야……."

명단은 얼굴을 무릎에 묻고 두 손으로 머리를 감싸 안았다. 아랫입술을 깨물고 숨을 크게 내쉬어도 미친 듯이 뛰는 심장은 멈추지를 않았다.

"며, 명단……. 어, 어디 있어요? 서, 서방님……."

개미처럼 들릴 듯 말 듯한 기련의 목소리가 새어 나왔다. 명단은 흐르는 눈물을 소맷부리로 닦으며 억지웃음을 지었다.

"나, 여기에 있소! 그러니 어서 힘내시오. 그대도 아이도 건강할 터이니 걱정 마시오!"

얼마나 시간이 지났는지 모른다. 오늘은 흐린 날도 아니었건만 이상하게 달도 보이지 않았다. 칠흑 같은 어둠 사이로 서글프게 우는 풀벌레 소리와 이웃집 개 짖는 소리만 가끔씩 들릴 뿐이었다.

"자, 제발 정신줄 놓지 말게. 다시 한 번 힘을 내게! 자, 옳지!"

힘없는 기련의 신음 소리를 듣는 명단의 얼굴은 귀신처럼 창백했다. 입술은 바짝 말라 허옇게 들떠 있었고, 두 눈은 퀭하니 들어가 있었다.

“조 서방, 아직도인가?”

김 서방이 명단의 어깨를 두드렸다. 절초전 앞에서 만담을 마친 뒤, 우연히 떡장사에게 기련의 이야기를 듣고 바로 온 것이었다. 다 죽어가는 명단의 모습을 본 그는 그 옆에 앉아 들고 온 죽장을 빼끔거리며 측은하게 쳐다보았다.

“괜찮을 거네. 원래 첫 애는 힘든 법이지.”

눈물을 글썽이는 명단을 보자 김 서방도 마음이 아려 왔다. 명단의 어깨를 툭툭 두드리며 너무 걱정하지 말라는 듯 웃어 보였다.

“예끼, 이 사람아! 아비가 될 사람이 이리 나약해서야 되겠나? 어깨 쫙 펴고 그 눈물 닦지 못하겠어?”

김 서방의 호통에 명단은 눈물을 훔치고는 크게 숨을 내쉬었다. 그제야 김 서방은 고개를 끄덕이며 만족한 듯 고개를 끄덕였다.

“그래, 그래야지. 사내라면 함부로 눈물을 보여서는 아니 된다네.”

갑자기 방 안에서 들리는 산파의 목소리가 다급해지기 시작했다.

“자, 머리가 보이네. 어서! 그렇지!”

“으윽…….”

잠시 뒤, 약하디 약한 아이의 울음소리가 방 안에서 흘러나왔다. 오랜 시간 동안 고생한 산파는 기쁜 목소리로 외쳐 댔다.

“낳았네! 낳았어! 이쁜 딸일세.”

산파의 말에 명단은 그제야 두 눈을 감고 안도의 한숨을 내쉬었다. 김 서방 또한 기뻐하며 곰방대를 연이어 빼끔거리며 껄껄 웃어 댔다.

"경사 났구먼! 큰딸은 살림 밑천이라네. 이제 자네는 아비일세!"

그때 산파의 비명 소리가 들리더니 닫혀 있던 방문이 왈칵 열렸다. 산파의 이마에는 땀이 송글송글 맺혀 있었는데, 무엇에 놀랐는지 두 눈에는 핏발이 서 있었다.

"이, 이보게! 이걸 어찌하면 좋누!"

어찌나 놀랐는지 김 서방은 들고 있던 죽장을 떨어뜨리고 말았다. 그는 눈살을 찌푸리며 산파를 노려보았다.

"거참, 왜 그리 방정맞수? 무슨 일이오?"

"큰일이오! 어서 의원을 부르시오! 피가 멎질 않소. 이러다 잘못하면 새댁이 죽소. 어서요!"

"이런! 내가 갔다 올 터이니 어서 안사람 곁을 지키도록 하게나. 어서!"

갑자기 멍해진 명단은 사립문 밖으로 뛰쳐나가는 김 서방을 쳐다보고만 있었다. 산파는 미안한 듯 고개를 숙이며 들어오라는 손짓을 했다. 그때까지도 벼락을 맞은 듯 전혀 움직이지 못하던 명단은 머리를 세차게 흔들고서야 정신을 차렸다. 곧 젖 먹던 힘까지 짜내어 천천히 발걸음을 떼기 시작했다.

"참으로 미안하이. 이런 경우가 가끔 있긴 한데……. 에고, 딱해서 어쩌나?"

방 안에는 시체처럼 널브러져 누워 있는 기련과 갓 태어난 아이가 누워 있었다. 산파의 말이 맞았다. 방 가득히 피비린내가 진동했고, 이부자리에 붉은 선혈이 흥건하였다.

하얗고 창백하게 누워 있던 기련은 억지로 두 눈을 뜨기 위해 안간힘을 쓰고 있었다. 명단은 얼른 다가앉아 앙상한 두 손을 그러쥐었다.

"서, 서방님……."

"여기에 있소. 참으로 애쓰셨소! 그리고 너무도 고맙소!"

"송구해요"

"그런 말 마오. 말을 하면 기운이 없어지니 쉬시오. 곧 의원이 올 거요."

기련은 가쁜 숨을 몰아쉬며 무언가를 애타게 찾았다.

"아, 아기…… 보고 싶어요."

산파는 치마로 눈물을 훔치더니 강포에 싼 아이를 앉아 명단에게 안겨 주었다. 아이의 얼굴은 너무도 작고 빨갰다. 부모의 아픈 마음도 모르는지 아이는 색색거리며 오만상을 찌푸린 채 칭얼거리고 있었다.

"자, 우리 딸이오. 참으로 곱지 않소?"

명단은 앞이 뿌옇게 흐려졌다. 아이를 보자 기련은 희미하게 미소를 지었다. 그러고는 있는 힘을 다해 손을 들어 아이의 뺨을 어루만졌다.

"정말 곱고 착한 아이오."

"이, 이름을…… 불러 보고…… 싶어요."

자신의 운명을 직감한 듯 기련의 눈에서는 눈물이 흘러내렸다. 명단은 두 눈을 질끈 감았다. 두 볼 위로 뜨거운 무엇인가가 촉촉이 느껴졌다. 그는 더욱 세게 아랫입술을 깨물었다.

"여해! 여해라고 부를 거요."

"여해?"

"우리가 같이 하게 된 날이 여월(如月, 음력 이월)이지 않소? 이 아이로 인해 우리가 하나가 되어 바다처럼 큰 기쁨을 얻게 되었으니 바다 '해'자를 써서 '여해(如海)'라고 부를 거요."

"여해…… 여해야……."

딸의 얼굴을 힘없이 어루만지며 이름을 부르는 기련의 눈에서는 계속 눈물이 흘러내렸다. 그녀의 목소리는 사그라져 가는 불꽃처럼 점점 더 작아지고 있었다.

"서, 서방님…… 고맙고…… 은애합니다……."

"나 역시 은애하오. 그대가 있어 이리 기쁘게 살고 있다오. 은애하오, 정말 은애하오!"

눈물을 흘리며 아이의 얼굴을 쓰다듬던 그녀의 손이 갑자기 털썩 이불 위로 떨어졌다. 명단은 갑자기 숨을 쉴 수가 없었다. 이 모든 것이 마치 꿈을 꾸는 것 같았다. 두 눈이 더욱 커지고 입술이 떨려 제대로 말을 할 수가 없었다.

"기, 기련? 잠이 든 거요? 어서 눈을 떠보시오!"

명단의 말에 산파는 얼른 기련의 코끝에 손가락을 갖다 대고 목덜미의 맥을 짚었다. 그녀는 손을 떨어뜨린 채 망연자실한 듯 입을 열었다.

"어찌하면 좋소? 새댁이 불쌍해서 어쩌면 좋소?"

명단은 깜짝 놀라 아이를 내려놓고 잠든 듯 눈을 감은 기련을 끌어안고 흔들었다. 그러나 그녀는 깊은 잠에 빠진 것처럼 아무 말이 없었다. 그는 바스러져라 그녀를 끌어안고 울부짖었다.

"어찌 이리 매정하단 말이오? 나에게 그리 큰 기쁨을 안겨 주고 또 다시 떠나간단 말이오? 나 혼자서 어떻게 살라고 이리 말없이 가시는 거요? 눈을 뜨시오, 어서 눈을 떠 보란 말이오!"

하지만 그녀는 예전처럼 눈을 뜨고 웃어 주지 않았다. 명단은 오열했다.

"참으로 무정하오, 너무도 무정하오! 어찌 사람이 이리 무정하단 말이오. 기련, 기련!"

미혹

세상에서 가장 아름다운 피조물

"야, 너 정말 탈 거야?"

"정말이라니까?"

"너 그러다 다쳐도 나 책임 안 진다? 나중에 나 원망하지 말어?"

입하가 지난 녹청빛 초원은 망망대해처럼 끝도 없었다. 평화로운 목마장 위에서 여덟 살 정도 되어 보이는 여자아이와 사내아이가 담가라 한 마리를 두고 티격태격하고 있었다. 번루빛 하늘은 그지없이 맑고 뭉게구름 사이로 환한 햇살이 넓은 목마장 위를 다사롭게 비춰 주는 낮이었다.

여자아이는 초라한 연한 도홍빛 저고리에 다색 몽당치마를 입고 있었지만, 똘망똘망하게 생긴 얼굴에서는 알 수 없는 귀티가 흘러나왔다. 키가 엄청 큰 사내아이는 눈빛이 순했다. 곱상한 외모와 함께 곰살스러워 보이는 그 모습은 어디서나 귀여움을 받을 수 있는 인상이었다.

"좋아, 대신 내 말 잘 듣는 거야. 그것만 약속하면 네가 말 타는 거 허락해 줄게."

"알았다니까? 그럼 내 발 좀 잡아 주라."

여자아이는 빙그레 웃으며 말 뒤쪽으로 뛰어갔다. 사내아이가 화들짝 놀라 그녀의 손을 잡아끌었다.

"왜 그래?"

"말 뒤로 가면 절대 안 돼. 얘가 무서워하거든. 그러다 뒷발에 맞으면 너 며칠 동안 누워 있어야 해. 반드시 앞쪽으로 다녀."

사내아이는 천천히 말 앞쪽으로 그녀를 이끌었다. 여자아이는 약간 겁을 집어먹은 듯 눈을 동그랗게 뜨고 순순히 그를 따랐다.

"자, 말갈기를 쥐고 내가 받쳐 줄 테니 천천히 올라가."

"갈기를 쥐라고? 그럼, 얘가 너무 아프잖어?"

"하하, 괜찮아. 얘네들은 아무리 잡아당겨도 아픈 걸 몰라."

"그래? 신기하다!"

말갈기를 움켜쥐고 등자에 발을 올리려고 했지만, 키가 큰 말 등 위로 아무리 까치발을 해도 올릴 수가 없었다. 보다 못한 사내아이가 엉덩이를 살짝 들어 올려 주자 겨우 등자에 발을 디딜 수 있었다.

"조심해. 자, 안장을 쥐고 나머지 발을 올려 봐."

안간힘을 썼지만, 어린아이가 혼자 짧은 다리로 넓디넓은 말의 등 위에 올라타기란 힘든 일이었다. 계속 버둥거리자 밑에서 받쳐 주는 사내아이의 콧등에도 땀이 송글송글 맺히기 시작했다.

"이히히히! 여해 누나 엉덩이 보래요! 바보같이 말도 제대로 못 타냐?"

겨우 여섯 살이 된 조그마한 사내아이가 쪼르르 달려와 혀를 쏙 내밀었다. 여자아이를 받쳐 주던 사내아이는 눈을 부라리며 호통을 쳤다.

"야, 석산이 너 저리 안 가? 자꾸 여해 놀리면 너 가만히 안 둘 거야!"

"어쩔 건데? 아버지한테 여해 누나 몰래 말 태워 주었다고 다 이를 거야. 약 오르지?"

"석산이 너 나중에 두고 보자! 나한테 빌지나 말어."

화가 나서 자신을 흘겨보는 여자아이를 키 큰 사내아이가 웃어 가며 달래기 시작했다.

"내가 알아서 혼을 낼 거니 빨리 말에 올라 타. 너무 힘들어."

여해는 뒤돌아 아직도 낄낄거리는 석산을 죽일 듯이 노려보았다. 하지만 아래에서 애를 쓰는 장포를 보니 혼자 성질내며 그러고 있을 수가 없었다. 그녀는 아랫입술을 한번 깨물더니 끙 하고 소리를 내며 겨우 안장 위에 앉았다.

"휴우, 됐다."

여해는 고개를 들어 앞을 바라보았다. 높은 산 위에 올라 세상을 내려다보는 것처럼 너무도 높고 아찔하여 순간 앞이 빙빙 돌았다. 그녀는 두려운 듯 두 눈을 꼭 감았다.

목마장에서 장포가 말을 타는 모습을 볼 때마다 부럽기 그지없었다. 신나게 달리는 그를 보면 마치 다른 세계에 살고 있는 사람 같았다. 자신도 그렇게 자유롭게 넓디넓은 초원을 달리고 싶었다. 하지만 마냥 보는 것과는 천지차이였다. 말 등 위에 올라 이리 앉아 있는 것도 몹시 힘이 드는 일이었다.

"내가 옆에서 잘 잡아 줄 테니 허리를 바로 세워. 무섭다고 소리 지르거나 하지 말어. 그러다 애가 달리면 큰일 나. 낙마하면 목이나 허리가 부러질 수 있어. 알았지?"

장포는 천천히 발길을 떼며 고삐를 끌어당겼다. 말이 움직이자 여해는 깜짝 놀라 움찔했지만 두 손을 다라지게 꼭 쥐었다.

"무, 무서워……."

"그럴 거면 왜 그리 졸랐니? 날 믿어. 고개를 들고 앞을 바라봐. 정말 좋지?"

여해는 숨을 크게 한번 내쉬고 장포의 말대로 고개를 천천히 들어 앞을 바라보았다. 청명한 하늘 아래로 펼쳐진 초원은 눈이 시리도록 푸르고 고왔다. 연둣빛으로 물든 목마장은 상아빛의 따스한 햇살을 받아 생명력 넘치는 어여쁜 빛깔을 마음껏 발산하고 있었다.

"야, 정말 좋다. 그런데 장포야……. 나 달리면 안 돼?"

장포는 깜짝 놀라 걸음을 멈추었다. 눈을 둥그렇게 뜨고 자신을 올려다보는 그를 보며 여해는 좀 미안한 듯 눈웃음을 치며 고개를 한쪽으로 기울였다.

"너, 말 등에도 겨우 탔어. 그것도 방금……."

"네가 같이 타면 안 돼? 뒤에서 잡아 주고 같이 달리면 되잖아?"

"하여튼 못 말려."

장포는 환하게 웃더니 잽싸게 등자를 딛고 말안장 위로 뛰어올랐다. 등 뒤에 든든한 버팀목이 느껴지자 여해의 마음은 한결 더 편안해졌다.

"나랑 같이 고삐를 꽉 잡어. 알았지? 이랴!"

장포는 한쪽 발로 말 옆구리를 세게 찼다. 기다렸다는 듯이 담가라는 앞으로 질주하기 시작했다. 말이 움직이자 여해는 두 눈을 꽉 감고 고개를 숙였다.

"고개를 들고 앞을 보라니까? 어서! 몸을 꼿꼿하게 세우고!"

장포의 말에 여해는 천천히 눈을 떠 앞을 바라보았다.

"아……."

눈앞에 탁 트여 드러나는 광경들을 보고 있노라니 여해는 순간 자신이 말을 탔다는 사실조차 잊어버렸다. 말의 거친 호흡에 맞추어 숨을 내쉬자 순간 자신의 혼이 작은 몸을 벗어나 바람에 실려 자유로이 움직이는 듯하였다. 모든 것이 꿈을 꾸고 있는 듯 가마아득하게 느껴졌다.

"어때? 정말 좋지 않니?"

"장포야, 시원해. 정말 가슴이 뚫릴 것 같아!"

여해는 눈을 감고 얼굴로 불어오는 미풍을 그대로 느꼈다. 처음 느껴 보는 순간이었다. 꿀보다도 달콤하고 꽃잎보다도 부드러운 숨결이었다.

"장포야, 이대로 있고 싶어. 죽을 때까지 계속 이대로 달리고 싶어!"

"자, 여기에 있네. 매번 늦지 않게 필사해 주니 정말 고마우이."

"아닙니다. 어르신께서 다른 책쾌보다 늘 제게 먼저 부탁해 주시니 얼마나 고마운지 모릅니다."

책전 전장은 명단에게 책값을 주며 흡족한 듯 고개를 끄덕였다. 한성 바닥에서 내로라하는 책쾌들도 명단처럼 해내지 못하였다. 아무리 무리한 부탁을 해도 한 번도 약속을 어긴 적이 없어 늘 믿고 일을 맡길 수 있었다.

"별일 없다면 나랑 주막에 가서 술 한잔 하고 가세나."

"오늘은 제가 대접하겠습니다."

"되었네. 딸 아이 혼자서 기르느라 고생이 많은 터인데."

"아닙니다. 매번 어르신께서 사 주신 술만 마셨지 않습니까?"

"사람 참……."

운종가에는 늘 그러하듯 많은 이들이 나와 돌아다니고 있었다. 여기저기서 흘러들어 온 보부상부터 시작하여, 장옷과 쓰개치마로 얼굴을 가리고 구경 나온 반가의 부녀자들, 화려하게 치장하고 나와 뭇 사내들의 마음을 동하게 만드는 분내 가득한 기녀들까지 각양각색의 사람들이 운종가를 가득 메우고 있었다.

명단과 전장은 늘 가던 주막으로 향했다. 이미 그곳에도 많은 이들이 앉아 고된 몸을 한 잔 술과 뜨끈한 국밥으로 위로하고 있었다.

"주모, 여기 술 한 병과 늘 먹던 고기 한 접시 부탁하오!"

명단의 말에 주모는 색기 가득히 웃으며 그의 옆에 마겟말처럼 엉덩이를 흔들어 대며 바짝 다가들었다. 명단은 그 모습이 부담스러운 듯 헛기침을 하며 살짝 옆으로 비껴 앉았다.

"혼자 된 지 십 년이 다 되어 가는데도 팍팍하게 굴기는……."

"어서 술과 고기 갖다 주시오. 어르신께서 기다리시오."

살짝 눈을 흘기며 자신을 묘하게 바라보는 주모가 부담스러운 듯 그는 다른 곳으로 눈길을 돌렸다. 책전 영감은 재밌다는 듯 허연 수염을 어루만지며 껄껄거렸다.

"주모가 자네가 좋은 모양이로구먼. 올 때마다 다른 손보다 더 챙겨 주지 않나? 내 그렇지 않아도 자네에게 참한 여인네를 소개시켜 줄려고 하네만…….”

“아닙니다. 전 지금도 충분히 잘 지내고 있습니다.”

책전 영감은 눈살을 찌푸리며 고개를 저었다.

“아니야, 아닐세. 아이에게는 어미가 있어야 하네. 사내가 혼자서 아이를, 그것도 딸아이를 키운다는 것이 어디 쉬운 일인가? 내 듣자 하니 지전 영감에게 과부가 된 지 이년이 된 참한 딸내미가 있다고 하는데 한번 만나보지 않을 텐가? 죽은 지아비 사이에 자식 없이 홀몸이니 여식을 잘 돌봐 줄 걸세.”

“정말 괜찮습니다. 하하…….”

“여해 어미가 죽기 전에는 운종가 가까이 남촌에 살지 않았었나? 헌데 그리 허망하게 안사람을 잃고 나서 말똥 냄새밖에 나지 않는 답십리에 살고 있지 않은가? 내가 그 마음 잘 알지. 허니, 좋은 사람 소개시켜 줄려는 게야.”

명단은 빙그레 웃으며 전장을 바라보았다.

“늘 저희 부녀를 걱정해 주셔서 고맙습니다, 어르신. 하지만 전 그리할 수 없습니다. 여해의 어미가 나를 위해 얼마나 큰 희생을 했는지 모르실 겁니다. 제게 그 사람은 둘도 없는 유일한 여인이자 정인입니다. 아마 이 세상을 다 뒤진다고 해도 그런 사람은 찾지 못할 겁니다. 단지 지금이 힘들다 하여 제 곁에 다른 이를 두고 싶지 않습니다.”

“허허, 이 사람도…….”

주모가 방금 삶은 수육과 술병을 들고 엉덩이를 살랑거리며 다가왔다.

"자, 여기 있소. 다른 손님들보다 더 많이 챙겨 드렸다오. 아셨지요?"

주모는 생글거리며 술잔 두 개에 술을 가득히 부었다. 그녀는 연신 명단을 곁눈질하며 웃고 있었다. 책전 영감은 술을 한 모금 마시더니, 장난기 가득한 얼굴로 주모에게 농을 건네기 시작했다.

"허허, 그러다 손님 다 떨어져 나가겠네. 조 서방만 챙겨 주니 다른 손들이 좋아하겠나?"

"오지 말라고 하죠 뭐? 난 이 한성에서 조 서방만큼 잘난 사내는 한 번도 본 적이 없다오. 우리 책쾌 나으리께서는 나만한 여인네 본 적 있으시오?"

명단은 고개를 돌리며 급하게 술을 들이켰다. 잠시 뾰로통하게 흘겨보던 주모는 응큼한 표정을 지으며 슬그머니 명단의 엉덩이를 주물렀다. 그는 마치 벌레에 물린 듯 화들짝 놀라 옆으로 물러났다.

"왜, 왜 그러오?"

"오호호! 순진하셔라. 이래서 내가 좋아한다니까? 다른 사내들은 이리 하면 좋아서 더 헉헉거리며 덤벼드는데 역시 조 서방은 달라. 자, 어서 드시오. "

엉덩이를 흔들며 걸어가는 주모를 보며 명단은 십 년 감수한 듯 남은 술을 마저 들이켜더니 가슴을 쓸어내렸다.

"아이고, 정말 주막을 바꾸든지 해야지. 이리 갑자기 사람을 덮치니 호랑이보다 더 무섭구만."

명단이 앉은 맞은편 평상 위에는 초라한 누더기를 입은 아이와 여인이 앉아 있었다. 꼬질꼬질하게 땟국물이 묻었지만 여자아이는 이목구비가 뚜렷하게 생긴 것이 깨끗이 단장만 한다면 한번쯤 돌아볼 정도였다. 아이의 맞은편에 앉은 여인은 진한 분단장과 함께 화려한 가채를 올리고 있었다. 열두서너 살 정도 되어 보이는 여자아이는 국밥에 손도 대지 않은 채 눈물을 글썽거리며 그 큰 눈을 껌벅거렸다.

"어서 들거라. 보아하니 네 어미가 사흘 동안 곡기 하나 먹이지 못했다고 하더구나. 눈치 보지 말고 먹거라."

여자아이는 그래도 말없이 눈물을 흘리며 김이 올라오는 뜨거운 국밥 그릇만 바라보고 있었다. 커다란 눈망울에는 서러운 슬픔이 깊게 배겨 있었다.

"이름이 근비라고 했더냐?"

여자아이는 고개만 끄덕였다. 여인은 한쪽 입술을 추켜올리더니 어린아이가 받아들이기에는 가혹한 말들을 냉정하게 늘어놓았다.

"네 부모가 저희들 살자고 너를 팔았다. 몇 끼니 밥을 입에 넣고자 유일한 자식인 너를 팔았단 말이다. 하긴, 도망친 노비가 추노꾼에게 잡혀 봐야 더 모진 꼴을 당해야 하니 이리 뿔뿔이 흩어져 밥이라도 제대로 먹고 사는 것이 낫겠지. 전란 때는 배고파 패륜이고 뭐고 다 저버리고 제 새끼도 잡아먹은 금수보다 못한 것들도 있었지."

아이는 그 큰 눈을 더욱 동그랗게 뜨고 여인을 무서운 듯 바라보았다. 여인은 아이의 손에 숟가락을 쥐어 주며 분향이 지독한 얼굴을 바짝 들이대었다.

"자, 어서 들거라. 이제부터 나랑 백운각에 가면 구질구질하고 청승

맞은 부모는 생각도 나지 않을 정도로 다른 세상에서 살 것이다. 매일 좋은 음식에 고운 옷만 입고 즐겁게 살 거다. 허니 네 그 구차하고 더러운 이름부터 잊도록 해라. 다시는 예전의 삶으로 돌아가고 싶은 마음이 들지 않도록 말이다!"

술에 취해 약간 비틀거리는 명단은 흐트러지지 않기 위해 안간힘을 쓰며 걷고 있었다. 두 손으로 종이 꾸러미를 소중하게 감싸 안고 행여나 떨어뜨릴 새라 몇 번이고 품 안을 들여다보았다.

"우리 여해 먹을 건데 떨어지면 안 되지."

자그마한 초가들이 오밀조밀하게 모여 있는 동네는 크지 않았지만 매우 정감 있는 곳이었다. 사람들에 밀려 다녀야 하는 운종가에 비하면 이곳 장안벌은 마치 산골 같은 곳이었다. 한천을 옆에 끼고 목마장과 군마장이 있는 이곳은 말굽 소리와 말울음 소리 외에는 큰 소리가 나지 않는 조용한 동네였다.

기련이 죽고, 일 년간 여해를 키우기 위해 명단은 정신없이 살아야 했다. 책을 베낄 때도 책을 구하러 다닐 때도 그는 항상 갓 난 여해를 안고 다녔다. 사람들이 그 모습이 측은했는지 동냥젖도 주고, 아이가 먹을 암죽도 더러 챙겨 주었다.

그러나 시간이 흐를수록 기련과 함께 살던 남촌은 그를 더욱 슬프고 외롭게 만들었다. 여해를 재우고 혼자 책을 베끼는 밤이 되면 옆에서 바느질을 하며 바라보던 내자가 그리워 미칠 것만 같았다.

뜬금없이 장안벌에 가서 살겠다는 말을 듣고 주변 이웃들은 말렸지만 그의 마음은 확고했다. 새로운 곳에서 딸과 다시 시작하고 싶었던 것이다.

"아이고, 조 서방 한잔 했구먼."

절뚝거리며 집으로 돌아가는 방개는 입술이 터져 피가 흐르고 있었다.

"저런 입술이 터졌구먼……. 세상에 오늘도 매품을 팔았는가? 그러다 정말 자네 큰일 나겠네."

방개는 겸연쩍은 듯 피식 웃으며 엉덩이를 쓰다듬었다.

"헐장이라고 하더만 포졸 놈이 어찌나 덩치가 산만하던지 죽다 살아났네. 너무 아파서 아랫입술을 꽉 깨물었지. 정말 이 짓거리도 더는 못해 먹겠어. 오늘도 저승과 이승을 몇 번이나 오간 줄 아는가?"

"아니, 여편네는 목이 터져라 곡을 하고 먹여 살리는데 가끔씩 맞는 매도 못 맞아서 그 난리요? 이 달만 해도 벌써 일곱 집이나 가서 곡을 했소!"

앙칼진 여인의 목소리에 두 사내는 깜짝 놀라 뒤를 돌아다보았다. 가난에 치여 악만 남은 방개의 처, 아지였다. 삯바느질과 곡비 일로 집안 식구들을 먹여 살리는 그녀에게는 누구의 집에서 사람이 죽었다는 소식이 가장 큰 희소식이었다.

"어젠 하도 곡을 해서 피까지 토했소. 곡하고 삯바느질 일로 새끼들 먹여 살리느라 허리가 휠 지경인데, 당신은 맨날 엄살이오?"

드센 아지의 고함 소리에 방개는 홍안이 되었지만, 아무런 말도 할 수 없었다. 사실 그가 투전판에서 돈을 다 잃어 식구들이 길바닥에 나앉게 되었으니 입이 열 개라도 할 말이 없었다.

보다 못한 명단은 웃으며 아지를 달래기 시작했다.

"덕팔이 어머니, 바깥양반이 많이 힘든가 봅니다. 아무리 천하장사라도 저리 매를 맞으면 죽습니다."

"그러게 처자식 놔두고 투전판에 미쳐 왜 다 날리고 이리 생고생하게 만든답디까? 웬수야 웬수! 저런 웬수도 없지!"

"아니, 저 여편네가? 어디서 큰 소리를 질러?"

방개가 더는 참지 못하고 버럭 고함을 질렀다.

"왜 내가 틀린 말 했수? 아이고, 내 팔자야. 저 웬수 때문에 내가 팔자에 없는 생고생을 하고 사네!"

그녀는 땅바닥에 털썩 주저앉아 꺼이꺼이 울기 시작했다. 다년간 곡비로 단련이 된 그녀의 목청이라, 아지의 울음소리는 온 동네에 쩌렁쩌렁 울려 퍼졌다. 저녁밥을 짓던 아낙들이 하나둘씩 나와 이것을 보고 킥킥 웃어 댔다.

"또 시작이네. 저녁 밥상 들이기 전부터 웬 곡소리야?"

"곡비라고 하더니 참으로 구슬프게도 우는구나."

"오늘 방개가 매품팔이 하러 간다고 툴툴거리더만, 기어이 사단이 났네."

"에그, 지겨워. 오늘밤 편히 잠자기는 다 글렀네."

사람들이 점점 더 모여들수록 아지의 곡소리 또한 더욱 커져 갔다.

"아이고, 아이고! 내 신세야. 차라리 혀를 깨물고 죽어야지. 새끼들 보니 엄한 목숨 끝도 내지 못하겠고……. 아이고, 아이고……. 내 더러운 팔자야!"

명단이 어찌해야 할지 몰라 방개와 아지를 번갈아 쳐다보고 있을 때 하얗고 보들보들한 작은 손이 그를 잡아끌었다.

"아버지, 왜 이리 늦었어? 나 배고파. 빨리 저녁 먹으러 가요!"

그는 반가운 얼굴로 아래를 내려다보았다. 똘망똘망한 눈빛으로 자신을 올려다보는 여해가 별처럼 웃으며 올려다보고 있었다.

"우리 여해 많이 기다렸나 보구나!"

"아버지, 어서요! 아지 아줌마 곡소리 듣기 싫어요!"

여해가 힘을 다해 두 손으로 잡아끌자 명단은 못 이기는 척 따라가기 시작했다. 집으로 향하며 여해는 아버지의 손에 들린 꾸러미를 보며 눈빛을 반짝였다.

"저게 뭐에요?"

"뭘까?"

명단은 말없이 웃으며 꾸러미를 펼쳐 여해에게 보여 주었다. 여러 종류의 떡과 밀과가 가득한 꾸러미를 보자 어린 딸은 대문니가 없는 입을 크게 벌려 웃었다.

"내가 좋아하는 떡이다! 오늘은 왜 이리 많이 사 오셨어요?"

"전장 어르신께서 특별히 많이 챙겨 주셨단다. 그래서 오늘 아비가 대접 좀 하느라 늦었단다. 기다리게 해서 미안하구나."

명단은 녹두가루에 묻힌 경단을 하나 집어 여해의 입에 넣어 주었다. 입가에 떡고물을 묻힌 채 맛있게 오물거렸다. 그는 그 어떤 순간보다 딸아이가 무엇이든 맛있게 먹는 모습을 볼 때가 가장 행복했다. 두 손으로 작고 하얀 얼굴을 부여잡고는 혼잣말을 하듯 중얼거렸다.

"이 애비는 이럴 때가 좋다. 하룻망아지처럼 그리도 맛나게 먹을 때가 젤로 좋구나."

저녁상을 물린 뒤, 작고 삐거덕거리는 평상 위에 앉은 두 부녀는 밤하늘을 하염없이 바라보고 있었다. 무르익은 봄밤의 쾌청한 공기는 고단한 일상도 다 잊게 할 정도로 상쾌하고 달콤했다. 깊이 들숨과 날숨을 내쉴 때마다 몸속으로 흘러 들어오는 상연한 기운은 백약이 부럽지 않은 보약과도 같았다.

"오늘 말을 타 보니 좋더냐?"

"좋다마다요! 가슴이 시원했다구요."

"하지만 오늘은 장포가 같이 있어서 그렇지 혼자서 말에 오르면 큰일 난다. 네가 다칠까 봐 이 아비는 걱정만 앞서는구나."

"걱정 마세요. 제가 알아서 할 거니까요."

"녀석도 참!"

여해와 명단은 밤하늘을 바라보았다. 앙증맞은 손으로 이 별, 저 별을 가리키는 여해의 질문에 별의 이름을 알려 주며 두 부녀는 즐겁게 정담을 나누었다.

"아버지. 어머니는 어떻게 생기셨어요?"

아버지의 무릎 위에 앉은 여해는 한참 동안 별을 헤아리다가 뜬금없이 물어보았다. 명단의 눈빛이 잠깐 흔들렸지만, 다정하게 딸의 손을 잡고 쓰다듬었다.

"왜, 어머니가 보고 싶으냐?"

"얼마 전에 아버지 따라 운종가에 갔을 때 명주 아저씨께서 날 보고 어머니를 쏙 빼닮았다고 하셔서요. 매우 고운 분이셨어요?"

"그렇지……. 너무도 고았지……."

사무치는 그리움에 명단은 가슴이 에였다. 그의 속을 알 리 없는 어린 딸은 계속 조르기 시작했다.

"어서요, 어머니에 대해 말씀해 주셔요!"

뭐라고 말을 하려 했지만 갑자기 목구멍이 조여 오는 듯 소리가 나오지 않았다. 얼굴이 뜨거워지고 눈앞이 뿌옇게 흐려졌지만, 그는 몇 번 헛기침과 함께 숨을 내쉬었다.

"네 어머니는 말이다. 참으로 곱고 착한 이였다."

"그건 천만 번도 넘게 들었어요. 그거 말고 뭘 잘했는지, 어떤 걸 좋아하셨는지, 싫어하셨는지 궁금하다구요. 어서요!"

명단은 하늘을 바라보았다. 어디선가 기련이 빛난 얼굴로 나타날 것 같았다.

"네 그 곱고도 큰 두 눈은 네 어미를 꼭 빼닮았단다. 특히, 환하게 웃는 그 모습은 똑같아 나도 놀라기도 하지."

"정말요?"

"그렇단다. 그리고 너처럼 떡과 옥춘당을 무지 좋아했더랬지. 저자에 갈 때마다 백당전 앞에서 서성거려 내가 늘 놀리곤 했지."

"이야, 너무 신기하다! 또요! 또 제가 어머니의 어떤 점을 닮았나요?"

"그리고 참을성이 많아 어떤 어려운 일도 잘 견뎌 냈지. 그런데 고집이 세서 가끔 나랑 말다툼할 때도 있었단다. 우리 여해도 그렇지?"

"아버지!"

여해는 심술이 난 듯 볼을 붉히며 입을 삐죽이 내밀었다. 명단은 사랑스럽게 딸을 바라보며 가슴에 꼭 끌어안았다.

"네 말을 들어서인지 오늘따라 네 어미가 보고 싶구나. 고생만 하고 간 불쌍한 사람이지. 이 아버지가 너무도 미안하구나."

명단의 넋두리에 품에 안긴 여해는 어느새 눈을 감고 잠이 들었다. 그는 딸이 잠든 줄도 모르고 계속 헤아릴 수 없는 밤하늘의 별만큼 끝도 없이 그리운 마음을 늘어놓았다.

"고운 미색만큼이나 마음도 고운 이였단다. 만약 네 어미가 없었다면 이 아비는 세상의 그 어떤 행복도 느껴 보지 못했겠지. 나에게 네 어미는 반가의 뜰 안에서나 볼 수 있는 능소화 같은, 한 달에 한 번밖에 보지 못하는 환한 보름달 같은 사람이었단다."

"여해 왔구나?"

장포는 붉은 다색을 띤 딸콩말에게 여물을 먹이고 있다가 뛰어오는 여해를 보고 미소 지었다 그녀 또한 앞이 훤한 이빨을 내다보이며 그에게 바짝 다가들었다.

장포에게는 이 넓은 목마장에서 유일한 벗이라곤 말 외에 이곳으로 놀러 오는 여해뿐이었다. 군부인 아버지의 일을 도와주기 위해 새벽부터 밤까지 목마장에 있어야 했기에 동네 아이들과 어울려 놀 시간이 거의 없었다.

그러나 집에 가도 외롭기는 매한가지였다. 봇짐장수인 외할아버지의 뒷바라지를 한다는 핑계로 지아비와 아이들은 신경도 쓰지 않는 어머니 때문에 늘상 밥을 짓는 것은 아버지와 장포였다. 그는 그런 어머니가 밉고 못마땅했지만, 아버지는 한 번도 불평을 한 적이 없었다.

"팔자인 게지. 네 어미 핏 속에 역마살이 있는 걸 어쩌하겠나? 보부상 딸내미이니 돌아다니며 살아야 숨통이 트이겠지. 말똥 냄새나 맡으며 처박혀 살 여편네가 아닌 게야."

일 년에 어쩌다 두어 번 들르는 어머니가 반갑기도 했지만 볼 때마다 미워서 일부러 아무 말도 하지 않았다. 그런 장포도 동네 아이들이 제 어미들에게 꾸중 듣는 모습을 볼 때면 부럽기 그지없었다.

그래서 장포는 여해가 좋았다. 어머니 없이 아버지와 함께 사는 여해는 그런 그의 외로움과 서러움을 이해하는 유일한 벗이었다. 피를 나눈 동생이 있었지만, 그녀만큼 자신의 마음을 알아주는 이는 세상 어디에도 없었다.

"여물 주는 거야? 배가 많이 고팠나 보구나."

여해는 여물을 씹는 말의 갈기를 쓰다듬었다.

"곧 새끼를 낳을 거라 많이 먹는 거 같아."

"새끼라고? 이렇게 작은 얘가? 그럼 곧 어미가 되겠네?"

순간 장포의 얼굴은 어두워졌다. 금수라도 새끼를 낳으면 돌보는데 집을 두고 떠돌아다니는 어머니가 생각나서였다. 여해는 잠시 그의 얼굴을 뚫어지게 바라보더니 까르르 웃으며 팔을 툭 쳤다.

"야, 넌 그래도 어머니와 아버지가 다 계시잖어? 잠시 뿐이지만 일 년에 몇 번이라도 널 보러 오시니 오죽 좋아? 난 보고 싶어도 볼 수 없어. 두 분 다 계시다고 자랑하는 거야?"

"미안해. 많이 화났니?"

"몰라!"

여해는 일부러 화가 난 척 뒷짐을 지고 터벅터벅 걸어갔다. 당황한 그는 그녀의 뒤를 따르며 달래기 시작했다.

"내가 괜한 얘길 했구나. 마음 상했다면 정말 미안해."

여해는 걸음을 멈추고 장포를 빤히 쳐다보았다. 그는 고개를 크게 끄덕이며 약속이라도 하듯 단호하게 말했다.

"앞으로는 절대 그런 내색 않을게"

"그럼 미안하다면……. 내 소원 하나 들어줄래? 그럼, 네가 앞으로 어머니 이야기할 때마다 싫어해도 그냥 넘어갈게."

장포는 반가운 얼굴로 한걸음 앞으로 다가갔다. 여해는 아랫입술을 살짝 깨물더니 장난기 어린 눈빛으로 미소 지었다.

"있지……. 나 여기에 올 때마다 말 타도 되니?"

"뭐?"

장포는 깜짝 놀라 입을 벌렸다. 점점 그의 얼굴이 굳어지기 시작했다. 원하는 대로 일이 쉬이 될 거 같지 않자, 여해는 두 손으로 그의 팔을 잡고 다랑귀를 뛰며 떼를 쓰기 시작했다.

"제발! 어제 말 타고 밤에 너무 설레서 한숨도 못 잤단 말이야."

"하지만 너네 아버지께서 허락하시지 않을 거야. 절대 안 돼!"

"제발! 우리 아버지께서도 허락하셨다고. 장포 너와 함께 있으면 괜찮다고 하셨단 말이야!"

장포는 두 눈을 감고 강하게 도리질을 쳤다. 그러고는 휙 돌아서더니 다시 여물통 쪽으로 빨리 걸어갔다.

"되지도 않은 부탁 마. 너 다치면 네 아버지보다 우리 아버지한테 혼쭐이 난다. 나도 네가 다칠까 봐 겁난다구."

여해의 얼굴이 순간 빨개지더니 한참 동안 장포의 뒷모습을 허연 눈자위로 흘겨보았다.

"정말이야?"

"정말이야!"

갑자기 여해는 땅바닥에 털썩 주저앉더니 엉엉 울어 댔다. 그 소리가 어찌나 컸던지 주변에서 쉬고 있던 말들 또한 놀라 동요하기 시작했다. 장포 또한 깜짝 놀라 그녀에게로 달려왔다.

"왜 그러니, 너!"

"몰라 몰라! 나 말 탈 거야! 안 그러면 앞으로 너 안 보러 올 거야! 아앙!"

여해는 더 큰 소리로 울었다. 여자아이의 울음소리가 더 커져 가자 예민한 암말들은 신경질적으로 움직이며 울어 댔다.

"그만, 그만해! 너무 위험해서 안 된다니까?"

"싫어, 싫어! 네가 있으면 괜찮은데 왜 안 된다는 거야? 너만 말 타면 좋니? 하나뿐인 동무가 이리 부탁하는 데 매정하게 거절하기야?"

눈물 콧물을 다 짜내며 우는 소녀를 한참 동안 바라보던 꺽다리 소년은 한숨을 크게 한번 내쉬더니 마지못해 고개를 끄덕였다. 정신없이 울며 떼를 쓰던 여해는 그의 말 없는 허락에 자리에서 벌떡 일어섰다.

"정말이지? 타도 되는 거지?"

"응……."

기어들어 가는 소리로 겨우 대답하는 그를 보며 여해는 너무 좋아 자리에서 깡충깡충 뛰었다. 몽당치마 속의 속바지가 훤히 드러날 정도로 그녀는 치마를 펄럭이며 뛰어다녔다. 좋아하는 그녀를 보며 장포는 팔짱을 끼고 고개를 흔들었다.

"정말 나 있을 때만 타는 거다?"

"당연하지. 목마장에서는 네 말만 들을 테니 걱정 붙들어 매라구!"

여해는 기쁜 나머지 장포의 두 손을 잡고 이리 갔다 저리 갔다 하며 덩실덩실 춤을 추었다. 어이가 없는 장포는 픽 웃어 댔다.

"그렇게 좋냐?"

"응! 하늘을 날 거 같애. 아버지께서 내가 좋아하는 떡 수천 개, 아니 세상에 있는 백당전에 있는 옥춘당을 다 사 오신 것처럼 너무 좋아!"

갑자기 손을 놓고 고삐 풀린 망아지처럼 정신없이 뛰어가는 그녀를 보며 장포는 소리를 질렀다.

"어디 가는 거야?"

햇살처럼 순수하게 웃으며 그녀는 밝게 소리쳤다.

"치, 어디 가긴? 어제 그 말 타러 가야지! 너도 같이 탈 거지?"

"야, 이거 내 꺼야! 어디서 남의 것을 훔치고 그래?"

"내가 먼저 보면 내 꺼인 거지."

"뭐라고?"

호박 노리개 하나를 두고 싸움이 일어난 동기 아이 둘은 서로를 잡아먹을 듯이 노려보았다. 근비는 다른 동기 무심이를 비웃듯 바라보며 빨간 술이 달린 호박 노리개를 계속 잡아당기고 있었다.

"더러운 고아 주제에 어디서 감히 손을 대는 거야?"

무심이가 깔보듯 놀려 대자 근비의 얼굴이 시뻘겋게 굳어졌다.

"너, 방금 뭐라고 했어?"

"고아라고 했다. 난 그래도 우리 어머니가 기방 정주간데기로 일해서 늘 나를 챙겨 주지만, 너는 네 부모가 먹고 살자고 기방에 판 거잖아? 나 이야기 다 들었어. 너 팔려 왔다고."

근비의 한쪽 입술이 파르르 떨렸다. 그녀의 눈빛 또한 살쾡이처럼 서늘한 기운을 뿜어내며 죽일 듯이 상대를 노려보았다. 순간 무심이는 움찔하며 뒤로 물러섰지만, 더 크게 소리를 지르며 근비의 약을 올렸다.

"아마 교방에 있는 동기 애들은 다 알고 있을걸? 네가 천한……. 으악!"

무심이는 비명 소리를 지르며 자리에 털썩 주저앉았다. 근비는 노리개를 쥔 그녀의 한쪽 팔을 사정없이 물어뜯고 있었다. 어찌나 세게 물었던지 가느다란 소녀의 팔에서는 붉은 선혈이 뚝뚝 떨어졌다.

"이게 미쳤나? 어서 놓지 못해?"

"네가 이 노리개를 놔. 분명 내가 먼저 찜한 물건이야."

"싫어!"

"그럼, 오늘 너 한쪽 손 못 쓰는 병신으로 만들어 줄 테니 그리 알어."

근비는 입가에 피를 묻힌 채 잔인하게 웃더니, 계속 맹수가 사냥감을 물어뜯듯 사정없이 무심이의 팔목을 물었다. 비명 소리에 모여든 아이들은 끔찍한 장면을 보고 겁에 질려 발만 구르고 있었다.

"어떻게 하니? 걔 저러다 팔모가지 떨어져 나가는 거 아니야?"

"저 눈 좀 봐! 꼭 며칠 굶은 살쾡이처럼 소름끼치지 않어?

비명을 지르며 안간힘을 쓰던 무심이는 결국에는 노리개를 놓고 말았다.

"놓았어, 노리개를 놓았다고! 악! 그만 물어뜯어 이년아!"

바닥에 떨어진 피 묻은 호박노리개를 보고서야 근비는 그녀의 팔목을 놓아 주었다. 무심이는 눈물 젖은 얼굴로 피가 흐르는 팔목을 부여잡으며 버선발로 뛰쳐나갔다.

"엄마! 저년이 날 물었어!"

근비는 노리개를 손에 들고는 옷고름으로 피를 닦더니 만족스럽게 미소 지었다. 자신을 쳐다보는 아이들의 시선과 소곤거림에 그녀는 자리에서 일어나 보란 듯이 저고리에 노리개를 매었다. 그러고는 피식 웃으며 턱을 쳐들고 큰 소리로 말했다.

"왜, 구경났니? 사람 물어뜯는 거 처음 봐? 난 부모한테 버림받은 아이라 본디 배운 것도 없어. 그러니 앞으로 날 건드릴 생각하지 마."

만족스럽게 웃으며 뒤돌아서는 근비의 앞에 백운각 행수가 무서운 얼굴로 서 있었다. 그 뒤에는 정주간데기와 그녀의 딸 무심이가 죽일 듯이 노려보고 있었다. 정주간데기는 홍안이 되어 행수 옆에 다가와 근비를 향해 삿대질하며 소리소리 질러 댔다.

"행수 어르신, 저, 저년입니다요! 저 천한 것이 우리 무심이 노리개를 빼앗고 팔목을 이 모양으로 만들어 놓았습니다요. 에잇, 못된 년! 너 오늘 혼 좀 나 보거라!"

냉랭하게 자신을 내려다보는 행수의 서슬에 근비는 고개를 숙이고 있다가 천천히 눈을 들었다. 근비의 눈에는 그 어떤 두려움과 공포도 보이지 않았다. 되레 냉소를 지으며 당돌하게 행수를 올려다보았다.

"찰싹!"

거센 소리와 함께 갑자기 그녀의 오른쪽 뺨이 불에 덴 것처럼 뜨거웠다. 행수는 연거푸 같은 뺨을 두어 대 더 내려쳤다.

"동기끼리 아끼라고 그리 일렀건만, 내 말을 허투루 들은 것이더냐?"

근비의 눈에는 눈물이 글썽거렸다. 그러나 동기 아이들과 저 얄미운 무심이 어미가 보는 앞에서 울기 싫었다. 그녀는 억지로 눈을 껌뻑거리며 눈물을 삼켰다.

"저, 저 못된 년 좀 보십시오! 입가에 피를 묻히고 노리개를 벌써 맨 것을 보십시오. 이런 나쁜 년! 당장 무심이 노리개를 주지 못해?"

"조용히 하게! 자네가 훈육 어멈이라도 되는 것인가? 어디서 망발

이야?"

행수의 앙칼진 불호령에 이내 무심이 어미는 몸을 움츠리며 고개를 숙였다. 행수가 노리개를 풀기 위해 손을 뻗자 근비가 두 손으로 노리개를 움켜쥐었다.

"치우지 못하겠느냐?"

"행수 어르신, 원래 제 것이었습니다."

"뭐라?"

근비는 한쪽 뺨이 퉁퉁 부은 채로 행수를 똑바로 쳐다보았다.

"원래 제 것이었습니다. 제가 먼저 보고 택했으니까요."

행수의 한쪽 입술이 올라가더니 묘한 미소가 그녀의 얼굴 가득히 번져 갔다. 그녀는 근비의 손을 치우고 노리개를 풀어 무심이 어미에게 던져 주었다.

"되었으니 가게!"

"하지만……."

"조금 있으면 귀한 손들께서 오실 것이야! 일 안 하고 뭐하는 겐가?"

행수의 호통에 무심이와 그의 어미는 서둘러 정주간으로 뛰어갔다. 동기 아이들이 두려운 눈으로 계속 쳐다보고 서 있자, 그녀는 주변을 쫙 훑어보며 들으라는 듯 소리 높여 말했다.

"동무를 해하였으니 오늘 저녁은 굶거라. 알겠느냐?"

"네, 행수 어르신……."

"그 누구도 근비에게 먹을 것을 주어서는 안 된다. 그러면 그 사람 또한 내일 하루 종일 굶어야 할 것이다!"

무서워하는 동기 아이들과 달리 근비의 얼굴은 무덤덤하였다. 마치 이런 일은 여러 번 겪어 아무렇지도 않은 듯 오히려 이상할 정도로 평안해 보였다.

"근비 여기에 있었구나? 행수 어르신께서 부르신다."

모두가 자는 조용한 밤, 혼자서 대청마루에 앉아 하염없이 달을 보는 근비를 훈육 어멈이 불렀다. 말없이 덤덤한 얼굴로 뒤를 따르는 아이를 보자 훈육 어멈은 안쓰러운 듯 바라보았다.

"배고프지 않니?"

"괜찮아요. 굶는 건 밥 먹는 것보다 더 많이 해 보았으니까요."

"행수 어르신, 근비 데리고 왔습니다."

"들어오너라."

장부를 정리하던 행수는 장죽에 불을 붙이며, 들어오는 아이를 계속 바라보았다. 서슬 퍼런 행수 앞에서 아이는 전혀 겁을 먹지 않고 고개만 숙이고 있었다.

"앉거라. 그리고 자네는 나가 보게."

훈육 어멈이 나가자 행수는 계속 말없이 장죽만 빼끔거리고 있었다. 남령초 연기가 매웠지만, 아이는 눈썹 하나 찌푸리지 않았다.

"그래, 반성은 했느냐?"

"……."

"아직도 네 잘못이 무엇인지 모르겠느냐?"

"……."

"고집이 세구나. 하긴 네 부모에게서 데려올 때부터 여간내기가 아니라는 걸 알고 있었다. 오늘 무심이 노리개가 갖고 싶어 그랬던 것이냐, 아니면 널 고아라고 놀려서 그런 것이냐?"

"둘 다입니다."

고개를 숙였으나 기죽지 않고 또록또록하게 대답하는 아이의 목소리는 놀랄 정도로 침착했다. 행수는 살짝 미소만 머금은 채 다시 죽장을 물었다.

"둘 다라?"

"예, 그 노리개는 방물장수가 선을 보일 때부터 제가 먼저 찜한 것이었습니다. 제가 들고 살피는 것을 보고 무심이가 빼앗아 그 아이 것이 된 것이지요."

"또, 다른 건?"

"이유도 없이 무조건 고아라고 천하다고 더럽다고 하는 것이 노여웠습니다. 저나 나나 천한 천민인 것은 다르지 않은데, 왜 제가 그런 말을 들어야 합니까?"

"아하하! 잔망스러운 것!"

행수는 방 안이 떠나가라 허리를 제치고 웃기 시작했다. 천장을 쩌렁쩌렁 울리는 커다란 웃음소리에도 아이는 눈 하나 깜짝하지 않고 앉아 있었다. 재떨이에 죽장을 탁탁 털며 행수는 고개를 끄덕거렸다.

"됐다. 물러가거라. 그리고 다음부터는 무엇이든 조용히 해결하도록 해라. 기녀가 될 아이가 그리 드세고 소란스러워서야 누가 너에게 속내를 털어놓고 치마폭에 재물을 갖다 바치겠느냐?"

"예, 행수 어르신."

자리에서 일어난 근비는 조용히 밖으로 나갔다. 뒤이어 들어온 훈육 어멈은 싱글거리며 남령초를 피우는 행수를 휘둥그래 쳐다보았다.

"왜 그러십니까, 행수 어르신! 심하게 달초를 하셔야지요."

"참으로 물건 하나가 들어왔구나. 저 아이를 특히 잘 가르치도록 하게. 앞으로 백운각에 재미난 일이 많이 생기겠구나."

운명과의 조우

"워, 워! 이번에 새로 들어온 녀석인데 정말 잘 달리는구나?"

돈점박이를 탄 어린 여인은 만족스러운 듯 환하게 웃으며 말에서 뛰어내렸다. 총기가 가득한 커다란 눈매는 조금 고집스러워 보였지만, 연신 방실거리는 입술은 더위로 발개진 뺨과 함께 꽃잎처럼 붉디붉었다.

본격적인 가을이 시작된다는 백로가 지났건만 목마장을 비추는 햇살은 여름과 다름이 없이 뜨거웠다. 목마장의 초목들도 지친 듯 짙은 녹빛을 머금은 채 축 늘어져 있었다.

"내가 보기엔 얘보다 네가 더 신이 난 것 같구나. 처음 말을 타던 일곱 해 전보다 더 좋아하는 것 같다."

"그럼 난 세상에서 말 타는 게 젤로 좋은 걸?"

키가 훤칠한 사내는 까무잡잡한 얼굴에 미소를 지으며 하얀 이를 드러내었다. 방금 달리느라 헉헉거리는 말에게 물을 부어 주며, 그는 한 손으로 땀을 훔치는 여인에게 수통을 내밀었다.

"덥지?"

"추석이 다 되어 간다지만, 그래도 덥긴 덥다. 이 녀석은 어디로 갈 거야?"

여인은 수통을 들어 벌컥벌컥 물을 마셨다. 가느다랗고 하얀 목덜미를 타고 물방울이 땀과 섞여 쇄골 사이로 흘러 내렸다. 사내는 살짝 미소를 머금은 얼굴로 그녀의 모든 것을 사랑스럽게 바라보았다.

"아마 군마로 쓰일 거 같아."

"군마?"

"응, 조만간 장안벌에서 기마 훈련이 있어 사복시에서 목마장마다 돌아다니며 쓸 만한 놈으로 구한다고 난리인가 봐."

여인은 눈을 반짝이며 장포를 빤히 바라보았다.

"너 가 본 적 있어?"

"어디?"

물 마시는 돈점박이의 등을 쓰다듬던 장포는 자신을 의미심장하게 바라보며 웃는 여인을 보더니 정색을 했다.

"너, 정말……. 안 돼! 절대 안 돼!"

"장포야!"

"여해, 너! 거기는 외부인이 절대로 들어가면 안 되는 곳이야. 나도 아버지 따라 몇 번 가 본 것밖에 없어."

여해는 벌떡 일어나서 뒷짐을 지고 장포를 보며 생글거렸다. 그는 일부러 못 본 척하며 말안장을 떼어 내 들고 바삐 걸어갔다. 그녀는 쪼르르 달려가 옆에서 계속 가살을 떨며 졸라댔다.

"아이, 장포야."

"우리 아버지 안 계실 때 너 말 타게 하는 것도 얼마나 두근거리는지 알아? 가끔 석산이가 뿔날 때마다 아버지한테 이른다고 할 때면 달래느라 혼쭐이 난다. 더는 나 곤란하게 하지 마."

꿈쩍도 않는 장포를 보자 여해는 화가 난 듯 제자리에 서서 계속 노려보았다.

"앞으로 너 안 볼 거야."

"그래? 이젠 맘 놓고 두 다리 뻗고 자도 되겠다. 요즘 가끔 목마장에 아버지를 따라 구경나오는 반가의 처자들이 나한테 잘해 주던데?"

"어이고, 좋겠네. 그런다고 그 처자들이 정말 너 좋아서 그러는 줄 아나 보네. 착각하지 마라."

"내가 보기에는 아니던데? 왜 괜히 마음 쓰이니?"

얼굴이 점점 달아오르는 여해를 보자 장포는 재밌다는 듯 눈웃음을 지으며 콧노래를 불렀다. 그녀는 화가 난 듯 빨개진 얼굴로 입을 삐죽 내밀며 그에게 성큼성큼 걸어갔다. 장포는 모른 척하고 계속 흥얼거리며 일에 일부러 집중하며 딴청을 부렸다. 자신을 무시하는 장포를 보자 여해는 심술이 난 듯 넓디넓은 등을 마구 때리기 시작했다.

"야, 너 정말 얄밉게 굴 거야?"

"아야, 아퍼!"

"아프라고 때리는 거지, 그럼 아프지 말라고 때리니? 데려갈 거야, 안 갈 거야?"

장포가 아무 말 없이 계속 웃어대자 여해는 아예 두 눈을 꼭 감고 장포의 등을 사정없이 때렸다. 그는 계속 싱글거리며 그녀를 피해 이리저리 도망 다녔지만 여해는 막무가내로 계속 쫓아왔다.

"어허, 누가 우리 귀한 집 장남을 두들겨 패는 게야?"

우렁찬 고함 소리가 들리자 여해와 장포는 놀란 눈으로 쳐다보았다. 이미 수염과 머리에 잔설이 내려앉았지만 여전히 건장한 체구를 자랑하는 한 사내가 눈살을 찌푸리며 서 있었다.

"여해 넌 집에 가서 저녁 차리지 않고 뭘 하는 게냐? 그리고 우리 장포가 뭘 잘못했다고 그리 무지막지하게 패는 게야?"

"아, 아저씨……. 그, 그게요……."

"어디 어른이 말씀하시는 데 말대꾸냐?"

장포 아버지, 원만의 불호령에 여해는 순간 겁에 질려 고개를 푹 숙였다. 장포는 그런 그녀가 안쓰러운 듯 한 걸음 나서 아버지를 달래기 시작했다.

"아버지, 그게요……."

"닥치지 못하겠느냐?"

"아버지……."

"여해는 집에 가서 저녁 밥상 준비하거라. 어서!"

여해는 고개를 숙여 말없이 인사를 올리고는 도망치듯 뒤돌아 빠르게 달려갔다. 장포는 마음이 편치 않은 듯 그 뒷모습을 바라보고 있었는데, 달려가던 여해가 잠시 멈추고는 그를 얄미운 듯 째려보았다. 원만은 아들을 흘겨보는 여해가 괘씸한지 숨소리가 거칠어졌다.

"저, 저 버르장머리 없는 것을 보았나?"

"아버지! 여해가 얼마나 착한데요? 그냥 장난친 거라구요."

"시끄러워! 너나 쟤나 이제 열다섯이다. 벌써 혼례를 올리고 자식 낳고 살 나이란 말이다. 아직도 동무하며 장난질을 칠 게냐?"

원만의 넓적한 그 얼굴이 붉어지기 시작했다. 장포도 더는 말을 하지 않고 묵묵히 땅만 바라보았다. 오늘따라 아버지의 심기가 유난히 불편해 보였다. 필시 반갑지 않은 손님이 집에 온 것이 분명했다.

"집에 가 봐라. 네 어미가 왔다."

장포는 말없이 아버지 옆에서 솔로 말털을 빗기만 했다. 원만은 아들을 물끄러미 바라보더니 한숨만 쉬며 여물을 채워 넣기 시작했다. 두 사람은 아무 말도 하지 않았지만, 일부러 말을 건네려고 하지도 않았다. 그저 이렇게 다 알고 있으면서도 모른 척하는 것이 서로에 대한 배려였기 때문이다.

"거기 한번 구경시켜 주는 게 뭐가 대수라고? 되게 갑갑하게 구는 거야?"

저녁밥을 지으며 아궁이 앞에 앉은 여해는 계속 골이 난 듯 눈알을 굴리며 투덜거렸다. 활활 타오르는 장작을 보며 그녀는 땅이 꺼지라 한숨을 연이어 내쉬었다.

"하긴 내가 늘 장포를 귀찮게는 하지. 하지만 그게 문제야? 목마장에서 일하느라 제대로 놀지 못하는 저를 챙겨 준 게 누군데?"

불꼬챙이로 아궁이를 신경질적으로 쑤시며 여해는 입술을 삐죽거렸다. 너무도 가고 싶었다. 말로만 듣던 군마장은 조선에 있는 그 어떤 목마장과 비교할 수 없을 정도로 넓은 곳이라고 들었다. 한번 구경이라도 해 본다면 다시는 장포를 괴롭히지 않을 거라고 생각하는 그녀였다.

"야, 너 뭐가 또 그리 불만이야? 오늘도 장포 괴롭힌 거야?"

키가 작고 뚱뚱하지만 날래게 생긴 한 어린 사내가 히죽거리며 부억으로 들어왔다. 여해는 그를 한번 흘겨보고는 인사도 하지 않고 아궁이만 바라보았다.

"장포 덕에 말도 잘 타고 놀면서 왜 그리 못살게 구는 거야?"

"부금이 너 남 일에 간섭 말고 어머니 따라 주릅 노릇이나 제대로 하셔."

부금은 밉살스럽게 입을 실룩거리더니 펑퍼짐한 콧구멍을 후벼 파며 다가앉았다.

"야, 너무 그러지 마라. 오늘 걔 어머니 오셨다더라."

순간 여해는 장포에게 악다구니를 쓴 것이 후회되었다. 일 년에 두어 번 자식들을 보러 오는 그의 어머니는 결코 반가운 손님이 아니었다. 장포는 늘 다정하다가도 어머니가 오신 날에는 괜스레 심술을 부리거나 이유 없이 화를 내곤 했다.

"그러니 너무 괴롭히지 마라. 참, 히히! 나 좋은 소식 있다!"

분명 또 맛난 거 먹었다고 시끄럽게 자랑질할 것이 뻔한지라 여해는 일어나 솥뚜껑을 열어 보는 척하며 딴짓거리를 했다.

"나, 장가간다! 이히히!"

깜짝 놀란 그녀는 솥뚜껑을 떨어뜨렸다. 동네에서 제일 못생긴 걸로 치자면 일등인 부금이 제일 먼저 장가를 간다고 하니 놀랄 일이었다.

"네가? 누구랑?"

"나도 몰라. 우리 어머니가 저잣거리 매파에게서 참한 색시 소개받았다고 하시더라고. 일도 잘하고, 야무지데."

"얼굴은?"

여해의 질문에 신나서 떠들어 대던 부금은 갑자기 입을 다물더니 시무룩해졌다. 그녀는 재밌다는 듯 눈웃음을 쳤다.

"박색이구나? 거봐, 곱게 생겼으면 분명 너네 어머니께서 온 동네방네 자랑하고 다니셨겠지. 그치?"

부금은 뿌루퉁한 얼굴로 그녀를 쳐다보더니 자리에서 일어섰다. 말로 싸우면 항상 그녀에게 이기는 날이 없었다. 어렸을 적부터 부금은 괜스레 여해를 약 올렸다가 되레 당해 매번 울면서 집으로 돌아와야 했다.

"나 갈란다."

"못생겨도 애 잘 낳고 일 잘하면 그만이지. 안 그래?"

"아니야! 우리 색시 무지 고울 거야!"

부금은 화가 난 듯 얼굴이 시뻘게지더니 그 통통한 얼굴을 잔뜩 찌푸렸다.

"치, 샘이 나서 그러지? 내가 먼저 혼례를 올리니까 맞지? 넌 그 못된 성질머리 고치지 않는 한 절대 시집 못 갈 거다."

"걱정마라. 나야 훤한 장부 만나 백년해로할 거니 너나 잘 해라."

여해의 말에 부금의 콧구멍이 커졌다 작아졌다 하며 벌름거렸다. 부금은 한참 동안 그녀를 노려보더니 이내 획 돌아 사립문으로 걸어갔다.

"치, 자랑질할려고 온 거 모를 줄 알어? 꼭 곽란에 죽을 말 상판 떼기 같다더니……. 그나저나 장포 마음이 안 좋아 어떻게 한다지?"

"장포야, 어서 저녁 밥상에 찬을 올리거라. 왜 장승마냥 서 있는 게야? 어서!"

서둘러 저녁상을 준비하는 아버지 옆에서 장포는 화가 난 듯 입을 굳게 다물고 서 있었다.

"아버지, 정말 너무한 거 아닌가요?"

"뭐야?"

아버지를 따라 같이 상을 차리는 석산은 두려운 눈빛으로 형을 바라보았다. 가량가량한 얼굴의 동생은 형과는 달리 훤칠하게 키는 크지 않았지만 다부라지게 보였다. 석산은 형의 소맷부리를 잡아당기며 아버지의 눈치를 보았다.

"형, 왜 그래?"

"다른 집에서는 어머니께서 자식들을 위해 씹던 것도 뱉어서 먹이신다고 하던데, 왜 우리는 번번이 어머니께서 지어주시는 밥은 못 먹을지언정 차려 드려야 합니까? 몸이 불편하신 것도 아니고, 마음대로 정처 없이 떠돌아다니시다 노곤하신 건데 왜 그래야 하냐구요?"

"장포, 너!"

장포는 원망스러운 듯 아버지를 흘겨보고는 밖으로 나와 방문을 왈칵 열어 자고 있는 어머니를 향해 소리를 질렀다.

"뭘 잘했다고 그리 누워서 양반 행세세요? 어서 나오셔서 저희와 아버지를 위해 밥상 차려 주세요! 저도 어머니께서 차려 주시는 밥 좀 먹어 보자구요!"

아들의 분에 찬 목소리에도 여인은 끄떡없이 누워 있었다. 석산은 걱정이 되는지 형을 따라 밖으로 뛰어 나왔다. 원만은 화가 난 얼굴로 아들을 노려보았다.

"정말 뻔뻔하시네요? 거둬서 기를 것도 아니면 뭣 땜에 석산이랑 저 이 세상에 떨구어 놓으셨나요? 차라리 앞으로는 집에 오지 마세요! 보기도 싫으니까요!"

"아니, 이 녀석이 점점! 네 어미 쉬고 있지 않느냐?"

"뭘 잘하셨다고요! 다른 사내들과 어울려 다니며 산천 좋은 곳 유랑하며 다니시는 것이 잘하신 겁니까? 뭐가 잘나서 이리 오셔서 저희들까지 괴롭히시는 거냐구요? 그렇다고 수천 냥을 벌어 오신 것도 아닌데, 왜 잘 살고 있는 우리 세 식구 더 힘들게 만드시냐구요!"

"이 버르장머리 없는 녀석!"

원만은 화가 나 그만 장포의 뺨을 세게 때리고 말았다. 깜짝 놀란 석산은 형 옆으로 가 걱정스럽게 바라보며 쿡쿡 옆구리를 찔러 댔다.

"형, 괜찮아? 이제 그만해……."

장포는 피식 웃더니 홍안이 되어 숨을 몰아쉬는 아버지와 아직도 시체처럼 꿈쩍도 하지 않고 방에 누워 있는 어머니를 번갈아 쳐다보고는 동네 한길가로 달려 나가고 말았다.

"저, 저 녀석이!"

"아버지, 그만하세요. 제가 형 대신 밥 차릴게요. 들어가세요."

원만은 화가 많이 난 듯 방 안에서 아무 미동도 하지 않은 채 누워 있는 내자를 매섭게 노려보았다.

"장포 말도 틀린 게 아니지! 사람이 염치가 있어야지. 정말 꼴도 보기 싫으이! 으이구, 내 팔자야!"

"오늘은 우리 여해가 뭘 차렸나?"

장통방에 있는 역관 김선웅의 집을 다녀온 명단의 얼굴에는 피곤한 기색이 역력했다. 까다로운 역관은 한꺼번에 진귀한 서책을 구해 주길 바랐다. 이미 많은 선금을 받은 그는 며칠 동안 밤을 새워 가며 필사하느라 쓰러질 지경이었다. 그러나 이내 딸이 차려 준 소박한 밥상을 보자 모든 피로가 사라진 듯 미소를 지었다.

"찬이 많이 없지요? 그래도 어서 드시어요."

명단은 여해의 밥 그릇 위에 조그마한 생선 조림을 발라내어 얹어 주었다.

"아버지께서 드셔야지요. 오늘은 먼 길 다녀오시느라 고단하실 텐데……."

"난 네가 이리 잘 먹기만 하면 하나도 힘들지 않다."

"치, 거짓말……. 요 며칠 제대로 주무시지도 못하셨잖아요?"

여해는 아버지가 올려 준 생선살이 얹힌 밥을 떠 맛있게 씹기 시작했다.

"김역관이 또 다른 서책을 부탁하든가요?"

"청에서 들어온 책이라 하더라. 아직 조선 땅에 들어온 지 얼마 되지 않은 서책들이라 구하려면 오래 걸릴 것 같구나."

"아버지께서는 서책 구하러 다니세요. 제가 틈나는 대로 책을 베낄 게요."

"그럴 필요 없다. 내가 책쾌 노릇한 지 십 년이 넘는데 이 정도는 끄떡없다."

여해는 대답대신 빙그레 웃으며 맛나게 밥을 먹었다. 그는 늘 기죽지 않고 활달한 성정을 지닌 딸이 대견스러웠다. 이 모습을 죽은 내자가 보았다면 더 없이 좋아했을 거라는 생각에 또다시 마음이 저려왔다.

"오늘 장포 어머니께서 오셨데요."

"그래? 그나저나 장포도 혼기가 다 찼는데 저리 어미가 떠돌아다니니 큰일이로구나."

"그렇지 않아도 부금이가 장가간다고 자랑하더라구요."

여해는 입을 삐죽거리며 나물을 집어 입에 넣었다. 명단은 물끄러미 딸을 바라보더니 장난스럽게 웃으며 뜬금없는 말을 툭 던졌다.

"너도 시집가고 싶으냐?"

"아, 아니요! 싫어요! 시집가면 맨날 빨래하고 밥하고 아무것도 못하잖아요? 제가 좋아하는 말도 못 타구요. 전 오래오래 아버지랑 살 거예요."

"그럼 장포한테 시집가거라. 실컷 말을 탈 것 아니냐?"

"아버지!"

여해는 아버지를 흘겨보며 수저를 탁 내려놓았다. 골이 난 딸을 보자 명단은 껄껄 웃으며 달래기 시작했다.

"애비가 잘못했다. 자, 어서 마저 먹어야지?"

"자꾸 놀리실 거예요? 그러면 저 안 먹을 거예요. 그리고 장포 개

양반네님 여식들께서 눈독을 들이신답니다. 저 같은 거 쳐다나 볼까요? 제 마음도 모르시면서 그런 말씀 마시어요."

"다시는 안 그러마. 자, 어서 먹자. 뭐 줄까? 생선 또 발라 줄까?"

"치, 됐어요. 제가 먹을래요."

저녁상을 물리고 부녀는 나란히 마주보고 앉아 책을 베끼며 정담을 나누었다. 낮에는 한여름처럼 무덥지만, 아침과 밤이 되면 풀벌레 소리와 함께 불어오는 선선한 미풍에 일하기가 수월했다.

"우리 여해가 도와주니 너무 좋구나. 고맙다. 힘들면 그만하고 자거라."

"아버지도 참! 이제 눈도 침침하신데 제가 도와야죠. 덕분에 재미난 서책도 읽으니 얼마나 좋아요?"

사립문 밖에서 낯익은 발자국 소리가 들려오기 시작했다. 조심스러우면서도 가벼운 짚신 소리가 필시 늘 이 시각에 찾아오는 이의 것이 분명했다. 여해는 싱긋이 웃더니 필사를 멈추고 방문을 열었다.

"밥은 먹었니?"

어두운 얼굴의 장포가 부끄러운 듯 고개를 숙이고 마당에 서 있었다. 그는 명단과 눈이 마주치자 황급히 고개를 숙여 인사를 올렸다.

"아저씨, 이 시각에 송구합니다."

"밥은 먹고 온 게냐? 여해를 따라가 보거라."

여해는 방을 나와 재빨리 찬간으로 향했다. 명단은 딸의 뒷모습을 물끄러미 바라보더니 장포를 보고 미소 지었다.

여해는 찬간에서 나물과 밥을 고추장에 비비고 있었다. 장포는 몹시도 배가 고팠지만 일부러 퉁명스럽게 입을 열었다.

"뭐하는 거야?"

"너 분명 밥 안 먹었잖아? 이거라도 요기해."

"아냐. 나 많이 먹었어."

여해는 숟가락으로 밥을 떠 억지로 장포의 입에 쑤셔 넣었다. 못 이기는 척 바닥에 앉은 그는 처음엔 점잔을 빼다가 갑자기 허기가 느껴지자 허겁지겁 밥을 퍼먹기 시작했다.

"천천히 먹어. 그러다 체할라."

여해는 물그릇을 내밀며 안쓰럽게 그를 바라보았다. 내색은 하지 않았지만, 어머니가 집에 올 때마다 자신을 찾아오는 그가 측은하고 가련했다. 어머니에 대한 마음이 그리움에서 미움으로 변해 버린 장포가 참으로 불쌍했다. 차라리 자신처럼 어머니가 이 세상에 없어 그리운 정만 남아 있는 것이 도리어 낫다고 생각했다.

밥을 다 먹은 장포는 미안한 듯 직접 짚으로 설거지를 하며 평소처럼 환하게 웃어 보였다.

"여해야. 있지……. 내일 장안벌에 가자."

부뚜막에 앉아 있던 여해는 불에 덴 것처럼 깜짝 놀라 일어섰다.

"정말?"

"내가 허튼 소리 하는 거 봤니? 내일 데리러 올 테니 다른 사람한테 절대 말하면 안 된다?"

여해는 좁은 부엌에서 뛰어나와 깡충깡충 뛰며 덩실덩실 춤을 췄다. 장포는 어이가 없는 듯 바라보며 고개를 저었다. 나이는 동갑이지만 아직도 어린아이같이 구는 그녀를 볼 때마다 당황하는 그였다.

"그리 좋은가? 꼭 첫눈 내리는 날, 정신없이 뛰는 강아지같어."

"대체 언제 오는 게야?"

"기다려 보시어요. 왜 그리 급하실까?"

"내 백운각의 최고 기녀를 보기 위해 그 많은 전두를 던졌다. 헌데 이리 기다리게 할 것이냐? 고얀지고! 천한 기생년이 사대부를 능멸하다니!"

큰 갓을 쓰고 비단 도포를 두른 중년의 사내는 못마땅한지 기녀들이 따르는 술만 들이켜고 있었다. 퇴청하자마자 수염이 날리듯 달려와 두 시진이나 기다린 그였지만 기다리는 기녀는 코빼기도 비치지 않았다.

도저히 참다못한 사내는 자리를 박차고 일어났다. 얼굴이 홍시처럼 붉어진 그는 팔을 잡고 말리는 기녀들을 뿌리치고 기방이 떠나가라 고래고래 고함을 지르기 시작했다.

"어서 데려와, 데려오라고! 내 오늘 이년을 물고를 낼 것이다!"

그때, 화려한 아자문이 살며시 열리더니 자줏빛 동달이에 검은 전복과 전립을 갖춘 여인이 시퍼런 장검을 들고 들어와 절을 하였다.

"이리 대감을 기다리시게 해 드려 송구하옵니다. 월하선이라 하옵니다."

가을날 처마 밑에 똑똑 떨어지는 빗방울처럼 여인의 목소리는 날카롭고도 깊이가 있었다. 방 안 가득 퍼져 가는 묘한 사향 냄새 때문인지 무복을 입은 그녀는 다른 세계에서 온 사람처럼 낯설었다. 고개를 들자 전립 아래로 보이는 화사하고 고혹적인 미색에 사내의 굳어진 낯빛은 서서히 부드럽게 풀어졌다.

"어, 어 그래……."

"이년, 그 어떤 벌도 마다치 않을 것입니다."

"뭘 이런 걸 가지고. 헌데 왜 그리 늦었느냐?"

월하선은 고개를 들어 그윽한 눈빛으로 사내를 미혹하듯 바라보았다. 달빛에 이슬을 머금은 화려한 수국과 같은 경국지색에 방 안에 있던 다른 사내들도 넋을 잃었다.

"예기란 마음을 정히 해야 하옵니다. 대감을 위해 최고의 모습을 보여 드리기 위해 번다한 맘결을 고르느라 지체하였사옵니다. 어서 죽여 주시옵소서."

커다란 두 눈에 눈물을 글썽이는 기녀를 보자 사내들은 모두 탄식하며 어찌할 줄 몰랐다. 그러나 다른 기녀들은 코웃음을 치며 그녀를 나삐 보며 숙덕거렸다.

"요망한 것이 세치 혀는 잘도 굴린다니까? 훈련대장을 갖고 노는구나."

"잘 한다고 추켜세워 주니 갈수록 가관이구나."

"흥, 저 사내들 꼴 좀 보라지? 다들 구미호를 보고 넋이 나갔네?"

우락부락한 훈련대장은 청아한 달맞이꽃처럼 글썽거리는 월하신 앞으로 다가갔다. 그러고는 그 작고도 하얀 옥수를 잡고 무언가에 홀린 사람처럼 중얼거렸다.

"내 다 용서하마. 어서, 어서 네 재주를 보여 다오. 더 기다리기에는 참으로 괴롭구나."

월하선은 살기 어린 묘한 미소를 지으며 빤히 바라보았다.

"하오면 이년 나으리를 위해 마지막인 듯 최고의 춤을 보여 드리겠나이다."

양금의 청량하고도 맑은 연주 소리에 맞추어 천천히 장검을 휘두르는 춤은 마치 서서히 휘몰아치는 강풍처럼 오금을 저리게 만들었다. 우아하게 검을 휘두르며 옅은 웃음을 짓는 기녀는 사내들의 애간장을 바짝바짝 타들어 가게 만들었다.

"참으로 빼어난 미색이네."

"허니 한성의 모든 난봉꾼들이 저 아이를 보기 위해 집문서까지 잡혔다고 하지 않나? 저 웃음 좀 보게나. 조걸 그냥!"

"허허, 체통을 지키시게나. 훈련원 무관이 이리 오두방정을 떨어서야 되겠는가? 그나저나 우리 훈련대장께서 완전 넋이 나가셨네."

양금의 소리가 휘몰아치는 강풍처럼 점점 빨라지기 시작했다. 하나였던 장검이 어느새 쌍검으로 바뀌자 방 안에 있던 사람들의 눈이 휘둥그레지고 떡하니 입이 벌어졌다. 바로 코앞에서 사정없이 휘둘리는 시퍼런 검날에 훈련원의 장부들은 움찔거렸다.

"저러다 우리 베는 거 아냐? 저 눈빛 좀 보게. 살벌하지 않나?"

"서, 설마……."

무관의 말대로 반사되는 검광에 반짝이는 그녀의 눈은 마치 먹이를 노리는 맹수 같았다. 화사한 미소를 머금고 있었지만, 그것은 상대를 안심시키기 위한 속임수일 뿐 틈을 노려 그 크고도 날카로운 검으로 폐부를 깊숙이 찌를 듯이 현란하게 움직이고 있었다.

"아이고, 언제 끝나나?"

"오금 저려서 더는 못 보겠구만."

한 사내가 일어서려는 순간 갑자기 큰 장검 두 개가 쾅하고 방바닥을 찍었다. 월하선은 무릎을 꿇고 고개를 숙이고 그대로 앉아 있었다. 잠시 동안의 정적이 흐르는 동안 방 안에는 사내들의 침 넘어가는 소리와 몰아쉬는 숨소리 밖에 들리지 않았다.

"아하하! 참으로 명기다, 명기야! 우리 모두 네 검무에 완전 혼이 나갔구나!"

훈련대장이 껄껄 웃으며 박수를 치자 다른 무관들도 마지못해 가소를 지으며 박수를 쳤다. 월하선은 그제야 천천히 검을 거두고 공손하게 예를 올리고 일어섰다.

"이년의 춤을 제대로 보아 주신 나으리를 위해 오늘밤은 특별히 제가 모시겠사옵니다."

"그, 그래? 아, 이거 원……."

"싫으시다면……."

"싫다니! 전혀 아닐세!"

그녀의 야릇한 표정에 훈련대장은 생각지도 않은 횡재에 눈을 껌뻑거리며 좋아서 헤벌쭉거렸다. 그러나 그의 옆에 앉은 기녀는 새빨간 입술을 꼭 다문 채 의심스러운 눈초리로 흘겨보았다.

"저것이 분명 무슨 꿍꿍이가 있는 것이야. 그렇지 않고서야 이리 곰살 맞게 굴지 않지."

"훈련대장을 구워삶아 어영청 무관들을 데려오려고? 보아하니 그 내기 때문에 그러는 것이 분명하구먼."

"내기?"

"벌써 잊었어? 달포 전에 환갑 앞둔 좌참판이 저년을 첩실로 들이려고 하자 내기하자며 수작을 부렸지."

기녀들의 비아냥거림에 잠자코 있던 월하선은 자리에서 일어서며 그녀들을 쭉 둘러보며 냉소를 지었다.

"옆에 계신 분들이나 잘 모시게. 분수도 모르는 짓 하려다 괜한 봉변당하지 말고."

월하선은 방문을 열고 밖으로 나왔다. 시원한 밤공기는 이마에 흐른 땀을 금새 말끔히 닦아주었다. 그녀는 무모하고도 투지를 자극시키는 그 내기를 떠올리며 실소를 지었다.

그날은 몹시도 더운 날이었다. 기녀들의 가야금 소리를 들으며 인왕산 시원한 백사실 계곡물에 발을 담그던 늙은 양반님께서는 속적삼을 열어젖히고 부채질을 하는 기녀를 음침한 눈빛으로 살피고 있었다.

"제 얼굴에 뭐가 묻었습니까? 얼굴에 구멍이 나겠습니다, 나으리."

"애야, 제발 이제 그만 고집 피우고 내 첩실로 들어오너라. 내 이미 둘이나 있지만, 너를 제일 아껴 주마."

월하선은 냉소를 지으며 더욱 거세게 부채질을 하였다. 답이 없는 그녀를 보자 애간장이 타들어 간 좌참판은 발도 제대로 닦지 않고 옆으로 다가왔다. 열린 속적삼 사이로 보이는 하얀 살결에 그는 저도 모르게 침을 꼴깍 삼켰다. 늘 백운각에서 독주하던 그녀를 못마땅하게 여기던 기녀들은 너스레를 떨며 그의 편을 들었다.

"어이고, 천한 기생년이 팔자 고치는 거지. 나라면 얼씨구나 하며 넙죽 받겠네."

"그럼! 주름 잡히는 그 순간부터 구석으로 처박히는 것이 기녀 팔자인데, 이것아 이럴 때 잡어!"

좌참판은 허연 수염을 만족스럽게 쓰다듬으며 종자에게서 두둑한 엽낭 두어 개를 받아 그녀의 무릎 위에 올려놓았다.

"오늘 너랑 같이 신선놀음한 전두다. 이건 아무것도 아니다. 내 너를 위해 다시 화려하게 집을 지어 주마. 안방마님 눈치 보지 말고 편하게 지내거라. 그것뿐이더냐? 네가 만약 자식이라도 낳아 준다면 그 아이에게 두둑하게 재산도 물려줄 것이다."

월하선은 부채질을 멈추더니 그를 빤히 바라보았다. 새빨간 입술이 살짝 방실거리자 그는 은근한 기대감에 입맛을 다셨다. 그러나 그녀는 자리에서 벌떡 일어나더니 콸콸 흐르는 계곡물에 미련 없이 엽낭을 던져 넣었다. 기녀의 망발에 모든 이들이 경악하여 숨을 멈추었다. 분노에 찬 양반은 손가락을 벌벌 떨며 그녀를 향해 삿대질을 해댔다.

"이, 이런! 고얀 년을 보았나? 감히 내가 준 전두를 물에 처넣어? 네년이 죽고 싶어 환장을 한 것이더냐?"

말고기 자반처럼 벌게져서 펄펄 뛰던 그를 가소롭게 쳐다보던 그녀는 천천히 계곡물 속으로 걸어 들어갔다. 사람들은 뜬금없는 그녀의 행동에 어이가 없어 수군거렸지만, 월하선은 차분하게 물속을 들여다보며 더욱 깊숙한 곳으로 향했다. 화가 나 소리를 지르던 좌참판은 걱정이 된 듯, 이내 노기를 거두고 걱정스러운 얼굴로 그녀를 달래었다.

"어서 나오너라. 네가 버린 전두에 대해서는 이제 말하지 말거라. 사람 목숨이 중하지 그깟 전두가 중하더냐? 어서 나오래도?"

그러나 월하선은 계속 깊은 계곡 속으로 걸어 들어갔다. 허리까지 보이던 그녀의 가늘가늘한 몸은 어느새 어깨까지 푹 잠겨 있었다. 애가 탄 좌참판은 발을 동동 구르며 옆에서 멍하니 지켜보던 종자를 채근하여 그녀를 꺼내 오도록 했다. 종자는 미적거리며 신과 백말을 벗었지만 저 죽을까 두려워 발도 못 담그고 있었다.

"어서 나오래도! 허허, 왜 그리 미련스럽게 구는 것이더냐?"

월하선은 뒤돌아 그를 향해 야릇한 미소를 날렸다. 그러고는 갑자기 물속으로 쏙 들어가더니 자취를 감추었다. 깜짝 놀란 사람들은 몰려들어 웅성거리기 시작했고, 계속 머뭇거리는 종자의 뒤통수를 후려갈기며 좌참판은 고래고래 고함을 질러 댔다.

"이놈아! 썩 들어가지 못해?"

쭈뼛거리며 물속에 발을 담그던 종자는 그래도 겁이 나는지 주인의 눈치만 보며 서성이고 있었다. 그때, 물속에서 흠뻑 젖은 월하선이 붉은 엽낭 주머니 두 개를 들고 쑥 밖으로 고개를 내밀었다. 마치 용궁에 사는 궁녀처럼 머리부터 젖은 그녀의 모습은 더욱 관능적이고 고혹적이었다. 사내들은 넋을 빼고 입을 벌린 채 그녀만을 쳐다보고 있었다. 그녀는 물에 발을 넣었다 빼는 종자를 한번 쳐다보더니 계곡이 쩡쩡 울릴 정도로 소리를 질러 댔다.

"저랑 저 전두를 두고 내기를 해 주시겠습니까?"

"내기라니?"

뜬금없는 그녀의 말에 좌참판뿐만 아니라 같이 놀러 나온 양반들도 어리둥절하여 서로를 쳐다보았다.

"만약 제가 한성의 돌부처인 어영청의 종사관과 하룻밤 운우지정이라도 나누게 되면 이 돈은 제 것입니다. 허나 만약 실패한다면 두말 않고 아무것도 바라지 않은 채 나으리의 여인이 되어 백년해로하겠사옵니다. 어떠하십니까?"

그녀의 제안에 좌참판은 어이가 없어 말을 잇었다. 천천히 물살을 헤치고 나오는 그녀의 탐스러운 몸은 허리까지 드러나자 더욱 매혹적이었다. 몸에 찰싹 달라붙은 속적삼은 풍만한 가슴골을 더욱 돋보이게 만들어 주는 장신구였다. 좌참판은 절로 온몸이 뜨거워졌다. 미친 듯이 심장이 뛰고, 미약을 마신 듯 몽롱해졌다.

그때 기녀 하나가 그의 옆으로 다가와 장난스러운 눈빛으로 속삭였다.

"그리한다고 하십시오. 쉬 딸 수 없는 꽃이라 생각하는 저런 오만방자한 것은 확실하게 기를 꺾어야 고분고분해지지 않겠습니까? 그 종사관이라는 작자는 벌거벗고 있어도 여인은 거들떠보지 않는다고 합니다."

기녀의 솔깃한 제안에 그는 만족스러운 미소를 머금었다.

"좋다. 그리하자구나. 너와 백년을 같이 할 것인데, 잠시 더 기다리는 것은 일도 아니지. 허나 딱 내년 겨울이다. 내년 겨울이 지나도 그자를 네 사내로 만들지 못한다면 너는 모든 걸 버리고 나에게로 와야 한다."

"아이고, 요고 요고 보게! 어쩜 이렇게 탐스러울꼬?"

얇디얇아 찢어질 듯 하늘한 속치마만 걸친 경국지색을 보며 훈련대장은 합환주도 마시지 않은 채 옷을 벗어 던졌다.

"아이, 나으리. 아무리 급해도 할 건 해야지요. 한잔 드시어요."

천하절색 양귀비가 따라 주는 술을 한숨에 다 들이켠 그는 벌게진 얼굴로 헐떡거리듯 숨을 내쉬었다. 이미 달아오른 씨말처럼 온몸이 뜨거워진 사내는 호리병 같은 허리를 끌어안고 속치마 속을 이리저리 휘저었다.

"어찌 이리 고우냐? 월하선이라고 했더냐? 널 기다리느라 내가 진노했을까 봐 이리 나와 함께 밤을 보내는 것이냐?"

월하선은 살포시 웃으며 속적삼을 풀어 헤쳐 향내가 솔솔 풍기는 뽀얗고 탐스러운 언덕 위에 그의 손을 올려놓았다.

"그럴 리가요? 한성을 지키는 훈련원 최고 어른이신데 기녀라면 한 번쯤 뫼시고 싶은 분이 아닐는지요?"

손바닥 아래 느껴지는 따듯하고도 부드러운 감촉에 그는 넋을 놓았다. 백운각 가장 화려한 꽃 옆에서 한성을 지키는 관운장은 한낱 한심한 난봉꾼으로 바뀌어 가고 있었다. 정신 빠진 사내의 망건을 쓰다듬으며 그녀는 달콤하게 속삭였다.

"나으리……. 오늘 제가 나으리를 잘 모시면 상을 주실 것이옵니까?"

"주다마다! 원하는 것은 뭐든지 다 말해 보거라. 아이고, 좋다…….
참으로 하늘에서 내려온 선녀가 따로 없구나."

"참말이시옵니까?"

얼빠진 사내의 약조에 그녀는 회심의 미소를 지으며 일어섰다. 그러고는 절절 끓는 욕정을 주체 못해 달려들어 자신의 다리에 매달리는 사내를 비웃듯이 내려다보았다.

"밤이 짧습니다. 이리 더디시어 언제 저와 만리장성을 쌓으시겠나이까?"

조금씩 드러나는 향긋하고도 아리따운 나신은 촛대의 불빛 속에 신비스럽게 빛나고 있었다. 하루 종일 굶주린 맹수처럼 사내는 체면이고 뭐고 다 집어던지고 현시한 천상의 선녀를 마구 끌어안으며 정염의 열기를 토해 내었다. 아랫도리 사이를 들개처럼 파고드는 그를 보며 기녀의 한쪽 입술에는 비릿한 미소가 걸려 있었다.

"월하선아! 정말 죽겠구나. 어서, 어서 날 달금질해다오!"

"그놈 참으로 더럽게 밝히는구먼."

의금부 나장 박중선은 연초를 곰방대에 꾹꾹 눌러 채워 넣었다. 그의 옆에 서 있는 키가 크고 숫내가 나는 사내는 화가 난 듯 창호에 비치는 남녀의 그림자를 뚫어지게 노려보았다.

"이보게 천덕이. 기부라는 게 어쩔 수 없지 않나? 제 계집이 다른 사내들 품에 안겨도 큰 소리 못 치는 더러운 팔자라네. 참게, 참게나."

박중선의 말을 들은 천덕의 얼굴은 더욱 굳어졌다. 그의 커다란 주먹이 아주 미세했지만 부르르 떨리기 시작했다. 나장은 연초를 뻐끔거리며 한심하다는 듯 고개를 저었다.

"저년이 너무 욕심이 많어. 훈련대장을 홀려서 분명 지 종사관을 만나려고 하는 게지. 제가 찍었던 사내들을 다 치마폭에 둘둘 말아 요리 돌리고 조리 돌리며 재미를 본 년인데, 딱 한 놈이 제 맘대로 되지 않아 저리 안달이 난 것이 아닌가?"

창호에 비친 두 남녀의 그림자는 참으로 난잡하기가 그지없었다. 자신의 무릎 위에 여인을 올려놓은 사내는 정신없이 여체에 취해 요분질을 멈추지 않았다.

"허, 불이나 끄지 저거!"

박중선은 침을 꼴깍 삼키며 눈앞에 그려지는 춘화도를 뚫어지게 바라보고 있다가 옆에서 느껴지는 거친 숨소리에 화들짝 놀라 뒤로 한 걸음 물러섰다.

"그러지 말고 나랑 다른 애들 끼고 술이나 마시세나. 어서!"

자신을 끌어당기는 박중선의 팔을 뿌리치며 천덕은 죽일 듯이 그 부리부리한 눈으로 쳐다보았다.

"혼자 가시오. 난 내 처를 데리고 우리 방으로 갈 때까지 기다려야 하오."

천덕은 계속 서슬 퍼런 눈빛으로 창호에 비치는 음란한 몸짓들을 지켜보았다. 그의 날숨과 들숨은 저만치에서도 들릴 듯 식식거렸다. 박중선은 아쉬운 듯 창호를 바라보며 입맛을 다셨다.

"속이 타들어 갈까 봐 생각해서 한 말인데. 난 술이나 마시겠네."

바위산 같은 사내는 그 자리에 뿌리를 박듯 미동도 하지 않았다.

하루 중 그가 가장 견디기 힘든 때는 바로 이 순간이었다. 제 내자가 다른 사내와 정을 통하는 것을 지켜보고, 또 맞이해야 하는 것. 세상 천지 이렇게 독하고 잔인한 형벌은 없었다.

'참으로 모질구나. 하지만 너와의 약조이니 지킬 수밖에.'

그는 새끼손가락에 낀 붉은 옥가락지를 바라보았다. 핏발이 선 두 눈에는 어느 덧 눈물이 맺혀 있었다. 뿌옇게 앞이 흐려지자 홀연 듯 사 년 전 그들 사이의 약조가 생각났다.

"이런 못된 년! 감히 화초를 올려 준 나를 물고 할켜? 오냐, 내가 네 천한 몸뚱아리 못쓰게 만들어 주마!"

동기들이 화초를 올리는 어느 가을 밤, 어느 방에서 사내의 분노에 가득 찬 고함소리가 울려 퍼졌다.

"아이고, 이게 무슨 일이래?"

기방 정주간에서 아버지와 함께 밥을 얻어먹던 천덕은 호들갑을 떠는 노파 때문에 숟가락을 떨어뜨렸다.

"무슨 일이오?"

"글쎄 말이오. 오늘은 동기들 화초 올리는 날이라 기방에 귀한 분들이 많이 오셨는데, 이게 뭔 일인지 모르겠구료. 괘념치 말고 들고 계시오."

찬간 노파가 밖으로 나가자 그의 아버지는 마음이 불편하여 먹지 못하는 아들을 야단쳤다.

"야, 이놈아! 사내놈이 그깟 일로 겁을 먹은 게야? 어서 숟가락 들고 퍼먹지 못해?"

아버지의 호통에 억지로 숟가락을 들었지만, 천덕은 온몸을 은근하게 조여 오는 두려움에 하얀 쌀밥과 고기반찬은 씹어도 아무런 맛을 느낄 수 없었다.

잠시 뒤, 다른 기녀들 또한 밖으로 나와 웅성거리는 소리가 들렸다. 천덕은 더는 참지 못하고 자리에서 벌떡 일어섰다. 아버지가 손을 잡아당겼지만 그는 뿌리치고 밖으로 뛰어나갔다.

기방 마당에는 열다섯 정도 되어 보이는 어린 여인이 속저고리까지 벗고 하얗고 가느다란 어깨를 다 드러낸 채 웅크리고 있었다. 그녀의 속바지 사이에는 피가 흘러나와 사타구니와 둔부를 벌겋게 물들이고 있었다. 가냘픈 하얀 등은 시퍼런 멍 자국과 함께 크고 작은 생채기로 엉망이었다. 저고리를 풀어 헤친 서른이 갓 넘어 보이는 한 사내가 그 여인에게 삿대질을 하며 소리를 질러 댔다.

"이 천한 년이 날 물었네. 시키는 대로 하라면 할 것이지 감히 이조판서의 장남이자 사헌부 장령인 나에게 상처를 입히다니!"

기방 행수는 의외로 침착했다. 사내의 화난 목소리에도 흔들리지 않고, 그녀는 매를 맞아 땅바닥에 웅크린 그녀를 내려다보며 냉랭하게 말했다.

"죽을죄를 지었다고 빌어라."

어린 여인은 무표정하게 땅바닥만 내려다볼 뿐이었다.

"참으로 독한 것이다. 내 너희들을 가만두지 않을 것이다."

행수는 훈육어멈에게 조용히 속삭였다. 훈육어멈이 어딘가로 뛰어

가자 그녀는 화가 나서 펄펄 뛰는 사내 앞에 무릎을 꿇고 땅에 이마가 닿도록 바짝 엎드려 빌었다.

"저 아이를 잘못 가르친 제 탓이니 저를 죽여 주십시오."

"네년의 천한 목숨이 뭐가 중하다고? 집어치워라!"

"하오면 주신 해웃채를 다 돌려드리고 오실 때마다 전두를 받지 않고 모시겠사옵니다."

전두를 돌려준다는 말에 사내는 잠시 멈칫했다. 지켜보던 기녀들은 어이가 없는지 혀를 내둘렀다.

"저 해괴망측한 작자가 이상한 짓거리를 한 게 분명하구먼!"

"한성에 있는 색주가에는 다 소문이 났지? 내 듣자 하니 제 마누라가 워낙 드세서 기녀들을 품고 화풀이를 한데. 저 어린 것이 첫날밤인데 험한 꼴을 당했으니……."

"에그 어쩐대? 보아하니 이미 품고 저 지랄을 떨었구먼. 쯧쯧!"

행수는 엎드려 훈육어멈이 갖다 준 엽낭을 두 손으로 받혀 머리위로 쳐들며 계속 용서를 청하였다.

"제발 너그러이 보아주십시오. 이 천한 것들, 용서해 주십시오!"

전두를 돌려받은 사내의 입은 절로 방실거렸다. 손바닥에 느껴지는 엽낭의 무게가 제법 두둑하자 사내의 입은 귀에 걸려 다물 줄을 몰랐다. 그러나 양반 체면에 돈을 받고 좋아 실실거리는 모습은 체통없어 보이는지라 헛기침을 하며 정색하였다.

"뭘 이렇게까지. 더 넣었구먼."

"제발 용서해 주십시오. 나으리!"

"알았네. 내 오늘 자네 정성을 보아 참기로 하지. 이 못된 년은 매

음굴에 갖다 버리든지 단단히 훈육시키게."

사내는 엽낭을 들고 싱글거리며 방 안으로 들어갔다. 행수는 일어서서 걱정스러운 얼굴로 바라보는 기녀들을 쭉 훑어보더니 매섭게 호통을 쳤다.

"귀한 손을 모시고 어찌 이리 나왔느냐? 당장 들어가지 못할까?"

기녀들이 얼른 자리를 물러났다. 눈물을 글썽이던 훈육어멈은 아직도 고슴도치처럼 웅크린 여인을 일으키더니 수건으로 입가의 피를 닦아 주었다. 곱디고운 입술이 피멍이 들고 찢겨져 있었다. 어린 여인은 훈육어멈의 손을 뿌리치고 비틀거리며 일어나더니 얼굴을 꼿꼿이 쳐들었다. 피투성이가 된 몸으로 흔들거리며 걷던 그녀는 뚫어질 듯 쳐다보는 천덕에게 냉소를 지었다.

"뭘 보니? 그리 안되었으면 저놈의 머리통을 둔기로 날려 버리던지."

한로가 지난 어느 날, 기녀들은 도제조 영감의 단풍놀이에 가기 위해 한껏 치장하며 저자에 나도는 온갖 풍설을 떠들어 대고 있었다.

"얘, 너 그 소식 들었니? 우리가 화초 올리던 그날 밤, 사헌부 장령이 집 앞에서 머리통이 깨져서 쓰러졌데."

"그래?"

거울을 보며 미묵으로 단장하던 월하선의 손이 멈추었다.

"잘코사니, 그리 패악부리더니 벌 받은 게야!"

"그나저나 정말 신기하다. 어찌 집 앞에서 그런 변을 당했을까?"

월하선의 입꼬리가 올라가며 얼굴에 잠시 미소가 스쳐 지나갔다.

미묵을 내려놓고 연지에 기름을 개어 입술에 바르며, 그녀는 사랑스럽게 거울 속의 자신을 바라보았다. 거울 속 어린 여인의 두 뺨 위에는 어느새 발그레한 홍조가 피어오르고 있었다.

단풍놀이에 가기 위해 기녀들과 함께 대문을 나서던 월하선은 돌계단 옆에서 주춤거리는 한 어린 청년 앞으로 다가갔다. 그는 그녀를 보고 화들짝 놀라 고개를 돌렸지만 귀까지 얼굴이 발갛게 상기되었다.

"너니? 네가 그 못된 놈 머리통을 날려 버린 거야?"

그녀는 살포시 웃으며 청년을 빤히 바라보았다. 곁눈질로 그녀를 훔쳐보던 그는 눈이 마주치자 놀라서 또 시선을 돌렸다. 월하선은 더욱 바짝 다가들어 자신의 붉은 옥가락지를 빼어 그의 한 손에 쥐어 주었다. 깜짝 놀란 청년은 휘둥그레진 눈으로 가락지를 바라보았다.

"뭔데? 네 거잖아?"

"약조해. 늘 날 기다리고 나 괴롭히는 놈 혼내 주겠다고. 이건 우리 둘 사이의 약조에 대한 징표야."

월하선은 그를 새초롬하게 바라보더니 획 돌아 말을 타러 걸어갔다. 어린 청년은 손바닥 위의 옥지환과 점점 멀어져 가는 붉은 스란치마를 번갈아 바라보며 환하게 웃고 있었다.

"아아, 나으리……."

“참으로 명기로구나, 명기야! 한성에서 나만큼 운 좋은 사내는 없을 게다.”

창호에 비치는 몸짓이 더욱 어지럽게 뒤엉키고 여인의 요망한 신음소리가 더 크게 들릴수록 가락지를 만지작거리는 천덕의 손 또한 부들부들 떨렸다.

‘더러운 약조, 그 때문에 지금껏 엮어 이 지랄을 하고 있구먼.’

그는 픽 웃으며 침을 뱉었다. 속이 뒤집혀 얼굴을 들어 위를 올려다보니 제법 통통하게 살이 오른 초승달이 한심하다는 듯 내려다보고 있었다.

자시가 지나자 창호에 서린 춘화도와 난잡한 소리들은 사라졌다. 다른 방에서 들려오는 웃음소리와 시끄러운 고함소리만이 이따금씩 들려올 뿐이었다.

“앉아서 기다리지 그랬어?”

여인의 나직한 목소리와 함께 방문이 스르르 열렸다. 속저고리와 속치마 안에 비치는 여체는 푸르스름한 달빛을 받아 더욱 매혹적이었다.

“제대로 입고 나오지 이게 뭐야?”

천덕은 여인이 팔에 걸친 무복을 빼앗아 어깨에 걸쳤다. 그녀는 사내의 검붉은 얼굴을 어루만졌다. 그는 아직도 화가 난 듯 고개를 돌렸지만, 여인은 바짝 붙어 목을 끌어안고 입을 맞추었다. 말랑하고도 자극적인 감각과 함께 진한 분향 때문인지 그는 숨이 막힐 것 같았다.

약을 올리듯 그녀는 지아비의 입술을 희롱하며 부드럽고도 차갑게 속삭였다.

"자, 가야지? 이 시간을 위해 여태 토악질을 참으며 기다렸던 거 아니야? 늙은 씨말이 저 잘난 줄 알고 내리달리니 이리 늦어졌네."

"여기야? 이야 진짜 넓다!"

여해는 끝이 보이지 않는 초원을 어이가 없다는 듯 쳐다보았다. 장포는 그런 그녀가 재밌다는 듯 웃으며 손을 잡아끌었다.

"뭐하니? 장승처럼 서서 멍하니 보고만 있고. 이러고 있다가 들키면 혼쭐 난다. 여기에 아무나 막 못 들어온다고."

장포의 말에 정신을 차린 듯 여해는 그제야 주변을 두리번거렸다.

"네 옷이라도 얻어 입고 오는 건데. 치마 입은 여인네라고는 나뿐인데, 어쩌지?"

"그러니까 숨어서 봐야지."

뒤를 따르며 여해는 엄청난 크기의 군마장의 위용에 계속 입을 벌리고 있었다. 장포의 아버지가 일하는 목마장도 규모가 컸지만, 그곳과 장안벌은 감히 비교할 수도 없을 정도였다. 끝도 없이 펼쳐진 목책과 함께 초록빛으로 물든 바다처럼 나달거리는 평원의 풀들은 짙푸르렀다. 수십 명의 목자들이 바삐 움직이는 모습들은 조선 최고의 마병들이 마음껏 수련할 수 있는 군마장의 자긍심을 더욱 돋보이게 만들어 주고 있었다.

한참을 걸어가니 둥글게 쳐진 목책과 그 옆에 아름드리 큰 나무가 우거진 곳이 나타났다. 장포는 나무 위를 가리키며 고개를 까닥했다.

"설마……. 저길 올라가라고?"

"그럼, 여기 서서 볼래? 들켜서 쫓겨나게?"

여해는 한 번도 나무에 오른 적이 없었다. 팔을 걷어 부치고 나무를 잡고 두 다리로 몇 번을 내딛어 힘껏 뛰었지만 엉덩방아만 찧을 뿐이었다.

"하긴 네가 나무를 타 봤을 리가 없지. 자, 밑에서 받혀 줄 테니 저기 보이는 굵은 나뭇가지를 잡고 발을 디뎌 봐."

장포는 무릎을 꿇고 여해의 한 발을 받혀 주었다. 그가 거들자 몸놀림이 한결 수월해진 그녀는 안간힘을 쓰며 나뭇가지들을 부여잡았다. 커다란 나뭇가지 위에 오르자 끝이 보이지 않는 군마장의 모습이 시원스럽게 한눈에 들어왔다.

"야, 너무 좋다! 너도 어서 올라와서 구경해 봐."

장포는 날랜 몸동작으로 금새 그녀의 옆에 있는 가지 위에 앉았다. 시원한 바람이 불어와 얼굴을 스치고 지나가자 여해는 두 눈을 감았다. 풀 냄새와 섞인 한천의 강 비린내가 기분 좋게 폐부 속으로 스며들어 왔다.

"아무것도 거리낄 게 없네. 아, 계속 여기서 이러고 있고 싶어."

진시가 지나자, 어디선가 말떼들의 울음소리가 들려왔다. 나무 위에서 겨우 땀을 식히던 두 사람은 이내 긴장한 듯 주변을 두리번거렸다. 우레와 같은 말굽 소리와 함께 저 멀리서 수련복을 입은 무관들이 이쪽으로 달려오고 있었다.

"드디어 왔구나. 여해야, 바로 저 사람들이야!"

열 명 남짓한 무관들이 말과 함께 군마장에 등장하자 여해는 잠시 어지럼증을 느꼈다. 건장한 사내들이 내뿜는 기개와 함께 평원을 질주하고 싶어 하는 말들의 몸부림을 보고 있으니, 폭풍 아래 일렁이는 파도 속에 휩싸인 듯 정신을 차릴 수가 없었다. 망망대해처럼 끝이 없을 것 같았던 초원이 주인공들의 등장으로 갑자기 좁아진 듯했다.

"잘 봐. 아마 오늘은 늘 하던 기마 훈련 말고 다른 걸 할 거야. 정말 기가 막히지. 아버지께서 군마장 목자들한테 들으셨는데, 오늘부터 마상재 수련을 한다고."

"마상재? 그게 뭐야?"

"말놀음이라고 못 들어 봤어? 그것 때문에 통신사가 갈 때마다 왜놈들이 난리라던데. 다른 건 몰라도 마상재는 꼭 보여 달라고 한다고 하더라."

여해는 늘 친근하게 느껴지던 장포의 말이 갑자기 생경하게 느껴졌다. 알 수 없는 흥분감으로 심장이 서서히 죄어 왔다.

'마상재, 마상재란 말이지…….'

한 사내가 크고 굵은 채찍을 들고 계속 일정한 속도로 채찍질을 하기 시작했다. 어찌나 그 소리가 크던지 여해는 사내가 채찍을 내려칠 때마다 그 매서운 소리에 마치 자신이 모진 매를 맞듯 움찔거렸다.

'아휴, 저 소리만 들어도 오금이 저리네. 뭣 때문에 저리 채찍질을

해대는 거지?'

이윽고 대여섯 정도 무리를 지은 무관들이 말을 타고 채찍질을 하는 사내의 주변을 천천히 뱅글뱅글 돌기 시작했다. 마치 약속이라도 한 듯 그들은 똑같은 속도와 모습으로 말을 몰고 있었다.

"얏!"

맨 앞에 있던 사내가 기합 소리를 내자 무관들은 갑자기 속도를 내며 빠르게 달리기 시작했다. 중앙에 서 있는 사내의 채찍질도 멈추지 않고 계속되었다.

"아, 미치겠다! 어지러워……."

눈앞에서 빙글빙글 빠르게 도는 그들을 보자 여해는 절로 입술을 깨물었다. 말발굽 소리가 더욱 거세지고 빨라질수록 그녀의 심장 또한 자신도 모르게 걷잡을 수 없이 쿵쿵거렸다.

"좌우칠보!"

구호에 맞춰 모든 무관이 갑자기 말안장을 잡고 일제히 말 등에 몸을 쫙 펴고 엎드리더니 이어 말 왼편에 몸을 갖다 붙여 두 다리를 땅에 닿을 듯 말 듯 늘어뜨렸다. 잠시 그렇게 달리더니 이번에는 몸을 들어 올려 오른편으로 잽싸게 내려 뛰어 아까처럼 두 다리를 땅에 닿을 듯 말 듯 늘어뜨리며 말에 매달린 채 달렸다. 이리저리 몸을 놀리는 것보다 달리는 말 위에서 흐트러짐 없이 일사분란하게 움직이는 그들의 모습이 더욱 놀라웠다.

"저게 뭐야? 장포야, 너무 신기해!"

갑자기 큰 소리를 지르는 여해를 보자 장포는 화들짝 놀라 그녀의 입을 틀어막았다.

"너 왜 그래? 들키고 싶어?"

장포의 꾸지람에도 여해의 시선은 오로지 말 위에서 재주를 부리는 무관들에게 고정되어 있었다. 떨리는 가슴을 주체하지 못해 그녀는 장포의 손을 뿌리치고 몸을 앞으로 쭉 내밀었다.

놀라움의 연속이었다. 또 다른 기합 소리와 함께 무관들이 일제히 몸을 뒤로 제쳐 말 등 위에 누웠다. 하나도 흐트러짐이 없는 균일한 모습에 여해의 온몸에 소름이 돋았다. 철썩거리는 채찍 소리를 아무리 들어도 이제 그녀는 놀라지 않았다.

"마협장신!"

모든 무관이 갑자기 말안장을 잡더니 한쪽 다리는 안장에 걸친 채 다른 편으로 상체를 시체처럼 축 늘어뜨렸다. 그 모습이 얼마나 아슬아슬하던지 땅바닥에 닿을 듯 말 듯한 손끝을 보고 있자니 아찔하기가 그지없었다.

"아, 정말 못 보겠어! 저러다 크게 다치면 어쩌려고?"

오금이 저려 두 손을 오므렸다 폈다 하며 안절부절못하던 여해는 손바닥으로 두 눈을 가려 버렸다. 그러나 이내 호기심을 이기지 못하고 다시 벌어진 손가락 사이로 생전 처음 보는 놀라운 광경들을 훔쳐보았다.

아무도 말에서 떨어지지 않았다. 말들 또한 동요하지 않고 채찍 소리에 맞추어 규칙적인 속도로 달리고 있었다.

"저게 말놀음이라고? 사람이 다칠까 무섭다."

"무섭기는. 정말 재미나지 않니? 이제 진짜 볼거리가 남았어."

장포는 얼굴을 가린 그녀의 두 손을 억지로 내렸다. 무관들은 늘어뜨린 상체를 천천히 위로 올려 다시 정자세로 말에 탔다. 잠시 그렇게 달리던 무관들은 갑자기 말 등을 짚고 물구나무를 섰다. 여전히 말들은 채찍 소리에 맞추어 규칙적으로 달리고 있었다.

"아, 어떡해!"

여해가 더는 참지 못하고 일어서려고 하자 타고 앉은 나뭇가지가 갑자기 뿌드득거리는 소리를 냈다.

"여해야, 제발 흥분 좀 하지 마라."

장포는 여해의 손을 잡아끌었다. 그가 걸터앉은 나뭇가지로 그녀가 옮겨 앉자마자 여해가 앉았던 나뭇가지는 결국 툭 부러지고 말았다.

"큰일 날 뻔했다. 내려가자. 이 가지도 우리 둘을 버텨 내지 못해."

그제야 정신을 차린 그녀는 주변을 둘러보았다. 다행히 그들을 알아차린 이들은 아무도 없는 듯 무관들은 수련에 온 정신을 쏟고 있었다. 장포의 손에 이끌려 나무 아래로 내려왔지만, 아직도 그녀의 두 다리는 후들거렸다.

"어서 가자! 떨고 있는 거야? 참 너도!"

장포는 넋이 나간 듯한 표정으로 아직도 바들바들 떨고 있는 그녀를 바라보며 낄낄거렸다. 여해도 자신이 왜 그렇게 떨고 있는지 알 수 없었다. 달리는 말 위에서 재주를 넘는 그들을 보고 놀란 것 때문인지, 아니면 그 생경한 모습에 넋을 놓은 것인지는 여전히 꿈을 꾸는 듯 멍했다.

"몰라. 마치 다른 세상에 있는 거 같아. 이거 꿈이 아니지?"

아궁이에 불을 지피면서도 여해의 모든 생각은 오로지 군마장으로 향해 있었다. 장안벌을 나와 장포와 함께 배오개의 조석시를 돌아다녔다. 주막 평상에서 잠시 쉬고 있는 방물장수가 보여 주는 새로 나온 장신구와 노리개들을 구경했지만 이상하게도 오늘은 하나도 눈에 들어오지 않았다. 진귀한 물건을 보면 꼭 한 번이라도 걸쳐 보는 그녀였지만 오늘은 그 어떤 것도 손이 가지 않았다.

"아휴, 아직도 가슴이 벌렁거리네."

괜히 잘 타고 있는 장작을 불쏘시개로 마구 쑤셔 댔다. 손끝과 발끝이 찌릿했던 그 강렬한 느낌이 아직도 온몸에 남아 있었다. 고막이 찢어질 듯한 채찍 소리, 말과 사람이 흐트러짐이 없이 하나 되어 움직이던 모습들이 눈앞에 아른거렸다.

"또 보고 싶어. 한 번 더 장포에게 졸라 볼까?"

하지만 목마장에서 아버지와 함께 일하는 그가 짬을 내는 것은 결코 쉬운 일이 아니었다. 아랫입술을 잘근잘근 깨물며 눈알을 굴리던 여해는 야릇한 미소를 지으며 자리에서 일어섰다.

"아는 길도 물어서 간다는데 아무나 붙잡고 물어서 가면 되지? 몰래 숨어서 보면 아무도 뭐라고 하지도 못할 거야."

"뭐가 좋다고 그리 싱글거리고 있니?"

장포가 시루떡을 들고 어이가 없는 듯 보고 서 있었다. 화들짝 놀란 여해는 눈만 빼끔거리며 서 있었다.

"아버지께서 가져 오셨어. 마침 이번에 말을 사간 마전에서 이리 보내 주셨더라고. 너 떡이라면 자다가도 벌떡 일어나잖어?"

여해는 그가 들고 온 시루떡을 떼어 먹으며 웃음 지은 채 그를 흘겨보았다. 장포는 아궁이를 들여다보며 찬간 바닥에 털썩 주저앉았다.

"부금이가 장가 잘못 갔다고 난리를 치더라. 그래서 내일 운종가에 같이 가기로 했어."

"운종가? 거긴 왜?"

장포가 뒤통수를 긁적이며 아무 말도 못 하자 여해는 장난기 어린 얼굴로 그의 어깨를 쿡 찔러 댔다.

"너, 기방 구경하러 갈려고 그러는 거야? 너도 사내라고. 큭!"

"아, 아니야!"

장포는 얼굴을 붉히며 두 손으로 손사래를 쳤다. 여해는 재미있는 듯 더욱 그를 놀리기 시작했다.

"괜찮어. 너도 여인네를 알 나이가 되었잖어?"

"아니라니까!"

화를 내며 소리치는 장포의 얼굴은 이제 귓불까지 새빨갛게 변해 있었다.

"거봐, 얼굴 빨개지는 거. 사내들이란 다 똑같다. 계집 싫어하는 남정네가 어딨다던? 하긴 부금이가 좀 안되긴 했지. 나이도 저보다 다섯 살이나 많은 데다 못생겼잖어? 저번에 나한테 와서 자랑질할 때부터 내 알아보았지. 처가가 얼음 팔아 잘 살면 뭐하누? 딸내미가 저리 박색이라 사위가 딴 맘 품는데……."

"그것도 아닌가 보더라. 부금이 처가 엄청 드세던데? 걔 처한테 맞고 살더라고?"

"정말? 후훗, 에고 어쩌나 우리 부금이 불쌍해서……."

까르르 웃으며 떡을 떼어 먹는 그녀를 보며 장포는 흐뭇한 미소를 지었다. 그는 여해가 웃고 즐거워하면 무조건 좋았다. 목마장이나 운종가에 가면 젊은 여인들과 기녀들이 다가와 추파를 던졌지만, 그에게는 오로지 여해뿐이었다. 오늘도 군마장에서 즐거워 입을 벌리고 쳐다보는 모습을 지켜보며 마치 큰 선물을 안겨 준 듯 뿌듯했다.

"오늘 우리 아버지랑 글공부하는 날이지? 너도 책쾌가 되고 싶은 거야?"

"아니, 난 저자에서 하루 종일 지내고 싶어."

"저자? 복잡한 그곳에서는 왜? 팔도에서 올라온 사람들에게서 풍기는 땀내와 똥내가 흙먼지보다 더 지독하다고 하던데?"

"그저 좋아서……."

장포는 잠시 입을 다물고 아궁이 위에서 끓어오르는 가마솥을 하염없이 바라보았다. 갑자기 말이 없는 그를 여해는 안쓰럽게 쳐다보았다.

목마장은 장포가 선택한 곳이 아니었다. 어쩔 수 없이 아버지와 함께 생계를 위해 일하지만 평생 말똥 냄새 맡으며 살기는 싫었다. 오년 전 명단과 여해를 따라 운종가에 가 본 뒤로 그는 밤새 마음이 설레어 잠을 잘 수가 없었다. 목마장과는 완전 다른 곳이었다. 세상의 온갖 물건이 다 있는 그곳은 신천지였다. 사람들의 얼굴은 생기가 흘러넘쳤고, 그곳에 있는 것만으로도 활력이 절로 생겨났다. 생전 처음으로 살아 있다는 것을 느껴 본 것이었다.

"그럼, 장사할 거야? 장사는 너네 아버지 따라 목자일 하다 군부가 되지는……."

"싫어, 난 목마장에서 절대로 일하지 않을 거야. 전기수가 될 거야. 고관대작들도 내가 읊어 주는 이야기를 들으며 애간장을 태우고, 저자에 있는 모든 사람들이 내 입만 바라보며 가슴 졸이는 그런 전기수가 되고 싶어."

여해는 까르르 웃어 댔다. 장포는 부끄러운 듯 홍안이 되어 그녀를 원망스럽게 바라보았다. 그녀는 그의 커다랗고 가슬가슬한 손등을 부여잡고 두드렸다.

"넌 아주 유명한 전기수가 될 거야. 여인네들이 네 외모에 그냥 환장해서 달려 올 거야. 야, 우리 장포 너무 바빠서 얼굴 보기도 힘들어지겠네?"

"그만 놀려!"

약이 올라 얼굴이 검붉어진 그를 보며 한참을 웃던 여해는 갑자기 뜬금없는 질문을 던졌다.

"근데, 장포야. 마상재는 무관들만 하는 거야?"

"아마도 그럴 거야. 통신사 일행에 갈 정도면 관직이 있어야 하잖어? 오늘 너도 보았다시피 그게 보통 사람이 할 수 있는 재주가 아니야. 내가 듣자하니 무관이라 할지라도 종사관 이상이 되어야 할 수 있다고 들었어. 어떤 때는 임금께서 친히 마재인을 시험하여 고르신데."

"아, 아직도 두근거려. 달리는 말 위에서 어찌 그럴 수 있을까?"

그는 아직도 황홀한 듯 허공을 향해 미소를 짓고 있는 그녀를 사랑스럽게 바라보았다.

'난 네가 더 놀라워. 이리 갈수록 고아지니 내 마음이 더욱 설레는구나.'

"오늘은 왜 이리 오지 않는 거야? 신시가 지났는데. 아, 배고파."

아버지가 책을 구하러 새벽에 나가자마자 물어물어 군마장으로 찾아온 여해는 허기가 져 축 늘어졌다. 나무 위에 올라갔지만, 강렬한 가을 햇살은 초원을 달구고도 그 열기가 남았는지 바람을 데우고 있었다.

"추석이 지났는데도 왜 이리 더운 거야? 이럴 거면 어제 장포가 가져다 준 떡이라도 다 먹지 말고 가져올 걸."

고개를 빼어 주변을 둘러보았지만, 말은커녕 개미 한 마리도 보이지 않았다. 낙심한 그녀는 어깨를 축 늘어뜨린 채 한숨을 쉬었다. 더는 견디기가 힘이 들었다. 내려가기 위해 나뭇가지를 부여잡는 순간 어디선가 사내들의 목소리가 들려왔다. 화들짝 놀란 그녀는 들킬 새라 더욱 몸을 움츠리고 소리가 나는 곳을 쳐다보았다.

"사형, 상처한 지가 벌써 삼 년이 지나지 않았습니까? 이제 다 잊고 새사람을 맞아들이셔야죠?"

"별소리를 다하는구나. 두홍이 너 수련하러 왔으면 말에 오르기 전에 마음이나 가다듬거라."

"참 내, 한성에 있는 기생년들이 다 치마 들어 올리고 다리속곳 차림으로 사형만 기다린다고 합디다. 그 월하선인가 뭔가 하는 계집도 마다하셨다고 해서 그것이 약이 바짝 올랐다고 하던데, 한번 우리 백운각에 가서 옷고름 한번……."

"그만하라니까!"

키가 큰 장신의 두 사내가 어제 본 이들처럼 간단한 수련복만 입고, 말고삐를 이끌며 군마장 목책 안으로 들어서고 있었다. 꾸지람을 들은 한 사내는 스무 살 정도 되어 보였는데, 사람 좋아 보이는 인상을 지닌 이였다. 호통을 치는 또 다른 사내는 더 풍채가 우람하고 매우 고지식해 보였다. 언뜻 보기에도 옆의 사내보다 서너 살 많아 보이는 이였다.

"어제 보니 마상도립을 할 때 다리가 꼿꼿하지 못하고 자꾸 흔들리더구나."

"그저께 기방에서 술을 어찌나 마셨는지 모릅니다. 훈련원 사람들이 원래 술을 좋아하다 보니 정말 하루걸러 마시는 것 같습니다. 앞으로 조심하겠습니다."

사형이라고 불리는 사내는 말을 매어 놓고는 채찍을 들고 군마장 안으로 성큼성큼 걸어 들어갔다. 그러고는 천천히 채찍을 휘둘렀는데 그 소리가 어제보다 더 매섭고 크게 들려 여해는 그만 찔끔 오줌을 지리고 말았다.

"깜짝 놀랐잖아? 괜히 오줌 지렸네. 에이……."

다른 사내는 말을 타고 한번 숨을 가다듬더니 채찍을 휘두르는 사내 주변을 천천히 뱅글뱅글 돌기 시작했다.

"사형, 마상도립만 집중적으로 수련할까요?"

"처음부터 다시 천천히 해 보거라. 훈련원에 들어간 뒤로 네 마음이 많이 흐트러진 듯싶구나."

"어련하시겠습니까? 우선 몸부터 풀어 보겠습니다."

말에 올라타던 사내는 능글맞게 웃더니 말고삐만 잡은 채 가볍게 말 등 위에 섰다. 여해는 믿기지가 않는 듯 뚫어지게 사내와 말을 번갈아 쳐다보았다. 자신도 말을 꽤나 오래 탔지만, 고삐를 잡지 않고 잠깐 달리는 정도였다. 놀라움을 금치 못할 정도로 한 치의 흐트러짐 없는 자세였지만, 채찍질을 하는 사내는 만족스럽지 못한 듯 호통을 쳤다.

"겉멋만 들었구나! 마음을 모으고 자세를 정히 하지 못하겠느냐?"

"예, 알겠습니다! 사형 말이라면 자다가도 벌떡 일어나야지요?"

말 위에 선 사내는 싱긋 웃더니 다시 말 등에 가볍게 앉았다. 그는 한번 기합 소리를 내더니 안장의 앞뒤를 잡고 갑자기 뒤로 몸을 제쳤다. 마치 몸이 말에 붙어 있는 듯 자세는 매우 안정되고 편안해 보였다. 여해는 고개를 절레절레 흔들었다.

"정말 놀랍구나. 저건 그냥 재주가 아니야. 신기야, 신기!"

몸을 뒤로 제쳤던 사내는 다시 일어나 앉더니 다부지게 입술을 꽉 다물었다. 다시 한 번 기합을 넣더니 말안장을 잡고 그 위에서 쑥 두 다리를 올려 물구나무서기를 했다. 사내의 완벽한 모습에도 불구하고 채찍질을 하는 사내는 모질게 나무랐다.

"아직도 다리가 흔들리지 않느냐? 마음을 기녀 치마 속에 넣어 두고 온 것인 게냐? 덜렁덜렁하는 것이 참으로 경박하구나! 다시! 다시 해 봐!"

여해는 입을 삐죽거리며 야단치는 사내를 흘겨보았다.

"칫! 내가 보기엔 잘만 하는구먼. 헌데 어찌 저리도 가벼이 몸을 움직이는 것일까? 참으로 대단해!"

"나으리, 대체 지 종사관께서는 언제 새장가를 가신답니까?"

월하선은 야릇하게 웃으며 어영청 별장의 목에 입을 맞추었다. 이미 술과 여인의 분내에 풀어질 대로 풀어질 만도 한데, 사내는 오만상을 찌푸리며 물러나 앉았다.

"허, 왜 이러는 것이더냐? 그냥 술이나 따르거라."

그녀는 옆에서 술 시중을 들던 기녀들에게 눈짓을 했다. 기녀들은 불만에 가득 찬 얼굴로 노려보았지만, 월하선의 실세에 맞설 자는 백운각에 아무도 없었다.

"저년이 행수라도 되는 거야? 왜 맨날 저 마음대로 하는 건지 원……."

"아서라. 백운각에서 제일 많은 전두를 받는 년 아니냐? 저년이 첩년이 되던 퇴기가 되던 그때까지 기다려야지 별수가 있겠어?"

방 안에 둘만 남겨지자 월하선은 천천히 옷고름을 풀었다. 옥같이 고운 살결이 눈앞에 드러나자 사내는 헛기침을 하며 자리에서 벌떡 일어섰다.

"정말 안 되겠구나. 내 오늘 훈련대장께서 좋은 술이나 나누자고 해서 이리 나왔거늘 감히 천한 기녀 따위가 무관을 희롱하다니! 이런!"

어영청 별장은 괘씸한 듯 그녀를 한 번 노려보고는 문을 열어젖혔다.

"어이구, 깜짝이야!"

문 앞에 떡하니 서 있는 저승사자처럼 노려보는 사내를 보고 어영청 별장은 가경하여 엉덩방아를 찧고 말았다. 월하선이 기부에게 까닥 고갯짓을 하자 천덕은 창호를 닫고는 방 안에 서서 눈을 부릅뜨고 어영청 별장을 노려보았다. 그녀는 눈이 휘둥그레진 별장의 수염을 어루만지며 눈꽃처럼 화사하나 차갑게 웃었다.

"나으리, 이 한성에서 백운각 월하선을 마다하는 사내는 없사옵니다. 이런 제가 직접 옷고름을 풀어헤쳤는데 그리 박정하게 내치시다니요?"

노여움에 가득 찬 무관은 숨을 몰아쉬며 그녀의 손을 뿌리쳤다.

"어디 감히 나를 그깟 한량들과 비교를 한단 말이더냐? 저리 썩 비키지 못하겠느냐?"

어영청 별장은 천하절색 양귀비를 밀치고 벌떡 일어섰다. 그때 커다란 손이 그의 멱살을 휘어잡더니 날카로운 검날이 어느새 턱 아래 떡하니 버티고 있었다. 아무리 별장이 그 억센 팔을 떼어내려고 해도 돌처럼 굳어 버린 듯 꿈적도 하지 않았다.

"나으리, 이 사내의 힘을 당해 낼 자는 아무도 없습니다. 올 여름 단오 씨름에서 소를 탄 천하장사도 주사를 부리다 백운각 대문 밖에서 허리가 부러졌다죠?"

목소리는 나긋나긋하였지만 월하선은 굶주린 늑대처럼 그를 노려보고 있었다. 어느새 검날이 바짝 붙은 그의 목에서는 붉은 피가 조금씩 스며 나오고 있었다.

"이런, 천덕의 단도가 조금 있으면 나으리의 멱을 딸 거 같으니 어쩌면 좋사옵니까? 차라리 고분고분 말을 들으십시오."

별장은 분한 듯 거친 숨을 몰아쉬었지만, 목 언저리에 더욱더 깊숙이 느껴지는 서늘함에 두 눈을 감고 고개를 끄덕였다.

"원하는 게 무엇이더냐?"

한성 최고 명기는 만개한 홍매처럼 요염하게 미소 지었다.

"왜 지 종사관이 아직도 홀몸입니까?"

"그게 무슨 말이더냐?"

"묻는 말에만 답하십시오. 왜 아직 혼례를 치르지 않았습니까?"

"그, 그놈이 고지식해서겠지."

월하선의 한쪽 뺨이 파르르 떨렸다. 그녀가 기부에게 눈짓을 보내자 천덕은 더욱 거칠게 멱살을 그러쥐었다. 숨이 막힐 것 같은 고통에 어영청 별장은 허공에 두 손을 뻗고 휘저었다.

"아이고, 미치겠구나! 뭘 원하는 것이더냐?"

"고지식하시다니요? 왜 여인에게 관심이 없으신 것입니까? 혹여 사내구실을 못 하셔서 그러신 것입니까? 제 말에 답을 하실 때까지 이 방에서 한 걸음도 나가시지 못하실 겁니다."

별장은 목을 잡혀 도살당하기 직전인 암탉처럼 기어들어 가는 목소리로 중얼거렸다.

"그건, 아니다. 상처한 내자와 금술이 좋아서 그런 거지. 병으로 내자를 잃고 오래도록 힘들어했다. 이제 됐느냐? 제발 좀 놓아다오!"

"아직 남았습니다. 훈련대장님께 부탁드려 그분께 지 종사관과 함께 백운각에 들르시게 해 주십시오. 그 정도는 해주실 수 있겠지요?"

"아, 알았다. 내 약조하마."

천덕은 그제야 그를 방바닥에 패대기쳤다. 나동그라진 별장은 켁켁거리며 목을 부여잡았다. 겨우 숨을 진정시키는 그의 곁에서 월하선은 그 누구도 들을 수 없는 조용한 목소리로 사내의 얼굴을 새파랗게 만들어 놓았다.

"오늘밤 일어난 일은 지금 이후부터 싸그리 잊으십시오. 행여나, 한성 최고 명기 월하선이 기부를 시켜 사내를 품었다는 소문이 돈다면 나으리는 아마 집 앞에서 비명횡사하실 것입니다. 제 말 명심 또 명심하십시오."

"여해 누나 뭐하우?"

말을 세워 두고 말 등에 올라 엎드렸다 다시 내려왔다를 반복하는 여해를 보고 석산은 황당하다는 듯 픽 웃었다.

"말을 타려면 타지 왜 그리 올라갔다 내려갔다를 반복하는 거요?"

"시끄러워. 넌 네 일이나 하거라."

석산은 여물통을 채우려다 그녀의 말에 어이가 없는 듯 입을 삐죽거렸다.

"정말 누나 너무 웃기시오. 아니, 맨날 목마장에 와서 우리 아버지 몰래 말을 타는 것도 모자라 이젠 뭐요? 시끄럽다고? 내 속이 좋아

이러고 있지, 어쩔 때는 우리 아버지한테 그냥 확 이를까 싶다오!"

석산의 비아냥에도 여해는 못 들은 척 자신의 알 수 없는 동작만을 반복하고 있었다. 석산은 부아가 치미는 듯 침을 한 번 뱉고는 여물통에 여물을 넣으러 걸어갔다.

"으이구, 형은 저 웬수한테 빨리 장가나 가지 왜 그러고 있데? 우리 집에 시집이라도 오면 목마장 일할 때 손 하나 버는 건데……."

추석이 될 무렵의 평원을 비추는 황금빛은 절로 마음을 넉넉하게 만들었다. 한여름 뙤약볕으로 곡식과 과실을 일구고 이제 한숨 돌리는 태양은 땅 위에 있는 모든 것을 사랑스러운 듯 보듬고 있었다.

"아, 배가 당겨! 이제 더는 못 하겠다!"

한참 동안 말 등에 오르내리기를 반복하던 여해는 배를 움켜쥐고 땅바닥에 털썩 주저앉았다. 죽을상을 한 채 웅크려 있는 그녀를 보며 석산은 고개를 절레절레 흔들었다.

"대체 뭘 하시는 게요? 아, 쉬려거든 말을 매어 놓고 나무 밑에나 가서 쉬시오! 사람 일하는 데 걸리적거리게 하지 말고!"

물통을 들고 투덜거리는 석산에게 한마디 하고 싶었지만 여해는 그냥 입을 다물었다. 쓰지 않던 근육을 써서 배도 당기고 아픈데다 허기가 져서 대거리할 기운도 없었다. 평소와 달리 얌전한 그녀를 보고 석산은 일부러 입을 팔자로 쭉 늘어뜨려 밉살스럽게 쳐다보았다.

"쳇, 왜 싸울 힘이 안 나오? 어지간히 힘드셨던 모양이구먼!"

"석산이 너 여해에게 왜 그러냐?"

갑자기 나타난 건장한 사내를 보자 석산은 깜짝 놀라 입을 다물었다. 어찌나 놀랐는지 물통에 든 물이 반이나 흔들려 쏟아졌다.

"왜 또 그러냐? 아버지께서 여해가 여기 와서 말 타는 거 다 아신다."

"아, 그게……. 오늘은 말도 안 타고 계속 올라갔다 내려갔다를 반복하다가 저리 웅크려 있으니 한심해서……."

장포는 입술을 꾹 다물고 동생을 노려보았다. 석산은 자신보다 기골이 장대한 형을 한번 흘깃 올려다보더니 옆으로 재빨리 걸어갔다. 장포는 그런 동생을 보며 못마땅한 듯 미간을 찌푸렸다.

"어린 녀석이 너무 정나미가 없어."

"괜히 석산이한테 뭐라고 말어. 내가 미안하잖아?"

장포는 동생의 편을 드는 여해를 기가 찬 듯 바라다보았다. 한 손으로 배를 문지르며 땅바닥에 앉아 있는 그녀를 보고 있으니 동생에 대한 서운함은 눈 녹듯 사라졌다.

장포는 호박잎에 싼 주먹밥 두 덩이를 그녀에게 내밀었다. 여해는 받자마자 크게 한입 베어 물며 빙그레 웃었다.

"역시 너밖에 없구나! 히히!"

"물 마셔 가며 먹어. 체할라……."

여해는 그가 건네는 수통을 받아 벌컥벌컥 들이켰다. 장포는 정신없이 먹고 있는 그녀를 흐뭇하게 바라보다가 자신도 한입 베어 물었다.

"그런데 대체 뭘 했기에 이 난리야?"

여해는 겸연쩍은 듯 고개를 숙이며 실실 웃기만 했다.

"너랑 같이 본 거 말이야. 마상재라는 거……."

장포는 갑자기 터져 나오는 웃음을 참지 못하고 입 안에 넣었던 밥 덩어리들을 그녀를 향해 뿜으며 웃어 댔다. 여해는 자신의 얼굴과 팔에 묻은 밥풀을 짜증스럽게 떼어 냈다.

"야, 더럽게! 너 왜 그래?"

"아하하하! 아니, 너무 웃겨서 그런다. 미안! 일부러 그런 거 아니야."

인상을 쓴 채 밥을 우걱거리며 씹는 그녀는 얼굴이 점점 빨개졌다. 사실 너무 창피했다. 세상에서 제일 바보 같은 짓을 한 거 같아 부끄러웠다. 순간, 씹고 있던 밥알이 마치 모래알처럼 텁텁하고 맛이 없어졌다. 장포는 그런 그녀의 마음도 모른 채 계속 웃고 있었다.

"우씨, 정말!"

여해가 더는 참지 못하고 손에 든 주먹밥을 내동댕이치고는 수통을 장포에게 던졌다. 자리에서 벌떡 일어나 성큼성큼 걸어가는 그녀를 보고서야 장포가 제정신을 차리고 웃음을 거두었다. 장포는 뛰어와 팔을 잡았지만 그녀는 거세게 뿌리쳤다.

"미안하다. 정말 내가 미안하다!"

"뭐가? 아까 보니 석산이도 날 놀리더라. 한번 본 거 가지고 해 보는 게 그리 우습니?"

장포는 흥분하여 얼굴이 붉어진 그녀가 무섭기는커녕 도리어 어여쁘게 보였다. 또다시 웃음이 나오려 했지만 억지로 참으며 두 손을 모아 비는 시늉을 했다.

"진짜, 진짜 미안하다! 내가 죽을죄를 졌다. 화 풀어라. 응?"

"왜 더 놀려 보시지? 저리 가!"

여해가 그를 밀쳐 댔지만 장포는 계속 가살을 떨며 쫓아왔다. 여해는 걸음을 멈추더니 그런 그가 미운지 흘겨보며 콧방귀를 뀌었다.

"됐거든? 다신 너네 목마장에 안 올 테니 걱정 말아라."

장포는 그녀의 두 팔을 꼭 잡았다. 여해는 다시 뿌리치려고 했지만, 여인이 사내 힘을 이겨내기는 힘들었다. 팔을 비트니 오히려 더 아프기만 했다. 눈살을 찌푸리며 그녀는 역정을 냈다.

"이거 놔!"

"미안하다. 내가 이렇게 빌잖니? 응?"

간절하게 자신을 바라보는 장포의 눈을 보고는 여해는 순간 울컥하던 마음이 가라앉고 있었다. 항상 그랬다. 마음속에 화가 가득 차올라도 그의 눈만 바라보면 이상하게 마음이 평온해졌다.

"다신 그러지 마. 알았어?"

"알겠사옵니다!"

능글맞게 웃으며 그녀를 내려다보는 그를 쳐다보고 있자니 여해 또한 한쪽 입술이 움찔거렸다. 하지만 오기가 나 웃음을 꾹 참았다. 장포는 미세한 입가의 흔들림 또한 놓치지 않고 바짝 다가들어 바라보았다.

"너, 웃고 있구나?"

"아, 아니라니까!"

여해는 두 눈을 질끈 감고 뒤로 팩 돌아 성큼성큼 걸어갔다. 장포는 손에 든 주먹밥을 내려다보더니 걱정스러운 얼굴로 소리쳤다.

"야, 밥은!"

장포의 애타는 목소리에도 그녀는 절대 뒤돌아보지 않았다. 별일도 아니었지만, 지금은 그 앞에서 평소처럼 웃고 싶지 않았다.

'오늘은 절대 화 안 풀 거야. 지금은, 지금은 그러고 싶지 않아…….'

"애비 왔다."

늘 그러하듯 해가 서산으로 넘어가자 명단이 여유 있는 얼굴로 한 손에 꾸러미를 든 채 집으로 돌아왔다. 찬간에서 뛰어나온 여해는 앞치마에 손을 닦으며 아버지가 들고 있는 꾸러미를 건네받았다. 꾸러미를 펼치고 냄새를 맡던 그녀의 얼굴은 금새 환해졌다.

"이거, 돼지 고기잖아요? 오늘 우리 아버지 많이 버셨나 보네."

"저포전에 들러 좀 샀다. 곧 추석인데 이래저래 장만 좀 해야 할 듯 싶어서 말이다. 거기다 오늘은 우대에 가서 제법 좀 팔았지. 역시 학식이 있고 재력이 있는 자들이라 찾는 서책도 다르더구나. 이 애비는 좀 씻어야겠다."

그는 누런 벼색의 두루마기와 방갓을 벗어 단정하게 개어 놓고는 딸이 준비해 놓은 대야에 손과 얼굴을 정성스럽게 씻기 시작했다. 여해는 하루 중 지금의 아버지 모습이 가장 자랑스러웠다. 하루 종일 양반들과 재력가들이 원하는 서책을 구해다 주고 돌아오는 아버지는 마치 개선장군처럼 듬직하고 의기양양해 보였다.

늘 단정한 매무새와 기품 있는 언행은 아무도 함부로 할 수 없는 힘이 깃들어 있었다. 재력 있는 양반네나 하급관리들조차 아버지의 손끝만 바라볼 정도였으니, 한성에서 가장 실력 있는 책쾌 중의 하나라고 감히 말할 수 있었다.

"참으로 우리 아버지는 잘난 사내요. 조선 팔도에서 이리 학식과 기품을 두루 갖춘 사내가 어디 있단 말이에요? 말이 양반이지 제대로 학식도 갖추지 못하고 망나니짓을 하는 위인들이 얼마나 많냐고요?"

"너도 참!"

수건에 얼굴을 닦으며 명단은 어이가 없는 듯 웃었다. 딸에게 수건을 건넨 그는 마루에 걸터앉았다. 시원한 저녁 바람이 불어오니 마냥 기분이 상쾌해졌다. 명단은 고기 꾸러미를 들고 싱글거리는 딸을 다정하게 바라보았다.

"그래, 오늘 우리 여해가 뭘 했누?"

"목마장에 가서 놀았죠. 석산이 때문에 장포랑 좀 티격태격했지만요."

입을 삐죽거리는 딸을 보자 명단은 살짝 눈살을 찌푸리며 미투리를 벗었다.

"장포처럼 착한 아이가 어디에 있느냐? 그 아이니까 참고 있는 게지."

"아버지께선 장포편만 드시더라."

"글 배우는 걸 보니 보통 영특한 아이가 아니더구나. 중인으로라도 태어났다면 분명 관직에 있을 아이야. 헌데 여해야, 난 내 일을 그 아이에게 물려주고 싶구나."

"네?"

"집안에는 좋은 사람이 들어와야 한단다. 내가 가진 지식을 모두 그 아이에게 주고 싶구나."

명단은 알 수 없는 미소를 짓더니 개어 놓은 두루마기와 방갓을 들고 방 안으로 들어갔다. 딸이 못마땅한 얼굴로 자신을 바라보자, 그는 껄껄 웃어댔다.

"아, 뭐 하느냐? 이 애비 뱃가죽이 등에 붙겠다. 아욱국 냄새가 나던데, 어서 상 차리거라."

"왔니?"

정주간에서 돼지고기를 삶던 여해는 장포가 찬간 앞에 서서 물끄러미 쳐다보고만 있자 보지도 않고 툴툴거렸다.

"아버지께서 기다리고 계셔. 어서 들어가 봐."

퉁명스럽게 아궁이만 바라보는 여해를 보며, 그는 피식 웃고는 발길을 돌렸다. 그가 사라진 찬간 문을 바라보며 그녀는 부지깽이로 장작을 마구 쑤셔 대었다.

"키만 멀대같이 큰데 뭐가 좋다고? 아버지께선 사위로 들이고 싶어 애가 타셨나 봐. 칫, 지아비는 무슨! 아버지께서는 말도 안 되는 꿈을 꾸고 계셔. 자고로 지아비라면 소설 속에 나오는 정인들처럼 애끓는 감정을 느낄 수 있는 사내어야 하지."

여해에게 장포는 좋은 동무였다. 그러나 아직 평생의 정인으로 맞이할 만큼 떨리는 감정을 그에게 느껴 본 적이 없는 그녀였다. 그저 지금처럼 서로 같이 말을 타고, 저자 구경을 나가는 것이 좋을 뿐이었다.

솥 안에서 푹푹 삶아지고 있는 수육 냄새에 그녀는 두 눈을 꼭 감더니 발그레해진 두 볼을 감싸 안았다.

"만약 내가 시집간다면 매일 밤 수육을 상에 올릴 거야. 아, 그리고 밤마다 운우지락을……. 훗!"

"아저씨, 장포입니다."

"들어오너라."

창호에 비치는 글 읽는 사내의 모습은 언제 보아도 한결같았다. 장포는 조심스럽게 방문을 열었다. 명단은 늘 그러하듯 베낄 책을 이리저리 들추어 보고 있었다.

"앉거라. 이거 받거라."

명단은 연둣빛 필낭을 건넸다. 필낭을 열어 본 장포는 깜짝 놀랐다.

"이건 귀한 황모필이 아닙니까? 어찌 이런 것을……."

"오늘 필방에서 하나 구했느니라. 네 평소에 배움에 정성을 다하는 모습이 어여쁘니 주는 것이다."

"하오나……."

"받거라. 어른이 주는 것을 거절하는 것은 예의가 아니지 않더냐?"

명단이 준 붓을 만지작거리며 장포는 아무 말도 못 하고 눈물을 글썽거렸다. 아무도 그를 이리 챙겨 주는 이는 없었다. 여해가 어릴 적부터 그를 살뜰히 잘 챙겨 주었지만, 사실 어머니의 정이 그리웠던 그를 말없이 챙겨 준 이는 명단이었다. 글을 배운다고 했을 때 아버지는 미친 짓이라고 난리를 쳤지만, 유일하게 기뻐한 이가 바로 여해의 아버지였다. 장포는 솔기가 풀려 헤어진 소매로 눈물을 닦았다.

"열심히 하겠습니다. 더 정진하겠습니다!"

"원 녀석두. 사내대장부가 되어서 울먹거리기는! 나중에 내 업을 너에게 물려주려고 그런다. 어느 정도 사서삼경을 떼고 나서는 날 따라다니며 일을 익히도록 해라."

"예?"

"전기수가 되어 큰돈을 벌 수 있더냐? 너도 안정적으로 살아야지. 그렇다고 전기수 일을 하지 말라는 것은 아니다. 낭송하는 것이 지겨워지면 필사에 전념해 보거라."

장포는 명단을 바라보았다. 인자하게 웃고 있는 그는 그 어떤 태산보다도 더 큰 언덕이었다. 목마장의 말똥 냄새가 싫어 도망가고 싶을 때도, 가족들을 외면한 어머니가 보기 싫을 때도 그는 명단의 저 웃음만 보면 참을 수 있었다.

"예, 아저씨, 아니 스승님! 앞으로 더욱 열심히 배우겠습니다!"

"오늘은 아버지 옷을 입고 왔으니 들켜도 괜찮겠지?"

한 보름 정도 허탕 친 여해는 다부진 얼굴로 나무 위로 올라갔다. 그간 추석 때문인지 장안별을 찾는 무관들은 한 사람도 없었다. 매일같이 찾아왔으나 사람은커녕 말 그림자조차 찾지 못했다. 하지만 그녀는 포기하지 않았다. 계속 허탕 치는 하루가 이어졌지만, 다음

날이 되면 그녀는 어김없이 군마장을 찾았다.

추석이 지나 한로가 다 되어 가자 제법 바람이 선선했다. 결국 오랜 시간을 기다리던 그녀는 꾸벅꾸벅 졸기 시작했다. 두 눈을 부릅뜨며 잠을 쫓으려고 안간힘을 썼지만, 아침상을 물리자마자 뛰어온지라 한꺼번에 피로가 몰려왔다. 밀려오는 졸음을 참지 못한 여해는 팔짱을 끼고 두 눈을 감았다. 달콤하고도 시원한 바람이 땀에 젖은 머리카락을 식히기 시작하자 온몸이 술에 취한 것처럼 몽롱해졌다.

'잠시만이야. 잠시…….'

"두홍이 너 요 얼마간 수련하지 않았더니 또 흐트러졌구나!"

사내의 불호령에 여해는 두 눈을 크게 뜬 채 입을 벌렸다. 단잠을 잤던지 입가에는 침이 흘러내려 허옇게 말라붙어 있었다. 지난번처럼 무관 두 사람이 수련을 하고 있었는데, 사제라는 사내가 정신없이 야단을 맞고 있었다.

"이렇게 해서 어떻게 전하 앞에서 선을 보이겠느냐? 다시, 다시 하거라!"

호통을 치던 사내는 입을 꽉 다문 채 사정없이 채찍을 내려쳤다. 다른 사내는 힘이 드는 듯 울상을 짓더니 다시 말에 올라 수련을 시작했다.

"칫, 잘난 척하기는……. 내가 보기엔 잘하는데? 어디 보자, 오늘은 뭘 수련하나?"

여해는 더 자세히 살피기 위해 몸을 앞으로 내밀었다. 순간, 뭔가가 부러지는 소리가 나더니 몸이 아래로 훅 떨어졌다. 나뭇가지를 잡으려고 손을 뻗었지만 이미 늦었다. 잠시 뒤 강한 고통과 함께 단단한 땅바닥에 심하게 엉덩방아를 찧고야 말았다.

"아악! 아야……."

여해는 엄청난 아픔에 허리와 엉덩이를 문지르며 일어서려고 비틀거렸다. 방심한 사이에 떨어진 것이라 정신이 하나도 없을 뿐더러 부딪힌 팔다리가 점점 아파 왔다.

"아, 정말……. 괜히 몸을 수그려서 그만. 아이고, 아퍼."

그녀는 땅바닥을 짚고 천천히 일어섰다. 머리가 빙빙 돌고 아직도 놀라 심장이 방망이질 쳤지만 정신을 차려 다시 나무 위로 올라가야 했다. 여해는 안간힘을 다해 나무로 다가갔다.

"누구냐?"

갑자기 여해의 두 다리가 움직이지 않았다. 머리끝에서 발끝까지 순식간에 전해지는 서늘하고도 찌릿한 전율에 눈앞도 하얘졌다.

"누구냐고 묻지 않더냐? 네가 어찌 이곳에 들어와 있다는 말이더냐?"

한겨울 바람 같은 매서운 사내의 목소리에 그녀는 천천히 몸을 돌렸다. 식은땀이 이마에서 흐르기 시작하고, 입 안이 바짝바짝 말라 왔다. 채찍을 든 사내는 무섭게 노려보며 사정없이 몰아쳤다.

"감히 무관들이 수련하는 이곳에 숨어들어 오다니. 첩자인 것이 분명하구나. 대체 누가 너를 보냈느냐? 당장 고하지 못하겠느냐?"

여해는 사내의 온몸에서 뿜어져 나오는 강한 기운에 그만 털썩 주저앉고 말았다. 두 손과 두 다리가 자신도 모르게 벌벌 떨려 왔다.

"사형, 겁을 먹었나 봅니다. 너는 누구더냐? 누가 보내서 온 것이야?"

다른 사내가 그녀의 앞으로 다가와 차분한 어조로 다시 물었다. 채찍을 든 사내는 더욱 죽일 듯한 눈빛으로 그녀를 노려보았다.

"네 이름이 무엇이냐?"

"여, 여해. 조여해……."

"여해? 허허, 이것 봐라? 계집이 아니더냐?"

사내는 어이가 없다는 듯 그녀와 사형을 번갈아 보았다. 그제야 여해는 정신을 차려 무릎을 꿇고 땅바닥에 머리를 조아렸다.

"주, 죽을죄를 지었습니다! 그저 보고 싶어서……."

"뭐가 말이더냐?"

"그, 그거. 말 타고 재주부리는 게 너무 보고 싶어서……."

머리를 조아린 그녀의 온몸이 아까보다 더욱 떨리기 시작했다. 입술을 꽉 깨물고 자신의 감정을 통제하려고 했으나 의지와는 달리 더욱 큰 두려움에 본능적으로 몸이 먼저 반응하고 있었다.

사내는 혀를 차며 절레절레 고개를 흔들어 댔다. 그러나 채찍을 든 사내는 마치 돌부처처럼 아무런 표정의 변화 없이 계속 그녀를 내려다보았다.

"그냥 좋아서요. 너, 너무 좋아서요……."

"사형, 보아하니 얼치기 같은 계집인데 그냥 보내 줍시다. 어서 가거라! 그리고 다시 한 번 우리 눈에 띄면 첩자로서의 죄를 물어 포도청에 넘길 것이니 그리 알거라. 어서 썩 물러가지 못하겠느냐?"

자신을 무시하며 내쫓는 사내의 목소리를 듣자 알 수 없는 분기가 그녀의 몸 깊숙한 곳에서 스멀스멀 기어 나와 온몸을 잠식하기 시작했다. 여해는 갑자기 고개를 쳐들더니 사내를 똑바로 바라보았다.

"싫습니다."

"뭐라?"

"전 매일 보고 싶습니다. 하여, 죽을 각오를 하고 숨어들어 왔습니다."

"참으로 점입가경이구나!"

장난기 어린 얼굴로 싱글거리던 사내는 이제 화가 나는지 얼굴을 일그러뜨리며 험상궂게 소리쳤다. 그때까지도 옆에 있던 사내는 여전히 아무 말이 없었다.

"마상재는 무관들, 특히 각 군영에서 특출한 이들만 수련할 수 있는 것이다. 너 같은 몸도 성치 못한 천한 계집 따위가 감히 넘볼 수 있는 곳이 아니란 말이다!"

여해는 그 큰 눈으로 똑바로 쳐다보며 또렷하게 한마디 한마디를 내뱉었다.

"저도 말을 나으리보다 더 잘 탈 수 있습니다! 전 어릴 적부터 말을 탔습니다. 오히려 재주를 익힌다면 웬만한 사내들보다 더 빨리 배울 것입니다. 절대 이곳에서 나가지 않을 것입니다. 제발 부탁드립니다!"

"이년이 죽고 싶어 환장을 했느냐?"

사내는 두 눈을 휘둥글리며 다른 사내를 쳐다보았다. 당황하는 사내와는 달리 그는 매우 차분하게 이 모든 상황을 지켜보고 있었다.

"참내! 사형, 이 계집을 어찌할까요?"

"……."

"사형!"

사내는 여해를 한참 동안 내려다보았다. 여해 또한 입을 꼭 다물고 그를 올려다보았다. 밀리지 않은 기 싸움을 하는 듯, 두 남녀는 그렇게 서로를 노려보며 한 치도 물러나지 않았다.

"두홍아, 말고삐 끈을 가져오너라. 제 발로 못 나가겠다고 하니 포박하여 내보낼 것이다. 어서!"

사내는 사형의 호통에 얼른 뛰어가 고삐를 풀어 가져왔다. 사제로부터 고삐를 받은 사내는 여해의 두 손을 꽁꽁 동여매기 시작했다. 그녀는 몸부림을 쳤지만 그의 힘을 당해 낼 수 없었다. 사내는 여해를 억지로 일으켜 세우더니 군마장 입구로 끌고 갔다.

"싫습니다! 전 꼭 봐야 합니다!"

그녀의 애절한 목소리에도 그는 끄떡없었다. 무릎을 꿇은 채 질질 끌려가는 모습은 마치 도살장에 끌려가는 소처럼 측은해 보이기까지 했다. 어찌나 강하게 버텼던지 그녀의 무릎에서는 어느새 피가 새어나오고 있었다.

"싫어요! 대체 나으리가 뭐라고 제가 보고 싶어 하는 것을 보지도 못하게 하는 것입니까?"

"네 죄를 정말 포청에 가서 물어야겠느냐? 아니면 의금부에 끌고 가야 정신 차리겠느냐?"

"어찌 사람이 보고 싶은 것을 보는 것이 죽을 죄라는 겁니까?"

사내는 잠시 멈춰 서서 그녀를 물끄러미 내려다보았다. 온몸에 흙투성이가 된 그녀는 여전히 기가 죽지 않은 채 그를 노려보았다.

"사람이 하고 싶어서 다한다면 그게 어찌 사람이라 하겠느냐? 이것은 너 같은 여인네들이 보아서도 탐해서도 안 되는 것이다!"

그는 아까보다 더욱 우악스럽게 여해를 끌고 갔다. 소리 지르며 발버둥 치며 질질 끌려가자 말구종들과 목자들은 생전 처음 보는 광경에 놀라 모여들었다.

"재, 누구야?"

"글쎄, 처음 보는 아이로구먼. 쯧쯧, 이곳에 몰래 들어왔구먼."

"지 종사관님께 걸렸으니 단단히 혼쭐이 날게야. 겁도 없이, 쯧쯧."

사내는 그녀를 군마장 밖에 사정없이 내동댕이치며 뒤돌아섰다. 여해는 악이 받히는 듯 사납게 퍼부어 댔다.

"그리 겁나오? 계집이 사내보다 잘날까 그리 험히 대하시는 거요?"

사내는 한쪽 입술을 추켜올리며 그녀를 비웃듯 내려다보았다.

"그리 생각하고 싶으면 그리하거라."

"그 잘나신 존함이나 들어 봅시다. 얼마나 잘난 분이신지 내 알아볼 터이니."

사내는 한동안 말없이 그녀를 바라보더니 한마디 툭 던지듯 내뱉고 군마장 안으로 사라졌다.

"지기택이라고 한다. 나에게 억한 심정이 남아 있거든 어영청으로 오너라. 그럼 아직까지 깨닫지 못한 너의 그 아둔함을 내가 금방 깨우쳐 줄 것이다. 썩 물러 가거라!"

굳은 결기

역정이 날 때로 난 여해는 흙투성이가 된 퇴대자를 거칠게 풀더니 평상 위에 던져 버렸다. 아까부터 쓰라렸던 양 무릎이 이젠 욱신욱신 쑤셔 와 더욱 화가 치밀어 올랐다.

"보지도 말고 탐하지도 말라고? 정말 웃긴 위인이구먼. 속 터져 죽겠어!"

그녀의 두 눈에는 분기로 인해 눈물이 그렁그렁 맺혔다. 제대로 변명도 하지 못한 채 짐승처럼 질질 끌려 나온 것을 생각하니 또다시 심장이 두근거렸다.

"빌어먹을 놈! 제가 사내면 단가? 왜? 계집이면 말도 타면 안 되고 보아서도 안 되나? 이런 망할……."

미투리를 벗으니 시커멓게 얼룩진 백말이 제법 꼬질꼬질했다. 추석 때 아버지가 그녀를 위해 면경과 함께 사 준 것이었다. 괜히 아버지에게 미안해지면서 자신이 초라하게 느껴졌다. 여해는 백말을 벗어 사정없이 마루에 대고 털기 시작했다.

"아버지께서 사 주신 건데 왜 이걸 신고 나갔을까? 이런 얼빠진 년! 양잿물에 씻어도 지워지지 않겠네!"

아무리 세게 털어도 버선바닥에 묻은 검댕이들은 없어지지 않았다. 그녀의 양 볼은 어느새 물기로 촉촉이 젖어 있었다.

"왜 안 지워져? 왜 안 지워 지냐고!"

그녀는 버선을 마당에 던져 버리고 엎어져 서러운 듯 울기 시작했다. 그때 지나가던 덕팔이 어미인 아지가 한심하다는 듯 혀를 찼다.

"이것아, 곡비할거냐? 초저녁인데 어찌 그리 서럽게 울고 있누? 아, 어서 아버지 오시기 전에 밥상 차리지 못해?"

아지의 꾸중에 여해는 벌떡 일어나 사립문 쪽으로 성큼성큼 걸어갔다.

"아주머니께서는 갈 길이나 가셔요! 왜 남의 집 일에 간섭이세요?"

"저저, 버르장머리 없는 것 좀 보게나. 야, 이것아! 너네 아버지께서 어미 없이 너 기르느라 새벽부터 온 한성을 다 뒤지고 다니며 서책을 파는데, 네 꼴을 좀 봐라. 그 이상한 행색하며 여기저기서 묻히고 온 검댕이들은 다 뭐냐? 쯧쯧쯧……. 혼례 치를 때가 다 된 과년한 처자가 그러고 돌아다녀 봐라. 누가 너한테 장가오겠느냐?"

"걱정 마셔요. 절대로 덕팔이한테는 시집 안 갈 거니까요. 제 걱정 마시고, 온 동네방네 곡소리 듣게 하지나 마세요. 특히, 밤에 아주머니 신세 한탄하는 소리 들으면 귀신 나올 거 같아 얼마나 무서운 줄 알아요?"

아지의 얼굴은 시뻘게지며 분노로 일그러졌다. 아랫입술이 파르르 떨리며 가쁜 숨을 몰아쉬는 그녀의 가슴팍은 올라갔다 내려갔다를 반복했다. 그녀는 양 소맷부리를 걷어붙이고 여해의 면상에 대고 삿대질을 하며 고래고래 소리를 질러 댔다.

"어디서 배워 먹은 게냐? 이래서 에미 없이 큰 것들이 욕을 얻어먹는 게다. 아무리 너네 아비가 잘하면 뭐하누? 딸내미는 이리 강퍅해서 형편없는데! 어디서 푸지게 놀고 온 이 꼴 좀 보라지. 참 잘했다고 하겠다! 에잇! 못된 년!"

"사돈 남 말 하시는군요. 세상에, 이 답십리 시끄럽게 만드는 위인이 누군지 아직 모르시나요? 저 말고요 동네 사람들 붙들고 물어보세요. 아줌마 곡소리 들으면 심산하지 않을 이가 어딨냐고요? 불민한 사람이 아니고서야 그 곡소리 반길 이가 어딨을까요?"

앙팡진 어린 처자의 비아냥거림에 아지는 그만 이성을 잃고 말았다. 그녀는 아예 사립문 안으로 들어와 여해의 멱살을 쥐고 사정없이 흔들어댔다.

"뭐, 뭐라? 이년이!"

사납게 물어뜯는 호랑이처럼 아지의 두 눈은 치켜 올라가 번득이고 있었다. 여해는 순간 자신을 잡고 흔드는 그녀의 기세에 눌려 멈칫했지만 더욱 가소롭다는 듯 웃어 댔다.

"아이고, 무서워라! 동네 사람들! 여기 사람 하나 죽어요!"

"여해야! 아주머니!"

두 여인은 사내의 목소리에 놀라 고개를 돌려 바라보았다. 성황당 앞의 나무처럼 키가 훤칠한 장한이 화가 난 표정으로 두 여인을 내려다보고 있었다.

"자, 장포야……."

"여해 너 이게 무슨 버릇없는 짓이니? 어서 덕팔이 어머님께 용서 구하지 못해?"

"하지만 아주머니가……."

장포는 더욱 단호하게 그녀를 쳐다보며 억지로 멱살을 쥔 아지의 두 손을 떼어 놓았다.

"아버지 생각은 하지도 않니? 어서 아주머니께 용서를 구하라니까?"

한 번도 자신을 그리 무섭게 대한 적이 없는 죽마고우를 보며, 여해는 숨을 쉴 수 없을 정도로 두려움을 느꼈다. 아직까지 씩씩거리며 자신을 노려보는 아지를 보자 다시 욱했지만 장포의 말이 맞았다. 여해는 입술을 꽉 깨물며 고개를 땅바닥에 닿을 정도로 푹 숙였다.

"제가 잘못했어요. 용서해 주세요."

"뭐? 아까 전까지는 죽일 듯이 대들더니?"

"아주머니! 여해가 빌잖아요!"

장포의 우레 같은 목소리에 아지는 움찔하며 뒤로 물러섰다. 마치 낙산의 커다란 바윗돌 같은 덩치 때문이었는지, 온 집을 쩌렁쩌렁 울리는 숫내 나는 총각의 목소리 때문이었는지 알 수 없었지만, 오금이 저려 시킨 대로 할 수밖에 없었다. 덕팔이 어미는 팔짱을 끼고 입을 삐죽거리며 마지못한 듯 몇 마디 툭 던졌다.

"그래, 뭐 잘못한 것을 아니 내 용서하마. 다음부터는 그러지 말거라. 어른한테 그러면 못써!"

"네……."

온순하게 대답하고 있었지만, 아직도 분이 풀리지 않은 듯 여해의 두 눈은 아지를 노려보고 있었다. 하지만 이내 그녀는 온순한 양처럼 눈빛을 단정히 할 수밖에 없었다. 굵은 손가락 하나가 그녀의 옆구리를 아프게 찔러 댔기 때문이다.

"앞으로 조심할게요. 화 푸시고 어서 가셔요."

여해의 말에 그제야 아지는 가소를 지으며 사립문을 나섰다. 덕팔이 어미의 뒷모습이 희미하게 보이자 여해는 원망스러운 듯 장포를 흘겨보았다.

"갑자기 왜 끼어들고 그래?"

"끼어들다니! 그럼, 너 어르신한테 그리 대들어도 되는 거야?"

"뭐?"

장포는 답답한 듯 크게 한숨을 내쉬더니 작은 꾸러미를 펼쳐서 그녀에게 내밀었다. 붉은 줄무늬로 예쁘게 장식된 옥춘당 네 알이 동그란 얼굴로 여해를 올려다보고 있었다.

"아버지 따라 광통교 근처의 마전에 갔다가 백당전에서 몇 개 샀어. 너 단 거 좋아하잖아?"

"됐어. 내가 거지냐? 맨날 네가 주는 거 얻어먹게?"

"그래? 그럼 석산이랑 내가 먹을게."

장포는 사탕 한 알을 들어 자신의 입으로 가져갔다. 그의 입 속으로 들어가는 저 달콤하고도 맛난 것을 보자니 감질나서 미칠 지경이었다. 두 손을 오므렸다 폈다 하며 그녀는 자신의 마음을 들키지 않기 위해 안간힘을 쓰고 있었지만, 입 안 가득 고이는 침은 어찌할 수가 없었다.

여해는 단 주전부리를 엄청 좋아했다. 이가 썩어도 강엿은 먹어야 잠이 올 정도로 달콤한 맛에 푹 빠져 있었다. 입을 오물거리며 쩝쩝거리는 그를 보자 당장 달려가서 한 알을 입에 넣고 싶었다.

"야, 진짜 맛나다! 이거 한 알 더 먹고 나머지는 석산이 줘야지!"

꾸러미를 오므리며 뒤돌아서는 장포를 보자 여해는 달려가서 쥐어

박고 싶을 정도로 얄미웠다. 그렇지만 그깟 사탕 때문에 하늘 같은 자존심을 버리기는 싫었다. 두 주먹을 꽉 쥐고 성큼성큼 마당의 평상으로 걸어가더니 바지를 걷어 상처 난 무릎을 살피기 시작했다.

"썩 나가 버려라! 그리고 다시는 우리 집에 오지 마. 아버지한테 일러서 앞으로 너 글 못 배우게 만들 거니까!"

장포는 여해의 말에 능글거리며 사탕 한 알을 집어 흔들어 댔다. 그녀는 아랫입술을 꽉 깨물더니 벗어 놓은 미투리를 사립문 밖으로 집어 던졌다.

"꼴도 보기 싫어! 다시는 오지 마! 내가 오늘 무슨 일을 당했는지도 모르면서 어떻게 덕팔이 어머니 편만 드니? 다시는 너 안 봐!"

여해는 털썩 주저앉아 어린아이처럼 서럽게 울기 시작했다. 장포는 자신에게 던진 미투리 한 짝을 손에 들고 천천히 다가왔다. 상처가 나 피가 흐르는 무릎을 보자 그의 눈이 커졌다. 얼른 달려가더니 무릎을 꿇고 이리저리 살피기 시작했다.

"이거 어디서 이랬어? 누가 너를 때렸니?"

"가던 길이나 가시지 웬 참견이래? 꼴 보기 싫으니까 썩 가 버려!"

장포는 저고리 옷고름 하나를 떼어 무릎에 묻은 상처를 닦았다. 상처를 닦을 때마다 아릿한 고통이 느껴져 밀쳐 냈지만 장포는 다시 일어서서 계속 정성껏 여해의 다친 무릎을 닦아 내었다.

"이 반푼아……."

장포는 원망 섞인 그녀의 말에 한번 씩 웃고는 다른 옷고름마저 떼어 상처를 싸매어 주었다. 그러고는 서러움이 그렁그렁 맺힌 두 눈을 지그시 올려다보며 옥춘당 꾸러미를 작은 손에 쥐어 줬다.

"미안하다……. 나 많이 미웠지?"

"흥!"

"날 봐서라도 하나 먹어 봐라. 참으로 달더라. 어서……. 너 아무리 아파도 사탕 한 알이면 금방 일어나잖아?"

생각 같아선 꾸러미를 던져 버리고 싶었지만 이상하게도 손이 펴지지 않았다. 장포는 일어서더니 평상에 같이 앉아 어깨로 그녀를 계속 밀어 댔다.

"야, 하나만 먹어 보라니까?"

여해는 꾸러미를 열더니 남은 사탕들을 다 입에 털어 넣었다. 커다란 옥춘당 알들이 입 안에 들어가자 그녀의 볼은 한여름 울어대는 두꺼비처럼 불룩하게 부풀어 올랐다. 장포는 어기적거리며 사탕을 빠는 그 모습이 우스워 낄낄거렸다.

"야, 너 꼭……. 아니다!"

따지고 싶었지만 입 안에 가득 들어 있는 옥춘당 때문에 말할 수가 없었다. 그렇다고 다 뱉으려고 해도 혀 밑에 가득 고인 단물 때문에 계속 그 맛을 음미하고 싶었다. 여해는 팩 돌아서며 두 손을 양 볼에 갖다 대고 이리저리 사탕을 돌리며 빨아먹었다.

"맛나지? 정말 달더라. 자, 나중에 상처에 꼭 약 발라야 해? 안 그럼 곪으니까. 간다!"

장포는 여해의 어깨를 몇 번 두드리더니 경쾌한 걸음으로 마당을 걸어 나갔다. 그녀는 입 안에 든 옥춘당의 크기가 작아질수록 이상하게 기분이 편안해졌다. 하지만 여전히 아지 편을 든 그가 노여웠는지 그가 나간 사립문을 향해 눈을 흘겨 댔다.

"치……. 뭐 이깟 사탕 몇 알에? 내 편도 안 들어 놓고선……."

"나으리, 어서 오시어요. 목이 빠지게 기다리고 있었사옵니다."

그 어느 때보다 간드러지는 기녀의 목소리에 젊은 무관은 얼굴이 굳어져 멈추어 섰다. 홍옥으로 된 단작노리개를 손끝으로 어루만지는 월하선의 눈빛은 먹잇감을 노리는 이리처럼 흡족하게 반짝거렸다.

"흠, 뭘 이리 수선을 떠는가? 지 종사관 어서 들어가세!"

예전 월하선과 정신없이 운우지락을 나누었던 훈련대장은 서운한 듯 입맛을 다시며 수염만 쓰다듬었다. 그러나 그녀는 완염한 미소로 입꼬리를 끌어올리며 더욱 지기택의 옆에 붙어 팔짱끼었다.

"나으리도 참! 그리 말씀하시면 종사관 나으리께서 얼마나 가시방석이시겠사옵니까?"

입술을 굳게 다문 채 얼굴을 돌리고 있는 지기택과는 달리 월하선의 얼굴은 원하던 먹잇감으로 배를 채운 암호랑이처럼 여유로움이 흘러넘쳤다. 기녀들은 서로 냉소가 가득한 눈짓을 주고받으며 얼굴이 홍시처럼 붉어진 닭 쫓던 개가 된 훈련대장을 비웃었다.

"훗, 그럼 저년 치마폭에 둘둘 싸여 지 종사관을 여기로 데려온 거야?"

"고양이한테 생선 갖다 맡긴 꼴이구먼. 오늘 내기에 이길 수 있으려나?"

"오늘밤 재미난 일이 많겠어. 우리 저 늙은 늑대 옆에 붙어서 계속 약이나 올려 볼까?"

재밌어 하는 기녀들과 달리 젊은 무관들은 지기택과 훈련대장을 번갈아 쳐다보며 곤란한 얼굴로 서로를 마주보았다.

"혹시 여기서 기녀 하나 두고 칼부림 나는 거 아냐?"

"저년이 지 종사관을 일 년 안에 품겠다고 벼른다는 소리가 한성에 파다한데 훈련대장께서 모르실까 봐?"

"우린 오늘 조용히 술이나 마시세. 여차하다간 고래 싸움에 새우등 터진다고……."

화가 난 수소처럼 콧바람을 연신 내뿜으며 술을 마시던 훈련대장은 월하선 옆에 앉은 무뚝뚝한 사내를 죽일 듯이 노려보았다. 그러나 이 요망한 여인은 더욱 교태를 부리며 사내의 어깨에 머리를 뉘였다가 혹은 스리슬쩍 추석 달처럼 탐스럽게 부풀어 오른 젖가슴을 지긋하게 갖다 대며 나근대고 있었다.

"참으로 잘나십니다. 이년이 본 한성의 사내 중에 가장 사내다운 분이십니다!"

그러나 지기택은 그녀가 따라 주는 술잔을 후딱 들이킨 후 아무 말없이 산해진미가 넘쳐 나는 주안상 위만 바라보고 있었다. 월하선은 그의 팔짱을 끼며 춘삼월이 되기 전에 부는 미풍처럼 달짝지근한 목소리로 속삭였다.

"오직 나으리만 기다리며 수많은 밤을 지새웠사옵니다. 다른 것은 바라지도 않습니다. 오늘밤 이년을 품어 주신다면 그 어떤 사내에게도 몸도 마음도 주지 않을 것이옵니다."

마치 어머니의 품만을 바라보는 갓난쟁이처럼 월하선의 눈에는 잠시나마 진심이 담겨져 있었다. 그러나 무정한 이 사내는 직접 잔에 술을 따르더니 한잔 마시고, 한쪽 입술을 추켜올릴 뿐이었다. 대답이 없는 사내를 보자, 그녀의 상처 입은 자존심은 동짓달 펄펄 끓는 아랫목처럼 온몸과 마음을 사정없이 달아오르게 만들었다.

"나으리……. 어서요. 어서 저를 품으시어요. 이 월하선, 반가의 여인은 아니오나 기녀로서 평생의 진정을 품고 싶습니다. 아, 어서요……."

그녀는 가슴을 더욱 바짝 갖다 대며 향긋한 분내가 가득한 아리따운 얼굴을 그의 가슴 위에 올려놓았다. 규칙적인 심장 소리와 함께 그녀의 귓가에는 냉랭한 사내의 목소리가 들려왔다.

"이보게, 술맛이 참으로 좋구먼. 이 술은 무엇인가?"

"예?"

"내 좋은 술자리는 자주 즐겨 본 적이 없어서 그러네. 늘 집에서 담근 술만 맛보아서 그런지 이리 향이 좋은 술은 처음일세. 자네들도 그러하지 않은가?"

여기저기서 킥킥거리는 소리와 함께 월하선의 입술이 파르르 떨렸다. 온몸에 갑작스러운 차디찬 겨울바람이 스며들 듯 소름이 돋아나고, 뒷목을 타고 올라온 기분 나쁜 한기는 두 눈의 동공을 크게 벌려 놓았다. 자신을 업신여기는 기녀들의 눈빛을 느끼며 그녀의 산산조각난 마지막 자존심은 머릿속을 하얗게 만들어 놓았다.

"자네도 모르는 술인가? 내가 참으로 귀한 술을 즐겼구먼."

희미한 미소를 지으며 술잔을 내리는 그를 바라보며 팔짱을 꼈던 그녀의 두 손은 절로 스르르 풀려 버렸다.

“저는 이만 가보겠습니다. 하나뿐인 어머니께서 고뿔로 고생하고 계시니 자식된 도리로 이리 편히 앉아 술을 즐길 수가 없습니다. 송구하옵니다.”

늙은 수사자는 젊은 경쟁자가 경계 밖을 나가려고 하자 이내 방실거리며 갸륵한 듯 고개를 끄덕였다.

“참으로 우리 지 종사관은 효심이 지극하지 않은가? 다들 본받아야 할 걸세. 자, 어서 가 보게. 어서!”

지기택은 일어나서 공손하게 예를 올린 뒤 방문을 열었다. 몸이 달아 옆에서 갖은 수로 애를 썼건만 먹잇감이 유유히 덫을 빠져나가자 월하선은 억지 미소를 지으며 천천히 일어섰다. 늙은 수사자는 아직도 마음이 놓이지 않은 듯 밖으로 나가려는 그녀를 저지했다.

“이보게 어디 나가는가? 지 종사관은 어머니를 모시러 가는 것일세.”

백운각 최고의 기녀는 마지막 남은 자존심을 긁어모아 웃느라 한쪽 뺨이 미세하게 떨렸다. 늦가을 새벽에 내리는 이슬처럼 서늘한 그녀의 눈빛은 누가 보아도 무서울 정도였다.

“바늘 가는 데 실 간다고 하지 않았사옵니까? 종사관 나으리를 보내드리고 오겠사옵니다.”

방문이 닫히자, 잠시 조용하던 방 안은 우레와 같은 박장대소로 가득 찼다. 기녀들과 무관들은 이 재미난 구경거리를 두고 놀려대느라 이리저리 널브러지고 휘청거리며 낄낄거렸다.

“아이고, 천하의 월하선이 저리 되어서 어쩌누?”

“대감, 오늘 저녁은 나으리께서 품어 주셔야겠습니다. 아하하!”

"싫다! 몸만 주면 뭐하누? 이미 마음은 딴 곳에 가 있는데. 차라리 너를 데리고 이 밤을 지새워야겠구나!"

"이제 내일 한성 바닥에 재미난 소문이 퍼지겠구먼. 천하제일의 월하선이 한낱 재미없는 무관에게 퇴짜를 받았다. 으하하하!"

디딤돌 위에서 두 주먹을 꽉 쥔 여인은 가쁜 숨을 몰아쉬며 자신을 버리고 간 사내의 뒤통수를 노려보았다. 스란치마가 휘날릴 정도로 정신없이 쫓아간 월하선은 마치 사냥꾼처럼 팔을 낚아채었다.

"왜 이러는가? 난 갈 길이 바쁜 몸이네."

청사초롱에 비친 그녀의 얼굴은 그 어느 사내라도 혼이 빠질 정도로 매혹적이었다. 그러나 눈앞에 둔 달기를 보고도 이 목석 같은 사내는 아무런 표정의 변화가 없었다.

"어찌 그리도 매정하시옵니까? 이년, 마음에 크나큰 상처를 입었사옵니다."

"상처를 입는다?"

마치 수려한 홍단처럼 풍만한 미색을 앞에 두고 사내의 입가에는 살짝 냉소가 어렸다. 손을 들어 가냘픈 어깨를 몇 번 툭툭 두드리던 지기택은 머쓱한 듯 웃으며 돌아섰다.

"나으리!"

"돌아가게!"

사내의 목소리에는 온정이라고는 찾아볼 수 없을 정도로 차가웠다. 월하선은 마치 세상의 모든 것을 잃어버린 듯한 절망감에 한 발자국 다가갔지만, 그는 단호했다.

"돌아가라고 하지 않았나? 오늘은 훈련대장께서 오신 날이네. 자네를 보러 오신 분을 살뜰히 모셔야지?"

한겨울 차가운 나루터의 칼바람을 맞은 듯 그녀의 마음은 시리고 아파 왔다. 도저히 마음 줄을 틀어쥐지 못한 기녀는 원망스러운 목소리로 그의 마음을 잡기 위해 안간힘을 썼다.

"어찌 저를 마다하십니까? 저, 천하의 월하선입니다. 저를 품기 위해 안달난 한성의 사내들이 얼마나 많은 줄 아십니까? 하온데 이리 저를 내치시단요? 제가 그저 그런 천박한 객기로 나으리를 마음에 품은 줄 아십니까? 나으리를 뵙기 위해 이년이 얼마나 죽을힘을 다 했는지 아시냐는 말입니다!"

"내 알 바 아니네."

화창한 날 갑자기 논 위에 뿌려지는 소나기처럼 차디찬 사내의 목소리에 그녀는 둔기로 머리를 얻어맞은 듯 멍해졌다. 아까 전까지 미친 듯이 쿵쿵거리던 심장의 움직임이 전혀 느껴지지 않았다. 그 어느 때보다 차분해진 그녀의 가슴은 그의 말 한마디에 갈가리 찢겨져 나갔다.

"난 아직 그 누구를 내 옆에 둘 여유가 없네. 미안하네. 나 말고 다른 잘난 사내들에게나 그 정성을 주게나."

자존심이 백악산 봉우리보다 더 높다던 여인은 들고양이의 사나운 눈빛으로 지기택을 노려보았다. 온몸에서 한겨울 북풍처럼 서늘한 기운이 감돌았지만, 그녀의 숨소리는 마치 천릿길을 뛰어온 사람처럼 뜨거웠다.

"싫습니다! 오로지 나으리가 아니면 싫습니다!"

"정말 이 사람이 안 되겠구먼!"

지기택은 노기를 띤 채 그녀를 내려다보았다. 바위산처럼 엄청난 기개를 발산하는 사내 앞에서도 그녀의 결기는 꺾이지 않았다.

"자네 마음은 자네가 알아서 하게나. 난 가겠네. 연로한 어머니께서 기다리시네."

빠른 걸음으로 성큼성큼 대문을 향해 걸어가는 사내의 뒷모습은 서빙고에 가득 찬 얼음의 냉기보다 더욱 차가웠다. 대문 넘어 그의 모습이 사라질 때까지 월하선은 그렇게 아무 미동도 없이 서 있었다. 뭇 사내들을 홀린 그 크고 담비 같은 눈에서는 끊임없이 눈물이 흘러내렸다.

"가자. 괜히 한성의 못난 사내들에게 안주거리가 될 필요가 있어?"

가늘고 연약한 어깨 위에 커다랗고 시커먼 두 손이 얹혔다. 온몸에서 혼이 빠져나간 것처럼 멍하니 서 있던 월하선은 그제야 입가에 희미한 미소를 머금었다.

"내가 밉지 않아? 다른 사내를 품기 위해 안달 난 내가?"

"어쩌겠나? 기둥서방에게 저만의 계집이란 없다며? 네 다리속곳 안을 들여다 본 놈들의 머리통을 모두 내려쳤다면 아마 저 청계천은 핏빛이 다 되었을 거다."

월하선은 뒤돌아 자신을 감싼 두 손을 마주 잡았다. 그러고는 통나무 같은 굵은 목을 끌어당겨 입을 맞추었다. 거칠한 사내의 입술은 마치 짚신바닥처럼 까칠했고, 건장한 몸에서 풍겨 나오는 강한 숫내는 알 수 없는 묘한 유혹이었다.

"왜 이래? 아직 훈련대장이 저기에 있는데? 아니면 지 종사관 대신인가?"

그녀는 꽃 사이를 나니는 나비처럼 가냘픈 몸을 흔들며 그의 가슴을 쓰다듬었다. 연지를 바른 붉은 입술은 벌어졌다 다물었다 하며 서늘한 가을바람에 교태로운 향기를 이리저리 날렸다.

"왜 그럼 싫어? 네가 뭐라던 난 오늘은 네 여인이야. 네가 싫다 해도 난 오늘밤 네 품에서 이 노여움을 풀어야겠어."

"제발 들여보내 주세요."

"천한 것이 어디 감히 무관 흉내 내려고 말을 타려고 해? 경을 치기 전에 썩 꺼지지 못해?"

사람보다는 말 울음소리가 더 익숙한 장안벌은 불청객의 고집으로 그 평화가 깨어지고 있었다. 군마장에서 일하는 모든 목부들과 목자들이 나와 그를 에워싸고 쌍심지를 켰지만, 자그마하고 하얀 그 얼굴에서는 오히려 더 다부진 의지가 흘러나왔다.

"종사관께서 그리 혼을 내셨는데도 이리 기어 오다니. 정말 포청에 가서 장이라도 맞아야 정신을 차리겠느냐?"

"그저 보고 싶다고 했을 뿐입니다. 달린 눈으로 보지도 못합니까?"

"어허, 이놈이……. 천한 것이 감히 양반들 하는 것을 탐하는 것이더냐?"

"아무렴! 뱁새가 황새 쫓아가다가 가랑이 찢어진다는 말이 그냥 나온 것이 아니다. 우리 같은 천것들은 그저 분수에 맞게 살아야 해. 어서 가거라. 좋은 말로 할 때 어서 이 아재들 말 들어!"

사내들은 능글거리며 그를 놀려대었다. 하지만 불청객은 도톰한 입술을 꽉 깨물고 허연 눈자위를 드러내며 그들을 일일이 노려보았다.

"저, 저것이 눈자위 까뒤집으며 흘겨보는 것 좀 보게!"

"어디 그냥! 캬 고꾸라지기 전에 썩 꺼져!"

불청객은 한번 크게 숨을 내쉬더니 갑자기 그 자리에 대자로 드러누웠다. 사내들은 갑작스러운 행동에 어이가 없어 헛웃음을 지을 뿐이었다.

"어서 포청에 가두어 보세요. 전 이곳에서 좀 자야겠네요? 설마하니 자는 것도 뭐라고 하시지는 않겠죠? 어서 할 일들이나 하세요. 만약 제 몸에 손가락 하나 갖다 대셨다가는 그 길로 포청에 일러 무고한 이를 괴롭히려 했다고 고할 겁니다!"

"무, 뭐야?"

목자들은 서로 쳐다보며 입을 벌린 채 답답한 듯 가슴을 두드리며 한숨만 쉬어 댔다. 그중 머리가 허연 한 사내가 웃으며 사내들을 달래었다.

"가세나. 저 핏덩이랑 상대하고 있다가는 오늘 할 일도 제대로 못하겠네. 저놈은 저기서 땡볕에 구워 죽든지 말라죽든지 놔두고 우리 할 일이나 하세나. 좀 있으면 종사관 나으리께서 오실 터이니 알아서 하시겠지."

"군부 어르신, 정말 그럴까요?"

"괜히 쓸데없이 힘 빼지 말고 어서 우리 일이나 하자구."

군마장 대문 앞에 드러누운 불청객을 보며 사내들은 험상궂게 눈살을 찌푸렸지만, 그 길로 발길을 돌렸다. 가는 내내 뒤돌아보며 그대로 누워 있는 모습에 그들은 비웃으며 손사래를 쳤다.

"오늘 또 난리 한번 나겠네."

"재 오늘이 제삿날이 될 걸세. 어찌 저리 제 분수도 모르고. 성질한번 강팍하구먼. 쯧쯧……."

대지의 과실과 곡식을 무르익게 하는 가을 햇살은 풍요롭지만, 반시진 동안 누워 있는 여해에게는 한여름의 뙤약볕처럼 고통스럽고 싫었다. 얼굴이 벌겋게 달아오른 그녀는 인내심의 한계를 느낀 듯 벌떡 일어나더니 뜨거워진 두 볼을 감싸 쥐었다.

"평상에 말려 둔 고추처럼 벌거졌겠네. 근데 지 종사관인지 쫌생이인지 왜 이리 안 오는 거야? 어제부터 와서 이리 장승처럼 버티고 있는데 대체 언제 와?"

오시가 되자 배가 고파진 그녀는 바랑 속에서 꺼낸 주먹밥을 우걱우걱 씹어 대기 시작했다. 뜨거운 햇살 아래 뜨듯해진 밥은 쉰내가 풀풀 풍겨 와 목구멍으로 넘어가기도 전에 비위를 상하게 만들었다.

"에잇! 퉤! 다 쉬었잖아?"

한 입도 제대로 먹지 못한 밥 덩어리를 있는 힘껏 집어던진 그녀는 그만 목이 메어 오고 눈시울이 뜨거워졌다. 알 수 없는 서러움이 한꺼번에 밀려와 온몸을 에워싸 도저히 감정을 주체할 수가 없었다.

"야, 이거 누구한테 던지는 거야?"

짜증 섞인 사내의 우렁찬 목소리에 여해는 화들짝 놀라 얼굴을 들었다. 밥풀이 잔뜩 묻은 수화자와 그녀의 얼굴을 번갈아 보며 이두홍의 면상은 짙은 다홍빛으로 변해 있었다. 흥분한 그와는 달리 옆에 서 있는 지기택은 표정 없이 그녀를 내려다보았다.

"사형, 이 아이가 또 왔습니다. 아, 이 쉰내! 야, 넌 밥도 다 시어 빠진 밥을 먹는 게냐? 계집이 이리 칠칠치 못해서야, 원! 아, 사형, 뭐라고 말씀 좀 해 보세요!"

신에 묻은 밥알을 떼어내며 이두홍은 종사관을 못마땅한 듯 흘겨보았다. 여해는 지기택을 보자 자리에서 벌떡 일어서더니 땅에 닿을 듯이 허리를 굽혔다.

"제발 이리 애원합니다! 그저 보기만 하겠습니다!"

"이것아! 마상재는 아무나 보는 것인 줄 아느냐? 전하의 앞이나 사신이 왔을 때만 보여 드리는 무예이니라. 당장 경을 치기 전에 물러가거라!"

"전 여덟 살부터 다리도 닿지 않는 등자를 디디고 말을 탔습니다. 마상재를 볼 자격은 충분하다고 생각합니다."

"뭐라? 이 발칙한! 야, 이 수화자는 내가 추석 때 장만한 것을 오늘 처음 신은 것이다. 이리 지저분하게 만들어 놓고는 감히 뭐라고? 사형, 뭐하시는 겁니까?"

수건을 꺼내 허옇게 자국이 남은 밥풀 자국을 문지르며 이두홍은 더욱 약이 오르는지 고래고래 소리를 질러 댔다. 지기택은 천천히 여해의 앞으로 다가갔다. 갑자기 쑤욱 들어오는 커다란 움직임에 그녀는 겁을 먹고 뒤로 물러섰다. 어찌나 두려웠는지 두 다리가 자신도 모르게 바들바들 떨려 왔다.

"내가 오지 말라고 했지? 그래도 묵은 감정이 있다면 어영청으로 오라고 했을 텐데?"

"와서는 안 된다는 것을 잘 압니다. 대신 제가 모든 시중을 들고 마구를 깨끗하게 정리해 놓겠습니다. 허니……."

"감히!"

섣달 그믐밤에 울리는 종각의 종소리처럼 그녀의 두 귀는 쩌렁쩌렁 울리는 천둥소리에 멍멍해졌다. 태산 같은 기개를 내뿜는 눈에는 자비라고는 눈 씻고 찾아볼 수가 없었다. 경강의 한겨울 강바람처럼 인정머리 없고 매섭기만 했다.

"감히 또 이런 망발을 일삼다니! 두홍아, 어서 이 무엄한 것을 끌어내거라!"

이두홍은 사형의 말이 떨어지기가 무섭게 그녀의 가느다란 팔을 무지막지하게 잡아채었다. 어찌나 세게 잡았는지 팔이 몸통에서 떨어져 나가는 듯 뻐근하고 쓰라려 정신을 차릴 수 없을 정도였다.

"아파요!"

"시끄럽다! 어서 이리 오지 못해?"

끌려가면서도 여해는 억울한 듯 눈물을 흘리며 절규했다.

"왜 안 됩니까? 그저 보기만 해도 안 됩니까? 대체 뭐가 그리 두려우신 것입니까?"

사력을 다해 소리를 지르는 여해와는 달리 지기택은 무정하게 군마장 안으로 들어가고 있었다. 악이 받힌 그녀는 이제는 눈물을 흘리지 않고 두 눈을 부릅뜨고 하고 싶은 말을 다 토해 내었다.

"뭐가 잘나서 그래? 양반이면 다야? 양반이면 다 보고 다 해 봐도 되냐고? 뭐가 그리 잘나?"

"아니, 이것이!"

화가 머리끝까지 치민 이두홍은 그녀를 우악스럽게 내동댕이쳤다. 어찌나 세게 밀쳤는지 여해의 몸은 저만치 굴러가 고꾸라졌다. 돌부리에 부딪힌 허리가 욱신거리고 잡힌 팔이 떨어져 나간 듯 아무 감각이 없었다. 그러나 참을 수 없는 건 육신의 고통보다도 단지 자신의 가진 한계 때문에 원하는 것을 얻을 수 없다는 것이었다.

"다시는 오지 말거라. 내가 너에게 할 수 있는 마지막 배려이니라! 한 번만 더 이 근처에 얼쩡거리면 그때는 정말 죽는다고 생각하거라! 에잇!"

이두홍은 딱 잘라 말하고는 뒤돌아섰다. 걸어가다 자신의 신을 내려다보며 그는 가끔 얼굴을 돌려 그녀를 나삐 보았다. 그러나 여해는 그가 밉지 않았다. 오히려 상대할 가치도 없다는 듯, 화도 내지 않고 자신의 간청을 한마디로 자른 그 인정머리 없는 사내가 죽일 듯이 밉고 또 미웠다.

"나쁜 놈……. 사내놈이 그리 속이 좁아터져서야. 그렇다고 내가 포기할 줄 알아? 나 여해라고, 조여해!"

여해는 일어서려고 두 손으로 땅을 짚었지만, 두 팔이 후들거려 이내 푹 고꾸라지고 말았다. 하지만 이를 악물고 무릎을 꿇은 채 다시 한 번 죽을힘을 다해 몸을 일으켰다.

온몸이 쑤시고 아파 서 있는 것조차 죽을 지경이었지만, 그녀는 두 눈을 꼭 감고 하늘을 올려다보았다. 중양절이 다 되어 가는 번루빛의 가을 하늘은 마치 맑은 날의 고요한 바다처럼 깊고 아름다웠다. 가기의 산천은 신비스러운 자연의 이치로 그 어느 계절보다 풍요롭고

농익은 자태를 뽐내고 있었다.

"날씨 한번 조오타!"

여해는 돌배기가 첫걸음을 내딛듯 조심스럽게 한 발 한 발 움직였다. 두들겨 맞지도 않았는데, 사지가 계속 욱신거리는 것은 분명 새로 장만한 수화자가 더럽혀진 것에 화가 난 사내가 있는 힘을 다해 그녀를 패대기쳤기 때문이었다.

"그 무뢰배 같은 인간이 사정없이 날 던졌나 보네. 아, 아퍼!"

잡혔던 팔이 불에 덴 듯이 화끈거리고 쓰라렸다. 여해는 소맷부리를 걷어 팔뚝 위에 선명하게 찍힌 붉고도 푸른 멍 자국을 보고 어금니를 꽉 깨물었다.

"다음에 또 걸리면 그놈 손모가지를 끊어지도록 물어뜯을 거야."

가뿐하게 스무 걸음 정도면 걸어갈 수 있는 군마장 입구는 마치 만릿길처럼 멀고도 험난했다. 맨발로 불로 달군 대못길을 걷듯 여해에게는 그 짧은 여정이 지옥에서 받는 형벌이었다.

"다 왔네. 내가 포기할 줄 알고? 두고 봐. 오늘 끝장을 볼 테니까!"

혹여나 들킬 새라 그녀는 목책 옆에 있는 나무 아래에 웅크리고 앉았다. 커다란 나무가 만들어 주는 그늘은 절로 마음을 편하게 만들어 주었다. 여해는 다리를 쭉 펴고 나무둥치에 기대었다. 군마장 안에서는 말을 관리하는 목자들이 담소를 나누며 즐겁게 일하고 있었다. 여물을 먹이며 털을 빗어 주는 그 모습조차 그녀에게는 부러움의 대상이었다.

"말을 빗기고 먹이는 것도 사내라야 할 수 있다니……. 저 군마장 안에 들어가는 것도 두 다리 사이에 희한한 물건이 달려야 하는구나."

두 눈을 감으니 부드러운 실바람이 불어왔다. 상쾌한 공기가 콧속으로 들어오자, 이러고 있는 자신이 가년스러워 보여 픽 웃고 말았다.

"아, 그깟 말놀음이 뭐라고 이러고 있는지. 참, 여해 너도 쓸데없이 치기만 부리는구나. 그깟 게 뭐라고……. 후훗……."

"어, 비가 옵니다!"

수련을 하던 이두홍은 곤란한 얼굴로 앞에 있는 사형을 쳐다보았다. 지기택은 아무 말 없이 계속 말을 몰며 수련하고 있었다. 이두홍은 빗방울이 스며드는 수화자를 내려다보며 죽을상을 지었다.

"아이고, 괜히 신을 맞추었어. 어떻게 처음 신는 날, 이리 연달아 봉욕을 치르는 건지. 사형, 이제 그만합시다! 말도 주춤거려요!"

그러나 지기택은 자신의 일에 집중한 듯 말안장을 쥐고 물구나무서기를 하고 있었다. 이두홍은 기가 막힌 듯 고개를 흔들었다.

"정말 대단해. 이리 비가 쏟아지는데도 미동도 없다니……. 과연 조선 팔도 최고의 마재인이야! 사형, 난 잠시 쉬겠습니다."

이두홍은 말에서 내리더니 근처 목자가 서 있는 나무로 뛰어갔다. 기다리던 목자는 얼른 나와 그의 마구간으로 끌고 갔다.

"지 종사관께서는 계속 수련하시는 것입니까?"

"그렇다네. 이런 날은 그저 어서 수련을 마치고 술이나 나누며 시미놀이나 하면 그만인데……. 참으로 재미가 없어, 재미가 없다니까."

반 시진이 지나자 지기택이 탄 말은 힘든지 푸르륵거리며 비틀거렸다. 그는 계속 채근하며 수련을 멈추지 않았다. 보다 못한 이두홍은 벌떡 일어섰다.

"거참, 사람이 왜 그리도 모지십니까? 저 말도 쉬어야지요. 저러다 내일부터 달리기는커녕 일어서지도 못하겠습니다."

"오늘 할 일은 오늘 마무리해야 하네."

"제발 그만 좀 하십시오. 새로 장만한 수화자 자랑하려고 어영청에 들렀다가 이리 봉욕을 치렀습니다. 날 좀 봐서라도 그만하고 갑시다!"

짜증이 잔뜩 묻어난 사제의 말에 그제야 지기택은 말머리를 돌렸다. 자신의 말을 듣는 사형을 보며 이두홍은 방실거리며 비에 젖어 나달거리는 동달이 밑단을 두 손으로 세차게 털어 내었다.

"갑시다! 이런 날은 주막에 가서 뜨끈한 국밥에 탁주면 한기가 가시지요."

"넌 어찌 허구헌 날 술타령이냐?"

"사형이 내 가친이라도 되시오? 거참, 빨리 갑시다. 이러다 고뿔 들겠소!"

군부에게서 갈모와 도롱이를 얻어 입은 두 사람은 서둘러 말을 타고 군마장 입구를 나섰다. 빗줄기는 갈수록 세차져서 마치 한여름 소나기처럼 사납게 땅 위로 내리치고 있었다.

갈모를 쓰고 도롱이를 입었지만, 이두홍의 얼굴색은 어두웠다. 이미 흠뻑 젖은 수화자에서 물기가 뚝뚝 떨어지는 것을 보고 있자니, 마음이 쓰라려서 견딜 수가 없었다. 입맛을 다시며 땅이 꺼질 듯 한숨을 쉬던 그는 갑자기 나무 밑에 시커멓게 웅크린 것을 보고 가경하고 말았다.

"아이고, 깜짝이야! 사형, 저거 뭡니까?"

"어찌 무관이 되어 그리 경망스러운 것이더냐?"

"아니, 저거 사람 시체 아닙니까? 아니네. 저, 저거……."

한심하다는 듯 이두홍을 흘깃 보던 지기택은 사제가 가리키는 나무둥치를 보고 눈을 부릅떴다.

"아까 내쫓은 아이 아닙니까? 아직도 가지 않고 저리 비를 맞고 있네."

이두홍은 추운 듯 온몸을 웅크리고 무릎에 얼굴을 묻은 여해를 보자, 갑자기 연민이 몰려와 말에서 내렸다. 추운 듯 몸을 바들바들 떨고 있는 어린 여인은 새파랗게 질려 입술 색이 옅은 아청색이 되어 가고 있었다.

"아니 여기서 뭐하고 있는 것이냐? 내 그리 가라고 했건만……. 쯧쯧, 다 젖었구나."

여해는 눈물이 가득 고인 눈으로 이두홍을 올려다보았다. 원망과 슬픔이 고인 그 큰 눈을 보자 그는 미안한 듯 그만 외면하고 말았다.

"그, 그러게 가라고 쫓지 않았더냐. 대체 왜 이러고 있는 것이냐?"

"하, 한 번만……. 한 번만이라도 보고 싶어서……. 그거, 마, 말놀음……."

"마상재? 그걸 네가 왜 봐?"

그녀를 바라보는 이두홍은 도무지 이해가 가지 않는 듯 실소를 머금었다. 그녀는 계속 가긍스러운 눈빛으로 애원하였다.

"이, 이렇게 애원합니다……. 제, 제발……. 하, 한 번이라도……."

"그리도 저 군마장에 들어가고 싶으냐?"

어느새 왔는지 지기택이 이두홍의 뒤에서 그녀를 내려다보고 있었다. 마치 겁을 먹은 어린 병아리처럼 여해는 얼굴을 푹 숙이고 몸을 더욱 웅크렸다.

"사, 사형……. 아이고, 놀래라. 아니, 기척이라도 하시지. 참……."

쭈뼛거리는 사제의 말에 아랑곳없이 지기택은 여해에게로 다가와 한쪽 무릎을 구부리고 앉았다. 두려워진 그녀는 아예 등을 돌리고 이전보다 더욱 바들바들 떨며 숨을 죽였다. 그러나 갑자기 크고도 따듯한 손이 자신의 어깨를 잡아 돌려 앉히더니 물에 젖어 흥건한 두건을 위로 젖혀 그녀의 하얀 이마를 짚는 것이 느껴졌다.

"열이 심하구나. 어서 일어서거라."

매섭게 몰아치던 북풍 같던 그의 목소리는 어느새 춘삼월 나라지게 만드는 다사로운 남풍처럼 포근해졌다. 멍하니 입을 벌리고 쳐다보는 여해를 보며 지기택은 보일 듯 말 듯 미소를 머금으며 그녀의 이마를 다시 짚었다.

"어서 일어나래도?"

순간 눈 녹듯 원망스러운 마음이 사르르 풀리기 시작했지만, 낮에 겪은 그 치욕이 다시 생각나 그녀는 두 눈을 치켜뜨고 소리를 질러댔다.

"싫습니다! 절 저 군마장에 들여보내 주시지 않는다면 절대로, 절대로 한 발자국도 움직이지 않을 것입니다!"

지기택은 열이 올라 두 볼이 발개진 채 고집을 피우는 여인을 물끄러미 바라보고만 있었다. 아무 대답이 없는 그를 보고 여해는 죽을

힘을 다해 소리를 질렀다.

"여기서 죽겠습니다! 저 군마장에 들어가지 못한다면 여기서 죽어 버리겠습니다! 허니, 가십시오. 제가 죽든 말든 상관하지 마시고 가십시오!"

두 눈을 꼭 감고 악다구니를 쓰는 그녀를 보며 지기택도 이두홍도 어이가 없어 쳐다보고만 있었다. 잠시 거센 비바람이 세 사람을 스치고 지나갔다. 이두홍은 스며 오는 한기에 얼른 도롱이 끈을 움켜쥐었지만, 나머지 두 사람은 계속 서로를 쳐다보고 있었다.

"좋다."

침묵을 깨는 그 말은 귓가에 윙윙대는 비바람보다 더욱 크게 들렸다. 여해도 이두홍도 두 눈을 동그랗게 뜬 채 그를 바라볼 뿐이었다.

"사형!"

"사람이 목숨이 그리도 가볍더냐? 그깟 말놀음 하나 구경하는 것이 목숨을 내놓을 정도라는 것이 말이 된다더냐? 내 군부에게 이야기해 놓을 터이니 몸을 추스르고 나와서 구경하거라."

믿을 수 없는지 입을 벌리고 물끄러미 쳐다보고만 있는 여해에게 자신의 도롱이를 벗어 주며 지기택은 다시 한 번 말했다.

"몇 번을 말해야 알아듣느냐? 몸이나 추스래도!"

"예!"

여해는 귀청이 떨어져 나갈 정도로 대답하고는 웃으며 땅을 짚고 일어섰다. 하지만 한동안 웅크리고 앉았던지라 두 다리가 휘청거려 다시 쓰러지고 말았다. 그렇게 온몸이 펄펄 끓고 힘들었지만 그녀의 얼굴은 들녘에 가득 핀 구절초처럼 소박한 미소로 가득 찼다.

"그리하겠습니다! 꼭 다 나아서 내일 이 자리에 또 오겠습니다! 이 은혜 죽어서도 잊지 않을 것이옵니다. 종사관 나으리, 참으로 고맙습니다!"

"오늘 어디에 갔었더냐? 세상에 저 얼굴 좀 봐라. 신열 때문에 눈까지 충혈되었구나."

명단은 저녁때부터 열이 오른 채 뜨겁고도 단내 나는 숨을 훅훅 불어 대는 딸을 보자 속이 타는지 붓을 내려놓았다. 옆에서 서책을 보던 장포 또한 여해를 걱정스러운 얼굴로 바라보았다. 그러나 정작 당사자는 무슨 좋은 일이 있는지 연신 싱글거리며 씻어 온 감을 내려놓으며 까르르 웃어 댔다.

"아버지는 참! 괜찮습니다. 비를 좀 맞은 데다 찬바람을 쐬어서 그러니 걱정 붙들어 매셔요. 장포야, 먹어 봐. 참 달더라."

"요즘 어딜 가는 것이냐? 보아하니 내가 입던 바지도 두어 벌 없어졌더구나."

단단히 벼른 듯, 명단은 평소와 다르게 얼굴이 굳어 있었다. 여해는 단호한 아버지의 모습에 그저 헛웃음을 지으며 눈길을 돌릴 뿐이었다. 눈치 빠른 장포는 나볏한 모습으로 그녀를 변호하기 시작했다.

"요즘 우리 목마장에서 말을 타다가 몇 번 옷을 더럽혔어요. 그래서 제가 여유 있게 몇 벌 가지고 오라고 한 거니 너무 걱정 마셔요."

명단은 장포의 말에도 의심의 빛을 거두지 않은 채 계속 딸을 바라보고만 있었다.

"장포 말이 정말이더냐?"

"아, 예, 예! 참말이에요. 아버지!"

명단은 답답한 듯 날숨을 내쉬더니 서책을 덮고 밖으로 나갔다. 잠시 내린 소나기 때문인지 제법 서늘한 바람이 방 안으로 스며들었다.

"내 잠시 바람 좀 쏘이고 올 테니 장포는 감을 먹으며 좀 쉬고 있거라."

미투리를 신고 사립문 밖으로 나가는 아버지의 뒷모습을 보자 여해는 걱정만 끼치는 자신이 부끄러운 듯 금새 침울해졌다. 감을 들고 이 손, 저 손으로 굴리는 그녀를 보며 장포는 곁으로 바짝 다가와 눈빛을 반짝였다.

"나한테는 바로 말해야지? 나 아니었으면 너 오늘 큰일 날 뻔했다."

"그래 정말 고맙구나. 내 이 은혜는 죽어도 갚아 줄게."

"요즘 통 목마장에도 들리지 않고, 어딜 가는 거야? 혹시 너 말이지……."

확신하는 눈빛으로 자신을 응시하는 그를 보자, 여해는 마치 들킨 것처럼 화들짝 옆으로 비껴 앉으며 가납사니처럼 사납게 쏘아붙였다.

"너 괜히 넘겨짚지 마. 내 편 들어줬다고 그러는 모양인데, 나 너한테 하나도 잘못한 거 없거든?"

"나한테는 잘못한 거 없지. 하지만 아저씨는 왜 속이는 거야?"

"그건…….

"너 요즘 장안벌에 가지?"

갑자기 여해는 꿈쩍할 수도 없었다. 얼어붙은 그녀를 보고 장포는 빙그레 웃으며 고개를 끄덕였다.

"내 그럴 줄 알았다. 오늘도 거기 가서 이리 홀딱 다 젖고 온 거냐?"

"하여튼 너 눈치 빠른 건 아마 한성 최고일 거다."

여해는 머리 밑이 가닐거리는 듯 괜히 벅벅 긁어 대기 시작했다. 할 말이 없거나 속내를 들켰을 때 하는 자신도 모르는 버릇이었다. 장포는 금새 낯빛이 굳어졌다.

"너 들키면 큰일 나. 거기는 무관들만 들어갈 수 있는 곳이야. 내가 간 것도 거기 있는 군부들을 마시장이나 사복시에서 자주 만나기 때문이야."

여해는 갑자기 가슴을 쫙 펴더니 의기양양하게 고개를 쳐들었다.

"나 이제부터 눈치 안 보고 거기 들어갈 수 있어."

"뭐? 네가? 무슨 자격으로?"

"어영청 종사관님한테 허락을 받은 몸이란 말씀이지. 히히!"

장포는 믿을 수 없다는 얼굴로 그녀를 빤히 쳐다보았다. 자신도 겨우 눈치보고 들어갈 수 있는 그곳을 그녀가 당당하게 갈 수 있다는 것은 불가능했다.

그녀는 두 손을 모으고 창호 밖으로 보이는 밤하늘을 바라보며 나부시 내려앉는 선녀처럼 살랑살랑 몸을 흔들었다. 고뿔로 열이 올라 입술까지 허옇게 들떴지만, 여해에게는 환희와 기쁨만이 느껴질 뿐이었다.

"이제부터 실컷 구경할 거야. 아무리 구박받아도 매일 그것만 볼 수 있다면 무슨 상관이래? 장포야, 난 참말로 좋다. 태어나서 한 번도 느껴 보지 못한 거야. 너무 좋다."

"자, 이제 제법 취기도 올랐으니 백운각 아니 조선 최고의 무기 월하선의 장검무를 보도록 함세."

중양절을 맞이하여 숨겨진 아리따운 색을 내뿜는 산천은 마치 산수도에 나오는 가경처럼 보는 이로 하여금 마음을 설레게 만들었다. 북촌의 한량들과 기녀들은 풍광과 국화주에 들떠 주거니 받거니 하며 히죽거리고 있었지만, 월하선만은 돌부리에 기댄 채 연죽만 빼끔거리며 새치름하게 앉아 있었다.

"그리 연초만 피워 댈 것인가? 허허, 왜 이리 골이 나셨을꼬?"

그녀를 품기 위해 벼르고 있던 서기한은 속이 바짝바짝 타 들어가는지 부채 끝의 선추를 만지작거리며 입술을 핥았다. 그때 한 기녀가 서기한이 노리는 먹잇감을 향해 냉소를 짓더니 가채를 매만지며 한숨을 쉬어 댔다.

"에효, 나으리께서는 어찌 그리 풍설에 관심이 없으십니까? 요즘 백운각의 월하선이 왜 저러는지 한성에 사는 이들은 다 알고 있다지요?"

"뭐? 우리 월하선이 왜?"

"그 사연을 말씀드리자니 가슴이 답답해서. 나으리께서 국화주 한 잔만 주시면 제가 이야깃값으로 받고 말씀드리지요."

서기한은 얼른 잔에다 술을 부어 기녀 앞에다 갖다 대었다. 기녀는 갖은 아양을 떨며 술 한 잔을 가뿐하게 비우더니 손으로 입을 가리고 까르르 웃어 댔다. 연죽을 피우던 월하선의 입가에는 점점 살기가 나타났지만, 기녀는 신이 난 듯 떠들어 댔다.

"천하의 월하선이 내년 겨울이 되기 전에 반드시 품어야 하는 사내가 있는데, 이름하여 사별한 내자를 잊지 못하는 사내 중의 사내 지기택 종사관이지요. 허나, 이자가 사내구실을 못해서 그런지, 아니면 계집 보는 눈이 높아서 그런지 저 월하선을 마다했다고 하지 않습니까? 버선발로 뛰어가서 잡는데도 말입죠."

"허! 세상에 그런 일이 있었는가? 괘씸한 놈이로고."

서기한과 다른 사내들은 낄낄거리며 서로를 바라보았다. 기녀들 또한 제법 고소한지 까르르 웃어 댔다.

"세상에, 얘야. 그런 재미없는 놈 때문에 마음에 품고 그리 애간장을 태우더냐? 자자, 어서 나한테 오너라. 오늘 그 시름을 싹 잊게 해줄 터이니."

서기한은 갓끈을 풀고, 음침한 얼굴로 월하선에게 슬그머니 기어갔다. 그녀는 한쪽 입가를 한번 추켜올리더니 죽장 끝만 돌에다 탕탕 때리고 있을 뿐이었다. 취기가 가득한 한량은 상기된 얼굴로 등 뒤에서 끌어안으며 옥처럼 하얀 목덜미에 연신 입을 맞추었다.

"야, 이 살결 좀 보거라. 비단보다 더 곱구나. 얘야, 내 더욱 살뜰히 품어 주마. 자자……."

한 손으로 슬며시 그녀의 옷고름을 푸는 서기한의 숨소리는 벌써부터 거칠어졌다. 저고리가 벌어지자 속적삼 사이로 보이는 뽀얀 복숭아 같은 속살이 양반의 체통을 내던지도록 자극했다.

"아이고, 좋구나……."

속적삼의 섶을 풀기 위해 손을 뻗는 순간 갑자기 그는 아랫도리가 빠져나갈 듯한 고통을 느끼고 뒤로 쓰러졌다. 얼굴이 퍼렇게 질려 나부라진 그를 보며 월하선은 저고리의 옷고름을 여미며 나긋나긋하게 속삭였다.

"아이, 나으리. 벌써부터 이년 손짓거리에 그리 넋을 놓으시면 어떻게 하십니까? 이년 오늘밤은 독수공방하게 생겼습니다."

북촌의 한량들은 그녀를 죽일 듯이 노려보더니 얼굴이 벌게진 채 마시던 술잔을 내던졌다.

"저년이 죽고 싶어 환장을 했구나. 어디 감히 양반의 몸에 손을 대느냐?"

"안 되겠네. 강상의 법도를 싸그리 무시한 이년을 물고를 내야겠구먼."

사내들은 일어서서 그녀를 에워쌌다. 광분한 못난 가납사니들을 보며 월하선은 태연하게 연초를 다시 피워 댔다. 보다 못한 한 사내가 그녀에게 다가오더니 멱살을 쥐고 사정없이 흔들었다.

"이년! 어디 감히 죽장을 뻐끔거리더냐? 죽고 싶은 것이냐?"

월하선은 사내를 빤히 쳐다보았다. 그러고는 멱살을 쥔 그 손을 떨쳐 내버리고 자리에서 벌떡 일어섰다. 가슴에 손을 얹고 나부죽하게 예를 올렸다.

"기녀의 옷고름은 전두를 내야 풀 수 있는 것이 기방의 법도입니다. 어찌 북촌에서 내로라하는 분들께서 그것도 모르시는지요? 또한, 저는 나으리의 춘풍을 돋우고자 도와드렸을 뿐 그 어떤 악의도 없었사옵니다. 헌데 저리 힘들어하시니 손을 잘못 모신 이년 죽어 마땅하지요."

"뭐라? 전두를 내지 않아 저런 짓거리를 했다는 말이냐? 이런 고얀……."

"그간 저희 기방에 들르실 때마다 드신 술값도 제대로 치르지 않았다고 들었사옵니다. 사실 오늘도 나서지 않으려다 자주 찾으시는 손들이라 그간의 정을 봐서……."

"이년이!"

그녀의 멱살을 쥐었던 사내는 힘껏 뺨을 내려쳤다. 땅 위에 나동그라진 그녀는 떨어져 나간 가채를 물끄러미 바라보고 웃고 있었다. 눈이 뒤집어진 사내는 말리는 지기들을 뿌리치고 발길질을 가하며 악다구니를 썼다.

"죽어라, 이년! 천한 창기 주제에 감히 양반을 욕보여? 너 같은 것은 죽어 마땅해!"

쓰러진 그녀는 맞으면서도 냉소를 띄었다. 아픈 신음소리 하나 내지 않는 기녀를 보자 더욱 화가 솟구친 사내는 이젠 그녀의 머리채를 휘어잡았다. 그때 커다랗고 억센 손 하나가 광분한 사내의 팔목을 부여잡았다. 한량은 뒤로 벌렁 넘어졌다.

"그만하시지요. 만약 저이가 죽는다면 관아에 가 그 죄를 물을 수밖에 없습니다."

"아니, 이놈이!"

눈앞에 시커멓고 팔대 장승 같은 사내가 부라리고 있는 것을 보고는 북촌의 한량은 그대로 입을 다물 수밖에 없었다. 사내에게서 나오는 음습한 기운은 신분 고하를 막론하고 오금을 저리게 하는 힘을 지니고 있었다.

"이 사람은 오늘 검무를 출 수 없을 듯하니 제가 데리고 가겠습니다. 허하여 주시겠습니까?"

공손히 말하고 있었으나 협박이었다. 그의 눈빛에서 느껴지는 독살스러운 기운은 북촌에서 내로라하는 사대부가의 자식들까지도 꼼짝 못하게 만들고 있었다.

"데, 데려가게. 흠!"

천덕은 쓰러진 월하선을 번쩍 안아 들고 산을 내려가기 시작했다. 마치 큰 호랑이가 걸어가듯 그 뒷모습은 감히 범접할 수 없는 두려운 위엄마저 느껴졌다.

"저 저승사자는 대체 누군가?"

"월하선의 기부이지요. 건드리면 바로 죽습니다."

"아이고, 십년감수했구먼. 저러니 저년이 마음대로 설치는 게야."

한량들은 삐죽거리며 놀란 가슴을 술로 다스리고 있었지만, 더는 월하선과 천덕의 방자함에 대해 논하지 않았다. 기녀들 또한 난장판이 될 뻔한 중양절의 단풍놀이에 안도의 한숨을 내쉬며 술을 따르며 음률을 고르기 시작했다.

"갑자기 어디서 튀어나온 거야? 낮도깨비처럼……."

"네년 서방인데 어찌하라고. 제발 성질 좀 부리지 말어. 하늘 같은 양반들이 너 같은 천것을 가만둘 성싶어?"

마치 붉은 차양을 드린 듯한 산길은 길가에 잔잔히 일렁이는 구절초들로 치장되어 있었다. 천덕과 월하선은 아무 말도 하지 않은 채 그렇게 산을 내려가고 있었다. 그녀는 두 눈을 감고 혼잣말을 하는 듯 중얼거렸다.

"차라리 싫으면 싫다고 말을 해. 부평초 같은 이 사나운 팔자 더러워서 못 보겠다고. 왜 그리 사람이 모질어, 모질어 빠진 것이야……."

"정말이라니까요?"

"아니 이것이 또 거짓말을 하네. 종사관 나으리께서 허하셨다고? 예끼! 썩 꺼지거라!"

군마장 앞에서는 오늘도 불청객과 목자들의 실랑이가 벌어지고 있었다. 빠질 듯한 번루빛의 하늘 아래 늘 조용하기만 했던 이곳은 그의 등장으로 또다시 심산한 하루가 시작되고 있었다.

"정말이에요. 그럼, 어서 어영청에 가서 물어보시던가요!"

"어허, 간이 정말 부은 것이로구나. 얘들아, 안 되겠구나. 이놈을 당장 물고를 내자꾸나."

사내들은 단단히 벼른 듯 검붉은 얼굴로 노려보며 천천히 다가왔다. 여해는 자신에게로 점점 가까이 다가오는 그들을 보자 정신없이 뛰는 심장을 가라앉히기 위해 크게 숨을 몰아쉬었다. 그러나 오히려 등골이 서늘해지고 주체할 수 없을 정도로 식은땀이 흘러내렸다.

"제 말이 참말이라니까요?"

힘이 센 장한들이 덤벼 양쪽에서 그녀의 팔을 움켜잡았다. 평소

말을 관리하던 이들의 손힘은 저항할 수 없을 정도로 거세었다. 마치 거미줄에 낚인 먹이처럼 그녀가 아무리 발버둥 쳐도 움직일 수 없었다. 사내들은 무지막지하게 그녀의 팔을 뒤로 돌려 묶었다. 여해의 눈에는 공포가 가득했지만 그 누구도 그녀의 그 큰 눈을 쳐다보는 이가 없었다.

"어르신! 이놈을 멍석말이시켜 혼쭐을 내는 게 어떨까요?"

"그래 가지고 되겠어? 이런 놈은 오뉴월 개 맞듯 두들겨 맞아야지."

"그러지 말고 오늘 마구간 청소를 이 녀석한테 다 시키는 게 어떻습니까? 히히, 그러면 앞으로는 정나미가 떨어져서 이 근처는 얼씬도 하지 않겠지요?"

목자들은 작고 여린 여인 하나를 두고 먹잇감을 노리고 신경전을 펼치는 이리들처럼 히죽거렸다. 여해는 이런 장정들에게 죽도록 맞는 것은 두렵지 않았다. 오히려 절대로 밝혀져서는 안 될 그녀의 정체가 이들의 손에 의해 드러나는 것이 무서울 뿐이었다.

"분명 나중에 후회하실 겁니다. 지 종사관 나으리께서 가만두실 것 같습니까?"

"허허, 이 녀석 보게? 얼마 전 나으리께서 친히 쫓아내신 것을 여기 있는 모든 이들이 다 보았다. 어디서 그런 거짓을 말하는 것이냐? 에잇, 못된 놈!"

젊은 목자 하나가 손가락으로 그녀의 이마를 쿡쿡 쥐어박으며 희롱하자, 다른 사내들도 팔짱을 끼고 낄낄거리며 엉큼한 눈빛을 서로 주고받았다. 여해는 눈을 꼭 감아 버렸다. 이제 모든 것이 다 밝혀질 것이고, 이곳을 향해 고개조차 돌릴 수 없을 거라는 생각에 마음이 찢어질 듯 아려 왔다.

"이게 무슨 짓이냐? 젊은 아이 하나를 두고 이 무슨 행패야?"

엄숙하고도 울림이 큰 사내의 목소리가 울려 퍼졌다. 단 한마디였지만, 모든 졸부들은 두려운 눈빛으로 고개를 숙이고 두어 걸음 물러났다. 지기택은 바들바들 떨고 있는 그녀를 보더니, 친히 다가와 묶인 손을 풀었다. 생각지도 못한 그의 행동에 군마장의 사내들은 어리둥절하여 바라보고만 있을 뿐이었다.

"나으리, 정말 이놈이 여기 오는 걸 허하신 것입니까?"

"그러네."

사내들은 입을 벌리고 정신없이 고양이를 쫓아가다 놓친 개처럼 눈만 껌뻑거렸다. 그러나 몇몇 목자들은 믿기지 않은 듯 앞으로 나와 그에게 따지기 시작했다.

"이곳은 무관들만 수련할 수 있는 곳이고 저희들처럼 허락된 이들만 들어올 수 있는 곳입니다. 어찌 저런 놈을 들이시는 것입니까?"

"이 아이는 내 새로운 말구종이라네. 다른 이유가 필요하더냐?"

"예?"

서슬 퍼런 장정들은 그만 입을 다물고 뒤로 물러났다. 그러나 여전히 미심쩍다는 얼굴로 지기택과 그녀를 바라보고 있었다. 보다 못한 연로한 군부가 사내들을 달래며 껄껄 웃었다.

"자자, 이제 가서 일들 하세나. 어서!"

찝찝한 얼굴로 서로를 바라보며 목자들은 마지못해 발길을 돌렸다. 간혹 가다가 뒤를 돌아 두 사람을 쳐다보는 사내도 있었지만, 군부가 그를 돌려세웠다.

여해는 눈물을 흘리며 어깨를 들썩였다. 지기택은 그녀의 가느다란 오른쪽 팔목에 벌겋게 자국이 난 상처를 보며 품에서 손수건을 꺼내 감싸주었다.

"괘, 괜찮습니다. 나으리……."

"가만 있거라. 소매가 스치면 상처가 덧날 수도 있다."

지난 번 그녀를 내쫓던 염라대왕은 어디론가 사라지고 마치 다정한 오라비처럼 그는 그녀의 팔목을 감싸 매고 있었다. 같은 사람이었으나 마치 혼이 바뀐 것처럼 그는 너무도 낯설었다.

"됐다. 어서 일어나거라. 내 종자 노릇을 하려면 이리 죽치고 앉아 있어야 되겠느냐? 고삐를 쥐고 날 따라오너라. 두홍은 좀 있다 올 것이다."

지기택은 아무 일도 없었다는 듯 터벅터벅 걸어갔다. 마치 무쇠로 된 바위 같았다. 한성에 살며 온갖 무뢰배들과 무지한 이들을 보았지만, 이 사람처럼 이리 태산 같은 이는 처음이었다. 수천 년간을 강풍에 견딘 저 낙산의 바윗돌처럼 그는 고집스럽고도 강건한 기운을 뿜어내고 있었다.

"여기 서서 기다리며 구경하거라. 밖으로 나가서는 여기서 보고 들은 것들을 절대 발설해서는 안 된다. 만약 입을 가벼이 했다가는 내 가만히 있지 않을 것이다."

"당연하지요! 걱정 마시고 어서 수련하십시오."

해맑게 웃는 그녀는 땅바닥에 나부죽이 엎드릴 것처럼 몇 번이고 절을 했다. 아주 찰나였지만, 그의 입가에는 옅은 미소가 잠시 번지더니 이내 사라졌다.

"이랴!"

말을 타고 천천히 돌기 시작하는 그 모습을 보자 여해는 아까 전의 두려움이 다 사라지고 가동질을 하는 어린아이처럼 흥분되어 발을 동동 굴렀다.

"아, 드디어 시작하는구나! 너무 좋아, 진짜 너무 좋아!"

"요즘은 통 손을 받지 않는구나. 지 종사관에게 바람맞더니 반편이가 된 것이냐?"

기방 행수는 죽장을 빼끔대며 곁눈질로 월하선을 쳐다보았다. 검을 손질하는 그녀는 아무 표정도 짓지 않았다. 한낮 햇살에 번뜩이는 검을 닦고 또 닦을 뿐이었다.

"미친 것. 너 그러다가 영영 뒷방으로 물러나서 퇴기되기 십상이다. 차라리 좌참판 나으리께서 너한테 푹 빠져 계실 때 첩실로 눌러 앉는 것이 최고다. 거 보아하니 지 종사관은 아예 관심도 없더만 왜 그리 미련스럽게 구는 것이더냐? 속 터져서 원."

답답한 듯 죽장을 탕탕 내려치는 기방 행수와는 달리 월하선은 들리지도 않는 듯 검을 들어 날을 살필 뿐이었다.

사실 행수의 말이 틀리지는 않았다. 한성에서 월하선이 당상관도 되지 않은 새파란 사내에게 거절당했다는 소문 때문에 들썩이기는 했지만, 환갑이 다 된 좌참판은 한 순간의 취기로 어여삐 여기며 받아 줄 사람이었다.

"아니, 정말 그러고 널브러져 있을 거야?"

앙칼지게 소리치는 행수를 보며 월하선은 슬며시 눈썹을 치켜 올리더니 검을 내렸다. 차분하게 칼집에 검을 넣은 그녀는 돌아앉아 능글거리며 옷매무새를 다듬었다.

"좌참판 나으리께서 아직도 절 이뻐하시는 데 무엇이 걱정이십니까? 거기다 전두 들고 나엎어지는 사내들이 천지인데 뭐가 그리 걱정이십니까? 아, 이러다가 언제고 백운각 문 닫고 선술집이나 차리시게 될까 노파심이 드셔서 그러시군요."

"나 좋자고 이러는 것이냐? 첩실로 들어가기 싫다면 천덕이와 계속 살고 싶어서 그러는 것이냐? 나중에 퇴기가 되어 그놈과 살림이라도 제대로 차리고 살려면 지금이라도 많이 모아 놔야지?"

행수는 윗입술을 뒤집으며 죽장을 물고 다시 빼끔거렸다. 월하선은 그녀의 눈을 똑바로 쳐다보며 쓴웃음을 머금었다.

"뭐라고요? 누구와 살림을 차려요?"

"천덕이 네 기부가 아니냔 말이다. 그럼, 걔는 뭐냐? 네 종자이더냐? 그럼, 양반집 첩실로 안 가면 네 서방이랑 살아야지. 쯧쯧……. 사람이 그러면 못쓴다. 그 녀석이 너한테 얼마나 지고지순하냐? 다른 사내랑 푸지게 놀아도 싫은 내색 않는 것 좀 보거라. 너 천덕이 버리더라도 집이라도 차려 줘야 사람 도리 하는 거야!"

월하선은 독기 어린 눈으로 한번 쏘아보고는 갑자기 검을 빼들었다. 시퍼런 날이 번득거리자 행수는 깜짝 놀라 연초 연기를 뿜지 못하고 삼키고 말았다. 캑캑거리며 가슴을 치는 그녀를 보며 월하선은 조소를 지으며 검을 들고 요리조리 살피기 시작했다.

"내가 누구랑 살고 죽든 그런 것까진 간섭하지 않으셨으면 합니다. 백운각 뒤주에 재물이 넘쳐 나게 만들어 주면 되었지 이제는 퇴기가 된 다음까지 걱정하시려 하십니까? 그런 건 상관마시고, 행수어르신 말년이나 걱정하십시오."

월하선은 검을 다시 칼집에 넣고 일어났다. 상강이 지난 가을 공기는 따듯한 햇살이 아무리 데워도 그 서늘한 기운을 떨쳐 내지 못했다. 제법 붉어진 나뭇잎은 가들막하게 땅 위로 내려앉고 싶어 살랑거렸다. 담자색 바탕에 두록색 구름이 수놓인 견단화를 신고 그녀는 천천히 정원 안을 거닐다 한숨을 내쉬었다.

"땅 꺼지겠구나. 왜 그리 다 늙은 노파처럼 기운이 빠져 그런 거야?"

사향 주머니를 든 천덕이 어느새 그녀 옆에 서 있었다. 월하선은 어이없는 듯 그를 보며 픽 웃더니 건네는 사향 주머니를 받고 향을 맡았다.

"제발 기척이라도 좀 해."

"죄지은 사람처럼 왜 그래? 네가 원하던 물건이라고 하더라. 간다."

"천덕아."

월하선은 아련한 눈빛으로 돌아서는 서방을 바라보았다. 천덕은 뒤돌아보지 않은 채 그 자리에 멈춰 섰다.

"넌 나 없어도 살 수 있니?"

그는 아무 대답을 하지 않고 단지 두 주먹을 꽉 쥘 뿐이었다. 돌아서지도 않고 그렇다고 화가 나서 소리를 지르지도 않고 그저 그렇게

서 있을 뿐이었다.

"나 없어도 살 수 있냐고?"

천덕은 크게 숨을 한번 내쉬고는 성큼성큼 걸어갔다. 답답한 듯 그의 뒤를 쫓아간 그녀는 허리를 끌어안고 애원하듯 다시 물었다.

"어서 대답해 줘."

천덕은 이번에도 아무 대답 없이 허리에서 하얗고 가느다란 두 손을 억지로 떼어 내었다. 나볏한 모습으로 말없이 걸어가는 그를 보며 월하선의 눈에는 알 수 없는 슬픔이 깃들었다.

"진즉에 너를 놓아줘야 했는데. 내 욕심 때문에 여기까지 오게 되었구나. 정말 미안하다. 하지만 내 마음을 어찌할 수가 없어……."

마음을 뺏기다

"종사관님, 여기 수건 있습니다!"

말에서 내리는 지기택을 향해 여해는 밝게 웃으며 뛰어갔다. 이두홍은 입을 꾹 모아 다문 채 그와 그녀를 번갈아 바라보더니 뜬금없이 버럭 소리를 질렀다.

"우리가 이르기 전에는 여기로 오지 말거라. 알아서 땀을 닦을 터인데 어찌 이리 경망스러운 것이더냐?"

이두홍이 면박을 주자 그녀는 어깨를 움츠리더니 그대로 뒤돌아섰다.

"아니다. 이리 다오. 오늘 따라 볕이 뜨겁구나."

여해는 배시시 웃으며 지기택에게 수건을 건네며 이두홍을 얄밉게 흘겨보았다.

"허허, 이런 고얀! 사형, 대체 저 아이를 왜 근처에 두신 겁니까? 수련할 때마다 걸리적거립니다. 게다가 저 아이가 계집이란 것이 여기 있는 사내들에게 알려지면 그 길로……."

"자네만 조심하면 되네. 그리고 보는 것이 죽을죄인가? 아무 일 없을 것이니 걱정 말고 네 수련에나 힘쓰거라."

지기택은 땀을 닦더니 다시 말에 올랐다.

"흠, 하오면 소녀는 다시 가서 기다리고 있겠습니다. 이리 천한 계집에게 괜히 맘 쓰지 마시옵고, 종사관 나으리 말씀처럼 수련에 애써

임하시옵소서."

여해는 자신을 못마땅하게 바라보는 이두홍에게 새초롬하게 눈을 내리깔고 고개만 까닥하더니 다시 나무 아래로 걸어갔다. 두홍은 끓어오르는 노기를 참지 못하고, 손가락으로 가리키며 소리 질렀다.

"저, 저 방자한 것이! 너 사형 믿고 자꾸 오만방자하게 구는 모양인데 언제 한번 그러다 혼날 줄 알거라. 에잇, 못된 것!"

짜증스럽게 등자에 발을 올리던 그는 그만 중심을 잃고 그대로 벌러덩 뒤로 넘어지고 말았다.

"아하하, 나으리. 마음을 정히 하셔야지요."

이두홍은 얼굴이 벌게진 채 그녀를 노려보았다. 냉큼 달려가서 멱살을 쥐고 군마장 밖으로 내치고 싶었지만, 얼마 남지 않은 경연을 앞두고 시간 낭비를 할 수는 없는 처지였다.

"에이, 고얀 년. 나중에 다 끝나고 보자!"

말에 올라 기택의 뒤를 따르는 그를 보며 여해는 얄밉게 혀를 삐죽이 내밀었다.

"칫, 화만 내고 제대로 하지도 못하면서. 종사관 나으리에 비하면 완전 밑바닥 실력이지. 저리 방방 뛰니 어찌 제대로 하겠어?"

불어오는 미풍에 목이 움츠려졌다. 아직 겨울이 오려면 많이 기다려야 하지만 제법 상량한 기운에 부르르 떨 때도 있었다. 여해는 요즘처럼 행복한 적이 없었다고 생각했다. 지금처럼만 보고 싶은 것을 마음껏 볼 수 있다면 더는 그 어떤 것도 필요 없었다.

풀 위에 앉아 무릎을 모으고 방글거리는 여해를 보자 두홍은 다시 심사가 뒤틀려 앞서가던 기택에게 비아냥거렸다.

"꼿꼿하고 건드리면 베일 듯 정확한 사형께서 웬일로 저 아이에게는 다정하게 구십니까? 천하절색 월하선을 그리 박정하게 내치시더니 이쁜 구석은 눈 닦고 볼래야 볼 수 없는 저 아이는 왜 그리도 감싸시는지 이해할 수가 없습니다그려."

두홍의 놀림에도 기택은 대답이 없었다. 아무런 반응이 없는 사형을 보자 더욱 배알이 꼬인 두홍은 해서는 안 될 말까지 늘어놓고 말았다.

"거 뭐, 돌아가신 형수님과 비교한다면 천지차이겠지만 혹 저 아이를 보고 마음이 동하신 것은 아니겠지요? 허허, 그러면 곤란하십니다. 저 아이를 보십시오. 성질도 강팍하고 미거한데다, 인물도 변변찮고, 신분도 한미하고. 행여나 종자로 데리고 부리시다가 첩으로 들여놓으실 요량은 아니십니까? 에고, 그러시면 안 됩니다. 차라리 저라면 노류장화일지언정 한성의 한량들 침 질질 흘리는 월하선을 품겠습니다. 전두도 필요 없고 저 한번 안아 달라고 덤비는데 마다하시면 사형만 후회하십니다. 허허!"

마침 말안장을 쥐고 상체를 오른쪽으로 늘어뜨리려던 기택은 동작을 멈추고 뒤돌아 사제를 노려보았다. 아무 말 없이 쳐다보고만 있었지만, 그 눈에서 느껴지는 노여움은 오금을 저리게 하였다. 두홍은 침을 꼴깍 삼켰다.

"아니, 그게 아니라 사형……."

"내리거라."

기택은 말에서 내려 두홍에게로 걸어왔다. 입방정을 떨어 댄 사제는 아랫입술을 깨물고 눈을 감았지만, 아무런 묘책도 생각나지 않았다.

"내리라니까!"

기택은 숨을 거칠게 내쉬며 두홍을 무섭게 쳐다보았다. 두홍은 심장이 정신없이 뛰는 소리가 귓가에까지 들려오고 이마에는 식은땀이 흐르는 것을 느꼈다. 긴장으로 뻣뻣해진 몸을 억지로 놀려 내린 그는 고개를 푹 숙이고 곁눈질로 사형의 안색을 살폈다.

"죽을죄를 지었습니다."

"앞으로 나를 찾지 말거라. 너란 놈을 사제로 생각하여 훈련원에 있을 적부터 미거한 모든 행동거지들을 이해하려고 노력하고 감쌌다. 헌데 네놈은 어찌 그리 경거망동하는 것이더냐?"

"제가 불민하여 사형을 노하게 해 드렸습니다. 다시 한 번 기회를 주십시오."

"꼴도 보기 싫구나. 이제는 어영청으로 와서 나에게 수련하자고 하지 말거라."

기택은 발길을 돌려 고삐를 잡고 천천히 목책 밖으로 나가기 시작했다. 두홍은 얼굴이 새하얗게 질려 잠시 동안 서 있었다. 그러나 이내 머리를 세차게 흔들더니 가드락거리며 기택의 뒤를 쫓았다.

"사형, 한 번만 용서해 주십시오. 다시는 이 경망스러운 입 놀리지 않겠습니다."

"……."

"사형, 앞으로는 수련에만 집중하겠습니다. 다시는 저 아이가 뭘 하든 입을 떼지 않을 터이니 한 번만 봐 주십시오."

"……."

"사형, 저 이번에도 마재인으로 선발되지 않으면 제 가친께서 가만 두지 않으실 겁니다. 집안 대대로 마재인으로 그 명성을 날렸는데, 제가 그 대를 끊어 버리면……."

"왜 간 사람 이야기를 입에 담아 그 사람을 모욕했느냐?"

기택은 발걸음을 멈추더니 나직한 목소리로 입을 열었다.

"내가 그 사람을 보내고 훈련원을 떠날 정도로 힘들어했는데 한낱 농지거리로 그 사람을 모욕하는 것이냐? 내가 계집이 없어 환장한 졸부처럼 보이더냐? 어찌 그리 생각이 없어?"

기택은 굳어진 낯빛으로 사제를 한심하다는 듯 쳐다보았다. 두홍은 부끄러워 차마 고개를 들고 사형을 마주할 수 없었다.

"죽을죄를 지었습니다. 감히 용서를 청하지 않겠습니다, 사형."

두홍은 무릎을 꿇고 한숨을 내쉬었다. 부부간의 정이 각별했던 사형 내외를 생각하지 못한 자신이 부끄럽고 노여웠다. 늘 농담처럼 기녀를 데리고 외로움을 달래라고 하던 말버릇이 이젠 습관처럼 되어 건드리지 말아야 할 기택의 애틋한 감정마저 거스르게 만든 것이다.

"한동안 보지 말자꾸나. 내 너를 이제 가르칠 수 없으니 다른 이를 소개시켜 주겠다. 경연에는 나가야 하니 더욱 마음을 다잡고 수련하거라."

"사형!"

두홍은 기택의 팔을 붙잡았다. 무뚝뚝하고 말수가 적은 이였지만, 사형은 그가 하자는 대로 다 해 주었던 사람이었다. 기택은 냉정하게 그의 팔을 뿌리쳤다.

"사형, 제발……. 사형이 아니면 전 싫습니다. 제가 이리 빌지 않습니까? 이제는 수련에만 전심전력 할 터이니 마지막 기회다 생각하고 용서해 주십시오."

두홍의 얼굴은 마치 화가 난 어미의 치맛자락을 붙들고 애원하는 어린아이처럼 애처롭기 그지없었다. 기택은 땅을 한번 내려다보며 한숨을 내쉬더니 발길을 돌려 말을 탔다.

"이제부터는 정신 바짝 차리거라."

"히히, 사형! 알겠습니다!"

두홍은 헤벌쭉거리며 화가 난 기택의 심기를 누그러뜨리느라 갖은 애를 썼다. 멀리서 이 광경을 지켜보던 여해는 낄낄거렸다.

"쌤통이다. 그러게 착하게 굴지 그랬어? 어차피 종사관 나으리 앞에서 끽소리도 못 내면서. 한동안 나한테 심통부리지 않겠네."

어린아이처럼 환하게 웃으며 구경하는 그녀 뒤에는 한 젊은 사내가 미심쩍은 눈으로 여해를 바라보고 있었다.

"계집이라……. 천하의 지 종사관이 저깟 천한 계집 하나 때문에 양귀비 같은 기녀를 마다했다니. 허, 오늘 백운각에서 난리가 나겠구먼."

"하이고, 오랜만에 보니 더욱 고와졌구나. 어서, 어서 이리 오너라. 그 장검을 쥐고 휘두르는 고운 손 한번 잡아 보고 싶구나."

한바탕 검무를 흥지게 추고 난 월하선은 숨을 골랐다. 늙은 좌참판은 홀릴 듯한 눈으로 그윽하게 바라보는 달기를 보며 연신 침을 흘리고 있었다.

"무복을 벗고 오겠사옵니다. 예를 갖추어야지요?"

"그 무슨……. 너도 알다시피 난 그리 격식 따지는 어려운 이가 아니니라. 어서, 어서 오너라."

쉰이 넘다 못해 환갑이 다 되어 가는 노신은 취기인지 욕정인지 모르나 흥분되어 벌게진 얼굴로 그녀를 애원하고 있었다. 그러나 월하선은 그저 미소만 지은 채 나분이 엎드려 절을 하더니 일어섰다.

"곧 올 터이니 잠시만 기다리십시오."

온몸이 달아올라 술잔만 들이켜는 그를 뒤로 하고, 월하선은 눈살을 찌푸리며 처소로 향했다. 그곳에는 이미 여종이 옷과 노리개를 준비하고 기다리고 있었다.

"어서 벗기거라. 그리고 오늘 장안벌에 간 개똥이는 돌아왔다더냐?"

"예, 헌데 이상한 이야기를 듣고 온지라……. 저기……."

여종은 월하선의 안색을 살피며 잠시 머뭇거리더니 조심스럽게 입을 열었다.

"개똥이가 종사관 나으리 주변에서 어떤 계집을 보았다고 하옵니다."

"뭐라?"

동달이를 벗던 월하선은 사나운 암캐처럼 앙칼지게 쏘아붙였다. 여종은 움찔하며 뒤로 물러났다.

"계집이라니? 상처한 내자를 잊지 못해 나를 거절한 이가 아니더냐? 그래, 어떤 계집이라고 하더냐?"

"그게……."

"당장 고하지 못하겠느냐?"

동달이를 벗어 비자의 면상에 던지며 월하선은 잡아먹을 듯 노려보았다. 아랫입술을 파르르 떨며 자신을 죽일 듯 바라보는 그녀를 보며, 여종은 더듬거렸다.

"저, 저기……. 대충 열대여섯 정도 되어 보이는 아이인데, 사내로 변복을 하고 있더랬습니다. 미색도 별로인데다 반가의 여식으로는 보이지 않았답니다."

"그, 그래서……. 그래서 그 계집이랑 종사관이랑 붙어서 작당했다는 거야, 뭐야?"

처소가 떠나갈 듯 소리를 지르는 그녀는 이미 이성을 잃은 가납사니였다. 비자는 입술을 잘근잘근 씹으며 최대한 그녀의 감정을 건드리지 않기 위해 애를 쓰고 있었다.

"아, 그건……. 아니구요. 얼핏 보면……. 음……."

"사람 속 터져 죽는 꼴을 봐야 하느냐?"

참다못한 그녀는 아무 죄 없는 비자의 뺨을 후려갈겼다. 괜스레 동네북이 되어 봉욕을 치른 여종은 울먹거리며 맞은 뺨을 어루만졌다.

"그, 그게 아니구요. 방개가 이두홍 나으리와 종사관 나으리가 이야기하시는 것을 듣고 그것이 계집인 줄 알았답니다. 얼핏 보면 종사관 나으리의 종자처럼 보여 아무도 눈치를 채지 못할 정도였다고 합니다. 아이고, 아파라."

여종은 분하고 억울한지 원망스럽게 흘겨보았다. 월하선은 전모를 집어던지며 두 눈을 감고 숨을 거칠게 내쉬었다.

"나가 보거라. 그리고 방개에게 시켜 나장 어르신을 모셔 오라고 전해라."

"예? 허나 좌참판 나으리께서 찾으실 텐데요?"

"그 얼빠진 늙은이에게는 뒷간에 다녀오느라 조금 늦는다고 전해드려라. 어서!"

포효하는 암사자처럼 으르렁거리는 그녀를 보자 여종은 겁을 집어먹고 얼른 나가 버렸다. 화가 난 월하선은 쌍지환을 낀 하얀 손으로 책상을 탕탕 내리치며 입술을 잘근잘근 깨물었다.

"대체 어떤 년이길래 이 천하의 월하선을 밀치고 품는단 말이더냐? 내 절대 가만두지 않을 것이다. 네놈이 아무리 날 마다하여도 내 치마폭에 둘둘 말아 내 사내로 만들 것이야."

조방꾼이자 의금부 나장 박중선은 곰방대에 연초를 채우는 월하선을 보며 입맛을 다셨다. 불빛에 비치는 그 나근거리는 하얀 목덜미를 바라보고 있자니 가슴이 답답해지고 몸이 동한 것이 좌불안석이었다.

"자, 됐습니다. 피우시지요?"

곰방대를 건네는 월하선의 눈빛은 야밤에 먹이를 노리는 여우처럼 반짝거렸다. 빼금거리며 연초를 들이마시는 약삭빠른 위인은 시원하게 연기를 내뿜으며 한쪽 눈을 찡긋하였다.

"우리 사이에 밑자락 깔지 말고 어서 말해 보게나."

"하하, 역시 나장 어르신께서는 시원하셔서 좋다니까요?"

"거참, 천하의 월하선이 만나고 싶다는 손들을 직접 내 손으로 다 모시고 왔는데, 또 내가 무엇을 해야 하는고?"

월하선은 죽장을 입에 물고 시원하게 들이마시며 박중선을 빤히 바라보았다.

"지기택 종사관 근처에 계집 하나가 있다고 합니다."

"엥? 그 사람이? 아닐 걸세."

월하선은 짜증이 난 듯 눈살을 찌푸렸다. 그러나 다시 한 번 숨을 가다듬은 그녀는 억지로 웃으며 입을 열었다.

"오늘 개똥이가 내 심부름으로 장안벌 군마장에 갔었더랬지요. 헌데 지 종사관이 사제와 함께 수련을 하고 있는데, 어떤 계집이 사내로 변복을 하고 지켜보고 있더랍니다."

"그래? 그 재미없는 작자가? 허허, 얼마나 미색이 출중하길래 변복까지 시키고 데리고 다니는 거지?"

속도 모르고 지껄여 대는 그를 보자, 월하선의 얼굴은 한겨울 새꼬롬한 날씨처럼 싸하게 변했다. 그녀는 재떨이에 죽장을 짜증스럽게 털었다.

"그 연유를 모르니 제가 부탁드리는 것이 아니겠습니까? 한성에서 우리 나장 어르신 아니고는 그 누가 이런 것을 알아낼 수 있다는 말입니까? 내 미리 고기라도 사 드시라고 수고비 좀 드릴 터이니 좀 애써 주시어요. 네?"

그녀는 하얀 엽낭을 내밀었다. 주머니를 열어 그 안에 든 것을 확인한 박중선은 비릿한 미소를 지으며 곰방대를 연신 빼끔거렸다.

"히히, 누구의 부탁인데? 우리 월하선이라면 내가 하늘의 별이라도 따다 드려야지? 그래, 그 계집만 알아내면 되는 것인가? 아니면……."

기다렸다는 듯 얼굴을 쑥 내밀며 그녀는 음험하게 속삭였다.

"당연히 두 사람 사이가 어떤 관계인지도 알아내셔야죠? 만약 운우지락이라도 몰래 나누는 사이라면 이것은 필시 그자의 치부가 아닙니까? 그럼, 제가 지 종사관을 내 사내로 만드는 것은 식은 죽 먹기겠죠?"

박중선은 의미심장한 미소를 지으며 쩝쩝거렸다. 월하선이 내민 주머니를 품에 넣은 그는 자리에서 벌떡 일어섰다.

"내 가 봄세. 자네도 귀한 손을 모셔야 하니……."

"세세히 알아 오신다면 내 서운하지 않게 챙겨 드리겠습니다. 부탁드립니다."

조방꾼은 흡족하게 고개를 끄덕이며 밖으로 나갔다. 월하선은 곱고도 밝은 웃음을 거두고 깊이 연초 연기를 들이마셨다. 회색빛 연기가 연지에 물든 어여쁜 꽃잎 사이로 살랑거리며 흘러나오자 방안의 등불이 미세하게 흔들렸다. 그녀는 무릎 위에 올린 손을 꽉 오므렸다.

"가경할 만한 일이군. 어떤 계집인지 모르나 나를 미편하게 만들었으니 절대 가만두지 않을 것이야. 암, 그렇고말고."

"나깨떡 좀 만들었어. 맛 좀 봐."

여해는 떡 하나를 집어 장포 입에 넣어 주었다. 그러고는 굴속을 살피는 새끼 곰처럼 한참을 씹고 있는 장포의 표정을 이리저리 살폈다.

"참으로 맛나다."

"그렇지. 누가 만든 건데?"

그녀는 흡족하게 웃으며 그를 바라보았다. 시루에 찐 떡을 작은 소쿠리에 담는 여해를 보며, 장포는 얼굴빛이 굳어졌다. 즐겁게 콧노래를 흥얼거리며 떡을 담는 그 모습은 꼭 지아비를 위해 밥을 짓는 새색시와 같았다.

"들어가서 필사하지 않고 뭐해? 아버지께서 기다리시겠다. 가면서 이 떡 좀 가지고 가."

"누구를 위해 만드는 거니?"

장포는 진지하게 그녀의 두 눈을 똑바로 쳐다보았다. 여해는 자신도 모르게 속내를 들킨 것처럼 눈을 돌렸다.

"왜 눈을 돌리는 거야? 나한테 숨기는 거라도 있는 거야?"

"숨기다니. 뭘?"

"요즘 장안벌에서 무슨 일을 하는 거야?"

"아니야. 거기 안 가!"

부인하는 그녀를 보며 장포의 숨소리가 거칠어졌다. 한 번도 흥분하며 자신의 마음 줄을 드러내는 법이 없던 그였다. 여해는 무서워 계속 고개를 돌리고 있었다. 장포는 답답한 듯 그녀의 어깨를 잡고 목소리를 높였다.

"날 속일 생각마라. 얼마 전 거기 목자한테 들은 이야기인데 어영청 종사관이 맨날 그곳을 찾아오던 어떤 놈을 종자로 붙였다고 하더라. 계집애처럼 생긴 사내라고 하던데. 그래도 거짓말 할거니?"

"아니라니까! 그리고 네가 뭔데 내가 어딜 가든 간섭이야?"

여해는 자신의 어깨에서 장포의 두 손을 떨쳐 내었다. 크게 숨을 한번 들이쉰 그녀는 똑바로 그를 노려보았다.

"그래, 나 어영청 종사관님 말구종이라고 하며 거기서 구경해. 내가 계집인 것도 숨겨 주신 고마우신 분이야. 가진 것이 이것밖에 없어서 드리는 건데 그것도 안 되냐고?"

장포는 왼쪽 가슴이 찌릿해 옴을 느꼈다. 갑자기 내린 서리처럼 차갑고도 낯선 그녀의 모습을 보자 서운함과 분노가 밀려왔다. 아무 말도 하지 못하고 상기된 그를 보자, 여해는 겸연쩍은 듯 뒤돌아서며 계속 떡을 담았다.

"그 사람 마음에 둔 거니?"

떡을 담던 여해의 손이 갑자기 멈추었다. 장포의 눈에는 어느덧 물기가 촉촉이 배여 있었다.

"그 사람 마음에 둔 거냐고? 아침에 일어나도 그 사람이 생각나고, 저녁에 이불을 덮어도 그 사람이 뭐하나 궁금하고. 그런 거냐고……."

팔대 장승처럼 훤칠한 장정의 목소리에 물기가 뚝뚝 흘렀다. 여해는 마음이 언짢고 그가 가여웠다. 하지만 어떤 말을 해야 할지 떠오르지 않았다.

"난 그래. 특히나, 요즘에는 네가 목마장에 오지 않으니 더욱 생각난다. 아침에 목마장에서 여물통을 채울 때도 저녁에 마구간을 치울 때도 네 생각이 자꾸 나. 그리고 네가 잘 있나 늘 걱정되고. 너도 그러냐고. 그 사람을 생각할 때마다 그러냐고……."

"장포야, 난……. 난 그저 내게 베풀어 주신 그 마음에 보답하고자 하는 거야. 언감생심 어찌 내가 그분을 바라볼 수 있겠니?"

장포는 여해의 말에도 굳은 낯빛을 풀지 않았다. 뒤돌아 황급히 부엌을 뛰어나가 버릴 뿐이었다. 그가 나간 문턱을 바라보며 그녀는 털썩 주저앉았다.

"그리도 내가 좋니? 넌 그저 내게 좋은 동무인데. 그래, 난 그분이 자꾸 생각나. 그분 옆에 있을 때마다 나도 모르게 웃고 있는데……. 어떻게 하면 좋니, 장포야……."

"여해, 자느냐?"

술시가 지나 명단은 조용히 건넛방에 있는 딸을 불렀다. 장포 때문에 뒤척이던 그녀는 자리에서 일어나 문을 열었다.

"들어오셔요."

따듯한 웃음으로 딸을 바라보는 명단은 단정하게 앉았다. 여해는 늘 그런 아버지가 참으로 좋았다. 이리저리 엉클어진 세상 속에서 늘 고이 접힌 옷자락처럼 아버지는 한결같이 흐트러짐 없이 반듯했다. 심산했던 그녀는 순간 마음이 편안해졌다.

"혹시 장포에게 무슨 일이 있더냐? 갑자기 내게 전기수가 될 수 있도록 운종가에 소개를 시켜 달라고 하더구나. 좀 편하게 살려면 날 따라다니며 책쾌 일을 배우라고 했더니 결단코 사양하더구나. 오늘 저놈 낯빛이 어둡던데 무슨 일이 있었던 게냐?"

여해는 차마 아버지께 두 사람이 다툰 일을 말할 수 없었다. 장포가 자신이 군마장에 가는 것을 가로막을 수 없듯, 자신도 그가 전기수가 되어 떠도는 것을 막을 수 없었다.

"예전부터 전기수가 되고 싶다고 했잖아요? 너무 걱정 마시어요. 장포가 입담도 좋아 잘할 거예요."

"저 녀석은 나한테 아들과 마찬가지다. 글을 가르치면서 얼마나 내가 마음이 든든했던지. 자거라."

실망한 얼굴로 밖으로 나가는 아버지를 보자 여해는 저녁에 장포에게 했던 말들이 자꾸 떠올랐다. 어미 잃은 아이처럼 서글픈 눈으로 자신을 바라보던 그 눈빛이 다시금 마음을 후비고 또 후벼 팠다.

"그래, 그 거예요. 친구도 제 길이 있는 거야."

크게 날숨을 내쉬고는 그녀는 벌렁 뒤로 누워 이불을 머리끝까지 푹 덮어 버렸다. 그에 대한 미안함 때문인지 아니면 자신만의 비밀을 감추고 싶어서인지 알 수 없었다. 지금은 오로지 빨리 잠이 들어 이 밤이 금방 지나가기만을 바랄 뿐이었다.

평상에 앉은 명단은 아직도 아쉽고 섭섭한 듯 가량한 별들과 달을 올려다보았다.

"왜 이리도 서운한지 모르겠소, 기련. 훗, 나도 이제 늙어 가나 보오. 괜스레 주변을 떠나는 것들에 대해 이리 마음이 아파 오는 걸 보면 말이오."

"아씨, 나장 어르신께서 오셨습니다."

방금 한성부 판윤 대감의 다리가 후들거릴 정도로 운우지락을 나눈 기녀는 황급히 저고리를 주워 입고 밖으로 뛰쳐나왔다. 그녀의 미색과 음양술에 취한 사내는 나신을 다 드러낸 채 곯아떨어져 있었다. 기녀는 한심하다는 듯 조소를 보냈다.

"주책없는 늙은이 같으니라고. 반 시진도 견디지 못하면서 그리 큰 소리치기는……."

밖에서 곰방대를 빼금대는 박중선은 제대로 가채도 올리지 않고 나오는 그녀를 보고 엉큼하게 웃었다. 가드락거리는 그를 보자 기녀는 심사가 뒤틀렸지만 이내 함박웃음을 지으며 그의 팔짱을 꼈다.

"아이고, 얼마나 기다렸는지 모르옵니다. 어서 제 방으로 드시지요."

"판윤 대감은 어떠하시던가? 얼마 전 젊은 첩실을 들이셨다고 하더니 회춘하셨는지 모르겠구먼."

"사내들 너스레떠는 짓거리 잘 아시면서 그러십니까? 몇 번 몸을 놀렸더니 저리 푹 주무시는군요."

옆에서 알싸하게 풍겨 나오는 분내와 사향내에 조방꾼의 마음이 슬슬 동해 왔다. 그러나 그 짜릿한 순간도 잠시 방 앞에 서 있는 도깨비 같은 위인을 보자 박중선은 오금이 저려 황급히 기녀의 팔을 뿌리쳤다.

"어, 어험! 월하선 자네 서방님께서 계시는군. 저이는 알고 계신가?"

"당연히 알고 있지요."

월하선은 천덕을 한번 쓰윽 쳐다보고는 방문을 열었다. 자신의 뒤를 따라 들어오는 기부가 신경 쓰였는지 박중선은 괜스레 곰방대만 잘근잘근 씹어 댔다.

"그 계집이 뭐하는 년입니까?"

"성미도 급하긴. 술이라도 한 잔 주고 묻게나."

"당연히 주안상 거하게 차리라고 했지요. 어떤 계집입니까?"

"흠, 그게. 자네가 신경 쓸 계집은 아닌 듯싶으이."

꾀 많은 그는 그녀에게서 원하던 것을 두둑이 얻어 내고 싶은 마음에 쉬이 입을 열지 않았다. 월하선은 문갑을 열어 엽전 꾸러미를 조방꾼 앞에 내밀며 더욱 다가붙어 앉았다.

"내 사람을 하나 붙였지. 저 답십리 구석에 사는 홀애비 책쾌 딸내미라네. 한번 나도 보러 간 적이 있었는데, 얼굴이 자그마한 것이 잔망스러워 보이긴 하더만. 근데 미색은 영 아니야."

월하선은 자꾸 너스레를 떠는 위인이 얄미웠다. 그녀는 내민 엽전 꾸러미에 손을 갖다 대며 살짝 그를 흘겨보았다.

"자꾸 저를 놀리시면 아니 되십니다. 제 서방이 어떤 작자인지 잘 아시지요? 그믐밤 철퇴 받아 고꾸라진 위인 이야기를 못 들으셨나 봅니다."

"허허, 참 사람도! 나도 직접 보았다네. 그저 종사관이 수련하는 것만 지켜보다가 가끔 주전부리 같은 걸 챙겨 주고 별 얘기는 하지 않는 듯싶었네."

"주전부리라구요?"

월하선은 눈살을 찌푸렸다. 지환을 낀 손을 오므렸다 폈다 하며 애써 태연한 척했지만 그녀의 얼굴은 쉬이 펴지지 않았다.

“잘은 모르겠고 떡 같은 걸 가져와서 건네던데? 종사관은 마다했지만 그 계집이 어찌나 권하던지 마지못해 하나 받아먹더군. 걱정하지 말게. 그 아이를 여인으로 보지 않는다고.”

방문을 열고 들어온 화려한 상차림에 박중선의 입은 귀에 걸렸다. 산해진미가 가득한 주안상을 보자, 그는 체면이고 뭐고 정신없이 이것저것을 집어먹었다. 술을 따르는 월하선의 얼굴에는 살기가 피어올랐다.

“책쾌라면……. 아무 책이나 다 필사해서 파는 놈 아닙니까?”

“그렇지. 주로 양반네님들과 거래를 하지. 귀한 책이면 팔도를 돌아 구한다고도 하더군.”

그녀의 한쪽 입술이 살포시 위로 올라갔다.

“강길이가 필요할 듯싶군요.”

“강길이? 그 얍삽한 여리꾼?”

안주를 박중선의 입에 갖다 대며 그녀는 가량가량한 몸을 살살 흔들며 교태를 흘렸다. 천덕은 못마땅한 듯 눈을 돌렸지만, 월하선은 아랑곳없이 아양을 떨어 댔다.

“어서 드시어요. 만약 일이 더 잘 된다면 제가 더 귀히 대접하겠습니다. 암요, 그래야죠?”

“되었다. 늘 이리 챙겨 오면 내가 부담스럽다.”

오늘도 찬합을 내미는 여해를 보며 지기택은 손을 저었다. 옆에 있던 두홍은 입을 삐죽거리더니 얼른 손을 뻗어 경단 하나를 집어먹었다.

"이 아이가 성질은 이래도 음식 솜씨 하나는 끝내줍니다. 맛나네요. 드셔 보십시오."

"너나 먹거라."

기택은 수건으로 얼굴을 닦으며 말안장을 이리저리 매만졌다. 여해는 떡을 두어 개 집어 방실거리는 두홍을 한번 흘겨보더니 찬합 뚜껑을 닫아 버렸다. 입 안 가득 떡을 넣고 씹던 두홍은 눈살을 찌푸렸다.

"야, 사형께서 날더러 먹으라고 하셨다. 헌데 왜 치우는 것이더냐?"

"종사관 나으리 드시라고 제가 만든 것입니다. 헌데 왜 나으리께서 그리 쩝쩝대며 잡수시는 겝니까?"

"네가 여기서 몰래 구경한다는 거 눈감아 주는 것도 얼마나 감읍한 일인지 알고나 그러는 것이더냐? 참으로 방자하구나."

"양반님 체면이 말이 아니십니다. 거 입 안에 있는 떡 덩어리가 이리저리 다 튀어나오니 보기 흉하구만요. 이 방자한 년은 불경하옵게도 찬합 뚜껑을 닫겠습니다. 너무 많이 드시면 탈나실까 봐 저어되옵니다."

손에 든 떡을 입 안에 구겨 넣으며 두홍은 얄밉다는 듯 그녀를 한번 쏘아보고는 수건으로 목과 얼굴을 닦았다.

"에이, 못된 것. 한 마디도 안 지네."

여해는 안장 정리를 하고 수통을 열어 마시는 기택에게 다가갔다. 기택은 늘 그러하듯 똑같은 표정과 똑같은 자세로 쉬고 있었다. 그녀는 그런 그의 모습이 너무도 좋았다. 반듯하고 단정한 그 모습을 보면 절로 마음이 차분해졌다. 어떨 때는 그런 모습이 가랑없어 보여 보고만 있어도 기분이 절로 좋아질 정도였다.

"나으리, 시장하지 않으십니까?"

"다음부터는 번거롭게 이런 걸 준비하지 말거라. 말 위에 올라탈 때는 몸이 무거우면 안 된다. 서운해하지 말거라."

무뚝뚝하나 배려하는 마음이 깃든 목소리는 거친 옹기그릇에 담긴 따듯한 밥처럼 그녀의 마음을 감싸 주었다. 여해의 입가에는 저절로 웃음이 배어 나왔다. 억지로 표정을 바꾸려 했지만 절로 입술이 실룩거리며 다물어지지 않았다.

"헌데 나으리. 저도 목마장에서 꽤나 말을 타는 사람인데 말 위에서 온갖 재주를 부리려면 얼마나 더 오래 말을 타야 합니까?"

그녀의 커다란 눈빛이 반짝이는 것을 보자 기택의 얼굴에는 자신도 모르게 미소가 번졌다. 하지만 한여름 잠시 불어오는 시원한 미풍처럼 미소는 그의 여유 없고 융통성 없음 때문인지 금방 사라지고 말았다.

"마상재는 싸움에 임했을 때 반드시 필요한 무예이다. 어찌 보면 한낱 구경거리일 수도 있겠으나 죽음을 목전에 둔 기마병에게는 자신과 말의 목숨을 살릴 수 있는 아주 유용하고도 필요한 것이지. 수련할 때 우리의 모습을 자세히 살펴보거라. 날아오는 화살과 검을 막기 위해 온몸을 사리고 늘이고 펴면서 적들의 눈을 속이지 않더냐? 마상재는 어찌 보면 적들을 물리치고 자신을 보호하기 위한 아주 중요한 동아줄이라고 봐야 한다."

“그렇군요. 전 단지 사람들 눈요기를 위한 재주로 알았습니다.”

말머리를 쓰다듬으며 뭔가 골똘하게 생각하는 그녀를 기택은 다정하게 바라보았다. 여해의 커다랗고 시원한 눈매는 무언가를 주시하거나 생각할 때 더욱 어여쁘게 빛이 났다.

언제부턴가 그는 그런 그녀의 눈빛을 보는 것이 좋았다. 여인으로서의 감정은 느껴지지는 않았다. 아니 어쩌면 기택 스스로도 자신의 마음을 모를 수 있었다. 번다한 이 세상살이에서 순수한 존재 하나가 작지만 번다한 일상의 활력을 가져다주고 있었다.

“말을 얼마나 잘 타느냐?”

“고삐를 놓고 탈 수도 있습니다. 여덟 살 때부터 타서 눈감고도 탈 수 있습니다!”

여해는 기택의 말에 자랑스럽게 크게 대답했다. 마치 어린아이가 유일하게 잘하는 재롱거리를 내보이는 소중한 기회가 왔을 때 자신감을 내비치는 것처럼 그녀의 얼굴은 새벽을 비추는 샛별 같았다.

“허면 한번 내 말을 타 보거라. 네가 그리 호언장담하니 얼마나 잘 타는지 보고 싶구나.”

“하오나…….”

여해는 두려운 눈으로 주변을 둘러보았다. 두홍이 미심쩍은 눈으로 두 사람을 계속 바라보며 말안장을 정리하고 있었다.

“전 여기서 종사관 나으리의 종자가 아닙니까? 어찌…….”

“지금은 보는 눈이 두홍이 말고 누가 또 있더냐? 어서 한 바퀴만 휙 돌아 보거라. 네가 잘하는 재주도 한번 보여 주고. 나도 너한테 돈 안 받고 이리 실컷 구경할 수 있게 해 주는데, 너도 그러해야 하지 않겠느냐?"

기택은 고삐를 하얗고 작은 손에 쥐어 주었다. 자신의 손을 스치는 그의 손에서 다사로운 체온이 전해졌다. 그녀의 심장은 낯선 체온이 느껴짐과 동시에 미친 듯이 뛰기 시작했다.

"하오면……. 한번 타보겠습니다."

여해는 숨을 한번 크게 내쉬고는 가볍게 등자에 올라 안장에 앉았다. 좋은 가죽으로 된 안장은 목마장에서 타던 거친 것과는 달리 부드럽고 단단했다. 말 위에서 내려다보는 장안벌의 모습은 끝없이 넓어 절로 달리고 싶게 만드는 가경 중의 가경이었다.

폐부 깊숙이 들어오는 차갑지만 상쾌한 공기를 깊이 들이마시자 등자 위에 있던 그녀의 발이 절로 움직였다. 경쾌한 기합 소리와 함께 말과 하나가 된 여해는 빠르게 앞으로 뛰어나갔다. 바람을 가르며 느껴지는 그 익숙한 상쾌함, 헐떡이는 말의 호흡과 하나가 되어 가는 그녀의 숨소리, 그리고 말의 내달리는 근육과 함께 안장 위에서 들썩이는 그녀의 몸동작.

'아, 너무 행복해!'

그동안 나무 밑에서 쭈그리고 앉아 구경만 하느라 제대로 말을 타보지 못했던 그녀는 온몸이 자신과 말을 가르는 바람에 녹아들어 가는 듯했다. 가든하고도 날아갈 것 같은 그 달뜬 황홀함은 늘 익숙한 것이었지만, 오늘 느끼는 환희는 또 다른 설렘과 흥분을 담고 있었다. 등자 위의 발끝과 고삐를 쥔 손끝에서 시작된 열기는 어느새 몸 전체로 번져 가 활활 타오르는 불꽃처럼 에워쌌다. 오로지 뚜렷한 정신과 시선만 남아 있는 듯, 그렇게 끝도 없이 계속 달려가고 있었다.

"허, 제법 말을 타는군요, 사형."

두홍은 어느새 기택의 옆에 서서 입을 벌린 채 쳐다보고 있었다. 기택은 아무 말이 없었다. 그저 끝없이 지평선을 향해 내달리는 그녀의 뒷모습을 망망대해 위의 수표처럼 지켜볼 뿐이었다.

"사형, 듣고 계십니까? 사형?"

두홍이 아무리 옆에서 툭툭 치고 이야기를 해도 기택은 그저 앞만 지켜보았다. 지평선 저 끝까지 달려가던 여해와 말은 방향을 틀어 다시 이쪽으로 향했다. 칠흑 같은 오명마 위의 작고도 날렵한 그녀의 모습은 마치 꽃잎 위에 나부시 내려앉는 봄날의 나비와도 같았다. 두 볼이 새빨개진 채 다부진 얼굴로 정면을 응시하는 모습은 철없는 소녀가 아니었다.

두홍은 재밌다는 얼굴로 사형의 얼굴을 흘깃 쳐다보았다. 그러고는 천천히 뒤돌아서 자신의 말에게로 걸어가며 절레절레 머리를 흔들었다.

"허, 거참 희한하네. 사람 일은 알 수가 없다고 하더만. 하긴 사형도 사내지, 사내고말고……."

"대체 언제 오는 것이야? 사람 불러다 놓고 왜 이리 기다리게 만드는 게야?"

기별청의 승지 석대후는 부아가 치미는지 연거푸 술을 부어 마셔 댔다. 고기 안주를 들고 안으로 들어선 월하선의 여종은 억지웃음을 지으며 화난 그를 달래었다.

"왜 그리 급하십니까? 아씨께서 단장하시는 중이십니다. 오늘은 당상관 어르신께서 납셔서 얼굴만 내보이고 오신다고 하셨으니 조금만 기다리시어요."

석대후는 쥐새끼마냥 뾰족한 얼굴을 이리저리 흔들더니 갑자기 술잔을 탁 내려놓으며 화풀이하듯 죄 없는 비자에게 퍼부어 댔다.

"야, 이년아! 아니 기방에 왔으면 당연히 기녀가 옆에서 술을 따라주어야지 내가 직접 따라 마셔야 하느냐? 당장 오라고 해! 안 그럼 다 뒤집어 놓고 갈 터이니."

여종은 가소롭다는 듯 그를 바라보았지만, 월하선이 당부한 말이 있는지라 살살 구슬렸다. 꿩고기 다리 하나를 북 찢어 거무칙칙한 승지 면상 앞에 들이대며 가량한 얼굴에 웃음을 머금었다.

"아씨께서 나으리 오신다고 얼마나 분단장을 했는지 아십니까? 유병이 바닥이 날 정도로 머리에 윤을 내고, 있던 사향도 탈탈 털어 향주머니에 넣었다니까요? 자, 어서 드십시오. 먹고 기운을 내셔야 오늘 우리 아씨랑 만리장성을 쌓던 하실 게 아닙니까?"

입 안의 혀처럼 구는 여종의 간드러진 말에 석대후는 그제야 면상을 펴고 내미는 안주를 씹으며 실실거렸다.

"하긴, 나랑 밤새 푸지게 놀 터이니 참아야지. 내가 성급했네그려."

한참 동안 석대후의 기분을 맞추느라 애를 쓴 여종은 밖으로 나오며 오만상을 찌푸렸다.

"이 못난 놈아, 천하의 양귀비가 뭐가 좋다고 널 받아 주겠느냐? 다

제 놀이판에 끼워 놀게 만들려는 수작이지. 못나 빠진 놈!"

해시가 다 되어 가자 취기에 널브러진 석대후는 문틈으로 들어오는 찬 기운에 몸을 부르르 떨었다. 입동이 다 되어 가는 그믐이라 밖에서는 청사초롱 붉은 불빛 밖에 스며들어 오지 않았다. 으슥한 밤의 기운을 머금은 여인이 사그락 사그락 스란치마를 손으로 이리저리 치매며 들어서자, 벌게진 사내의 얼굴은 배시시 웃었다.

"이리 송구해서 어쩌나? 나으리, 많이 기다리셨지요? 더 있다 가라고 붙드는 것을 억지로 떼어놓느라 고생했사옵니다. 어쩌면 좋나? 주안상이 이리 허술해서야……. 정주간 종년을 불러 따끔하게 혼을 내겠습니다."

입을 열 때마다 풍겨 나오는 달콤한 숨결에 석대후의 강퍅한 심성은 절로 누그러들었으나, 아랫도리에 끼여 가드락거리는 물건은 체면도 잃어버린 지 오래였다. 들뜬 몸을 주체하지 못하는 그를 보자 월하선은 석대후의 홍시 같은 두 뺨을 감싸 안고 입을 맞추었다.

"어머나, 이를 어찌하면 좋사옵니까? 절 기다리시느라 나으리의 목뿐만 아니라 다른 것도 목을 빼고 기다리고 있었군요."

"어서 시간 끌지 말고 기나긴 그믐밤이나 지새우세나."

정염에 넋이 나간 수컷은 정신없이 기녀의 치마 속을 헤집었다. 하지만 월하선은 그 어느 때보다 여유 있게 사내의 마음을 가지고 놀기 시작했다. 화사한 미소를 거두고 천하절색이 한숨을 쉬자 석대후는 가슴이 철렁 내려앉았다.

"아니, 왜 이리 수심이 가득하시나?"

"나으리께서 이년의 근심을 덜어 주실 수 있으십니까?"

"아, 당연하지. 어서 말해 보게."

"거짓말 마십시오. 오늘밤이 지나면 다 잊으시고 발뺌하실 것이 뻔하시면서요……."

그녀는 갑자기 팩 돌아앉더니 팔짱을 끼고 한쪽으로 입술을 오므렸다. 살짝 삐친 그녀의 낯빛을 보니 석대후는 심장이 두근거리다 못해 머리가 빙빙 돌 것 같았다. 천하절색 양귀비 옆에 바짝 들러붙은 그는 그 곱고도 가녀린 손을 뺨에 갖다 대며 운우지락을 위한 밤을 위해 갖은 애교를 떨어 댔다.

"내가 뭘 해 주면 우리 서시가 낯을 펴고 웃을꼬?"

"정말 제 소원 들어주실 겁니까?"

어린아이처럼 천진한 얼굴로 바라보자 석대후는 가슴이 녹아내리는 듯 뜨거운 감동에 휩싸였다. 그는 저고리 안으로 슬며시 보이는 뽀얗고 풍만한 가슴골을 연신 훔쳐보며 영원히 족쇄가 될지도 모르는 약조를 하고야 말았다.

"내 들어 줄 걸세. 내가 누군가? 기별청에서 알아주는 최고의 승지가 아니던가?"

"진심이시옵니까?"

초승달 같은 눈썹을 실룩이며 그녀는 음흉한 속내를 미소로 감추었다. 그의 몸을 태우던 정염의 불꽃은 어느새 이성까지 집어삼키고 말았다.

"빨리 말해 보게. 이러다 날 새겠네!"

"한 사람에 대한 글을 조보에 올려 주실 수 있습니까? 제가 기가 막힌 소문을 알고 있지요……."

"허, 뭐냐니까?"

석대후는 안달 난 씨말처럼 버럭 소리를 질러 댔다. 월하선은 그의 역정에도 오히려 여유를 부리며 천천히 옷고름만 만지작거렸다.

"답십리에 사는 어떤 간 큰 책쾌가 엄청난 일을 벌이고 있다지요? 그가 요상한 비법서라고 들고 다니면서 보여 주는 서책 중에는 아주 불온한 내용이 많다고 합니다. 강상의 예법에 대한 것은 무시하고, 왕실과 임금을 능멸한답니다."

"그게 사실인가? 그건 역모가 아닌가?"

갑자기 사내는 얼음물을 맞은 듯 차가워져 오금이 저렸다. 눈을 둥그렇게 뜨고 입을 벌린 그를 보며 월하선은 옷고름부터 풀기 시작했다. 석대후의 목에서는 아주 크게 침 넘어가는 소리가 들려왔다.

"어찌 정칠품 승지 나으리께서 그깟 풍설에 그리 놀라신답니까? 예, 틀림없는 사실입니다. 그 망할 놈의 책쾌가 주상전하를 욕보이고 다닌답니다. 청에서 들여온 서책이라 칭하며 강상의 윤리를 어지럽힐 말만 퍼뜨리고 다닌다지요?"

"자, 가만히 있어 보세. 그게 사실인가? 정말 그 책쾌가 있다는 것이 틀림없는 사실이지? 조보는 전하께서도 보신다네. 한 치의 거짓도 있어서는 안 되네."

월하선은 비릿한 미소를 짓더니 치마 속을 헤집는 그의 손을 빼어 뿌리쳤다.

"나으리도 졸부이신가 보옵니다. 천한 기녀와의 약조도 지키시지 못하시군요. 다 없던 일로 해 주십시오."

그녀는 홍안이 된 얼굴로 치마 속이나 뒤지는 한심한 벼슬아치를 경멸하듯 내려다보았다. 여인의 음기에 취해 버둥거리는 사내들은 귀한 이나 천한 이나 다 똑같았다. 하룻밤 질펀 나게 그녀를 취하고 나면 수컷이란 종자들은 해 뜨자마자 언제 그랬냐는 듯 점잖을 떨며 기방을 나섰다. 어차피 다 똑같은 위인들, 그저 치맛자락에 휘감아 이리 돌리고 저리 돌리며 같이 놀아주면 그만이었다.

"왜 그러는 것이더냐?"

"참으로 겁이 많으신 졸부이십니다. 역모를 저질러 역적이랍니까? 양반네들은 그 잘난 자리 하나 더 얻고자 억지로 죄를 뒤집어씌우신다지요? 약조해 주십시오. 그렇지 않으면 섣달 그믐날 밤 차가운 길가에서 내년 정월을 기다리셔야 할 겁니다."

입꼬리를 올리며 요염하게 웃고 있는 그녀는 불빛 아래에서 성황당 옆의 장승처럼 기괴했다. 그러나 이미 정념의 수렁 속에 빠진 사내는 머릿속에 합리적인 생각이라고는 전혀 떠오르지 않았다. 오로지 눈앞에 있는 맛깔스러운 먹잇감을 먹어 치우고 허기를 채우고자 하는 욕망밖에는 생각나지 않았다. 석대후는 그녀를 거세게 끌어안으며 흔쾌히 고개를 끄덕였다.

"네가 원하는 대로 무엇이든 해 주마! 우리 월하선이 원한다는데 그깟 거짓부렁이 대수더냐?"

마재인

"어르신, 연초 좀 썰어 담아 주십시오."

운종가의 족제비라고 불리는 강길은 오늘도 그 날렵한 눈매를 반짝거리며 절초전 노인에게 연초 쌈지를 내밀었다. 날상투를 했으나 허연 머리카락이 이리저리 흐트러진 천맹돌은 곰방대를 빼끔거리며 작두질한 연초를 강길의 쌈지에 가득 담았다.

"요즘 벌이는 좀 괜찮은가?"

"거 날이 추워져서 그런지 사람들이 좀 뜸하네요. 아마 정월 앞두고 선달에 좀 벌이가 괜찮을 거 같군요. 어르신은 늘 바쁘시지요?"

"뭐 똑같지……."

강길은 엽전을 내밀며 천 노인을 이리저리 뜯어보았다. 눈치 빠른 천맹돌은 젊은 사내의 눈길을 느꼈던지 빙그레 웃으며 계속 작두질만 하고 있었다.

"뭐야? 뭐가 그리 알고 싶어서 똥 마른 강아지마냥 안 가고 서 있는 게야?"

"역시 우리 어르신 여시 같은 눈은 그 누구라도 속일 수 없네. 요즘 재미난 소식 하나 알고 있는데 들으셨나 싶어서요."

강길은 주변을 한번 쓰윽 둘러보더니 천 노인의 곁으로 와서 속삭이기 시작했다. 그의 말을 들은 천맹돌은 그만 깜짝 놀라 작두질을 멈추고 눈을 둥그렇게 치켜떴다.

"뭐라고? 그게 사실인 게냐?"

"그럼요. 지금 다들 쉬쉬해서 그렇지 그 서책 때문에 난리라니까요? 그것만 보면 양반놈들한테 당한 거 한 방에 쑥 내려간답니다."

"걸리면 역적이 아니더냐? 허이고, 무섭구나, 무서워."

"그 책쾌가 아마 답십리에 산다고 하지요? 그자가 구하지 못할 서책은 없다고 들었습죠. 어찌되었든 저도 한번 구해 보고 싶구만요."

천맹돌은 걱정스러운 표정을 지으며 작두질을 다시 하기 시작했다. 온갖 인간 군상들이 모여드는 한성, 그것도 하루에 수십 수백 명이 나다니는 운종가에서 절초를 썰며 그는 각양각색의 희로애락을 지켜보았다. 운종가에서 가장 넓고 확실한 마당발이라는 자신도 모르는 비밀이 있다는 것이 못내 아쉬웠지만, 강길의 말을 듣고 나니 엄한 목숨 여럿 죽어 나갈 수도 있다는 생각에 소름이 끼쳤다.

"제가 한번 그 서책 본 사람한테 이야기 듣고 어른신한테도 조용히 알려드릴게요. 본 사람들마다 속 시원해서 십 년 묵은 체증이 내려가는 거 같다고 합디다."

"어쨌든 입조심하게. 이 한성에서 주제도 모르고 역적 놀이하다가 제 명에 못간 위인들 여럿 보았네. 허니, 보아도 못 본 척, 들어도 못 들은 척해야 해. 알겠나?"

"참 사람이 늙으면 겁이 많아진다더니, 어찌 그리 모르십니까?"

강길은 아쉽다는 듯 혀를 차며 고개를 흔들었다. 이 족제비 같은 놈이 자신을 얕보고 조롱한다고 생각하니 천맹돌은 갑자기 성질이 나 자리에서 벌떡 일어섰다.

"아니, 어린놈이 어디 버르장머리 없게? 썩 꺼지지 못해?"

"어르신, 계속 여기서 쭈그리고 작두질만 하실 거냐구요? 한번 거나하게 자릿세 받고 큰 돈 만지셔야지요? 내 듣자 하니 부인께서 폐병으로 요즘 제대로 드시지도 못하신다면서요? 절초전 앞에서 소문만 흘려도 아마 엽전 냄새 맡고자 하는 전기수들과 재담꾼들이 어르신을 찾아올 겁니다. 서책은 제가 알아서 구할 터이니 어르신께서는 돈만 받으시면 되구요. 나중에 일이 잘못되어도 어르신께서는 자릿세만 받았다고 하시면 되니 뭐가 문제가 되겠습니까?"

"뭐야?"

버럭 성질을 내었지만 강길의 말도 일리는 있었다. 늙은 내자한테 드는 약값은 계속 줄어들지 않았다. 남들은 다들 장사 잘되는 절초전을 하고 있다고 부러워했지만, 약값 대느라 곡기 살 돈은 거의 남아 있지도 않았다.

머뭇거리는 천맹돌을 보자 강길의 작은 눈은 더욱 반짝거렸다.

"제가 알아서 판은 다 짜 드릴 테니 한번 생각해 보십시오. 물 들어올 때 배 띄워야 한다고, 이런 기회 흔하지 않습니다. 팔모가지 떨어져 나가도록 작두질 해 봐야 늘상 푼돈이나 만지작거리지 제대로 한번 다리 펴고 사실 수 있을 거 같습니까? 내일 제가 들를 터이니 자알 생각해 보십시오."

입가에 의미심장한 미소를 띠며 절초전을 나서는 강길은 여유 있게 연초를 채우고는 곰방대를 빼끔거렸다.

"목구멍이 포청인데 저 노인네가 손 안 잡을 리 없지. 밑자락 감질나게 깔아 두었으니 난 월하선이한테 가서 수고비나 받아야겠구먼."

“이리 추운데도 나왔느냐?”

소설이 다 되어 가는 초겨울의 장안벌은 푸른빛 대신 희미하게 금황빛이 감돌고 있었다. 어여쁘게 염색한 나뭇잎들이 떨어져 나간 가지는 점점 그 뼈대를 드러내고, 끝없이 펼쳐졌던 초원은 겨울의 찬 입김에 생기 있는 초록빛을 감추었다.

두홍은 오늘도 소매부리에 두 손을 넣고 움츠리고 있는 여해를 보자 어이가 없었다. 제법 추워진 날씨에 이리저리 말 위에서 들고 뛰며 재주를 부리는 이들은 그 열기에 한기를 쫓을 수 있었지만, 나무 밑에 쭈그리고 앉아 있으면 땅 밑에서 올라오는 스산한 찬 기운에 오금이 저릴 정도였다.

“괜찮습니다. 오늘은 솜을 넣은 누비배자를 입고 나왔습니다. 버선도 누비버선을 신었구요.”

한풍에 거칠거칠하게 튼 그녀의 입술을 보니 두홍은 측은한 생각이 들었다. 추석이 지나서부터 하루도 빠짐없이 이곳에 나와 저리 망부석처럼 지켜보는 것도 보통 정성이 아닐 터, 그녀가 진정으로 원하는 것이 무엇인지 알고 싶었다.

“너 솔직히 말해 봐라. 구경만 하러 온 거 아니지?”

“아, 아닙니다!”

“어허, 속일 사람을 속이거라. 이리 추운데도 하루도 빠짐없이 나와 이러고 서 있는 것은 필시 네가 바라는 것이 있어서다. 사형에게는 말하지 않을 터이니 나에게만 털어놓거라.”

여해는 못미더운 듯 눈살을 찌푸리고 두홍을 바라보았다. 술과 여자 좋아하는 이 능구렁이 같은 사내에게 자신의 마음을 털어놓고 싶지 않았다. 차라리 기택이라면 언질이라도 했을 것이지만, 진정이라면 눈 닦고 보아도 찾을 수 없는 이자에게는 아무 말도 하고 싶지 않았다.

"그저 보는 것이 좋아서 그런 겁니다. 하오니……."

"요것 봐라. 야, 너 내가 한성에서 품은 기녀들이 얼마나 되는지 아느냐? 어디서 나를 속이려 드는 것이더냐? 보아하니, 예전부터 여기 변복을 하고 들어온 것을 보면 마상재를 배우고 싶어서 온 것이 분명한데, 두어 달 계속 보았으면 서당 개도 삼 년이면 풍월을 읊는다고 어느 정도 흉내는 낼 것이 아니더냐? 솔직히 너 사형을 은애하지?"

눈웃음을 치며 자신의 뱃속까지 훔쳐보는 듯한 그의 눈길에 여해는 자신도 모르게 얼굴이 빨개졌다. 온몸에 식은땀이 흐르고 심장이 두방망이질 쳤으며 머릿속은 갑자기 멍해졌다.

"사내라면 다 같은 사내인 줄 아십니까? 여인도 마찬가지입니다. 제가 사내라면 환장하는 그런 한심한 여인인 줄 아십니까? 참으로 딱하십니다!"

그러나 두홍은 그녀의 악다구니가 더욱 재밌다는 듯 뒷짐을 지고 비릿하게 웃었다. 나번득이며 그는 한 치의 틈을 주지 않고 계속 그녀를 몰아붙였다.

"너 아무래도 수상하구나. 사형에게 마음이 가 있는 게지? 맞지?"

"왜 아침부터 쓸데없는 소리를 하느냐? 그럴 시간이 있으면 수련이

나 하지!"

갑자기 여해의 눈앞이 환해지더니 몸과 마음이 하늘로 훨훨 날아갈 듯 가벼워졌다. 여느 때와 마찬가지로 지기택은 같은 수련복과 같은 표정으로 군마장 안으로 들어서고 있었다. 든든한 지원군이 오자 그녀는 어깨를 활짝 펴고 두홍을 한번 흘겨보더니 기택의 옆으로 달려가 넙죽 허리를 굽혔다.

"나오셨습니까? 별일 아닙니다."

"왜 그리 시끄러운 소리가 저기서부터 들리는 것이더냐?"

두홍은 눈썹을 실룩거리며 천천히 팔자걸음으로 그녀에게로 다가왔다. 다시 한 번 여해는 온몸이 뜨거워지고 식은땀이 흘러내리는 것 같았다. 마음 같아선 저자의 면상을 한 대 때려 주고 싶었지만, 그리했다가는 앞으로 군마장 근처에도 못 올 듯싶어 참기로 했다.

"이 아이가 이리 추운데도 나와 구경을 하고 있어서 제가 가르쳐 줄까 하고 한번 의향을 물어보고 있었습니다. 그동안 그리 실컷 보았으면 흉내라도 낼 것이 아닙니까?"

그 큰 눈으로 빤히 바라보고 있는 여해를 쳐다보며 계속 빙글거리는 두홍은 선심 쓰듯 말했다. 그러나 기택은 그 말에 전혀 미동도 없이 말안장을 정리하더니 냉큼 등자 위에 올랐다.

"그것은 이미 다 이야기가 된 것이 아니더냐? 보기만 해 달라고 했지 가르쳐 달라고 하지는 않았다. 그런 쓸데없는 말로 아이의 마음을 흔들어 놓지 말거라."

"허나, 사형. 저 아이의 정성이 갸륵하지 않습니까?"

지기택은 말머리를 돌리더니 냉랭한 시선으로 여해를 내려다보았다.

"욕심이 지나치면 오히려 실이 되는 법이다. 이쯤에서 만족하거라."

순간 여해의 얼굴에는 실망의 빛이 감돌았다. 사실 기대는 하지 않았지만, 혹여나 배워 보지 않겠냐고 물어보리라 생각했었다. 그러나 저 융통성 없는 위인은 단 한마디에 자르며 그녀의 마음에 찬물을 끼얹었다.

"에고, 어찌하나? 옆에서 도와줘도 별수 없겠구나? 그럼 나도 수련을 시작해야겠다."

가들막거리며 말에 오르는 두홍은 혼자서 신이 난 듯 싱글거렸다. 꾹꾹 눌러 담았던 서러움이 그의 비웃음에 더는 버티지 못하고 터져 나오고 말았다.

"뭐하십니까? 종사관 나으리께서 어서 수련하라고 하시지 않습니까? 괜히 남의 일에 선심 쓰듯 나서시지 마시고 앞으로 경연에나 더 집중하시는 게 나을 겁니다!"

뒤돌아 성큼성큼 걸어가는 그녀를 보며 두홍은 재밌다는 듯 더 크게 낄낄거렸다. 웃음소리가 들리자 그녀의 작은 두 주먹이 꽉 쥐어졌다.

"오늘 수련하다 실수하면 종사관 나으리한테 야단이나 실컷 맞았으면 좋겠다. 어디 두고 보자. 내 실컷 웃어 줄 것이야!"

"장포 왔느냐? 요즘 운종가에서 너 본다고 처자들이 어찌나 우리

가게 앞을 기웃거리는지 모른다.”

휜칠하게 잘생긴 전기수를 보자 천맹돌은 절로 마음이 흡족해졌다. 한 달 전부터 운종가에 등장한 한 미남 때문에 여인네들이 절초전 앞에 구름처럼 몰려들어 정신이 없을 정도였다. 어떤 음흉한 소사는 몰래 그에게 엽전까지 쥐어 주며 장포의 거처를 묻기도 하였다.

“잘 계셨어요? 절 보러 오는 게 아니라 이야기를 들으러 오는 것이지요? 얼마 전 책전에 들르니 요즘 새로 나온 서책 때문에 이 절초전 앞이 성황을 이룬다고 들었습니다.”

천맹돌은 가게 앞을 한번 쓰윽 내다보더니 장포의 곁에 와서 속닥거렸다.

“사실 아주 어마어마한 이야기일세. 양반님네들이 들으면 화가 나 분통이 터질 이야기이지. 대놓고 이야기할 수는 없고 이 서방이 알아서 이야기를 짜지 어서 읽어 주고 있다네. 강길이 그놈 덕에 내가 횡재하네.”

“그 서책 이름이 무엇입니까?”

“아, 그게……. 무슨 일이십니까?”

갑자기 절초전 앞에 비단 장옷을 두른 여인과 한 몸종이 나타났다. 몸종은 주인에게서 서찰을 받아 들고는 조심스럽게 장포 앞으로 다가갔다. 그녀는 부끄러운 듯 두 볼을 붉히며 수줍은 듯 서찰을 내밀었다.

“혹시 매달 홀수 일에 여기서 책을 읽어 주시는 분이십니까?”

“예, 그러합니다만. 뉘신지요?”

“저는 북촌의 당상관 댁에서 온 사람입니다. 저희 마님께서 서로

왕래하시는 마님들과 함께 선달 초하루에 조촐하게 모이신다고 하십니다. 그때 오셔서 서책을 읽어 주시겠습니까? 그 서찰에 수고비와 모임 장소가 적혀 있습니다."

장포는 장옷 사이로 자신을 훔쳐보는 여인을 한번 흘끔 바라보았다. 여인은 그와 눈이 마주치자 화들짝 놀라 고개를 돌려 버렸다.

"헌데 어찌 그리 잘나십니까? 참으로 잘난 장부이십니다!"

넋이 나간 듯 두 손을 모으고 뚫어지게 쳐다보는 여종을 보자 장포는 민망해서 얼굴을 숙였다. 그러나 부끄러워하는 사내의 반응에도 아랑곳 않고 여인은 계속 그의 모든 것을 하나도 빼놓지 않고 훑어보며 감탄하고 있었다.

천맹돌은 곰방대를 빼끔거리며 그에게로 다가오더니 옆구리를 툭툭 쳤다.

"이런 기회 흔하지 않네. 대갓집 잔치에 가끔 불려 가서 큰돈 벌어오는 전기수들도 있지. 이럴 때 큰돈 만지고 좀 편안하게 일하게나. 어서!"

천노인의 재촉에 장포는 웃으며 고개를 끄덕였다. 여종은 그 자리에서 폴짝폴짝 뛰며 소리쳤다.

"참으로 고맙습니다! 마님, 오신답니다. 하신답니다!"

여종의 촐랑질에 장옷을 뒤집어쓴 여인은 더욱 부끄러운지 이내 절초전 옆에 있는 목기전 앞으로 달아나 버렸다. 계집종은 몇 번이고 인사를 하며 주인을 좇아 쪼르르 달려가기 시작했다.

"이야, 우리 장포 정말 잘나가는구먼! 하긴 우리 가게 앞에서 낭송과 만담하며 돈 꽤나 만진 이들 많다네. 잘되면 한턱내게나."

"어르신도 참……."

사실 천맹돌의 말이 틀린 것은 아니었다. 운종가에서 한번 알려진 전기수나 재담꾼은 어딜 가나 환영받는 위인들이었다. 특히, 젊고 잘생긴 사내라면 신분 고하 막론하고 여인들이 찬간과 안방에서 뛰쳐나와 자리 잡기 위해 안달하기 일쑤였다.

운종가에 나오며 그는 참으로 곱고 아리따운 여인들을 많이도 보았다. 서책을 다 읽고 나면 심지어 찬합에 반찬까지 고이 만들어 그에게 내미는 정성이 갸륵한 여인네도 있었다. 가끔 다시없을 황홀한 하룻밤을 보내며 그의 품에 안긴 여인들도 많았다. 하지만 세상의 여인들을 다 가진다 해도 그의 마음속에는 오직 한 여인뿐이었다.

천맹돌이 내미는 곰방대에 불을 붙이며 장포는 답답한 듯 시원하게 연초 연기를 뿜어내었다.

'여해야, 오늘은 제대로 밥이라도 챙겨 먹고 군마장에 나간 게냐? 이 추위에 잘 챙겨 입고 나갔는지…….'

"아씨, 저 강길입니다!"

죽장을 빼끔거리며 비스듬히 누워 있는 월하선은 강길을 보자마자 윤기가 반지르르한 족제비를 떠올렸다. 영악한 그 천성이 싫긴 했지만 항상 재빠르게 사냥감을 놓치지 않는 그 날렵함은 일을 맡긴 사람으로서 매우 흡족한 부분이었다.

"요즘 운종가와 알려진 저자거리는 어떠한가?"

"아주 소문이 자자하지요. 누가 썼는지도 모르는 서책 내용을 알고 싶어 환장한 백성들 때문에 운종가 절초전 노인네가 요즘 입이 귀에 걸렸습니다요."

"수고 많구먼!"

그녀는 문갑을 열어 절렁거리는 소리가 나는 파란 주머니를 그 앞에 던졌다. 두둑한 주머니가 툭 떨어지기가 무섭게 얼른 주워 품에 넣은 강길은 배실배실 웃으며 손바닥을 비벼 댔다.

"아이고, 뭐 이리 많이 넣으셨습니까? 제가 할 일을 한 것뿐인데요."

"자네처럼 믿고 맡길 만한 자가 누가 있던가? 생각보다 일을 잘해 주니 내 고마워서 더 넣었네. 주막에 가서 고기 안주와 함께 탁주라도 걸치며 몸을 녹이게나."

"참으로 황송합니다요! 더 시키실 일은 없으십니까?"

"더 시킬 일이라……."

월하선은 몸을 일으켜 죽장을 두어 번 깊이 들이마시더니 허공으로 허옇고도 기다란 연기를 내리 뿜었다. 강길은 독한 연초 연기에 눈이 매워 연신 눈을 비벼 댔다.

"계속 소문을 내면서 조 서방이라는 자의 이름을 자꾸 퍼뜨리게. 아, 만약 여가가 난다면 그자의 뒤를 밟아 주로 어느 댁과 거래를 하는지 살펴보게."

강길은 흡족하게 웃으며 두 손으로 바닥을 짚으며 넙죽 절을 하였다.

"참으로 고맙습니다! 얼른 목구멍에 밥이나 퍼 넣고 알아보겠습니다."

꼬리에 불이 붙은 쥐새끼마냥 쪼르르 문밖으로 나서는 그를 보며 월하선은 입꼬리를 추켜올렸다. 그러고는 죽장을 바닥 위에 있는 놋그릇에 탕탕 치며 몸을 일으켰다.

"어서 목욕물 대령하거라. 아랫도리 안달 난 미련한 훈련대장 오신다고 하셨느니라!"

뜨거운 물에 몸을 담그고 있으니 저절로 눈이 스르르 감겼다. 여종은 수건을 물에 적셔 한성에서 제일 비싼 기녀의 몸을 꼼꼼하게 닦으며, 목욕물에서 풍겨 나오는 향을 기분 좋게 음미하고 있었다.

"오늘 쓴 향유는 참 특이합니다."

"문지방을 건너기도 전에 달려드는 위인이지 않더냐? 천리 밖에서도 향을 풍겨야 미친 듯이 해웃채를 던지지 않겠느냐?"

"아까 보니 강길이가 실실 웃으며 아씨 방을 나서던데 일을 잘했나 봅니다."

월하선은 대답 대신 가볍게 웃으며 한 손으로 물을 퍼 올려 향을 맡았다. 알싸하고도 달콤한 꽃 향에 기분이 좋았다. 향유 때문인지 자신의 뜻대로 진행되는 일 때문인지 알 수는 없었지만 조만간 다가올 승리를 미리 맛보며, 그녀는 두 눈을 감고 뒤로 기대었다.

"나장 어르신한테서는 연통이 없더냐?"

"아직은 아무 말씀이 없으십니다."

월하선은 미간을 찌푸리며 입술을 한쪽으로 모았다. 그 먹구렁이 같은 위인이 요즘은 아예 기방 출입을 하지 않고 있었다. 나번득이며 실실거리는 그를 떠올리자 짜증이 나 버럭 소리를 내질렀다.

"죽장에 연초 채워 가져오너라!"

"예? 지금요?"

"그래. 어서 당장!"

수건을 내려놓고 황급히 뛰어나가는 몸종을 보며 월하선은 답답한 듯 날숨을 깊이 내쉬었다. 물에 젖은 길고 날씬한 두 손을 깍지를 끼고 오므렸다 폈다 하더니 이내 틀어진 마음 줄을 내비치며 사정없이 물위를 주먹으로 내리쳤다.

"이 못된 놈! 대체 그 아가리에 얼마나 엽전을 던져줘야 성사시켜준다는 말인가?"

"그래서 박씨 부인은……."

대설을 맞이한 한성의 공기는 절로 온몸이 부르르 떨릴 만큼 매섭고도 차가웠다. 심술궂은 시어머니마냥 잔뜩 흐린 하늘은 조만간 가랑눈이라도 날릴 것처럼 서늘한 입김을 뿜어내고 있었다. 그러나 북촌의 한 귀하신 당상관의 사랑방에서는 절절 끓는 방바닥 때문인지 아니면 강한 숫기를 내뿜는 사내를 향한 여인들의 애끓는 연심 때문인지 알 수 없었으나, 두 볼이 상기된 반가의 여인들이 시원한 목소리로 카랑카랑하게 이야기를 읊어대는 잘생긴 장한을 뚫어지게 바라보고 있었다.

"참으로 사내야, 잘난 사내……."

"어허, 양반의 체면이 있지 그리 말씀하시면 어찌 하오?"

"저 보고 뭐라고 하실 것이 아니라 부인께서나 그 입에 흐르는 침을 닦으셔야겠습니다. 저야 알 듯 말 듯 바라보며 군침을 삼키지만, 입을 있는 대로 벌리고 바라보시는 모습은 너무 민망하옵니다."

잘빠진 여우처럼 생긴 여인이 자신에게 면박을 주는 너구리 같은 여인을 살포시 흘겨보았다. 열심히 이야기에 집중하는 전기수와는 달리 사랑방 여인들의 마음은 딴 곳에 가 있었다. 탐나는 먹잇감을 향해 하늘 위에서 빙빙 도는 솔개처럼 체면과 귀하신 신분 때문에 대놓고 덤비지 않을 뿐이었다. 갈수록 커지는 숨소리와 커지는 동공은 먼저 먹잇감을 낚아채기 위해 안달이 난 늑대 무리 같았다.

"이에 감동한 그 지아비는 결국 마음을 돌리고 박씨 부인에게로 돌아와 백년해로하며 다섯이나 되는 아이들을 낳으며 잘 살았다고 합니다."

전기수의 이야기가 마치기도 전에 북촌의 내로라하는 마님들은 세상에서 가장 진귀한 이야기를 들은 듯 야단스럽게 박수를 쳐 댔다. 생각지도 못한 좌중들의 반응에 잘생긴 전기수는 깜짝 놀라 눈이 휘둥그레졌다.

"아이고, 어찌 이리 잘난 외모만큼 이야기도 맛깔스럽게 잘 펼쳐놓는지 모르겠구먼. 자, 어서 이리와 앉게."

"아, 아니옵니다."

"어허 괜찮네. 물론 남녀칠세부동석이라고 부부 사이에 유별한다고 하지만 이리 편한 자리에서는 흠이 되지 않으니 마음 놓게. 안 그렇습니까?"

형조 판서의 여우 같은 내자가 자신을 시기어린 눈으로 흘겨보는 다른 여인들을 쭉 둘러보았다. 먼저 찜하는 사람이 우선권이 있었기에 다들 입을 악 다물고 다음 기회를 노리며 숨을 몰아쉬고 있었다.

"아니, 저 백여시 같은 위인이 그냥 두질 않네?"

"모르는가? 잘생긴 사내라면 신분 고하 막론하고 몰래 내당으로 끌어들인다고 하더만. 훗, 지아비가 잘나가는 판서이면 무얼 하누? 내자는 저리 천하게 몸을 돌리는구먼."

"그래도 지아비 눈은 잘도 속이나 봅니다. 한성에서 다 아는 공공연한 비밀을 아직도 모르니 말입니다."

"몰라서 모르고 있겠나? 처가 덕으로 그만한 자리에 올랐으니 더한 짓을 해도 못 본 척해야지?"

경멸에 찬 시선으로 몰래 속닥이는 여인들을 보며 형조 판서의 내자는 억지로 함박웃음을 지으며, 전기수의 팔을 끌어 자신의 옆에 앉혔다. 차 한 잔을 따라 내어주며 그녀는 맛난 밀과를 하나 집어 그의 입 앞에 떡하니 내밀었다.

"자, 어서 들게."

"황송하옵니다."

귓불까지 빨개진 순진한 사내를 보며 형조 판서의 부인은 더욱 흐뭇한 눈으로 자신을 괄시하는 여인들을 쳐다보았다.

"자네 이름이 무엇인가? 다음에 내 차례가 되었을 때 다시 부르고 싶구먼."

"자, 장포라고 하옵니다, 마님."

"장포라……."

그의 이름을 읊조리는 입술은 살짝살짝 열렸다 다물며 색기가 흘렸다. 눈이 가늘어지며 살짝 반짝이더니 그녀는 찻잔을 들어 살살 돌리며 그를 뚫어져라 바라보았다.

"어디에 사는가? 설마 운종가 절초전이 자네가 거처하는 곳은 아닐 터이고."

"다, 답십리에 살고 있습니다."

"그래……."

빙빙 돌리던 찻잔을 입가에 갖다 대던 북촌 안방마님의 입꼬리가 점점 추켜 올라갔다. 전기수와 그녀 사이의 묘한 흐름을 직감한 한 여인이 갑자기 큰 소리로 밖에 있는 몸종을 부르며 문을 벌컥 열어젖혔다.

"아이고, 더워라. 얘야, 사랑방이 지글지글 끓어 가마솥이다. 불 좀 낮추거라."

저절로 움츠리게 만드는 싸하고 매운바람이 방 안으로 쓰윽 들어오자 여인들은 저마다 몸을 부르르 떨었다. 문을 열어젖힌 여인은 오히려 상반신을 창호 밖으로 내밀더니 만족스러운 듯 빙그레 웃었다.

"이제야 살 것 같습니다. 아니 그렇습니까? 잠시 전까지는 괜찮았는데 갑자기 이리 절절 끓으니 희한한 일이 아닙니까?"

눈썹을 실룩거리며 다른 여인들과 눈을 마주치는 그 여인은 필시 형조 판서 부인의 언행을 비웃는 것이 분명했다. 다른 반가의 아녀자들도 입을 가리고 웃어 대며 고개를 끄덕였다.

"정말 그렇습니다. 이제야 좀 시원하군요."

"저도 삼복더위가 돌아온 것마냥 얼굴이 어찌나 화끈거리던지……."

자신을 비웃는 벼슬아치들의 부인들을 보며 형조 판서의 내당 마님은 쓴웃음을 지었다. 꽃샘추위의 싸한 기운이 잠시 얼굴에 맴돌더니 여인은 이내 화색을 띠며 깔깔 웃어대기 시작했다. 뜬금없는 행동에 다른 여인들은 의아한 눈빛으로 서로를 마주보았다.

"아하하! 어쩜 그리도……. 너무 망측합니다. 그래도 춥든 덥든 내색하지 말아야 할 반가의 여인들이 어찌 그리 천지사방으로 맘줄을 내다 보이십니까? 이 천하디 천한 전기수를 앞에 두고 제가 부끄러워 홍안이 되겠습니다."

고개를 뒤로 젖히며 까르르 웃어 대는 여인을 보며 벼슬아치의 안방마님들은 어이가 없다는 듯 고개를 흔들었다. 한참을 웃고 난 뒤, 형조 판서의 내자는 삼작노리개를 매만지며 장포에게 노골적으로 추파를 던졌다.

"이보게, 한 번 더 재미난 이야기를 해 주게나. 이번이 더 재미나면 더욱 넉넉히 자네 전대를 채워 줄 걸세."

예정보다 만담 시간이 늦게 끝난 장포는 허겁지겁 대문 밖으로 향했다. 해가 짧아져 유시가 되자 어스름조차 깔리지 않고 어두워지기 시작했다.

"너무 지체했어. 아까 하나만 하고 나왔어야 하는데……. 관철교에는 오늘밤에 가기는 힘들 거 같네. 그래도 제법 두둑하게 받았어. 가는 길에 고기나 좀 사야지"

소맷부리에 손을 집어넣고 종종 걸음으로 길을 나서던 그의 앞에 처음 보는 사내 둘이 앞을 막고 서 있었다. 그믐이라 달도 제대로 비치지 않는 겨울 초저녁, 거무스름한 밤의 장막 아래 서 있는 두 사람의 모습은 마치 귀신처럼 음울해 보였다.

장포는 화들짝 놀라 입을 벌리고 두 사내를 쳐다보았다. 덩치가 산만한 험상궂게 생긴 사내가 부리부리한 눈으로 그를 노려보고 있었다. 도깨비 같은 사내 앞에는 작은 키에 다색 장옷을 입고 초립을 쓴 사내가 쥐새끼처럼 뾰족한 얼굴을 흔들어 대며 거만하게 장포를 올려다보고 있었다. 장포는 그들의 옆으로 비켜 가려고 했지만, 덩치 큰 사내가 그의 팔을 붙잡았다.

"이 무슨 짓입니까? 제가 길을 비켜 드리지 않았습니까?"

쥐새끼 같은 사내가 양반님네처럼 수염을 손등으로 쓰다듬었다. 그는 입꼬리를 축 늘어뜨리며 장포를 위아래로 훑어보았다.

"우리와 같이 가야 하겠네. 우리 마님께서 찾으시네."

"두 분을 모릅니다. 따를 수 없습니다."

작은 사내는 주변을 재빠르게 살피더니 장포를 붙잡은 험상궂은 사내에게 고개를 끄덕였다. 갑자기 뭔가 둔탁하고 억센 것이 장포의 배를 사정없이 두어 대 갈겨 대자 오장육부가 꼬일 듯한 고통이 그를 엄습해 왔다.

젊은 전기수는 배를 잡고 앞으로 고꾸라지고 말았다. 순간 그의 몸은 공중으로 붕하고 들리는가 싶더니 누군가의 어깨에 짐짝처럼 메어졌다. 장포는 입을 악물고 기어들어 가는 목소리로 사정하였다.

"제발…… 아버지와 동생이 걱정하시오……. 아……."

작은 사내는 한심한 듯 그를 바라보았다. 품에서 검은 천을 꺼낸 그는 장포의 두 눈을 가렸다.

"그러게 얌전히 따라와야지. 만약 쓸데없는 소리를 지껄이면 재갈까지 물릴 것이다. 자, 마님께서 기다리신다. 어서 가자꾸나!"

늘어뜨린 두 팔을 덜렁거리며 장포는 고통으로 가쁜 숨을 계속 몰아쉬었다. 싸움이라면 지지 않는 그였지만, 이리 센 주먹을 맞아본 적은 한 번도 없었다. 아직도 창자가 꼬이고 묶인 듯 긴 통증이 그를 괴롭혔다.

"가야…… 하오……."

눈을 가린 채, 어디로 향하는지도 모르는 상황에서 장포의 가슴은 공포로 마구 뛰었다. 명치에 가해진 큰 고통보다 머리에서 발끝까지 엄습해 오는 두려움으로 모든 감각은 날카롭게 되살아나고 있었다.

'대체 어디를 가는 것이지? 혹시 낭송 값을 너무 많이 받아 그러는 것인가?'

반 시진 정도 흘렀을까? 허리를 구부린 채 계속 매달려 있어서인지 뱃가죽이 당기고 아프기 시작했다. 주변이 조용하고 밥하는 굴뚝 연기 냄새가 나는 것을 보니 필시 저자거리가 아닌 사람들이 모여 사는 동네가 분명했다.

'어디로 데리고 가는 것일까? 설마 이 길이 북망산으로 가는 길은 아니겠지?'

턱과 입술이 떨리기 시작했다. 초겨울의 한기보다 불안한 마음이 주는 공포는 완전히 장포를 잠식하고 있었다.

"끼이익!"

나무 대문이 열리는 소리가 나자 두려움은 더욱 배가 되었다. 이제는 입술뿐만 아니라 팔까지 덜덜 떨렸다.

"오느라 수고 많았네. 뒤란에 있는 비어 있는 골방에 데리고 가게나. 반드시 주위를 잘 살펴야 하네."

"예, 어르신."

어떤 작은 문을 통과할 때 장포는 뒤통수를 어딘가에 세게 부딪혔다.

"미안허이. 급히 데리고 가느라. 많이 아픈가?"

둔탁한 사내의 목소리에는 미안한 감정이 배여 있었다. 사내는 그를 어깨에 맨 채로 어딘가에 올라섰는데 마루인 듯 몹시도 삐거덕거렸다. 창호가 열리는 소리와 함께 사람이 기거하지 않는 듯 약간 퀴퀴한 냄새가 온기와 함께 장포의 코 속으로 비집고 들어왔다. 사내는 그를 방바닥에 내던지듯 내려놓았다.

"데려오느라 수고 많았다. 가 보거라."

낯익은 여인의 목소리와 함께 문 닫는 소리가 들렸다. 장포는 순간 기억을 더듬었지만 아무리 해도 누군지 생각나지 않았다. 사그락거리는 치마 소리와 함께 점점 짙어지는 향유 냄새에 마치 번개를 맞은 듯 그는 누군가를 떠올렸다.

"답답하겠구나."

보드랍고도 따듯한 살결이 두 뺨을 어루만지더니 눈가리개를 풀었다. 장포는 머릿속에 떠오르는 이가 아니기 바라며 눈을 떴다. 하지만 그의 기억력은 정확했다. 오늘 낮 당상관 사랑채에서 그에게 색기를 흘리며 유혹하던 여인이었다.

"놀랬는가 보구나. 많이 시장하겠구나. 내 일러 상을 차리라고 했으니 여기서 우선 석반을 들고 더욱 어두워지면 내당으로 데리고 가마.”

장포는 자신을 바라보며 입꼬리를 올리는 그 여인이 마치 닭장 안의 먹잇감을 노리는 여우처럼 무서웠다. 겨우 정신을 차린 그는 몸을 일으켜 무릎을 꿇고 품에서 전대를 꺼내 그녀 앞에 내려놓았다.

“제가 분수도 모르고 너무 많이 받았습니다. 가져가십시오. 제가 오만방자했습니다.”

여인은 살포시 웃더니 갑자기 붉은 홍낭을 그의 앞에 던졌다. 둔탁한 소리가 그 안에 재물이 어느 정도 담겼는지 짐작하게 했다.

“그깟 푼돈이 뭐가 필요하겠느냐? 이것을 너에게 줄 터이니 이제부터 너의 밤들을 내가 사겠다.”

여인은 옷고름을 풀고 탐욕스러운 앙가슴을 드러낸 채 그를 밀쳐 뒤로 넘어뜨렸다. 잽싸게 표범처럼 장포의 배 위에 올라탄 그녀는 거침없이 장옷을 벗겼다. 장포는 그녀의 손을 붙잡으며 숨을 몰아쉬었다.

“뭐하시는 겁니까? 이러시면 이 천한 놈 죽습니다!”

판서 부인은 활짝 웃으며 잠자리가 나분하게 물 위에 내려앉듯 그의 가슴 위에 살포시 엎드렸다. 가쁜 숨을 몰아쉬는 목덜미에 보드라운 입술이 느껴졌다.

“죽기 싫으면 시킨 대로 하거라. 반가의 여인을 간하면 어찌되는지 알지? 견디기 힘든 고통을 종류별로 다 맛보고 결국 네 몸에서 이 목이 떨어져 나간다. 어찌하겠느냐? 나의 사내가 되어 오늘밤 즐겁게 해 주겠느냐. 아니면 억울한 누명을 쓰고 그 천한 목숨 부지 못한 채 어이없이 죽겠느냐?”

여인은 웃고 있었지만 얼굴에는 냉랭한 빛이 가득했다. 장포는 순간 눈앞에 아버지와 동생의 얼굴이 떠올랐다. 목마장 일을 하지 않는다고 하자 서운해하던 아버지는 그가 운종가에서 전기수로 제법 이름을 날리자 내색은 하지 않았지만 흐뭇해하는 듯했다. 가끔 벌이가 좋을 때 고기라도 사 가면 동생은 저 멀리서부터 쫓아 나와 반기곤 했다.

한번 눈감으면 그만이었다. 어차피 모든 것 다 누리고 사는 양반님네 살살 비위맞춰 좀 더 편하게 사는 것이 현명할 듯도 싶었다. 장포는 눈을 꼭 감았다. 잘록 들어간 허리를 안고는 입술을 더듬거리는 뜨거운 숨결에 같이 응하고 있었다. 입술 사이로 파고드는 미풍은 어느새 거친 폭풍이 되어 온몸을 헤집었다. 보드랍고도 다스한 여인의 품은 모든 순간을 정지시키듯 아득하게 하였다.

'장포야!'

갑자기 귓가를 울리는 목소리 하나 때문에 장포는 눈을 번쩍 떴다. 그 목소리를 듣지 않으려고 운종가와 개천 주위를 전기수로 미친 듯이 맴돌았다. 자신에게 마음 없는 무정한 이였지만 그녀 없이는 명망 높은 전기수가 된다 하더라도 무의미했다.

장포는 판서 부인의 두 팔목을 부여잡아 저지시키고는 몸을 일으켜 다시 무릎을 꿇으며 머리를 조아렸다.

"이 천한 놈을 죽이십시오. 아무리 생각해도 이것은 강상의 윤리에 어긋나는 대죄이옵니다. 제 목을 가져가십시오."

곧 원하던 먹잇감을 손에 넣고 승리의 노래를 밤새 흥얼거릴 것이란 기대가 무너지자, 판서 부인은 홍안이 되어 입술을 파르르 떨었다.

"뭐라고 하였느냐?"

"죽여 주십시오."

부귀영화로 그 어떤 사내라도 제 것으로 만들 수 있던 여인은 생전 처음 당하는 이 황망한 사태에 어찌해야 할 줄 몰라 거칠게 숨만 몰아쉬었다. 장포는 무릎 위에 얹힌 두 주먹을 더욱 꽉 쥐었다. 최악의 상황을 맞이할 각오는 했지만, 목구멍이 자꾸 숨 막히도록 조여 왔다.

"정녕 아니 되겠느냐? 내가 너뿐만 아니라 네 식솔들까지 죽인다고 해도 안 되겠느냐?"

"어이하여 죄 없는 자들까지 죽이려 하십니까? 저 하나 죽이시는 걸로도 모자라 피를 보시겠다면 구천을 떠돌더라도 저는 마님의 죄를 물을 것이옵니다."

"발칙한 것!"

여인은 장포의 뺨을 매섭게 서너 대 내려치더니 달려들어 넘어뜨렸다. 그의 위에 올라타 사정없이 저고리와 바지를 벗기며 미친 듯이 웃어 댔다.

"내가 가지지 못한 사내는 없다. 감히 나를 이리 능멸하고도 살기를 바랐더냐? 오늘 수를 써서라도 너를 가질 것이다!"

"아니 됩니다, 마님!"

거친 손길로 바지춤을 벗겨 내리자 그는 입술을 깨물었다. 강건한 사내의 탄탄한 몸을 손으로 어루만지며 욕정에 들뜬 여인은 활활 불타오르는 몸으로 익숙하게 사내의 몸을 달구기 시작했다.

"이러지 마십시오……."

"어떠하더냐? 아무리 성인군자라 하더라도 여색 앞에서는 고개를 수그리지. 너를 이리 보니 내 참으로 그간 갈급했던 마음을 충분히 위로받을 수 있을 것 같다."

음전하지 못한 여인의 뜨거운 숨결과 입술이 거침없는 탐색을 시작하자, 장포는 입술을 깨물고 눈을 감았다. 음탕한 손길은 그를 본능을 갈망하는 수컷으로 이끌고 있었다.

"한 번만 나를 거부하면 밖에 있는 놈들을 시켜 너와 네 식솔들을 가만두지 않을 것이다. 자, 그럼 어디 운우지락을 나누어 보자꾸나."

음란한 불기에 달구어진 여인의 몸은 순식간에 장포를 에워쌌다. 묘하고도 야릇한 느낌은 온몸의 피가 몸의 아래로 쏠리는 듯하였고, 미친 듯이 두드리는 심장 소리는 그의 귓가까지 울렸다.

"아아, 참으로……. 정말 너무도 좋구나."

"제발……. 아니 됩니다!"

촛대의 불빛을 받으며 살랑거리는 여인의 몸짓은 마치 나불거리는 불나방의 날갯짓처럼 자극적이고 방탕하였다. 장포는 있는 힘껏 몸을 일으켜 자신을 오롯이 지배하는 욕망의 화신을 밀쳐 냈다.

"아이고!"

방 한 구석으로 벌렁 나자빠진 나부의 몸뚱아리는 아직도 욕정에 사로잡혀 있었다. 장포는 재빨리 바지를 추켜올리고는 머리를 조아리고 싹싹 빌었다.

"제발 저를 죽이시더라도 그냥 놔두십시오."

"이놈이……. 이놈!"

여인은 마지막 남은 자존심마저 무참히 짓밟은 사내를 향해 광인처럼 달려들어 손톱으로 할퀴며 마구 짓밟았다. 두 손으로 머리를 감싸 안으며 웅크리고 있었지만, 광분한 암캐의 생채기로 그의 얼굴과 상체는 너덜너덜하게 변해 갔다.

"이 죽을 놈이! 밖에 누구 있느냐?"

여인은 거칠게 숨을 몰아쉬며 방바닥에 흩어진 옷들을 주워 입었다. 온몸을 벌벌 떨며 머리를 싸매고 웅크리고 있는 전기수를 죽일 듯이 노려보며 그녀는 창호가 떨어져 나갈 정도로 벌컥 열어 젖혔다.

"누구 없냐고 하지 않았더냐? 귓구멍이 막힌 것이야?"

"아, 여기 있습니다. 마님!"

장포를 데리고 온 쥐새끼 같은 사내와 흉물스러운 사내가 어디선가 튀어나와 머리를 조아렸다. 그녀는 옷고름을 매만지며 한번 날숨을 내쉬더니 파르르 떨리는 입술로 아랫것들을 다그쳤다.

"이놈을 당장 멍석말이시켜 정신을 못 차리도록 두들겨 패거라!"

한 번도 안채의 주인이 이리 흥분한 것을 보지 못한 사내들은 서로를 바라보며 두 눈만 껌뻑일 뿐이었다. 늘 흐뭇한 표정으로 이미 충분히 맛본 사랑스러운 먹잇감을 안방으로 몰래 옮기도록 명하던 주인이 새파랗게 질려 있으니 영문을 모를 일이었다.

"뭘 하고 서 있는 게냐? 감히 날 능욕한 이놈을 당장 죽도록 패지 않고?"

"아, 예!"

사내들은 여인의 패악스러운 불호령에 얼른 방 안으로 뛰어 들어와 장포를 끌고 나갔다. 여인은 계속 숨을 몰아쉬며 노려보고 있었다. 뒤란에 끌려 나온 그를 보고 멀뚱히 서 있는 사내들을 향해 판서 부인은 삿대질을 하며 다시 한 번 소리를 질러 댔다.

"이 반편이들아! 뭘 하고 서 있는 것이더냐? 저놈을 죽도록 패라니까!"

쥐새끼 같은 사내는 멀뚱히 서 있는 사내에게 고갯짓을 했다. 그래도 말귀를 못 알아듣고 계속 자신을 쳐다보는 머슴을 보며 그는 툭툭 치며 다그쳤다.

"어서 멍석말이할 준비하고 오너라. 다른 놈도 한 놈 더 데려오고……."

"오늘은 내당으로 옮기지 않습니까요?"

작은 사내는 한심한 듯 고개를 흔들더니 머리를 한 대 쥐어박았다.

"야, 이놈아! 마님 낯빛을 보거라. 원하던 물건을 꿀꺽 삼키셨으면 저리 안달이 나서 난리를 부리시겠느냐? 우리까지 벼락 맞기 전에 어서 시킨 대로 하지 못하겠느냐?"

"으이구, 추워라. 벌써부터 이리 추우면 이번 겨울 어찌 버틸꼬?"

피맛골에서 죽집을 하는 노파는 몸을 움츠리며 바닥이 난 가마솥을 드러내 물을 부어 씻었다. 그래도 오늘은 생각보다 빨리 죽이 동이 나 일찍 가게 문을 닫고 집에 들어갈 수 있었다.

"매상도 좋으니 물 좋은 생선이나 하나 사 우리 동량이 먹여야겠구먼."

막 문을 닫는 어물전에서 싸게 생선을 산 노파는 광희문을 향해 빨리 걸어갔다. 어둑해져 그런지 평소 인적이 드문 그곳은 더욱 음산했다. 다들 무당들이 모여 사는 신당이 천지고 시체가 오가는 곳이라 마다했지만, 손주와 단 둘이 사는 그녀에게는 집구하기 힘든 한성에서 헐값에 나오는 초가삼간을 마다할 이유가 없었다.

"오늘은 들락거리는 시체가 없어 좋구먼."

항상 광희문 앞을 지날 때마다 그녀는 대성통곡하는 사람들과 볏단에 덮여 있는 주검을 보는 것이 싫었다. 특히 날 저물고 어둑해질 때 보는 것은 썩 유쾌한 일이 아니었다.

"어서 두고 가자."

"아직 숨이 붙어 있는데요?"

"죽도록 팼으니 버티긴 힘들 게다. 뭐하는 것이더냐?"

덩치가 산만한 사내와 비쩍 마르고 작은 사내가 주변을 두리번거리더니 멍석에 만 시체를 아무렇게나 던져 놓고는 뒤도 보지 않고 뛰어 가 버렸다. 노파는 인정도 저버린 행동에 분기가 치밀어 삿대질을 하며 고함을 질러 댔다.

"야, 이 망할 놈들아! 어디 사람을 죽여 놓고 아무데나 버리고 가는 것이더냐? 에잇 천벌 받을 것들!"

그러나 사내들은 이내 어둠 속으로 사라져 버렸고 주변에는 사람 하나 보이지 않았다. 순간 그녀는 눈앞에 있는 시체에 오금이 저려오기 시작했다. 저절로 손이 벌벌 떨렸지만, 자신도 모르게 둘둘 말린 멍석 가까이 다가갔다.

"오늘은 문지기도 보이지 않네?"

노파는 어찌해야 할 줄 모른 채 얼굴도 보이지 않는 시체를 바라보며 발만 굴리고 있었다.

"으……."

갑자기 멍석에 말린 시체의 발이 움찔하며 신음 소리가 새어 나왔다. 노파는 깜짝 놀라 뒤로 벌렁 넘어져 비명을 질러 댔다.

"아이고, 귀신이야! 사람 살려요! 귀신이 나타났어요!"

혼비백산하여 들고 있던 생선 꾸러미도 내동댕이친 채 노파는 땅을 짚으며 일어섰다.

"으……. 사, 살려주시오……."

얼굴이 하얗게 질린 노파는 숨을 한번 크게 들이쉬고는 마른 침을 꼴깍 삼켰다. 도망가기 위해 발걸음을 떼려고 했지만 도무지 움직일 수가 없었다.

"사, 살려주시오……."

"정말 귀신이 아니라 산 사람인 게요?"

노파는 손등으로 눈을 한번 쓰윽 비비더니 크게 뜨고 천천히 멍석으로 기어갔다. 아무리 생각해도 죽은 시체가 저리 말을 하고 다리를 떨 수는 없을 듯싶었다. 도성 안에서 온갖 희로애락을 겪으며 살아온 늙은 여인은 다부진 얼굴로 둘둘 말린 멍석을 제쳤다.

"아이고머니나!"

여기저기 맞아 피투성이가 된 한 젊은 사내가 오만상을 찌푸리며 겨우 숨을 몰아쉬고 있었다. 노역 갔다 죽은 아들이 생각난 노파는 그의 목덜미와 손을 만져 보더니 안심한 듯 환하게 웃었다.

"아직 따듯하구먼. 치료만 제대로 받으면 되오. 거 주위에 누구

없소?"

주변을 둘러보며 소리를 치던 노파는 안타까운 얼굴로 사내의 얼굴과 손을 어루만졌다.

"아이고 좋구나, 남산에 사시는 아기동자님, 우리 집 앞마당에 사시는 장군님 오늘 거하게 굿판할 수 있게 해 주시는 이 몸 좋아 죽겠사옵니다!"

마침 굿을 하고 거하게 술에 취해 낭창낭창하게 걸어오는 박수무당이 그녀의 눈에 들어왔다. 옆집에 사는 그 사내는 특히 아들 못 낳는 여인들을 위해 굿을 해 주었는데 희한하게도 그 굿을 하고 나면 백일이 지나지 않아 여인들이 회임을 해 용하기로 소문이 난 그였다.

"저 주색에 눈먼 화랭이놈이 또 여럿 계집 후리고 왔구먼."

노파는 벌떡 일어나 갈지자로 흔들거리는 박수의 손을 낚아채 사정없이 끌어당겼다.

"아, 무슨 일이오?"

"야, 이놈아! 사람이 다 죽어 간다. 나 혼자 저 사내를 들기는 어려우니 힘 좋은 네가 좀 도와다오."

"아, 제가 왜요?"

노파는 부아가 치밀어 오르는지 질근 묶은 그의 머리채를 사정없이 잡아당겼다.

"야, 이놈아 굿판 벌이고 몰래 못된 짓 다하고 다니는 거 누가 모르는 줄 알더냐? 포청에 가서 네가 사람들 눈 속이는 천하의 죽일 놈이라고 다 이르기 전에 썩 도와주지 못하겠느냐?"

우악스럽게 잡아당기는 노파의 손힘에 화랭이는 도살장에 끌려가는 소처럼 질질 끌려갔다. 멍석에 말린 건장한 사내를 본 그는 화들짝 놀라 노파의 뒤에 숨고 말았다.

"시, 시체 아니오?"

"내가 생각한 대로 순 엉터리 점바치가 아니더냐? 야, 이놈아 산 사람인지 죽은 사람인지도 모르더냐? 에잇, 이런 형편없는 놈!"

노파는 겁에 질린 무당의 귀를 사정없이 잡아당기며 억지로 멍석 근처로 끌고 갔다. 그녀는 멍석을 활짝 젖혀 사내를 일으켜 세우더니 박수의 등에 억지로 업혔다.

"아이고, 세상에 이리 팔대장승처럼 훤칠한 사내가 험한 일을 당하다니……. 자, 어서 가자꾸나!"

"어디로요?"

"야, 이놈아 어디긴 어디야? 우리 집이지. 그럼, 이 밤중에 배오개까지 간단 말이더냐? 우선 밥부터 먹여 놓고 약을 주던가 해야지. 자, 가자!"

노파는 길바닥에 떨어진 생선꾸러미를 챙기고는 앞장서서 바삐 걸어갔다. 사내를 업은 무당은 죽을상을 쓰며 따라가느라 진을 빼고 있었다.

"망할 놈의 할망구, 저리 기가 세니 팔자가 박복할 수밖에. 그런데 이리 잘생긴 사내가 어찌 길바닥에 버려줬누. 내 신기도 다했나 보네. 안 보여, 하나도 안 보여!'

"여해 있느냐?"

해시가 다 되어 갈 무렵 원만은 수심이 가득한 얼굴로 사립문 안으로 들어섰다. 저녁상을 치우고 아궁이 불을 살피던 여해는 그의 얼굴을 보고 불길한 예감에 찬간을 뛰어나갔다.

"혹시 장포 때문에 그러세요? 무슨 일 있어요, 아저씨?"

"아무리 늦어도 저녁 먹기 전에는 들어오던 녀석인데 왜 이리 늦는지 모르겠구나. 오늘은 북촌에 있는 당상관 댁에 간다고 했는데, 행여나 이 아이가 실수해서 큰일을 당한 건 아닌지……."

늘 무뚝뚝하고 감정 표현이 없던 원만은 나볏한 사내였다. 그런 그가 아들을 걱정하고 있는 것을 보자 여해도 불안해졌다.

"괜찮을 거예요. 요즘 부금이 말을 들어보니 장안에서 꽤나 인기가 많다지요? 양반집 마님들이 저녁상 받고 가라고 붙잡아서 그럴 것이니 걱정 마셔요. 그 팔대장승처럼 큰 녀석이 당하고 다니지 않아요."

"하지만…… 어제 꿈자리가 너무 안 좋아서 말이다……."

원만은 초조한 마음을 감추지 못한 듯 계속 두 손을 맞잡고 만지작거렸다. 보다 못한 그녀는 저녁상에 올리고 남은 숭늉 한 그릇을 떠서 내밀었다.

"우선 이걸 드시고 마음을 가라앉히셔요. 아무 일 없을 터이니 마음 놓고 주무셔요. 장포 이 녀석, 오면 혼쭐을 내야겠어요. 이리 아버지를 걱정하게 만들고."

원만은 급하게 숭늉을 들이켰다. 떨고 있는 투박한 두 손을 보니 여해의 마음이 쓰라렸다. 돌아다니는 내자 대신 혼자서 두 아들을 키우느라 고생한 그 힘든 시간이 고스란히 그 두 손에 박혀 있었다. 추위와 거친 목마장 일에 터지고 갈라져 피가 스며 나온 손등을 보고 있자니 어떻게 해서라도 그의 마음을 편안하게 만들어 주고 싶었다.

"아저씨, 아버지께서 필사 중이신데 들어가셔서 이야기라도 나누시겠어요? 몸 좀 녹이고 가셔요."

"아니다. 내 새끼가 밖에서 뭐하고 다니는지 모르는데 어찌 아랫목에 편히 앉아 있겠느냐? 혹시라도 장포가 오면 아버지 기다린다고만 전해 다오."

이마에 깊은 주름이 박힌 얼굴을 보자 여해는 마음이 아팠다. 요즘 장안벌에 온통 마음이 가 있었던지라 장포에 대해서는 까마득히 잊고 있었다. 사실 지난번에 싸우고 나서 가끔이라도 들러 주기를 바랐지만, 그는 한 번도 오지 않았다. 가끔 부금이한테 전해 듣는 이야기를 듣고 서운했던 그녀는 무심한 죽마고우가 밉고 원망스러웠다.

"대체 어디에 간 거야? 정말 험한 일 당한 건 아니겠지?"

여해는 평상에 누워 밤하늘을 올려다보았다. 자시가 다 되자, 겨울 숨결을 가득 머금은 밤공기는 발바닥에서부터 그 한기가 치밀고 올라왔다. 온몸을 에워싸는 냉기에 몸을 부르르 떨었지만, 밤하늘의 별들은 그 서늘한 기운 때문인지 더욱 반짝거렸다.

"여름마다 여기에 앉아서 둘이서 별을 세곤 했는데. 세월이 이리 지나고 나니 그랬었나 싶기도 하네."

예전의 장포가 그리웠다. 아니 거리낌 없이 치고 박고 웃고 떠들던 그 시간이 그리웠다. 그녀에게 장포는 그저 가장 친한 죽마고우였다. 사내로 느끼고 설렌 적은 한 번도 없었다. 주변에서 그와 가시버시 인연을 맺으라고 하여도 농으로 생각하였지 그 이상 진지하게 마음에 담아 둔 적은 없었다. 그랬던 그가 은애하는 마음을 내보이자 그녀는 어색하고 당황스러웠다.

"미안하다. 너는 좋은 친구야. 나에게 사내란 말이지……."

갑자기 말 위에서 매섭게 호령하는 지기택의 모습이 눈앞에 떠올랐다. 자신도 모르게 홍안이 된 그녀는 벌떡 일어나 두 볼을 부여잡고 눈을 꼭 감아 버렸다.

"미쳤어! 분수도 모르고!"

얼룩덜룩한 옷을 입은 한 사내가 계속 사립문 밖에서 주빗거리며 들어오지도 않고 집 안을 훔쳐보고 있었다. 여해는 성황당에서 보던 천 조가리 같은 옷을 걸친 사내를 보고 기겁하며 벌떡 일어났다.

"누구시오? 뉘시기에 이 오밤중에 남의 집을 훔쳐보는 것이오?"

"아, 놀라지 마시오. 나도 오고 싶어서 온 거 아니요. 난 저 신당에 사는 산이라 하오. 오늘 수구문에서 버려진 한 사내를 데리고 왔는데, 자꾸 처자를 찾아서 이리 온 거요."

순간 원만의 꿈 이야기가 떠오르며 여해는 온몸을 파고드는 스물스물하고도 편하지 않은 감각들에 절로 입술을 깨물었다. 수구문이라면 시체들만 나가는 곳인데, 필시 장포에게 변고가 생긴 것이 분명했다.

"그 사내가 어찌 생겼나요?"

"키가 엄청 크고 잘 생겼더이다. 죽집 할망구가 근처를 지나다가 어떤 사내들이 멍석에 말아 수구문 앞에 던지고 가는 것을 보고 데리고 가 돌보고 있소. 많이 맞아서 그렇지 내가 보기에도 괜찮아 보이오. 정신을 차리더니 처자 얘기를 하고는 아버지를 안심시켜 달라고 하더이다."

"맞았다고요? 버려져요?"

그녀는 가슴 한쪽이 떨어져 나가는 듯 숨을 쉴 수가 없었다. 그지없이 착했던 친구가 저리 험한 일을 당할 만큼 나쁜 짓을 할 리가 만무했다. 여해는 박수의 팔을 붙들고 걱정스러운 듯 이것저것 물어 대기 시작했다.

"우리 장포, 많이 다쳤나요? 어디를 다쳤나요? 그리고 어떤 망할 놈들이 우리 착한 장포를 감히 그곳에 버리고 가요? 네?"

산이는 정신없이 다그치는 그녀를 보더니, 질색을 하며 팔을 뿌리쳤다. 그러고는 두어 걸음 멀찌감치 물러나 구겨진 소매부리를 탁탁 털었다.

"멍석말이를 당한 듯하더이다. 내가 딱 봐도 나쁜 짓 할 사람은 아닌데, 아마 모진 인간에게 당한 듯싶소. 어쨌든 아버지에게는 술 마시다 개천의 왈짜패들과 싸움이 붙어 그런 거라고 전해 달라고 했소. 지금 친구 집에 있으니 걱정 말고 주무시라고 전해 달라고도 하고."

여해의 눈에서는 갑자기 눈물이 뚝 떨어졌다. 마치 장포가 돌아와 따스하게 감싸 안아주는 것 같았다. 보이지 않아도 만나지 않아도 걱정하지 말라며 웃는 미소가 보이는 듯했다. 자신이 아무리 고통스러워도 사려 깊게 배려하는 그 마음에 그녀는 더욱 미안하고 슬쳤다.

"바보, 그리 아파 죽으면서 다른 사람 걱정하기는! 이 바보!"

어린아이처럼 엉엉 우는 그녀를 보자 박수는 어이없는 듯 쳐다보더니 헛기침만 해 댔다.

"어쨌든 날 밝으면 올 터이니 걱정 마시고 주무시오. 얼마나 처자를 걱정하던지. 정말 좋은 낭군감을 만난 줄 아시오!"

뒷짐을 지고 사립문 밖을 나서는 그를 보며 여해는 겨우 눈물을 훔치며 큰 소리로 외쳤다.

"정말 고맙습니다! 우리 장포 살려 주셔서 고맙습니다!"

흡족한 듯 뒷짐을 지며 여유를 부리며 걸어가던 그는 갑자기 뒤돌아서더니 묘한 미소를 지으며 뜬금없는 말을 툭 던졌다.

"이보시오, 처자. 꿈을 가지지 마시오. 지금이 가장 살 만하지 않소? 무리한 꿈은 항상 화근을 불러일으키지. 그렇지 않으면 그대에게 가장 소중했던 것을 잃어버릴 수 있소."

발걸음을 디딜 때마다 뼈 마디마디가 쑤시고 아파 죽을 지경이었다. 하지만 저 사립문을 나서는 순간 무조건 어금니를 깨물며 웃어야 했다. 한겨울 이불 털 듯 몽둥이찜질을 당한 잘생긴 전기수는 숨을 내쉬며 그 자리에 멈춰 섰다.

"역시 매서운 된바람도 우리 동네에서 맞으니 하나도 춥지 않네."

장포는 싱긋이 웃으며 북풍한설을 온몸으로 맞았다. 간밤에 수구문에서 아픈 몸을 이리저리 쑤셔 대던 한기는 희한하게도 답십리에서 삼월춘풍으로 바뀐 듯 달콤하고 따스했다. 아주 옅은 온기였지만, 겨울 햇살에 의해 조금씩 데워지는 공기는 알 수 없는 활력을 불어넣었다.

"장포야! 대체 이게 무슨 일이야? 얼마나 걱정했는지 알아?"

집 안 사립문을 밀치고 여해가 뛰쳐나와 그의 손을 잡고 부축했다.

"이거 놔! 어젯밤 그 화랭이가 모른 척하라고 하지 않디? 괜히 소란 떨지 말어."

매정하게 손을 뿌리치며 장포는 입술을 꽉 다물고 절뚝거리며 걸어갔다.

"야, 이 못된 놈아! 내가 어제 제대로 잔 줄 아니? 어쩜 그리 모질고 못됐니?"

울먹거리는 목소리에 장포는 더욱 마음이 무거웠다. 자신도 모르게 튀어나온 말이었다. 그토록 보고 싶고 그리운 얼굴이었지만, 갑자기 노여움이 치밀어 올라왔다.

"그래, 내가 얼치기다! 너 같은 아이를 걱정한 내가 반편이라고!"

악다구니를 쓰며 저 하고 싶은 말 다 내뱉고는 여해는 빠른 걸음으로 돌아섰다. 장포는 뒤돌아서서 그녀에게 쫓아가 용서를 빌어야 한다고 생각했지만, 그 무언가가 자꾸 붙잡고 발걸음이 떨어지지 않도록 만들었다.

'그래, 나 미워해라.'

장포는 미안함과 서운함이 뒤섞인 마음을 하나하나 헤아리기 싫었다. 아무리 밤하늘의 별이 빛나고 아름다워도 저한테 다가오지 않으면 제 것이 될 수 없는 것처럼, 그토록 오랜 시간 바라고 원해도 자신에게 다가올 수 없는 그녀는 결코 정인이 될 수 없었다.

"형 이게 무슨 일이야? 괜찮아?"

찬간에서 밥상을 들고 나오던 석산은 툇마루에 상을 내려놓고 형에게로 달려갔다. 막내아들의 소리에 원만은 문을 열고 방 안에서 큰 아들을 말없이 바라보았다. 장포는 무뚝뚝하나 근심 가득한 그의 눈을 보고는 고개를 숙였다.

"용서해 주십시오. 다시는 그러지 않겠습니다."

"들어와 밥이나 먹거라."

원만은 길게 한숨을 내쉬더니 숟가락을 들었다. 석산은 아버지의 눈치를 보며 장포를 부축했다.

"아버지 어제 한숨도 못 주무셨어. 싸움이 있었다고 했는데, 많이 다치지는 않았어, 형?"

"괜찮다. 미안해."

장포는 방 안으로 들어가 밥상 앞에 무릎을 꿇었다. 원만은 몇 숟가락 떠서 아들의 앞에 있는 밥 위에 얹었다.

"아닙니다, 아버지. 전 괜찮아요."

"시끄러!"

원만은 계속 밥을 떠서 아들의 밥 위에 얹었다. 자신의 밥그릇에 있는 밥이 다보록하게 담기는 것을 보고 있으니 어느새 장포는 눈앞이 뿌옇게 흐려졌다.

"사내 녀석이 질질 짜지 말고 어서 먹어! 석산이와 밤새 잠을 못 자서 이제야 일어나 밥을 먹는다. 얼른 먹고 치워야 하니 먹어."

투박하지만 다듬대는 음성에는 울음이 깃들어 있었다. 억지로 밥을 떠서 꾸역꾸역 먹는 아들을 보며 원만은 무장아찌를 집어 내밀었다.

"오늘 육장 구해 올 테니 이거라도 많이 먹어. 아, 어서!"

다 터져서 피가 새어나온 나무껍질 같은 손등을 보자 장포는 갑자기 목이 메어 왔다. 장아찌를 건네받아 입에 넣고 우걱우걱 씹자 알싸하고도 매운 맛이 느껴졌다. 저자나 대갓집에서 얻어먹는 기름지고 맛난 그 어떤 산해진미보다도 맛나고 달디 단 찬이었다.

"기죽지 말고 살어. 우리 같은 천한 것들은 배포 하나로 사는 거야. 아무리 너덜하게 두들겨 맞고 천시받아도 배짱만 두둑하면 그만인 거야."

급하게 밥을 퍼먹던 원만은 석산이 가져다 준 물을 한 사발 시원하게 들이켜고는 배자를 집어 들고 밖으로 나갔다. 허겁지겁 밥을 먹는 막내아들을 보며 무뚝뚝한 아버지는 엽전 몇 냥을 방바닥에 내던졌다.

"넌 오늘 목마장에 나오지 말아라. 오늘 주막에 가 육장이나 사 와 너의 형 먹여. 알았어?"

"조 서방 오래간만일세!"

"영감님! 그동안 평안하셨습니까?"

책전의 전장 영감은 명단을 보자 반갑게 맞이했다. 그는 명단의 손에 들린 책 보따리를 보며 눈빛을 반짝거렸다. 다기진 손짓으로 반물색 보따리를 푸는 명단을 보며 단죽을 연거푸 빨았다.

"요즘 필사하는 재미가 쏠쏠하지 않나?"

"뭐 항상 비슷비슷하지요."

"모른 척하기는! 운종가뿐만 아니라 두물다리에 사는 걸뱅이들도 다 알고 있더구만. 다른 사람들한테만 보여 주지 말고 나한테도 어서 보여 줘야지?"

"무슨 말씀이십니까? 보여 드리다니요?"

고개를 갸웃거리는 그를 보자 전장 영감은 답답한 듯 담뱃대를 탁탁 바닥에 치며 짜증을 냈다.

"지금 한성에 있는 전기수들과 재담꾼들이 자네가 필사한 서책 때문에 꽤나 전대가 두둑한데 어찌 이리 딱 잡아떼누?"

"서책이라니요? 제가 필사하는 서책들은 다 영감님께 제일 먼저 가져다 드리지 않습니까?"

서운한 듯 전장은 입술을 한쪽으로 모아 오므리며 연초 쌈지에서 연초를 꺼내 채웠다. 단죽에 불을 붙이며 그는 시원하게 한 모금 빨더니 그간 못다 한 말들을 거침없이 늘어놓았다.

"내 그동안 모른 척했지만, 절초전 그 영감이 어제 주막에서 만났는데 얼마나 자랑질을 하던지 배알이 꼬여 죽는 줄 알았다네. 답십리 조 서방이 쓴 책이라고 요즘 장안에서 그 이야기 모르면 한성 사람이 아니라고 한다며?"

"그러니까 그 서책이 뭐란 말입니까?"

"『연경비전』! 장안의 화제인 『연경비전』을 자네가 베끼지 않았나?"

명단은 순간 며칠 전 꿈이 떠올랐다. 어찌나 생생한지 아직까지도 꿈속에서 본 것들이 그대로 눈앞에 선했다. 이십 년 전에 떠나온 만덕사의 옛 스승이 자신을 향해 걱정스러운 얼굴로 바라보며 손짓을 하고 있었다.

'이것이었나? 대체 왜?'

듣도 보지도 못한 서책이 자신이 유통시킨 서책이라고 낭설이 퍼진 것은 결코 좋은 징조가 아니었다. 명단은 새치름한 표정을 지으며 연초를 피우는 전장 영감에게 다그쳐 물었다.

"절초전 천 영감님께서 그 이야기를 하셨다구요?"

"아, 그렇다니까? 이제 절초전 때려치우고 연초전도 같이 한다고 얼마나 떵떵거리던지, 한 대 쥐어박고 싶을 정도였다네."

전장의 말이 끝나기가 무섭게 명단은 책전 밖으로 뛰쳐나갔다. 가져온 책 보따리도 제대로 펼치지 않고 간 것을 보고 책전 영감은 의아한 표정으로 연죽을 빼끔거렸다.

"도깨비 같은 양반일세. 미안해서 도망간 건가, 아니면 절초전 영감 입단속 하러 간 거야? 이거야 원 알 수 없어서!"

"자, 오늘도 왔어요. 여러분께서 오매불망 기다리시던 『연경비전』이 왔습니다! 허나, 절대 빈손으로 오시면 안 됩니다."

절초전 영감의 손주가 신이 난 듯 손님을 불러 모으고 있었다. 앞니가 툭 튀어나오고 비뚤어진 갓을 쓴 재담꾼이 천맹돌에게 자릿값을 주며 툴툴거렸다.

"갈수록 자릿세를 너무 비싸게 받으십니다. 어르신, 요즘 살 만하시다고 하던데 인심 좀 쓰시지요?"

"예끼, 이놈아! 마누라 약값 대기도 빠듯해. 자, 어서 사람들 기다리니 가 보게나."

천맹돌의 손 위에 얹힌 엽전을 보며 재담꾼은 콧방귀를 뀌며 가게 앞으로 나왔다.

"욕심도 어느 정도라야지? 어느 말이 물 마다하고 여물 마다하랴마는 너무 많이 처먹다 피똥 싸지, 암 그렇고말고!"

재담꾼은 절초전 앞에 모인 수많은 인파들을 보자 금새 안색이 환하게 바뀌었다. 그리 많은 사람들이 모였는데도 조용히 숨을 죽인 채 그의 입만 바라보고 있었다. 재담꾼은 한번 씩 웃더니 구멍이 숭숭 난 부채를 한번 쫘악 하고 펴더니 시원하게 소리를 질러 댔다.

"자, 오늘은 한성 사람들 묵은 체증 쑥 내려가게 만든다던 『연경비전』을 들려 드립니다. 아, 이야기가 어찌 재미나는지 벌써부터 목이 칼칼한 것이 술 한잔 들이켜야겠구먼!"

사람들은 껄껄 웃으며 저마다 엽전을 꺼내 그의 앞에 던지기 시작했다. 수북이 쌓여 가는 엽전을 보며 재담꾼은 튀어나온 앞니를 더욱 드러내며 이야기를 시작했다.

"한성 저 번쩍거리는 북촌에 거량이라는 종놈이 살고 있었다고 합니다. 북촌이라면 어디입니까? 그 높으신 양반네님들 중에 가장 높고 잘난 분들만 모여 사신다는 무릉도원이지요. 그런데 말입니다요, 이 거량이 모시는 주인이 누구냐 하면 바로 왕실의 곁가지라고 다들 떠

받드는 하양군이라는 왕실 종친이었답니다. 하양군은 바로 왕의 이복형이었다 이겁니다."

늘 시끄러운 절초전 앞은 마치 절간처럼 고요했다. 쩌렁쩌렁 울리는 재담꾼의 호방한 목소리는 어느 덧 절초전 앞을 가득 메우고 운종가 여기저기로 퍼져 나갔다.

"헌데, 이 하양군이 너무도 계집을 좋아하여 하루도 난봉질을 하지 않으면 이 아랫도리가 마구마구 후달리는 겁니다. 음기를 빨지 않으면 밥을 먹지 않은 듯 비실비실하고 눈앞이 빙빙 돌고 축 늘어지는 거야."

재담꾼의 입담에 이야기가 슬슬 봇물을 타기 시작하자 사람들은 마치 이야기 속의 주인공이 된 양 흥분하여 떠들기 시작했다.

"아니, 그런 형편없는 놈이 있나? 계집질하면 오히려 다리가 후들거리지."

"양반네님들이 다 그렇지, 뭐. 제 계집, 남의 계집 구분하지 않고 덤비는가?"

"아, 좀 조용히 좀 해! 돈까지 던져 줬는데 뭐하는 거야?"

재담꾼은 한번 청중을 쭈욱 훑어보며 씨익 웃기만 했다. 아무 말 없이 미소만 짓는 그를 보며 아녀자들은 애가 탄 듯 다떠위며 짜증을 냈다.

"빨리 좀 해요! 가뜩이나 겨울이라 해가 짧아 빨리 가야 하오!"

"어서 가서 밥해야 하니 얼른 하시오!"

능글맞은 사내는 수염을 만지며 몸을 옆으로 흔들며 천천히 입을 열었다.

"이 종놈 거량이에게는 양귀비 같은 처자가 있었는데, 그 이름이 무엇이더냐? 바로 연경비였지요. 연경비는 이 거량이보다 여덟 살이나 많은 퇴기였지요. 허나, 어디 화려한 꽃이 져도 그 빛깔은 쉬이 바래지 않는다고 했듯 이 연경비 또한 스물넷을 넘긴 퇴기였지만, 꽤나 사내들 달금질하는 미색을 갖추었다 이 말입니다."

재담꾼은 곰방대를 꺼내 연초를 채우더니 부싯돌로 불을 붙였다. 한참 동안 부시를 쳐도 불이 나지 않자 사람들은 기다리지 못하고 웅성거렸다.

"아, 그 연초 좀 그만 피우시오. 돈 받았으면 어여 마저 이야기해야지?"

"옛다, 인심 썼다! 나중에 서초라도 사서 피우시오!"

한 사내가 엽전 대여섯 개를 던지자 그제야 재담꾼은 재치 있게 불을 붙여 곰방대를 빨기 시작했다. 여인네들은 연신 그를 흘겨보며 혀를 차고, 사내들은 입맛을 다시며 연초 쌈지를 만지작거렸다.

연초전 앞자리를 잡지 못한 한 젊은 여인이 맨 끝에서 이리 펄쩍 저리 펄쩍 뛰며 고개를 빼고 재담꾼의 이야기를 듣고 있었다.

"대체 어떤 이야기이길래 이리 사람들이 못 들어서 난리입니까?"

여인이 뒤를 돌아보니 허름한 차림새이나 점잖게 생긴 한 사내가 서 있었다.

"장안의 화제인 『연경비전』을 어찌 모르십니까? 난 이 이야기를 벌써 네 번째 듣고 있는데, 들을 때마다 마음이 아리고 저려 눈물을 흘린답니다."

"허, 이야기가 다 거기서 거기지. 어찌 그리 심금을 울린답니까?"

여인은 팔짱을 끼고는 입을 삐죽거렸다. 사내의 앞으로 바짝 다가간 그녀는 한번 헛기침을 하더니 대단한 비밀을 말하듯 속삭였다.

“이것은 보통 이야기가 아닙니다. 왕실의 종친이라는 자가 제 종의 내자를 빼앗고 그도 모자라 다른 양반놈이 그 여인을 겁간하며 희롱하지요. 눈이 뒤집어진 그 왕실 곁가지가 자신의 첩을 탐한 놈을 죽이고 그 죄를 그 불쌍한 종놈에게 뒤집어씌워 죽인 겁니다. 게다가 나중에는 그 불쌍한 여인까지도 죽여 버린다지요?”

여인은 주변을 좌우로 살피더니 갑자기 사내에게 다가들어 누가 들을새라 조용히 속삭였다.

“사실은 이 이야기가 진짜 있었던 이야기라고 합니다. 아, 요 몇 년 전에 왕실 곁가지가 위세를 등에 입고 제 종놈을 죽이고 처를 빼앗은 일이 있었데요. 그런데도 양반놈들과 왕실 인간들이 그놈을 싸고돌았다지 뭡니까요? 게다가 나중에 그 여자를 다른 놈이 겁간하자 세상에 두 사람을 때려 죽였답니다요. 그래도 그놈은 아직도 안 죽고 눈 시퍼렇게 뜨고 살아 있다고 하네요. 세상에…….”

“그게 말이 됩니까? 왕족들이라면 더욱 모범이 되어 국법을 지켜야지요. 어찌 왕후장상의 씨라고 해서 마음대로 사람을 죽이고 잘 산답니까?”

여인은 답답하다는 듯 두 눈을 감고 한숨을 쉬었다.

“그러니까 사람들이 저 이야기를 듣고 환장하는 겁니다. 솔직히 전하께서도 양반놈들과 왕족들이 있어 그 자리를 보전하고 계신 게 아닙니까? 그러니 모른 척하실 수 밖에요. 에효, 우리 같은 천것들이 양반놈들 발 한번 밟아도 몽둥이찜질을 당하지만 어디 저놈들은 우리 목숨 벌레처럼 생각하고 죽이지 않습니까? 대놓고 까발릴 수는 없지만, 저리 이야기라고 하고 들으며 손가락질을 하면 되니 얼마나 속이 시원합니까?"

사내는 좌중을 한번 훑어보았다. 재담꾼의 이야기에 사람들은 울기도 하고 분노하기도 하며 완전히 몰입되어 있었다. 이야기가 더욱 고조되어 갈수록 사내의 얼굴은 점점 더 어두워지고 굳어져 갔다.

재담꾼은 그 작은 두 눈을 반짝이며 좌중을 둘러보았다. 사람들은 눈을 동그랗게 뜨고 그를 쳐다만 보고 있었다. 재담꾼은 못마땅한 듯 입맛을 다시며 입을 삐죽거렸다.

"목이 아파 이야기를 못 하겠네. 자, 『연경비전』은 여기까지입니다요!"

어디서 갑자기 엽전이 날라 왔다. 뒤이어 여기저기서 날라 온 엽전이 또다시 수북하게 쌓여 갔다. 재담꾼은 만족스러운 듯 고개를 끄덕이며 수염을 어루만졌다.

"자자, 그래서 어찌 되었느냐? 아무래도 수상했던 왕은 다시금 사헌부와 의금부에 고해 이 사건을 다시 조사하게 만들었지요. 그 와중에 하양군의 집에서 머슴질을 하다 제대로 새경을 받지 못한 한 사내가 의금부에 와서 다 고하게 됩니다. 또다시 하양군은 의금부로 끌려가게 되었고, 연이어 세 사람을 죽인 그 죄로 유배를 가게 되었습니다."

한 사내가 끓어오르는 분기를 삭히지 못하고 자리에서 벌떡 일어나 삿대질을 하며 버럭 고함을 질렀다.

"아니, 이보시오! 사람을 셋이나 죽여 놓고 어찌 유배만 보내는 거요? 왕실의 곁가지면 다인가?"

"맞다, 맞아. 어찌 사람 죽인 것이 그 죄가 아닌가? 양반님만 사람이고 우리는 짐승이란 말인가?"

이야기에 몰입된 사람들은 홍안이 되어 서로를 보며 불만을 터뜨렸다. 재담꾼은 싱긋이 웃으며 계속 수염을 쓰다듬었다.

"이야기 마저 해야 하오? 어떻게 하면 되겠소?"

"아, 뭐하시오? 돈 받으셨으면 마저 하셔야지!"

"사필귀정이라고 했지요. 저기 먼 남도의 제주도로 유배를 가던 하양군은 배를 타게 되었습니다. 그런데 깜빡 잠이 든 그의 앞에 연경비와 거량이 나타나 그를 괴롭히기 시작했지요. 원혼이 자신을 못살게 굴자 하양군은 고함을 지르며 발악을 했더랬습니다. 옆에서 나장이 아무리 붙들어도 미친개처럼 허우적거리더니 그만 발을 헛디뎌 바다에 풍덩하고 빠져 버렸지요."

갑자기 여기저기서 박수 소리가 터져 나왔다. 사람들은 환호성을 지르며 만족한 듯 웃어 댔다.

"꼴좋다! 십 년 묵은 체증이 내려가는 것 같구먼!"

"양반놈들 더러운 짓거리하는 거 뻔히 알지만, 이렇게라도 벌 받는 걸 들으니 시원하다!"

청중들은 천천히 자리에서 일어나며 재담꾼에게 엽전을 더 쥐어 주거나 연초를 건네며 감사의 마음을 전했다. 사람들이 건네 준 엽전을 챙기며 방실거리던 재담꾼 앞에 얼굴이 흙빛이 된 어떤 사내가 노려보며 서 있었다.

"이야기는 끝났소. 다음에 오시구랴."

그러나 사내는 가지 않고 계속 그를 노려보고 있었다. 재담꾼은 거추장스러운 듯 눈살을 찌푸렸다.

"어허, 다음에 오시라는 말씀 못 들으셨소?"

사내는 크게 한번 들숨을 마시더니 천천히 입을 열었다.

"『연경비전』을 필사한 답십리의 조 서방이요. 난 그대에게 이 책을 준 적이 없는데, 대체 누구에게 책을 받고 이리 낭송을 하는 것이요?"

재담꾼은 두 눈을 크게 뜨고 명단을 뚫어지게 바라보았다. 비록 옷차림은 남루했지만 흐트러짐 없이 반듯한 용모는 글 꽤나 읽은 선비라고 해도 무방할 정도였다. 짙은 눈썹 아래의 선하고 맑은 눈과 굳게 다문 입은 그의 성정이 올곧고 바른 이임을 말해 주었다.

"어허, 그대가 조 서방이요? 난 그저 절초전 영감님께서 건네 준 책 읽고 낭송한 죄밖에 없소."

"서책은 책전에서 봐야 하지 어찌 연초나 썰어 파는 절초전에서 본다는 말이오? 여기 영감님께서는 글도 제대로 아시는 분이 아니시오."

"그걸 내가 어찌 알겠소? 원래 우리 같은 재담꾼이나 전기수들은 절초전이나 약방 앞에서 장사해야 돈을 버는 법인데, 반드시 이곳에서 낭송을 하려면 『연경비전』만 할 수 있다고 해서 하는 것뿐이요. 난 잘 모르니 영감님께 여쭤 보시오."

재담꾼은 자신에게 따지는 명단을 언짢게 바라보고는 급히 자리를 떴다. 명단은 바로 절초전 안으로 달려들었다. 만족한 얼굴로 서초를 집어 향을 맡는 천맹돌은 발그스름하게 화색이 돈 얼굴로 그를 맞이했다.

"어이구, 한성에서 제일 유명하신 조 서방이 아니신가? 어서 오게. 오늘도 자네 덕에 내 전대가 두둑하다네."

"대체 누구의 명으로 이러시는 겁니까?"

명단은 천맹돌의 장부 위에 놓인 서책을 들어 그의 앞에 들이대었다.

"누가 이 서책을 드렸냐 말입니다!"

"누구긴 누구야? 이미 운종가에서 자네가 유통시킨 서책으로 유명한데?"

천맹돌은 명단과 눈을 마주치지 않기 위해 고개를 돌렸다. 명단은 서책을 탁 내려놓으며 떨리는 목소리로 다시 물었다.

"전 이 서책을 필사한 적도 본 적도 없습니다. 헌데, 왜 제가 유통시켰다고 하십니까? 그리 말한 자가 누구냐 말입니다."

"난 모르네. 오다가다 보니 답십리 조 서방이 유통한 서책이라 아마 사람들이 좋아할 거라고 해서 여기다 놓아둔 거네. 왜 그것도 잘못인가?"

"이상하군요. 누가 명한 것이 아니라면 왜 이 절초전 앞에서만 『연경비전』을 낭송할 수 있는 것입니까? 수표교, 배오개다리 같은 곳에서는 왜 『연경비전』을 들을 수 없냐는 말입니다!"

계속 되묻는 명단을 뒤로 하고 천맹돌은 모른 척 오늘 들어온 연초를 이리저리 살펴보았다. 일부러 외면하는 그를 보자 명단은 화가 치밀었다.

"누군지는 모르지만 저를 노리고 있는 것이 분명하군요. 정말 영감님께 실망했습니다. 아무리 형편이 어려워도 사람은 도리를 잊고 살면 안 되는 것입니다. 이러실 줄은 몰랐습니다."

천맹돌은 가무대대한 얼굴로 가끔씩 뒤로 힐끔거렸다. 명단은 천천히 절초전을 나갔다. 인파 속으로 사라지는 뒷모습을 보며 절초전 주인은 걱정스럽게 바라보고만 있었다.

"뭔가 잘못된 것인가? 이상하구먼. 이상해……. 강길이가 아무 말하지 말라고 할 때부터 수상하긴 했지만. 아고, 모르겠다. 가는 말에 채찍질하라고, 이리 기회가 생길 때 돈 그러모아야지, 무슨 상관이람?"

상실

"뭘 그리 정성스럽게 수를 놓고 계십니까?"

시간이 남아돌면 장죽이나 빼끔거리는 월하선이 갑자기 반가의 여인네처럼 곱게 수를 놓는 것을 몸종은 신기한 듯 바라보았다. 평소 요염하고 색기 뚝뚝 떨어지던 그녀의 자태는 지금은 누가 보아도 음전한 여인네였다.

"호슬이네요? 어떤 분께 드리실려구요?"

"네가 알아서 어쩌려고? 종사관 나으리께서 군마장에 출타하시는 날은 알아 놓았느냐?"

"요즘은 날이 차 매일은 나오시지는 않으신가 봐요. 이틀이나 삼일에 한 번씩 오신답니다."

유록색 값나가는 비단에 강색, 등색, 송화색으로 물든 실로 꼼꼼히 수를 놓는 하얀 손가락은 흥분과 설렘으로 떨리고 있었다.

"뉘신지는 모르겠지만 아씨께서 그리 마음을 기울여 만든 호슬 받으시면 기분 좋으시겠어요."

"쓸데없는 소리, 그냥 해 보는 거다. 어서 나가서 유병이나 좀 구해 오너라."

살짝 눈을 흘기면서도 기녀의 입가에는 미소가 걸쳐졌다. 몸종은 아랫입술을 삐죽이 내밀면서 장난스럽게 놀려 댔다.

"쇤네에게 그리 말씀하셔도 다 아옵니다. 그리 온 마음과 몸으로 정성을 다해 수를 놓고 계신데, 종사관 나으리께서 그거 받으시고 아까우셔서 쓰실 수나 있으려나요?"

소한이 지난 군마장은 간밤에 내린 하얀 함박꽃으로 덮여 마치 구름 위에 있는 천상 세계처럼 묘하고도 경이로웠다. 여전히 비지땀을 흘리며 거꾸로 말에 매달려 있는 두홍과 이를 다기지게 노려보는 기택의 모습은 마치 설원도에 나오는 인물들 같았다.

"다로기가 다 젖었습니다. 이제 좀 쉬다가 하면 안 되겠습니까? 경연에서도 떡하니 통과했는데 왜 이리 죽어라 수련해야 합니까?"

두홍이 휘항을 벗자 땀에 푹 젖은 머리와 목덜미에서는 하얀 아지랑이가 피어올랐다. 수효자를 벗기자 젖은 짙갈색 다로기에서도 하얀 아지랑이가 보일 듯 말 듯 피어나고 있었다.

"겨우 통과한 것을 내 모르는 줄 알더냐? 이번 경연에서는 지원자가 적었기에 망정이지 그렇지 않았다면 필시 통과하지 못했을 것이다. 어서 다시 의복을 갖추고 수련하지 못하겠느냐?"

"저 불쌍해 보이지도 않으십니까? 참으로 야박하십니다, 사형!"

"고뿔 걸리니 어서 의복을 정제하거라."

두홍은 기택을 흘겨보며 입을 삐죽거렸다.

"말 잘 들으셔야지요? 그러지 아니하시면 오늘 더 힘드실 겁니다."

설화가 탐스럽게 핀 나무 아래 쪼그리고 앉은 여해는 빨갛게 얼어붙은 손을 입김으로 녹이며 뻰질거리는 사내를 향해 웃어 댔다. 두홍은 질세라, 그녀의 말이 끝나자마자 유들유들하게 웃으며 기택과 그녀를 번갈아 바라보며 놀리기 시작했다.

"아이고, 오늘도 나오셨습니다. 세상에 이리 허연 눈밭에서 저리 힘들게 앉아 계시는군요. 역시 절부의 굳은 절개는 한겨울 대나무보다도 더욱 푸르다고 했던가요? 좋으시겠습니다 종사관 나으리?"

여해는 두홍의 능글거리는 장난질에 벌떡 일어나 어린아이가 다랑귀를 뛰듯 두 눈을 부릅뜨며 악을 썼다.

"자꾸 놀리지 마십시오. 그러다가 더 혼이 나십니다."

"아이고, 그러십니까요? 종사관 나으리, 이분께서 노여우신가 보옵니다. 하하!"

"그만하지 못하겠느냐? 차라리 그 아이를 놀릴 시간이 있으면 말에 올라 더욱 수련에 박차를 가하도록 하거라."

"어이구, 부창부수라 하였던가요? 제가 큰 결례를 범했습니다."

여해는 등자 위에 오르는 두홍의 곁으로 뛰어가더니 애가 타는 듯 발을 굴러댔다.

"아니라니까요! 다시는 그러지 마셔요!"

추위에 질려 시퍼런 몰골로 자신을 쳐다보는 그녀를 내려다보며 두홍은 더욱 재밌다는 듯 웃어 대고, 기택은 한숨을 쉬며 괜스레 말안장만 어루만졌다.

하지만 어영청 종사관의 얼굴에서는 알 수 없는 야릇한 미소가 새어 나왔다. 그것은 자신을 놀려 대는 사제의 농이 결코 기분 나쁘지 않음을 내색하는 것인지, 아니면 지금의 상황이 즐거워서인지는 몰랐으나 행복한 미소임이 분명하였다.

"아씨, 종사관 나으리를 모셔 올까요? 아씨?"

쪽빛의 갖두루마기를 걸친 월하선은 아랫입술을 꼭 깨물며 하얗게 질려 세 사람을 쳐다보고 있었다. 조용히 지켜보고 있었지만, 강색의 비단보자기를 들고 있는 하얀 손은 바들바들 떨렸다. 몸종은 심상치 않은 기류를 느끼고는 그녀의 한쪽 팔을 잡아 이끌었지만, 분노에 가득한 월하선은 거칠게 뿌리쳤다.

"이거 놓거라!"

"아씨……. 그치만……."

"놓거라! 내가 괜히 돈을 군부에게 써 가며 이 말똥 냄새를 맡고 기다리는 줄 아느냐?"

월하선은 표독스럽게 아무 죄 없는 몸종을 노려보더니 나무 아래에서 빙그레 웃고 있는 말구종을 향해 빠르게 성큼성큼 걸어갔다. 영문도 모르는 비자는 얼른 쫓아왔지만 주인을 따라갈 수가 없었다.

"종사관 나으리의 말구종이십니까?"

여해는 순간 뒷덜미에 소름이 돋아 부르르 떨었다. 차분하고도 고운 목소리였으나 음습한 기운이 느껴졌다. 뒤를 돌아보니 초여름에 피어나는 장미처럼 한순간에 사로잡힐 만큼 아리따운 여인이 그녀를 노려보고 있었다. 살포시 웃음을 머금고 있었지만, 그 커다란 눈에는 살기가 서렸다. 반가의 여인들과 같은 옷차림에 비녀를 꽂고 있었지만, 진한 분향으로 미루어 분명 기녀가 틀림없었다.

"아, 예. 무슨 일이신지요?"

월하선은 대답 대신 그녀 옆으로 다가들더니 위아래를 훑어보며 비소를 지었다. 여해는 모욕감에 어금니를 꾹 깨물었다.

"여인이십니까? 어찌 종사관 나으리의 종자가 되셨는지요?"

"종사관 나으리께서 허하신 일입니다. 그러시는 댁은 뉘신지요?"

당돌한 대답에 월하선의 얼굴이 벌게지며 심하게 일그러졌다. 그녀는 여해 앞으로 바싹 다가갔다.

"너도 알 필요가 없지 않더냐?"

여해는 위압적인 그녀의 기세에 한 걸음 뒤로 물러났지만, 계속 노려보았다. 그녀는 거만한 얼굴로 자신의 손에 든 보따리를 내려다보았다.

"난 종사관 나으리를 오래 전부터 흠모한 사람이다. 오늘 그분을 위해 내 마음을 다하여 준비한 것이 있어 이리 온 것이다."

"오래 전이라고요?"

여해의 얼굴은 순간 창백해졌다. 고지식하고 융통성 없는 그가 여인을 두었다는 것이 도저히 믿기지가 않았다.

"이 군마장 사내들은 내가 누군지 다 안다. 그뿐이더냐? 저기 저 사제라는 이도 날 알고 있다. 나으리와 나 사이의 이야기들도 일일이 말해 주랴?"

여해의 온몸이 뜨거워졌다. 그녀의 작은 두 손 또한 부르르 떨고 있었다. 여인은 그녀의 일거수일투족을 모조리 살피며, 만족한 듯 미소지었다.

"알아서 꺼지거라. 괜히 나으리 곁에서 걸리적거리지 말고."

"그쪽이나 꺼지시오. 난 나으리의 종자이니 어찌 되었든 옆에서 보필해야 합니다. 뭐 하실 말씀 있으시면 직접 가서 하시던가, 아니면 발걸음을 돌리시던가요?"

월하선의 한쪽 뺨이 파르르 떨렸다. 여해는 두어 걸음 앞으로 나서더니 갑자기 소리를 질러 댔다.

"종사관 나으리, 이분께서 나으리께 드린다고 뭘 가져오셨다고 합니다!"

수련 중이던 지기택과 이두홍은 깜짝 놀라 수련을 멈추었다. 이두홍은 재밌다는 듯 사형과 월하선을 번갈아 쳐다보았다.

"이거 재밌습니다. 천하명기가 말똥 냄새까지 맡으며 쫓아오단요!"

지기택은 아무 말 없이 말에서 내려 나무 아래로 걸어갔다. 월하선은 여해를 죽일 듯이 노려보고 있었다. 여해는 비실비실 웃으며 그녀를 쳐다보았다.

"자네 무슨 일인가?"

월하선은 지기택을 보자 수줍게 웃으며 인사를 올렸다. 그러고는 손에 든 보따리를 건네며, 수건을 꺼내 그의 땀을 닦기 시작했다. 순간, 여해의 눈이 더욱 커지고 숨소리가 거칠어졌다. 지기택은 고개를 돌렸지만, 월하선은 더욱 적극적으로 땀을 닦아 주었다.

"아이, 이 땀 좀 봐. 제가 나으리 힘드실까 저어되어 이리 주전부리를 준비해 왔사옵니다."

"뭘 이런 걸. 신경 쓰지 말게나."

"사실 종자에게 맡기려고 했는데, 이리 나으리를 불러서 너무 민망하고 송구하옵니다. 저는 이만 가 볼 터이니 잘 살펴 수련하십시오."

월하선은 음전한 얼굴로 예를 올리고는 뒤돌아섰다. 여해는 입술을 추켜올리며 그녀를 비웃듯 바라보고 있었다. 월하선은 살포시 비소를 지으며 다시 한 번 깔보듯 여해를 쳐다보며 걸어갔다.

"이야, 사형! 세상에! 천하명기가 이거까지 준비한 겁니까? 이거 보통 마음이 아닙니다."

언제 왔는지 이두홍이 옆에 와서 호들갑을 떨어 댔다. 여해는 그 큰 눈에 눈물이 그렁그렁한 채 지기택을 원망스럽게 쳐다보았다. 그녀의 속도 모른 채 주책없는 사제는 보따리를 풀어 보며 더 크게 떠들어 댔다.

"이야, 이 주전부리 좀 보십시오. 고기에, 떡에. 역시 다르긴 다릅니다, 사형! 와, 우리 월하선이 수놓는 솜씨도 최고입니다. 이 호슬 좀 보십시오."

산적 하나를 집어 우걱거리며 이두홍은 계속 시끄럽게 떠들었다. 지기택은 아무 말 없이 여해를 바라보았지만 낯빛이 매우 어두웠다. 풀이 죽은 말구종은 천천히 나무 아래로 걸어가 털썩 주저앉았다.

"아씨, 저년이 이제야 기가 죽었나 봅니다."

비자는 연신 뒤돌아보며 킥킥거렸다. 월하선은 크게 날숨을 내쉬더니 정색을 하였다.

"그렇더냐? 정말 잔망스럽고 드세더구나. 한마디도 안 지고 대서는 꼴이라니."

"그래 봤자죠. 한성 최고인 아씨를 보았으니, 앞으로는 설쳐 대지 못할 겁니다."

월하선은 걸음을 멈추고 여해와 지기택을 바라보았다. 승리에 들떠야 할 그녀의 얼굴은 점점 굳어졌다. 이상하게도 마음이 저리고 아려

왔다.

'왜 하필 저 아입니까? 이왕이면 저보다 잘난 여인을 맘에 품으셔야지요. 참으로 못나십니다, 나으리.'

너무도 환하고 조용한 밤이었다. 마치 옥구슬이 다르르 굴러갈 것 같은 은쟁반 같은 하얀 만월이 설야를 대낮처럼 비춰 주었다. 달빛이 너무 밝아 다들 숨은 것인지, 아니면 하얀 눈이 온 세상을 다 덮어 버린 것인지 발걸음 소리 하나도 마치 천둥처럼 들릴 것 같은 고요한 밤이었다.

"어허, 오늘따라 우리 양귀비가 어찌 이리 새치름한 것인고? 무슨 일이 있었더냐? 걱정 말거라, 이 석대후가 널 품고 극락으로 보내 줄 것이니……."

평소와 다르게 계속 술만 들이켜는 한성 최고의 기녀는 냉랭한 낯빛에 아무 말이 없었다. 눈치 없이 옆으로 바짝 다가드는 기별청의 승지는 침을 꼴깍 삼키며 슬슬 다가갔다.

"보름달이 떠서 그런지 네 자태가 천하제일이로구나!"

사내는 술 냄새를 풀풀 풍기는 얼큰해진 얼굴로 월하선의 허리를 휘감아 끌어당겼다. 하지만 얼른 술 한 잔을 단숨에 비운 그녀는 냉소를 짓더니 자신에게 달려드는 사내를 거세게 밀쳐 냈다.

"어이구, 왜 그러느냐? 우리 월하선이 심기가 많이 상했구나. 어떻게 하면 네가 좀 방실방실 웃겠느냐? 제발 내 속 타들어 가게 만들지 말고 어서 웃어 보거라."

월하선은 승지의 말에 묘한 웃음을 짓더니 계속 술을 따라 마시기만 했다.

"어허, 그러지 말래도. 자꾸 그리 국선생만 찾지 말고 나에게 오라니까?"

그녀는 술잔을 탁 내려놓더니 비웃는 눈빛으로 뚫어지게 바라보았다.

"아니, 왜 그렇게 날 바라보느냐? 왜 내가 그 말 지키지 못할까 봐?"

석대후는 다시 한 번 기어 그녀 앞으로 바짝 다가들더니 매끄럽고 새하얀 손을 잡아 자신의 뺨에 갖다 대었다. 보드라운 여인의 살이 닿자 그의 얼굴은 홍안이 되어 실룩거렸다.

"정말 제 기분을 좋게 만드실 수 있으십니까?"

여전히 한풍이 쌩쌩 부는 눈으로 승지를 바라보는 그녀는 그가 잡은 손을 비틀어 뺐다.

"절 기분 좋게 만들어 주실 수 있냐는 말입니다!"

"그, 그렇지. 어떻게 해 주련? 해웃채를 더 줄까? 아니면 곱디고운 노리개를 더 마련해 줄까?"

월하선은 잠시 그를 바라보며 미소를 지었다. 목구멍 깊숙하게 박혀 있던 말 한마디가 재빨리 위로 솟구쳐 올랐지만, 그녀는 침착하게 나지막한 목소리로 입을 열었다.

"사람 하나 죽여 주십시오."

"뭐? 뭐라고?"

그녀는 한쪽 입술을 추켜올리더니 그 아름다운 얼굴을 바짝 갖다 대며 더욱 음험하게 속삭였다.

"사람 하나 죽여 달란 말입니다. 제가 지난번에 부탁드린 답십리 조 서방 말입니다."

생각지도 못한 그녀의 말에 석대후는 뒤로 물러앉았다. 아무렇지도 않게 그 말을 내뱉고는 픽 웃으며 다시 술잔을 기울이는 기녀를 보며 일순간 소름이 끼쳤다.

"왜요? 장부일언은 중천금이라면서요? 양반님들께서 하시는 약속은 다 허울입니까? 그저 기녀 옷고름 하나 풀어 가무뜨리기 위해 하시는 헛소리입니까?"

"그럴 리가 있겠느냐? 하지만 그것은 말이다……."

"그거 보십시오. 제가 부탁드린 지 얼마나 시간이 흘렀습니까? 헌데 아직 관보에 답십리 조 서방에 대한 이야기는 올라오지 않고 있다 들었습니다. 제가 다른 분들보다 나으리께 전두를 적게 받는 것을 잘 아시지요? 그간 푸지게 잘 노셨으니 어서 가 보십시오!"

그녀는 마지막으로 시원하게 한 잔 마시더니 자리에서 일어나 창호를 열었다. 차가운 달빛과 새하얀 눈이 만들어 낸 소한의 한풍이 방 안으로 거세게 치밀고 들어왔다. 취해서 그런지 월하선은 하나도 한기를 느낄 수 없었다. 오히려 더욱 정신이 또렷해졌다.

"가지 말거라. 내 오늘 너랑 있고 싶어 일부러 빨리 퇴궐하고 왔느니라."

"제가 얼치기인 줄 아십니까? 죽은 말 한 마리에 산 말 한 마리를 산다고, 그간 되지도 않는 해웃채를 주시는 나으리를 모시느라 정성을 쏟았습니다. 그깟 천한 목숨 하나 끊어 놓는 작은 부탁도 들어주시지 못할 분이신 줄 알았더라면 아예 나으리를 뵙지도 않았을 겁니다!"

매정하게 돌아서는 그녀의 다리를 끌어안으며 석대후는 사정하였다. 약조를 지키지 않은 자신의 치졸함 때문인지, 아니면 사내로서의 부족한 욕정을 채우고픈 욕심인지 알 수 없었다. 그러나 지금 그에게는 그녀가 절실히 필요했다.

"내가 잘못했다. 네가 시키는 대로 할 터이니, 어서 거기서 찬바람 맞지 말고 들어오너라. 고뿔들까 걱정되어 죽겠구나."

월하선은 자신의 두 다리를 부여잡고 사정하는 그를 모멸스럽게 내려다보며 고개를 내저었다.

"이 사내, 저 사내에게 부평초처럼 떠도는 인생입니다. 왜 절 걱정하십니까? 놓으십시오!"

그녀가 거세게 발길질을 하자 죽을 듯이 끌어안고 있던 석대후의 면상 또한 세게 얻어맞았다. 하지만 결코 그는 포기하지 않고 더욱 세게 그러안았다.

"어서 놓으시라니까요? 잘난 양반님네의 모습이 이게 뭡니까?"

"네 소원 다 들어주마! 절대 못 보낸다!"

"허면 제 뜻대로 해 주실 겁니까?"

표독스럽게 자신에게 쏟아붓는 그녀를 아련한 눈빛으로 올려다보며 그는 마지못해 고개를 끄덕였다.

"저는 말로 바른 길을 간다고 하지 않더냐? 천하디 귀하디 목숨은 다 소중한 것이다. 하지만 네가 그리 원한다면……."

월하선은 만족스러운 얼굴로 뒤돌아섰다. 배시시 웃으며 부드럽게 내려다보는 그녀를 보자, 석대후는 벌떡 일어서더니 여인의 손을 얼른 잡아채 문을 닫았다.

"아이고, 추워 죽는 줄 알았다. 이제 좀 살 것 같구나."

여인은 다시 한 번 묘한 미소를 머금으며 빤히 바라보았다. 그제야 그는 웃으며 고개를 끄덕였다.

"내 반드시 약조하마. 내일 입궐하면 그 이름부터 관보에 실을 것이니 걱정하지 말거라."

"참말이시지요? 또 한 번 저를 농락하시면 다시는 나으리를 모시지, 아니 뵙지도 않을 겁니다."

긴장된 순간이 폭풍처럼 휩쓸고 지나가자, 그는 그녀의 팔을 끌어 억지로 이부자리에 눕혔다. 석대후는 탐스러운 여인의 품속에서 탄식하듯 소리쳤다.

"정말 극락이 따로 없구나! 좋구나, 정말 좋아!"

"그래, 장포 왔어?"

모처럼 맑게 갠 겨울 하늘에서는 희미한 송화빛 햇살이 빛났다. 대한이 가까워지자 한성의 공기는 살갗에 닿기만 해도 삭둑 잘려 나갈 정도로 날카롭고 매서웠다.

"저기 사람들이 어찌 저리 모여 있습니까? 무슨 방이라도 붙었나요?"

아버지의 심부름으로 복마상전에 들른 장포는 운종가에 모여 있는 사람들을 보며 고개를 갸웃거렸다.

"글쎄, 나도 조금 있다 가 보려고 그러네. 오늘은 뭐가 필요한 건가?"

"등자 열 개 정도 챙겨 주십시오. 너무 오래되어 다 떨어져 디딜 수도 없습니다."

전방 주인이 등자를 챙기러 간 사이 장포는 웅성거리는 사람들 무리로 천천히 다가갔다. 여느 때와 달리 심각하고 걱정스러운 얼굴로 사람들은 조심스럽게 속삭이고 있었다.

"그럼, 이제 저걸 들은 사람들은 다 잡혀가는 거야?"

"모르지, 어쨌든 이제는 조심해야겠어. 잘못하다가는 큰일 나겠구먼."

"아니, 뭐가 그리 대단한 이야기라고 저리 난리인 거야?"

"양반놈들이 핑곗거리 만들면 다 역적이 되는 거지. 에잇, 우라질 놈들!"

"쉿, 조심하게. 그러다 재수 없어 나졸에게 잡혀가는 수가 있네."

장포는 순간 운종가 천맹돌의 절초전 앞에서만 들을 수 있다는 『연경비전』이 떠올랐다. 천 영감이 몇 번이고 그에게 『연경비전』을 낭송해 달라고 부탁했지만, 중촌에 있는 연회에 참석하느라 연이어 거절했었다. 한동안 다른 곳에서 주로 낭송을 하느라 운종가 소식을 귀 기울여 찾아 듣지 않았지만, 사람들 사이에서 양반을 풍자한 이야기로 인기 있다는 것쯤은 알고 있었다.

"저기, 무슨 일입니까?"

“자네 저 방에 적힌 거 좀 보게. 임금께서 의금부에 일러 『연경비전』을 유통시킨 답십리 조 서방이라는 사람을 당장 잡아들이라고 하셨다네. 나라의 근본과 기강을 어지럽히는 난서를 퍼뜨린 대역 죄인이기에 그렇다는구먼. 거참!”

장포는 갑자기 뭔가에 얻어맞은 것처럼 눈앞이 하얘졌다. 자신이 생각하는 사람이 아니길 바라며, 크게 들숨을 마시고는 한 사내에게 다가갔다.

“답십리 조 서방이라구요? 다른 곳도 아닌 답십리 조 서방요?”

“그렇다네.”

“하, 하지만……. 답십리에 조 서방이 어디 한두 사람입니까? 에이, 그런…….”

웃고 있었지만, 장포의 왼쪽 입술이 부자연스럽게 자꾸 떨려 왔다.

“지금 의금부에서 답십리에 사는 조 씨 성을 가진 책쾌를 찾는다고 난리라는구먼. 당장 그 『연경비전』을 찾는 즉시 다 불 싸지르고, 그자를 잡아 의금부에 하옥하라는 어명이 떨어졌다네.”

장포는 아무것도 생각나지 않고, 보이지도 않고, 들리지도 않았다. 사실이 아니기를 바랐지만, 분명 의금부에서 찾는 사람은 자신의 스승이자 여해의 아버지였다. 그는 비틀거리며 인파를 헤치고 오늘 아침에 붙은 방을 다시 살펴보았다. 사내의 말대로 답십리에 있는 불경한 서책을 유통시킨 조 서방이라는 책쾌를 찾고 있으며, 『연경비전』을 퍼뜨리는 자들도 엄벌에 처하겠다는 것이었다.

갑자기 어지러웠다. 세상이 노래지며 땅이 하늘인지 하늘이 땅인지 구분할 수 없을 정도로 빙빙 돌았다. 도저히 몸을 가누기가 힘든 장포는 입술을 잘끈 깨물며 눈을 꼭 감았다.

'어서 아저씨께 알려 드려야 해. 잘못하단 여해까지도 위험해져!'

"연초는 든든히 채웠느냐?"

비스듬히 누워 장죽을 입에 문 월하선은 그 어느 때보다 편안해 보였다. 입술을 뾰족이 모은 몸종은 연초에 불을 붙이며 주인의 안색을 살폈다.

"오늘은 무척 기분이 좋아 보이십니다."

"그러하더냐? 연초 맛이 좋아서인지, 아니면 곧 입춘이 다가와서 그런지 모르겠다만 오늘은 웬일로 검결을 다듬고 싶은 생각도 든다."

정주간에서 맛이라도 보라고 갖다 준 계명주 때문인지 아니면 아랫목의 바닥이 너무 뜨끈해서인지 월하선의 얼굴은 불그스레한 것이 한눈에 보아도 꽤나 만족스러워 보였다.

"오늘 운종가에 방이 붙었다지? 천맹돌도 한동안 돈 냄새 제법 맡더니 이젠 재미없어 어쩌누?"

"한동안 강길이 전방문 닫고 숨은 듯이 지내라고 했으니 아마 조용히 있을 거예요."

월하선은 볼때기가 폭 들어갈 정도로 장죽을 깊이 빨아들였다. 오늘따라 시초 맛이 향기로웠나. 오래 앓던 이를 빼는 듯, 한동안 쓰게만 느껴지던 연초 맛이 오늘은 엿처럼 달디 달았다.

"오늘밤에 의금부 판사 나으리와 승지 나으리께서 오실 터이니 주안상 준비에 특별히 신경 쓰도록 하거라."

"의금부에서도요?"

"그래. 내 친히 그분들 앞에서 가무를 보여 드려야 하니 무복 잘 다려 놓도록 하거라. 어서 나가 봐."

봉숭아 꽃잎 같은 입술 사이로 연기를 시원하게 뿜어내는 월하선의 입가에는 절로 미소가 걸쳐졌다. 몸종은 방을 나서며 온몸에 스멀거리는 한기에 부르르 떨었다.

"참으로 독하기도 하지. 어찌 죄 없는 사람 목숨 하나 따먹으면서 저리 기뻐하는지, 원."

"우리 여해 오늘 살판나겠구먼."

우대에 사는 역관 집에 다녀온 명단은 오늘따라 더욱 두둑이 챙겨 주는 인심에 발걸음이 빨라졌다. 환갑을 맞이한 역관의 내자가 챙겨 준 떡과 곶감 보따리를 보자 버선발로 뛰어나올 딸의 모습이 눈에 선했다.

"새로 나온 곶감이라 더욱 쫄깃하고 달겠구먼. 이 녀석, 오늘 밥은 안 먹고 이걸로 배 채우는 건 아닌지 모르겠네."

흔각이 지나 주변이 제법 어두웠다. 여기저기 집집마다 저녁상을 차리느라 반물빛과 번루빛이 섞인 저녁 하늘 위로 하얀 연기가 피어올랐다. 평소 여기저기서 노느라 정신없는 아이들을 부르는 어미들의 고함 소리로 가득할 시각이건만, 오늘은 다들 집에 틀어박힌 듯 고요하기 그지없었다.

"다들 추워서 일찌감치 집으로 들어갔나? 동네가 조용하구먼."

집으로 가까이 다가갈수록 이상하게도 간밤에 꿈에 나온 여해의 어미가 생각이 났다. 자주 꿈에서 볼 수 없었으나, 어젯밤 그녀의 얼굴은 수심에 가득 차 반가워서 달려가는 그에게 어서 가라고 손짓을 하고 있었다.

"자주 보이지 않던 사람이 꿈에도 다 나오고. 오늘 벌이가 좋으니 그런 꿈을 꾼 것인가?"

명단은 그저 빙그레 웃으며 더욱 발걸음을 재촉했다. 그때 집주릅인 부금이 사립문 안에서 고개만 빼꼼히 내민 채 그에게 빨리 오라고 손짓을 하고 있었다. 어리둥절해하며 주춤거리는 그에게 부금은 답답한지 더욱 크게 불렀다.

"얼른 오시라니까요! 큰일 났어요!"

주변을 살피며 자꾸 손짓을 하는 그를 보니 명단은 갑자기 엄습해 오는 불안감에 가슴이 죄여 왔다. 사립문 쪽으로 가까이 다가가자 부금은 계속 좌우를 두려운 눈으로 두리번거리며 그에게 재빨리 속삭였다.

"아저씨, 어서 도망가세요. 지금 주변에 나졸들이 혈안이 돼서 아저씨 찾고 있어요."

"그게 무슨 말이냐? 왜 나를 찾아?"

"아이고, 어쩌자고 그런 큰일을 저지르신 겁니까? 이제 우리 여해는 누구 믿고 살라고요?"

알 수 없는 소리만 하는 부금을 보자 명단은 심장이 터질 것 같았다.

"무슨 말인지 모르겠구나. 내가 큰일을 저지르다니?"

"오늘 하루 종일 의금부 도사와 나졸들이 아저씨만 찾아 이 답십리를 이 잡듯 뒤지고 다녔다구요. 다행히 여해가 집을 비워서 그놈들이 허탕을 쳤지만요. 어쨌든 달아나셔요. 어서요! 어명이래요!"

영문을 몰라 눈을 멀뚱히 뜬 채 바라보고만 있는 명단에게 부금은 어서 가라고 재촉했다. 하지만 그는 지금 오로지 딸밖에 생각이 나지 않았다.

"아니, 이 양반이! 우리까지 의금부에 끌려가면 어쩌려고! 이리 오지 못해?"

얼굴에 심술이 덕지덕지 붙고 덩치가 부금보다 배나 더 큰 여인이 갑자기 달려들어 지아비의 한쪽 귀를 세게 잡아당겼다. 말이 여자이지 부금의 처는 답십리의 그 어떤 장정보다도 건실한 팔뚝을 자랑했다.

"이 사람이 정말 삼대가 도륙당하고 싶어 그러오? 어서 썩 들어가지 못해요?"

"하지만 오랜 지기의 아버님일세."

"지기 좋아하네. 딴 년들한테 한눈팔지 마시고, 네 마누라 건사나 잘하세요!"

명단은 평소와 다르게 자신을 피하는 부금의 처를 보고 뭔가 엄청난 일이 일어난 것을 직감했다. 그는 정신없이 뛰었다. 초립이 뒤로 넘어가고 두루마기의 고름이 풀려도 아랑곳하지 않고 미친 듯이 뛰었다. 딸이 아직도 들어오지 않았다면 다행이지만, 만약 그렇지 않다면 아비 대신 온갖 봉욕을 치르고 있을 것이었다.

'제발 집에 있지 않아야 할 텐데…….'

사립문 밖에 저승사자처럼 떡하고 버티고 있는 의금부 나졸들을 보자 그는 털썩 주저앉고 말았다. 집 안마당에 있는 평상에는 의금부 도사가 앉아 지친 표정으로 아랫사람에게 뭐라고 지시하고 있었다.

명단은 차가운 땅을 딛고 비틀거리며 일어섰다. 제 몸 하나 가누지 못하면서도 딸을 위한 곶감보따리는 꼭 끌어안고 있었다. 사립문 밖에 있던 한 나졸이 창백한 그를 보고는 천천히 다가왔다.

"거, 거기 누구야?"

아무렇지 않은 척 숨을 고르고 있었지만, 명단의 손은 벌벌 떨려왔다. 지은 죄도 없건만 자신을 수상하게 쳐다보는 나졸 앞에서 괜스레 주눅이 들었던 때문인지 온몸이 떨려 왔다.

"거, 이상한데? 혹시 답십리 조 서방이요?"

"예? 저……."

"맞네, 맞아! 찾았습니다, 이놈이 그놈입니다요!"

나장의 외침에 마당에 있던 의금부 도사는 벌떡 일어나 밖으로 뛰어나왔다. 명단은 달아나려고 했지만, 이내 나졸들이 둘러싸 그를 둘러쌌다. 금부도사는 살집이 두툼한 매우 심술궂은 인상을 지닌 자였다.

"네가 답십리의 조 서방이냐? 책쾌 조 서방이냔 말이다!"

"그, 그렇습니다. 헌데 왜 절……."

"이놈이 맞구나! 이놈을 당장 추포하거라!"

"추포라니요! 제가 무슨 대죄를 저질렀단 말입니까?"

"지금 네놈이 필사하여 유통시킨 서책 때문에 나라의 근간이 무너질 지경이다. 어찌 그런 대역무도한 중죄를 저지르고도 파렴치하게 잡아뗄 수 있다는 말이더냐? 여봐라, 뭘 하고 서 있는 것이더냐? 당장 이놈을 추포하래도!"

나졸들이 덤벼들어 그를 오랏줄로 묶기 시작했다. 명단은 있는 힘껏 저항했지만, 한꺼번에 자신을 옭아매는 장한들의 힘을 당해 낼 수 없었다. 그의 품에 꼭 끌어안은 보따리를 거무튀튀한 한 나장이 빼앗자 명단은 무릎을 꿇고 사정하였다.

"오늘 저녁에 딸아이를 주려고 얻어 온 것입니다. 이리 끌려가면 앞으로 딸아이를 못 볼 수도 있으니 제발 그 보따리를 방 안에 넣어 주시겠습니까? 이리 간청하옵니다!"

"죄인 주제에 뭘 간청한다는 말이더냐? 시끄럽다!"

"제발! 이렇게 간청드립니다! 하나뿐인 딸자식 오늘 저녁 굶습니다! 제발……. 나장 나으리께서도 자식이 있으실 터인데, 어찌 제 맘을 모르십니까? 이리 아비로서 애원합니다! 제발, 제발!"

두 손을 모으고 사정하는 그를 보자 나장은 안쓰러웠는지 보따리를 들고 집 안으로 들어갔다. 방문을 열어 둘러보던 그는 무심하게 툭 던져 넣었다. 자신의 부탁을 들어주는 나졸에게 명단은 몇 번이고 고개를 숙였다.

"고맙습니다, 참으로 고맙습니다."

금부도사는 못마땅한 듯 명단의 부탁을 들어준 나장을 노려보았다. 나졸은 금부도사의 눈치를 보며 실실 뒤로 물러섰다.

"원 쓸데없는 짓거리를 하기는……."

"죽은 사람 소원도 들어준다고 하지 않습니까? 곧 죽을 목숨인데 제 새끼 끼니라도 챙겨 주려는 부탁은 들어주어야 하지 않겠습니까요?"

주변이 점점 어두워졌다. 의금부 금부도사는 마치 개선장군처럼 고개를 쳐들고 불룩 튀어나온 배를 내밀며 길을 나서기 시작했다. 동네 사람들은 아무도 감히 집 밖으로 나오지 못한 채 마당이나 사립문 옆에 서서 안타까운 표정으로 지켜보았다.

"에구, 저걸 어째. 이제 우리 여해는 어떻게 되는 거야?"

"모르지, 착하고 바른 사람인데 어쩌자고 그리 큰 짓을 저지른 것일까?"

"사람은 겉 보고 모르는 거야. 이제 매일 입춘 때마다 입춘첩은 누구한테 써 달라고 해야 하나? 매년 조 서방이 써서 그냥 나누어 주었잖어?"

"아이고, 정말 딱해. 대죄를 지었다지만, 참으로 착한 사람이었는데……."

누구 하나 끌려가는 그를 보고 손가락질을 하거나 비웃는 이들이 없었다. 여인들은 치맛단이나 옷고름으로 눈물을 찍어냈고, 사내들은 땅이 꺼져라 한숨을 쉬며 허공만 바라보거나 차마 그 딱한 모습을 보지 못하여 뒤돌아섰다.

사람들의 반응을 본 금부도사는 자신의 공을 치하하는 이가 아무도 없자, 일부러 명단의 멱살을 잡아끌어 바닥에 내동댕이쳤다. 힘이 장사인 그의 완력에 죄 없는 명단은 맥없이 쓰러졌다.

"에고, 저걸 어째."

"그냥 끌고 가지 저게 뭐람?"

"저 죽일 놈이! 어찌 저런 못된 짓을 한단 말인가?"

사람들이 더욱 명단을 향해 연민의 눈빛을 보내자, 금부도사는 다 들으라는 듯 동네가 떠나가라 고래고래 소리를 질러 댔다.

"이걸 좀 보거라! 너희들이 아무리 양반과 주상 전하를 몰래 비웃고 손가락질을 하여도 대역죄를 짓게 되면 이렇게 된다. 알겠느냐? 조선은 네놈들의 나라가 아니야! 양반과 왕실이 이끌어 간단 말이다. 너희들을 보호해 주고 보살펴 주는 우리를 기만하면 이리 되니 앞으로 찍소리도 내지 말고 처신 잘하도록 하여라. 어서 일어나지 못해?"

금부도사가 옆구리를 거세게 걷어차자 명단은 고통으로 땅바닥에 웅크렸다. 심술궂은 금부도사는 그의 뒷덜미를 움켜쥐고 억지로 일으켜 세워 마구 흔들어 댔다.

"야, 이놈아! 그깟 발길질 한 번에 그리 맥을 못 추느냐? 자, 어서 가자. 더 어두워지기 전에 의금부 옥사에 널 처넣어야 하니 말이다!"

비틀거리며 개처럼 끌려가는 명단의 모습을 보며, 사람들은 비통하게 눈물을 흘렸다. 이십 년 가까이 동고동락하며 늘 친절하게 베풀어 주었던 그를 향해 아무것도 해 줄 수 없는 자신들이 안타깝고 노여웠다.

"아저씨! 아저씨!"

정신없이 뛰어온 장포가 금부도사의 행렬을 막아섰다. 나졸들이 그를 붙잡아 옆으로 패대기를 쳤지만, 그는 다시 일어서 금부도사에게 소리쳤다.

"뭔가 잘못된 겁니다! 이분께서는 절대 그리하실 분이 아니십니다. 누군가 이분의 이름으로 서책을 유통시키고 죄를 뒤집어씌우는 거라구요!"

"아니, 이 죽일 놈이! 어디 감히 금부도사 앞을 막아?"

솥뚜껑같이 크고 두툼한 손으로 금부도사는 그의 뺨을 사정없이 갈겼다. 하지만 장포는 크게 눈을 부릅뜨고 다라지게 대들었다.

"어찌 앞뒤 정황도 살펴보지 않고 죄 없는 백성을 잡아가실 수 있으십니까? 이분께서는 이십 년 가까이 이 답십리에 사시며 베풀면 베풀었지 사람들에게 해코지 한번 해 보신 적이 없으신 분입니다. 다시 한 번 재고해 주십시오!"

앙팡진 말에 금부도사는 더욱 화가 치밀어 그를 밀쳐 넘어뜨렸다. 사정없이 장포의 팔과 다리를 마구 짓밟으며 그는 마음속에 있는 모든 노여움을 쏟아붓기 시작했다.

"이 못된 놈아! 어디 감히 대역 죄인을 감싸고도는 것이냐? 어린놈이 건방지게 바락바락 대들다니. 어디 한번 죽어 보거라!"

장포에게 대놓고 화풀이를 하는 금부도사를 보며 마을 사람들은 도저히 참지 못한 듯 집 밖으로 나와 사정하기 시작했다.

"그만하십시오. 장포야, 어서 잘못했다고 빌어라! 네 아버지께서 걱정하시지 않더냐? 어서!"

매를 맞아 얼굴 여기저기가 터진 장포는 눈을 희번덕거리며 금부도사를 노려보고 있었다. 악을 쓰고 자신을 뚫어지게 올려다보는 눈빛에 금부도사의 발길질은 더욱 거세어졌다.

"그만, 그만하십시오! 제가 죄인이니 절 어서 데리고 가십시오. 장포야, 당장 잘못했다고 빌어라. 그렇지 않으면 너를 내가 용서하지 않을 거다."

입가가 터져 핏물이 흐르는 얼굴로 명단은 무릎을 꿇고 금부도사에게 빌기 시작했다. 스승의 측은한 모습에 장포는 눈물을 흘리며 오열하였다.

"억울하지도 않으세요? 우리 여해는요? 여해 혼자 어찌 이 험한 세상 살아가라고요?"

"어서 잘못했다고 빌거라. 어서! 너라도 우리 여해를 챙겨 주어야 하지 않겠느냐?"

눈물이 글썽한 채 자신에게 사정하는 명단을 보며 장포는 입술을 깨물었다. 땅을 짚고 무릎을 꿇더니 그는 고개를 푹 숙인 채 하기 싫은 말을 땅 위에 쑤셔박듯 억지로 입을 열었다.

"이 천한 놈이 잘못했습니다. 죽을죄를 지었습니다, 나으리!"

금부도사는 아직도 화가 안 풀린 듯 두어 번 거세게 장포의 뺨을 갈겼다.

"에잇, 천한 놈! 이 미친 놈 때문에 지체했다. 어서 가자!"

발걸음을 재촉하는 상전의 말에 나졸들은 눈치를 보며 움직였다. 장포는 몸을 제대로 가누지도 못했지만, 억지로 몸을 일으켜 명단을 향해 소리를 질렀다.

"꼭 풀려나실 거예요! 여해는 제가 돌볼 터이니 걱정 마시고요. 절대로 고문에 못 이겨 거짓 자백은 하시면 안 돼요!"

명단은 끌려가면서도 연신 뒤돌아 보며 장포를 향해 고개를 끄덕였다. 사람들은 장포 주위에 몰려들어 옷에 묻은 흙을 털어 주고 터진 상처를 닦아 주었다.

"너 어쩌자고 그런 것이더냐? 상대가 의금부 놈들이다."

"운이 좋아 널 가만히 둔 거지 큰일 날 뻔했어!"

사람들의 웅성거림에 장포의 얼굴은 점점 상기되었다. 크게 한번 날숨을 내쉰 그는 자신을 걱정하는 이들을 좌우로 쭉 둘러보았다.

"부끄러우신 줄 아세요. 저분이 어떤 분이신가요? 우리한테 그동안 얼마나 많이 베풀어 주신 분이세요? 어찌 사람들이 그리 박정하신가요? 정말 실망했습니다. 실망했어요!"

표가라를 타고 한 바퀴 돌고 온 여해는 한풍에 빨개진 두 뺨에 보조개를 띄웠다. 점점 남빛이 되어 가는 서쪽 노을 진 하늘을 뒤로 하고, 그녀의 얼굴은 그 어느 때보다도 빛났다. 나무 아래에서 그녀를 보고 있던 두홍은 껄껄 웃으며 다가왔다.

"야, 너 정말 말 잘 타는구나? 이 까칠한 놈을 어찌 그리 잘 다루는 것이더냐?"

"제가 목마장에서 길들인 말이 얼마나 많은 줄 아십니까? 망아지에서 노마까지 제 손을 거쳐 가지 않은 놈들이 없다구요."

"어이구, 그러십니까? 굴레 벗은 말처럼 구는 네가 말을 길들였다니 우습구나."

안장에서 뛰어내려 오며 여해는 자신을 놀리는 두홍의 턱밑까지 바짝 다가가 큰 눈을 치켜떴다.

"또 그러시다가 종사관 나으리께 야단맞으실 텐데요?"

"어이고, 그러십니까? 예, 마님!"

자신을 보며 낄낄대는 두홍이 노여운지 여해는 나무 아래에서 말을 돌보는 지기택을 쳐다보았다. 기택은 그녀를 바라보지도 않은 채 늘 그렇듯 차분한 어조로 입을 열었다.

"그만하거라. 그리 웃고 떠들 여유가 있으면 수련에나 힘쓰거라."

"사형, 이제 대놓고 편드십니다 그려. 이거 보기 너무 민망합니다!"

가동주졸처럼 낄낄대며 계속 웃는 그를 향해 기택이 천천히 걸어왔다. 두홍은 사형이 바로 옆에 와 있는지도 모른 채 눈 감고 웃고 떠들고 있었다.

"그만하라고 했지? 내가 경을 쳐야 정신을 차리겠느냐?"

조용히 말하고 있었지만 기택의 얼굴에는 노기가 가득했다. 두홍은 화들짝 놀라 웃음을 거두었다. 여해는 고소한 듯 생글거리며 두홍을 바라보았다.

"송구합니다, 사형."

"어서 가서 네 할 일이나 하거라. 너도 날이 어두워졌으니 어서 집으로 돌아가거라."

여해는 더 있겠다고 하려 했지만 냉랭한 낯빛에 입을 열지 못했다. 고개만 푹 숙인 채 그녀는 인사를 올리고는 나릿나릿한 걸음으로 목책을 향해 걸어갔다. 어깨가 축 늘어진 그녀의 뒷모습을 보며 두홍은 조금 안 되었는지 고개를 흔들었다.

"참 알다가도 모를 일이네. 그리 감싸며 아껴 주시다가도 더 다가서려고 하면 내치시니. 말 살에 쇠 살이라고 자기 마음도 모르면서 엉뚱한 소리만 하시는구먼."

동네 어귀에 도착하자 주변이 깜깜해졌다. 초하루라 거의 달도 보이지 않아 집집마다 흘러나오는 불빛이 아니었다면 길 찾기도 어려울 정도로 어두웠다.

"왜 이리 조용하지? 지금쯤이면 다들 저녁상 치우고 수다 떨고 있을 시간인데?"

쥐 죽은 듯이 고요했다. 평온한 기운은 하나도 느낄 수 없는 침묵 그 자체만으로 온몸에 한기를 돋게 하는 그런 고요함이었다. 여해는 생전 처음 느껴보는 침묵을 체감하며 조심스럽게 발길을 내딛었다.

"누구 집에서 상을 당했나? 아니지, 상을 당해도 다들 그 집에 몰려가느라 분주할 터인데. 대체 무슨 일이지?"

고개를 갸우뚱거리며 집으로 향하는 여해 앞에 얼굴빛이 가무퇴퇴해진 부금이 달려와 그녀의 두 손을 잡아 이끌었다.

"너 하루 종일 어디 갔다 온 거야? 지금 한바탕 난리가 났어!"

자세한 연유도 말하지 않고 자신을 데려가는 부금의 손을 뿌리치고는 여해는 답답한 듯 따졌니.

"무슨 일이야? 왜 이리 동네가 조용해?"

"너 정말 모르는구나? 오늘 의금부에서 네 아버지 잡아갔어! 잘못하면 아요……. 정말! 아저씨께서 불온한 서책을 필사하여 유통시킨 대역죄를 지으셔서 어명으로 의금부에 하옥되셨다고! 넌 대체 딸년이 되어 가지고 집에 안 있고 어딜 그리 쏘다니는 거야?"

여해는 뭔가에 홀린 듯 자신을 못마땅하게 바라보는 부금을 밀치고 정신없이 뛰었다. 갑자기 목구멍이 마구 죄어 와 숨도 쉴 수 없었다. 두 눈이 뜨거워지면서 눈물이 흘러내렸다.

'아닐 거야. 저 멍청한 놈이 날 놀리는 걸 거야. 우리 아버지께서는 절대 옳지 못한 일은 안 하신다고!'

사립문 밖에 당도한 그녀는 여느 때와 마찬가지로 불이 켜져 있는 초가를 보고는 안심한 듯 미소 지었다. 흐트러지지 않은 마당과 평상, 그리고 부엌에서는 밥을 짓는지 요리하는 냄새가 풍겨 나오고 있었다.

"부금이 이 녀석, 한번 또 그러기만 해 봐라. 가만두지 않어!"

가쁜 숨을 몰아쉬며 여유 있게 마당 안으로 들어선 그녀는 찬간에서 나오는 아지를 보고는 그만 얼어붙고 말았다. 아지는 얼른 그녀 앞으로 뛰어오더니 두 손을 잡고 울기 시작했다.

"대체 어디에 갔던 거야! 아이고, 이를 어쩌면 좋아!"

여해는 순간 혀가 굳은 듯 아무 말도 할 수 없었다. 말하고 싶고, 움직이고 싶었지만, 몸이 전혀 말을 듣지 않았다. 있는 힘을 다해 천천히 디딤돌로 눈을 돌렸다. 늘 보던 것보다 훨씬 큰 미투리가 놓여 있었다.

'설마…….'

아지는 계속 눈물을 훔치며 여해의 머리와 어깨를 쓰다듬었다.

"에고, 불쌍한 것! 이제 너 어쩌면 좋으냐?"

창호가 열렸다. 문이 열리는 그 순간까지도 여해는 늘 보던 얼굴이 자신을 맞이하길 바라고 또 바랐다.

"어서 들어와라. 아지 아주머니께서 차려 주신 밥 먹고 나랑 얼른 의금부에 가 보자."

그녀는 털썩 주저앉았다. 머리에서 발끝까지 저절로 떨려오기 시작했다. 머릿속은 하얘지고, 눈도 없고, 귀도 없고, 목구멍도 없는 듯 아무것도 보이지도 들리지도 말할 수도 없었다. 장포가 다가와 그녀를 억지로 일으켰다. 온몸에 힘이 빠져 몇 번이고 쓰러졌지만, 장포는 여해를 부축하여 방 안으로 데리고 들어갔다.

아버지가 안 계신 방은 더욱 적막해 보였다. 소담스러운 저녁상과 처음 보는 보따리가 놓여 있었지만, 이렇게 방이 크게 보인 적은 한 번도 없었다. 장포는 수저를 그녀 손에 쥐어 주었다. 자신을 멍하니 보고만 있는 여해를 보자, 그는 젓가락으로 반찬을 집어 밥 위에 올려 주었다.

"어서 먹어라. 너 이러면 아저씨 속상해하셔. 그리고 이건 아저씨께서 아마 너 주려고 싸 오신 것 같더라."

장포가 건네는 보따리를 받으려 했지만 그녀의 손에는 힘이 없었다. 보따리가 손에서 떨어지자 그가 대신 보따리를 열어 바닥에 펼쳐 놓았다. 올해 나온 듯 과육이 풍부하게 영글은 소홍빛 곶감과 연회에서 얻어 온 떡이 수북하게 쌓여 있었다.

여해는 갑자기 목구멍에서 뜨겁고 묵직한 것이 치밀어 올라옴을 느꼈다. 숨을 내쉬려고 하자 동시에 눈물이 흘러내렸다.

"울지 마라. 너 이러면 아저씨 더 힘들어하실 거다."

그녀는 천천히 방바닥에 펼쳐 놓은 보따리로 다가갔다. 두 뼘도 되지 않은 거리였지만 이만 리처럼 멀게만 느껴졌다. 아버지가 얻어 온 맛깔스러운 곶감이 불빛에 더욱 먹음직스럽게 자신을 바라보고 있었다.

여해는 소리 없이 흐느끼며 천천히 그리고 떨리는 손으로 곶감 하나를 집어 들었다. 늙은 말이 콩 마다하지 않는다는 말처럼, 단 음식이라면 사족을 못 쓰는 그녀였다. 그렇지만 지금 입 안에 들어간 과육은 마치 거친 돌덩이처럼 차갑고 딱딱하고 아무 맛이 느껴지지 않았다.

"맛없다."

말없이 눈물만 계속 흘리며 곶감을 씹던 그녀는 장포를 바라보며 억지로 웃었다.

"정말 맛없다. 아무 맛도 안 나."

"여해야……."

입 안에 든 곶감을 삼킨 그녀는 계속 또 하나를 집어먹고 우걱우걱 씹기 시작했다. 보다 못한 장포가 보따리를 빼앗으려고 하자 여해는 눈을 부릅뜨며 노려보았다.

"손대지 마! 하나라도 없어지면 너 가만 안 둘 거야!"

"여해야. 네 맘 알지만……."

"우리 아버지가 나 먹으라고 이 엄동설한에 얻어 온 것들이야. 불쌍한 우리 아버지가 이 못난 딸년 먹으라고 가져온 것들이라고. 그리 끌려 가시면서도 이리 고이 두고 가신 것 좀 봐. 아버지가 그리 되신 줄도 모르고 다른 곳에 넋이 빠져 있었어. 어찌 이리 못난 딸이 있을까? 나 정말 너무 못나서 어떻게 해야 할지 모르겠어……."

꾸역꾸역 곶감을 삼키며 여해는 눈물을 흘렸다. 하나밖에 없는 혈육을 지키지 못한 죄책감, 늘 자신을 잊지 않았던 아버지를 그렇게 잊고 있었다는 미안함, 다시는 아버지를 볼 수 없다는 두려움. 복잡한 감정들이 그녀의 여리고 여린 마음을 더욱 사정없이 괴롭혔다.

"야, 그만 먹어! 그러다 체한다!"

장포가 곶감 보따리를 빼앗으려 했지만 여해는 뒤로 물러서며 더욱 꼭 그러쥐었다.

"손대지 마! 아무것도 손대지 마! 조금이라도 없어지면 가만 안 둘 거야. 내가 죽을 때까지 절대 아무것도 건들지 마라고!"

"어서 오시어요. 한성을 들었다 놓았다 하시는 분들께서 이리 친히 납시어 주시니 이년 몸 둘 바를 모르겠사옵니다."

백운각 대문 밖에서 나붓거리듯 반갑게 맞이하는 여인을 보고는, 남바위를 쓴 두 사내가 만연한 미소를 지었다. 엄동설한에 코가 얼어붙어 맹맹할 정도인데도 그녀에게서 풍겨 나오는 향유 냄새는 정신까지 혼미하게 했다.

"아이고, 한성 최고의 기녀가 여기까지 나오시다니요? 이리 황감할 데가 있나?"

"대감을 보고 기뻐 저러는 것이 아니겠습니까?"

석대후는 얼이 빠져 월하선을 뚫어지게 보고 있는 의금부 판사가 못마땅한지 계속 곁눈질로 둘을 번갈아 쳐다보았다. 그녀는 까르르 웃더니 냉큼 의금부 판사 옆에 찰싹 다가붙어 팔짱을 끼며 교태를 떨었다.

"승지 영감 말씀대로입니다. 이년 한성의 호랑이라고 하시는 목영찬 대감을 직접 뵈니 어찌 이리도 떨리고 설레는지요?"

"어허, 이 사람도 참! 나 말고 더 잘난 사내들이 많은 터인데, 어찌 그러누?"

"미인은 영웅을 알아본다고 하지 않습니까?"

뾰루퉁하게 입술을 내미는 기녀를 보자 판사의 얼굴이 벌게졌다. 잘록한 그녀의 허리와 엉덩이를 번갈아 쓰다듬으며 목영찬은 히죽거리며 기방 안으로 들어서고 있었다.

'아니, 저년이……. 날 물 먹이는 게야?'

심통이 난 석대후는 두 사람의 뒷모습을 죽일 듯이 노려보았다. 판사가 먼저 방에 들어가자 월하선은 승지 곁으로 쪼르르 달려오더니 그의 가슴을 쓰다듬으며 속삭였다.

"노여우신 거 아니시지요? 오늘은 나으리의 그 넓은 아량으로 이해해 주시어요. 오늘 밤 판사 대감 돌아가시고 나면 모실 터이니 기다리셔요?"

그제야 화난 그의 얼굴이 풀어지기 시작했다. 앙큼한 기녀는 재밌다는 듯 웃으며 석대후의 옷매무새를 매만졌다.

"벌써 마음이 오늘 밤으로 달려가고 계신 겁니까? 조금만 기다리시면 되옵니다."

살랑거리며 방으로 드는 그녀를 보며 석대후는 그동안 지낸 그 숱한 밤들을 떠올렸다. 한성 최고 기녀와의 무릉도원에서 보내는 시간은 항상 새롭고 감동스러운 순간이었다. 다시없을 그 환희를 맛볼 순간을 생각하니 정신이 아득해지고 발끝에서부터 이는 알 수 없는 전율에 한기가 절로 가시는 듯싶었다.

“한심한 놈, 오늘 넌 헛물켤 거다.”

대청마루에 앉아 곰방대를 뻐금거리는 천덕은 헤벌쭉거리는 승정원 승지를 보며 냉소 지었다. 옆에 서서 같이 연초를 피우던 박중선은 재밌다는 얼굴로 그를 빤히 바라보았다.

“그게 무슨 말인가? 저놈이 알아서 사냥개 역할을 하는 거 같구먼.”

천덕은 빙그레 웃더니 허공을 향해 시원하게 연기를 내뿜었다.

“저 월하선이 누구입니까? 서방인 나를 두고도 매일 밤 다른 객으로 제 욕심을 채우는 모진 년입니다. 헌데 저놈이 무어라고 공들여 치성을 드린다는 말입니까? 여물 안 먹고 잘 걷는 말이 어디에 있답니까? 오늘 밤 저놈 눈에서 쌍불이 날 것이니 한번 두고 보십시오.”

“오늘 나으리들을 위해 이년 손수 가무를 보여 드려 기쁘게 해 드리고 싶사옵니다. 하오니, 향기로운 술과 함께 즐겨 주시길 바라옵니다.”

전립에서부터 철릭까지 핏빛처럼 강렬한 강색으로 치장한 그녀에게서는 마치 지옥불에서 뛰쳐나온 천상의 군사처럼 강한 기운이 뿜어 나왔다. 입은 방실거리고 있었지만, 눈빛은 저 깊숙한 땅속에서나 느낄 수 있을 정도로 서늘하고 매서웠다. 불에 달군 현을 연주하는 것처럼 양금에서는 뜨겁고 폭발할 듯한 음률이 흘러나왔다.

"허어, 참으로 기이한 춤이로세. 내 간간히 기녀들의 검무를 보았지만 이건 좀 특이하구먼."

"장검무입니다. 웬만한 검술을 지닌 자도 저리 현란하게 검을 휘두를 수는 없지요."

한여름 태양보다 붉은 무복 때문인지 그녀의 팔과 손에 쥐어진 검들은 더욱 반짝거리며 희게 빛났다. 휙휙 돌아가는 쌍날의 매섭고도 거침없는 움직임은 오금을 저리게 만드는 동시에 사람의 숨겨진 욕망을 자극하는 촉매제였다.

"저 검결이 제법 매섭구먼. 내 평양 검무와 진주 검무는 익히 보아왔지만, 장검무를 보니 그동안 검무를 보았다는 것이 무색해질 정도네. 거참……."

천천히 술잔을 기울이는 목영찬의 눈에서는 욕정의 빛이 흘러나왔다. 이미 취기에 얼큰해진 그의 얼굴은 더 붉게 물들었다. 화려하고도 현란한 검과 함께 격정적이고 유연한 그녀의 몸놀림은 사정없이 도려져 자유롭게 흩날리는 붉은 꽃잎 같았다. 가량가량한 허리와 가늘고 하얀 손끝에서 거침없이 허공을 가리는 검의 재빠른 움직임. 춤을 지켜보던 판사는 긴긴 겨울밤 서로 마구 엉겨드는 야합의 몸짓을 은근히 떠올렸다.

'고년 참…….'

한여름 밤에 타오르는 들녘의 모닥불처럼 강하고도 매혹적인 춤사위는 이미 방 안을 가득 데우고도 모자라 지켜보는 두 사내의 마음을 뜨겁게 달구었다. 석대후는 홍안이 되어 흡족하게 술을 삼키는 판사를 보며 비릿한 미소를 머금었다.

'흣, 헛물켜지 마라. 오늘밤 저년은 이미 내 차지란 말이다. 늙으면 용마도 삯마보다도 못하다고 했다. 아무리 권세 높은 벼슬아치라 할지라도 젊은 놈만큼 날쌜 수 있겠느냐?'

눈을 빼앗는 화려하고도 정열적인 춤사위가 끝나자 두 사내는 박수를 치며 기녀에게 찬사를 아끼지 않았다. 판사는 술잔을 건네려고 했으나, 월하선은 한사코 다시 단장하고 오겠다며 물러났다.

한바탕 방 안을 가득 메우던 열기는 그녀가 방을 나감과 동시에 사라져 버렸다. 타는 목을 축이듯 계속 술잔을 기울이는 판사를 보며 석대후는 비소를 지었다.

'처첩이 셋이나 되면서 욕심이 많기는…….'

사내의 질투는 여인네보다 더 독하고 강렬하다는 말처럼 그녀를 탐내는 목영찬을 보며 승정원 승지는 불안한 듯 자신도 모르게 계속 몸을 뒤척이며 이리저리 흔들고 있었다.

"이보게, 승지. 왜 그리 가만히 있지를 못하는가? 뒷간이라도 다녀오게."

"아, 아닙니다. 추위에 떨어서인지 아직도 한기가 남아 있군요."

"자, 그럼 내 술 한잔 받게. 이 기방에서 쓰는 영업주가 꽤나 쓸 만하구먼. 삼대주 맛이 괜찮네."

판사가 따라 주는 술을 받아마시자 독한 소주의 싸하고도 뜨거운 기운이 목구멍을 후끈 데웠다. 석대후는 한번 숨을 내쉬더니 판사에게 다시 술을 건넸다.

"금준이 아니라 송구하옵니다. 이번에 일을 잘 마무리할 수 있게 해 주시니 승정원에서도 다들 대감께 감사를 드리고 있습니다."

"아직 그 책쾌가 죽은 게 아니지 않은가?"

통통하고 발간 얼굴에 알 수 없는 음흉한 미소가 떠올랐다. 재갈 물린 말처럼 아무 말도 못한 채 멀뚱히 바라보는 젊은 승지를 보며 판사는 눈을 찡긋거렸다.

"저는 말이라고 하더라도 바른 길로 간다고 하질 않는가? 어찌 나라의 녹을 먹는 자가 정확한 증좌 없이 사람에게 죄를 물을 수 있는가? 어명이 내려져야지."

"하오면……."

석대후가 따라 준 술을 냉큼 들이켜더니 목영찬은 계속 그를 보며 말없이 웃기만 했다. 뇌물이라면 사족을 못 쓰는 자라는 것을 진즉 알고는 있었지만, 여태까지 갖다 준 것들도 그의 처와 싸워 가며 내놓았던 물건들이었다.

"뭐 난 그리 욕심이 큰 사람이 아닐세. 아주, 아주 작은 거 하나면 되네."

"그것이 무엇이옵니까? 판사 대감께서 원하시는 것이라면 무엇이든 다 해 드려야지요?"

늙은 멧돼지의 눈빛이 날카롭게 빛났다. 올가미에 들어온 사냥감을 잽싸게 들어 올리듯 석대후의 말에 그는 기다렸다는 듯이 속내를 내보였다.

"저 월하선이란 아이가 제법 쓸 만한 기녀일세 그려."

석대후는 마치 커다란 몽둥이로 얻어맞은 것처럼 가무러졌다. 생각만 해도 정신이 아득해지는 순간을 생각하던 그는 예상치 못한 복병을 만나 어떤 말을 해야 할지 몰랐다. 넋이 나간 듯 앉아 있는 그를 보며 판사는 못마땅한 듯 헛기침을 하며 자리에서 벌떡 일어섰다.

"어흠! 난 이만 가 봐야겠네. 그 책쾌 일은 내 문초해 보고 나서 알려줌세."

심기가 불편해진 얼굴을 보고서야 석대후는 후다닥 판사에게로 달려가 팔을 잡아 억지로 자리에 앉혔다.

"아이고, 당연하지요! 제가 잠시 망설인 것은 저 아이가 좀 까다로워서이옵니다. 제가 단단히 일러 오늘 밤 아니 다른 날도 잘 모시라고 할 터이니 노여움 푸십시오."

"이 사람이! 내가 계집에게 환장해서 이러는가? 저 아이의 검결이 훌륭하여 상찬하고자 하는 것일세. 어린 사람이 감히 나이든 사람을 놀리기는!"

"대감! 제가 큰 잘못을 저질렀습니다. 어서 앉으십시오. 당연히 한성 최고의 기녀를 보셨으니 좋은 시간을 보내셔야지요? 밖에 누구 없느냐? 월하선은 몸치장하러 간다더니 왜 이리 늦는 것이더냐?"

당황함과 분노가 묘하게 뒤섞인 석대후의 얼굴은 참으로 희한했다. 가을에 바짝 말린 고추의 진홍빛 같은 낯빛은 취기 때문인지 격한 감정 때문인지 알 수 없었지만, 보기만 해도 절로 더워질 정도로 홍안이었다.

문 밖에 서 있던 기녀와 비자는 서로 마주 보며 킥킥거렸다. 수가 놓인 자백색 항라 저고리를 입고 서 있는 월하선은 나슬나슬한 봄꽃처럼 고혹적이었다.

"아씨, 오늘 밤은 판사 대감을 모셔야겠습니다."

"당연하지 않겠느냐? 쓸모없는 사냥개보다는 앞으로 마음대로 부릴 욕심 많은 충견이 필요하지 않겠느냐? 저 늙은 난봉꾼이 꽤나 주색질에 능하다고 하니 내 오늘 한번 놀려 봐야겠다."

"제발 이렇게 간청드립니다. 한 번만 들여보내 주십시오."

"안 된다니까! 여기가 어디 관아 옥사인 줄 아느냐? 이곳은 대역무도한 중죄를 지은 역적 죄인들을 가두는 곳이다. 썩 가거라!"

장포는 의금부 옥리의 앞에서 두 손을 모으고 애원하고 있었지만, 가무족족한 얼굴로 샐쭉거리는 옥리는 들은 체 만 체하며 외면하였다.

"우리 아버지가 왜 역적 죄인이에요? 아직 그 죄가 밝혀지지도 않았는데, 그 무슨 얼토당토않은 말씀이십니까?"

"아니, 저년이! 너도 같이 하옥되고 싶으냐?"

"여해야, 가만히 좀 있어. 저 어르신……."

장포는 주변을 한번 둘러보더니 그의 손에 엽전을 두둑이 쥐어 주었다. 옥리는 히죽거리면서도 주위를 살피며 일부러 호통을 쳤다.

"아니, 이 사람이! 사람을 뭘로 보고!"

"이 추운 날씨에 백성을 위해 이리 고생하시는데 당연히 이 정도는 챙겨 드려야지요. 번을 다 서시면 날도 찬데 국밥에 탁주라도 한 사발 챙겨 드셔요."

"거참, 젊은 사람이 참 사근사근하구먼."

옥리는 슬그머니 장포가 쥐어 준 돈을 품에 넣더니 고갯짓을 했다. 장포는 활짝 웃으며 넙죽 인사를 올리더니 여해의 손을 잡고 의금부 옥사로 재빨리 들어섰다.

불이 밝혀진 의금부는 마치 무덤에 온 듯 음산하고도 고요했다. 옥사에 갇힌 죄인들은 추위와 배고픔에 지쳐 벽에 기대어 누워 있거나 나부라져 있었다.

하지만 단 한 사람만이 꼿꼿이 앉아 허공을 바라보고 있었다. 그가 왜 그리 슬퍼하는지 알 것 같았다. 이 세상에 모든 것을 바쳐 지키고 싶은 단 한 사람, 그 사람을 걱정하는 것이 분명했다.

"아버지! 이게 어떻게 된 일이에요?"

명단은 딸과 장포를 보자 깜짝 놀랐다. 그러고는 어서 가라고 손짓을 하며 호통을 치기 시작했다.

"여해 너 여기에 오면 안 된다. 장포야, 어서 데리고 나가거라! 여기는 의금부다!"

"괜찮습니다. 제가 옥졸의 손에 술값 좀 쥐어 주었으니 잠시는 이리 있어도 됩니다. 도와드리지 못해 송구하옵니다."

"아버지! 저 잘못했어요. 제가 있어야 되는데……. 꼭 저희가 여기서 꺼내 드릴게요."

울먹이는 딸을 보자 명단은 웃기만 했다. 가쇄로 묶인 두 손을 옥 밖으로 내밀어 작고 하얀 얼굴을 쓰다듬었다.

"벌써 이리 컸구나, 우리 여해. 여해야, 걱정 말거라."

"하지만……."

"괜찮다니까! 장포야. 내가 없으니 우리 여해 잘 부탁한다. 무슨 말인지 넌 알겠지?"

명단은 진지하게 장포의 눈을 뚫어질 듯 바라보았다. 오랫동안 모신 스승 앞에서 제자는 그 마음을 읽기만 한 채 고개만 끄덕일 뿐이었다.

"그리고……. 내가 문초를 받게 되면 위험해진다. 여해야, 이제부터 너는 답십리에 있으면 안 된다."

"네?"

"넌 아무 잘못이 없다. 단지 이 아비와 어미의 죄 때문이다."

알 수 없는 말만 늘여놓는 아버지를 보자 여해는 숨이 멎는 것 같았다. 항상 어머니에 대해 자세한 이야기를 회피하던 아버지가 이상했었다. 그저 저자거리를 오가다가 만난 사이로 참하고 다부지고 다감한 사람이라는 것만 반복하듯 이야기해 주었었다.

명단은 주변을 한번 살피더니 겨우 들릴 정도로 빠르게 속삭였다.

"여해야, 네 어머니는 반가의 여인이었고 난 천한 승려였다. 허니, 이 아버지가 왜 그리 말하는지 알겠느냐?"

명단의 말을 들은 여해는 멍하니 그만 쳐다보았다. 생전 처음 진실을 마주하고 모든 것이 뒤엉켜 혼란스러웠다.

"예전에 제가 반송장이 되어 버려졌을 때 돌보아 주신 분께서 계십니다. 거기 데리고 가겠습니다."

"정말 고맙구나, 장포야! 참으로 고맙다!"

밖에 있던 옥리가 뛰어들어 와 옥사 안의 명단과 고개를 떨구고 있는 두 사람을 다그쳤다.

"빨리 나오게. 잘못하다가는 내가 이 옥사에 갇힌다구!"

장포는 넋이 나간 채 앉아 있는 여해의 손을 잡아끌었다. 명단은 있는 힘껏 딸의 손을 부여잡으며 눈물을 흘리며 소리쳤다.

"미안하구나, 여해야! 제발 이 못난 아비 걱정은 말고 너나 조심해서 잘 지내야 한다. 꼭 그래야 한다!"

"대감……. 이년을 이리 찾아 주시니 가슴이 뛰어 숨도 쉬기 어려울 정도이옵니다."

"허, 그년 거짓말도 잘하는구나. 자, 어서 합환주 한잔 따라 보거라."

봄날의 앵두꽃 같은 자태를 쳐다보며 의금부 판사는 입맛을 다셨다. 당장 잠자리 날개 같은 항라 저고리를 벗겨 탐하고 싶었지만, 고관대작의 체면을 내세우느라 참고 또 참고 있는 그였다.

술잔에 술이 가득 채워졌지만, 월하선은 계속 술을 부었다. 술이 흘러넘쳐 판사의 장옷과 바지를 적시자 그녀는 깜짝 놀라 속치마로 닦기 시작했다.

"아이, 이를 어째? 이년 죽을 죄를 지었사옵니다."

"허허, 괘, 괜찮다. 뭘 그런 걸 가지고……."

술잔의 술이 넘치는지 옷이 젖는지 그는 알지 못했다. 양귀비 같은 미색에 취해 있느라 그 외의 것들은 신경 쓰고 싶지도 않았다. 섬섬옥수의 섬세한 손길에 체통을 지키느라 숨겨둔 욕망이 그의 심장을 두들기기 시작했다.

"괜찮다는데도……. 이 사람이……."

늙은 사내는 실실 웃으며 자신의 바지춤을 살뜰히 닦는 기녀의 허리로 손을 뻗었다. 늘 익숙한 사내의 손길이 느껴지자 월하선은 한쪽 입술을 추켜올렸다.

'훗, 꼴에 너도 사내다 이거냐? 하긴 계집이라면 자다가도 벌떡 일어나는 놈이니 그러하겠지?'

그녀는 처연한 눈빛으로 올려다보았다. 목영찬의 얼굴은 장작불처럼 활활 타올라 터질 듯 상기되어 있었다.

"요즘 속 썩이는 책쾌 한 놈 때문에 마음이 번다하시겠습니다."

"허허, 나라의 녹을 먹는 관리라면 그런 것쯤은 다 감내해야 하느니라."

월하선의 굴곡지고 풍성한 자태를 노골적으로 쳐다보며 목영찬이 마른 침을 삼키고 있었지만, 그녀는 살살 약을 올리듯 눈웃음만 보낼 뿐이었다.

"저만 알고 있을 터이니, 그 책쾌에 대해 말씀해 주시어요. 어서요!"

"허허, 대역 죄인이다. 어찌 알려고 그러느냐?"

"아이, 기방에서 나온 이야기는 담장을 넘지 못한다고 하지 않았습니까? 저를 가벼운 창기로 보셨다니 서운하옵니다."

살짝 눈을 흘기며 토라진 그녀를 보자, 판사의 입은 바짝바짝 말라갔다. 어서 저 맛깔스러운 먹잇감을 품고 푸지게 이 밤을 놀고 싶은 욕심에 그는 어쩔 수 없이 입을 열었다.

"별것도 아닌 일인데 무얼 그러느냐? 주상 전하의 명이시니 엄히 다스려야지. 아마 그놈은 신분이 천하여 죽음을 면치 못할 것이다."

"제가 들으니 점잖은 사람이라 들었습니다. 얌전한 고양이가 부뚜막에 먼저 올라간다고 하더니 어찌 그리 무서운 일을 저질렀을까요?"

판사는 약간 미간을 찌푸리더니 살짝 고개를 내리 저었다.

"사실 그놈이 그 불온한 서책을 유통시켰다는 증좌는 없다. 소문일 뿐이지. 헌데 좀 수상한 부분이 없잖아 있는 놈이라 조사를 하긴 해야 한다."

어둠 속에 몰래 숨은 삵처럼 그녀의 두 눈이 촛불에 반짝거렸다. 새로운 사냥감을 찾은 것처럼 월하선의 두 뺨은 상기되기 시작했다.

"한성에 십육 년 전에 오기 전에는 그 어떤 출생 기록을 찾아볼 수가 없다. 사실 그놈이 지닌 호패 또한 한성부를 통해 알아보니 위조되었다고 하더구나."

"허면 혹시라도 왜의 간자일 수도……."

월하선의 한쪽 눈썹이 실룩거렸다. 의도하지 않은 미끼를 또 하나 건졌으니 그녀에게 더욱 큰 승리를 가져다 줄 수 있는 호재였다.

"그럴 수도 있겠지만, 천한 신분을 가리기 위해서나 지방에서 큰 죄를 지어 한성으로 숨어들어 온 놈일 수도 있다."

"참으로 이상하군요. 간자가 아니라면 필시 중죄인일 터, 결국 사필귀정이 아닙니까? 자신의 신분을 위장하는 자라면……."

계속 집요하게 파고드는 그녀를 보자 사내는 흐르는 시간이 아까워 애가 타기 시작했다.

"시간이 아깝지 않더냐? 난 그리 골치 아픈 이야기는 너랑 나누고 싶지 않구나."

"참으로 서운하옵니다. 나으리께서도 어쩔 수 없으십니다. 오늘 밤이 지나면 다 잊으실 터, 전 하룻밤 노리개이겠지요."

토라진 얼굴로 팩 돌아앉는 그녀를 보자 성질 급한 사내는 화가 머리끝까지 치밀어 올랐다. 그러나 이미 정상에 다 올라 하산할 수는 없는 법, 그는 조금 더 인내심을 갖고 버텼다.

"어찌하면 우리 양귀비가 얼굴을 펴겠느냐?"

"절 진심으로 아껴 주신다면 약조를 해 주십시오."

"약조?"

월하선은 고개를 돌려 그를 순진한 소녀처럼 애틋하게 바라보았다. 그러고는 수줍은 듯 얼굴을 숙였다. 알 수 없는 그녀의 행동거지는 겨울 동지 밤처럼 짧은 그의 참을성의 한계를 드러내게 만들었다. 목영찬은 그녀를 거칠게 돌려세우고 억지로 옷고름을 풀기 시작했다. 그런데 갑자기 그의 손등 위로 이슬이 뚝뚝 떨어졌다.

"왜 그러느냐?"

"참으로 너무하십니다. 어찌 그리 여인을 험히 대하십니까? 나으리께 실망했사옵니다."

서러운 듯 흐느끼는 그녀를 보자 목영찬은 뒷목으로 피가 몰려 쓰러질 것 같았다. 온몸의 힘이 빠진 그는 망연자실한 듯 그렇게 앉아 있었다. 월하선은 그런 모습을 보고 웃음이 터질 것 같았지만, 옷고름으로 얼굴을 가리며 더욱 크게 흐느꼈다.

"전 당당한 장부의 여인이 되고 싶습니다. 나으리께서 그 대역무도한 놈을 엄벌에 처해 나라의 기강을 바로 세우실 때까지 마음을 정히 하시도록 곁에서 지켜보고 싶사옵니다."

"뭐라? 그 무슨 뜬금없는 소리더냐?"

월하선은 고개를 들어 그윽하게 바라보았다. 눈물에 젖은 얼굴은 마치 새벽이슬을 맞은 수국처럼 고혹적이었다.

"오래 전부터 나으리를 마음에 품고 있었사옵니다. 그렇지 않으면, 어찌 승지 나으리께 청을 드려 대감을 기방에 모셨겠사옵니까? 장부가 여인의 치마폭에 휘둘러 나랏일을 허술히 한다는 소문을 듣고 싶지 않사옵니다. 대역 죄인을 처단하고 당당히 주상 전하께 상찬을 받으실 때 이년 오로지 대감의 여인이 되어 제 마음을 드리겠나이다."

취기와 함께 그녀의 말을 듣고 있자니, 더욱 머리가 빙빙 돌 듯 어지러웠다. 그러나 입 안의 혀처럼 그를 추켜세우는 기녀의 말에 목영찬은 절로 어깨가 으쓱해졌다.

"좋다. 네가 그놈을 처단하는 날, 오롯이 나를 위한 여인이 되어야 한다. 약조할 수 있겠느냐?"

월하선의 입가에는 순간 비소가 서렸지만 이내 사라졌다. 그녀는 자리에서 일어서서 큰 절을 올리더니, 백목련 같은 웃음으로 화답했다.

"기녀도 의리와 지조가 있사옵니다. 한성의 최고 명기 월하선, 절대 허튼 약조는 하지 않사옵니다."

"어르신 계십니까? 저 장포에요!"

피맛골의 죽집 노파는 밖에서 윙윙거리는 바람 소리인 줄 알고 이불을 머리끝까지 푹 덮었다. 오늘따라 유난히 바빠 노곤했던 그녀는 손주를 품에 안고 다시 눈을 감았다.

"어르신! 저에요, 장포에요! 이리 늦은 밤에 참으로 송구합니다!"

다시 귓가를 파고드는 익숙한 목소리에 그녀는 화들짝 놀라 벌떡 일어섰다.

"뭐야? 이거 귀신이야, 아니면 사람이야?"

목 안으로 파고드는 한기에 그녀는 부르르 떨며 자고 있는 손주에게 이불을 덮어 주고는 천천히 기어 문 쪽으로 향했다.

"어르신! 장포에요! 정말 송구합니다!"

문틈으로 보니 분명 예전에 수구문에서 데려온 그 장한이었다. 노파는 깜짝 놀라 창호를 열어젖혔다. 가년스럽지만 곱상하게 생긴 어린 사내와 함께 서 있는 그는 분명 장포였다.

"아이고, 이게 사람이야, 귀신이야?"

"사람 맞습니다, 어르신! 제 동무가 큰일을 당하여 신세지러 왔습니다."

노파는 맨발로 뛰쳐나가 장포와 어린 사내를 데리고 방 안으로 들어왔다. 오래 헤매고 다녔는지 두 사람의 몸은 손만 닿아도 부르르 떨릴 만큼 꽁꽁 얼어 있었다.

"세상에, 다 얼었구먼. 우선 여기 아랫목에 좀 앉아 있게나."

부싯질을 하며 노파는 처음 보는 사내의 얼굴을 흘끔거리며 살펴보았다. 곱고도 뽀얀 살결이 꼭 여인 같았으나, 옷은 사내의 것이라 여인인지 사내인지 분간할 수가 없었다. 낯빛이 어둡고 처연해 보이는 것이 필시 무슨 큰 신역을 치른 얼굴이었다.

"정말 죄송합니다. 잠시 제 동무를 맡아 주시겠습니까."

장포는 품에서 두둑한 쌈지를 꺼내 노파의 앞에 놓았다.

"제 마음이라 생각하고 받아 주십시오. 이 아이가 잠시 머물 동안에 손주님 찬이라도 더해 먹이시고, 장작도 좀 많이 마련하셔서 따듯이 지내셔요."

"아니네, 그냥 있어도 되네."

"아닙니다. 이 친구의 아버님께서 부탁하신 일입니다."

노파는 장포가 놓아둔 쌈지를 마지못해 손에 쥐었다. 그의 옆에 앉아서 망연자실한 듯 불빛만 바라보는 어린 사내를 보더니 그녀는 고개를 갸우뚱거렸다.

"사내인가 여인인가? 곱상한 것이 영락없이 계집 같구먼."

"사실, 여인입니다. 답십리에 살고 있는 제 동무 여해라고 합니다."

"그래? 그런데 왜 남정네처럼 저러고 있는 거야?"

장포는 잠시 머뭇거리더니 노파의 옆으로 다가앉아 귓가에 대고 속삭였다. 그녀는 잠시 놀란 기색을 내비쳤지만, 이내 고개를 끄덕였다.

"알겠네. 동네 사람들 눈에도 띄지 않도록 할 터이니 걱정하지 말게나. 내 요기할 것이라도 가져올 터이니 잠시 기다려."

장포는 노파의 팔을 잡으며 저어했지만, 그녀는 막무가내였다.

"먹다 남은 찬밥이 있어 그러네. 뭐라도 먹고 자야지 잠이 오지."

노파가 밖으로 나가자, 장포는 새근거리며 자고 있는 노파의 손주를 사랑스럽게 바라보았다.

"잘도 자는구나. 이 아이는 동량이라고 해. 착한 아이니까 널 잘 따를 거야."

"난 태어나면 안 되었을 아이였을까?"

여해는 그를 바라보지도 않은 채 동량의 뺨을 쓰다듬으며 중얼거렸다.

"우리 어머니는 반가의 여인이고, 아버지는 누구나 박대하는 중이었다잖아? 우리 아버지는 반가의 여인을 탐했으니 당연히 참수받아야 했을 사람이고, 난 당연히 관비로 있어야 할 아이였겠지. 나 때문에 부모님께서 그동안 힘들게 살았고, 우리 어머니는 날 낳다 돌아가셨고."

"여해야!"

그녀는 고개를 돌려 장포를 뚫어지게 바라보았다. 그 크고 슬픈 눈망울에서 어느새 눈물이 흘러내리고 있었다.

"결국 난 아버지께서 저리 허망하게 가시는 것을 보고만 있어야 해. 내가 나섰다가는 아버지의 죽음을 앞당기는 것밖에 안 된다고. 아버지를 구해드릴 방법이 떠오르지 않아!"

"아저씨께서는 곧 풀려나실 거야. 그러니……."

"그런 말도 안 되는 소리 하지 마. 난 아버지를 그리 만든 놈을 찾아낼 거야."

"한동안 여기 있어야 해. 그리고 그건 무모한 짓이야. 너무 걱정 말고……."

"분명 누군가 일부러 아버지를 해하려고 그런 거야."

여해는 동량에게로 눈길을 돌렸다. 둘은 더는 아무 말도 하지 않았다. 둘 사이에는 방 안에서 미세하게 느껴지는 온기와 가끔 흔들리는 불빛만이 가득할 뿐이었다. 그 어떤 말도 위로가 될 수 없었고, 그 어떤 말도 마음의 굴레를 벗을 수 있는 용기가 될 수 없었다.

방 밖에서 죽집 노파는 한숨을 내쉬며 무심하게 반짝이는 별들을 바라보았다.

"곧 샛별이 뜨겠구먼. 어린 것이 참으로 딱하구먼, 딱해. 어이고……."

"어허, 안 된다니까! 어디 감히 기방의 비자 따위가 와서 이리 버르장머리 없이 구는 것인고?"

"정말 한성 최고의 기녀 월하선을 모르시는 것이오? 고관대작님들도 우리 아씨 치마폭에서는 절절 매신난 말이오!"

이른 아침부터 어영청 연무장 앞에서 초관과 여인이 티격태격하고 있었다. 여인은 서찰을 들고 의기양양한 얼굴로 초관을 못마땅한 듯 흘겨보았다.

"이게 무슨 일이냐? 왜 아침부터 여인네 소리가 어영청에서 들리느냔 말이더냐?"

무뚝뚝하고 엄하기로 소문난 젊은 종사관이 여인과 싸우고 있는 초관에게 불호령을 내렸다. 초관과 여종은 깜짝 놀라 고개를 푹 숙이고 예를 올렸다.

"아, 예. 이 아이가 백운각 월하선인가 하는 기녀의 종년인데 자꾸 종사관 나으리를 뵙겠다고 떼를 쓰지 뭡니까? 그래서 제가 혼을 내고 있는 중입니다."

지기택은 여종을 가만히 바라보았다. 눈치 빠른 비자는 쪼르르 달려 나오더니 안찬 표정으로 서찰을 내밀었다.

"저희 아씨께서 꼭 전해 드리라고 했습니다. 만약 서찰을 거절하시거나 서찰의 내용에 응하시지 않으시면 후회하실 거라 하셨습니다."

"뭐라? 이년이 죽고 싶어 환장을 했구나. 감히 뉘 안전이라고!"

옆에서 듣고 있던 초관이 되바라진 여종을 보더니 눈을 부릅떴다. 지기택은 천천히 서찰을 꺼내 읽기 시작했다. 차분했던 그의 낯빛은 서찰을 다 읽고 비자에게 건넬 적에는 적홍빛으로 변해 있었다.

"월하선에게 알겠다고 전하거라."

여종은 기택에게 넙죽 인사를 올리고는 자신을 막은 초관을 흘겨보았다. 그녀는 혀를 쏙 내밀고는 고개를 든 채 성큼성큼 걸어가기 시작했다. 약이 오른 사내는 잔망스러운 여인의 뒷모습을 보며 삿대질을 하며 고함을 질러 댔다.

"아니, 저년이! 감히 어디라고!"

열 보 정도 걸어가던 여인은 다시 한 번 뒤돌아보더니 까르르 웃어 댔다.

"정승집 문지기가 저가 정승인 줄 안다고 하더만, 그쪽도 혹시 어영청 별장이라도 된다고 착각하시는 거 아니유? 냉수 드시고 속 차리시구랴!"

"뭐여?"

여인은 흥분하여 쫓아오는 초관을 보며 다시 한 번 혀를 내밀더니 삼십육계 줄행랑을 쳤다. 잠시 쫓아가던 사내는 아직도 분이 풀리지 않은지 고래고래 소리를 질렀다.

"예끼, 이 못된 년! 다음에 걸리기만 해 봐라!"

씩씩대며 제자리로 돌아가는 초관은 어두운 얼굴로 어영청으로 들어가는 종사관을 보자 호기심이 일었다.

"저 재미없는 양반이 왜 저런다지? 혹시 기생년한테 발목 잡힐 짓이라도 한 건가?"

"왜 또 온 것이더냐? 여해는 잘 있느냐?"

"걱정 마십시오. 어서 이 국밥 드시고 몸 좀 녹이십시오."

한겨울 추위로 얼굴이 가무칙칙한 명단은 오매불망 딸 걱정뿐이었다. 장포는 저자의 주막에서 사 온 국밥을 사식으로 밀어 넣었다. 그러나 명단은 수저도 들지 않은 채 계속 주변을 두리번거리며 어서 가라고 손짓만 할 뿐이었다.

"가거라. 행여나 너까지 잘못될까 봐 걱정이구나."

"옥리를 잘 구워삶았으니 걱정 마십시오. 어찌 대역죄를 지었다 하며 사람을 잡아 와 놓고는 문초를 하지 않는 것입니까?"

"모르겠구나. 그러니 더 미칠 지경이다. 억울한 죄목을 뒤집어씌워 잡아 왔으면 물어볼 것이 많을 터인데, 왜 이러고 있는지……."

장포는 손을 뻗어 명단의 손에 숟가락을 쥐어 주었다.

"어서 드십시오. 강건하셔야 여해도 걱정하지 않습니다. 제자로서 스승님께 드리는 부탁입니다."

명단은 그의 말에 고개를 떨구었다. 잠시 그렇게 있던 그는 천천히 국밥을 떠 꾸역꾸역 입 안에 넣기 시작했다. 소리는 내지 않았지만 분명 울고 있었다.

"꼭 풀려나실 겁니다. 허니, 꼭 힘을 내십시오. 전 스승님께서 무사히 답십리로 돌아오실 거라는 걸 압니다."

목홍빛 어스름이 깔리는 저녁, 백운각에는 아주 오랜만에 반가운 객이 들었다. 비자의 말이 끝나기도 전에 화려한 창호가 열리더니 도홍빛 저고리에 옥색 치마를 입은 여인이 화사하게 웃으며 나타났다. 기녀는 버선발로 달려 나가 무섭게 자신을 노려보는 사내의 팔을 끌었다.

"어서 오시어요. 이년 오직 나으리만 기다리고 있었사옵니다."

"어서 말하게. 대체 무슨 연유인가?"

"성미도 급하시긴요! 얘야, 정주간에 가서 제일 좋은 술로 가져오너라!"

버티는 사내를 억지로 잡아끌며 월하선은 계속 생글거렸다. 한성의 모든 사내들을 한순간에 자신의 노비처럼 만들어 버리는 아름다운 미소였지만, 이 사내는 전혀 감흥을 느끼지 못한 듯싶었다.

이미 방 안에는 화려한 주안상이 마련되어 있었고, 원앙금침까지 준비되어 있었다. 내내 무표정하던 그는 방 안을 한번 쓱 둘러보더니 기녀를 못마땅한 듯 쳐다보았다.

"이게 다 무엇인가? 할 말이 있으면 바로 하게. 바쁜 몸일세."

"그리 쉬이 꺼낼 수 있는 이야기가 아닙니다. 정녕 무고한 이들을 죽음으로 내몰고 싶으신 겝니까?"

월하선은 인내의 한계를 느꼈다. 입술은 방실거리고 있었지만, 그녀의 눈빛은 잔인할 정도로 표독스러웠다. 자신을 끝까지 거부하는 사내를 아직도 포기 못 하는 스스로가 한심스러웠지만, 이 오기와 분기를 쉬이 누를 수 없었다.

"아씨, 술 가져왔습니다."

비자가 건네는 술 주전자를 건네받은 월하선은 억지로 기택을 앉혔다. 술잔에 술이 부어지자 김이 모락모락 피어올랐다.

"일부러 뜨겁게 데웠습니다. 한 잔 드시면 한기가 가실 겁니다."

기택은 마지못해 한 잔 들이켰다. 향기롭고 고급스러운 청주였지만, 전혀 아무 맛도 느껴지지 않았다. 그녀는 다시 한 잔을 더 건넸지만, 그는 마시지 않았다.

"내 바로 묻겠네. 왜 나를 불렀나?"

"정녕 모르시겠습니까?"

월하선은 술 주전자를 내려놓고 그를 똑바로 쳐다보았다. 가식적인 웃음을 다 거둔 그 얼굴은 분노와 오랜 집착으로 일그러져 있었다.

"왜 저를 거부하시는 겁니까? 제 마음은 오로지 종사관 나으리께 있습니다. 헌데, 어찌 그리 무정하신 겁니까?"

"뭐라?"

"절 종사관 나으리의 여인으로 받아 주십시오. 허면, 그 누구도 다치지 않을 것이옵니다."

월하선은 단호한 결심을 한 듯 정색을 한 채 계속 그를 바라보았다. 기택 또한 아무 말 없이 그녀를 바라보았다. 두 사람 간에 흐르는 어색한 침묵은 서로의 결심을 꺾지 않으려는 의지의 싸움처럼 보였다.

오랜 침묵을 깬 사람은 바로 기택이었다. 그는 술잔을 한숨에 들이켜더니 자리에서 일어섰다.

"난 할 말이 없네. 미안하이."

"정녕!"

그녀의 외침은 처절했다. 오랜 시간 품고 기다리고 벼렸던 이 순간을 이리 허망하게 놓칠 수 없었다. 그래서 그녀의 외침은 모질고도 독했다.

"정녕 이년의 마음을 가리가리 찢어 놓으셔야겠습니까? 꼭 그 천하고 별것 아닌 계집의 목숨까지 다치게 만드셔야겠습니까?"

"이 사람! 그게 무슨 말인가!"

"만약 이 방을 나서신다면 평생을 두고 후회하실 겁니다. 제가 그 계집을 가만히 둘 것 같습니까? 절대 가만두지 않을 것입니다!"

"참으로 딱한 사람이구먼."

기택은 희미하게 미소를 지으며 그녀의 앞으로 다가갔다. 그러고는 그녀의 눈을 빤히 바라보았다.

"사람의 마음은 그리 얻는 것이 아니라네. 어찌 천하 명기가 되어 가지고 그 이치 하나 제대로 깨우치지 못하는가? 자네가 지금 하는 이런 짓은 왈짜패들이나 하는 행동이라네. 그리고 난 죽을 때까지 자네를 여인으로 생각하지 않을 걸세."

차갑고도 무지막지한 둔기가 그녀의 남은 순정을 흔적도 없이 짓눌러 버렸다. 매정하게 뒤돌아서는 뒷모습은 오히려 기녀의 결기에 불을 지펴 버리고 말았다.

"하룻밤, 오늘 단 하룻밤이라도 저의 사내로 있어 주시면 안 되십니까? 죽은 사람 소원도 들어준다는데, 어찌 산사람 소원을 그리 허망이 짓밟으십니까?"

종사관의 허리를 끌어안고 꿈에라도 꼭 기대고픈 넓은 등에 머리를 묻고 그녀는 목 놓아 울부짖었다. 그 어떤 사내라도 경국지색이 이리 늘어지며 붙든다면 연민의 정이라도 발동하여 그 작고 고운 손을 꼭 잡아 주었을 것이다.

"그만하게. 마지막 남은 자존심까지 내던질 요량이던가? 명기면 명기답게 체통을 지키게나."

그의 억세고 단단한 손이 죽을 듯이 붙든 가냘픈 옥수를 억지로 떼어내기 시작했다. 월하선은 마치 벼랑에서 떨어지듯 풀썩거리며 나부라졌다. 뒤돌아 위로의 말이라도 건네주었더라면 좋았건만, 그는 들어올 때처럼 조용히 창호를 열고 밖으로 나가 버렸다.

"꼭 이 밤을 후회하게 되실 겁니다. 이년이 꼭 그리 만들 것입니다!"

보일 듯 말 듯한 얄미운 눈썹달이 구름 사이로 가슴 아픈 이 풍광을 지켜보고 있었다. 기방 여기저기서 들리는 남녀의 음탕한 웃음소리에 목 놓아 우는 버림받은 기녀의 울음소리는 묻혀 버렸다. 그저 방 밖에서 행주치마를 두 손으로 비비 꼬며 아랫입술만 잘근잘근 씹어 대는 여종만이 서글프게 우는 여인의 곡소리를 들으며 한숨을 내쉬고 있을 뿐이었다.

"아이고, 어쩌나. 이를 어쩌면 좋다지? 이제 우리 아씨 큰일 내시겠네!"

기택은 정신없이 걸었다. 독한 기방의 영업주 때문이었는지, 스스로도 감당할 수 없을 정도로 격한 감정 때문이었는지 알 수 없었다. 심장 한가운데서 뜨거운 기운이 폭발할 듯이 치솟아 발끝까지 퍼져 가더니 자신을 정신없이 삼켜 버리고 있었다.

계속 내달리듯 빠르게 걷던 젊은 무인은 갑자기 발길을 멈추었다. 얼마나 걸었는지, 시각이 지났는지도 알 수 없었다. 머리가 빙빙 돌고, 얼굴이 화끈거려 아무런 생각도 할 수 없었다. 얼굴을 들어 별빛조차 보이지 않는 야천을 올려다보았다. 대낮과는 달리 구름이 잔뜩 낀 하늘은 음습한 기운을 마구 뿜어내어 더욱 차게 땅을 얼렸다.

오늘은 백운각에 갈 하등의 이유가 없었다. 그 웃기지도 않은 서찰을 받고 단숨에 달려온 자신이 스스로도 용납되지 않았다. 그저 말놀음 구경하러 온 가납사니 같은 천한 계집일 뿐이었다. 딱하다고 혀를 차며 연민의 눈길만 보내면 그만인 위치였다.

하지만 그 아이를 가만두지 않겠다는 위협을 보고, 자신도 모르게 달려왔다. 진정을 요구하는 기녀를 뿌리칠 때도 마음속에서는 사정해 보고 싶은 약하고 못나 빠진 생각이 스멀스멀 기어 올라왔었다.

"못난 놈……. 그깟 계집 하나 때문에……."

기택은 순간 비틀거렸다. 이틀 새 그 아이가 군마장에 나오지 않자 이상하게 모든 것이 귀찮고 신명 나지 않았다. 잠시, 아주 잠시 그 아이와 같이 있었을 뿐인데도 난자리가 크다고 하듯, 그 공백은 바다처럼 크고 깊기만 했다.

말 많은 두홍은 티를 내며 여해를 걱정했지만, 기택은 일부러 아무렇지도 않은 척했다. 오히려 수련에 집중하지 않은 사제를 혼내며 더욱 거세게 몰아붙였다.

"그래, 다시 내일부터는 평온한 마음으로 되돌아가는 거다."

기택은 주변을 둘러보았다. 어느새 운종가 한가운데로 들어선 그는 눈에 띄는 주막집으로 발길을 돌렸다. 이미 얼큰하게 마시고 주정을 부리는 사내들과 봉놋방에서 노름을 하며 싸우는 노름꾼들로 주막 안은 시끌벅적했다.

"뭘 갖다 드릴갑쇼, 나으리?"

"국밥과 탁주 한 병 갖다 주게."

얼굴이 가마무트름한 주모는 그 퉁실퉁실한 엉덩이를 요란스럽게 흔들며 찬간으로 바삐 달려갔다. 번잡한 곳에 오니 그는 더욱 심산해졌다. 스스로가 생각해도 한심한지 실소를 지었다.

'기택, 너도 참 어리석고 못났구나. 별일 아닌 걸 가지고 이리 주책을 떨다니 원…….'

"아이고, 이젠 그만 드십시오. 국밥도 아니 드시고. 이러다 고주망태 되십니다!"

벌써 탁주 세 병을 비우고도 또 시키는 기택을 보자, 주모는 걱정스러운 얼굴로 저지했다. 홍안이 되다 못해 말고기 자반처럼 달아오른 그는 최대한 버티고 있었지만 술기운을 이기지 못해 흐느적거렸다.

"괜찮네. 어서, 한 병 더……. 여기 술값 있네."

"천금을 준다 하셔도 이제 술 없습니다요. 나으리, 이제 가십시오. 별순라가 돌아다닐 시간인지라 통행금지에 걸리시면 무슨 망신이십니까?"

주모는 하인을 시켜 그를 부축하여 주막 밖으로 내보냈다. 몇 걸음 걸어가다가 땅에 나부라지고 또 일어서기를 반복하는 젊은 무관을 보며, 그녀는 입을 삐죽거리며 고개를 내저었다.

"점잖게 생긴 양반이 왜 저리도 궁상을 떤데? 저 정도면 거창한 주안상 차려 주는 기방 가면 그만일 것을. 에그!"

"거기 누구냐?"

별순라들은 기골이 장대한 장한이 자빠지며 일어서는 것을 보자, 두 눈을 부릅떴다. 요즘처럼 찬 날씨에는 대부분 일찌감치 귀가하는 지라 순찰을 돌아도 눈에 띄는 위인들은 거의 없었다.

"인정이 한참 지나 이경이다. 어서 돌아가!"

경고를 했지만, 사내는 계속 비틀거리며 순라군 쪽으로 걸어오고 있었다. 별순라들은 손에 쥐고 있는 육모방망이를 꽉 그러쥐었다. 점점 더 가까이 사내가 다가오자 그들은 더욱 큰 목소리로 소리 질렀다.

"어서 물러가지 못하겠느냐? 명을 어기면 포청에 가서 죽도록 매를 맞을 것이다!"

삼엄한 경계에도 그는 계속 그들 앞으로 걸어왔다. 제법 훤칠한 사내는 수련복을 입은 젊은 무관이었다. 순라군들은 지레 겁을 집어먹고 한걸음 뒤로 물러섰다.

"저, 저기 나으리! 어서 댁에 들어가십시오. 통행금지 시각이옵니다. 날도 차니 어서요!"

"맞습니다. 명을 어기시면 저희들도 어쩌지를 못합니다."

사내는 두 사람을 쳐다보며 비실비실 웃더니 세게 밀치고 계속 앞으로 나아갔다. 순라군 한 사람이 달려가 그의 팔을 부여잡고 달래기 시작했다.

"댁이 어디십니까? 저희들이 다른 순라군에게 모셔다 드리라고……."

사내는 자신의 팔을 붙드는 순라군을 휘감더니 땅바닥에 내동댕이쳤다. 갑자기 벼락을 맞은 순라군은 화가 나 육모방망이를 집어 들고 그에게 달려들었다.

“아니, 양반놈이라 봐주었더니 감히 명을 어기고 어디 행패질이냐?”

순라군은 사내의 머리와 어깨를 사정없이 내리쳤다. 주정하는 사내의 이마에서 피가 흘러내렸다. 그러나 그는 아랑곳하지 않고 자신을 때리는 별순라를 거칠게 잡아채더니 패대기쳤다.

“어이구! 나 죽는다!”

가만히 보고만 있던 다른 별순라가 두 손으로 육모방망이를 들고 뒤에서 사내의 뒷목을 세게 갈겨 버렸다. 앞으로 고꾸라진 그는 그대로 땅으로 나자빠졌다. 순라군들은 분이 풀리지 않은지 엎어진 사내의 등을 짓밟으며 악다구니를 썼다.

“에잇, 술 취했으면 자빠져 기녀들이랑 그 짓거리나 할 것이지 왜 나와서 지랄이야?”

“어디 한번 네놈도 죽도록 맞아 봐라!”

순라군들은 얼굴이 시뻘게져 육모방망이까지 동원하며 사내를 때리고 또 때렸다.

“이놈들! 이 무슨 추태더냐?”

전립을 입은 한 무관이 불호령을 치며 순라군들에게 다가왔다. 순라군들은 깜짝 놀라 매질을 멈추고 뒤로 물러났다.

“난 오늘 번을 서는 훈련원의 판관 이두홍이다. 대체 이게 뭐하는 짓이더냐?”

순라군들은 서슬 퍼런 판관의 얼굴을 보더니 새하얗게 질려 고개만 떨구고 있었다. 판관은 쓰러진 사내에게로 다가가 살펴보더니 깜짝 놀라 벌떡 일어섰다.

"이 정신 나간 것들아! 감히 이분을 때려? 네놈들 오늘 나한테 죽어야겠구나!"

판관은 벌벌 떨며 눈치만 보고 있는 순라군에게로 바짝 다가갔다. 그때 한 사내가 눈치를 보며 변명하듯 입을 열었다.

"아닙니다. 저희들은 댁까지 모셔 드리려고 했는데, 대뜸 저희들을 밀치시고 메다꽂으시지 않겠습니까? 그래서 어쩔 수 없이……."

"네놈들이 무관을 이리 험히 대해? 죽고 싶어 환장을 했구나!"

"제발 용서해 주십시오. 저희들이 백 번 천 번 잘못했습니다. 제발!"

"저희들도 잘하려고 하다 보니 이리 되었습니다. 제발 나으리! 용서해 주십시오!"

싹싹 빌며 울상이 된 순라군들과 쓰러진 사내를 번갈아 보며 판관은 답답한 듯 한숨을 내쉬었다. 그는 순라군들의 머리를 번갈아 한 대씩 쥐어박더니 엎어져 있는 사내를 부축하여 어깨에 둘러메었다.

"우선 이분을 댁까지 모셔 드릴 터이니 내일 너희들의 죄를 묻겠다. 어서 돌아가서 번을 다시 서거라!"

발길을 돌리는 판관을 보며 순라군들은 이마가 땅에 닿을 정도로 인사를 하며 저만치 달아나 버렸다. 도망가는 군졸들을 바라보며, 판관은 어깨에 맨 사내를 보자 부아가 치민 듯 소리를 질렀다.

"아이고, 한 말 등에 두 길마를 지운다더니, 오늘 내가 번을 서다 못해 이 무슨 고생을 하는지 원. 이기지도 못할 술을 뭐 이리 드신 거요? 어이구!"

늙은 멧돼지가 벌게진 얼굴을 희죽거리며 창호를 열고 들어왔다. 하얗고 보얀 어깨를 드러내고 속치마만 걸친 채 심통이 난 얼굴로 장죽을 빼끔거리던 기녀는 본체만체하며 연초 연기를 내뿜었다.

"웬일로 나를 불렀더냐? 오늘이 바로 그날이더냐?"

의금부 판사는 까치발로 살금살금 월하선의 곁으로 다가오더니 털썩 주저앉아 야들야들한 허리를 끌어안았다. 하지만 그녀는 연초 연기를 가득 머금더니 그의 얼굴에 후하고 내뿜었다.

"이그, 맵다. 심술이 많이 난 게로구나."

"대체 어찌 일을 그리 하십니까?"

기녀는 귀찮은 듯 온몸을 비틀며 그의 팔을 떼어 놓았다. 아주 깊이 연초를 들이마시더니 시원스럽게 연기를 뿜으며 한심하다는 듯이 그를 쳐다보았다.

"대역 죄인을 잡아 놓으시고 어찌 그리 놔두기만 하십니까?"

"아니, 네가 차근차근히 따져 봐야 한다고 해서 천천히 문초하는 것이 아니더냐?"

목영찬은 두 눈을 멀뚱히 뜨고 뜬금없는 소리로 짜증을 내는 그녀를 바라보았다. 월하선은 한번 눈을 흘기더니 장죽을 탕탕 내리쳤다.

"아니 그럼 달포 아니 일 년이나 문초를 질질 끄실려구요? 지금쯤 옥에서 추위와 긴장으로 몸이 바짝 달았을 것이니 겁을 주면 금방 술술 불지 않겠습니까? 어찌 영명하신 나으리께서 그리 세상 이치를 모르시는 겁니까? 정말 답답하십니다. 아이, 더워. 왜 이리 방을 데워

놓은 게야?"

그녀는 답답한 듯 속치마 끈을 풀어 내렸다. 훤히 비치는 개당고만 걸친 하체가 드러나자 목영찬의 두 눈은 이미 멀어 있었다. 그는 싱글거리며 방바닥을 기어 다가가더니 먹잇감을 사냥하는 범처럼 잽싸게 그녀를 그러안고 구르기 시작했다.

"아이, 왜 이러셔요?"

"가만히 있거라. 내 오늘도 하루 종일 너만 생각했느니라."

월하선은 신경질적으로 그를 세게 밀쳐 냈다. 뒤로 벌렁 넘어진 그는 잠시 표정이 일그러졌지만, 다시 한 번 그녀에게로 다가갔다.

"월하선아, 어찌 하면 되겠느냐?"

"당장 죽이십시오."

냉랭하고도 단호한 그녀의 한마디에 목영찬은 입을 벌리고 쳐다만 보았다. 자신을 멍청하게 바라보는 그를 향해 잔인한 미소를 짓는 여인은 아무렇지도 않은 듯 연초를 피우고 있었다.

"죽이라니? 누굴?"

다시 되묻는 판사를 향해 그녀는 독을 내뿜는 독사처럼 붉디 붉은 입술을 일그러뜨리며 악다구니를 썼다.

"그 책쾌 놈 말입니다! 저자거리에 떠도는 낭설들을 듣자하니 큰 죄를 짓고 한성으로 기어들어 온 패악스러운 놈이라고 하지요? 그렇지 않으면 왜 호패를 위조해서 들고 다니겠습니까? 호패를 위조하는 그것만으로도 참수를 당할 큰 죄이지요? 그 서책을 왜 유통시켰냐고 물어보는 것보다 왜 가짜 호패를 지니고 다녔는지 한번 캐물어 보십시오. 필시 술술 불 것이옵니다."

"그, 그래?"

서늘하고도 표독스러운 그 얼굴을 보고 있으니 숨겨둔 욕정이 눈치 없이 고개를 쳐들고 비집고 나왔다. 목영찬은 눈치를 보며 다시 살살거리며 기어가더니 하얀 옥수를 그 두툼한 낯짝에 갖다 대었다.

"네 말대로 다 하마. 네가 그리 화가 나 있으니 내 마음이 너무도 좋지 않구나. 자, 어서 얼굴 펴거라, 응?"

여전히 개당고 안을 흘깃거리는 고관대작을 월하선은 경멸스럽게 내려다보았다. 한쪽 눈썹을 치켜올리며 그녀는 답답한 듯 장죽을 빠끔거렸다.

"조금만 참으십시오. 곧 일장춘몽과 같은 밤을 백일 아니 천일 동안 이어지게 해 드릴 터이니."

간만에 날이 따스했다. 아직도 땅 속의 차가운 냉기가 발밑에서 치밀고 올라왔지만, 그럭저럭 여유를 부리며 다닐 정도로 따듯한 날씨였다. 밤새 내내 잠을 뒤척인 여해는 방구석에 앉아 무릎 사이에 얼굴을 파묻고만 있었다.

"형, 나랑 놀아 주면 안 돼?"

동량은 계속 쭈그리고 있는 그녀의 곁으로 가 소맷부리를 잡고 흔들었다. 아무런 미동도 없었다. 아이는 입을 삐죽거리더니 다시 한 번 더 세게 흔들며 보챘다.

"형, 나랑 놀아달라고! 심심하단 말이야!"

막무가내로 흔들어 대는 와중에 물기가 맺힌 그녀의 퉁퉁 부은 두 눈이 드러났다. 동량은 깜짝 놀라 두 손을 오므리고 여해의 얼굴을 빤히 바라보았다.

"미안해, 형. 난 그냥……."

여해는 벽을 보고 몸을 돌린 채 다시 무릎 사이에 얼굴을 파묻었다. 아이는 더는 귀찮게 하지 않고 방문을 열고 나가 버렸다.

"어이구, 내 강아지! 할미 이제 간다."

"할머니, 저 형 자꾸 울기만 하고 저러고 있어. 아침밥도 하나도 안 먹구."

찬간에서 나온 노파는 방문을 열고 여해를 물끄러미 바라보았다. 방 한가운데 차려놓은 밥상은 차갑게 식은 채 그대로였다.

"애야, 어서 먹거라. 네가 그러고 있으면 아버지께서 마음이 편하시겠냐? 장포가 매일 사식을 넣는다고 했으니 걱정 말고 어여 먹어."

여해는 꿈쩍 않고 그대로였다. 노파는 신을 벗고 방 안으로 들어가더니 거칠게 그녀를 돌려세웠다. 그러고는 밥상 앞으로 끌어당겨 앉히더니 손에 억지로 숟가락을 쥐어 주었다. 하지만 여해는 숟가락을 다시 놓고 뒤돌아섰다. 노파는 다시 그녀를 돌리더니 다시 한 번 숟가락을 쥐였다.

"먹어. 너 그러면 천벌 받어. 자식이란 것이 그러고 있으면 부모 마음이 편한 줄 알어? 어서 먹지 못해? 이거 하나도 남기지 말고 다 먹어."

호통 치는 노파의 얼굴은 단호했다. 여해는 밥공기를 한참 동안 쳐다보고 있더니 한 숟가락 푹 떠서 마구 입 안에 쑤셔 넣기 시작했다.

그제야 노파는 안심한 듯 빙그레 웃었다.

"그래, 그래야지! 어서 먹거라. 그리 미련스럽게 밥만 퍼먹지 말고 국도 먹어. 동량아, 이 형 밥 다 안 먹으면 나중에 이 할미한테 다 일러야 한다. 알겠지?"

마루에서 방으로 고개를 내밀며 보고 있는 아이는 재밌다는 듯 빠진 앞니를 훤히 보이며 웃어 댔다.

"여해야. 절대로 낮에는 이 집 밖으로 나가서는 안 된다. 다들 무당들이 살아서 낯선 사람이 하나 들어오면 금방 표가 난다. 동량아, 누가 이 형 누구냐고 물으면 고향집에서 잠시 놀러온 사촌형이라고 해라. 알겠지?"

"근데, 사촌형 아니잖아? 할머니가 거짓말하면 안 된다고 하지 않았어?"

"이 녀석아, 할미가 괜찮다고 하면 괜찮은 거야. 알겠지?"

걸신들린 듯 정신없이 밥을 퍼먹던 여해는 갑자기 숟가락질을 멈추고 눈물을 흘렸다. 노파는 머릿수건으로 눈물을 닦아 주며 등을 어루만졌다.

"그래, 속이 터져서 울고 싶을 땐 마음껏 울고, 또 그러다 허기가 져서 미칠 것 같을 땐 정신없이 먹거라. 사람인데, 어찌 모든 걸 담아 둘 수만 있겠느냐? 조금만 참아. 다 잘 될 터이니……."

"대역 죄인 조명단을 데리고 왔습니다."

맨발로 끌려 나오는 명단의 얼굴은 며칠 새 반쪽이 되어 있었다. 다 부르튼 허연 입술과 푹 패어 들어간 눈두덩이, 주름이 깊게 파인 양볼. 무엇보다 하얗게 반이나 새어 버린 머리는 그가 옥에서 얼마나 힘든 시간을 보냈는지 여실히 보여 주었다.

하루 종일 운우지락만 생각하는 의금부 판사는 부아가 치밀어 고래고래 소리를 질렀다.

"네 죄를 만천하가 알고 있으니 바로 묻겠다. 너는 어찌하여 나라의 근간을 어지럽히는 패관잡서를 유통하여 주상전하와 강상의 윤리를 어지럽혔더냐?"

명단은 그 맑고 선한 두 눈을 들어 판사를 똑바로 보며 조용히 대답했다. 판사의 목소리보다 훨씬 작았지만, 마음에 큰 울림을 주는 부드럽고 깊은 목소리였다.

"소인은 한 번도 남을 해한 적이 없습니다. 제가 본 적도 없는 서책이 어찌하여 제가 유통시킨 것이라고 알려진 것인지는 모르오나, 필시 제 이름을 도용하여 그 불온한 서책을 유통시키는 자의 소행이라고 보옵니다. 소인은 정말 억울하옵니다. 한성에서 이십 년 가까이 책쾌로 일하며 한 번도 그리 불온한 서책은 가까이 한 적이 없습니다. 백성의 억울함을 풀어 주시는 주상전하의 대리인으로서 제발 저의 이 누명을 벗겨 주시옵소서!"

"닥쳐라! 어디 감히 그 더러운 입으로 주상전하를 욕보이는 것이더냐? 여봐라, 저놈이 곱게 털어놓을 것 같지 않구나. 어서 찬물을 끼얹고 장을 치거라!"

형틀에 묶여 장을 맞는 명단은 두 눈을 꼭 감았다. 널찍한 장대가 둔부를 사정없이 내려칠 때마다 온몸이 찢겨나가는 듯한 고통에 신음했다. 하지만 고통에 못 이겨 거짓 자백을 할 수는 없었다. 무엇보다도 자신이 죽더라도 지켜야 할 딸이 있기에 명단은 그 어떤 힘든 일도 참을 수 있었다.

"자, 멈추거라. 다시 묻겠다. 누가 사주해서 그 불온한 서적을 유통시켰느냐, 아니면 네가 역심을 품고 그리했더냐?"

"대체 몇 번을 고해야 합니까? 소인은……. 그 서책을 본 적도 만진 적도 없사옵니다. 저도 알고 싶사옵니다! 어찌하여……. 어찌하여 제 이름을 빼앗아 그런 대역무도한 죄를 저질렀는지 말입니다. 제발 나으리! 정말 억울하옵니다!"

"저, 저 발칙한 놈을 보았나? 저놈을 다시 한 번 치거라! 아무래도 반송장이 되어야 입을 열 듯 싶구나!"

의금부 담벼락 밖에서 동헌 안에서 들려오는 매질 소리에 장포는 어찌할 줄 몰라 발을 동동거리고 있었다. 하지만 여해는 입술을 깨물며 억지로 눈물을 참고 있었다. 답답한 장포는 의금부 외삼문을 지키는 나졸에게 달려갔다.

"저기, 어르신. 지금 누구를 문초하는 것입니까?"

"아마 그 불온한 서책을 유통시킨 책쾌 놈일 걸세. 쉬 자백하지 않으니 판사 대감께서 장을 치라고 하셨구먼."

장포는 나졸에게 들은 대답을 도저히 여해에게 해 줄 수 없었다. 다시 그녀의 옆으로 간 그는 아무 말이 없었다. 차라리 침묵이 그녀에게 가장 편한 위로였다. 그러나 한 일각 정도 지나자 그녀가 먼저 입을 열었다.

"나라도 들어가서 아버지의 무고함을 밝혀야겠어."

"절대 안 돼! 그건 아저씨를 더 힘들게 하는 거야."

"그럼 어쩌라고! 이렇게 보고만 있어?"

"그게 무슨 말이야? 죄가 없으신데."

여해는 장포를 물끄러미 바라보았다. 핼쑥해진 얼굴은 핏기 하나 없이 창백했다. 퀭하니 슬픈 두 눈동자에는 어느덧 이슬이 맺혀 반짝거렸다.

"뭐라도 하지 않으면 미칠 거 같애. 이렇게 보고 있을 수는 없어!"

"참으로 모질고도 독한 놈이로구나! 그래, 네가 그리 버틴다 이거지?"

목영찬은 비릿한 웃음을 지으며 천천히 명단 앞으로 다가갔다. 피를 토하며, 헐떡이는 그는 숨 쉬는 것조차 버거울 정도였다. 물에 젖은 상투를 한 손으로 잡아 올리며, 판사는 명단의 호패 하나를 보여주며 흔들어 댔다.

"자, 보거라. 이것이 정말 네 것이더냐?"

대답하는 것조차 버거운 듯 명단은 계속 숨을 헐떡거렸다. 온몸의 기운이 빠진 그는 젖 먹던 힘을 다해 판사를 바라보았다.

"헌데 말이다. 한성부에 알아보니 이 호패가 위조된 것이라고 하더구나. 허면, 이 호패에 적힌 네 신분과 이름이 모두 가짜라는 것인데……. 대체 왜 위조한 호패를 들고 다니는 것이더냐?"

명단은 두 눈을 꼭 감았다. 제발 이 순간만큼은 오지 않기를 바라고 또 바랐던 그였다. 나부죽하게 형틀에 엎드려 있는 그의 머릿속에는 여해의 얼굴이 떠올랐다.

'지금인 것인가? 정녕 여해의 얼굴도 볼 수 없이 가야 한단 말인가?'

판사는 말을 쉬 하지 못하는 그를 보며 승리의 미소를 머금었다. 승기를 잡은 그는 더욱 고삐를 잡아채는 기마병처럼 죄인을 다그쳤다.

"어서, 말해 보란 말이다! 네가 원래 살던 곳은 어디이며 어떤 일을 했던 놈이더냐? 아니면, 조선인이 아닌 왜놈의 간자이더냐? 어서 이실직고하지 못하겠느냐?"

명단은 아무 말을 하지 않았다. 그저 꼭 감은 눈에서 굵은 눈물이 흘러내리기만 할 뿐이었다. 악이 박힌 목영찬은 명단의 상투를 마구 흔들었다.

"허어, 이놈이 정녕 뼈마디가 부서질 정도로 험히 대해야 입을 열 것이냐? 여봐라, 안 되겠구나. 압슬을 준비하거라!"

"대감 나으리! 이, 이놈이!"

장을 치던 나장 하나가 뒤로 물러서며 소스라치게 소리 질렀다. 나장의 말에 판사는 그만 손을 놓고 그 자리에 털썩 주저앉았다.

"이, 이놈이……. 어서 의원을 불러라! 어서! 죄인이 혀를 깨물어 자진하려고 했다. 어서 의원을 불러오래도!"

형틀에 묶인 그를 풀어 일으켜 세운 나장들은 그의 코끝에 손가락을 갖다 대어 보곤 고개를 흔들었다. 입에서 적색의 핏물이 흘러내리는 명단의 얼굴은 그 어느 때보다도 평온해 보였다.

"숨이 끊겼습니다. 어찌하면 좋을지……."

생각지 못한 난국에 판사는 자신을 부축하는 동지사의 팔을 뿌리쳤다. 그는 얼토당토않게 일이 끝나 버린 것이 황망하여 그 어떤 말도 생각나지 않았다.

"대감, 어찌 하올까요?"

그의 안색을 살피며 조심스레 묻는 지사와 동지사를 향해 목영찬은 괜히 심통을 부렸다.

"어떻게 하긴? 전하께 고하거라. 대역 죄인이 거짓 호패임이 발각되어 스스로 자진했다고 말이다. 그리고 나라의 기강을 잡기 위해 이놈의 목을 효수하여 매달아야 한다고도 고하거라!"

"왜 갑자기 조용하지?"

여해는 심장을 죄이는 불안함과 공포감에 숨을 쉴 수 없었다.

"크, 큰일났네. 어서 이걸 전해야 하네!"

외삼문 안에서 서리가 파발을 준비시키며 허둥대었다. 이윽고 파발꾼 하나가 서리가 건네주는 서찰을 품에 넣고 말에 올랐다.

"무슨 일이 있나요? 갑자기 왜 동헌 안이 조용하죠?"

장포는 자신이 생각하는 것이 현실이 아니기를 바라며, 달려가 경악한 나졸의 팔을 잡아당겼다.

"글쎄, 그 책쾌 놈이 혀를 깨물어 자진했다고 하는구먼. 위조된 호패를 가지고 문초하자 바로 자진했다네. 그래도 죄가 있으니 아마 죽었다 하더라도 효수되어 그 머리가 걸릴 걸세."

장포는 휘청거리며 뒤돌아섰다. 커다란 눈으로 멍하게 자신을 응시하는 여해를 보자 더욱 머릿속이 하얘졌다. 그녀의 동공은 그를 보고 있었지만, 그를 보는 것이 아니었다. 숨을 쉬고 있었지만, 살아 있는 것이 아니었다.

"여해야……."

목이 메인 장포는 더는 말을 잇지 못했다. 그녀의 손을 잡으려 했지만, 여해는 거칠게 뿌리쳤다.

"내가 왜 가? 우리 아버지 왜 억울하게 죽였냐고 따지고 물을 거야! 그리고 어떤 놈이 불쌍한 아버지 그리 만들었는지 찾아내서 똑같이 죽여 버릴 거야!"

하얗게 질린 그녀의 얼굴은 마치 귀신같았다. 요 며칠 새 부쩍 야윈 모습은 금방이라도 쓰러질 것 같았지만, 그녀는 분기 하나로 버티고 있었다.

"여기서 이러다 너까지 큰일 나. 어서 가자."

"가려면 너 혼자 가. 난 아버지 주검이라도 거두어야겠어."

여해의 뺨 위에는 어느새 굵은 눈물이 흘러내렸다. 굳게 입을 다물고 뒤돌아서 외삼문으로 향하는 그녀의 어깨는 격렬하게 떨고 있었다. 장포는 두 팔을 벌리고 그녀의 앞을 가로막았다.

"비키지 못해?"

"안 돼. 절대 안 돼!"

그녀는 그를 밀쳤다. 장포는 거세게 그녀를 꼭 끌어안았다. 아무리 발로 차고 깨물어도 여해는 꼼짝할 수가 없었다.

"놔! 아버지와 같이 못 산다면 죽어 버릴 거야!"

"안 돼! 아저씨의 마지막 당부 말씀이셨어. 꼭 살아서 아버지 몫까지 살아야지!"

"나쁜 놈! 죽일 놈!"

울부짖으며 사정없이 자신의 가슴을 내려치는 주먹질을 장포는 묵묵히 받아내고 있었다. 심장을 누가 도려내어 꺼내가는 것처럼 아리고 너무도 아팠다. 그것은 여해의 주먹질 때문이 아니었다. 끝까지 스승이 죽는 것을 맥없이 바라봐야만 했던 자신의 무능력함에 대한 자책 때문이었다.

"나쁜 놈아! 이 나쁜 놈아! 으아아!"

여해의 뺨을 타고 흘러내리는 눈물이 장포의 누비저고리를 흠뻑 적셨다. 말없이 그녀의 모든 슬픔과 분노를 순수한 연정으로 다 받아주는 그 또한 울고 있었다. 그는 마음속으로 외치고 또 외쳤다.

'이놈이 죽일 놈입니다. 그저 가시는 것을 보고만 있는 제가 참으로 죽일 놈입니다!'

"음, 그래서 그 책쾌 놈의 모가지는 운종가 한가운데 걸렸다는 말이더냐?"

"예, 아무래도 운종가에 절초전도 있고 재담꾼들이 많이 모여드는 곳이니 일부러 그곳에 걸었겠지요. 보고 왔는데 혀를 깨물어서 몰골이……. 으이구, 꿈에라도 나올까 무서워요."

비스듬히 누워 장죽을 여유 있게 피우는 기녀는 이 세상을 다 가진 사람처럼 흡족해 보였다. 비자는 날씬한 다리를 주무르며 저작거리에서 듣고 온 온갖 낭설을 늘어놓았다.

"사람들로 들끓는 운종가에 사람들이 거의 안 보이더라구요. 설이 다 되어 가느라 바빠야 할 전방들도 손님들이 없다고 난리던데요?"

"곧 다 잊어버리지. 사람은 말이다, 저하고 관련된 일이 아니면 금방 듣고 언제 그랬냐는 듯 잘 산단다."

월하선은 몸을 일으키더니 화초장으로 다가가 추석 때 맞춘 옷을 꺼냈다. 화려하게 수가 놓인 훈색 저고리는 마치 춘삼월에 산야를 물들이는 진달래처럼 곱고 고왔다. 회보라빛 치마는 마치 어여쁜 꽃을 돋보이게 하는 꽃받침처럼 전아하고 은은한 멋을 더해주고 있었다.

"목욕물 좀 데워 놓거라. 내 오늘 그 늙은 돼지에게 상찬을 해야겠구나. 말 잘 듣고 시킨 대로 했으니 푸지게 놀아 주어야지."

벗어나기

"동량아, 형 왔다. 너 주려고 백당전에서 맛난 거 가득 사 왔단다."

입춘이 되었건만 여전히 날씨는 춥고 으슬으슬했다. 아침에는 가루눈까지 뿌려 입춘첩을 붙이는 것이 무색할 정도로 매서운 한기가 맴돌았다. 장포는 오늘 수포교 근처에서 낭송을 하고 꽤나 많은 돈을 벌었다. 핑계는 신세지고 있는 죽집 할멈의 손주 주전부리를 사 준다는 것이었지만, 여해를 위해 일부러 운종가에서 가장 큰 백당전에 들른 것이다.

"우와, 맛나겠다. 형, 오늘 번 돈 다 쓴 거 아니야?"

"걱정도 팔자구나. 그래, 오늘 여해 형은 뭘 좀 먹디?"

옥춘당 하나를 입에 넣고 뺨이 불룩해진 동량은 세차게 고개를 흔들었다. 장포는 처연한 눈빛으로 초라한 창호를 바라보았다. 어린아이는 약과 하나를 집어 들었다.

"이거 형한테 갖다 주고 올게. 밥도 제대로 못 먹는데 이거라도 먹어야지."

장포는 기특한 듯 아이의 머리를 쓰다듬었다. 동량은 단물을 입가에 질질 흘리며 큰 사탕을 입 안에 굴리며 빨아 먹었다. 방 안으로 들어가는 사내아이를 보며 그는 눈이 내릴 듯한 허연 하늘을 올려다보았다.

"형, 먹어 봐. 장포 형이 백당전에서 맛난 거 정말 많이 사 가지고 왔어. 밥도 안 먹었잖아?"

"……."

"정말 한번 먹어 봐. 안 먹으면 후회할 걸?"

아무 미동도 하지 않고 벽만 바라보고 웅크리고 있는 여해를 지켜보던 동량은 그녀의 입가에 약과를 갖다 대었다. 순간, 그녀는 아이의 팔을 세차게 뿌리치며 눈을 부라렸다.

"저리 가지 못해? 먹기 싫다는 사람 왜 자꾸 괴롭히고 난리야?"

"형, 나는……."

"또 한 번 나 귀찮게 했다가는 혼날 줄 알어!"

죽일 듯이 노려보는 여해의 행동에 동량은 깜짝 놀라 눈물 맺힌 두 눈만 껌뻑거렸다. 밖에서 뛰어들어 온 장포가 아이를 끌어안았다.

"동량이한테 이 무슨 짓이야? 얘가 너 딱해서 그러는 건데 왜 이리 못되게 구는 거야?"

"그래 너 잘났구나. 난 우리 아버지 죽인 놈이 누군지 알고 싶어 가슴이 터질 지경인데, 넌 주전부리 타령이니?"

"네가 지금 어떻게 그걸 알아낼 수 있겠어? 조금만 더 시간이 지나고 알아보자."

"누가 너보고 도와달래?"

여해는 밖으로 나와 신을 신고 사립문으로 향했다. 장포는 점점 지쳐 감을 느꼈다. 한동안 아버지를 잃고 넋 나간 사람처럼 엉엉 울다가 혼절하기를 반복하더니, 요 며칠 원수를 찾겠다고 악다구니를 썼다.

마음이 심란해진 장포는 평상에 앉아 눈치 보며 주전부리를 먹는 동량의 머리를 쓰다듬었다. 깊은 날숨을 내쉬었지만, 여전히 가슴이 갑갑했다. 예전처럼 가동처럼 천진난만하게 웃고 까부는 그녀의 모습이 보고 싶었다. 마치 딴 사람처럼 변해 가는 것을 보고 있자니 가슴이 터질 것만 같았다.

"동량아, 너 뭘 그리 맛나게 오물거리냐."

두모포 나루에서 빠져 죽은 사람을 달래는 천도제를 지내고 온 박수가 고개를 빼꼼히 내밀었다. 동량은 산이를 보더니 화들짝 놀라 사탕꾸러미를 뒤로 감추고 혀를 쏙 내밀었다.

"안 돼, 이거 장포 형이 나랑 여해 형 먹으라고 사 온 거란 말이야."

"그런다고 내가 못 먹을까 봐?"

산이는 피식 웃으며 사립문 안으로 천천히 걸어 들어왔다. 동량은 얼른 장포 옆으로 가더니 무당을 가리키며 소리를 질렀다.

"형, 저 화랭이 아저씨가 또 뺏어 먹으러 와요. 혼 좀 내줘요!"

"야, 이놈아! 장포는 나 땜에 산 놈이야. 장포야, 나도 먹어도 되지?"

장포는 동량의 어깨를 쓰다듬으며 달래듯 속삭였다.

"산이 아저씨 하나만 주고 나머진 너 다 먹어."

장포는 동량의 손에 꼭 쥐어진 사탕꾸러미를 열어 산과 하나를 집어 산이에게 건네주었다. 무당은 우걱거리며 먹더니 평상에 앉아 그를 뚫어지게 바라보았다.

"이해해야지. 하긴 하나뿐인 혈육을 잃었는데 얼마나 울분이 치솟겠니?"

"아버지를 죽인 자를 찾겠다고 난리인데, 저러다 큰일 낼까 걱정이에요."

산이는 알 수 없는 웃음을 지으며 상체를 옆으로 살살 흔들었다. 동량은 나머지 주전부리를 빼앗길세라 황급히 뒤란으로 도망가 버렸다. 산이는 아이를 보며 입을 삐죽거렸다.

"어린놈이 욕심도 많긴! 굿하고 나서 떡도 많이 줬는데, 제 것만 밝히네. 장포야, 사람은 다 똑같은 거야. 어린놈이나 다 큰 어른이나 저만 생각한다고."

"원래 살던 동네에 가면 마음은 편하겠지만, 위험하잖아요? 아저씨께서 꼭 여해를 숨겨야 한다고 하셨거든요."

산이는 근심이 가득한 그의 얼굴을 희한하다는 듯 빤히 바라보았다.

"그리 좋으냐?"

장포는 순간 얼굴이 말고기 자반처럼 벌게졌다.

"그 무슨……."

"야, 이놈아! 내가 무당이다. 누굴 속여? 저 성질 사납고 팍팍한 계집 애가 뭐가 좋아서? 너 좋다는 여인네들이 깔렸구만, 왜 마음고생을 사서 해?"

"아니에요!"

산이는 픽 웃더니 장포의 뒤통수를 세게 한 대 쳤다. 그러고는 평상에서 일어나 천천히 사립문 쪽으로 향했다. 장포는 답답한 듯 다시 그에게 말했다.

"어떻게 하면 좋을까요?"

무당은 뒤돌아보더니 눈웃음을 지으며 툭 던지듯 한마디 내뱉었다.

“운종가에서 소문이 돌았으니 그곳에 사람 죽인 못된 놈이 있겠지. 뭐 들은 것이 전혀 없어?”

뒷짐을 지고 살랑거리며 걷는 산이의 뒷모습을 보며 장포의 얼굴이 환해졌다. 얼른 문을 열고 방 안으로 뛰어들어 가는 그는 오랫동안 기다려 온 설빔을 받는 아이처럼 흥분되어 있었다.

어기적거리며 집으로 가는 산이는 지나가는 처자들을 보며 입맛을 쩝쩝 다시더니 고개를 흔들어 댔다.

“미친 놈! 아무리 애를 써도 제 계집이 될 수 없는 아이에게 왜 그리 공을 기울인담? 다 부질없어, 부질없다고! 가연은 하늘이 내리는 것인데, 어찌 한치 앞도 보지 못하고 저리 미련하게 구는 것일꼬. 쯧쯧쯧…….”

“내가 왔네. 아이고, 안 본 사이에 더 고아졌구먼!”

기방 대청에 앉아 검을 닦고 있는 월하선을 보던 석대후는 히죽거리며 옆에 다가앉았다. 그녀는 쳐다보지도 않고 눈썹만 까딱거리며 냉소를 지었다.

“그래, 그간 판사 대감은 잘 모셨는가?”

“대낮부터 기방문 열기도 전에 오셨군요. 저한테 상 받으러 오셨소?”

“뭐 그렇다기보다 네가 눈에 아른거려 미칠 거 같더구나.”

어미품만 기다리는 젖먹이처럼 쳐다보는 승정원 승지를 월하선은 기가 찬 듯 바라보았다. 석대후는 품에서 호박색 천에 둘둘 말린 꾸러미를 꺼내 그녀의 무릎 위에 올려놓았다.

"이거 안방마님 꺼 아닙니까? 백운각에 난리나기 전에 넣으십시오."

"그 무슨 말을! 내 이번에 큰 맘 먹고 장만한 산호로 된 비녀와 오늘 처음으로 분전에서 파는 분합일세. 자네 향한 내 마음일세."

기녀는 한쪽 입술을 씨익 추켜올리더니 검을 내려놓고 사내가 건네는 선물보따리를 풀었다. 그의 말대로 강색의 화려한 산호 비녀와 자개로 된 번루빛 분합이 놓여 있었다. 분합을 들어 분향을 맡으며 그녀는 그런대로 만족한다는 듯 고개를 끄덕였다.

"참으로 감읍하옵니다. 오늘 밤 꼭 나으리를 생각하며 단장하도록 하지요."

석대후는 주변을 한번 휘 둘러보더니 그녀의 옥수를 두 손으로 부여잡으며 사정하기 시작했다.

"제발, 이 사람아. 나 좀 살게 주게. 그 늙은 돼지 같은 놈한테 자네를 맡기고 내 얼마나 속이 타던지. 밥을 먹어도 먹은 것 같지 않고, 잠을 자도 잔 것 같지 않네. 제발 나 좀 보아주게."

월하선은 분합을 내려놓으며 그의 뺨을 나붓거리듯 가볍게 쓰다듬었다. 그러고는 다시 검을 들어 닦으며 정색을 하며 쏘아붙였다.

"어찌 그 책쾌 놈의 딸년이 살아 있습니까?"

"책쾌 놈의 딸년이라니? 제 아비가 그리 자진하고 나서 행방불명이 되었다고 들었네. 아비의 신분이 의심스러우니 몸을 숨긴 것이겠지. 절대로 세상 밖으로 나돌아 다니지 않을 터이니 안심하게."

"그래도 저는 찝찝합니다. 죽은 말 한 마리에 산 말 한 마리라고 하더니 어찌 일도 제대로 마무리 짓지 않으시고 이러십니까?"

월하선은 검을 집어 자리에서 일어서며 냉랭하게 그를 내려다보았다. 석대후는 마루 위에 그대로 놓여 있는 분합과 비녀를 들고 손에 쥐어 주었지만, 월하선은 매정하게 뿌리쳤다.

"절 나으리의 계집으로 만들고 싶으시면 말입니다. 그년 목숨을 끊어 놓으셔요. 그리 못 하시겠다면 지기택 종사관을 제 앞에 잡아 오시던가요!"

입추가 지난 군마장은 간밤에 내린 눈으로 설원으로 변해 있었다. 곧 다가올 봄이 얄미웠던지 올해 납신 동장군은 쉬이 물러가지 않고 계속 머물러 있었다.

여해는 이른 아침 장포와 함께 아버지 묘에 갔다 오자마자 이리로 향했다. 그녀는 아무 말도 하지 않았지만, 군마장에 가까워질수록 어둡던 안색이 점점 밝아지고 있었다. 온전하게 그 무엇에도 속박되지 않고 행복하게 있을 수 있는 곳은 이제 그녀에게 여기밖에 없었다.

"참, 너도. 몸도 성하지 않은 얘가 말을 탄다고?"

장포의 목소리에는 깊은 한숨과 눈물이 배여 있었다. 이곳으로 오기가 죽기보다도 싫었다. 연적과 그녀가 재회하는 것은 그것보다도 더 싫었다. 그렇지만 만신창이가 된 여해가 조금이라도 웃을 수 있다면 참고 견뎌야 했다. 여해의 모습을 보는 것은 그에게 천형 같은 고통이었다.

"아니, 너! 그동안 어디에 있었더냐? 엥? 이놈은 또 뭐야?"

수련 나온 두홍이 깜짝 놀라 말에서 내려 다가왔다. 말 위에서 그녀를 바라보는 기택과 눈이 마주치자 여해는 얼굴을 붉히며 인사를 올렸다. 장포는 잠시 머뭇거리다 마지막에 고개를 까딱거렸다.

"저는 여해의 지기인 장포라고 합니다. 얼마 전 여해의 아버님께서 돌아가셨습니다."

"돌아가신 것이 아니라 살해당하신 겁니다."

여해는 다부지게 입을 열었다.

"뭐? 살해?"

두홍은 경악하여 아무 말도 하지 못한 채 계속 뒤돌아 사형의 눈치를 보고 있었다. 지기택은 말에서 내리더니 그들 앞으로 다가왔다. 장포의 가슴이 미칠 듯이 뛰기 시작했다. 그토록 보기 싫고 인정하고 싶지 않았던 존재를 두 눈으로 확인하는 이 순간, 여해를 데리고 이 자리를 뜨고 싶었다. 무엇보다 듬직하고 사내다운 무관의 풍모를 확인하고 나니 더욱 초라해지는 자신이 싫었다.

"어서 가거라."

"싫습니다. 예전처럼 그저 보게 해 주십시오."

여해는 그를 뚫어질 듯 쳐다보며 물러나지 않았다.

"그건 그때 일이고, 지금은 다르다. 어서 썩 물러가지 못하겠느냐?"

한강을 뒤덮고 있는 깊고 단단한 얼음처럼 그의 목소리는 온기하나 느껴지지 않을 정도로 차가웠다. 그 말에 여해는 원망스러운 듯 소리 질렀다.

"나으리, 전 요즘 곡기까지 끊고 있습니다. 하루에도 열두 번 죽고 싶다는 생각만 하며, 또 아버지를 그리 만든 원수를 찾겠다는 마음을 쓸어내리며 견디고 또 견디고 있습니다. 군마장에 오지 않으면 죽을 거 같았습니다."

"물러가라고 했다! 어찌 그리 미련하더냐!"

지기택은 더욱 크게 불호령을 내리며 여해 옆을 스치듯 지나갔다. 두홍은 안쓰러운 얼굴로 여해의 어깨를 툭툭 두드리더니 사형의 뒤를 따랐다.

여해의 숨이 점점 거칠어지기 시작했다. 모든 것을 잃은 지금 그녀에게 남아 있는 것은 자존심과 오기였다. 그녀는 군마장 안으로 들어서는 종사관을 향해 포효를 퍼부었다.

"전 모든 걸 다 잃었습니다! 숨어서 죽을 날만 기다리느니, 차라리 여기서 하루를 살고 죽는 것이 낫다고 생각했습니다. 가라 하시니, 전 죽을 겁니다!"

기택의 발걸음이 멈추었다. 단지 한 사람의 발걸음이 멈추었을 뿐인데 이 세상의 모든 것이 정지한 듯했다. 만천하가 하얀 무명천에 덮인 것처럼 티끌 하나 없는 가운데, 아무런 소리조차 들리지 않았다. 기택을 제외한 세 사람의 눈길은 오로지 그 한 사람만을 향해 있었다.

"죽을 것이다?"

한겨울 밤 문풍지 너머로 들려오는 동장군의 음험한 노래 소리처럼 크지 않았지만, 기택의 목소리는 심장을 조여 왔다.

"예, 그러하옵니다."

여전히 기택은 뒤돌아서지 않고 제자리에 멈추어 있었다. 장포는 그 짧은 침묵의 순간 오로지 기택만 뚫어지게 보고 있는 여해의 간절한 눈빛을 보았다.

아팠다. 가슴을 사정없이 난도질하여 까뒤집어놓을 정도로 너무도 아팠다. 저리고 아픈 심장을 꺼내 하얀 눈 속에 묻고 싶을 정도로 비참하고 화가 치밀어 올랐다. 여해의 두 눈을 가리고 소리를 질러 대고 싶었다.

하지만 가드락거리며 가동주졸처럼 마음줄 다 내보이기에는 그의 자존심이 너무도 강했다. 장포는 그냥 두 눈을 감고 아랫입술을 꾸욱 깨물었다. 혀끝 사이에 피맛이 느껴졌다.

"들어오너라. 요즘은 통신사로 파견될 무관들도 가끔 와서 수련을 하니 각별히 언행에 조심하거라."

말이 떨어짐과 동시에 기택은 군마장으로 빠르게 사라졌다. 두홍은 빙그레 웃더니 여해를 향해 소리쳤다.

"귀가 먹은 게냐? 들어가지 않고 뭐해?"

장포는 여해의 손을 잡아 이끌었다. 군마장 목책 안으로 그녀를 들여보낸 뒤, 그는 바로 뒤돌아섰다.

"장포야! 너 가는 거야?"

여해는 잠시 망설이더니 조심스럽게 물었다.

"같이 보지 않을래?"

그는 뒤돌아 그녀를 향해 미소를 지었다. 하지만 그 미소는 보는 이로 하여금 마음이 더욱 아련해지게 만드는 슬픈 눈물이었다.

"나도 사내야. 네가 그 사람이랑 같이 있는 거 도저히 못 봐. 넌 아무렁지도 않겠지만…….”

“나장 어르신 오셨습니다.”

설야를 비추는 하얀 만월은 손이라도 닿으면 얼어붙게 만들 것처럼 쌀쌀맞아 보였다. 오늘도 기방에서는 막 머리를 올린 어린 기녀 하나를 방 안에 세워놓고 놀려 대는 짓궂은 사내들로 시끄러웠다.

“저 방은 왜 저리 소란스러운 것이냐?”

“막 화초 올린 화홍이를 두고 양반님네들이 놀려 대고 있지요.”

“쯧쯧, 그리 계집을 품고 지랄들을 하면서 또 홀딱 벗겨 이리저리 돌려 가며 데리고 놀 생각들인가? 한심한 놈들!”

박중선은 곰방대를 빼끔거리며 월하선의 방 안으로 들었다. 방금 검무를 추고 들어왔는지 그녀는 검은 무복을 벗지 않고 기다리고 있었다. 옆에 세워 둔 날선 쌍검을 보자 갑자기 그는 오금이 저려 부르르 떨었다.

“왜 날 또 부르신 건가? 보아하니 승지와 판사 대감이 자네 앓던 이를 잘 뽑아준 것 같더만.”

월하선은 싱긋이 웃더니 문갑을 열어 엽전 꾸러미를 꺼내 그 앞에 내밀었다. 약삭빠른 조방꾼은 곰방대를 빼금대며 곁눈질로 돈 꾸러미를 쳐다보았다.

“뭐 또 다른 거 시킬려고? 당상관들까지 쥐락펴락하는 자네가 더 바라는 양반님들은 없을 거고……. 이젠 옥좌에 계시는 분을 모셔

와야 하는가?

"그 자진한 책쾌 말이오. 조명단이란 책쾌."

"아, 얼마 전에 자네가 일 꾸며서 죽인……."

그녀는 입에 손가락을 갖다 대며 그를 살짝 흘겨보았다.

"조심하십시오. 그자의 시신이 땅에 묻혀 식지도 않았습니다."

"그놈이 왜?"

"그자의 신원이 불분명합니다. 위조된 호패를 지니고 있었다고 하지요? 좀 시일이 걸리더라도 그자가 한성의 답십리에 머물기 전에 어디서 무엇을 했는지 알아봐 주십시오. 이 정도면 수고비로 충분하지요?"

박중선은 대답 대신 연초를 피우며 그녀를 물끄러미 바라보았다. 그는 도무지 이해가 가지 않았다. 이미 원하는 바를 다 이룬 그녀가 저리 안달하는 것은 그로서는 오리무중이었다.

"솔직히 말하게. 그렇지 않으면 나도 이 일을 맡을 수 없네."

"그냥……."

"자네……. 그 책쾌 놈 딸년을 요절내고 싶은 것이지?"

생글거리던 그녀의 얼굴은 갑자기 굳어졌다. 박중선은 재밌다는 듯 킥킥거리며 고개를 끄덕였다. 얼굴빛이 가무칙칙해진 기녀를 보며 그는 바닥에 곰방대를 탁탁 두드렸다.

"이 정도까지만 하게. 더 가다간 자네도 위험해지네."

"싫습니다!"

월하선의 눈빛이 심하게 흔들렸다. 무릎 위에 올려놓은 손을 폈다 오므렸다 하며 그녀는 끓어오르는 노기를 다스리고 있었다. 억지로 미소 지으며 입을 열었지만, 한쪽 입가가 어색하게 실룩거렸다.

"저는 끝까지 종사관 나으리를 얻어야겠습니다. 분명 그 애비가 하자가 있기에 그 아이도 숨어 지내는 것이 아니겠습니까? 그 아이의 출생에 석연치 않은 부분이 있을 겁니다. 허니, 일 년이 걸리든 십 년이 걸리든 제 부탁을 들어주십시오!"

"하지만……."

그녀는 책상 위에 손을 쾅 내리쳤다. 거칠게 들숨과 날숨을 번갈아 쉬며 아랫입술을 떨었다. 며칠간을 굶고 사냥감을 노려보는 살쾡이처럼 월하선의 눈빛은 조방꾼의 간담을 서늘케 할 정도로 집요하고 무서웠다.

"하시라구요! 꼭 하셔야 합니다! 만약 제 뜻을 거절하시면 나장 어르신 또한 용서치 않을 겁니다. 이 천하의 월하선을 화나게 하는 이는 절대로 가만두지 않으니까요!"

"춥지 않느냐?"

남바위를 뒤집어쓰고 오들오들 떨고 있는 여해가 측은한 듯 두홍은 수통을 내밀었다. 방금 목자가 가져다 준 따듯한 숭늉이 김을 모락모락 피우며 담겨 있었다. 고소하고도 따듯한 냄새에 절로 기분이 좋아진 그녀는 고개를 한번 까닥하고는 들이마셨다.

"힘들지? 여기 와서는 아무런 생각 말고 그냥 있거라. 보아하니, 네 동무라는 그 녀석이 꽤나 괜찮은 놈 같던데……. 네 정혼자더냐?"

여해는 숭늉을 마시려다 멈칫하고는 그를 흘겨보았다.
“다 드십시오. 전 됐습니다.”
“진짜 정혼자가 맞나 보구나. 이리 얼굴이 빨갛게 변한 걸 보니 말이다.”
두홍은 낄낄거리더니 그녀에게서 수통을 빼앗듯 낚아챘다. 여해는 입을 삐죽이 내민 채 그저 앞만 바라보았다. 심술궂은 무관은 눈 묻은 수화자로 그녀의 미투리를 툭툭 쳤다.
“자, 이리 가만히 있지 말고 말이라도 타거라. 잘못하면 동상 걸린다.”
“제 걱정 마시고 가서 수련이나 하십시오.”
두홍은 가만히 그녀를 바라보고 있더니 억지로 손을 잡아 일으켰다. 그러고는 하얀 말굽으로 땅을 차고 있는 자신의 사족발이에게 데리고 갔다.
“역말도 새로 갈면 낫다고 했다. 자꾸 몸을 바삐 움직이다 보면 번민 또한 없어질 것이다. 그렇지 않습니까? 사형!”
말안장을 다듬고 있는 기택은 아무런 대답도 하지 않았다. 여해는 자신을 바라보지도 않고, 말도 걸지 않는 그가 불편하고 어색했다. 차라리 귀찮게 하지 말라고 호통이라도 친다면 마음이라도 편할 듯 싶었다.
“종사관 나으리께서 싫어하실 겁니다. 수련으로 바쁘실 터이니…….”
“타거라.”
두홍과 여해는 깜짝 놀라 기택을 바라보았다. 여전히 말안장을 고쳐 매며 그는 똑같은 말을 반복하고 있었다.

"타거라. 두홍의 말이 맞다. 가만히 있으면 고뿔이라도 들 것이니 말을 타며 자꾸 몸을 움직이거라."

여해는 넋이 나가 기택을 바라보고만 있었다. 두홍은 싱긋거리더니 그녀의 손에 말고삐를 쥐어 주었다. 고삐를 쥔 빨갛게 얼어붙은 손은 오물거리다 더욱 세게 그러쥐었다. 여해는 말갈기를 잡고 가볍게 등자 위에 발을 올렸다. 마치 지금 자신을 잡아당기고 있는 모든 번뇌에서 벗어나기 위해 발돋움하는 것처럼 안간힘을 다했다.

안장 위에 서서 내려다보는 군마장은 너무도 눈이 부셨다. 마침 구름 속에 묻혀 있던 해가 조심스럽게 고개를 내밀었다. 하얀 설원을 비추는 햇살에 이내 군마장은 상아빛으로 반짝거렸다. 여해는 젖 먹던 힘을 다해 말허리를 찼다. 빙글빙글 돌며 말놀음을 하던 사족발이는 고삐 풀린 망아지처럼 미친 듯이 내달리기 시작했다. 그녀는 계속 고삐를 조이며 소리를 질렀다.

"달려! 어서 달려! 이랏!"

점점 더 강하게 자신의 위력을 떨치는 태양빛에 구름은 서서히 그 자취를 감추기 시작했다. 마치 구멍이 뚫린 듯 드문드문 드러나던 번루빛 하늘 구멍은 점점 더 커져 어느새 눈이 시릴 정도로 파랗게 물들여 놓고 있었다.

정신없이 사족발이를 모는 여해의 눈은 차가운 한풍 때문인지 아픔을 잊기 위한 몸부림 때문인지 촉촉하게 젖어 있었다. 눈가를 적시던 눈물은 어느새 빨갛게 얼어붙은 뺨 위로 흘러내렸다.

'그래 지금은 다 잊자! 지금 이렇게 내달리는 순간은 다 잊자고!'

파란 하늘과 하얀 설원이 만나는 지평선을 향하는 그녀의 모습을 보며 두홍은 기택을 보고 픽 웃었다.

“무척이나 씩씩하네요. 보아하니 심지가 굳은 녀석이라 빨리 기운을 차리겠어요.”

하지만 기택은 정색을 하며 사제를 향해 고개를 저었다.

“아닌 척하면 다 괜찮은 것이 아니야. 더 곪고 터지고 아파 봐야지. 그리고 그 상처가 다시 덧나고 딱지가 앉아 그 흔적이 익숙해질 때 그때가 다 잊어버리는 때라네.”

“그렇다니까요? 내가 소개하면 훨씬 싸게 천을 끊어 준다니까?”

“좋네. 그럼 자네 말을 믿어 봄세.”

“가 보세요. 딸내미 시집가는데 이왕이면 좋은 걸로 해야지?

오늘도 강길은 청포전에 손님을 데려가기 위해 안간힘을 쓰고 있었다. 여리꾼 노릇을 하며 버는 소득이 요즘 들어 쏠쏠했다. 눈치가 빠른 그는 상대방의 의중을 한번에 알아차려 늘 다시 그를 찾게 만들 정도로 수완이 좋았다.

“운종가에서 여리꾼 강길을 모르면 안 된다 하더만, 내가 부탁하는 것도 들어주실 수 있소?”

키 크고 잘생긴 장한이 굳은 낯빛으로 그를 내려다보고 있었다. 그 덩치와 위세에 강길은 순간 몸이 움츠려 들었지만, 이내 까르르 웃으며 손바닥을 비벼 댔다.

"잠시만 기다리십시오. 제가 이분 청포전에 뫼셔다 드리고요."

"엄한 사람 목숨 하나 잡아 놓고 그리 여유 부리실 때가 아닐 텐데?"

순간 강길의 얼굴에서는 가살을 떠는 웃음이 사라졌다. 기다리던 손님은 계속 그의 소맷부리를 잡아끌었다.

"뭐해? 안 가고?"

"아, 어르신. 잠시만 기다려 주십시오."

"에잇, 차라리 내가 찾겠네!"

마음이 급해진 손님은 인파 속으로 사라졌다. 강길은 계속 무표정하게 자신을 노려보는 사내를 한참 동안 고개를 갸웃거리며 바라보더니 배시시 웃었다.

"아하, 그 유명한 전기수로구먼. 왠지 낯이 익다고 했어."

"지금 그게 문제가 아닐 텐데? 대체 누가 사주한 거야? 당신이 천 노인에게 『연경비전』을 갖다 줬다고 들었는데?"

늘 살살거리느라 보이지 않던 강길의 그 작은 두 눈이 갑자기 휘둥그레졌다. 그의 눈이 그리 크게 보인 적은 처음이었다. 강길의 얼굴에서는 식은땀이 흘러내렸다. 그러나 운종가에서 눈칫밥으로 십 년을 먹고 산 그는 웃으며 손사래를 쳤다.

"생사람 잡지 마시오. 그 노인이 노망이 났나? 얼마 전에 효수되어 운종가에 목이 걸린 그 답십리 조 서방이라는 자가 대역죄를 짓지 않았소? 왜 엄한 사람 잡는 거요?"

장포는 피식 웃더니 갑자기 두 손으로 그의 멱살을 그러쥐었다. 키가 작은 강길은 번쩍 들려 공중에서 버둥거렸다.

"오늘 허리가 부러져야 이실직고하겠느냐? 어서 털어놓지 못해?"

"몰라! 난 전혀 모르는 일이야!"

화가 난 사내는 더욱 멱살을 조이며 그의 빰을 거세게 갈겼다. 눈앞에 불이 번쩍이자 강길은 정신이 혼미해져 눈만 껌뻑거렸다.

"어서 말하지 못해?"

장포는 두어 대 더 빰을 후려쳤다. 한순간에 두 빰이 통통 부은 강길은 오만상을 찌푸리며 질질 짜기 시작했다.

"사, 살려 주시오. 난 아니야! 나중에라도 내가 그런 것이 아니라고 하면 말하겠소.!"

"그래."

그러나 장포는 한 대 더 빰을 갈겼다. 강길은 엉엉 울며 두 손을 비비며 사정했다.

"제발! 그만 때리시오. 난 그년이 시킨 대로 말만 전했을 뿐이오."

"그년이라니?"

"한성 천하명기라고 소문난 백운각의 월하선 말이오. 그년이 시킨 대로 말하고, 준 책을 그 노인에게 갖다 주었을 뿐이오."

장포가 멱살을 풀자, 강길은 땅바닥에 털썩 떨어졌다. 두 손으로 빰을 그러안으며 강길은 그를 흘겨보았다. 장포는 그의 앞에 쭈그리고 앉아 다시 위협적으로 속삭였다.

"그년이 왜 그런 거야?"

"나도 모르지. 허나, 내 생각엔 그 종사관 때문인 거 같소. 그놈을 두고 좌참판과 내기했다는 소문이 한성에 파다한데 그것도 모르오? 하지만 그년 함부로 건드리지 마시오. 의금부 판사까지 움직이고, 당상관도 제 치마폭에 이리저리 휘두르는 년이오. 잘못하다간 그쪽 목만 달아나오. 곱상한 상판대기와는 달리 잔인하고도 극악무도한 년이오. 기부라는 놈이 저승사자라 들었소. 조심하시오."

진실 앞에 넋이 나가 있는 장포를 보고, 강길은 눈치를 보더니 그 길로 줄행랑을 쳤다. 장포는 얼른 쫓아가려고 했지만, 금세 인파 속으로 사라진 그를 찾을 수 없었다.

"허, 정말 쥐새끼 같구먼. 월하선이라. 사내 하나를 품으려고 사람을 죽여? 좀 더 알아봐야겠어."

오늘도 장포는 여전히 군마장 밖에서 팔짱을 끼며 기다리고 있었다. 항상 해가 질 무렵, 같은 장소에서 같은 모습으로 기다리고 있었다.

"많이 추웠지? 오늘도 말을 탄 거야?"

자신의 휘항을 벗어 그녀의 꽁꽁 언 손을 감싸 준 장포는 뛰어온 듯 땀에 흠뻑 젖어 있었다. 오전에는 혜정교에서 오후에는 남산 기슭에 사는 김생원 노모의 칠순 잔치에 낭송을 하고 오느라 그에게는 꽤나 바쁜 하루였다.

"나 혼자 갈 수 있어. 매번 데리러 올 필요 없어."

"내가 안심이 되지 않는다."

장포는 꽁꽁 언 발가락을 오무락거리는 그녀의 발을 물끄러미 바라보더니 겨드랑이에 끼운 꾸러미를 펼쳤다.

"뭐야? 동구니신이야?"

"한번 신어 봐라. 눈짐작으로 골랐는데 크면 내일 가서 바꿀려구."

장포는 쭈그리고 앉아 그녀의 미투리를 벗기고 신을 신겨 주었다. 여해는 뒤로 물러나 신지 않으려고 했지만, 강하게 잡아당기는 그의 손에 그대로 엉거주춤하게 서 있었다.

"왜 쓸데없이 이런 걸 사 와? 너 이야기 낭송해서 버는 돈 다 쓰겠다."

"걱정도 팔자다. 개같이 벌어 정승같이 쓰라는 말도 있잖어? 이렇게 필요한 걸 살 때 돈을 써야지. 한번 보자. 딱 맞네! 역시 이 장포의 눈썰미가 기가 막히구나!"

나머지 발에도 동구니신을 신기고 나서야 그는 일어서서 허리를 폈다. 낡은 미투리를 집어 꾸러미에 싸서 소중하게 손에 든 장포는 계속 여해의 발을 보며 환하게 웃고 있었다.

"그만 좀 웃어라. 네 신도 아닌데 왜 그리 실실거리니?"

"좋아서 그런다. 동랑이가 그러더라. 여해 형 발가락이 얼어서 벌겋게 된 거 봤다고. 자, 가자!"

여해는 한번 그를 새침하게 흘겨보더니 뒷짐을 지고 앞서서 성큼성큼 걸어갔다. 장포는 미소 지으며 그녀의 모습을 지켜보며 천천히 뒤따랐다.

"새 신을 신더니 기분이 좋나 보네. 그래, 그렇게 네가 즐거우면 나도 좋아."

해가 지는 지평선을 향해 다정다감하게 걸어가는 두 사람을 바라보던 두홍은 신기하다는 듯 고개를 갸우뚱거렸다.

"암만 봐도 저 녀석 수상한데? 보아하니 저 선머슴 같은 놈을 좋아하는 게 분명해. 사형! 사형께서 보셔도 그렇지요?"

기택은 아무 말 없이 목자에게 말을 맡기고는 수건으로 땀을 훔치기만 했다. 두홍은 그가 못 들은 줄 알고 더욱 목소리를 높였다.

"저놈이 암만해도 여해를 마음에 두고 있는 것이 분명한 것 같습니다. 그렇지요, 사형!"

기택은 하던 행동을 멈추고는 사제를 향해 못마땅하다는 듯이 쳐다보았다. 심기가 불편하여 상기된 것인지 노을빛에 얼굴이 그리 비춰 보였는지 모르지만, 그의 얼굴은 홍안이었다.

"왜 그걸 자꾸 나한테 말하는 것이더냐? 저놈의 마음이 어떻든 말든 내 알 바 아니다. 다시 한 번 그따위 말을 했다간 경을 칠 줄 알거라!"

"이제 어지간히 하고 그만두지 그래?"

방물장수가 가져온 온갖 노리개들을 이리저리 갖다 대는 월하선 옆에서 천덕은 곰방대를 빼끔거렸다. 그녀는 한번 흘깃 서방을 쳐다보고는 가장 화려한 녹청색 술이 달린 도금삼작노리개를 손에 들었다.

"이보게 이 색 말고 다른 건 없는가? 좀 더 화사한 색이었으면 좋겠구먼."

"도금으로 된 것은 이것뿐입니다."

"그럼 어쩔 수 없구먼. 오늘은 이거 하나만 하겠네."

그녀는 홍옥이 박힌 나비 모양의 떨잠 하나를 집어 들었다. 방물장수는 심하게 얽은 얼굴을 찌푸리더니 돈을 받아들고 다른 기녀의 방 앞으로 짐을 옮겼다. 떨잠을 만지작거리며 이리저리 살펴보던 월하선은 뜬금없이 입을 열었다.

"왜? 기둥서방도 서방이라고 지아비 노릇하는 거야?"

"사람 목숨 하나 없앴으면 충분하잖아?"

월하선은 심기가 불편한 듯 천덕을 노려보았다. 하지만 그는 허공을 향해 계속 연초를 피워 대며 하고 싶은 말을 계속 늘어놓았다.

"여기까지만 해. 더 하다가는 자네가 화를 입네. 아무리 의금부 판사가 이뻐한다고 해도 저 빠져나갈 구멍 만들 땐 뒤도 안 돌아볼 거야."

"거참 오늘 따라 말이 더럽게 기네? 평소에는 목구멍이 꽉 막힌 벙어리처럼 굴더만 시끄럽네! 당신한테 언제 부탁한 적이라도 있어? 괜한 참견 말고 정주간에 가서 술이나 얻어먹던지 투전이나 하라고!"

월하선은 벌떡 일어나 창호를 세게 닫고 들어가 버렸다. 천덕은 피식 웃더니 시원하게 연초를 뿜어내며 고개만 흔들어 댔다.

"과하게 욕심 부리다간 체하지 체해! 아, 이 사람아! 사내 마음이 저가 움직여야 오는 것이지 내가 억지로 끌어당긴다고 내 사람이 될 것 같으냐? 더 용을 쓰고 엉겨 붙을수록 사내들은 도망가 버린다. 천하 명기라고 잘난 척하더만 완전 얼치기가 따로 없구먼, 없어!"

그때였다. 기방 대문 밖에서 시끄러운 소리가 들려왔다.

"어서 이 문 열지 못해? 내가 의금부에 가서 다 고할까?"

"허허, 이놈이 미쳤나? 보아하니 선술집에서나 술 사 마실 놈 같은데, 어디 내로라하는 양반들만 와서 노는 백운각에 기어들어 오려고?"

방 안에 들어가 있던 월하선은 문을 열었다.

"왜 저리 시끄러워?"

천덕은 자리에서 일어나 대문으로 향했다. 대문으로 가까이 갈수록 낯선 사내의 목소리는 더욱 노기가 실려 있었다.

"내가 의금부에 가서 엄한 사람 목숨 하나 잡은 년이 여기 있다고 고해 볼까?"

순간 천덕의 발걸음이 멈추었다. 그의 얼굴에는 본능적으로 묘한 살기가 서리기 시작했다. 대문 앞에는 키 큰 사내가 얼굴이 벌게진 채 기방 종놈을 내려다보며 눈을 부라리고 있었다. 천덕은 종놈을 옆으로 밀치고는 낯선 사내 앞으로 쑥 다가갔다. 험상궂은 사내가 다가들었지만, 사내는 전혀 겁을 먹지 않았다.

"네놈은 누군데 영업 전부터 이리 행패냐?"

"그건 알 거 없고 난 월하선한테 볼일이 있어 왔으니 그쪽은 꺼지시오."

순간 천덕의 시커먼 손이 사내의 멱살을 쥐었다. 그러나 사내는 비웃더니 그의 손을 뿌리치며 옷매무새를 다듬었다.

"네놈이 그년 기부냐? 완전 미련한 것이 저승사자가 아니라 겨울잠에서 깨어난 곰 같구나."

"뭐?"

"들여보내라."

언제 왔는지 월하선이 천덕의 뒤에 서 있었다. 사내는 그녀를 보자 반갑게 웃으며 손을 흔들어 댔다.

"아, 역시 천하절색이오. 허면 사양치 않고 들어가겠소."

사내는 뒷짐을 지고 대문 안으로 들어섰다. 사내를 쳐다보는 월하선의 눈빛에는 서늘한 냉기가 감돌았다. 마치 영역 싸움을 하는 들개가 상대방을 탐색하는 듯, 그녀의 큰 두 눈은 그 어느 때보다도 반짝였다. 천덕이 저지하려고 하자 월하선은 그를 막았다.

"가만히 있어. 저딴 놈은 내가 알아서 길을 들일 테니."

월하선은 사내를 자신의 방으로 안내했다. 화려한 기방 안으로 들어선 그는 눈이 휘둥그레지며 밉살스럽게 고개를 끄덕거렸다.

"역시 한성 최고 기방이구먼."

"통성명도 하지 않으시고 자리에 앉으시면 안 되지요?"

되바라진 그녀의 말에 사내는 픽 웃었다. 권하지도 않는데, 그는 자리에 털썩 주저앉으며 귀찮은 듯 내뱉었다.

"난 장포라 하오. 이제 됐소?"

"왜 절 찾아오신 겁니까?"

월하선은 장죽에 연초를 채우기 시작했다. 장포는 그녀의 얼굴을 다시 한 번 찬찬히 뜯어보았다. 과연 천하 명기라 할 만큼 아리따웠으나, 부싯질을 하며 연초를 피우는 그녀에게서 풍겨 나오는 기개는 여느 사내와 견주어도 뒤지지 않을 정도였다.

"왜 죽였소?"

순간 장죽을 빼끔거리던 그녀가 멈칫했다. 그러나 이내 활짝 웃으며 그녀는 더욱 여유 있게 연기를 내뿜었다.

"죽이다니?"

"네년이 사주했다는 걸 다 알고 왔다. 내가 의금부에 가서 고하기 전에 털어놓거라."

월하선은 장죽에서 입을 떼더니 재떨이에 장죽을 털며 가소로운 듯 그를 바라보았다.

"증좌가 없는데 무고한 이에게 누명을 씌우다니. 죽고 싶어 환장했더냐?"

"네년이 기부를 믿고 설치는 모양인데, 언제까지 네 미색에 동해 양반놈들이 시킨 대로 할 거 같으냐?"

그러나 그녀는 계속 연초를 피우며 웃을 뿐이었다. 한참 동안 말없이 연초만 피는 기녀를 보고 있자니, 장포는 화가 치밀어 올랐다.

"어서 이실직고하래도!"

"이 반편이 같은 놈아."

월하선은 장죽을 재떨이에 털며 냉랭하게 그를 똑바로 쳐다보았다. 웃음을 거둔 그녀의 낯빛은 마치 날카로운 단도처럼 오금을 저리게 만들 정도로 무정하고 잔인했다.

"세상천지 모르고 설쳐대는 네놈 같은 것들이 죽이기 가장 쉽지. 어디 한 번 의금부에 가서 고해 보거라. 아마 나장들이 나를 잡으러 오기 전에 네놈부터 소리 소문 없이 죽여 없앨 것이다. 시체도 어딘가에 숨겨 버리겠지? 네놈이 가서 그 이야기를 하면 말이다, 의금부 놈들뿐만 아니라 저 지존무상의 자리에 계시는 전하까지도 널 가만두려 하지 않으실 것이다. 양반놈들이 제 허물을 들추어 얼씨구나 하고 잘못했다고 빌 것 같으냐? 어림 반 푼어치 없는 소리!"

"그럼 왜 죽였어! 왜 무고한 이에게 누명을 씌웠냐고!"

흥분하여 그녀 앞에 놓인 책상을 두 주먹으로 내려치며 장포는 소리쳤다. 월하선은 갑자기 화사하게 웃으며 연초 연기를 머금고 그의 면상에 대고 뿜었다.

"알고 싶으냐? 사실 난 아직까지 포기한 게 아니다. 난 그년 아비 목숨이 아니라 그년의 목숨이 탐나는 것이니까."

순간 장포는 힘이 빠진 듯 털썩 주저앉았다. 월하선은 이제 얼굴에 여유로운 미소를 지으며 뒤로 몸을 젖혀 거만하게 연초를 피워 댔다.

"자, 더 얘기해 보거라. 갑자기 청산유수처럼 잘도 읊던 얼치기가 꿀 먹은 벙어리가 되었네?"

기방 문을 나서는 장포의 얼굴은 들어설 때와 달리 어둡고, 어깨는 축 늘어져 있었다. 얼굴을 들고 하늘을 올려다보았다. 무거운 그의 마음만큼이나 흐린 하늘이 땅 위로 내려앉은 것 같았다.

"아, 이 일을 어쩌면 좋으냐? 여해에게 어떻게 말을 해야 하지?"

"오늘은 걸판지게 굿하고 왔네. 동량아, 할머니 계시냐?"

산이가 굿떡을 들고 평상에 탕 소리를 내며 내려놓았다. 한동안 입에 풀 칠만하다 오랜만에 큰 굿을 하고 나니 가들막거리며 소리를 질러 댔다.

"와, 떡이네? 아저씨 오늘 굿했어요?"

"그래, 어서 먹어라. 간만에 큰 굿판 하나 했지. 며느리가 귀신이 들려 밤마다 요상한 소리를 낸다 해서 내 오늘 말끔히 고쳐 주고 왔단다."

평상에서 여해와 놀고 있던 동량은 수북이 담긴 떡을 보자 앞니가 없는 입을 헤벌쭉 벌리며 싱글거렸다.

"또 굿판 핑계 대고 재미 보고 온 거 아니야? 다 짜고 하는 거 알

만한 사람은 다 안다, 이놈아!"

"아니, 할머니는 왜 그리 사람을 나쁘게만 보오? 내가 이래 뵈도 아직 신빨이 떨어지지 않았소."

"놀고 있네."

찬간에서 치마에 손을 닦으며 나오는 동량의 할머니는 입을 삐죽거리며 떡을 떼어 물었다. 산이는 노파를 한 번 더 흘겨보더니 여해의 어깨를 툭 쳤다.

"어서 먹어 봐. 요즘엔 좀 얼굴에 화색이 좀 도네. 군마장에 갔다 오니 좀 괜찮은가 봐?"

"웃기지 마요. 박수라고 해서 다 아는 것처럼 잘난 척하는데, 자기 앞날도 못 보는 인간이 무슨!"

산이는 여해의 옆에 바짝 다가앉더니 아무도 들리지 않게 속삭였다.

"너 절대 바다 건너가지 마라. 그랬다가는 정말 큰일 난다. 아무리 그 사람이 좋아도 무작정 같이 가려고 하면 귀신보다도 더 무서운 년이 널 죽이려고 난리를 칠 거다."

여해는 얼굴이 새빨개지더니 자리에서 벌떡 일어나 산이를 떠다밀었다. 땅 위에 나동그라진 그는 버럭 고함을 질렀다.

"아니, 이년이 미쳤나? 조심하라고 일러주는 건데. 너 저번에도 내가 조심하라고 했는데, 말 안 듣다 일 당하고 후회하잖어?"

여해는 나부라진 그의 엉덩이를 냅다 걷어차더니 어이가 없다는 듯 픽 웃었다.

"야, 이 웃긴 화랭이 놈아! 네가 뭘 안다고 함부로 지껄여? 한 번만 더 희한한 소리 나불대다가는 그 입을 찢어 놓을 테니 알아서 해!"

방 안으로 들어가는 여해를 보며 산이는 화가 나 일어서며 삿대질을 해 댔다.

"야, 이년아! 이번에도 내 말 안 들으면 너 큰일 나! 또, 눈물 쏟으며 후회하고 싶거든 까불거리며 설쳐 대라. 너 벼르는 무서운 년이 있다고. 너 절대 그년 못 이긴다! 알았어?"

설을 앞둔 운종가는 많은 이들로 북적거렸다. 월하선은 비자를 데리고 전방 여기저기를 둘러보며 구경하고 있었다. 뒤따르는 여종은 윗입술을 까뒤집으며 심통을 부렸다.

"아씨, 뭘 사시려고 하기에 여기저기 돌아다니시는 겁니까? 살 거 없으시면 그냥 가요. 다리 아파 죽겠습니다!"

"나온 김에 구경 좀 하고 가자. 기방 안에만 처박혀 있었더니 머리가 아프구나."

월하선은 한참을 더 걸어가더니 복마상전 앞에서 발걸음을 멈추었다. 비자는 실실 웃더니 그녀의 옆에 다가왔다.

"아, 왜 마실 나오신지 알겠네요. 왜요? 종사관 나으리께 뭐라도 드리려구요?"

"시끄럽다."

여종을 나무라는 그녀의 목소리에는 여인의 행복한 웃음이 가득 배여 있었다. 전방에 있던 사내들은 양귀비가 들어서자 모두들 넋을 놓고 바라보았다.

"이야, 천하절색이구먼!"

"혹시 월하선 아니야? 당상관이 아니면 품어 보지도 못한다는 년이라던데 과연 사내들이 넋을 빼고 달려들겠구먼."

"집문서 날려도 좋으니 저년 한번 안아 보면 소원이 없겠네."

전방 주인은 한성 최고의 기녀가 들어서자 말고기 자반처럼 벌게져서 실실거렸다. 월하선은 여기저기를 둘러보더니 말안장 있는 곳으로 다가갔다.

"여기서 제일 좋은 것이 어떤 거요? 가죽의 질도 괜찮고 오래가는 물건이었으면 하는데."

월하선은 주인이 갖다 주는 말안장들을 직접 만져보며 이리저리 살폈다. 사내들은 그녀가 만졌던 물건들을 만지며 킥킥거리며 시끄럽게 떠들어 댔다. 여종은 어이가 없는 듯 가납사니 같은 사내들을 향해 들으라는 듯 중얼거렸다.

"어이고, 오르지도 못할 나무는 쳐다보지도 말지. 전두도 못 내는 것들이 온갖 웃긴 짓거리를 다 하는구먼."

비자의 비웃음에 사내들은 잠시 멈칫하더니 껄껄대며 그녀를 놀려 댔다.

"너 보고 그러느냐? 저도 계집이라고 샘이 나는 거 같구먼."

"아이고, 웃겨라. 너는 비키셔요. 아무도 너 쳐다보지 않으니."

전방 한 구석에서는 장포와 여해가 등자와 말굽쇠를 고르며 시끄럽게 떠드는 사내를 바라보고 있었다.

"아니, 왜 저렇게 시끄러운 거야?"

"글쎄다."

고개를 돌린 장포는 순간 온몸이 얼어붙는 듯했다. 다시는 보고 싶지 않은, 아니 다시는 만나서는 안 될 이가 서 있었다. 장포는 여해의 등을 돌려세웠다.

"왜 그래?"

여해는 다시 한 번 뒤돌아 말안장을 고르고 있는 기녀를 바라보았다. 그녀였다. 예전 자신에게 치욕감을 안겨 준 꿈에서라도 보고 싶지 않은 그녀였다. 여해는 입술을 깨물었다. 월하선이 전방 안을 이리저리 돌아보는 모습은 마치 꽃밭을 나니는 나비 같았다.

월하선은 여러 물건을 살펴보다 고급스러운 재질로 만들어진 북두칠성 문양이 수놓인 안장을 보고 환히 웃었다. 그녀가 웃자, 복마상전 앞에 모여든 사내들과 전방 안에 있던 사내들은 함성을 지르며 좋아라 낄낄거렸다.

"역시 물건을 보시는 안목이 탁월하시군요. 이게 청의 귀족들만 쓴다는 고급 물건이랍니다. 이 걸로 드릴까요?"

"예, 이 안장에 어울리는 말띠드리개도 보여 주십시오."

"아이고, 당연하지요. 잠깐만 기다리십시오."

월하선은 주인을 기다리는 동안 다른 마구들도 이리저리 집어 살펴보며 노닐고 있었다. 사내들은 그녀가 한 번씩 만지고 간 마구들을 다시 만져 보며 히히거렸다.

"아씨 때문에 남정네들이 난리가 아닙니다."

"사내들이란 제가 지니고 있는 것보다 갖지 못할 것에 환장을 하고 덤비지."

그녀는 전방 한 구석에서 자신을 넋이 빠져라 보고 있는 이와 눈이 마주쳤다. 순간, 월하선의 얼굴이 일그러지더니 시든 꽃처럼 낯빛이 목홍색을 띠었다.

"아씨, 저 사람은 낯이 익네요? 아니, 저 저건……."

"그래, 그 아이로구나. 아비를 잃고 멀쩡히 잘도 돌아다니는구나."

그녀는 아랫입술을 꽈악 깨물었다. 다시는 보고 싶지 사람을 의도치 않은 곳에서 마주친 것이 못내 노엽고 불쾌했다. 월하선의 얼굴은 점점 더 상기되었고, 두루마기를 쥔 손이 부르르 떨리고 있었다.

월화선은 거침없이 그녀에게로 다가갔다. 장포는 화들짝 놀라 여해를 돌려세우려 했지만, 여해는 고개를 돌리지 않았다.

"어찌하여 이곳에 있을꼬?"

여해는 자신을 비웃듯 바라보는 그녀를 보자, 예전의 그 치욕이 생각나 심기가 뒤틀렸다. 여해는 그녀의 시선을 피하지 않았다.

"그러는 그쪽은 왜 여기에 있나?"

월하선은 갑자기 장포에게로 걸어가더니 그의 옷고름을 한 손으로 매만졌다. 장포는 자신을 의아스럽게 보는 여해의 눈빛에 기녀의 손을 뿌리쳤다.

"왜 이러시오?"

"왜 저 아이가 저자거리를 돌아다니는 것이더냐? 그토록 일렀건만, 말귀를 못 알아 듣나 보군."

여해는 경악한 눈으로 장포를 뚫어지게 바라보았다. 그는 감히 여해를 똑바로 바라볼 수 없어 고개를 돌렸다.

"장포야, 저 여자 말이 뭐야?"

월하선은 재밌다는 듯 까르르 웃었다. 그녀는 홍안이 되어 입술만 깨물고 있는 장포와 두 눈을 크게 뜬 채 당황한 여해를 놀려 대었다.

"죽으려고 환장한 것들이 아니더냐? 대역 죄인의 딸이 백주 대낮에 저자거리를 고개 쳐들고 돌아다니다니. 만약 누가 의금부에라도 가서 고한다면 네놈의 목도 무사치 못할 듯싶은데?"

여해는 그녀의 말에 심장이 내려앉는 듯했다.

"그게 무슨 말이오? 대역 죄인의 딸이라니?"

그녀의 말에 답을 하지 않고, 월하선은 의미심장한 말만 툭 던졌다.

"앞으로 죽은 듯이 살아. 만약 네 고개를 꼿꼿이 들고 돌아다니는 것이 다시 한 번 내 눈에 띈다면 네 아버지처럼 운종가의 구경거리가 될 수도 있다."

그때, 창고에서 화려한 술이 달린 말드리개를 갖고 나온 전방 주인은 시끄럽게 떠들어 대며 월하선의 앞에 내려놓았다.

"자, 여기 있습니다. 마음에 드십니까?"

"아, 네……. 나중에 백운각에 가져다주시겠습니까?"

"그러지요. 제가 여기에 어울리는 등자는 그냥 드리겠습니다."

그녀는 비자를 시켜 셈을 치르고는 전방을 빠져나왔다. 사내들은 경국지색이 눈앞에서 멀어져 가자 아쉬운 듯 탄식을 하며 입맛을 쩝쩝 다셨다. 월하선의 몸종은 다시 한 번 뒤돌아보더니, 갑자기 화색이 되어 호들갑을 떨어 댔다.

"아, 아씨! 저 사람, 한성에서 제일 잘생긴 전기수에요! 여기에는 웬일이래요? 칫! 사내 복이 터졌네. 종사관 나으리 근처에 없을 땐 저 사람 옆에 꼭 붙어 있네요."

"전기수라……. 거 참 재미나구나."

월하선의 입가에는 묘한 미소가 서렸다.

여해는 거칠게 장포를 돌려세웠다. 그녀는 배신감과 분노로 입술이 파르르 떨리고 있었다.

"저년이지? 어찌 너까지 날 속이니?"

"여해야……."

여해는 숨을 몰아쉬더니 장포의 뺨을 있는 힘껏 때렸다.

"나쁜 놈! 다 알고 있으면서 어찌 내 옆에 있을 생각을 했어? 참 뻔뻔하다."

"여해아, 그게 아니야. 난 너까지 잃고 싶지 않아."

"입 다물어! 꼴도 보기 싫으니까."

여해는 전방을 뛰쳐나갔다. 그녀는 잠시 주위를 두리번거리더니, 저만치 앞서가는 기녀의 뒤를 쫓아가 거칠게 돌려세웠다.

"잠시만요!"

월하선은 오만상을 찌푸렸다. 여해의 눈은 붉게 충혈되어 있었고, 격한 감정으로 자신도 모르게 계속 입술을 떨었다.

"그쪽이 우리 아버지를 죽였소?"

"무슨 말이더냐? 내가 어찌 네 아버지를 알아?"

월하선은 비소를 짓고 있었지만, 한쪽 손이 미세하게 떨리고 있었다. 비자가 그들을 불안한 듯 바라보자, 여해는 비웃으며 고개를 끄덕였다.

"맞네, 맞아. 그렇지 않으면 그쪽 종년이 왜 똥마려운 강아지마냥 좌불안석이요?"

월하선은 손톱을 씹어 대는 몸종을 노려보았다. 비자는 노기 어린 주인의 눈빛에 갑자기 휙 돌아섰다. 여해는 월하선의 두 팔을 잡고 두 눈을 부라리며 소리를 질렀다.

"왜 죽였소? 우리 아버지가 무슨 죄를 지었다고!"

월하선은 그녀의 팔을 거칠게 뿌리치고는 한쪽 입술을 추켜올리며 여해의 앞으로 쑥 다가들었다.

"이년이 죽고 싶어 환장을 했구나. 왜 너도 네 아비처럼 목을 따 주랴?"

"당신!"

월하선은 이 순간을 기다렸다는 듯이 싱글거렸다. 아버지를 죽인 원수를 앞에 두고 여해는 분노의 감정에 휘말려 모든 감각이 마비된 듯 꿈쩍도 할 수 없었다. 그저 눈앞에 있는 저 여인을 죽이고 싶다는 본능적인 생각 밖에 떠오르지 않았다.

"왜 네 아비가 죽은 줄 아느냐? 이렇게 네년이 분수도 모르고 천방지축으로 설쳐 댔기 때문이지. 아비를 잃고도 정신을 차리지 못한 듯싶구나. 왜? 한 번 더 본때를 보여 주랴?"

여해의 두 눈에서 눈물이 흘러내렸다. 그녀의 온몸이 벌벌 떨리고 있었다. 아버지를 죽인 원수가 자신의 앞에서 고개를 쳐들고 웃는 것을 보고 있으니, 피가 거꾸로 솟아 온몸을 휘감고 다니는 것 같았다. 여해가 한 손을 공중으로 치켜드는 순간, 누군가가 그 손을 잡았다.

"여해야, 가자."

그녀는 원망스러운 눈으로 장포를 노려보았다.

"이거 놔! 너도 보기 싫어!"

장포는 거세게 그녀의 팔을 잡아끌었다. 여해는 안간힘을 썼지만, 아무 소용이 없었다.

"이거 놔. 놓으라고. 어찌 네가 나한테 그럴 수 있니! 저 년을 눈 앞에 두고도 가만있으라고!"

장포는 발걸음을 멈추고 그녀의 어깨를 잡고 흔들었다.

"정신 차려! 네 아버지가 자진한 이유를 왜 모르고 이러니? 네가 저년 손에 또 죽어 봐. 저승에 계신 아버지께서 어떠실 거 같어?"

"왜 내가 저년 손에 죽어?"

"저 여자, 보통내기 아니야. 내 알아보니 의금부 판사부터 왕족까지 제 치마폭에 휘감고 이리저리 돌려 댄다고 하더라. 억울하고 분하겠지만, 잠시만 참자."

"꼴도 보기 싫어! 내 심정이 어떤지 알아? 그래, 차라리 저년 죽이고 나도 죽을란다. 아버지 그리 보내드리고, 내가 얼마나 힘든지 잘 알면서 평생지기인 네가 그렇게 말해?"

여해는 입술을 깨물고 울부짖기 시작했다. 들썩거리는 어깨를 그가 부여잡았지만, 그녀는 뿌리치고 어딘가로 뛰어갔다.

"여해야!"

안쓰러운 눈으로 그녀를 쳐다보는 장포의 마음은 스스로가 못나 미칠 것 같았다. 아무것도 해 줄 수 없는 무기력한 자신이 너무도 싫었다. 여해의 마음은 알지만, 그녀를 결코 잃을 수 없었다.

"그래, 차라리 나를 원망해라. 나를 계속 미워해도 괜찮아. 너만 살아있다면."

"아씨, 가요."

월하선의 몸종은 주인의 팔을 끌어당겼다. 월하선은 한두어 걸음 걸어가더니 다시 뒤돌아보았다.

'그리 패악을 부리는 것을 보니 아직도 살 만한 모양이로구나. 그래, 얼마나 네가 버티는지 한번 두고 보자꾸나.'

"오늘이 작은설인데도 군마장에 가는 게냐? 보아하니 눈이 내릴 것 같으니 집에서 좀 쉬어."

아침상을 치우고 집을 나서는 동량의 조모는 신을 신는 여해를 보며 딱하다는 듯 쳐다보았다.

"아니에요. 집에 있으면 더 갑갑할 것 같아요. 동량아, 나중에 보자!"

누비배자를 꽁꽁 여민 그녀가 총총 걸음으로 사립문을 나서는 것을 보며 노파는 한숨을 쉬며 손주를 바라보았다.

"동량아, 저 형 요즘 잘 지내니?"

"요즘은 계속 화가 났는지 더 말도 안 해요. 무서워요."

"에고, 언제까지 저럴는지. 하긴 아비를 그리 잃었는데 마음이 편할꼬?"

설을 앞둔 군마장은 여느 때보다 여유로웠다. 목자들은 다들 모여 앉아 참을 먹거나 이야기를 나누며 불을 쬐고 있었다. 잔뜩 흐린 하늘이 꼭 눈이라도 내릴 것처럼 어두웠지만, 사람들의 표정은 그 어느 때보다도 흥분되고 밝았다.

여해는 늘 구경하고 있던 큰 아름드리나무 밑으로 걸어갔다. 잎이 없어 앙상한 나무는 뼈만 남아 보기에도 추워 보였지만, 자세히 들여다보면 조금씩 올라오는 잎눈들이 곧 좋은 계절이 저만치 오고 있다는 것을 알려주는 듯했다. 그녀는 움트려고 몸부림치는 잎눈들을 보며 빙그레 미소 지었다.

"그래, 겨울이 가면 봄이 오지. 조금만 참으면 봄이 오겠네?"

갑자기 기분이 좋아진 그녀는 뺨을 세차게 때리는 칼바람도 봄바람처럼 상쾌하게 느껴졌다.

"오늘도 나온 것이더냐?"

익숙한 음성에 그녀는 깜짝 놀라 몸을 움츠렸다. 그였다. 늘 차갑고 무뚝뚝하지만 바라보고 있어도 마음이 설레고 뛰는 바로 그였다.

"아, 오늘은 판관 나으리가 나오시지 않으시네요?"

"곧 장가가느라 장인어른 되시는 분을 뵙는다고 하는구나. 해서, 나 혼자 나왔다."

갑자기 머쓱해진 그녀는 고개를 떨구고 이리저리 발로 다 말라비틀어진 풀들을 헤쳤다. 어색한 침묵이 깨진 건, 여해의 뜬금없는 부탁 때문이었다.

"나으리, 마상재의 기본만 가르쳐 주시겠습니까?"

"뭐?"

여해는 그의 앞으로 다가가 간절한 눈빛으로 두 손을 모았다.

"제발 가르쳐 주십시오. 뭐라도 하지 않으면 미칠 거 같습니다! 아버지를 죽인 원수를 눈앞에 두고도 전 아무것도 할 수 없습니다. 차라리 죽고 싶습니다, 나으리!"

여해의 눈에서는 어느새 뜨거운 눈물이 흘러내렸다. 그러나 더 놀라운 것은 그녀의 격한 감정 상태에 놀라지 않는 기택이었다. 그는 입에 미소를 머금은 채 그녀의 눈물을 닦아 주었다.

여해는 화들짝 놀라 한 걸음 뒤로 물러났다. 웃고 있는 그는 초여름 미풍처럼 부드럽게 자신을 감싸고 있는 것 같았다. 여해는 얼굴이 뜨거워져 두 손으로 볼을 감싸 쥐었다. 이유는 알 수 없었다. 얼굴에서 시작된 열기는 온몸으로 전해져 늦겨울이라고 느껴지지 않을 정도로 더웠다. 등줄기에서는 땀까지 흐르기 시작했다.

잠시 침묵이 흐르자, 그는 뒤돌아 안장을 매만지며 스승으로서 첫 번째 명을 내렸다.

"그럼, 말 등에 배를 대고 올라가 보거라."

기택은 말안장을 잡더니 펄쩍 뛰어 말 등에 배를 대고 엎드렸다.

"이것이 가장 기본이 되는 것이다. 한번 해 보거라. 이것을 완벽히 하고 나면 달리는 말에 올라타는 것을 가르쳐 주마."

여해는 조심스럽게 다가가 말안장을 잡고 있는 힘껏 발돋움을 했다. 하지만 등자를 딛지 않고 말 등에 오르는 것은 무척 어려웠다. 예전에 장포의 목마장에서 연습했었지만, 생각처럼 쉽게 되지 않았다.

"처음이라 잘 되지 않을 것이다. 억지로 힘을 주어 하는 것이 아니다. 가볍게 땅을 차고 편한 자세로 엎드리거라. 자, 다시 한 번 해 보아라."

그녀는 크게 숨을 들이마시고 다시 껑충 뛰어 말 등 위에 엎드렸다. 대여섯 번을 미끄러지기를 반복하던 그녀는 결국 말 등에 완벽하게 올라갔다.

"아, 됐어요! 정말 됐어요!"

소리를 지르며 기뻐하는 그녀는 기택을 바라보았다. 기택 또한 미소를 지으며 웃고 있었다. 여해는 화들짝 놀라 고개를 돌려 정면을 바라보았다.

'왜 저리 자꾸 웃고 계시는 거지? 가슴이 뛰어 죽을 지경이네.'

"내가 안 나가면 오늘 서운해서 한 며칠 말도 안 하겠지? 그러게, 어서 빨리 새장가 들으라고 그리 말했건만."

장인 될 어른에게 공무가 있다고 핑계를 대고 황급히 자리를 빠져나온 두홍은 오늘도 말과 단 둘이 쓸쓸하게 있을 사형을 생각하며 싱글거렸다. 상처한 후, 설과 추석이면 늘 군마장에 나와 수련하는 그가 딱하고 어리석어 보였지만, 두홍은 늘 그 옆을 지켜 주었다.

군마장으로 들어서자 익숙한 호령 소리가 그의 귀에 들려왔다.

"그리 하는 것이 아니다. 힘으로 하는 것이 아니야. 말과 한 몸이 되어 서 있는 상태에서 말 등에 오른다고 생각해야지!"

"아, 어려워요. 잠시 쉬었다 하면 안 되요?"

"몸이 식으면 근이 아파 더 하기 힘들다. 어서 다시 해 보거라!"

두홍은 자신의 눈앞에 펼쳐지는 광경에 어이가 없어 쳐다보았다. 늘 과묵하던 사형이 직접 시범을 보이며, 달리는 말에 오르는 것을 여해에게 보여 주고 있었다.

'세상에……. 지금 뭐하고 계신 거야?'

두홍은 굳어진 얼굴로 천천히 그들에게로 걸어갔다. 기택과 여해는 그가 다가오고 있는 줄도 모르고 계속 수련에 빠져 있었다. 여해가 말과 함께 달리며 등자에 발을 딛고 오르려는 순간 말갈기를 쥔 손이 미끄러져 몸이 휘청거렸다.

"악!"

옆에서 같이 뛰고 있던 기택은 뒤에서 그녀의 허리를 끌어안았다. 깜짝 놀란 그녀는 숨을 몰아쉬며 달리는 말만 쳐다보고 있었지만, 기택의 시선은 오로지 여해를 향하고 있었다.

두홍은 헛기침을 크게 하며, 성큼성큼 걸어갔다. 두홍의 기침 소리에 기택과 여해는 재빨리 서로에게서 떨어졌다. 모른 척하고 헛기침을 몇 번 더 하던 그는 아무 일도 없었다는 듯 능글거리며 인사를 건넸다.

"아이고, 사형! 여지없이 오늘도 나오셨네요. 여해 너도 나왔구나."

"장인 댁에 인사드리러 간다고 하지 않았더냐?"

그닥지 않게 당황한 빛이 역력한 기택의 얼굴에서는 식은땀까지 흘러내리고 있었다. 두홍은 피식 웃더니 품에서 손수건을 꺼내 내밀었다.

"닦으십시오. 왜 그리 땀을 흘리십니까? 그리고 여해 너는 왜 그리 뭘 훔쳐 먹다 들킨 놈처럼 벌게진 것이더냐?"

두홍의 말에 당황한 그녀는 얼굴을 감싸 안았다.

"아, 종사관 나으리께……."

"사형, 나랑 이야기 좀 합시다!"

여해의 말에 대꾸하지 않고 두홍은 정색을 하며 기택을 불렀다. 평소와 달리 화가 난 사제의 얼굴은 못마땅한 기색이 가득했다. 나무 밑으로 걸어간 두 사람은 한동안 말이 없었다. 이윽고 두홍은 따지듯 사형에게 다그쳤다.

"대체 정신이 있으신 겁니까? 어찌 마상재를, 무관이 아니면 할 수 없는 그것을 그것도 저리 천한 계집한테 가르쳐 주십니까?"

"기본이 되는 동작만 가르쳐 주었을 뿐이다. 뭘 그리 노여워하는 것이냐?"

"제가 알고 있는 사형이 맞습니까? 처음에 저 아이를 들이는 것을 반대한 것은 사형입니다. 원칙에 어긋나는 것은 절대 받아들이지 않는 사형이십니다. 차라리 저 아이에게 마음이 있다 하십시오. 첩으로 들이는 것은 저도 환영합니다."

"두홍아!"

사제는 생각하면 할수록 괘씸해서 견딜 수가 없었다. 늘 엄한 잣대를 들이대는 사형이 자랑스럽고 그의 옆에 서 있다는 것만으로도 기쁜 그였다. 여인 때문에 그간 고수해 오던 모든 원칙을 저버리는 그를 보자 자신의 소중한 것을 잃어버리는 듯하여 아쉽고 안타깝고 노여웠다.

"절대 안 됩니다! 이제 다시는 이 군마장에 들이지도 말라고 하겠습니다."

"저 아이가 가엾지 않으냐? 심산하고 번다한 저 아이의 슬픔을 덜어주고 싶은 것뿐이다."

두홍은 냉소를 띠며 사형을 빤히 바라보았다. 천한 여인을 감싸고 사정하는 그는 자신이 알고 있던 지기택이 아니었다. 지금 자신의 앞에 서 있는 자는 완전히 다른 사내였다.

"정신 차리십시오. 어쨌든 저는 저 아이를 들이지 못하게 할 것입니다. 계속 저 아이를 옹호하시겠다면 사형과의 인연도 끊겠습니다."

두홍은 차갑게 그를 쏘아보고는 등을 돌렸다. 그때 뒤돌아서는 그의 팔을 기택이 붙들었다.

"내가 이리 부탁한다. 난 저 아이가 웃는 것을 보고 싶다. 저 아이가 행복하게 웃었으면 좋겠어. 네 말대로 옆에 좋은 동무가 있으니 아마 큰 위로가 될 거다. 하지만 난 저 아이가 웃었으면 좋겠다. 날 비난해도 좋다. 날 앞으로 사형이라고 받들지 않아도 좋다. 저 아이가 저리 웃고 있다면 잠시라도 모든 번뇌를 잊고 기쁘게 저 마상재에 몰입할 수 있다면 나 또한 매우 행복할 것이다."

두홍은 넋이 나가 입을 벌리고 사형을 바라보았다. 기택은 부끄러운 듯 고개를 숙이고 사제의 팔을 놓았다.

"사형, 참말이시오? 정말 참말이시오?"

두홍은 불안한 눈빛으로 멀리서 걱정스럽게 바라보고 있는 여해와 계속 고개를 숙이고 어쩔 줄 모르는 기택을 번갈아 바라보았다.

"미쳤구료, 미쳤어. 내가 알고 있던 지기택이 아니요. 당신은 내가 알던 그 사형이 아니란 말이요!"

불행하게도 이들을 못마땅하게 바라보고 있는 눈이 또 하나 있었다. 큰 아름드리나무를 사이에 두고 바들바들 떨면서 숨을 죽이고 듣고 있는 여인이 있었다. 보랏빛 비단 두루마기를 걸치고 머리에는 단정하게 옥비녀만 꽂고 서 있는 월하선이 주먹을 쥔 손으로 억지로 뛰는 가슴을 억누르며 듣고 있었다. 여종이 그녀를 두려운 눈으로 쳐다보았다.

"아씨……."

"숨소리도 내지 마라. 가만두지 않을 거다."

월하선의 낯빛은 흐려진 하늘처럼 가무칙칙한 회색빛을 띠었다. 연지도 바르지 않은 진달래꽃 같은 분홍빛 입술이 이빨에 짓눌려 새빨갛게 상기되었다. 찌푸린 하늘에서는 조금씩 가루눈이 나닐 듯 내려오기 시작했다.

'이런 천하의 찢어 죽일 년. 네 너를 결단코 가만히 놔두지 않을 것이다. 내가 지기택의 눈을 뽑는 한이 있더라도 그분께서 너를 취하도록 만들지 않을 거다. 결단코!'

정해진 운명

"얘야, 좀 나와 보거라. 누가 찾아왔구나."

방 안에서 조용히 병법서를 읽던 기택은 밖에서 어머니가 부르는 소리에 방문을 열었다. 아늑한 마당에는 현숙한 모습으로 월하선이 하인과 여종을 데리고 웃으며 서 있었다. 늘 기방에서 가살맞은 모습으로 사내들을 홀리던 그녀가 아니었다. 화려한 가채 대신 단정하게 쪽을 지어 옥비녀로 꽂고, 녹청색 장옷을 입고 서 있는 모습은 누가 보더라도 반가의 여인처럼 음전한 모습이었다.

평상 위에는 그녀가 가지고 온 듯한 보따리들과 함께 화려한 마구가 놓여 있었다. 그녀는 앞으로 걸어가더니 기택에게 공손에게 인사를 올렸다.

"갑자기 찾아뵈어서 송구하옵니다. 대대로 무관의 집안이라 하여 북촌의 화려한 와가일 줄 알았는데, 남촌에 있는 이리 다감해 보이는 초가라니요. 참으로 청렴결백한 이 나라의 관리이십니다. 제 배 채우는 고관대작들이 이를 보고 본받아야 하겠습니다. 어서 음식들을 찬간으로 가져가거라."

비자들이 음식 보따리를 들고 찬간으로 향하자 기택의 노모는 눈이 휘둥그레졌나. 조용하고 욕심 없는 그의 어머니는 부드럽고 인자한 인상이 보는 이로 하여금 마음을 편하게 해 주는 여인이었다.

"뉘시길래 이리 저희 모자에게 큰 선물을 주시는지."

"그저 종사관 나으리를 오랫동안 존경하옵는 한성의 백성일 뿐입니다."

기택의 얼굴은 화가 난 듯 굳어졌다. 그는 아무 말도 하지 않았다. 무례하게 손을 대하는 아들을 보자 노모는 미안한 듯 월하선을 뒷방으로 이끌었다.

"보다시피 집안 꼴이 말이 아니라오. 자, 들어가셔서 몸이라도 녹이시구랴."

"아닙니다. 종사관 나으리께서 불편해하실 겁니다. 저는 이만 가 보겠습니다."

"아이고, 아닙니다. 이리 음전하신 젊은 분께서 직접 오셨는데 차라도 대접해야지요. 마침 찻물을 데우고 있으니 조금만 기다리시구랴."

기택의 어머니는 황급히 찬간으로 달려갔다. 어색하게 서로 쳐다보고 있던 그를 향해 월하선은 빙그레 웃었다.

"저를 이리 장승마냥 세워두실 요량이십니까? 어머님께서 곧 차를 가져오신다고 하시니 어린 사람으로서 거절하면 도리가 아닐 듯합니다. 평상에라도 앉아도 될는지요?"

그는 마지못해 방문을 열었다. 그녀는 고개를 돌리며 외면하는 기택을 보며 미소 짓더니 초라하지만 정갈한 방 안으로 들어갔다.

아주 소담스럽고도 검소한 방이었다. 대대로 무인 집안이라 하여 화려한 정원과 수많은 노비들로 북적댈 줄 알았는데, 그녀는 검소한 가풍에 내심 놀라고 있었다. 방 한 구석에는 여러 병법서들이 깔끔하게 정리되어 꽂혀 있었고, 그의 검과 활이 손질되어 세워져 있었다.

"참으로 모든 이들이 종사관 나으리를 존경하는 이유를 알 것 같습니다. 앉아도 될는지요? 걸어왔더니 발이 얼었습니다."

"앉으시게."

그는 먼저 윗목에 앉았다. 월하선은 장옷을 벗고 다소곳하게 그의 앞에 마주보고 앉았다. 그녀의 얼굴은 방 안의 열기 때문인지 발그레하게 상기되었다.

'얼마나 오랫동안 꿈꾸던 순간인가? 이리 가까이서 뵙다니…….'

기택은 한번 숨을 크게 내쉬더니 그녀를 똑바로 바라보았다. 한 치의 흐트러짐도 없는 모습은 어디라도 비집고 들어갈 수 없을 정도로 차가웠다.

"이러지 말게. 가져온 것들도 가져가게나."

"싫습니다. 저 음식들은 나으리의 어머님을 생각해서 가져온 것들입니다. 저 또한 설이나 추석에 오갈 데 없는 사람입니다. 제가 가진 것을 나누고자 하니 받아주시기를 간청드립니다."

"이보게! 난 이미 자네에게……."

"압니다!"

월하선 또한 그의 눈을 똑바로 바라보았다. 끝까지 자신을 밀어내는 그가 원망스럽고 또 미웠다. 언제부턴가 이렇게 차가운 모습이라도 마주할 수 있다는 것이 기쁘고 행복할 수가 없었다. 수려한 가무음곡을 뽑아내며 한성의 사내들의 마음을 휘어잡는 그녀였지만, 그토록 바라던 사내 앞에서 앉아 있는 이 순간이 제일 가슴 떨리는 소중한 시간이었다.

"나으리의 마음을 잘 알고 있습니다. 허나, 제 마음이 이리 가는 것을 저도 어찌할 수가 없습니다."

"정말 못 말릴 사람이구먼. 차를 마시고 나면 바로 가게나. 가져온 것들도 다 가져가게."

"참으로 냉정하십니다. 대역 죄인의 딸에게 베풀 온정은 있으시면서 오직 일편단심 나으리를 향한 제 마음은 어찌 이리 잘라 버리시는 것입니까?"

원망 섞인 그녀의 말에 기택의 안색이 바뀌었다. 당황한 그를 향해 월하선은 울먹거리며 그간 쌓인 서운함을 털어놓았다.

"제가 감히 나으리의 내자가 될 수 없다는 것도 압니다. 하오나, 그저 나으리의 여인으로 곁에 있을 수는 있지 않습니까? 한평생 나으리를 제 낭군으로 생각하며 일편단심을 드리고 싶습니다. 이런 제가 가엾지도 않으십니까?"

"왜 죽였느냐?"

나직하면서도 분노가 섞인 음성은 듣는 이의 심장을 조이게 할 만큼 무겁고 날카로웠다. 뜬금없는 기택의 질문에 월하선은 순간 말문이 막혀 아무 말도 하지 못했다.

"왜 죽였느냐? 예전부터 궁금했다. 대체 왜 그 아이의 아비를 죽였더냐?"

"아, 그건……."

"네 분기를 못 이겨 사람까지 해하는 것이더냐?"

조용히 그러나 날카롭게 자신의 모든 것을 꿰뚫어 보는 듯한 그의 눈을 바라보자 월하선은 입 안이 바싹 마르기 시작했다. 가소를 지으려고 안간힘을 썼지만, 이미 다 알고 있는 듯한 기택의 앞에서 어색함을 포장하기란 쉬운 일이 아니었다.

"나으리, 그게 무슨 말씀이신지……."

"참으로 모질고 독한 사람이다. 어찌 사람이 그리 무서울 수 있느냐?"

"예?"

기택은 아무 말 없이 일어섰다. 그리고 방문을 열더니 뒤돌아 그녀를 향해 심장을 후벼 내는 말을 던졌다.

"다시는 날 볼 생각하지 말거라. 오늘 가져온 물건들을 가져가지 않는다면 내가 백운각으로 돌려보낼 것이다. 난 강상의 윤리를 따지며 거들먹거리는 양반은 아니지만, 사람으로서 바른 행실을 하지 않는 자는 쳐다보기 싫은 사람이다. 어머니께서 차를 가져오실 터이니 몸이나 녹이고 가 보거라."

조용히 방문이 닫혔다. 월하선은 온 세상이 빙빙 도는 듯 어지러웠다. 쓰러지지 않기 위해 치마를 부여잡고 두 눈을 꽉 감았다. 잡으려 하면 할수록 멀리 달아나는 그의 마음을 죽도록 붙잡고 싶었다. 닫힌 방문을 노려보며 그녀는 어금니를 깨물었다.

"난 절대 포기 않는다. 아무리 날 벗어나려고 해도, 그 계집에게 가려고 해도 절대로 가만두지 않을 거야. 내가 아귀지옥에 떨어지는 귀신이 된다 하더라도 그년과의 인연을 내 손으로 끊어놓고 말 것이야!"

"산이 형 계시오? 나랑 술 한잔 하지 않겠소?"

올 신수를 보고 간 아녀자가 두둑하게 챙겨 준 엽전들을 세어 보던 무당은 깜짝 놀라 책상 위에 늘어놓은 돈들을 황급히 주머니에 담았다. 문을 열어 밖을 보니 어스름이 진 마당에 어깨가 축 늘어진 훤칠한 장한이 피식 웃으며 서 있었다.

"당연히 나야 좋지! 어서 들어오게나."

무당의 방 안으로 들어온 장포는 어지러운 신당을 보고 낄낄거리며 웃어 댔다. 온갖 알록달록한 결붕으로 장식된 그곳은 앉아 있기만 해도 혼이 나갈 정도로 어지러웠다.

"무당이 맞긴 맞네? 내 술 한잔 줄 터이니 올해 내 운이 어떤지 봐주겠소?"

"그야, 당연하지. 헌데, 무슨 술이야?"

"계명주요. 맛이 달큰한 것이 딱 마시기 좋소. 나 한 모금, 형 한 모금, 번갈아 마십시다."

산이는 장포가 건네는 술병을 받아 들고 입 안 가득 한 모금 머금었다. 갓 담은 계명주는 장포의 말대로 딱 적당하게 익어 있었다. 목구멍으로 술을 삼키며 무당은 나부라질 정도로 축 늘어진 사내를 빤히 바라보더니 킥킥대었다.

"너 그 계집 때문이구나. 왜 너 싫다고 하더냐?"

"그럽디다. 저 죽을까 봐 걱정이 되어 도망가자고 했더니 싫다고 하더라구요."

"그년이 제법 눈이 높은 모양이로구나? 너 같은 놈을 마다하다니."

장포는 산이가 돌려받은 술병을 들고 꿀꺽대며 마시기 시작했다. 산이는 점상 위에 쌀을 뿌리더니 상체를 흔들며 중얼거렸다.

"허허, 네놈이 올해도 제법 돈을 많이 만지겠구나. 뭐 지금도 운종가에서 장포라면 여인네들이 오줌을 질질 싼다고 하니 놀랄 일은 아니고. 어랍쇼? 너 올해 배를 타겠구나."

술병을 내려놓으며 장포는 쌀을 뿌린 점상 위를 뚫어지게 바라보았다. 산이는 어이없다는 듯 그의 이마를 쥐어박았다.

"야, 이놈아! 네가 보면 뭘 알어? 보아하니 배를 타고 바다를 건너가겠구나. 허허, 이것 참……."

"왜 그러오?"

산이는 답답한 듯 한숨을 쉬더니 장포에게 술을 달라는 듯 손을 내밀었다. 그는 시원하게 몇 모금 마시더니 장포를 빤히 바라보았다.

"장포야, 너 그리도 그 계집이 좋으냐?"

"어쩌겠어요? 사람 맘이 제 맘 같지 않은데……."

"너 그 계집 옆에 있으면 온갖 일 다 당한다. 갖은 고생한단 말이다. 이 아이는 결코 이생에서 네 인연이 아니다."

산이의 말을 들은 장포는 고개를 숙이며 한숨을 내쉬었다. 무당은 괜한 말을 한 듯싶어 무슨 말이라도 해 주고 싶어 눈알을 굴리고 있었지만, 딱히 마땅한 말이 생각나지도 않은 듯 술병만 들이댔다.

"괜찮아요."

잘못 들은 듯 산이는 눈을 동그랗게 뜨고 다시 되물었다. 신당에서 나근대는 결봉들처럼 장포는 힘이 없이 중얼거리듯 입을 열었다.

"형 말씀이 맞아요. 그 아이는 다른 사내를 마음에 품고 있지요. 하지만 난 그 아이의 아버지이자 내 스승님의 유지를 받들어야 해요. 그 아이를 지켜주겠다고 했거든요. 아무리 애를 써도 제 사람이 될 수 없다면 어쩔 수 없지요."

산이는 미소 지으며 장포의 어깨를 두드렸다. 심성 고운 이 사내의 운명이 안타까운 듯 무당은 무심한 듯 한마디 툭 던졌다.

"그건 그렇구나. 그 아이는 너 없으면 이 험한 세상 살아나가지 못할 운명이야. 희한하게도 너와 함께 있어야 살 수 있는 팔자니 거참, 옥황상제가 요상하게도 너희들 인생을 꼬아서 만들어 놓았구나. 이런 우라질!"

"아이고, 우리 월하선이 날 다 부르고. 그동안 더 고와졌구나!"

석대후는 퇴궐하다 기방의 여종이 전해 준 서찰을 받고 그길로 백운각으로 달려왔다. 월하선은 가량스럽고도 야살스러운 미소를 지으며 일어서서 그를 반갑게 맞이했다.

"아이, 관복이라도 벗고 오시지. 이러다 승정원 승지 감투 떨어지는 거 아닙니까? 난 한량들을 제일로 싫어하는데, 할 일 없이 노닥거리는 북촌 사내들은 꼴 보기 싫어요."

석대후는 창호를 닫더니 얼른 그녀를 끌어안고 여기저기에 입을 맞추어 댔다. 월하선은 까르르 웃으며 그를 밀치더니, 어린아이처럼 투정을 부렸다.

"내가 한마디 했다고 아예 발길을 뚝 끊으신 겝니까?"

"그럴 리가 있느냐? 요즘 궐에 일이 많아서 그런 것이니 서운해하지 말거라. 우리 양귀비가 이리 웃으니 너무 좋다."

석대후는 벌써부터 온몸이 절절 끓었다. 자리에 앉기도 전에 사모와 관복을 벗어던진 그는 씨말처럼 달려들었다. 하지만 월하선은 재떨이 위에 올려놓은 장죽을 들고 빼끔거리며 실실 웃기만 했다.

"뭐가 그리 급하십니까? 오늘 밤 모실 사객은 나으리밖에 없는데……."

"흐흐, 그러하더냐? 난 네가 날 까맣게 잊어버린 줄 알았다."

"그럴 리가요? 우선, 술로 한기 좀 쫓으십시오."

기방 비자들이 상다리가 휠 정도로 주안상을 들고 오자 승지의 입은 귀에 걸렸다. 월하선은 술을 따르더니 안색을 살피며 조심스럽게 입을 열었다.

"일전에 제가 너무 과한 부탁을 드려 심기가 불편하셨지요?"

"아니다. 네 맘 다 이해한다. 흐흐……."

"사람 목숨 하나 없애는 게 어디 쉬운 일입니까? 나라님께서 아무리 천한 노비라 하더라도 주인이 사사로이 그 명을 좌지우지 못하도록 하시질 않습니까?"

석대후는 술잔을 기울이며 웃고 있었지만, 그녀의 머릿속이 궁금했다. 이렇게 아양을 떨며 안면을 바꾸는 것은 필시 부탁할 일이 있는 것이 틀림없었다.

'저년이 또 무슨 수작을 부리려는 건가?'

월하선은 다시 한 번 술잔을 따르며 정신을 빼어놓을 듯 요염하게 웃었다.

"아, 우수가 지나 경칩이 다 되어 가니 이젠 덥습니다."

석대후는 마른 침을 삼켰다. 하얀 살결에서 풍겨 나오는 향긋한 향유 냄새에 절로 온몸이 녹아내리듯 아득해졌다. 그녀는 아리따운 몸을 그에게 바짝 다가놓더니 한숨을 내쉬었다.

"내 듣자 하니 어영청 별장들이 요즘 말이 많더군요. 훈련원 사람들이 시전에서 장난을 친다는 이야기는 들었지만, 어영청 사람들이 그리 재물욕이 많은지는 처음 알았습니다."

"그게 무슨 말인가?"

월하선은 그의 어깨에 머리를 누이며 답답한 듯 다시 한 번 날숨을 쉬었다. 여전히 하얀 옥수는 그의 다리 위를 천천히 갈지자로 왔다 갔다 했다.

"정해진 녹봉만으로 살기가 팍팍하니 다들 뒷돈을 챙긴다지요? 낮에는 점잖게 무관처럼 호령하다가 밤에는 왈패짓을 자처한다구요."

"아니, 그럼 어영청 놈들이 시전에서 돈 놀음을 한다는 것인가?"

그녀는 몸을 일으켜 천천히 석대후의 장옷을 만지작거렸다. 나분대는 기녀의 목덜미가 더욱 뽀얗게 눈에 들어왔다.

"자, 민초의 고충을 들으셨으니 승정원 승지께서는 내일 입궐하시면 당장 사헌부를 통해 전하께 고하셔야겠지요? 아, 하셔요. 안주도 드셔야죠?"

부드럽고 나긋한 손으로 가뿐가뿐하게 자신의 입에 산적을 집어넣는 그녀를 보며 석대후는 홍안이 되어 고개를 끄덕였다.

"당연히 녹을 먹는 관리로서 그리해야지. 내 사헌부에 일러 어영청을 감사하라고 해야겠네."

대청에 앉아 밖에서 두 사람의 이야기를 엿들으며 천덕은 냉소를 지었다. 그를 보며 박중선은 팔꿈치로 툭 쳐대며 곰방대를 빼끔거렸다.

"뭘 그리 실실거리나? 자네 처가 다른 사내 품에서 저 지랄을 하는 것을 보니 좋은 것은 아닐 테고."

"웃겨서 그러오."

천덕은 벌게진 얼굴로 뒤로 한껏 몸을 젖힌 여인의 그림자를 노려보며 윗입술을 실룩거렸다.

"큰 말이 나가면 작은 말이 큰 말 노릇한다고 하질 않소? 의금부 판사에게는 우려먹을 것이 없으니 저 쥐새끼 같은 놈을 꼬여 염병을 떨지 않소? 에잇, 퉤!"

"오늘은 판관 나으리께서 나오시지 않습니까?"

혼자서 말안장을 매만지는 지기택을 보며 여해는 얼굴이 굳어졌다. 늘 같이 붙어 다니던 두 사람이 지난번 일로 크게 다툰 뒤로 격조해 보였다. 여해는 그것이 자신 때문인 것 같아 괜스레 불편해졌다.

"아마 훈련원 일이 바쁘기 때문이겠지. 개의치 말거라."

기택은 앞으로 다가오더니 여해의 옷매무새를 세심하게 훑어보았다.

"춥지 않더냐? 경칩이 다 되어 가지만, 아직까지 바람이 차다."

그는 휘항을 벗더니 여해의 머리에 씌워 주었다. 그녀는 놀라 뒤로 물러섰지만, 기택은 두 손으로 휘항끈을 여며 주었다.

"자꾸 땀이 나서 그러니 네가 쓰고 있거라. 나야 계속 움직이니 괜찮지만, 너는 구경하고 있어야 하니 춥지 않더냐?"

기택의 휘항은 희한하게도 쓰자마자 온몸이 뜨거워졌다. 휘항 때문인지 갑작스러운 행동 때문인지 여해는 얼굴과 온몸이 더워 견딜 수가 없었다. 제자리로 돌아가 말 등에 오른 그는 다시 내리더니 그녀에게로 다가왔다.

"왜, 왜 그러십니까?"

"오늘은 마상도립을 한번 배워 보지 않겠느냐?"

"예? 좌칠보와 우칠보도 겨우 하는 저입니다. 어찌 그 어려운 것을……."

"너 물구나무를 설 줄 아느냐?"

기택의 입가에는 희미하게 미소가 번져 갔다. 자신을 바라보며 웃고 있는 그를 보자 여해는 숨이 턱 막혀 고개를 숙였다.

"아, 물구나무서기라면 눈감고도 합니다. 해 볼까요?"

그녀는 두리번거리더니 땅을 짚고 힘차게 발을 차며 거꾸로 섰다. 두 다리가 바동거렸지만, 안간힘을 쓰며 버티고 있었다.

"어, 어때요? 이 정도면?"

기택은 가만히 내려다보더니 아무 말 없이 뒤돌아서 걸어갔다. 머쓱해진 그녀는 다시 바로 서더니 그의 뒷모습을 보며 입을 삐죽거렸다.

"왜 갑자기 나한테 저리 실실거리는 거야? 기분 이상하게……."

거꾸로 땅을 짚고 서느라 그런 것인지 씌워 준 휘항 때문인지 아직도 그녀의 얼굴은 말고기 자반처럼 벌겋게 달아올라 있었다. 두 손으로 볼을 감싸며 여해는 세차게 머리를 흔들었다.

"아이, 뭐야? 왜 이리 얼굴이 화끈거리지?"

"자, 오늘도 한성 최고의 잘생긴 전기수 장포가 왔습니다. 어서어서 모이세요. 흔하지 않습니다!"

배오개다리 아래에서는 사람들이 하나둘씩 모여들고 있었다. 특히, 젊은 여인네들이 눈에 띄게 많았는데 그것은 전기수의 미끈한 외모가 한몫을 하는 듯했다. 모여드는 인파를 보자 여리꾼인 가석은 장포에게 한쪽 눈을 찔끔거렸다.

"오늘도 내 덕에 손님이 이리 모였으니 나중에 셈 잘해 주게."

"여부가 있겠습니까?"

장포는 자신을 보기 위해 모여든 젊은 여인들을 보지 않고, 물끄러미 하늘을 올려다보았다. 오늘 따라 번루빛 하늘은 거울처럼 깨끗했다. 답답한 그의 마음을 모르는 듯 날씨는 맑고 따듯했다. 나간에 자신의 마음도 저리 정리되기를 그토록 바랐지만, 군마장에서 웃으며 나오는 여해를 볼 때마다 또다시 마음이 심산해졌다.

"이야, 좋은 날일세. 이리 따듯한 날에 저리 잘생긴 전기수를 보니 가경일세, 가경이야!"

"아니, 저 여편네가 뭐 저리도 난리인 것이야? 아, 거기 좀 조용히 하시오. 낭송 들으러 온 거요, 아니면 전기수 얼굴 뜯어먹으러 온 거요?"

"거 딱하게 생기신 양반 입 좀 다무시오. 귀가 따가워서 미치겠구먼."

"아, 뭐요?"

장포를 향해 넋을 놓고 바라보는 여인들이 못마땅한 듯, 사내들은 모두 심기가 불편한 얼굴로 헛기침을 하거나 툴툴거렸다. 애가 탄 여리꾼은 장포의 어깨를 흔들며 재촉했다.

"이보게 뭐하나? 손님들 모였는데, 어서 시작해야지? 완전 넋이 나갔네그려."

그는 한번 크게 숨을 들이마시더니 활짝 웃으며 자리에서 일어섰다. 만개한 꽃처럼 화사한 젊은 사내의 미소를 보자, 여인들의 얼굴에서는 절로 흐뭇한 웃음이 흘러나왔다.

"자, 오늘은 무얼 이야기해 드릴까요? 아, 좀 있으면 경칩이라 개구리가 깨어나 울어 댈 것이니, 오늘은 별주부전 이야기를 낭송하겠습니다!"

"아니, 그리해서는 안 된다! 잘못하면 네 허리가 부러져!"

천천히 달리는 오명마 위에서 여해는 물구나무서기를 하기 위해 이를 악물고 안간힘을 쓰고 있었다. 기택은 말 옆에 바짝 붙어 걱정스러운 얼굴로 그녀의 일거수일투족을 놓치지 않고 바라보았다.

"호흡을 정히 하고 단번에 몸을 들어 올리거라. 절대 발을 올릴 때, 말 엉덩이나 옆구리를 차면 아니 된다!"

"자꾸 옆에서 뭐라고 하시니 더 헷갈리고 정신이 없습니다. 제발 좀 저리가십시오!"

그녀의 짜증에도 기택은 화내지 않고 계속 따라왔다. 여해는 말안장을 꽉 쥐고 하체를 들어 다리를 세차게 흔들었다. 하지만 이상하게도 허공을 걷돌 뿐 다리가 가뿐하게 위로 올라가지 않았다.

기택은 말을 세웠다. 여해는 말갈기 위로 쓰러져 머리를 묻었다. 젖먹던 힘까지 다 짜내느라 두 팔이 후들거리고 욱신거렸다. 머리 위에서부터 비 오듯 땀이 흘러내려 눈 안으로 스며들었다.

"너무 힘듭니다. 다른 것부터 배우면 안 되겠습니까?"

"이왕 시작한 거 마무리를 해야 한다. 하다 말면 감을 잊어버려 더 하기 힘들어진다. 자, 잠시 쉬자꾸나."

말에서 내린 여해는 푸르륵거리는 오명마의 목덜미를 부드럽게 쓰다듬었다. 주인을 잘못 만나 쉴 새 없이 움직인 말은 힘든지 다른 곳으로 걸어갔다.

"미안하다. 나 때문에 힘들었지?"

오명마를 보며 울상을 짓는 여해에게 기택은 수통을 내밀었지만, 그녀는 고개를 저으며 도로 그에게 건네주었다. 그리고 다기진 얼굴로 작심한 듯 그를 바라보았다.

"횡와야사부터 배우고 하겠습니다. 말 등에서 마음대로 몸을 놀리고 나면 훨씬 물구나무서는 것도 쉬워지겠지요?"

"왜 물구나무서는 것이 힘들다고 생각하느냐? 안 될 것이라고 미리 지레짐작하니 더욱 안 되는 것이다. 다부지게 마음먹고 힘을 모아 보거라. 잠시 쉬고 다시 하자꾸나."

다시 수통을 내미는 기택은 그녀를 보며 미소 지었다. 여해는 발그레 웃으며 수통을 들이켰다.

"어이고, 최고의 스승이십니다! 저 대신 저 아이를 통신사 일행에 끼워 보내실 겁니까?"

오랜만에 전립을 갖추어 입은 두홍이 그들에게로 걸어오고 있었다. 여해가 공손하게 인사를 올렸지만, 그는 본체만체하며 기택에게 말을 건넸다.

"참 속도 편하십니다. 지금 어영청이 뒤집혀 있는데도 이리 말놀음

하며 놀고 계십니까?"

두홍은 한심한 듯 두 사람을 번갈아보더니 뒷짐을 지며 한숨부터 내쉬었다.

"밑자락 깔지 않고 바로 말씀 올리겠습니다. 지금 사헌부에서 어영청에서 뒷돈을 만진다는 말이 들어와서 여기저기 쑤시고 난리랍니다. 헌데, 종사관 나으리께서는 어찌 이리 맘 편히 계시는지요? 당장이라도 달려가셔야지요?"

두홍의 말에 기택의 얼굴이 어두워졌다. 훈련원 판관은 어찌할 줄 몰라 입술만 깨물고 있는 여해를 보며 바짝 얼굴을 다가 대며 비아냥거렸다.

"어이구, 요즘은 뭘 배우십니까? 보아하니 마상도립을 연마하시는 것 같던데 말입니다. 사형, 이번 통신사 일행에 이 아이를 내보내십시오. 여인이 치맛자락 휙휙 날리며 말놀음하는 걸 보면 왜놈들이 좋아라 할 것입니다."

"두홍아!"

두홍은 홍안이 되어 노여운 눈빛으로 계속 여해를 다그쳤다.

"내가 너라면 말이다. 주제넘은 짓은 하지 않을 거다. 처음에는 하도 가여워서 그냥 넘어갔지만, 이건 좀 심하지 않더냐? 아무리 아비를 잃고 힘들다고 하지만 세상 천지에 부모 잃은 사람이 어찌 너 하나뿐이더냐?"

여해는 수통만 만지작거리며 고개를 숙이고만 있었다. 두홍의 말이 하나도 틀린 것이 없었다. 천한 신분의 여인이 감히 탐낼 것이 아니었다. 사내들만 할 수 있는, 그것도 양반 출신의 무관들만이 가질 수 있는 영예로운 것이었다.

“두홍이 너 가거라.”

지켜만 보던 기택은 조용한 음성으로 사제를 쳐다보았다. 사형의 말에 두홍은 어이가 없다는 듯 픽 웃더니 두 눈을 부라렸다.

“이보십시오, 사형! 대체 생각이 있으신 겁니까 없으신 겁니까? 이러다 잘못해서 웃전에라도 말이 들어가면 사형뿐만 아니라 군마장의 군부들까지도 다친다는 것을 왜 모르십니까? 저 아이가 측은한 것은 내 잘 알고 있지만, 이것은 경우가 아니라고 봅니다. 어허, 뭘 하느냐? 썩 물러가지 못하겠느냐?”

여해는 온몸이 한없이 작아져 몹시도 부끄럽고 비참했다. 그녀는 손에 든 수통을 내던지며 얼굴을 가린 채 뛰기 시작했다. 기택은 그녀의 뒤를 따라가려고 했지만 사제에게 팔이 붙들렸다.

“사형, 지금 가 버리시면 앞으로 안 볼 겁니다! 지금 저 계집이 문제입니까? 당장 어영청에 가셔서 수습하십시오!”

기택은 두홍의 팔을 뿌리치고 군마장 저 너머로 사라지는 그녀의 모습을 한없이 바라보았다. 사제는 어이가 없다는 듯 머리를 내저었다.

“걸어가다가도 말만 보면 타고 가자고 한다더니, 저 계집이 없을 때도 잘 지내셨던 사형이십니다. 제발 정신 좀 차리십시오!”

“오늘 어영청이 한바탕 뒤집어졌겠습니다?”

"사헌부에서 내 말을 듣고 혹시나 해서 감사를 했는데, 아 글쎄 말이지 진짜로 뒷돈 만지던 초관과 파총 하나가 걸려 지금 난리가 났다네."

석대후는 저고리를 풀어헤쳐 가슴을 다 드러낸 채 거만하게 몸을 젖히며 낄낄거렸다.

"소 뒷발질하다가 개구리 잡는다더니, 행여나 싶었는데 정말 그런 일이……."

"어찌 되었든 어영청 군기 한번 제대로 잡았지. 아마 거기 있는 놈들 오늘 밤 잠은 다 잘 걸세. 게다가 말이지, 그 찔러도 피 한 방울 안 나온다는 종사관 나으리께서 자리를 비우셨다지 뭔가?"

갑자기 기녀의 미간이 찌푸려졌다. 그녀는 몸을 일으켜 장죽을 입에 물더니 나삐 보듯 눈을 내리깔았다.

"어찌 그 재미없는 양반이 자리를 비운단 말입니까?"

"아마 통신사에 참여할 마상재인이니 군마장에 가 있었던 모양이야. 그러나 사헌부 관리들이 그런 걸 감안하겠나? 당장 그자를 소환하라고 하여 다그쳤던 모양이야. 헐레벌떡 쫓아와서 그 위의 파총부터 시작해서 제조까지 돌아가며 그자를 야단쳤다고 하네. 아마 감봉 조치를 받았을 게야."

석대후는 곁눈질로 그녀의 안색을 살피며 술잔을 홀짝거렸다. 월하선은 야릇한 미소를 머금으며 장죽만 빼끔거렸다.

"자, 자네 소원 이루어 주었으니 오늘은 무슨 상을 줄 것인가? 하루 종일 자네 생각하느라 일도 제대로 못 했다네."

아이처럼 졸라 대며 그녀의 손을 뺨에 갖다 대는 승지를 내려다보며 월하선은 함박웃음을 지었다.

"지당하신 말씀입니다. 말 잘 듣는 아이에게는 상을 주는 것이 당연하지요."

"형, 나와 봐. 누가 형 찾어!"

방에 누워 있던 여해는 동랑의 고함 소리가 귀찮은 듯 이불을 머리끝까지 뒤집어썼다. 두홍이 자신에게 핀잔을 준 일이 자꾸 아른거렸던 그녀는 저녁밥도 거의 먹지 않고 상을 물렸다.

갑자기 문이 벌컥 열리더니 동랑이 얼굴을 들이대고 더욱 크게 소리를 질러 댔다.

"형, 뭐해? 누가 형 찾아왔다는데!"

"나 자는 거 안 보여? 누가 와도 나 없다고 하라고 했지?"

여해는 벽쪽으로 더욱 다가 누워 꼼짝도 하지 않았다.

"여해야, 잠깐 나와 보거라."

익숙한 목소리에 여해는 두 눈이 휘둥그레졌다.

"나다. 나와 보거라."

그녀는 두 눈을 한번 질끈 감다가 뜨고는 천천히 밖을 바라보았다. 그였다. 정말 그였다. 여해는 화들짝 놀라 방문 뒤로 숨고 말았다. 하지만 아무것도 모르는 동랑은 방 안으로 뛰어들어 와 문 뒤에 숨어 있는 그녀의 팔을 잡아끌었다.

"형, 어서 나와 봐. 뭐해?"

여해는 몇 번이고 눈을 부라렸지만, 동량은 재밌다는 듯 실실 웃으며 밖에 있는 기택을 향해 소리 질렀다.

"히히, 여기 숨었어요. 어떻게 할까요?"

그녀는 어쩔 수 없이 고개를 푹 숙인 채 나왔다. 기택이 그녀를 말없이 바라보며 서 있었다. 사립문 밖에는 그의 오명마가 묶여져 있었다.

"어찌 여기까지 오셨습니까?"

"네 입으로 이야기하지 않았더냐? 무당들만 살고 있는 동네가 살기 싫다고. 한성에서 무당들이 모여 사는 곳이 여기 말고 어디에 있더냐?"

"하오면 이 집인 줄 어찌 아셨습니까?"

기택은 빙그레 웃으며 평상 위에 내팽개쳐져 있는 자신의 휘항을 가리켰다.

"물어보지 않아도 알 수 있지 않더냐? 내 휘항을 가져갔으니 돌려받으러 왔다."

여해는 깜짝 놀라 휘항을 집어 들어 그에게 돌려주었다.

"송구하옵니다. 너무 정신이 없어서……."

기택은 웃으며 그녀를 내려다보더니, 천천히 사립문 밖으로 나가 어서 오라고 손짓을 했다.

"뭘 하느냐? 따라오지 않고."

"예? 벌써 해가 저물었습니다."

기택은 계속 그녀를 바라보고 있었다. 여해는 그를 따라가야 할 것 같은 이상한 끌림에 절로 발걸음이 옮겨졌다. 동량은 불안한 듯 그녀의 저고리를 잡아당겼다. 여해는 아이의 머리를 쓰다듬었다.

"형, 잠시 다녀올 테니 걱정 말어."

"여기가 어딥니까?"

여해는 자신의 등 뒤에서 고삐를 잡고 있는 그에게 또다시 물었다. 하지만 여전히 그는 아무 말이 없었다.

경칩이 다 되어 가는 밤공기는 제법 온기가 느껴졌다. 달무리가 가득 낀 만월이 다 되어 가는 달은 쪽빛 하늘 한 귀퉁이에서 밝게 빛났다. 간간히 보이는 별들은 마치 자신의 존재를 보이기 위해 흐려진 밤하늘에서 안간힘을 쓰며 빛을 내고 있었다.

얼마나 한참을 왔는지 알 수 없었다. 무작정 말에 타라고 해서 그를 따라왔지만, 몇 번을 물어도 그는 대답이 없었다. 달빛이 환히 빛나는 넓디넓은 들판 위에 도착하자 말이 멈추었다.

기택이 먼저 뛰어내렸다. 여해가 내리기 위해 한쪽 다리를 뒤로 돌리려 하는 순간이었다.

"등자에 발을 올리고 내 손을 잡거라."

그녀는 그를 물끄러미 내려다보았다. 자꾸 가슴이 두근거렸다. 기택은 손을 내밀고 그녀를 올려다보고 있었다.

"내 손을 잡으라니까!"

머뭇거리는 여해의 손을 잡자 그녀의 심장이 두방망이질치기 시작했다. 등자에 발을 올리자 온몸이 떨렸다. 손끝에서 시작된 떨림은 전신으로 퍼져나가 목소리까지 떨리게 만들었다.

"떨리느냐? 추운 것이야? 내 휘항까지 쓰고?"

기택은 웃으며 깊이 숨을 들이마셨다. 여해는 그제야 주변을 둘러보았다. 생전 처음 와 보는 곳이었지만, 편안하고 조용한 평원이었다.

"여기가 어딥니까?"

"장안벌 근처에 있는 조그마한 목마장이다. 마침 여기 군부가 나랑 잘 알고 있으니, 이제부터 저녁에 이곳에서 수련하자꾸나."

"하지만 저 때문에……."

"두홍이 말은 개의치 말래도!"

기택은 그녀의 어깨를 한번 두드리더니 제법 편편한 곳으로 걸어갔다. 여해는 아직도 마음이 무거웠지만 그의 말에 따르기로 결심했다.

"달리는 말 등에서 하기 힘드니 말이 서 있는 상태에서 한번 해 보자꾸나. 석반은 든든히 먹었느냐?"

"입맛이 없어서 통 먹질 못했습니다."

기택은 걱정스러운 표정을 잠시 짓더니 자신의 말을 끌고 여해가 서 있는 자리로 되돌아왔다. 어스름한 달빛을 받고 있는 오명마는 마치 안개 속에 서 있는 것처럼 신비스럽고 낯설었다. 낯선 것은 말뿐만이 아니었다. 달빛 아래에 선 그는 꿈에서 본 것처럼, 오래되어 아득한 기억처럼 느껴졌다.

'왜 이럴까? 꼭 어디서 본 사람 같아…….'

기택은 말을 쓰다듬으며 고갯짓을 했다.

"자, 어서 올라가 마상도립을 해 보거라. 옆에서 잡고 있으마."

여해는 천천히 들숨을 마시고는 힘차게 등자를 딛고 말 등에 올랐다. 좀 어슴푸레한 달빛 아래 있으니 숨어 있던 기운이 솟아나와 절로 몸이 가벼워졌다. 낮에 겪은 슬프고도 불쾌한 일들이 하나도 머릿속에 떠오르지 않았다. 그녀는 안장을 짚고 힘차게 두 다리를 들어 올렸다. 허공을 향해 들어 올려진 두 발은 가볍게 올라갔지만 이내 다시 축 늘어졌다.

"그래! 거의 다 되었다. 팔에 힘을 주고 다시 한 번!"

여해는 다시 한 번 숨을 고르고 두 다리를 힘차게 들어 올렸다. 몇 번이고 반복했지만, 꼿꼿한 자세로 말 등 위에서 거꾸로 서는 일은 결코 쉽지 않았다. 점점 몰려오는 구름 때문에 달빛까지 모습을 감추어 주변이 어두워지고 있었다. 하지만 그를 실망시키고 싶지 않았다. 자신을 찾아와 준 그 마음에 보답하고 싶었다. 여해는 이를 악물고 있는 힘을 다해 소리를 지르며 두 다리를 허공을 향해 올렸다.

"히힝!"

그녀의 기합 소리에 놀란 오명마는 갑자기 앞으로 뛰어갔다. 자세가 흐트러진 여해는 손을 헛디뎌 그만 말 등에서 떨어지고 말았다.

"악!"

그녀는 곧 벌어진 아찔한 일들을 생각하며 눈을 꽉 감았다. 엄청난 고통과 함께 허리가 꺾일 것이었다. 그런데 뭔가가 뒤에서 갑자기 감싸 안았다. 계속 어디론가로 한참을 구른 그녀는 잠시 뒤 축축한 흙 위에 얼굴을 파묻었다. 진하고도 퀴퀴한 흙냄새가 코를 찔렀다.

"괜찮으냐?"

그녀의 등을 감싸던 따스한 체온이 사라졌다. 여해는 비틀거리며 땅을 짚고 일어나 앉았다. 눈앞에 저만치 뛰쳐나간 오명마가 한가로이 풀을 뜯고 있었다.

"괜찮은 것이냐? 갑자기 그리 소리를 지르면 말이 놀라 뛴다는 것을 왜 모르더냐? 거꾸로 선 상태에서 말이 뛰쳐나가거나 달리다 갑자기 서버리면 허리가 꺾여 부러진다고 몇 번이나 일렀더냐?"

불호령을 듣고 있었지만, 이상하게 그녀는 마음이 편안했다. 뒤를 돌아보니 기택이 걱정스럽게 그녀를 바라보고 있었다. 여해는 벌떡 일어나 몸에 묻은 흙을 털어냈다.

"괜찮습니다. 어릴 적에 많이 낙마한 적이 있어 이런 건 익숙합니다."

"다음부터는 조심하거라."

비틀거리며 일어서는 기택은 고통스러운지 얼굴을 찌푸렸다. 그의 오른쪽 손등이 심하게 찢겨져 피가 흐르고 있었다. 여해는 다가가려 했지만, 그는 마다했다.

"수건이 있으니 감싸면 된다. 좀 안정이 되었으면 다시 말에 오르거라."

"하지만……."

"쓸데없는 데 마음 쓰지 말래도!"

여해는 은근히 서운함을 느꼈다. 오명마를 쳐다보니, 사람을 놀래킨 녀석은 아무렇지도 않은 듯 얄밉게 푸르륵거리며 풀을 뜯고 있었다. 그녀는 뿔난 얼굴로 오명마를 쳐다보았다.

"야, 너 말 잘 들어. 너 때문에 종사관 나으리께서……."

뺨 위로 촉촉한 물기가 느껴졌다. 가랑비처럼 내리던 비는 점점 굵어지더니 금방 후드득 소리를 내며 사정없이 퍼붓기 시작했다.

"나으리, 어쩌면 좋습니까? 비가 옵니다!"

기택이 달려와 말고삐를 그러쥐더니, 그녀의 손을 잡아당겼다.

"조금만 가면 목자들이 쉬는 움집이 나온다. 거기서 비를 피하자꾸나."

잿빛을 띤 밤하늘은 무서운 기세로 비를 퍼부었다. 축축해진 땅 위로 떨어지는 빗방울은 흙탕물을 튀기며 초원을 황톳빛 뻘처럼 만들었다. 곧 찾아올 봄을 맞이하는 비는 겨우내 숨어 있던 땅 위의 모든 생물에게 생명수였다. 비를 맞은 풀들과 나뭇가지의 잎눈들은 더욱 생기 있게 흔들리고 있었다.

"저기다! 저기야. 어서 뛰자꾸나."

어슴푸레하게 보이는 시커먼 움막을 보자 기택과 여해는 더 빨리 서둘렀지만, 이미 저고리 속까지 흘러들어 온 빗물은 비를 피하기 위한 노고를 헛되게 만들고 있었다.

초라하고 작은 움막 안에는 불을 피울 수 있는 장작과 함께 옷가지 몇 개밖에 보이지 않았다. 움막 안을 이리저리 살피던 기택은 구석에 놓인 부싯돌을 찾아 장작을 모아 불을 피우기 시작했다.

"조금만 참거라. 불을 피우면 좀 나을 게다."

작은 피안처는 약간의 모닥불로도 갑자기 환해졌다. 그제야 한시름 놓은 두 사람은 털썩 주저앉았다. 하지만 이미 다 젖은 윗옷을 입고 있으니 불을 피워도 한기가 피부를 파고들었다. 기택은 주변을 살피더니 목자들이 입는 누비 마괘를 들고 와 여해에게 건네주고는 뒤돌아섰다.

"보지 않을 터이니 젖은 옷을 벗어 말리고 그 배자를 입거라. 고뿔이 들면 안 된다."

"아, 아닙니다. 전 괜찮으니 종사관 나으리께서 입으십시오."

기택은 마괘를 손에 쥐어주고는 밖으로 나가 움막 옆 나무 밑에 말을 매기 시작했다. 여해는 마괘를 한참 동안 쳐다보더니, 젖은 윗옷을 하나둘씩 벗어 늘어놓았다. 피부에 스며드는 한기에 온몸이 떨렸지만, 마괘를 입고 불 앞에 있으니 견딜 만했다.

"다 입었느냐? 들어가도 되겠느냐?"

"아, 예!"

기택은 움막 안으로 들어와 장작이 더 없는지 찾아보았다. 목자들이 잠시 묵는 피안처에는 여유분의 장작은 보이지 않았다.

"비가 빨리 그쳐야 할 터인데……. 갈수록 빗줄기가 굵어지는구나."

그의 말대로 지붕 위를 때리는 빗소리가 더욱 크게 들려왔다. 온 세상을 다 잠기게 만들 것처럼 장맛비 같은 이른 봄비가 끝도 없이 쏟아졌다. 기택은 미간을 찌푸린 채 점점 사그라지는 모닥불을 바라보았다.

시간이 지날수록 여해는 바닥에서 치밀고 올라오는 냉기에 소름이 돋았다. 마괘를 더욱 여미며 보았지만, 몸 안을 파고드는 추위는 그녀를 힘들게 하였다.

"많이 힘든 모양이로구나. 내 나가서 장작을 더 찾아보마."

"가지 마십시오. 비를 더 맞으시면 큰일 나십니다."

"아니 된다. 이러다……."

여해는 더욱 강하게 그의 팔을 잡아끌었다. 그러고는 고개를 숙이며 아주 작게 들릴 듯 말 듯 중얼거렸다.

"혼자 있는 것이 싫습니다. 그러니 옆에 계셔 주십시오."

기택은 잠시 그녀를 내려다보았다. 바로 옆에서 타오르는 모닥불의 열기 때문인지 여해의 뺨은 홍조를 띠었다. 그는 옆에 앉아 말없이 불길만 바라보았다. 모닥불만 쳐다보던 두 사람은 아무 말도 하지 않았지만, 희미하게 미소를 머금고 있었다.

"어찌하여 제가 사는 곳까지 오신 겁니까? 판관 나으리께서 호통치신 것 때문입니까?"

"왜 그리 생각하느냐?"

"그렇지 않으면 사람들이 마다하는 그 동네에 왜 오셨겠습니까?"

기택은 말없이 웃더니 그녀를 지긋이 바라보았다. 다정한 그의 눈빛에 여해는 어색하여 고개를 돌렸다.

"별 생각을 다 했구나. 난 휘항을 찾으러 간 것뿐이다. 어머니께서 손수 지어주신 것이다."

"어찌 휘항만 찾아가시지 않고 절 여기까지 데려오신 겁니까?"

또록또록한 그녀의 음성에 기택의 얼굴에는 잠시 당황한 빛이 스치고 지나갔다. 그는 괜스레 나뭇가지로 모닥불만 쑤셔 대더니 어쩔 수 없다는 듯 픽 웃었다.

"간 김에 더 가르쳐 보려고 그런 것이다. 내일부터는 군마장에 나오더라도 구경만 하거라. 군마장의 수련이 끝나면 나와 함께 이곳에 와서 더 배우자꾸나."

여해의 큰 두 눈이 반짝였다. 기대하던 대답을 들었기 때문인지, 그의 숨겨진 다정한 일면을 보았기 때문인지 알 수 없었지만 묘한 설렘이 그녀를 웃게 만들었다.

"왜 절 그리도 가르쳐 주시려고 하십니까? 판관 나으리의 말씀대로 전 여인인데다 천한 신분이옵니다. 행여나 다른 이들이 알게 되면 종사관 나으리께서 봉욕을 치르실 터인데……."

"왜, 알고 싶으냐?"

기택은 웃으며 그녀를 빤히 바라보았다. 여해의 심장이 뛰기 시작하더니, 자신의 귓가에도 들릴 정도로 대책 없이 쿵쿵 뛰었다.

"마음의 짐을 덜어 주고 싶다. 소중한 이를 죽음으로 잃는 것은 마음속에 큰 돌을 얹고 사는 것이다. 내가 미친 듯이 마상재에 집중하는 것도 그 때문이었지. 이 힘든 순간을 네가 다른 곳에 정신을 쏟아 잘 견뎌 내었으면 하는구나."

여해는 자신의 귀를 의심했다. 눈앞에 있는 사내는 자신이 알던 지기택이 아니었다. 지기택은 이렇게 타인에게 다정한 말 한마디 건네는 이가 아니었다. 늘 차갑고 무뚝뚝하고 찔러도 악 소리 한번 내지 않는 냉혈한이었다.

그녀는 당황스러웠다. 고맙다는 말이라도 해야 했지만, 차마 입이 떨어지지 않았다.

"그저 열심히 배우거라. 그걸로 충분하다."

기택은 고개를 돌려 움막 밖을 바라보았다. 아직도 빗줄기는 가늘어지지 않고 끊임없이 대지를 적시고 있었다. 나무 밑에 매어 놓은 오명마도 젖은 갈기가 싫은지 푸르륵거리며 불편한 심기를 드러냈다.

"큰일이로구나. 이리도 비가 그치지 않으니……."

"그래서 그 사람이 여해를 데리고 갔다고?"

"응. 말 타고 왔던데? 형, 나 그리 잘 빼입은 사람 처음 봤어."

동량은 아직도 신이 나는지 장포가 준 엿을 입에 넣고 종알거렸다. 그의 얼굴은 일순간 어두워졌다.

"어디 간다는 이야기도 없고?"

"응. 여해 형도 그냥 따라가던데?"

장포는 문을 열고 밖으로 뛰쳐나갔다. 동량의 할머니는 구멍 난 버선을 꿰매며 답답한 듯 소리 질렀다.

"이리 비가 오는데 어디 가서 찾으려고? 차라리 좀 기다려 봐."

노파의 말이 맞았다. 어디에 있는지도 모르고 무작정 헤맬 수는 없었다. 하지만 그냥 앉아서 기다리는 것도 못할 짓이었다. 장포는 도롱이를 걸치고는 사립문을 나섰다. 노파는 혀를 차며 그의 뒷모습만 물끄러미 바라보았다.

"집으로 가나? 인정이 지나 성문도 열지 않을 터인데……."

장포는 심장이 터질 것 같았다. 분명 그자가 틀림없었다. 그라면 걱

정할 일은 아니었지만, 왜 이리도 불안한지 몰랐다.

"어이, 이 밤중에 어딜 가? 차라리 동량이 집에 묵다 가지 그래?"

밖에 늘어놓은 무구를 거두러 나온 산이는 정신없이 걸어가는 장포를 불러 세웠다. 고개를 든 장포의 얼굴은 거무칙칙하게 굳어 있었다. 눈치 빠른 박수는 방문을 열며 고갯짓을 했다.

"어서, 들어와. 내 오늘 괜찮은 술 한 병 얻어놨어."

"어서 들어. 꽤나 괜찮은 탁주야."

사발에 술을 따르며 산이는 장포를 이리저리 살펴보았다. 다자색을 띤 얼굴은 막 터지려는 화약통같이 위태로워 보였다. 산이는 모른 척 술을 마시며 밑자락을 먼저 깔기 시작했다.

"아까 해질 무렵에 말 탄 무관 하나가 동네를 왔다 갔다 하더만. 혹시, 여해가 그자 때문에 군마장에 가는 거야?"

"……."

"잘난 사내더라. 필시 양반일 거고. 뭐 첩으로 들어가도 팔자 고친 거지만, 여해는 대역 죄인의 딸이라 못 먹을 감이지. 뭐해? 어서 마셔!"

장포는 갈증이 난 듯 단숨에 사발에 담긴 술을 다 비웠다. 산이는 킥킥거리며 한 그릇 가득이 술을 다시 따라주었다.

"이거 마시고 푹 자. 그리고 잊어버려."

"대체 어디로 간 걸까요? 이제 야경인데 어디서 밤을 지새운다는 말입니까?"

박수는 재밌다는 듯 낄낄거리며 술병을 입에 갖다 대었다. 그리고 능글거리는 얼굴로 그를 놀리듯 나불대었다.

"야, 이놈아! 그 선머슴 같은 년을 누가 건들겠냐?"

"지금 농하실 때요? 이리 비가 억수같이 퍼붓는데 걱정하는 것이 당연한 게 아니겠어요?"

산이는 의미심장한 표정을 짓더니 술병을 입에 갖다 부었다. 벌컥벌컥 술을 들이켜던 그는 소맷부리로 입가를 닦으며 고개를 끄덕였다.

"어느 말이 물 마다하고 여물 마다하겠느냐마는 쓸데없는 생각 말고 어서 술이나 마셔!"

약간의 온기라도 전해 주던 모닥불이 꺼져 버리자 여해는 온몸을 엄습해 오는 한기에 바들바들 떨었다. 아무렇지도 않게 웃고 있었지만, 이가 딱딱거리는 소리는 그녀가 얼마나 추운지 알려 주고 있었다.

"비가 그치지 않으니 큰일이로구나. 날이라도 밝으면 좋을 터인데 아직 까마득하니……."

"나으리께서도 편히 앉으셔서 쉬십시오……."

여해의 입술이 하얗다 못해 새파랗게 질리기 시작했다. 모닥불이 꺼져 어두워진 움막 안은 더욱 서늘하게 느껴졌다. 단지 목소리만으로 서로의 존재를 확인할 뿐 아무것도 보이지도 느껴지지도 않았다.

"정말 춥지 않으냐?"

"참을 수 있습니다……."

그녀는 이를 악물고 버티고 있었다. 늘어놓은 옷은 아직도 다 마르지 않아 축축했다. 행여나 입어 볼까 생각하다가도 손끝에 전해지는 눅눅한 한기에 그녀는 다시 몸을 움츠렸다.

"어쩔 수 없다. 이렇게 하지 않으면 너도 나도 큰 병이 들겠구나."

갑자기 어둠 속에서 거뭇거뭇한 그림자가 그녀에게 다가와 감싸 안았다. 여해는 화들짝 놀랐지만, 익숙한 체취와 함께 온몸으로 퍼지는 포근한 온기에 편안해졌다.

"나, 나으리……."

"네가 불편하지만 이렇게 해야 할 듯싶구나."

자신을 두른 강하고도 따듯한 두 팔을 어둠 속에서 더듬었다. 강인한 근육과 함께 뜨거운 온기가 손가락 끝에서부터 느껴졌다. 여해는 도저히 숨을 쉴 수 없었다. 그녀는 아무것도 보이지 않은 어둠 속에서 눈을 꼭 감았다.

"추, 춥지 않으십니까? 아무것도 위에 걸치지 않으신 듯합니다."

"내 옷이 다 젖었으니 어쩔 수 없지 않느냐? 이렇게 있으면 좀 나을 거다."

목덜미에서 느껴지는 목소리는 귓가를 간지럽히더니 머리를 빙빙 돌게 만들었다. 여해는 더욱 손을 뻗어 그의 등을 한가득 감싸 안았다. 뽀송한 솜털과 함께 탄탄한 등 근육이 느껴졌다. 그녀는 입술을 깨물고 더욱 꼭 눈을 감았다.

"넌 가만히 있거라. 난 괜찮으니……."

"싫습니다. 나으리께서 이리 힘드신데 저만 편안히……."

그녀의 어깨에서 누비 마괘가 흘러내렸다. 등 언저리에서 느껴지는 차가운 공기와 함께 온몸에 소름이 돋았다. 기택은 얼른 손을 뻗어 마괘를 집어 그녀의 몸에 걸쳐 주었지만, 여해가 마다했다.

"같이 입었으면 합니다, 나으리……."

"그리하면, 그리하면 안 된다. 서로의……."

"어두워서 보이지 않습니다."

여해는 마괘를 들어 그의 몸 위에 걸치고는 기택의 가슴 속으로 몸을 움츠리고 파고들었다. 기택은 그녀의 몸을 마괘로 덮고는 꼭 끌어안았다. 서로의 살이 닿자 두 사람의 숨소리가 어색하게 내쉬었다 멈추었다를 반복하기 시작했다.

"조금만, 조금만 참거라. 곧 비가 그치면……."

여해는 눈을 감고 그의 가슴 위에 얼굴을 묻었다. 빠르게 요동치는 기택의 심장 소리가 크게 들려왔다. 그녀 또한 그 소리에 제대로 숨을 쉴 수 없을 정도로 가슴이 뛰어 행여나 자신의 숨소리가 들릴까 조심조심 날숨을 내쉬었다.

"미안하구나, 내가 괜히……."

"아닙니다. 전, 전 너무도 행복합니다……."

어둠 속에서 고개를 든 그녀의 얼굴에서 무엇인가 반짝거렸다. 어슴푸레하게 보이는 그림자 같은 얼굴이었지만 기택은 그것이 무엇인지 알 것 같았다.

"우는 것이더냐?"

"예, 나으리와 이렇게 같이 있어 전 행복합니다. 죽어도 여한이 없을 만큼요……."

기택은 아무 말 없이 한 손으로 뺨을 어루만지며 눈물을 닦아 주었다. 자신의 얼굴을 쓰다듬는 손길을 느끼자 여해는 아이처럼 미소 지었다.

"지금은 웃고 있느냐?"

"예, 그러하옵니다."

그는 더 말이 없었다. 여해 또한 아무 말도 하지 않았다. 그렇게 어둠 속에서 두 사람은 서로를 바라보고 있었다. 가마아득하여 더는 닿지 않을 듯한 서로의 거리가 어둠 속에서는 그렇게 좁혀져있었다.

여해의 차가운 입술 위로 무언가 뜨겁고 보드라운 것이 다가왔다. 그리고 약간은 거칠고도 가쁜 숨소리가 그녀의 얼굴 위에 느껴졌다. 강인한 사내의 팔이 그녀를 더욱 꼭 그러안고 있었다. 여해는 이 순간이 꿈인 듯하여 세게 눈을 감고 떴다. 하지만 분명한 생시였다. 그녀는 꿈결처럼 나슬나슬한 이 순간이 사라질까 두려워 눈을 감았다.

"이제는 너 없이는 못 살 거 같구나……."

목구멍에서 따듯한 숨을 토해 내며 그는 소리치듯 속삭였다. 그녀는 대답 대신 그의 목을 두 팔로 꼭 끌어안았다. 서로의 심장이 마주 닿자 두 사람은 다시는 떨어지지 않을 것처럼 숨을 나누며, 오랫동안 감추어 둔 마음을 풀어내기 시작했다.

"어느 순간 너에게 내 마음이 다가가 있더구나."

서로의 숨을 나누며 두 사람은 칠흑 같은 어둠 속에서 같은 꿈을 꾸며 한없이 나비춤을 추었다. 깊이 간직해 온 감정을 온기 깃든 손길과 뜨거운 숨으로 녹여내며 길고도 짧은 밤을 빗속에 흘려보내고 있었다.

"예? 나으리께서 아직 오시지도 않으셨다니요?"

남촌에 있는 기택의 집을 찾은 월하선은 황망하여 입을 다물지 못했다. 그의 노모는 수심이 가득한 얼굴로 행주치마에 손을 닦으며 찬간에서 나왔다.

"한 번도 이런 적이 없던 아이인데. 그나저나 이번에는 뭘 또 이리 가져오신게오? 가져가시오. 저번 설에 가져온 것도 다 돌려보내지 않았소?"

기택의 어머니는 평상 위에 올려진 보따리들을 보며 얼굴이 붉어질 아들을 떠올렸다. 마음 같아서야 저것들을 거두어 찬간에 들이고 싶었지만, 펄펄 날뛸 아들이 가만두지 않을 것이 분명했다.

"해서 제가 이리 몰래 가져온 것이 아닙니까? 몰래 숨겨두시고 요긴하게 쓰십시오. 고기와 함께 약재도 가져왔으니 꼭 달여 드시구요."

월하선은 노모의 손을 잡으며 방긋 웃었다. 그제야 기택의 어머니도 얼굴을 폈다.

"정말 고마우이. 헌데, 어찌 이리 우리 아들처럼 팍팍한 사람에게 마음을 쓰는 것인가?"

"평소 종사관 나으리를 존경하는 사람입니다. 아시다시피 한성에 그렇게 청렴한 관리가 어디에 있습니까? 하온데 나으리께서 밤새 어영청에 계신 것이옵니까?"

"그건 아닌 듯하이. 어제 두홍이가 왔다 갔지. 어영청에서 감사가 들어 난리가 났는데, 그것 때문에 들렀는데 이미 없었다네."

월하선은 기분 나쁜 무엇인가가 스멀스멀 머릿속에서 기어 나오는 것을 느꼈다. 구체적으로 알 수는 없었지만 분명히 그 계집과 연관이 있는 것이 분명했다.

"차라도 들고 가게. 살림이 궁하여 대접할 것이 없지만 몸이라도 녹이시게."

"아닙니다. 다른 일이 있어 가 보아야 할 듯합니다."

월하선은 아쉬워하는 기택의 노모를 뒤로 하고는 발걸음을 재촉했다. 그녀의 얼굴은 방금 전과는 달리 잔뜩 일그러져 아랫입술이 눈에 띄게 떨리고 있었다. 뒤따르던 비자는 영문을 몰라 쫓아가며 더욱 그녀의 분기를 내질렀다.

"갑자기 왜 그러십니까? 종사관 나으리 어머니께서 흡족해하시지 않았습니까?"

질투에 눈 먼 여인은 발걸음을 멈추고 무섭게 여종을 노려보았다. 마치 날을 바짝 세우고 노려보는 살쾡이처럼 두 눈은 분노로 번득였다. 여종은 서슬 퍼런 그녀의 얼굴에 다달거리며 뒤로 물러났다.

"흡족해하시다니? 내가 종사관 나으리 어머니에게 볼 일이 있더냐? 지금 밤을 새고 댁에 오시지도 않았다고 하지 않더냐? 필시 그 계집이랑 같이 계셨던 게야. 그 계집을 절대 가만두지 않을 것이다. 이 한성에서 아니 조선 땅에서 발도 못 붙이게 만들어 놓을 것이야!"

"예, 하오나 아직 확실하진……."

월하선은 답답한 듯 여종의 머리를 쥐어박았다. 입을 삐죽거리며 자신을 올려다보는 비자에게 그녀는 앙칼지게 다그쳤다.

"그렇게 멍청히 있지 말고, 당장 달려가거라. 너는 이 길로 어영청으로 가서 별장 어르신께 오늘 밤에 꼭 백운각에 들르시라고 말씀 올리거라. 어서!"

대보름을 맞이한 백운각은 일 년 중 가장 밝은 달 아래 술과 함께 비틀거리며 주사를 떠는 사내들로 북적이고 있었다. 모두들 얼큰하게 취한 채로 귀밝이술이라는 핑계하에 계속 잔을 주고받으며, 기녀를 끌어안고 낄낄거렸다.

"헌데 나으리. 얼마 전 어영청이 뒤집어졌다고 들었사온데 이리 홍청망청 노셔도 되시옵니까?"

양쪽에 기녀를 끌어안고 실실거리던 사내는 집어주는 안주를 우걱거리며 세차게 고개를 흔들었다.

"이리 좋은 날 그런 헛소리는 그만 집어치우거라. 자자, 오늘 월하선은 어디에 있더냐? 간만에 날 보고 싶다는 그 아이 때문에 어영청의 사내들을 모두 데리고 왔느니라. 저 달이 지기 전에 백운각에서 제일 고운 달구경을 해야 하는데, 내 목이 빠지겠구나. 어서 문을 열거라. 내 오늘은 그 아이를 꼭 보고 가야 하느니라."

다른 기녀들은 별장의 입에서 월하선의 이름이 나오자 새치름하게 눈을 내리깔았다. 아무리 아양을 떨고 교태를 부려 사내들의 혼을 빼어놓아도, 그녀가 와서 한번 치맛자락 휘날리면 소용이 없었다.

"아니, 그년은 의금부 판사까지 데리고 놀지 않았나? 왜 갑자기 저

촌스러운 어영청 별장 노인을 부른 거야?"

"그걸 모르니? 뻔하지. 지 종사관을 아직도 포기하지 못한 게야."

"독한 년! 참으로 독해! 나라면 벌써 포기하고 나자빠졌겠구먼."

마당 한가운데에서 달빛을 받으며 담자색 저고리와 도홍빛 치마를 입은 여인이 함박웃음을 지으며 천천히 걸어오고 있었다. 낄낄거리며 잔을 주고받던 무관들은 모두 입을 벌리고 방 안으로 들어오는 그녀를 멍하니 바라보았다.

"과연 네가 천하일색이로구나! 어서 오너라. 한동안 네 얼굴을 보지 않으니 사는 재미가 없더구나."

별장은 일어서서 손을 잡아 자리로 이끌었다. 월하선은 자신을 흘겨보는 기녀들을 나삐 보며 거만하게 자리에 앉았다.

"과연 네가 오니 이 방 안에 세상의 모든 빛이 다 모이는 것만 같구나. 그래, 그간 잘 지냈더냐?"

"별장 어르신께서 납시지 않는데 어찌 잘 지내겠습니까?"

"허허, 고년 거짓말도 참 이쁘게도 하는구나. 자, 어서 한잔 따라다오."

월하선은 방 안에 있는 사내들을 쭉 둘러보았다. 어영청에 있는 무지막지한 사내들이 죄다 모인 듯했지만, 군계일학 같은 그가 보이지 않았다. 순간 그녀의 입술 사이로 짧은 탄식이 흘러나왔다.

'오늘 밤도 그 계집과 있는 것인가?'

그녀는 허허 실실하고 있는 별장을 노려보았다. 미련하게 기녀들을 끼고 취해 있는 그 모습이 꼴 보기 싫어 당장 내쫓고 싶었다. 어금니를 꽉 깨물고 그녀는 별장의 팔을 주무르며 넌지시 떠보았다.

"나으리, 오늘 홀로 고고하신 그분께서는 아니 오십니까? 어찌 어영청의 모든 무관들이 모여 이리 정을 돈독히 하는 자리에 빠질 수 있는지요?"

"아, 곧 올 걸세. 아마 좀 늦는 것 같더구먼."

그녀의 눈 밑이 미세하게 떨렸다. 필시 그 여인과 있는 것이 분명했다.

'그래, 끝이 날 때까지는 아직 모르는 거야. 그년이 아무리 마음을 붙잡고 있다 해도 오늘 밤 내 사내로 만들어 버리면 되는 것이니까.'

"달이 참으로 밝고 큽니다!"

잠시 말에서 내려 숨을 고르는 여해는 머리 위에서 환히 웃고 있는 만월을 올려다보았다. 하얗고 서글프리만큼 아리따운 달빛은 차가운 밤공기조차 달게 느껴질 정도로 사랑스럽게 만물을 비추고 있었다.

"그렇구나."

기택은 달구경을 하는 그녀를 그저 바라보고만 있었다. 그날 밤, 그와 그녀는 두 사람에서 한 사람이 되었다. 가연을 맺는 밤 치고는 춥고 초라했지만, 그들에게는 한평생을 통틀어 가장 행복한 시간이었다.

"오늘 어영청에 있는 모든 무관들이 모인다고 하지 않으셨습니까? 공연히 늦으시면."

그는 걱정스럽게 바라보는 그녀의 손을 잡아 자신의 두 손으로 감싸 안았다. 작고 가느다란 손이 무척이나 차가웠다. 포근한 손 안에서 그녀는 손뿐만 아니라 마음까지 따듯해졌다. 여해는 부끄러운 듯 픽 웃으며 고개를 숙였다. 그는 더욱 손을 꼭 감싸 쥐었다.

"나는 말이다. 이리 네 손을 잡고 있는 지금이 가장 좋다. 허니 괜한 걱정 말고 수련이나 하자꾸나."

자신을 지긋이 내려다보는 그의 눈길이 반가우면서도 여해는 여전히 어색한지 고개를 돌렸다. 목 언저리부터 후끈거리는 열기가 올라왔다. 얼굴을 만져 보니 손바닥이 뜨끈한 것이 역시나 벌겋게 달아오른 것이 분명했다.

"헌데 마상도립은 아무리 수련해도 힘이 듭니다. 마립장신은 할 만한데 말입니다."

"내가 보기엔 그것도 한참 더 수련해야 한다. 말 목을 뒤로 하고 눕다가 그대로 거꾸로 떨어질 뻔하지 않았더냐?"

기택은 뒤에서 가느다란 어깨를 끌어안았다. 그의 체취가 느껴져 정신이 아득해졌다. 여해가 뒤돌아보려고 하자, 그는 그녀의 목덜미에 얼굴을 묻었다.

"그대로 있거라. 이렇게 말없이 달 아래서 너를 안고 있으니 그 어떤 심산한 일들도 잊히는구나. 그대로 있거라. 지금도, 내일도, 까마득한 먼 훗날에도 내 앞에서 그대로 있거라."

"형, 나 오늘 제웅 속의 엽전 몇 개나 찾았게?"

동량은 두 손 안에 무엇인가를 넣고 절그렁 소리를 내며 앞니를 훤히 보이며 웃어 댔다. 어제부터 제웅을 찾아 엽전을 제법 모은 아이는 신이 나서 오늘도 여기저기 동네를 파헤치고 돌아다녔다.

"야, 어제 찾았어야지. 오늘은 찾아서 뭐하게? 내 더위나 사 가라고 해야지."

"나 그거 많이 해 봤는데 아무 소용없더라. 여름만 되면 똑같이 덥던걸. 그저 집집마다 돌아다니면서 묻어 놓은 제웅 꺼내는 게 훨씬 실속 있어."

동량은 작은 손바닥을 펴서 내밀었다. 수북이 쌓인 엽전 대여섯 개가 올려져 있었다. 장포는 킥킥거리며 웃더니 엽낭을 열어 엽전 몇 개를 더 얹어 주었다.

"나중에 할머니와 저자에 가거든 맛난 거 사 먹어."

"야, 요즘 형 벌이가 좋은가 봐?"

장포는 동량의 머리를 어루만지더니 하염없이 머리 위의 달을 바라보았다. 투명하고도 새하얀 달이 기분 좋게 내려다보고 있었다.

"형, 산이 아저씨가 동네 무당들이랑 달집태우기 한다고 하던데 가 볼까?"

"아니, 난 여기에 있을래. 여해는 오늘도 나간 거야?"

"응, 한 번도 빠진 적이 없어. 근데 여해 형은 밤마다 어디에 가는 거야?"

동량의 말은 장포가 여해에게 하고 싶은 말이었다. 매일 밤, 날이 차든 덥든 그녀는 게 눈 감추듯 후딱 저녁밥을 먹고 밖으로 뛰어나갔다. 여름처럼 억수같이 비가 쏟아지던 날, 그날 밤이 지난 뒤 그녀는 완전 다른 사람이 되어 있었다. 축 늘어진 어깨로 풀이 죽어 있던 얼굴은 활짝 핀 홍단화처럼 화사하고 고왔다. 나날이 행복해하는 그녀를 보는 것이 그에게는 말할 수 없는 고통이었다. 여해를 기쁘게 하는 그 누군가를 알고 있는 이상, 장포에게 그녀의 돌아온 행복한 일상은 그리 반갑지 않았다.

"나도 모르지. 지금 여해는 말 갈 데 소 갈 데를 가리지 않을 거다."

"그게 무슨 말이야?"

눈을 동그랗게 뜨고 자신을 멀뚱히 바라보는 동량의 뺨을 꼬집으며 장포는 어설픈 미소를 머금었다.

"그런 게 있어. 사람이 마음이 가면 그 어떤 것도 막을 수 없어. 그래서 사람의 마음이 무섭다는 거란다. 너도 크면 이 형 말을 알게 될 거다."

"어이구, 이제야 납시었구만. 지 종사관, 어서 와서 잔을 받게나."

지기택이 들어선 기방 안은 이미 잔뜩 취해 널브러진 사내들로 가득하였다. 다른 기녀들 또한 무관들과 함께 취해 벌건 얼굴로 옷고름을 느슨하게 풀어헤친 채 기대어 실실 웃고 있었다. 그러나 월하선만은 굳은 얼굴로 꼿꼿이 별장 옆에 앉아 차분하게 술을 따르고 있었다.

"제가 따라드리겠습니다. 종사관 나으리께는 제가 특별히 준비한 술이 있습니다."

"허허, 그거 서운하구먼. 지 종사관한테만 너무 마음 쓰는 거 아닌가?"

이미 벌게진 다자빛 얼굴로 월하선을 흘겨보는 별장은 어린아이처럼 투정을 부렸다. 싸늘하게 웃는 가량가량한 얼굴의 기녀는 그런 사객의 불평도 아무렇지 않게 맞받아쳤다.

"당연히 벌주이지요. 어찌 다른 나으리들과 같은 술을 대접한단 말입니까? 제가 특별히 독한 소주로 준비했으니 노여워 마시어요."

"허허, 그런 건가? 자, 그럼 그 술 한번 먹여봄세."

월하선은 문 밖에 서 있는 여종에게 고개를 끄덕였다. 잠시 뒤, 비자가 가져온 하얀 술병이 주안상에 놓이자, 기녀는 어두운 얼굴로 꿔다 놓은 보릿자루마냥 앉아 있는 무관에게 술을 따르며 방실거렸다.

"벌주이니 다 드셔야 하옵니다. 안동에서 올라온 고급주입니다."

기택은 월하선과 술잔을 번갈아 바라보았다. 그녀의 입술 위로 야릇한 냉소가 살짝 스치고 지나갔다. 그의 날카로운 눈은 심상치 않은 기류를 느꼈지만, 다그치는 별장 때문에 어쩔 수 없이 술잔을 들어야 했다.

"어서 마시라니까! 다른 무관들은 다 취해서 저리 널브러졌네. 어서!"

기택은 한숨에 술을 들이켰다. 월하선의 말대로 그다지 독하지 않고 부드럽게 넘어가는 고급주였다. 그녀는 웃으며 다시 한 잔 따랐다.

"벌주는 세 잔이 기본이옵니다. 두 잔 더 드셔야지요?"

"아하하! 우리 월하선이 참으로 놀 줄 아는구나. 자, 어서 마시거라!"

기택은 이번에도 두 눈을 감고 술을 단숨에 마셨다. 두 번째 잔을 들이켜자 이상한 끝 맛이 혀끝에서 느껴졌다. 그는 월하선을 빤히 바라보았다. 그녀는 시선을 돌리지 않고 계속 의미심장한 미소를 지으며 기택을 쳐다보았다.

'설마……. 그래, 아니겠지.'

그녀는 마지막 잔을 채우기 시작했다. 기택은 이상하게 주변에 있는 것들이 흐릿하게 보였다. 아무리 머리를 흔들고 눈을 감았다 떠도 마치 안개 속에 있는 것처럼 나근거렸다.

"자, 마지막 잔일세! 오늘 종사관이 단단히 당하는구먼. 허허!"

별장은 마지막 잔을 드는 기택을 보며 취기가 바짝 오른 듯 호탕하게 웃고 있었다. 월하선은 계속 기택을 보며 웃고 있었다.

"아……."

기택은 현기증과 함께 앞으로 고꾸라졌다. 정신을 잃은 그를 보며 별장은 재밌다는 듯 박장대소하며 몸을 흔들어 댔다. 월하선은 거만하게 쓰러진 기택을 바라보며 한쪽 입술을 치켜 올렸다.

'네놈이 뛰어봐야 벼룩이지. 감히 한성에서 제일 가는 나를 마다한다 이것이냐? 오늘 밤 네놈이 그 잘난 얼굴을 쳐들고 어떤 말을 하는지 기대되는구나.'

코끝에서 강하고도 향긋한 향유 냄새와 분 냄새가 동시에 느껴졌

다. 부드럽고도 나긋나긋한 손이 자신의 온몸을 어루만지는 듯했다.

'꿈인 것인가…….'

기택은 모든 것이 꿈결에 느끼는 것처럼 생각되었다. 포근하고 아득한 그 기분은 꿈에서 체감한 그것이었다. 촉촉하고도 연한 무엇인가가 자신의 입술에 닿더니 목덜미로 미끄러져 내려갔다. 스르륵거리며 저고리의 옷고름이 풀리더니 자신을 만지던 손이 가슴을 더듬고 있었다.

꿈이라고 하기에는 너무도 생생하게 느껴졌다. 등덜미에 느껴지는 절절 끓는 아랫목의 열기, 가닐거리면서도 아릿하게 온몸을 관통하는 오묘한 흥분, 그리고 축축한 입술까지……. 이 모든 것들은 분명히 꿈이 아니었다. 그는 깜짝 놀라 눈을 떴다.

나부가 된 어여쁜 여인이 달아오른 얼굴로 맹수처럼 기택을 노리듯 바라보고 있었다. 눈을 치켜 뜬 그와 눈이 마주치자 여인은 그림자처럼 스르르 그의 몸 위로 쓰러졌다.

"이, 이게 뭐하는 짓인가? 당장 비키거라!"

"제가 억지로 모신 것이 아닙니다. 나으리께서 절 따르신 겁니다. 나으리의 마음이 가신 대로 오신 겁니다."

"감히 어디서 이런 요망한 짓거리를 하는 것이더냐?"

기택은 몸을 일으키려고 했지만, 머리를 부수는 듯한 격렬한 두통에 다시 쓰러졌다. 얼굴을 찌푸리는 그를 보며 월하선은 흡족한 듯 미소 지었다.

"연거푸 독주를 드셨으니 힘드실 겁니다. 가만히 계십시오. 제가 알아서 할 것입니다. 이미 나으리의 몸이 제 몸에 답하고 있지 않습니까?"

기택은 안간힘을 쓰려고 했지만, 심한 어지러움에 정신을 차릴 수가 없었다. 월하선은 농익은 손길로 그를 마음대로 이끌었다. 사내다운 건장한 몸이 드러나자 그녀는 자신도 모르게 깊은 탄식을 토해내었다.

"참으로 사내 중의 사내이시옵니다! 오늘 이리 모시게 되어 광영이옵니다."

그녀는 거침없이 돌진하는 암사자처럼 더욱 적극적이었다. 한성의 모든 사내들을 한 번에 자신의 것으로 만들어 버린 그 완벽하고도 현란한 몸짓으로 월하선은 승리의 기쁨을 마음껏 토해 내었다.

기택은 정신을 차리기 위해 안간힘을 썼지만, 자신의 마음과 달리 향기로운 꽃에 절로 달아오르는 육체를 제어할 수 없었다. 월하선은 그의 입술에 자극적이고도 뜨거운 숨을 불어넣으며 그동안 참아 왔던 모든 열정을 쏟아 냈다.

"안 돼, 안 된다고!"

기택은 두 눈을 꼭 감고 있는 힘껏 자신을 정복하고 있는 미혹의 대상을 밀어냈다. 월하선은 저만치 떨어져 나가 자개로 된 화초장에 부딪히고 말았다.

"나으리! 정말 이리하셔야 하옵니까?"

아픔보다 더 고통스러운 것은 거절당한 여인의 치욕이었다. 마지막 무리수였다. 월하선은 비틀거리며 일어서는 그의 다리를 부여잡으며 흐느꼈다.

"이년이 오죽하면 이리했겠습니까? 절대 나으리를 그년에게 빼앗길 수 없습니다!"

"놓거라. 너무 세차게 밀쳐 미안하구나. 다친 곳은 없는 것 같으니 나는 나가 보겠다."

기택은 방바닥에 널린 옷들을 주워 밖으로 향했다. 하지만 월하선은 필사적으로 오열하며 매달렸다.

"안 됩니다! 오늘 밤은 절대 가시면 아니 되십니다!"

"참으로 가련하구나."

그는 뭇 사내들을 홀린 향기롭고도 아리따운 천하절색을 내려다보며 고개를 저었다. 눈물 젖은 그녀의 눈에는 오로지 기택의 화난 얼굴만이 가득 담겨 있었다.

"한성 최고의 명기라는 말은 다 헛소문이로구나. 어찌 명기라고 자처하는 기녀가 사람의 마음을 얻는 것조차 제대로 알지 못한다는 말이더냐? 네 마음을 받아 줄 가슴이 없다. 내 마음은 이미 다른 연정으로 가득 차 너에게 내어 줄 가슴이 없단 말이다. 앞으로 다시 한 번 이런 짓을 한다면 여해의 아비에게 한 죄까지도 물을 것이니 그리 알거라."

냉정하게 닫히는 창호를 보며 월하선은 한동안 넋이 나간 사람처럼 멍하니 앉아 있었다. 잠시 뒤 기방의 대문이 열리고 닫히는 소리가 들려오자 그녀는 히죽히죽 웃기 시작하더니 이내 광인처럼 소리를 지르며 방바닥에 나부라져 몸부림치기 시작했다.

"으아악!"

서산으로 넘어가는 님의 속도 모르고 밝기만 한 달을 보며 기택은 기방 돌담 너머로 들려오는 여인의 오열을 듣고 눈을 감았다. 차가운 밤공기가 주섬주섬 주워 입은 옷 사이로 억지로 비집고 들어왔다.

그는 갑자기 온기가 그리웠다. 세상에서 유일하게 느낄 수 있는 온기가 그리웠다. 기택은 어디론가 정신없이 달려가기 시작했다. 달리면 달릴수록 그의 몸에서는 알 수 없는 힘이 솟아나왔다.

'보고 싶구나. 참으로 보고 싶구나!'

"여해 형, 대체 요즘 어디에 가는 거야?"

저녁을 먹고 나가 인정이 지나서 들어온 여해를 보며, 동량은 도저히 호기심을 이기지 못했다. 하지만 그녀는 빙그레 웃으며 평상 위에 앉아 아이의 머리만 쓰다듬고 있을 뿐이었다.

"혼자서 맛난 거 먹고 오는 거야? 치, 나 제웅 뒤져서 엽전 많이 모았는데, 맛난 주전부리 나 혼자 다 먹을 거다."

여해는 심통이 난 아이를 계속 웃으며 바라만 보았다. 오늘은 그 누가 뭐라고 해도 기분이 좋았다. 싸움을 건다고 해도 다 참고 받아줄 수 있을 것만 같았다. 밤하늘에 달은 아무리 보아도 좋았다. 일 년 중 가장 큰 달이라지만, 여태껏 본 달 중에 가장 크고 탐스러웠다. 그녀는 목마장에서 자신을 지긋이 바라보는 눈빛을 생각하며 부끄러운 듯 배시시 웃었다. 동량은 방 안으로 들어가며 여해를 흘겨보았다.

"정말 미친 게 맞아. 밤이슬 맞으며 돌아다니고 헤벌쭉하는 것을 보니."

삼경이 지나 모든 것이 고요한 밤이었다. 오늘따라 여해는 잠이 오지 않았다. 수련하며 자신을 부축하기 위해 옆에서 올려다보던 걱정스러운 눈빛과 따스하게 잡아주는 포근한 손과 품. 만월의 생경한 기운 때문이었는지는 모르지만, 계속 가슴이 두근거려 설레기만 했다.

"여해야, 여해 있느냐?"

꿈에서도 그리던 목소리가 문지방 너머로 들려왔다. 여해는 이불을 뒤집어쓰며 픽 웃었다.

"이 얼치기. 이젠 목소리까지 듣고 싶은 거야?"

하지만 이번에는 더 가까이 더 크게 그의 목소리가 들려왔다.

"자느냐? 여해 자고 있느냐?"

그녀는 벌떡 일어났다. 행여나 동량과 할머니가 들었을까 싶어 곁눈질로 살폈더니 둘은 정신없이 자고 있었다. 여해는 살포시 일어나 문을 살짝 열고 나갔다.

그였다. 달빛 가득한 마당에 서 있는 사내는 꿈에라도 보고 싶은 그였다. 여해는 가슴이 터질 것 같아 숨도 제대로 쉴 수 없을 듯싶었다.

"자고 있지 않았구나. 참으로 미안하다."

그의 옷은 평소와 달리 여기저기 풀어 헤쳐져 있었다. 거친 숨에서 풍겨 나오는 술 냄새와 함께 조금은 상기된 모습이 그답지 않았다. 여해는 걱정스럽게 그의 옷고름을 매어 주었다.

기택은 그녀를 꼭 그러안았다. 아직도 쿵쿵거리는 심장 소리는 여해의 심장까지 두근거리게 만들었다. 이대로 그의 품에서 가무러지고 싶었다.

"나으리……."

"이리 안고 있으니 정말 좋구나."

쪽빛 항라 치마로 둘러싼 듯 어슴푸레한 푸른 달빛이 두 사람을 에워쌌다. 기택은 그녀의 얼굴을 잡고 입술을 포개었다. 여해는 눈을 감았다가 다시 떴다. 이 환희에 가득 찬 순간을 마음속에 담아 기억하고 팠다. 깊숙이 불어넣은 숨결에 그녀는 목을 꽉 끌어안았다. 그러안은 손바닥 아래에서 아직도 세찬 맥박이 느껴졌다. 하나가 된 듯 그녀는 그의 숨과 맥이 자신의 것이라고 생각했다.

"나으리, 행복하옵니다. 나으리의 여인이라 정말 행복하옵니다……."

두 사람은 더욱 극렬하게 서로를 찾았다. 강한 숨결로 연결되는 그들의 몸은 달빛 아래서 가뭇없이 하나가 된 완벽한 피조물이었다.

하지만 일 년에 제일 밝은 달빛은 은애하는 두 남녀만을 보고 있지 않았다. 무심하도록 밝은 달빛은 길가 한 모퉁이 나무 뒤에서 남몰래 눈물을 흘리고 있는 한 사내를 내려다보고 있었다.

"여해야……."

장포는 스러지는 가슴을 부여잡았다. 당장이라도 쫓아가 그의 멱살을 잡고 내동댕이치고 싶었다. 그녀의 머리를 흔들어 그를 잊게 하고 싶었다. 그리고 세상 끝까지 그녀의 손을 잡고 뛰어가 다시는 그를 보지 못하게 하고 싶었다. 하지만 그리할 수 없었다. 아니, 설령 그렇다 하더라도 둘 사이의 끈은 애절한 그리움과 정으로 더더욱 질기고도 강하게 연결될 것임을 알기에 그리할 수 없었다.

장포는 그냥 뒤돌아섰다. 한 손에 쥔 옥춘당 꾸러미를 떨어뜨렸다. 알록달록한 사탕이 또르르 흙바닥에 굴렀다.

"이 반편이 같은 놈. 이러고도 계속 볼 거야?"

그는 픽 웃었다. 자조적인 웃음이었다. 웃고 있지만 울고 있고, 원망하지만 스스로를 책망하는 웃음이었다.

뒤돌아보았다. 여전히 그들은 서로를 바라보며 으스러져라 다시 끌어안았다. 그는 다시 픽 웃었다. 그러고는 걸어갔다. 또 뒤돌아보았다.

그렇게 또 그렇게 그는 천천히 가마아득한 밤길을 혼자서 걸어가고 있었다.

조선통신사

"전교와 후교를 꼭 쥐고 몸을 늘어뜨려야지. 잘못하다가는 말굽에 다리를 밟힐 수 있으니 조심하거라!"

말안장을 쥐고 두 다리를 옆으로 내려 나달거리며 재주를 부리는 여해는 이미 홍시처럼 벌건 홍안이었다. 추석이 지나 한로가 가까워졌지만 한낮의 볕은 여전히 뜨거웠다. 기택은 배운 대로 하지 않은 그녀를 보며, 답답한 듯 몇 번이고 채근하였다.

"어허, 참으로 미거하구나. 어찌 그리 일러도 말을 듣지 않고 네 멋대로 하는 것이더냐? 행여나 낙마하여 크게 다치면 어찌하려고!"

"힘이 들어서 이리 버둥거리는 거지요. 매일 이렇게 말 등에 누워 온몸을 쥐어짜듯 버티는데 어찌 힘이 들지 않겠습니까?"

여해는 말에서 내리더니 풀밭 위에 벌렁 드러누웠다. 대자로 팔다리를 벌리고 숨을 헐떡이는 그녀를 보며 기택은 답답한 듯 한숨만 내쉬었다. 그녀는 두 눈을 감고 싱긋이 웃었다.

"압니다. 여인이 어찌 이리 칠칠치 못하냐고 하실 참이셨죠?"

기택은 어이없다는 듯 웃었다. 그러고는 그녀 옆에 앉아 물끄러미 내려다보았다. 상기된 얼굴 위로 송글송글하게 맺힌 땀들은 필사적인 노력의 증거였다. 그는 수건을 꺼내 꼭꼭 눌러 가며 살뜰히 여해의 얼굴을 닦아 주었다.

"근데 오늘은 어찌 이리 낮에 저를 부르신 겁니까?"

"곧 통신삼사를 호위하라는 명이 떨어졌다. 입궐하여 전교를 받고 오는 길이라 들른 거다."

여해는 벌떡 일어서더니 아쉬운 듯 그를 바라보았다. 기택은 그 마음을 다 알고 있다는 듯 어깨를 두드렸다.

"바다 건너가시는 것이 아닙니까? 많은 이들이 동원되어 갈 것인데, 언제쯤 오시는 겁니까?"

"보통은 물길이 잔잔하면 육칠 개월, 일이 길어지면 일 년이 걸리기도 하지. 수백의 사람들이 같이 움직여야 하기에 많은 준비가 필요한 일이다."

여해의 어깨는 풀이 죽어 축 늘어졌다.

"오랫동안 나으리를 뵐 수 없는 것입니까?"

"조금만 기다리거라. 걱정하지 말고. 아무 일도 없을 것이다."

기택은 울상을 짓고 바라보는 여해를 꽉 끌어안았다. 하지만 그녀의 얼굴은 쉬 펴지지를 않았다. 잠시 동안 말없이 그에게 안겨 있던 여해는 갑자기 가동질하는 어린아이처럼 손뼉을 치며 소리 질렀다.

"나으리! 저 데리고 가 주시어요!"

"뭐?"

"나으리의 목자가 되면 되지요? 아니면 말구종이라두요. 허면, 옆에서 직접 챙겨 드리며 같이 있을 수 있잖아요?"

기택은 어이가 없어 얼굴을 돌려 웃기만 했다. 하지만 그녀는 막무가내로 무릎을 꿇고 엉덩이를 들썩거리며 그의 팔을 흔들어 댔다.

"어서요. 그리 오랫동안 나으리를 뵙지 못하면 전 어찌 살란 말입니까?"

“바다를 건너가는 일이다. 풍랑을 만날 수도 있고, 풍토병으로 고생할 수도 있어. 어찌 너를 그리 험한 곳에 데리고 간다는 말이더냐?”

기택은 엄하게 그녀를 질책했다. 하지만 그럴수록 그녀는 더욱 고집을 피우며 졸라 댔다.

“나으리를 뵙고 싶어 상사병이 나서 제가 쓰러지면 어떻게 하실 겁니까? 조선 땅을 밟으시기도 전에 제가 병이 났다는 소식부터 듣고 싶으신 겁니까?”

여해는 큰 눈을 껌뻑거리며 입술을 앞으로 쭉 내밀었다. 그는 뺨을 쓰다듬으며 어린아이처럼 순진한 그 큰 눈동자만 바라보고 있었다. 눈물이 그렁그렁한 눈빛은 애절함과 간절함이 가득 담겨 있었다.

“그래, 같이 가자꾸나. 허나, 극도로 조심해야 한다. 두홍이가 따라가니 아마 널 가만두지 않을 거다. 절대 언행을 조심해야 하며 되도록 말을 아껴야 한다.”

그녀는 벌떡 일어서더니 팔짝팔짝 뛰며 탄성을 질렀다.

“어허, 벌써부터 경거망동하기는! 제발 가만히 좀 있거라.”

“어찌 가만히 있을 수 있다는 말입니까? 너무 좋아서 날아갈 것 같사옵니다!”

말로는 호통을 쳤으나, 어린아이처럼 좋아라하는 정인을 보며 웃음이 번져가기 시작했다. 그저 저리 행복해하는 모습을 바라보는 것으로도 그의 마음은 참으로 좋았다. 오늘따라 번루빛 하늘이 끝도 없이 맑고 깨끗했다. 한참 동안 올려다보고 있으면 빠질 것처럼 몹시도 청아한 날씨였다. 기택은 뒤로 벌렁 누워 계속 하늘을 올려다보았다.

"나도 설레는구나. 너와 함께 바다를 건너 기나긴 여정을 시작하니 말이다. 이제 매일처럼 너와 있을 거라 생각하니 나 또한 몹시도 기쁘구나."

"곧 통신사를 보낸다고 하는구먼."

"허, 그러하오면 대감께서 몹시 바빠지시겠습니다."

백운각에서 가야금 운율을 즐기며 술을 나누는 예조 판서와 춘추관 지사는 오랜만에 만나 정담을 나누고 있었다. 그때 창호가 열리더니 양록색 저고리와 도홍빛 치마를 걸친 기녀가 화사하게 웃으며 들어왔다.

"귀한 손께서 납시셨으니 백운각 월하선이 인사 올리옵니다."

두 사내는 이야기를 멈추고 넋을 잃고 그녀를 바라보았다. 익숙한 사내들의 시선에 그녀는 약간 거만한 미소를 짓더니 살포시 다가들어 술을 따르기 시작했다. 두 사내는 수염을 매만지며 하늘거리는 하얀 옥수로 술을 따르는 그녀를 지켜보았다. 잠시 뒤, 춘추관 지사가 이내 정신을 차리고 다시 말을 이었다.

"아, 이번 통신삼사로는 누구입니까?"

"정사로는 홍계희, 부사로는 남태희를 보내기로 했습니다. 홍계희는 대제학을 지낼 만큼 전하의 신망이 높은 자이니 다들 아무 불평이 없더이다."

"같이 할 통신단을 꾸리는 것도 큰일 아닙니까? 의원과 화공들은 당연하고, 악공과 사공들. 어이구, 정신이 없으시겠습니다. 참! 왜국에서 늘 보내 달라고 하는 이들이 있지 않습니까? 문장가와 함께 마상재인들이 빠지지 않다고 들었습니다."

"해서 이번에도 두 사람의 무관이 따라갑니다. 조선에서 최고의 마상재를 하는 젊은 무관들이지요."

"그렇습니까? 왜놈들이 의외로 대국의 서책을 많이 필사하여 유통시킨다고 들었습니다. 필시 이번에도 문장력이 뛰어난 종사관이 필담화담을 하겠군요."

"조명채가 종사관으로 갈 겁니다. 단정한 글 솜씨가 아주 일품이지요."

두 당상관의 대화를 엿듣던 월하선은 살짝 끼어들었다.

"송구하오나, 이년이 한 가지 두 분 대감께 여쭈어도 될는지요?"

달처럼 탐스럽게 웃는 기녀를 보며 사내들은 흡족한 얼굴로 동시에 고개를 끄덕였다. 그녀는 다시 한 번 가식적인 웃음을 지으며 고개를 숙였다.

"감읍하옵니다. 혹시, 어영청 지기택 종사관 나으리께서 최고의 마재인이시라고 들었사온데 그분께서도 이번에 수행하시는지요?"

"지기택이라……. 아, 맞네. 어영청 종사관이 하나 있었지. 아마 그자가 따라갈 걸세."

예조 판서의 대답을 들은 월하선의 얼굴은 살짝 어그러졌다. 지난 늦겨울, 그토록 자신에게 치욕을 남기고 떠나간 그는 다시는 볼 수 없었다. 아무리 집으로 찾아가도 문전박대만 당하고 돌아올 뿐, 손톱만큼의 자리도 내어놓지 않았다. 기택의 노모조차 아들의 뜻을 꺾을 수 없다며 아쉬운 얼굴로 많은 보따리를 다시 돌려보냈다.

밉고 또 미웠다. 밤마다 그를 저주하며 잠 못 드는 것이 한두 번이 아니었다. 하지만 다음 날이 되면 그가 또 그리웠다. 스스로도 이러는 자신이 싫었지만, 어쩔 수 없었다. 미망일 뿐이라는 것을 알면서도 포기할 수가 없었다. 이젠 꽤 오랜 시간 볼 수 없다는 생각에 그녀는 이상하게 마음 한쪽 구석이 아려 왔다.

'한동안 조선 땅에 아니 계시겠군요. 제가 싫어 그리 멀리도 가시는 것입니까? 그리 모욕을 당하고도 나으리를 그리워하니, 참으로 제가 생각해도 저는 못나고 못난 여인이옵니다.'

"사형, 이번에 같이 왜로 간다고 들었습니다. 벌써부터 떨려서 죽겠습니다. 왜국의 술은 어떤 맛이 나는지 궁금합니다."

어영청 초관들이 무예를 가르치는 것을 감독하고 있는 기택 옆에서 통신사를 수행할 무관이자 마재인으로 같이 선출된 이두홍은 흥분한 마음을 감추지 못하고 껄껄 웃고 있었다.

"어찌 가동주졸처럼 그리 경망스럽더냐? 공무에 방해가 되니 어서 훈련원으로 물러가거라."

"그 무슨 섭섭하신 말씀이십니까? 참! 같이 수행할 이마는 알아서 데리고 가라고 하던데. 사형께서는 정하셨습니까? 저는 군마장에서 늘 저를 도와주던 이를 데리고 가려고 합니다. 오명마를 데리고 가실 겁니까?"

기택은 쉴 새 없이 지껄이는 사제를 한심한 듯 바라보더니 동헌으로 향했다. 두홍은 처음으로 조선 땅을 벗어난다는 흥분과 설렘에 두 볼이 발그레하게 상기되었다.

그때 군졸 하나가 종사관에게 다가왔다.

"종사관 나으리, 나으리의 말을 담당하는 이마(통신사 수행원에서 말을 관리하는 사람)가 왔습니다. 통신사 수행원으로 이름을 올리기 위해 왔다고 합니다."

집무실 앞에서 왔다 갔다 하며 서성이고 있는 사내가 기택과 함께 오고 있는 두홍을 보더니 갑자기 획 뒤돌아섰다. 두홍은 자신을 보고 시선을 피하는 낯익은 그 뒷모습에 미간을 찌푸렸다.

'꽤나 낯이 익는데?'

두홍은 자신이 생각하는 이가 아니길 바라며 천천히 기택의 뒤를 따랐다. 기택은 두홍을 곁눈질로 살피더니 사내를 데리고 급히 집무실 안으로 향했다.

"넌 여기에 있거라. 이건 어영청 공무이니 말이다."

"잠시만!"

두홍은 한달음에 뛰어가 미심쩍은 사내의 팔을 잡아챘다. 깜짝 놀라 자신을 바라보고 있는 사내의 얼굴은 보자 두홍의 눈은 휘둥그레졌다.

"너, 너! 아니 사형!"

난감해하는 기택은 주변을 살피더니 두홍의 팔을 잡아끌고 집무실 안으로 들어갔다. 사내는 훈련원 판관이 두려운지 멀찌감치 떨어져 천천히 따라 들어오고 있었다.

집무실 안으로 들어온 두홍은 계집 같은 사내와 기택을 번갈아보며 어이가 없다는 듯 눈을 이리저리 굴리며 홍안이 되어 소리쳤다.

"대체 실성하신 겁니까? 통신사가 어떤 임무를 가지고 왜로 가는지 모르십니까? 전하를 대신하여 가는 겁니다. 그리고 왜국 조정에서 직접 저희들을 수행해 달라 청을 넣었구요. 헌데, 여인을 그것도 대역 죄인의 딸을……."

"목소리 낮추거라. 어찌 그리 경거망동하는 것이더냐?"

"경거망동하는 것은 사형입니다. 뒷일을 어찌 감당하시려고 그러시는 겁니까?"

기택은 두홍의 얼굴을 외면하며 자리에 앉아 상부에 올릴 장궤를 읽고 있었다. 이마의 직무를 담당할 사내는 계속 아랫입술을 깨물며 두홍의 눈치만 보고 있었다.

"내 일이다. 네가 상관할 일이 아니니 넌 네 이마나 잘 감독하도록 해라."

두홍은 책상을 꽝 내리치며 기택과 목자를 번갈아 노려보았다.

"만약 일이 잘못되면 나한테 도와달라고 하지 마십시오. 저는 눈 하나 깜짝하지 않을 것입니다. 그리고 너! 네가 정말 종사관 나으리의 은혜를 생각하면 이러는 것이 아니다. 무당들 틈바구니에 처박혀 고개 숙여 숨어 살 것이지, 어디 감히……."

"당장 나가거라!"

기택은 펄펄 뛰는 망아지 같은 사제를 노려보았다. 두홍 또한 서운한 듯 사형을 쳐다보았다. 그는 그 어떤 말이라도 좋으니 이해해 달라는 말이라도 해 주길 바랐다. 하지만 기택은 아무 말 없이, 자신을 책망하는 듯 바라보는 사제를 외면하며, 이마에게 통신사 수행원임을 나타내는 나무패를 건네주었다.

"이마, 조여춘. 떠날 때까지 말 상태를 매일 점검하게나. 왜국의 최고 통치자 앞에서 연회 때 쓸 말이니 필히 잘 살펴야 하네."

새로 임명된 이마는 고개를 숙이며 종사관이 내미는 나무패를 떨리는 손으로 받들었다. 두홍은 기가 막힌 듯 목자를 나삐 보며 고개를 흔들었다.

"얼씨구, 조여춘? 참, 작명 끝내주게 하셨소이다! 이도 안 난 것이 말대가리를 깨문다고, 네년이 얼마나 엄한 짓거리를 하는지 내 두 눈 부릅뜨고 지켜볼 것이다!"

두홍은 문을 왈칵 열어젖히더니 쿵쿵거리며 집무실을 나갔다. 이마는 그제야 숨을 내쉬며 미안한 듯 기택을 바라보았다.

"어쩌면 좋지요? 판관 나으리께서……."

"네 할 일이나 잘 하거라. 저리 울컥하다가도 쉽게 풀리는 사람이다. 어서 가거라. 다른 이들이 눈치 채기 전에……."

기택은 일어서서 집무실 밖으로 향했다. 이마는 그가 건네준 신분패를 들고 가량가량한 얼굴에 함박웃음을 띄었다.

"아, 이제 떠나는 일만 남았구나. 정말 떨려 미치겠다!"

"뭐? 어딜 간다고?"

장포는 나무패를 들고 자랑하는 여해를 보며 벌떡 일어섰다. 흥분한 그와는 달리 그녀는 여전히 설레는 듯 방실거리고 있었다.

"너 실성한 거니? 거기가 어디라고? 너 들키면 죽어."

"종사관 나으리께서 알아서 하신다고 하셨어. 허니, 너무 걱정 마라."

걱정스레 바라보는 장포와 달리 여해는 들뜬 얼굴로 잔뜩 흐린 하늘을 올려다보았다. 낮게 깔린 시커먼 구름떼가 금방이라도 비가 쏟아질 것만 같았다.

"배가 뜨는 날에는 날이 좋아야 하는데. 물길이 어떤지에 따라 일정이 달라진데."

"그럼, 계속 종사관 나으리와 함께 있는 거니?"

약간 심통이 난 얼굴로 장포는 그녀를 바라보았다. 꿈을 꾸는 듯한 눈빛으로 계속 허공만 향하는 여해는 그런 그의 마음을 전혀 알 리 없었다.

"그렇겠지. 근데 나으리께서도 윗전을 호위해야 하니 아마 계속 옆에 계시지는 못할 거야."

"그럼, 너……. 사내들이랑 섞여 자야 한다는 거잖아?"

장포는 두 눈을 감고 땅이 꺼질듯 한숨을 쉬었다. 반 년이 지나도록 험한 사내들 사이에서 생활해야 하는 그녀를 생각하니 눈앞이 깜깜했다. 더군다나 사공이나 짐을 나르는 격군들은 거친 사내들이라 행여라도 여인이라는 것이 들통 나면 어찌될지 불 보듯 뻔한 일이었다.

"괜찮아. 나 이렇게 변복하고도 누가 나 여인인 줄 모르더라? 얼마 전에 저자거리에도 나가니 다 나를 사내로 보던걸?"

장포의 답답한 속도 모른 채 그녀는 두 다리를 바동거리며 평상 위에서 어린아이처럼 웃고만 있었다.

하지만 장포의 걱정은 절대 기우가 아니었다. 한 번도 배를 타 본 적이 없는 그녀가 어찌 그 오랜 시간의 항해를 견딜 것이며, 사나운 사내들 사이에 끼여 봉욕을 당하지나 않으면 천만다행이었다.

"너 지금 이 모습이 어찌 보이는 줄 아니?"

장포는 장난스럽게 웃으며 자리에서 일어섰다.

"꼭 말이지……. 굴레 벗은 말이 눈 가리고 벼랑길을 가는 것 같다."

여해는 발끈하여 그를 노려보았다. 장포는 껄껄 웃으며 사립문을 나섰다. 자신을 흘겨보는 그녀를 다시 한 번 뒤돌아보며 그는 다시 한 번 수심이 가득한 얼굴로 한숨을 내쉬었다.

"아무래도 그냥 두면 안 되겠어. 하늘 같은 그 양반이 살펴 준다고 해도 바로 곁에서 어찌 봐 주는 것도 아니고. 오늘은 장통방의 역관 나으리의 마님을 만나봐야겠구나."

늘 그러하듯 장통방에 즐비하게 늘어서 있는 중인들의 집들은 북촌의 양반들의 와가보다도 더욱 화려했다. 최고의 위치에 있는 신분은 아니었지만, 이젠 조선에서는 양반이라고 하여 거들먹거리다가는 큰코다치기 십상이었다. 지금은 무엇보다 재력과 능력이 중요했다. 다 떨어진 흑립 쓰고 누더기 도포를 거치고 팔자로 걷는다고 해서 머리 숙여 우대해 주는 그 옛날은 가고 없는, 참으로 좋은 시절이었다.

장통방에 사는 이들은 자신을 조선 최고의 실세라고 생각하며 살았다. 한성에서 가장 재력이 많은 이들이고, 또한 잘나가는 권력가들도 자신들의 돈이 필요해서 찾아왔으니, 이 나라는 자신들이 없으면 굴러가지 않는다고 자부심을 느끼는 것도 무리는 아니었다.

장포는 이 번드르르한 동네에 올 때마다 저절로 주눅이 들었다. 청에서 들여온 고급 비단으로 치장한 여인들과 양반보다도 더 큰 갓을 쓰고 돌아다니는 사내들을 보고 있으니 저절로 쓴웃음이 흘러나왔다.

"야, 역시 장통방, 장통방이라고 하더니 올 때마다 달리 보이네. 때깔조차 남다르구먼."

김 역관의 솟을대문 앞에서 한 종놈이 열심히 빗질을 하고 있었다. 장포는 한번 크게 숨을 들이쉬고는 사내에게 다가갔다.

"저기, 역관 나으리 계십니까?"

사내는 밉살스럽게 입술을 축 늘어뜨리며 키가 훤칠한 장한을 나삐 보며 거들먹거렸다.

"자넨 누군가?"

"일전에 이 댁 안방마님께서 연회 때 불러주셔서 낭송을 한 적이 있는 전기수입니다. 그때 셈을 넉넉히 쳐주셔서 오늘 이리 지나는 김에 인사를 올리려 왔습니다."

"너 같은 할 일 없는 전기수 놈을 뭣 하러 마님께서 만나실 텐가? 썩 꺼지게!"

사내는 일부러 장포 발 앞으로 먼지를 쓸어 보내며 거칠게 빗질을 해 댔다. 하지만 절대로 포기할 그가 아니었다.

장포는 사내가 잠시 방심한 틈을 타서 열려진 대문 안으로 쏜살같이 뛰어들었다. 놀란 사내는 그를 붙잡으려고 했지만, 장포가 안에서 대문을 잠그는 바람에 대문만 두드리며 버둥댈 뿐이었다.

"계십니까? 마님!"

갑자기 들이닥친 잘생긴 사내를 보자 여종들은 얼굴이 화색이 돌아 방글거리며 모여들었다.

"아니 저번에 왔던 그 전기수잖아?"

"맞어. 운종가에서 제일 여인들이 좋아하는 전기수래."

여종들은 킥킥거리며 그를 빙 둘러쌌다. 장포는 당황했지만 애써 미소를 지으며 그중에 가장 나이가 들어 보이는 뚱뚱하고 못생긴 여인에게 말을 건넸다.

"내당 마님께 인사 여쭈러 왔습니다. 잠시 뵈올 수 있을까요?"

"아이고, 나만 따라오슈. 마님께 내 직접 말씀드리겠수."

한 번도 사내들에게 눈길 한번 받아본 적이 없는 늙은 종은 잘생긴 젊은 장부가 말을 걸자 홍안이 되어 입이 귀에 걸렸다. 그녀는 솥뚜껑 같은 두툼한 손으로 장포의 손을 잡아 이끌며 직접 내당 안으로 안내했다. 가는 내내 그녀는 계속 뒤돌아보며 실실 웃어 댔다.

"마님! 지난번에 왔던 전기수가 마님께 인사 올리러 왔습니다요!"

숫대살문이 열리더니 깐깐해 보이는 여인이 얼굴을 내밀었다. 얼굴이 길고 마른 여인은 흘긋 밖을 내다보더니, 웃으며 공손하게 인사를 올리는 장포를 보자 화색이 변해 대청마루로 뛰쳐나왔다.

"아이고, 우리 유명한 분께서 오셨네. 어서 들어오게."

"아닙니다. 어찌, 제가 안방에. 여기서 인사 올리고 가겠습니다."

"아닐세. 이보게, 차라도 가져오게. 어서 올라오라니까?"

장포는 두근거리는 마음으로 디딤돌 위에서 신을 벗고 올라섰다. 지아비가 사역원의 한학 교수로 있는데다, 수시로 외국 상인들에게 불려가 통역을 하여 외국에서 들여온 희귀한 물품들이 여기저기에 널려 있었다.

"자, 어서 앉게. 그래, 어찌 들른 것인가?"

장포를 바라보는 그녀의 얼굴에는 계속 웃음꽃이 만발했다. 방실거리며 다물지 못하는 그 커다란 입은 그녀가 얼마나 기분이 좋은지 말해 주고 있었다. 그는 잠시 망설이더니, 미루지 않고 털어놓았다.

"지난번에 낭송 후 두둑이 셈을 쳐주셔서 간만에 아버님께 효도를 했습니다. 어찌나 감사한지 이루 말할 수 없습니다."

"아니네. 자네만큼 유명한 이가 우리 집에서 낭송을 했는데, 우리가 광영이지."

"이번에 파견되는 조선통신사에 혹시 역관 나으리께서도 수행하시는지요?"

"그렇다네. 아마 차상통사로 가실 걸세."

장포는 속으로 쾌재를 외쳤다. 한번 침을 꼴깍 삼키고는 그녀의 눈을 똑바로 바라보며 이야기를 낭송하듯 일사천리로 하고 싶은 말을 늘어놓았다.

"나으리를 뫼시고 왜로 가 견문을 넓히고 싶습니다."

"그 험한 곳에는 어인 일로 간다는 것인가?"

"전기수라는 것이 무엇입니까? 마치 눈앞에 있는 것처럼 생생하게 사람들에게 이야기를 들려주는 것이 아니겠습니까? 직접 배를 타 보고, 다른 곳의 이들을 만나기도 하며 다양한 경험을 해 보아야 제대로 된 이야기를 낭송할 수 있다고 생각하옵니다. 사공이라도 괜찮고 격군이라도 좋습니다. 역관 나으리를 모시는 것만으로 가문의 영광이라고 생각하오니 이 미천한 저의 소원을 들어주십시오."

장포는 일어서서 넓죽 큰 절을 하며 고개를 조아렸다. 여인은 갑작스러운 제안에 어찌할 줄 몰라 입을 벌리고 멍하니 바라만 볼 뿐이었다. 방바닥에 바짝 나부라져 간절하게 바라보는 그 모습은 마치 다랑귀를 뛰는 어린아이처럼 여인의 모성을 슬며시 자극하기 시작했다. 특히나 잘생긴 그 얼굴을 보고 있자니 가슴이 뛰어 차마 그 청을 거절할 수 없었다.

그녀는 깊이 감탄한 얼굴로 흐뭇하게 그를 내려다보더니 그의 두 손을 부여잡았다.

"내 어찌 자네의 그리 간곡한 청을 거절할 수 있겠는가? 힘든 항해에 나으리의 여독을 풀어 드릴 수 있도록 자네가 옆에서 잘 보필해 주게나."

“아씨, 오늘이랍니다. 오늘 궁에서 나온 통신사 행렬이 숭례문으로 빠져나간답니다. 지금 한성에 있는 사람들이 그 행렬 구경하러 간다고 난리랍니다!”

동지가 지나자 동장군이 잠시 심통 부리는 것을 그만두는지 날이 제법 따스했다. 방 안에 앉아 연초를 피우던 월하선은 여종의 말을 듣자 벌떡 일어나 장옷을 집어 들었다.

“어서 가자꾸나! 지체하다가 놓칠 수도 있어!”

장옷도 제대로 여미지 않고 허겁지겁 견단화를 신는 그녀를 보며 여종은 킥킥거리며 웃어 댔다. 월하선은 뒤돌아 그녀를 흘겨보았다.

“왜 웃느냐?”

“그리도 보고 싶으십니까?”

“시끄럽다. 어서 너도 채비를 하거라!”

앙칼지게 쏘아붙이며 다급스럽게 뛰어나가는 기녀의 뒤를 따르며 비자는 더욱 능글스럽게 놀려 대었다.

“넘어지십니다. 두 발로 가야 하는데 마음만 앞서시니 되시겠습니까? 지금 가도 늦지 않으시니 천천히 가셔요.”

숭례문 일대에는 이미 많은 사람이 귀한 구경을 하기 위해 구름처럼 모여들었다. 오늘 하루는 이곳이 운종가라고 해야 할 만큼 한성에 있는 사람들이 죄다 모인 것처럼 북적거렸다. 서로 좋은 자리를 차지하기 위해 밀치며 싸우는 이들도 있었고, 약삭빠르게 사람들 다리 사이로 빠져나와 앞에 버젓이 자리 잡고 앉아 있는 이들도 간간히 보였다.

"이거 정말 귀한 구경하는구먼."

"오늘 한성에서 출발해서 한 달 뒤 부산포에서 배를 탄다고 하는군. 거 보아하니 수백 명이 가는 것 같던데, 아주 볼 만할 거야."

"왜놈들 입이 떡 벌어지겠구먼. 저, 저기 온다!"

청도기가 깃발을 들고 길을 치우는 가운데, 연을 탄 정사가 저 멀리에서부터 보이기 시작했다. 사람들은 장악원의 악공들이 연주하는 음악 소리가 점점 더 가까이 들려오자 환호성을 질렀다.

"정말 대단하구먼! 도대체 얼마나 가는 거야?"

"어림잡아 사오백 명은 족히 넘겠어. 내 들으니 왜놈들이 말놀음을 좋아해서 마재인들은 꼭 빠지지 말고 보내 달라고 했다는구먼."

수많은 이들 가운데에서 고개를 내밀고 서 있는 월하선은 오직 그 수백 명 중에 한 사내만 찾고 있었다. 그녀의 여종 또한 목이 빠져라 여기저기를 두리번거렸다.

"아씨, 저기 계십니다! 저기 계셔요!"

여종은 그녀의 손을 끌어 앞으로 나갔다. 이리저리 밀치며 겨우 앞쪽에 선 그녀는 화려한 연을 탄 정사 뒤에서 다부지게 검을 차고 당당히 말에 오른 지기택을 보고 가슴이 벅차올랐다. 월하선은 사람들의 시끄러운 환호성에 묻혀 들리지도 않을 테지만, 그를 향해 소리치며 거침없이 손을 흔들었다.

"나으리! 종사관 나으리!"

무심한 그는 쳐다보지도 않은 체 묵묵히 나아가고 있었다. 그녀는 답답한 듯 행렬을 따라 걸으며 계속 손을 흔들며 소리쳤다.

"나으리! 접니다. 월하선이 왔습니다!"

목이 터져라 소리를 질렀지만, 한겨울 차가운 그믐달 같은 그는 털끝 하나 뒤를 향해 움직이지 않았다. 그런 그녀가 안쓰러운 듯 여종은 위로하며 흐트러진 장옷을 여며 주었다.

"이리 시끄러우니 어찌 들으시겠습니까? 보십시오. 바로 옆에서 뭐라 해도 한마디도 들리지 않습니다. 허니……. 아니! 저건 또 뭐야?"

비자는 갑자기 눈이 휘둥그레지며 손끝으로 어딘가를 가리켰다. 월하선은 풀이 죽은 얼굴로 그녀가 가리키는 곳을 보았다. 장악원의 악수들 뒤로 군졸의 복장으로 터벅터벅 걸어가는 한 사내는 분명 월하선이 꿈에서도 보기 싫은 그 얼굴이었다.

"아씨, 저년이 어찌……. 세상에 거기까지 따라가는 겁니까? 참으로 질기고도 독한 년입니다! 어쩌면 좋아!"

월하선의 입술이 파르르 떨리며 숨소리가 거칠어졌다. 그녀에게 치욕을 안겼던 그날 밤, 더는 그와 관련된 어떤 것도 생각하지 않겠다고 생각했고, 그 여인에게 충분히 할 만큼 했다고 자위하며 마음을 접었었다. 하지만 그의 뒷모습이라도 보기 위해 만사 제치고 나온 오늘, 여기서까지 생각도 하기 싫은 연적을 보아야 하는 지금이 죽기보다도 원망스럽고 싫었다.

'정말 해도 해도 너무 하십니다그려.'

월하선은 여해의 얼굴을 저 멀리 가뭇없이 사라질 때까지 무섭게 노려보았다. 저 바다 건너가서까지 함께하고 싶어 하는 그의 마음이 도무지 이해가 되지 않았다. 어떤 사내라도 꺾고 싶어 하는 화려하고 아리따운 꽃을 저버리고, 마음의 감흥이 일지 않는 초라한 여인을 아끼고 은애한다는 것이 죽기보다도 인정하기 싫었다.

"아씨……."

창백한 월하선의 얼굴을 바라보며 비자는 그 어떤 말을 해야 할지 몰라 입술만 깨물었다. 행렬이 숭례문을 완전히 빠져나가자 사람들도 천천히 흩어지기 시작했다. 하지만 그녀는 끝까지 그 자리에 계속 서서 생마처럼 거칠게 숨을 몰아쉬고 있었다. 화창했던 하늘이 흐려지고 차가운 한풍이 불기 시작했지만, 그녀는 어깨에 아무렇게나 여미지 않은 장옷을 걸친 채, 그렇게 망부석처럼 서 있었다. 하얗고 가늘가늘한 옥수를 꽉 부여 쥐며 월하선은 눈물을 머금으며 비소를 날렸다.

'내 결코 널 용서하지 않을 거야. 이 조선 땅을 밟는 그 순간, 그년은 바로 저승길로 가게 될 것이다. 내 마음을 마구 짓밟은 널 절대 내 가만두지 않을 것이야.'

한 달간의 짧고도 긴 조선에서의 일정은 참으로 고되고도 즐거웠다. 살을 여미는 한풍이 가장 견디기 힘들었지만, 여각에서 하루를 마무리할 때는 신세계로 한 발자국 더 나아갔다는 생각에 보람을 느끼기도 했다.

그러나 무엇보다 긴 여행에서 가장 행복한 순간은 오래 전 친구를 만나게 되는 일이었다. 여해는 두 번째 집결지인 영천에서 차상통사 옆에 서 있는 장포를 보고 놀라고 또 반가워 단숨에 달려갔다.

"야, 이게 누구야? 어떻게 된 거야?"

"어떻게 되기는? 하도 네가 걱정이 되어서 따라온 거다."

여해는 배시시 웃었다. 속도 모르고 자신을 놀리는 그녀가 원망스러운지 그는 흘겨보며 머리를 쥐어박았다.

"제발 사람 마음 좀 편하게 해다오. 이젠 바다 건너가서까지 날 고생시키는 거냐?"

"누가 따라오래? 어찌되었든 긴 여정인데 잘 되었다. 난 나으리께서 손을 써 주셔서 같이 수행하는 배소동들과 한 방을 써. 넌?"

"난 다른 격군들과 같이 지내. 어찌 되었든 조심해라. 너 여인인 것이 탄로 나면 종사관 나으리까지 크게 다쳐. 알았지?"

걱정스럽게 자신을 바라보는 장포를 향해 여해는 그저 천진한 함박웃음만 지었다. 그렇게 웃고 있는 그녀를 보니, 그는 더욱 마음이 저려 왔다. 이런 고생을 하면서도 그 사람 옆에 있는 것이 이 세상에서 행복한 줄 아는 그녀가 밉고 또 서운했다.

부산포에 도착하자마자 짐을 꾸려 배에 오르기 시작했다. 비릿하고도 짠 바다 내음을 처음 맡는 여해는 끝없이 펼쳐진 하늘을 그대로 담은 번루빛 바다를 보며 신기한 듯 자꾸 중얼거렸다.

"정말 넓다. 어떻게 이렇게 넓을 수 있지? 세상에 있는 물을 다 끌어다 모아놓은 거 같애."

"그렇게 멍하니 있다가 괜히 들키는 수가 있다. 정신 바짝 차려!"

장포가 뒤에서 그녀를 나무라며 손을 잡아 이끌었다. 포에 있는 모든 격군들과 사공들이 배에 짐을 싣느라 정신없이 움직이고 있었다. 여해 또한 말을 데리고 복선 안으로 천천히 들어서기 시작했다. 다른 무관들의 말들이 이미 배에 실려 불안한 듯 히힝거렸다.

"조금만 참어. 바람만 좋으면 금방 도착한데. 걱정 말고 잘 지내."

"멀미하지는 않더냐? 배는 처음 타 볼 터인데?"

기택이 어느새 그녀의 뒤에 와 서 있었다. 염려하는 얼굴로 그녀를 바라보는 모습은 잘생긴 매처럼 참으로 늠름하고 수려하였다. 여해는 이토록 전립과 전복이 잘 어울리는 무관은 처음 본다고 생각했다. 검을 들고 있는 그 모습은 마치 천하를 호령하는 항우처럼 당당했다.

"나으리, 괜찮습니다."

"이걸 씹거라. 생강인데, 완전히 멀미를 없애지는 못해도 참게는 해줄 거다."

기택은 손수건에 고이 싼 생강을 그녀의 손에 건네주고는 뒤돌아섰다. 그러고는 아쉬운 듯 한 번 더 그녀를 돌아보고는 급히 다른 배로 향해 걸어갔다.

여해는 손수건을 펴서 네댓 개 들어 있는 생강을 보고 미소 지었다. 매운 향이 코끝을 찔렀지만, 그녀에게는 백당전의 옥춘당처럼 달게 느껴졌다. 하나를 집어 입 안에 넣었다. 알싸한 매운 맛이 입 안에 감돌아 그녀는 두 눈을 질끈 감았다. 그렇지만 그를 생각하며 먹는다면 하나가 아닌 천 개라도 씹을 수 있을 것 같았다.

그녀는 누가 볼새라 주변을 한번 휙 둘러보더니, 기택의 오명마의 머리를 끌어안고 비밀을 이야기하듯 조심스럽게 중얼거렸다.

"아, 너무 좋다. 이리 나으리께서 살펴주시니 난 더 바랄 것이 없구

나. 매일 배멀미로 고생한다고 해도 평생 배를 타고 나으리와 이 세상을 떠돌고 싶다."

미풍을 타고 한동안 순항을 하던 통신사선은 깊은 밤이 되자 거친 파도에 이리저리 흔들리고 있었다. 배에 탄 통신사 일행은 가슴을 부여잡으며 억지로 잠을 청하거나, 견딜 수 없어 구석에서 토악질을 하며 밤을 지새워야 했다.

배소동들과 함께 악수들과 한 선실에 자리 잡은 그녀는 얼굴이 노래져서 계속 저녁에 먹은 것을 게워 내었다. 여해의 옆에 누운 다박나룻을 한 악수가 짜증스러운 얼굴로 그녀를 한심한 듯 쳐다보았다.

"잠이나 자! 그리 비실비실하면서 뭐 하러 배에 탔누? 그 역겨운 짓 그만하고 어서! 말똥 냄새도 못 견디겠는데 너까지 그러면 어찌하느냐? 썩 말 옆으로 가서 자지 못하겠느냐?"

여해는 눈을 부라리며 자신을 노려보는 사내가 무서워 몸을 웅크리고 누웠다. 그러나 도저히 울렁거리는 속을 감당할 수 없었던 그녀는 일어서서 말들을 매어 놓은 바로 옆 선실로 향했다.

말들도 첫 항해가 힘들고 불안한지 계속 히힝거리며 서성거리고 있었다. 어떤 말은 예민한지 계속 뒷발질을 하며 푸르륵거렸다. 여해는 이리저리 왔다 갔다 하는 기택의 오명마를 꼭 끌어안았다.

"너라도 있어 정말 다행이다. 나으리께서 주신 생강을 다 씹어 먹었는데도 왜 이리 힘든지 모르겠구나. 너도 힘들지? 조금만 참자구나."

여해는 갑자기 기택이 보고 싶었다. 배 밖에서는 계속해서 윙윙거리는 해풍 소리가 들려왔다. 바람 소리만 들어도 한기가 피부를 파고 들어 오는 듯하여 절로 소름이 끼쳤다. 그녀는 말을 억지로 앉히고 옆구리에 머리를 대고 누웠다. 헐떡거리는 익숙한 호흡이 느껴지자 한결 편해졌다. 따스한 말의 온기가 전해와 뜨끈한 윗목에 있는 것처럼 아늑했다. 그녀의 눈이 스르르 절로 감겼다.

꿈을 꾼 것 같았다. 누군가가 자신의 어깨에 무언가를 덮어 주고는 이마를 어루만졌다. 너무도 생생해서 꿈이 아닌 듯싶었다.

"괜찮은 것이냐?"

꿈에서라도 듣고 싶은 목소리였다. 여해는 힘없이 눈을 떴다. 어슴푸레한 어둠 사이로 낯익은 얼굴이 그녀를 바라보고 있었다.

그는 아무 말 없이 그렇게 내려다보았다. 밖에서는 여전히 광풍 소리가 들려오고 있었다. 얼굴을 대고 있는 말의 온기도 여전히 느껴졌다. 단지, 자신을 덮고 있는 마괘와 함께 그림자 같은 어둠 속의 그가 있다는 것이 다를 뿐이었다.

"힘들었을 거다. 미안하구나……."

그는 그녀의 손을 잡아 어루만졌다. 여해는 보이지 않는 그를 향해 미소 지었다. 어둠 속에서 바라보는 두 사람은 그렇게 서로를 체감하며 길고도 짧은 바다 위의 첫 밤을 보내고 있었다.

아침이 되자 뱃길은 잠잠해졌다. 바람도 부드럽고 갈매기가 멀리서

끼룩거리며 아침 식사 거리를 찾아 노닐고 있었다. 통신사선에 탄 사람들은 힘든 밤을 보내고 모두들 허기를 면하기 위해 억지로 조반을 들기 시작했다.

밤새 자리에 없는 기택을 걱정하던 두홍은 핼쑥한 얼굴로 선실로 들어오는 그를 보며 다그치기 시작했다.

"간밤에 어디에 가신 겁니까? 정사 나으리께서 찾으셨는데 말을 보러 배를 갈아타셨다고 들었습니다."

"그래. 영천에서 전별연을 할 때 보니 말 상태가 좋지 않아 보이더구나. 우리가 왜에 가는 이유는 마상재 때문이 아니더냐?"

"아, 그러십니까? 말 다루는 이마가 걱정이 되어서 그런 것은 아닙니까?"

두홍은 비위가 뒤틀리는 표정으로 사형을 노려보았다. 바다를 건너기도 전에 그녀 때문에 공무를 그르치는 모습이 보기 싫었다. 훈련원 판관은 역한 심기를 참을 수 없어 휙 뒤돌아섰다.

"저에게는 솔직히 말씀해 주십시오."

"그 무슨 말이더냐?"

"제가 모른 줄 아십니까? 지난겨울부터 몇 번이고 사형의 댁에 찾아갔더랬지요. 그때마다 사형의 어머님께서는 아직 퇴청하지 않으셨다고 들었습니다. 매일 밤, 어디에 가신 겁니까? 기방을 들락거리는 주색가도 아니시니 갈 곳은 뻔하지 않습니까? 행여, 그 아이를 몰래 수련시키신 겁니까?"

아무 대답도 들리지 않았다. 아니라고 말하는 반박도 하지 않았다. 두홍은 화들짝 놀라 돌아보았다.

"참으로 실성하신 겝니까? 이보십시오, 사형!"
"그만하거라. 그 아이는 내 말을 돌보기 위해 동행하는 이마일 뿐이다. 더는 그것에 대해 언급하지 말거라."
기택은 자리에 앉아 의복을 정리하기 시작했다. 전립을 쓰는 그를 보니 부아가 치민 두홍은 얼굴이 벌게져 밖으로 나오고 말았다.
"미쳤군, 미쳤어! 미친 게야! 쇠 살에 말 뼈라고 하더니, 어찌 사형이 이러시는 건가?"

다음 날 배는 드디어 첫 도착지인 대마도에 도착했다. 민머리에 희한하게 머리카락을 묶은 왜인들이 그들을 맞이하기 위해 나와 있었다. 타국의 이질적인 향취를 접한 사람들은 심신이 모두 지쳐 있었지만, 조선 땅을 떠나오며 마음속 깊이 품었던 신세계를 향한 묘한 열망으로 다시 들뜨기 시작했다.
"이제 왜선을 타고 가는 건가?"
"아마 그럴 거야. 어이구, 멀미로 죽는 줄 알았네."
"왜선은 좀 편할까?"
"편하긴? 우리 배보다 훨씬 더 작구먼."
모두들 바삐 움직이며 들뜬 흥분감에 시끄럽게 떠들고 있었지만, 통사 옆에서 장포는 오로지 근심스럽게 한 사람만을 찾고 있었다. 목이 빠져라 둘러보고 있는 그를 보며, 통사는 어이가 없다는 듯 뒤통수를 후려치며 호통을 쳤다.
"저 녀석이 어디에 넋이 나가 두리번거리는 거야? 간밤에 멀미 때문에 정신이 나간 건가? 야, 이놈아! 어서 짐 옮기지 않고 뭐해?"

일희일비

"왜에서 이리 말을 달리니 참으로 상쾌합니다!"

타국에서 봄을 맞이한 두홍은 오랜만에 말을 타며 웃어 댔다. 유난히 다사로운 이 땅은 길가의 풀 한 포기조차 낯설고 신비스러웠다. 바다와 남쪽 나라 특유의 색다른 온기가 더해져 바람이 더욱 부드럽고 달게 느껴졌다. 조선에서는 지금 봄꽃이 하나둘 피어나 다른 계절이 왔음을 온 산천이 알려 주고 있을 것이었다.

참으로 긴 여정이었다. 대마도에서 왜국의 신료들에게 안내를 받으며 또다시 긴 항해를 시작해야 했다. 배 위에서 겨울을 나며 수행원들은 힘들고도 지겨운 시간들을 나름의 유쾌함으로 풀어내며 참아냈다. 악수는 그들의 음률로, 문장가는 순간의 색다른 감흥을 수려한 문장으로 풀어 내며 스스로와 동료들을 위로하고 격려했다.

항해가 끝나자 막부가 있는 강호성까지 긴 육로 여정이 시작되었다. 통신사를 신기하게 바라보는 왜인들을 보며 비슷한 듯하나 전혀 다른 그들의 세계를 엿보는 재미가 있었으나, 수행원들은 시간이 지날수록 고국의 산천이 더욱 그립고, 두고 온 혈육이 보고 싶었다.

조선의 앞선 문화에 대한 왜인들의 관심은 참으로 대단했다. 특히, 왜의 신료들은 사자관, 화원, 의원들을 기쁘게 맞이하며 이것저것을 물어 댔다. 신필로 소문이 난 한 화원은 왜인들이 가살스럽게 따라

다니며 그림을 그려 달라고 졸라 대어 하루에 백 점 이상의 그림을 그린 후 붓을 내팽개치고 눈물을 글썽이기도 했다. 왜인들에게 조선 통신사는 새로운 자극이자 또 다른 세계를 받아들일 수 있도록 길을 알려 주는 이정표였다.

막부는 도착한 통신사보다도 마상재인을 더 환영하는 듯했다. 긴 여정이었지만 잠깐의 휴식도 취할 시간이 없었다. 바로 하선연에서 그 신묘하고도 화려한 재주를 보여 달라고 간청하기에 두홍과 기택은 여독을 풀기도 전에 준비를 해야 했다.

기택은 급히 서두르며 수련을 시작하는 사제를 다붓한 거리에서 걱정스럽게 바라보았다.

"오랜 항해로 몸이 뻣뻣해졌을 것이니 조심히 수련하거라."

"괜찮습니다. 오히려 이리 몸을 재빨리 움직일수록 가뿐해지니까요!"

"그래도 조심하거라. 오랜 일정으로 근의 상태가 예전 같지 않다. 살살 조심스럽게 몸을 풀거라."

"사형께서는 별 걱정을 다 하십니다. 자, 그럼 본격적으로 한번 수련해 봐야지요. 으악!"

환하게 웃으며 말머리를 뒤로 하고 거꾸로 앉던 두홍은 갑자기 뒤로 굴러 떨어졌다. 눈앞의 돌부리를 보고 말이 고개를 숙이며 멈추어 섰기 때문이었다. 두홍은 고통스럽게 오른쪽 발목을 부여잡았다.

"괜찮은 것이더냐? 다치진 않았더냐?"

기택이 달려가 수화자를 벗겼다. 퍼렇게 멍이 든 발목이 심하게 부어올라 있었다. 기택이 발목을 이리저리 돌리려고 하자, 두홍은 더욱 크게 소리를 질렀다.

"그만하십시오. 정말 아픕니다!"

"이런, 뼈가 부러진 것 같구나. 의원에게 보여야겠다."

"아니 됩니다! 내일 막부 앞에서 보여 주어야 합니다."

"너도 아둔하구나. 어찌 이런 몸으로 마상재를 한단 말이더냐?"

급하게 처소로 불려온 의원은 두홍의 발목을 보더니 침을 놓으며 고개만 저을 뿐이었다.

"종사관 나으리 말씀이 맞습니다. 발목이 부러졌습니다. 이 상태로는 말을 타기는커녕 일어서기도 힘듭니다."

"아니 되네. 난 꼭 말을 타야 하네."

의원은 누워서 홍안이 되어 억지를 부리는 무관을 보며 혀를 찼다. 기택은 답답한 듯 한숨을 내쉬더니, 의원을 데리고 방 밖으로 나갔다. 문 밖에는 여해가 걱정스러운 얼굴로 두 사람을 지켜보고 있었다.

"정말 아니 되는 것인가?"

"나으리께서도 보시지 않았습니까? 저리 심하게 부어올랐는데, 어찌 말을 탄다는 말입니까? 저 상태로는 버선 신기도 버거울 겁니다. 약을 지어 올릴 터이니 되도록 편히 누워 계시라 하십시오. 다시 떠나기 전에 어느 정도 쾌차하여야지 바닷바람을 쐬면 더 안 좋아시실 겁니다."

의원은 고개를 흔들며 탕약을 짓기 위해 처소로 향했다. 기택은 잔뜩 굳은 표정에 울상이 된 방 안의 사제를 보며 어찌해야 할지 몰라 망연하게 서 있었다.

"사형, 정말 안 됩니까? 정말 아니 되는 것입니까? 오늘 밤 하선연에서 말에 오르지 못하면 주상전하를 어찌 다시 뵈야 합니까?"

"어쩔 수 없지 않느냐? 의원 말이 맞다. 네 발목을 보거라. 심하게 붓지 않았더냐? 돌아가기 위해 또 원행을 해야 하니 되도록 쉬도록 해라."

기택은 안쓰러운 얼굴로 사제를 바라보고는 방문을 닫기 위해 손을 뻗었다. 두홍은 침통한 얼굴로 자신의 발목만 물끄러미 바라보더니, 갑자기 소리질렀다.

"얘야, 너 할 수 있지?"

여해는 두홍의 말에 가슴이 철렁 내려앉았다. 기택 또한 두홍의 말에 그녀를 빤히 바라보고 있었다.

"너 할 수 있지 않으냐? 사형, 막부가 저 아이가 누구인지 모르지 않습니까? 변복을 하여 같이 하십시오. 그러면 될 것입니다."

기택은 아무 말이 없었다. 사실 그는 어떤 말도 할 수 없었다. 다친 사제를 두고, 여해에게 대신 하라고 하는 것은 너무 가혹한 처사라고 생각되었다. 그는 고개를 세차게 저었다.

"아니 된다. 나 혼자 해도 되니 넌 걱정 말고 푹 쉬거라."

여해는 서운했다. 그것도 많이 서운했다. 덥석 두홍의 제안을 받아들일 것은 아니었지만, 먼저 거절하는 기택이 밉기도 했다. 그녀는 뿌루퉁한 얼굴로 뒤돌아섰다. 두홍은 다시 한 번 기택에게 간청하였다.

"사형, 어차피 사람들은 마상재의 몸짓에 주의를 기울이지 마재인의 얼굴은 보지 않습니다. 왜놈들은 더욱이 모를 것이며, 같이 온 수행원들도 저 아이가 누구인지 모르질 않습니까?"

"만에 하나 잘못되면 너뿐만 아니라 우리 모두 벌을 받는다. 이곳은 왜국이다. 주상전하의 뜻을 받들어 이곳에 온 만큼, 전하를 욕보이는 짓은 조심해야 한다. 경거망동해서는 절대 안 된다."

"강호성의 막부가 다른 건 제쳐 두고 마재인을 보내라고 한 이유가 무엇이겠습니까? 우리가 어떻게 보여 주느냐에 따라 이번 통신사의 임무도 원활히 끝날 것입니다. 제발 제가 이리 부탁드립니다. 다른 사람도 아닌 제가 청하지 않습니까?"

아픈 다리를 질질 끌며 기택에게 다가 붙는 두홍의 눈빛은 간절했다. 기택은 두 눈을 감고 답답한 듯 허공만 바라보았다. 말이 쉽지 정말 위험천만한 일이었다. 무관이 아닌 자가 마상재를 보이는 것은 법도에 어긋난 일이었다.

하지만 두홍의 말도 옳았다. 왜인들은 말놀음이라면 환장을 하는 이들이었다. 오죽하면 통신사가 파견되면 삼사보다도 마재인을 먼저 찾는 그들이 아니었던가? 기택은 눈을 뜨고 고개를 끄덕였다.

"좋다. 한번 해 보자꾸나. 잘못되면 다 내가 책임을 질 터이니……. 어찌하든 이번 하선연에서 저들의 마음을 흡족히 충족시켜야 하니 무리수를 쓸 수밖에 없구나."

장포는 밥을 먹으며 여해의 말에 깜짝 놀라 젓가락을 떨어뜨렸다.

그녀는 주변을 살피며 입술 위에 손가락을 얹으며 그에게 주의를 주었다.

"정말 너 큰일 내는구나."

"어쩔 수 없어. 판관 나으리 발목이 부러져서 걷기도 힘드셔. 너만 알고 있어. 갑옷을 입는 데다 밤에 하는 것이니 아무도 눈치 채지 못할 거야."

그는 밥그릇을 내려놓으며 한숨만 쉬어 댔다. 잘만 하면 아무 문제 없지만, 잘못하다가는 후일 조정에 알려져 큰 화근이 되어 돌아올 수 있는 일이었다.

"괜찮을 거야. 나 겨울부터 얼마나 열심히 수련했는 줄 알아? 아마 종사관 나으리 다음으로 내가 잘할 걸?"

"얼씨구?"

"정말이라니까? 오죽하면 판관 나으리께서 바로 나를 지목하셨겠어? 세상에 간절히 바라면 하늘에서 도와주신다고 하더니, 바로 이런 걸 두고 하는 말이 아니겠어?"

장포는 어이가 없어 꿈을 꾸듯 허공을 바라보며 웃고만 있는 그녀의 이마를 세게 쥐어박았다.

"네 생각이지. 남의 말에 안장을 지우는 것이 어떤 건지 아니? 어쨌든 잘 해라. 실수하는 것보다 네 정체가 들키지 않는 것이 더 중요하다는 것도 잊지 말고!"

날이 어두워지자, 강호성 안은 흥겨운 연회로 벌써부터 떠들썩했다. 조선에서 온 마재인이 오늘 밤 말놀음을 한다는 소문이 벌써부터 온 나라를 휩쓸었는지 많은 무인 들과 귀족들이 강호성으로 모여들었다.

하선연의 흥을 돋우는 무희들이 허연 가면을 쓰고 강색과 등색의 화려한 무복을 입고 움직이는지 마는지 건들거리며 춤을 추기 시작했다. 통신사의 수행원들은 조선보다 훨씬 소박한 주안상에 실망한 얼굴로 앉아 있었다.

"아니, 이게 뭔가? 술병 좀 보게. 그대로 털어 넣으면 한 입 거리겠구먼. 술잔은 왜 이리도 작은 게야? 으이구!"

"술잔은 콧구멍만 한데 찻잔이 더 크더만."

"하긴 저리 자그마하니 먹성도 좋지 못하겠지. 이것 봐라. 안주도 감질나서 젓가락이 가지도 않는구나. 이러다 조선 땅 밟기 전에 쓰러지는 거 아닌지 모르겠구먼. 아니, 그림 그려 달라 글 써 달라 따라다니며 사람 귀찮게 하더니, 대접이 이게 뭐야?"

"어찌하겠나? 왜에 왔으니 왜놈들 하라는 대로 해야지."

시무룩한 조선의 수행원들과 달리 왜인들은 뭐라고 지껄이며 신나게 술을 마셔 대고 있었다. 연회장 한 구석에서는 이제 곧 모든 이의 이목이 집중될 두 사내가 서로 바라보며 긴장한 듯 서 있었다.

"내가 가르쳐 준 대로만 하거라. 또 내가 하는 대로만 따라 하거라. 그리하면 된다. 금방 끝날 것이니 너무 걱정 말거라."

"걱정 마십시오."

여해는 두홍의 간자말을 쓰다듬었다. 그녀는 말과 달리 긴장되는 듯 계속 숨을 내쉬며 호흡을 가다듬고 있었다. 그는 여해의 전모를 다시 여며 주며 두 어깨에 손을 올리고 환하게 웃었다.

"드디어 네가 그리도 바라던 마재인이 되는구나."

그 말에 여해는 저 발끝에서부터 알 수 없는 뜨거운 기운이 느껴졌다. 그토록 바라던 이 순간이 현실로 다가오리라고는 꿈에도 생각할 수 없었다. 아니, 이것은 생시가 아니라 꿈이라고 생각되었다.

'그래, 꿈이야. 한바탕 걸판지게 놀아보는 거야.'

무희들의 춤이 끝나자, 여해와 기택은 말에 올라 힘차게 기합을 넣었다. 말들의 힘찬 말발굽 소리에 사람들은 더 큰 환호성을 질렀다. 막부와 다른 왜의 신료들은 가슴이 벅찬 듯 자리에서 벌떡 일어서 박수를 쳐 댔다.

'정말 마상재를 좋아하는구나. 그냥 소문이 아니었어.'

말 등에 올라탄 그들을 바라보는 왜인들은 마치 하늘에서 내려온 신령한 이들을 보는 것처럼 경외심을 품은 채 바라보고 있었다. 기택이 먼저 기합을 넣으며 말 등에 올라섰다. 여해 또한 그를 따라 고삐를 잡고 달리는 말의 속도를 가늠하며 조심스럽게 말 등에 섰다.

"와아!"

왜인들은 말등 위에서 당당하게 서서 내려다보는 그들을 보며 입을 벌리고 쳐다보고 있었다. 높디높은 말 등에서 내려다보니 작은 체구의 그들은 땅에 바짝 붙은 앉은뱅이처럼 보였다.

"좌우칠보!"

기택은 말 등에 재빨리 앉더니 안장을 쥐고 두 다리를 왼쪽으로 늘어뜨려 말을 따라 몇 걸음 뛰다 다시 올라서 오른쪽으로 다시 다리를 늘어뜨려 뛰기 시작했다.

함성 소리로 윙윙거리던 여해의 귀에는 이제 아무것도 들리지 않았다. 오로지 기택의 모든 것을 지켜보며 그와 하나가 되어 움직여야 한다는 생각뿐이었다. 기택이 말 등에서 내리면 자신도 내리고, 말 등에서 누우면 자신도 누웠다.

왜인들은 신출귀몰한 그들의 재주를 보며 연신 박수를 치며 감탄했다. 막부 또한 고개를 끄덕이며 몇 번이고 일어서서 박수를 치며 찬사를 보냈다. 그때 정사인 홍계희가 미간을 찌푸리며 옆에 있는 종사관 조명채에게 속삭였다.

"앞에 있는 자는 지 종사관인데 뒤에 따르는 이는 이 판관이 맞는가?"

현명하고 과묵한 젊은 관원인 조명채는 한동안 말없이 마재인들을 바라보았다. 그는 강호성 막부의 들뜬 얼굴을 한번 흘깃 보더니 정사에게 조심스럽게 말했다.

"제가 보기엔 이 판관이 맞습니다."

"허허, 그리 키가 훤칠한 자가 어찌……."

"대감!"

조명채는 단호한 눈빛으로 정사를 뚫어지게 바라보았다. 말을 하지 않았지만, 그것은 필시 묵인하고 넘어가라는 언질이었다. 정사는 얼굴이 붉어지며 못마땅한 듯 헛기침을 하며 술잔을 들었다.

"참으로 가당치 않구먼. 조선에 당도하면 모든 잘못을 밝혀낼 걸세."

"대감, 모든 일은 결과가 더 중요하지 않습니까? 저리 좋아라 하는 왜놈들을 보십시오. 만약 이번 일이 잘되면 마재인의 공이 높다고 보아야 할 것입니다. 보십시오. 저리 날렵하게 재주를 부리는 마상재는 저도 처음 보옵니다."

조명채의 말에 홍계희는 다시 한 번 마재인들을 쳐다보았다. 정신이 나간 듯 미친 듯이 소리를 지르는 왜인들과 그들의 환호 속에 마치 불 속에서 튀어나온 새처럼 날아갈 듯 몸을 이리저리 돌리며 재주를 넘는 마재인들은 온 힘을 기울이고 있었다.

홍계희는 마지못해 고개를 끄덕였다.

"일만 잘되면 내 그냥 넘어가지. 어쨌든 두고 보겠네."

장포는 통사 옆에 앉아 두 손을 꼭 움켜쥐었다. 그녀가 행여나 떨어지지 않는지 그리고 우려하는 일이 벌어지지 않을까 하는 걱정으로 마음 편하게 연회를 즐길 수 없었다.

번다한 그의 마음과는 달리 그녀의 얼굴은 그 어느 때보다 환하게 빛나고 있었다. 마치 말 위에서 춤을 추듯 몸을 날리는 그 모습에서는 철없는 어린 여인이 아닌 잘 수련된 무관의 기풍 당당한 위엄이 느껴졌다.

'정말 다른 사람 같구나. 그래서 네가 그리도 집착했던 것이더냐?'

장포는 순간 씁쓸해졌다. 그리 자신이 최선을 다해도 그녀는 한 번도 흡족한 마음으로 기뻐하지 않았다. 그래서 함박웃음을 짓고 있는 그녀의 얼굴을 보고 있으니, 자신이 더욱 초라하게 느껴졌다.

'난 너에게 원하는 것을 줄 수 없구나. 역시 난 너에게 부족한 사내

인가 보구나.'

"이야, 정말 대단하구나. 대단해!"

두홍은 머리털이 다보록한 배소동의 부축을 받으며 마상재를 끝내고 들어오는 여해를 기쁘게 맞이하였다. 기택 또한 흐뭇한 얼굴로 여해를 바라보며 고개를 끄덕였다.

"쓸 만했사옵니까?"

"쓸 만하다 뿐이더냐? 내가 본 최고의 말놀음이었다."

자신을 인정하는 두홍을 보자 여해는 마음이 북받쳤다. 그녀의 수련을 못마땅해하던 이가 인정을 하니 그동안 그에게 질책과 업신여김을 받던 시간들이 오히려 고맙게 느껴졌다.

"발목은 어떠하십니까?"

"부러진 발이 쉬이 낫겠느냐? 참, 사형. 아까 보니 정사 대감이 여해를 미심쩍게 바라보던 것 같습니다. 행여나 대감께서 여쭈시면 하선연에서 재주를 부리다 다친 것이라고 할 터이니 사형께서도 그리 말씀하십시오."

기택은 사제가 고마운 듯 고개를 끄덕이며 어깨를 두드렸다. 그리고 아직도 땀을 흘리며 숨을 가쁘게 몰아쉬는 그녀에게 다가갔다. 여해는 두홍의 인정보다 기택의 다사한 한마디가 가장 그리웠다. 그는 두 어깨를 잡으며 약간은 다달거리며 입을 열었다. 무뚝뚝한 말투로 던지듯 내뱉는 말에 그녀는 저절로 가슴이 녹아내렸다.

"정말 좋았다. 참으로 좋았다. 너와 함께 같이 말놀음을 했다는 것이 자랑스럽구나. 여해야, 최선을 다해 주어서 정말 고맙다."

"아직도 안 자?"

연회가 파하고 숙소로 돌아간 여해는 아직도 가슴이 뛰어 쉬이 잠을 이루지 못했다. 처소 밖에 나와 이리저리 거닐던 그녀는 아직도 발간 얼굴을 들어 밤하늘을 올려다보았다. 봄빛을 머금은 보름달은 따듯한 남쪽의 공기로 인해 더욱 친근하게 느껴졌다.

"잠이 안 와. 한동안 쉬이 잠을 못잘 거 같아."

"참 너도! 정말 잘하더라. 웬만한 사내 못지않게 말이야."

장포의 말에 여해는 장난스럽게 웃으며 그의 팔을 꾹 찔렀다.

"너도 인정하는구나? 아까 판관 나으리께서 칭찬해 주시는데 날아갈 것 같더라. 죽을 때까지 못 잊을 것 같아."

그는 달을 바라보며 꿈 이야기를 하는 듯 환희에 가득 찬 그녀의 얼굴을 물끄러미 바라보았다. 이제껏 이렇게 곱고 소담스러운 모습을 본 적이 없었다. 아버지를 잃은 뒤로 맘 편히 웃는 모습을 본 적이 없었다. 장포 또한 말없이 그렇게 그녀를 바라보고만 있었다.

"아직도 깨어 있느냐?"

나지막하고 무거운 음성에 장포는 얼굴이 굳어졌다. 순간, 여해는 미소를 지으며 뒤돌아섰다. 기택이 호수처럼 잔잔한 미소를 머금은 채 그녀에게로 다가오고 있었다. 장포는 못마땅한 얼굴로 고개를 까딱했다.

"너도 왔었더냐?"

장포를 보며 기택은 미소를 거두었다. 장포는 그를 바라보지 않고 오로지 땅만 바라보고 있었다. 그의 멋진 수화자와 자신의 여기저기 터진 미투리가 대조를 이루었다. 순간 자신이 초라하게 느껴져 처소 안으로 뛰어들어 가고 싶었다. 그러나 마지막 남은 자존심까지 포기하기는 죽기보다 더 싫었다.

"오랜 지기가 바다 건너가는데 어찌 아니 올 수 있습니까? 여해 아버지의 유지이기도 하니 이리 온 것입니다."

"여해가 참으로 좋은 동무를 두었구나."

두 사내는 말없이 서로를 쳐다보았다. 냉랭하고도 극렬한 기운이 두 사람에게서 느껴졌다. 여해는 억지웃음을 지으며 장포의 등을 사정없이 떠다밀었다.

"어서 들어가 자. 아까 보니 통사 나으리께서 찾으시는 것 같더라."

자신의 마음도 헤아리지 못하고 억지로 밀어내는 그녀가 서운하고 미웠다. 장포의 얼굴은 어둠 속에서도 보일 만큼 홍안이었다. 입술을 꾹 다문 채 터벅터벅 걸어가는 그의 모습을 보고 있는 여해의 마음도 편치 않았다.

"마음이 불편하더냐? 그럼 가서 자거라."

약간 화가 난 듯한 기택의 음성에 여해는 고개를 저었다.

"아닙니다. 그저 저 아이의 마음을 알기에 안 되어서……. 장포는 착한 사람입니다. 그저 돌아가신 아버님께서 절 부탁하셨기에 여기까지 온 것이니 괘념치 마십시오."

기택은 아무 말 없이 뒷짐을 지고 달을 바라보았다. 여해 또한 옆에 서서 강호성을 환히 비춰 주고 있는 왜국의 달을 올려다보았다.

"참으로 낯선 곳입니다. 이곳에서는 달도 바다도 풀 한포기도 다 다르게 느껴집니다.”

“그러하더냐? 난 수행하느라 제대로 보지 못했다.”

그녀는 그와 나란히 서서 같은 곳을 바라보고 있는 이 순간이 영원했으면 좋겠다는 열망에 휩싸였다. 곧 돌아가면 다시 그와 그녀는 보이지 않는 벽을 사이에 두고 사람들의 눈을 피해 서로의 마음을 나누어야 했다. 여해는 새로운 이곳에서 자유롭게 그와 영원히 같이 하고 싶었다.

“나으리……. 계속 여기에 머물고 싶습니다.”

여해는 눈물을 머금은 채 그를 바라보고 웃음 지었다. 기택 또한 그녀를 내려다보며 두 손을 마주잡았다.

“나도 그러하다.”

기택은 그녀의 손을 끌어 살포시 끌어안았다. 그동안 힘들고 어려웠던 여정의 고된 피로가 눈 녹듯 사라져 버리는 것 같았다. 오랜 여정으로 두 사람은 많이 지쳐 있었지만 서로를 향한 마음은 더욱 애틋했다. 조선을 떠난 이후로 그는 틈이 날 때마다 그녀에게로 다가와 다정히 안아 주었다. 거친 사내들 틈바구니에서 고달픈 하루하루를 그녀가 참아낼 수 있었던 것도 이리 살뜰히 안아 주는 다사로운 온기 때문이었다.

“정말 오늘을 잊을 수 없을 것이다.”

기택은 눈물을 흘리고 있는 그녀의 입술에 자신의 입술을 포개었다. 따듯하고 약간 거친 듯한 익숙한 촉감에 여해는 편안하게 눈을 감았다. 더욱 꼭 자신을 그러안는 온기를 느끼며 그녀 또한 다시는 놓지 않을 것처럼 부여잡았다. 기택의 숨은 점점 뜨거워졌다. 그녀는 그 열정의 불꽃을 이기지 못하고 그의 가슴에 얼굴을 묻었다.

"어? 저거 뭐야? 사내끼리 뭐하는 거지? 저거 말 관리하는 여춘이 형 아냐?"

뒷간에 가기 위해 나온 배소동 하나가 달빛을 받으며 입을 맞추는 두 사람을 보고 깜짝 놀라 나무 뒤로 숨었다. 눈을 껌뻑이며 지켜보던 아이는 킥킥거리며 손톱을 이빨로 잘근잘근 씹어 댔다.

"야, 너무 웃긴 구경거리다. 사내 둘이서, 그것도 멀쩡하게 생긴 무관이 저런 짓을 하다니. 참으로 별 희한한 짓거리를 다 하는구먼. 히히히……."

"아씨, 나장 어르신께서 오셨습니다."

몸이 나른해지는 춘삼월, 월하선은 나라지듯 졸면서 장죽을 입에 물고 있다가 비자의 목소리에 잠을 깼다. 방 안으로 들어온 나장은 징그럽게 웃으며 개선장군처럼 어깨를 펴고 털썩 주저앉았다.

"고생하셨지요? 그래, 어찌 되었습니까?"

"이 사람아, 숨이라도 돌리고 이야기하세."

곰방대를 꺼내며 그는 월하선의 장죽을 물끄러미 바라보았다. 그녀는 피식 웃으며 자신의 연초 쌈지를 그에게로 내밀었다. 그는 쌈지 속의 연초향을 맡더니 고개를 끄덕였다. 쌈지에서 연초를 집어 자신의 곰방대에 채우며 그는 입맛을 다셨다.

"역시 서초가 다르긴 다르군. 담부터 이것만 피워야겠어."
"보아하니 꽤나 쓸 만한 이야기라도 들으셨나 봅니다."
그녀는 부싯돌로 그의 연초에 불을 붙이며 의미심장하게 바라보았다. 박중선은 몸을 이리저리 흔들며 곰방대를 빼끔거렸다. 뜸을 들이는 그가 미운 듯 그녀는 눈을 흘기며 쏘아붙였다.
"어서 쓸데없이 밑자락 깔지 마시고 다 이야기해 보십시오."
"허허, 사람도 참 팍팍하긴! 그래, 이야기하지. 내가 이리저리 알아보다 한성부 근처에서 몰래 호패를 위조해 주는 노인네를 만났지."
월하선은 갑자기 의금부 판사의 이야기가 떠올랐다. 자진한 책쾌의 위조된 호패가 늘 마음에 걸렸던 그녀는 박중선의 이야기에 침을 꼴깍 삼켰다.
"쉽게 불지 않길래 노인네를 족쳐 놓았더니 아주 재미난 이야기를 하더구만."
"그래요? 혹시 그 죽은 조명단에 대한 이야기인가요?"
나장은 곰방대를 빼끔거리며 능글맞게 웃어 댔다. 시간을 끌며 연초만 피워 대는 그를 보고 있자니, 월하선은 온몸이 달아올랐다. 몸을 앞으로 쭉 내미는 그 모습은 흡사 쥐를 덮치기 전 두 눈을 반짝거리는 고양이와 같았다.
"십칠 년 전이라던가? 상투도 아니 한 더벅머리 사내가 아이 가진 젊은 여인네와 함께 찾아왔다고 하더구먼. 하도 사정을 해서 호패를 만들어 주었다던데 아마 조 씨로 기억한다고 했지."
"조 씨요? 이름은요?"
"이름은 기억이 나지 않는다고 하더군. 하도 옆에 있던 여인이 참해 보여 반가의 여인네가 아닐까 생각했다고 하더구먼."

월하선의 한쪽 입가가 물 위에 둥실 떠오르는 연잎처럼 살짝 추켜 올라갔다. 그녀는 만족스러운 얼굴로 죽장을 빼끔거렸다.

"허나 어디서 뭘 했는지 어찌 압니까? 조선 팔도를 다 돌아다닐 수도 없고."

박중선은 재밌다는 얼굴로 연초 연기를 시원하게 내뿜었다. 월하선은 냉소를 띄며 그를 빤히 쳐다보았다. 중요한 알짜배기는 쏙 감추고 필시 돈을 더 뜯어내기 위해 흥정을 하는 것이 틀림없었다. 그녀는 입술을 일그러뜨리더니 문갑을 열어 엽전을 두둑이 채운 주머니를 쾅 소리를 내며 바닥에 내려놓았다.

"자꾸 감질나게 하시면 가만히 있지 않을 것이옵니다. 해서요."

"예끼! 사람을 뭘로 보고. 내가 뭐 돈이나 밝히는 나부랭이인 줄 아나? 음……. 그런데 문제는 무엇이냐? 이 노인네가 보아하니 사내가 입고 있는 바지가 납의 같아 보였다는 거지."

"그래서요? 그 여인과 파계승이 누군지 알 수 있다는 말입니까?"

엉큼한 그는 일부러 곰방대를 입에 물며 이리저리 몸을 흔들었다. 약이 오른 그녀는 장죽을 내려놓고 바짝 다가들어 재촉했다.

"뭐하십니까?"

"아이고, 이 사람도 참! 숨넘어가겠네. 그래서 그 바지 밑동을 곁눈질로 흘끔 보니 '대가람 만덕'이라고 글자가 수놓여 있었다는구먼."

"대가람 만덕? 대가람이라……. 만덕사? 혹시 절 이름이 만덕사요?"

월하선의 두 눈이 점점 커지며 숨소리가 거칠어졌다. 바로 옆에서 자신을 뚫어지게 바라보는 그녀가 부담스러운지 박중선은 옆으로 비껴 앉으며 고개를 끄덕였다.

"그렇지. 저기 동래현 근처에 있는 오래된 사찰일세."

"허면 여기까지가 끝입니까?"

"허허, 좀 기다려 봐. 이제부터가 재미나다네."

박중선은 입맛을 쩝쩝 다시더니 곰방대를 연신 빼끔거리며 그녀에게 몸을 숙여 속삭였다. 거무칙칙한 얼굴이 양귀비처럼 환한 얼굴 옆에 갖다 대니 마치 까마귀가 백로 옆에 다가드는 것처럼 더욱 우중충하게 보였다.

"그 절에 혹시나 싶어 한번 그곳에 내려가 알아보았지. 가 보니, 엉망진창이 되어 있더군. 약 이십 년 전에 큰 불이 나서 절이 반 이상이나 타서 없어졌다네. 그런데 말일세. 희한한 것이 그곳의 한 중이 그 지역 향청의 며느리였던 청상과부를 건드려 애를 배게 한 뒤 야반도주를 했다고 하는구먼. 그리고 그날 밤에 절에 큰불이 났었다네. 뭐 증좌는 없지만 우연치고 희한하지? 동네 사람들한테 물어보니 필시 그 체면을 중시하는 향청이 검계에게 시켜서 중놈들한테 화풀이를 한 것이 분명하다고 하더구먼."

"땡중 놈이 반가의 수절 과부를 간하여 아이까지 배게 만들었다? 그리고 도망가서 번듯하게 양인 행세를 하고 살았다?"

월하선의 입은 귀에 걸려 계속 방실거렸다. 마치 오랫동안 원하던 것을 손에 넣은 어린아이처럼 그녀는 극렬한 기쁨에 입을 다물 줄 몰랐다. 박중선은 연초 연기를 뿜어내며 놀리듯 낄낄거렸다.

"아이고, 입 다무시게. 그러다 턱 빠지겠구먼. 자, 이제 수고비나 넉넉하게 주게나. 당연히 쓸 만한 아이와 함께 주안상도 준비해야지?"

저 멀리 거뭇거뭇하게 조선 땅이 보이기 시작했다. 비릿한 바다 내음까지도 정겹게 느껴지는 곳, 태어나 뼈와 살을 묻을 보고픈 고향 땅이 점점 가까이 보였다.

오랜 여정으로 지친 수척한 얼굴의 수행원들은 감회가 새로운 듯 말없이 수평선 저 끝을 바라보았다. 새로운 세계에서의 낮과 밤들은 그들에게는 기나긴 꿈의 순간순간이었다. 낯선 모습들과 낯선 체취를 동경하던 그들의 뜨거운 가슴은 이내 차갑게 식어 버린 지 오래였다. 처음에는 이국적인 향기에 이끌려 미혹되었으나 시간이 갈수록 고향의 정답고 다사로운 내음이 사무치도록 그리웠다.

"아이고, 이제야 살았네."

"무사히 돌아오게 되어 정말 천만다행이네."

사람들은 모두 얼싸안거나 손을 맞잡으며 서로를 격려했다. 반 년이라는 시간 동안 고국산천도 봄이 지나 여름을 향해 가고 있었다. 타국의 봄꽃을 보면 고향의 봄이 생각나고, 타국의 아리따운 여인을 보면 고향에 두고 온 고운 정인과 후덕한 내자가 그리웠다.

"참으로 애썼다. 힘들었지?"

창백하게 여윈 여해를 내려다보며 기택은 안쓰러운 듯 어깨에 손을 얹었다. 그녀는 그저 말없이 웃었다. 한바탕 잔치가 끝난 뒤 그 희열을 잊지 못해 돌아가지 못한 청중처럼 서운하기 그지없었다.

'차라리 바다를 건너지 않을 것이 좋았을까요? 그곳에서 그냥 뼈를 묻고 살면 좋았을까요?'

대답 없이 무수히 되뇌는 질문은 그녀를 더욱 번민하게 하였다. 흐리게 보이는 고국 땅을 바라보았다. 자신의 두 눈을 바라보며 미소 짓는 그를 향해 여해는 그저 웃으며 서 있을 수밖에 없는 스스로가 노엽고 싫었다.

부산포에 도착하자 이미 많은 관원들이 그들을 맞이하기 위해 나와 있었다. 수행원들은 혈육이 아니었지만, 같은 조선인을 보는 것만으로도 집으로 돌아온 듯 신이 났다. 그들은 배가 닿자마자 급히 배에서 내리며 고국 땅을 밟은 기쁨을 가슴 깊이 체감하며 나누고 있었다.

여해 또한 다른 배소동들과 함께 기택의 오명마를 끌고 내렸다. 배멀미로 더욱 힘들었던 그녀의 얼굴은 누렇게 들떠 멀리서 보아도 한번에 알아볼 정도였다.

"저년이다! 잡아라!"

급습하는 범처럼 금부도사와 나졸들이 나타나 에워쌌다. 순식간에 벌어진 이 사태에 사람들은 모두 놀라 그녀를 쳐다보았다. 여해는 그저 말고삐를 쥐고 벌벌 떨며 둘러싼 사내들을 보고 있을 뿐이었다.

"무슨 일이십니까? 이 사람은 마재인의 말을 관리하는 이마입니다!"

장포가 그녀를 오랏줄로 묶으려는 나졸의 팔을 제지하며 끼어들었다. 육모방망이를 든 다른 나졸들이 추포를 방해하는 그를 사정없이 내리쳤다.

“감히 죄인의 추포를 막다니! 죽고 싶지 않으면 썩 물러서거라!”

나졸들의 매질을 당하면서도 장포는 여해를 걱정스럽게 바라보았다. 해쓱한 얼굴로 그녀는 두려움에 떨고 있었다.

“대체 저 사람이 무엇을 잘못한 것입니까?”

거만하게 추포를 지켜보던 금부도사는 픽 웃으며 장포의 앞에 섰다.

“대역 죄인의 딸이 감히 수행원으로 파견되었다. 더군다나 저년은 강상의 윤리를 저버리고 천한 중놈이 반가의 여인을 간하여 태어난 더러운 핏줄이다. 어서 끌고 가거라!”

오랏줄에 묶여 끌려가는 그녀는 눈물을 머금으며 오로지 기택만을 찾고 있었다. 하지만 통신삼사를 호위해야 하는 그는 추포되어 가는 그녀를 보지 못했다. 오로지 장포만이 얻어맞은 배를 부여잡고 절뚝거리며 그녀의 뒤를 따를 뿐이었다.

“여해야!”

어린아이처럼 그녀의 큰 두 눈에서는 애처로운 눈물이 흘러내렸다. 아무리 둘러보아도 기택의 모습은 보이지 않았다.

“나으리…….”

“꼴 조오타…….”

항구가 내려다보이는 언덕 위에서 월하선은 흐뭇한 얼굴로 서 있었다. 오랏줄에 묶여 질질 끌려가는 연적을 바라보며 세상을 다 가진 듯한 만족스러운 표정으로 함박웃음을 지었다.

"그리 좋은가? 자네도 참……."

천덕은 내자의 집요한 독점욕에 고개를 흔들었다. 월하선은 곁눈질로 지아비를 나삐 보더니, 가채를 어루만지며 비아냥거렸다.

"당연히 좋지. 저년 때문에 그간 얼마나 힘들었는지 알아?"

"이번에는 누구를 움직인 거야?"

"누구긴? 잘 먹인 사냥개지."

"기별청의 그 승지 놈? 서방인 나보다도 훨얼 낫구먼."

"알고 있으니 천만다행이구먼."

못마땅한 듯 그녀를 쳐다보며 천덕은 뒤돌아 언덕을 내려갔다. 월하선은 그를 보며 입술을 실룩거렸다. 죄인을 호송하는 의금부 나졸들을 보며 그녀는 눈썹을 치켜 올리더니 시원하게 짠 바닷바람을 들이마셨다.

"이제 모든 것이 다시 원래대로 되돌아간 것뿐이야. 지기택이 어찌 나올지 기대가 되는구먼."

"나으리! 나으리!"

통신삼사를 호위하기 위해 말에 올라탄 기택은 자신을 부르며 쫓아오는 장포를 보고 말에서 내렸다. 얼굴 여기저기가 터진 그는 숨이 차는지 계속 다달거리며 손가락으로 어딘가를 가리켰다.

"저기, 아이고…… 저기! 여, 여해가……. 끌려갑니다!"

"그게 무슨 말이더냐?"

장포는 크게 숨을 한번 내쉬더니 답답한 듯 기택이 팔을 흔들며 소리쳤다.

"여해가 금부도사한테 잡혀갔단 말입니다! 이번에 잡혀가면 어찌 될지 모릅니다! 어쩌면 좋습니까, 나으리!"

"대체 어찌 된 것이란 말이더냐?"

의금부에 다녀온 두홍은 답답한 얼굴로 사형을 바라보았다. 끌려간 정인을 지켜 주지도 못한 죄책감 때문인지 기택의 얼굴은 하룻밤 사이에 반쪽이 되어 있었다.

"통신사 수행원에 그 아이를 끼운 죄도 묻는다고 합디다."

"그건 내가 받을 벌이 아니더냐? 어찌 그 아이만 데려간 것이라 말이냐? 잘못이 있다면 나에게 있는 것이다. 의금부에서 일을 어찌 그리한단 말이더냐?"

두홍은 아랫입술을 잘근잘근 씹었다. 자신의 팔을 부둥켜 잡고 흔드는 그를 보고 있자니 숨긴다고 하여 해결될 일이 아닐 듯싶었다.

"대역 죄인의 딸이 근엄한 통신사 수행원으로 간 것도 잘못이지만, 그것보다 더 큰 문제가 있더이다. 그 아이의 아비가 알고 보니 파계한 승려로 열녀문까지 하사받은 반가의 과부를 겁간하여 데리고 야반도주한 이였다고 합니다. 허니 반가의 여인을 겁간한 죄는 참형에 해당되는 것이고, 그 사이에서 태어난 자식은 관비……."

"시끄럽다!"

"사형! 내가 지금 의금부에서 판관으로 있는 동기한테서 들은 이야기입니다. 강상의 윤리를 저버린 일이니 돌이킬 수 없을 듯합니다."

기택은 털썩 주저앉았다. 제대로 지켜 주지도 못하고 그리 험한 곳에 그녀를 보내 버린 자신이 한심하고 싫었다. 머리를 두 팔 사이에 묻고 책상을 탕탕 내리치는 그를 보며, 두홍은 무슨 말을 해야 할지 몰라 쳐다보고만 있었다.

"나으리! 나으리!"

"어허, 이놈이! 여기가 어디라고 감히!"

"나으리! 장포입니다! 여해를 구해 주십시오. 여해는 아무 잘못이 없습니다!"

밖에서 들려오는 시끄러운 소리에 두홍은 문을 박차고 걸어 나갔다. 장포가 군졸들에게 붙들린 채 고함을 지르며 발버둥을 치고 있었다. 덩치가 작은 나졸들은 훤칠한 장한을 감당하지 못하여 이리저리 휘청거리며 애를 먹고 있었다.

"놓아 주거라. 내가 아는 이다."

"하지만 판관 나으리. 이곳은……."

"시끄럽다! 어디 윗전의 명을 어기는 것이더냐?"

두홍의 호통에 군졸들은 마지못해 그를 놓아주었다. 장포는 그 길로 달려들어 가더니 엎드려 있는 기택을 보고 화가 나 소리를 질렀다.

"나으리, 왜 가만히 계십니까? 듣자 하니 여해는 곧 동래에 있는 한 관아의 노비로 떨어진다고 합니다. 아버지를 잃은 저 불쌍한 아이를 그냥 두실 생각이십니까?"

"어허, 이 사람이. 어디서 소리를 지르나?"

두홍은 장포를 야단쳤지만, 장포는 답답한 듯 가슴을 치며 두홍의 팔을 잡고 사정하기 시작했다.

"나으리라도 도와주십시오. 저 아이가 있어서 무사히 하선연에서 마상재를 치르지 않았습니까? 불쌍한 아이입니다. 제발, 도와주십시오. 저 아이를 살려 주신다면 제가 나으리를 위해 무엇이든 할 것입니다."

장포는 오열하며 두홍에게 간청하였다. 두홍 또한 도와주고 싶었지만 금부옥사에 갇힌 그녀를 어찌할 도리가 없었다.

"미안하이. 방도가 없구먼……."

고개를 떨구는 두홍을 보며 장포는 털썩 쓰러졌다. 그러고는 무기력하게 앉아 있는 기택을 보며 심장이 요동치며 온몸의 피가 거꾸로 솟았다.

"좋을 때는 그리도 그 아이를 찾으시더니, 이제는 버리시는 겁니까? 그 아이가 나으리께는 한순간 즐기는 꽃이었는지는 모르겠지만, 저는 평생을 약속하고픈 정인이었습니다. 감히, 그 아이 앞에서는 제 마음도 꺼내보지 못해 애를 태웠던 저입니다. 헌데, 어찌 나으리께서는 그리 마음대로 취하시고 이제는 혼자 사시겠다고 무참히 버리시는 겁니까? 이러실 거면 처음부터 데리고 가시지 마셨어야죠? 어찌 사내대장부가 되어서 자신의 여인 하나 지키지 못한단 말입니까? 정인 하나 지키지 못하는 사내가 어찌 백성을 위해, 전하를 위해 무인으로서 고개를 쳐드실 수 있다는 말입니까?"

"어허, 이보게!"

두홍은 울분을 토하는 장포를 호통쳤지만 그는 꿈쩍도 하지 않았다.

"양반이면 다입니까? 양반이면 사람이고 아니면 금수입니까? 오히려 양반네님들이 저희들보다 못하시군요. 그래도 저희들 같은 천것들은 정과 의리를 아는 사람들입니다. 헌데, 양반님네들은 뜬구름 잡듯 고상한 서책이나 읊조리며 어찌 그리 가벼이 행동하신단 말입니까? 나으리는 다르실 줄 알았습니다. 지금 보니 제가 잘못 알고 있었습니다. 나으리께서는 이 세상 최고로 한심한 사내요, 정인이요, 졸장부이십니다!"

기택은 벌게진 얼굴을 쳐들고 장포를 노려보았다. 그의 얼굴은 흥분되어 있었지만, 입술을 꾹 다물고 있었다. 장포는 자리에서 일어서더니 문을 열어젖히고 나가 버렸다. 두홍은 장포와 기택을 번갈아보며 답답한 듯 한숨만 내쉬었다.

"허허, 저 녀석이 참! 사형, 너무 괘념치 마십시오. 저 녀석도 화가 나겠지요. 너무 마음에……."

"저 녀석 말이 옳다. 난 한심한 졸장부다."

기택은 자리에서 일어났다. 그러고는 두홍을 향해 빙그레 웃으며 그의 어깨를 두드렸다.

"저 녀석도 저리 애를 쓰는데, 나도 뭐라도 해야 되지 않더냐? 더는 무기력한 모습으로 그 아이를 허망하게 보내기는 싫구나. 아무것도 못하고 아끼는 정인을 떠나보내는 것은 사별한 그 사람으로 족하다."

"여해야, 나다. 장포야."

옥사 구석에서 쪼그리고 앉아 있던 여해는 낯익은 목소리에 고개를 들었다. 눈물로 흠뻑 젖은 그녀의 얼굴은 이전보다 훨씬 수척했다. 장포는 주변을 둘러보더니 품에서 떡 꾸러미를 꺼내 옥사 안으로 들이밀었다.

"어서, 먹어. 얼굴이 안 되었네. 먹고 힘내야지?"

"종사관 나으리는? 나으리는 아무 일 없으시지?"

가혹한 미래를 알면서도 정인만을 걱정하는 그녀를 보자 장포는 화가 치밀어 올랐다. 눈물을 글썽이며 그녀는 그가 내민 꾸러미는 쳐다보지도 않은 채 만나지도 못하는 정인을 걱정하고만 있었다.

"이 한심한 것아! 지금 네 처지가 어찌 될 줄 알고 이러는 거야? 양반놈들을 몰라서 하는 소리야? 저네들 다 빠져나갈 구멍 만들어 놓고 사는 것들이야. 항상 죽어나는 것은 우리 같은 천한 것들이라고."

"어차피 원래 난 관비가 되었어야 할 몸이잖아. 다 받아들일 거야."

"여해야!"

그녀는 힘없이 웃으며 그를 바라보더니 손을 뻗어 뺨을 어루만졌다.

"네 마음을 어찌 몰랐겠니? 하지만 너의 그 갸륵한 마음을 받을 만큼 난 그리 좋은 정인이 못 된다. 부디, 날 잊고 참한 처자 만나서 즐겁게 살어."

장포는 그녀의 손을 뿌리쳤다. 자리에서 벌떡 일어선 그는 마음속에 깊이 눌러놓았던 말들을 다 털어놓았다. 분노와 안타까움이 복잡하게 얽힌 눈에서는 어느덧 눈물이 흘러내렸다.

“처음에 사실 너에게 바란 것이 많았던 것 맞아. 하지만 종사관을 향한 네 마음을 알고는 이미 포기하고 마음을 비웠어. 오로지 네가 행복하기만을 바랐을 뿐이야. 하지만 지금은 그게 아니잖아? 그자 옆에 있기에 네가 이렇게 불행한데 어찌 내가 가만히 보고 있겠니? 어서 먹고 기운 차려라. 내가 모셨던 역관 나으리께 가서 사정해 볼 터이니.”

장포는 뒤돌아서며 소맷부리로 눈물을 닦았다. 여해는 안쓰럽고 미안한 듯 아무 말 없이 그를 바라만보고 있을 뿐이었다.

“나 간다. 어서 기운 차려.”

장포는 옥사를 걸어 나오며 마음속으로 몇 번이고 그녀가 불러 주기만을 바랐다. 하지만 옥졸에게 돈을 건넬 때까지도 그녀의 목소리는 전혀 들리지 않았다. 뒤돌아보는 핏발 선 그의 눈에서는 더욱 뜨거운 눈물이 쏟아졌다.

‘그리도 그가 좋으냐? 아직도 나한테 내어 줄 자리가 없는 거냐?’

“이보시게, 수고 많으시구먼.”

화려하게 차려입은 기녀가 의금부 옥졸에게 두둑한 엽낭을 건네며 빙그레 미소 지었다. 사내는 화색이 만연하여 그녀를 친히 옥사로 안내하며 쉴 새 없이 떠들어 댔다.

“아이고, 참으로 천하일색이구먼. 자, 여길세. 천천히 이야기 나누고 오게나. 걱정 말고!”

간만의 횡재를 만난 그는 벌써부터 주막의 탁주가 생각나는 듯 입맛을 다시며 낄낄거렸다. 기녀는 냉소를 지으며 자신 앞에 처량 맞게 기대어 누워 있는 여인을 경멸스럽게 내려다보았다. 누렇게 부은 그녀의 얼굴과 산발한 모습은 이제 삶에 대한 의지는 하나도 느낄 수 없을 만큼 가년스러워 보였다.

"참으로 딱하구먼. 나라면 분수를 알고 처신했을 것이야."

여해는 코끝에서 느껴지는 진한 분향에 천천히 눈을 떴다. 꿈에라도 나타나면 죽이고 싶은 원수가 눈앞에서 자신을 비웃으며 서 있었다. 여해는 벌떡 일어섰다.

"이번에도 당신인가? 정말 극악한 인간이군!"

"어떠하냐? 그 차가운 옥사에 있으니 행복하더냐?"

여해는 자신의 불행을 즐기는 그녀를 죽일 듯이 노려보았다. 여인은 천천히 왔다 갔다 하더니 안쓰러운 표정으로 혀를 찼다.

"네 아비가 죽었을 때 이미 단념했어야지. 원래 오르지도 못할 나무를 탐하다가는 항상 불행하게 끝나는 법이지. 지금이라도 단념하고 분수에 맞게 살거라. 내 들으니 네 아비가 수절하는 반가의 여인을 겁간하여 데리고 야반도주한 파계승이라지? 허니 너는 어차피 관비가 되어야 했을 몸이니 억울해하지 말거라. 모든 것이 순리에 맞게 원래대로 돌아간 것뿐이니까."

"당신 절대 가만두지 않을 거야. 내가 숨이 붙어 있는 한 절대 가만두지 않을 거라고!"

월하선은 옥사가 떠나갈 듯 깔깔거리며 웃었다. 꽃처럼 화사한 얼굴에 어울리지 않는 소름끼치도록 잔인한 웃음이었다.

"그리 망신창이가 되어서도 아직도 고개를 쳐들 힘이 남았더냐?"

"온갖 더러운 짓거리를 하며 그 고운 낯빛 쳐들고 다니면 뭐해? 늘 이런 식으로 사내의 마음을 얻나 보지?"

월하선의 얼굴에 웃음이 사라졌다. 여해의 손이 더욱 꽉 옥살을 붙들었다. 아버지를 죽인 원수를 마주보고 있으니 구석구석 숨어 있던 분노가 고개를 쳐들어 그녀를 옥죄었다. 한참 동안 내려다보던 월하선은 주위를 둘러보더니 그녀 앞에 앉아 입술을 추켜올렸다. 음험하고도 조용한 목소리로 그 순간을 기다려 온 듯 월하선은 여해의 가슴에 거침없이 칼을 꽂았다.

"당장이라도 그 옥방에서 뛰쳐나와 내 목을 조르고 죽이고 싶겠지? 아니다, 아니야. 당장 동헌으로 쫓아가 내가 죽였다고 의금부 판사에게 고하고 싶겠지. 하지만 어찌한단 말이더냐? 이미 네 아비는 죽었고, 넌 강상의 윤리를 저버린 죄인의 자식이지."

여해는 온몸이 부르르 떨렸다. 눈물이 흘러내리고 모든 것을 뒤집고 싶은 강렬한 분노가 그녀를 삼키기 시작했다. 월하선은 고통스러워하며 자신을 노려보는 그녀를 즐거운 얼굴로 바라보고 있었다.

"결단코 당신을 가만두지 않을 거야. 내가 죽는 한이 있더라도 반드시 단죄하고야 말거야."

"가만히 두지 않는다? 허면 나 또한 가만히 있지 않을 것이다. 정녕 네가 종사관 나으리를 더 구렁텅이로 몰아넣고 싶어 환장한 것이더냐? 네 그 불경한 언행 때문에 지금 나으리께서 무관의 자리를 물러나 유형을 받으신다면, 넌 마음 편하게 살 수 있을 듯싶으냐? 그리도 너는 뻔뻔한 여인이더냐?"

월하선의 말에 옥살을 부여잡은 여해의 손이 스르르 풀렸다. 자신 때문에 아버지가 억울한 죽음을 당한 것을 안 이상 정인까지도 위태롭게 벼랑 끝으로 내몰 수는 없었다. 그녀는 입술을 깨문 채 두 눈을 감았다. 모든 것은 자신으로부터 비롯된 불행이었다. 욕심을 품지 않았다면, 꿈을 꾸지 않았다면 아버지도 그도 나락으로 떨어지지 않았을 것이다.

모든 것을 묻어야 했다. 온전히 가슴에 묻고 입을 다물고 조용히 살아야 했다. 그래야 그가 예전처럼 온전하게 살아갈 수 있었다. 여해는 두 눈을 똑바로 뜨고 온전한 승리를 만끽하는 그녀를 쳐다보았다.

"난 당신처럼 사람을 얻기 위해 여기저기 칼을 휘두르며 몸부림을 치지 않아. 당신 뜻대로 해 주지. 종사관 나으리의 여인이 되든 말든 알아서 해. 허나 만약 종사관 나으리까지 구렁텅이로 내몬다면 수단 방법을 가리지 않고 당신을 가만두지 않을 거야."

"허, 그러하냐? 오금이 다 저리구나. 내 옥졸에게 일러 밥이라도 많이 챙겨 주라고 말해 주마."

월하선은 가소롭다는 얼굴로 자리에서 일어섰다.

"내가 종사관 나으리라도 결코 마음을 줄 여인이 아니야, 당신."

"뭐?"

"당신은 누군가를 따듯한 마음으로 품을 그런 여인이 아니야. 허니 나으리께서도 진정을 주지 않으셨겠지? 진정한 정인은 당신처럼 온전히 자신의 옆에 앉히기 위해 갖은 수를 쓰는 것이 아니야. 누군가를 은애한다는 것은 그 사람의 아픔을 그대로 온전히 자신의 것으로 품어 안는 거지. 그리할 수 있나?"

도리어 자신을 비웃으며 당당히 올려다보는 여해를 보며 월하선의 얼굴은 일그러졌다.

"네년이 나락으로 떨어져도 그리 웃을 수 있는지 어디 한번 지켜보자꾸나!"

월하선은 홍안이 된 얼굴로 여해를 죽일 듯이 노려보았다. 하지만 여해는 여전히 웃고 있었다. 심기가 뒤틀린 기녀는 뒤돌아 옥사를 성큼성큼 걸어 나갔다. 뒤에서 그녀의 분기를 더욱 부추기는 조소가 울려 퍼졌다.

"어디 한번 나도 두고 봅시다! 죽을 때까지 종사관 나으리의 마음을 얻으셨는지 한번 두고 보자 이겁니다! 나도 지켜볼 것이오! 내가 조선 땅에 있는 한 그대가 어찌 하는지 내 꼭 두고 볼 것이오!"

"이 늦은 밤에 홀로 앉아 계십니까?"

사립문 밖에서 사각거리는 소리가 들려왔다. 평상에 앉아 검을 닦고 있는 기택은 미동도 하지 않았다. 사향 냄새가 점점 더 짙어지자 검을 닦는 그의 손이 살짝 떨리기 시작했다.

"참으로 달이 밝사옵니다. 조금 있으면 단오가 아니옵니까? 물이 좋은 곳으로 가서 탁족이라도 즐기며 번다한 마음을 달래심이 어떠신지요?"

기택은 검을 들고 자리에서 일어섰다. 차갑게 외면하는 그를 보자,

월하선은 달려가 허리를 부둥켜안았다.

“이것 놓거라!”

“아니 됩니다. 이제 모든 것이 다 제자리로 돌아왔습니다. 나으리께서는 다 잊으시고 저만 바라보시면 되옵니다.”

깍지를 낀 하얀 옥수는 사내를 놓치지 않으려는 듯 파르르 떨며 벌겋게 달아올랐다. 하지만 냉정한 그는 필사적으로 붙드는 그녀의 의지를 무참히 꺾어 놓았다.

“이제 더는 날 찾아오지 말거라. 네가 여인이 아니었다면 이 검으로 널 내려쳤을 것이다.”

가슴에 차가운 비수가 꽂히자 월하선은 북받쳐 오르는 설움을 참아 내지 못했다. 모든 것을 내려놓고 숨기고 싶은 저 밑바닥의 역한 모습까지 내보이며 사력을 다 했건만 끝내 그녀에게 그를 허락하지 않은 운명이 죽도록 노엽고 원망스러웠다.

“싫습니다. 지금 저를 베신다고 하셔도 나으리를 계속 기다릴 것입니다.”

허리를 움켜잡은 가녀린 손이 가차 없이 떼어지자 그녀는 땅바닥에 쓰러지듯 주저앉았다. 방 안으로 들어서는 그를 보며 월하선의 입가가 파르르 떨렸다. 비틀거리며 일어서다 다시 쓰러진 그녀는 조소를 띤 채 악을 쓰듯 소리를 질렀다.

“정말 그 아이를 죽이고 싶으신 겝니까? 제가 그 아이를 못 죽일 것 같사옵니까? 나으리를 모실 수 있다면 저 그 어떤 짓도 서슴지 않고 할 것이옵니다. 어찌 사정하시지도 않으십니까? 나으리께서는 그 아이의 목숨이 이젠 중하시지 않으신 겝니까?”

방문을 닫으려던 그는 멈칫했다. 그녀는 아직 한 번 더 기회가 남아 있을 수도 있다는 희망에 가슴이 뛰기 시작했다.

'그래, 이젠 된 것이야. 설마 그 아이를 죽이면서까지 나를 밀쳐 내지는 않겠지?'

"가거라. 다시는 내 앞에 나타나지 말거라. 지금 내가 널 보내는 것은 내가 너에게 베풀 수 있는 마지막 자비이니라."

차디찬 음성을 뒤로 하고 창호가 닫혔다. 그녀에게는 그에게 다가갈 수 있는 그 모든 문이 닫힌 것처럼 느껴졌다. 월하선은 고개를 떨구었다. 손을 짚은 땅에서 한기가 치밀어 올라왔다. 그 한기는 온몸을 돌고 돌아 그녀가 꼭꼭 숨겨놓은 나약하기 그지없는 마음을 사정없이 흔들어 놓았다.

"으으윽! 으윽!"

단오를 앞둔 밤공기는 이상하게도 소름이 끼치도록 쌀쌀하여, 땅바닥에 너부러져 오열하는 기녀의 흔들리는 어깨를 감싸 안기에는 다정하지 못했다. 구름 뒤에 숨은 작은 손톱달 또한 차마 좌절하여 쓰러진 아리따운 꽃을 보기가 민망했는지 한참 동안 나타나지 않았다. 그렇게 한성 최고의 향기로운 꽃은 차가운 밤공기 속에 시들어가고 있었다.

"대역 죄인 조명단의 여식인 조여해는 죄인의 딸로서, 천한 승려가 반가의 여인을 탐하여 태어나 원래 관비로 보내졌어야 할 몸이다. 허

나 양인으로 행세하며 산 것도 모자라, 강상의 윤리를 저버리고 근엄한 통신사 수행에 끼여 만천하에 주상전하를 욕보이는 만행을 저질렀다. 당연히 참형에 처해져야 할 것이나 상전하의 하해와 같은 은혜로 아비가 살던 동래현의 관아의 노비로 보내질 것을 명한다. 앞으로 조 씨 성을 쓸 수 없으며, 관아를 벗어나 만행을 저지른다면 그때는 죽음으로 그 죄를 씻어야 할 것이다."

그녀는 앞에서 거만하게 턱을 추켜 든 금부도사를 바라보지 않았다. 한참을 지껄이는 그 위선적이고 거들먹거리는 목소리도 들리지 않았다. 그저 옥방의 차가운 바닥만 내려다보며 무표정한 얼굴로 앉아 있을 뿐이었다.

모든 것이 다 끝났다. 한바탕 화려하고도 달콤했던 기나긴 꿈이 끝났다. 이제 가혹한 현실에서 그 꿈을 탐했던 대가를 치를 일만 남은 것이다. 그녀는 옥방의 영창 너머로 보이는 번루빛 하늘을 바라보았다. 오늘 따라 더욱 하늘이 눈이 시리도록 파랬다. 너무도 파래 눈물이 날 정도로 아름답고 깊디깊었다.

"힘들지? 쉬어가자꾸나."

그녀를 동래현으로 데리고 가는 의금부 영사와 나졸들이 안쓰러운 듯 뒤돌아보았다. 한 달이나 걸릴 원행길을 앞둔 그녀는 아침밥도 들지 않았다. 그저 송장처럼 터벅거리며 그들을 따라오고 있었다.

따듯한 바람을 맞으며 자리에 앉은 그녀는 두 눈을 감았다. 산길을 둘러싼 공기는 산뜻하고 따사로웠다. 마치 그녀의 가혹한 운명을 조금이라도 위로해 주려는 세상의 말없는 배려 같았다. 한 번도 보지 못한 어미의 품처럼 그지없이 포근한 바람이 가냘픈 어깨를 에워쌌다.

"이거라도 먹거라. 조반도 제대로 들지 못했다 들었다."

나졸이 품에서 연잎에 싼 밥 덩어리 하나를 그녀에게 내밀었다. 하지만 여해는 받지 않고 그저 멍하니 뭉게구름이 두둥실 떠 있는 하늘만 바라볼 뿐이었다.

"조금이라도 먹어. 얼마나 한참을 더 가야 하는지 알어? 어이쿠!"

그녀에게 밥을 건네던 나졸은 갑자기 뒤통수를 부여잡고 앞으로 고꾸라졌다. 의금부 영사는 벌떡 일어나 검을 뽑아 들고 주변을 두리번거렸다.

"누구냐?"

갑자기 얼굴을 가린 사내 서너 명이 그들을 덮쳤다. 현란한 검법을 쓰는 것을 보아 필시 전문적인 검계나 오랫동안 무술을 연마한 이들이 틀림없었다.

"죽고 싶어 환장한 것들이구나. 여봐라, 이것들을 당장 죽이거라!"

복면을 한 사내 하나가 나졸들 사이로 뛰어들더니 거침없이 검을 휘둘렀다. 한두 번 휘둘렀을 뿐인데도 매서운 검결에 모두들 놀라 뒤로 자빠졌다.

"저, 저런 쳐 죽일 놈이 있나? 이 반편이 같은 것들아! 멀뚱히 서서 뭘 하는 것이더냐? 당장 저것을 잡지 않고?"

그러나 의금부 영사의 말을 듣고 감히 나서는 배짱 좋은 나졸들은 아무도 없었다. 바람 앞에 등불처럼 속수무책이었다. 변복한 사내들의 검에 금부영사와 나졸들은 맥없이 정신을 잃고 쓰러졌다.

갑작스러운 급습에 놀란 여해는 바들바들 떨며 나무 뒤에 숨어 있었다. 관비로 떨어지기 전에 목숨을 잃는다고 생각하니 숨도 제대로 쉴 수 없었다.

"여해야!"

갑자기 그녀의 등 뒤에서 낯익은 목소리가 들려왔다. 그녀는 매우 놀란 표정으로 뒤를 돌아보았다. 패랭이를 쓰고 봇짐을 든 장포가 여해의 손을 잡아끌었다.

"장포야!"

"한시가 급해. 어서 가자!"

"하, 하지만……."

"이럴 틈이 없어. 저놈들이 깨어나기 전에 어서 도망가야 해!"

장포는 여해의 손에 묶인 오랏줄을 풀더니 손을 잡고 뒤도 돌아보지 않고 달렸다. 이상하게도 복면을 한 사내들은 그들을 쫓아오지 않고 장포와 그녀를 지켜보며 서 있었다.

'혹시…….'

여해는 뒤를 돌아보았다. 복면을 한 사내 중 하나가 그녀를 아련하게 바라보고 있었다. 그녀는 그 눈빛을 보자마자 누구인지 알 수 있었다. 여해는 발걸음을 멈추었다.

"왜 그래? 빨리 가야 해!"

"잠시, 잠시만!"

마지막 순간일 것 같았다. 다시는 볼 수 없는 사람, 그래서 더욱 그리운 사람. 여해는 당장이라도 달려가 그 품에 안기고 싶었다. 죽는 한이 있더라도 그의 얼굴을 감싸 안고 마지막 인사라도 남겨야 했다.

"한시가 급해! 어서 가자고! 지금 떠나는 배를 타지 않으면 우린 다 죽어!"

장포는 있는 힘껏 그녀의 팔을 잡아끌고 뛰기 시작했다. 그의 손을 뿌리치고 다시 뒤를 향해 달려가고 싶었지만, 그녀는 장포의 뜻을 따랐다.

운명의 힘에 떠밀리는 것처럼 그렇게 그녀는 또 다른 세계로 향해 달려가고 있었다. 여전히 그녀는 뒤를 바라보았다. 가슴 뛰는 순간들의 연속이었던 과거와의 아픈 절연은 그를 위해 줄 수 있는 유일한 선물이었다. 그녀는 입술을 깨물었다. 그의 행복을 위해 치밀어 오르는 마음을 꾹 누르고 또 세게 누르고 있었다.

'나으리! 부디 평안하시어요. 다시는 뵙지 못하겠지요.'

복면을 한 사내는 보이지 않을 때까지 그녀를 계속 바라보고 있었다. 그녀 또한 그가 보이지 않을 때까지 계속 돌아보았다. 그렇게 황홀하고 아름다웠던 가마아득한 꿈은 점점 멀어져 사라져 갔다.

"하여 결국 지기택을 품지 못했다?"

"예, 그리했다고 하옵니다."

종자의 말에 좌참판은 허탈한 웃음을 지으며 죽장을 입에 물었다. 곧 그의 승리가 코앞에 왔건만 그는 전혀 들뜨지도 않았고 기뻐하지도 않았다.

"하오면 이제 월하선은 나으리의 첩실이 되는 것이옵니까?"

좌참판은 종자의 말에 너털웃음을 지으며 고개를 흔들었다. 허연 수염 사이로 뿜어 나오는 연기는 마치 선계의 구름처럼 이리저리 방 안을 너울대며 퍼져 갔다.

"이미 딴 사내를 마음에 둔 년을 옆에 두면 뭘 하더냐? 그 오만방자한 년이 제대로 임자 만나 그리 마음고생을 했으니 세상사 마음대로 되지 않는다는 이치를 깨달았겠지. 이제 백운각에 발길을 끊을 것이니 다른 기방을 알아보거라."

미망과 희망 사이에서

"사형, 그간 강녕하셨습니까?"

소만이 다가오는 어느 쾌청한 봄, 사립문 밖에서 장작을 패고 있는 사내에게 훈련원 별장이 웃으며 술병을 흔들었다.

"왔으면 들어오게."

땀을 닦으며 평상 위에 앉은 사내는 오랜만에 들른 사제를 흐뭇하게 바라보았다.

"두홍이 너는 처가 덕을 보는 것이 아니더냐? 네 나이에 벌써 별장이라니."

사제가 건네는 술병을 받아 마시며 사내는 놀려 대기 시작했다.

"내가 보기에는 사형이 얼치기입니다. 아니, 어영청 종사관도 그만두고 이리 나무꾼 흉내나 내며 뭘 하시는 겁니까? 어영청 대장도 그냥 묻고 가겠다고 했는데 한사코 그만두시다니요? 거참!"

답답한 듯 건네받은 술병을 벌컥벌컥 들이켜며 젊은 별장은 한숨을 내쉬었다. 그러나 사내는 그저 미소만 지을 뿐 아무 대꾸도 하지 않았다. 술을 마신 별장은 술병을 내려놓더니 의미심장한 얼굴로 사내를 물끄러미 바라보았다.

"그래, 오늘은 그저 술을 나누기 위해 온 것이더냐? 아니면 날 꾸짖으러 온 것이더냐?"

"사형, 내 들으니 저기 경상도 진주에 기가 막힌 전기수가 있다고 합니다. 키도 훤칠한 것이 잘생겨서 꽤나 여인네들 오줌을 지리게 만든다고 하지요?"

수건으로 얼굴을 닦던 사내의 얼굴이 갑자기 굳어졌다.

"헌데 이 사내의 내자가 기가 차게 말놀음을 잘한다고 합니다. 웬

만한 마재인 저리 가라고 한다더군요. 사형, 나야 관직에 매인 몸이니 옴짝달싹 할 수 없지만, 사형은 자유로운 야인이시니 한번 유랑 삼아 다녀오십시오. 어머님은 제가 자주 들여다보며 살펴드리겠으니 걱정마시구요."

사내의 가슴이 마구 뛰기 시작했다. 피가 빠르게 회전하는 것처럼 온몸이 일순간에 뜨거워졌다. 사제는 평상 위에 술병과 함께 엽낭을 올려놓더니 자리에서 일어섰다.

"허면 가보겠습니다. 단단히 채비하시고 남쪽 바람 한번 쏘이고 오십시오."

사내는 얼이 빠진 듯 가만히 앉아 있었다. 숨소리가 가빠지고 가슴이 주책없이 뛰고 있었지만, 전혀 움직일 수가 없었다. 그러나 굳어 있던 얼굴에는 조금씩 화색이 돌고 메마르고 잔주름 진 눈가에는 어느덧 촉촉한 물기가 번져 갔다.

사립문 밖에서 평상에 앉아 허공만 바라보는 사내를 보며 별장은 어쩔 수 없다는 듯 고개를 흔들었다.

"아이고, 참으로 답답한 사내일세. 어찌하여 내가 이런 것까지 알려주는 것인가? 꼭 재갈물린 말처럼 가만히 있기는. 나라면 좋아서 춤이라도 추겠네!"

"자, 오늘도 진주 최고의 전기수 부철이 왔습니다. 오늘을 놓치면 분명히 후회하실 겁니다!"

저잣거리의 여리꾼이 사람들을 모으며 히죽거리고 있었다. 옆에 선 다박나룻을 한 키가 큰 장부는 가만히 앉아 곰방대를 빼끔거리며 망중한을 즐기고 있었다. 여리꾼은 많은 인파들을 보며 흡족한 듯 전기수 눈치를 보았다.

"이보게, 부철이! 오늘도 잘 챙겨 줄 거지?"

"당연하지! 걱정 말게."

특히나 여인들이 앞쪽으로 앉기 위해 서로 몸싸움을 벌이고 있었다. 사내들은 못마땅한 듯 그녀들을 나삐 보며 잔소리를 해 댔지만, 이미 전기수의 미모에 마음이 혹한 여인들의 질투는 아무도 말릴 수가 없었다.

"이리 비켜요, 내가 먼저 왔다니까?"

"먼저가 어디 있어? 자리 잡은 놈이 임자지!"

"아, 뭐요? 이거 말로 해서는 안 되겠네?"

여인들이 자리다툼을 하는 것도 모자라 서로의 머리를 잡아 뜯으며 싸움이 벌어졌다. 낭송을 기다리던 사람들은 싸움구경이 더 재미난 듯 껄껄거리며 놀리기 시작했다.

"거참, 찰지게도 싸우는구먼."

"무슨 소 싸움하는 거 같네. 서로 잡아 뜯고 장난도 아니구먼!"

애가 탄 여리꾼은 전기수를 보며 눈을 찔끔거렸다. 전기수는 연초를 시원하게 한번 뿜어 내며 낭랑한 목소리로 이야기를 펼치기 시작했다.

"자, 오늘 제가 드릴 이야기는 무엇이냐? 저기, 싸우시는 두 분께서는 계속 싸우시고 이야기를 들으실 분께서는 귀를 쫑긋 세우십시오!"

전기수의 시원한 목소리가 들려오자 사람들은 싸움 구경을 그만두고 저마다 자리에 앉았다. 다붙어 머리를 뜯으며 싸우던 여인들도 머쓱해졌는지 옷매무새를 매만지며 슬그머니 자리에 앉았다.

"오늘은 『옥원중희연』입니다. 서로 원수처럼 지내는 두 집 안의 남녀가 갖은 고초를 겪으며 우여곡절 끝에 백년가약을 맺는다는 아름다운 이야기이지요."

모두들 전기수의 입을 바라보며 숨을 죽이고 있을 때, 저만치 멀리서 한 사내가 미소를 지으며 전기수를 바라보고 있었다. 전기수는 자신 앞에 엽전이 비처럼 쏟아지는 것을 보며 흡족한 듯 웃으며 고개를 들었다.

"감사합니다. 오늘은 제가 특별히 더 길게……."

전기수는 뒤쪽에 서서 자신을 지켜보는 사내와 눈이 마주쳤다. 순간, 그는 말문이 막혀 말을 잇지 못했다. 머뭇거리는 그를 보며 사람들은 짜증을 내며 다그치기 시작했다.

"아, 어서 하시오! 목 빠지겠소."

"도로 돈 가져가기 전에 어서 하라니까!"

전기수는 자신을 바라보는 사내에게 살짝 고개를 숙여 인사를 올렸다. 사내 또한 전기수를 보며 고개를 끄덕였다. 본격적인 이야기보따리가 펼쳐졌다. 저만치에서 바라보는 사내는 낭송이 끝날 때까지 미동도 하지 않은 채 그대로 서서 그를 바라보고 있었다.

"오랜만일세."

기택은 전대에 돈을 쓸어 담는 전기수 부철이에게 다가왔다. 눈을 반짝이며 기다리는 여리꾼에게 몫을 챙겨 준 전기수는 어서 가 보라고 손짓을 했다.

"그렇습니다, 나으리. 강녕하셨습니까?"

반가워하는 기택과 달리 부철의 얼굴은 굳어 있었다. 아니, 오히려 화가 난 것처럼 보였다. 나머지 돈을 챙겨 넣고 일어서는 전기수는 그를 외면하며 걸음을 바삐 하였다. 그러나 기택은 그를 따라가며 계속 말을 건넸다.

"혹시나 해서 왔는데 역시 자네였군."

"절 보러 오신 것은 아닐 테고. 어찌 하실려구요? 그때의 약조를 잊으신 겁니까? 다시는 그 아이를 찾지 않겠다고 맹세하시지 않으셨습니까? 지금 여해는 잘 살고 있습니다. 허니 괜히 심란하게 만들지 마시고, 어서 가십시오. 좀 있으면 상촌 나루의 마지막 배 떠날 시각일 겁니다."

"잘 지내면 되었네. 그러면……."

기택은 쓸쓸히 뒤돌아섰다. 멀리서 한 번이라도 그녀의 얼굴을 보고 싶었다. 만나지 못하더라도 그저 한 번이라도 보고 돌아가고 싶었다. 맥없이 어깨를 늘어뜨린 채 걷고 있는 그를 보자, 전기수는 잠시 망설이더니 달려가 팔을 붙들었다.

"제가 알던 종사관 나으리가 맞으십니까? 어찌 칠 년이란 세월 동안 늠름하던 대장부가 못난 사내가 되었답니까? 따라오십시오."

"하지만……."

"제 마음이 변하기 전에 어서 따라오십시오. 아니면 지금 바로 길을 떠나시던가요?"

부철은 말없이 앞장섰다. 할 수만 있다면 그를 향해 어서 가라고 소리치고 싶었다. 하지만 그녀를 생각하니 차마 그리할 수 없었다. 이렇게 그를 보내고 나면 자신이 스스로를 용서할 수 없을 듯 싶었다.

"자, 말놀음이 시작하니 다들 모이십시오. 이런 건 한성에서도 아무나 구경할 수 없는 진귀한 재주입니다! 오늘 놓치시면 분명 후회하실 겁니다!"

저잣거리의 한가운데서 많은 이들이 여리꾼에게 말에 점점 모여들었다. 한겨울 밤하늘처럼 검디검은 가라마가 푸르륵거렸다. 사람들은 상기된 얼굴로 시끄럽게 떠들었다.

"여인이 그리 말놀음을 잘한다며?"

"말도 마. 말 등에서 물구나무도 서고, 몸을 축 늘어뜨리기도 한데."

인파 사이에서 다부져 보이는 여인이 남장을 하고 걸어 나왔다. 그녀의 얼굴은 사람들만큼이나 흥분되어 두 볼이 발그레하였다. 여리꾼은 더 호들갑스럽게 소리를 질러 댔다.

"자, 시작합니다요! 유명한 전기수 부철의 처랍니다. 어서 보여 주게나!"

여인은 고삐를 쥐고 말과 함께 천천히 동심원을 그리며 돌기 시작했다. 커다란 가라마가 뛰기 시작하자 사람들은 마치 폭풍이 몰아치는 듯 몸을 움츠리며 숨을 죽이고 쳐다보았다.

"이랏!"

여인은 가볍게 말 위에 올라타더니 이내 두 팔을 땅 위로 축 늘어뜨렸다. 구경꾼들은 잠시 멍하니 입을 벌리며 쳐다보더니 잠시 뒤 천둥 같은 박수 소리가 쏟아졌다.

"이야, 정말 최고다! 끝내주는구나!"

"여인의 몸으로 어찌 저런 재주를 보여 주는고?"

여인은 다시 몸을 바로 세우더니 잠시 뒤, 안장을 쥐고서는 가볍게 두 다리를 들어 올려 하늘을 찌를 듯 물구나무를 섰다. 사람들은 함성 소리와 함께 미친 듯이 환호하기 시작했다.

"기가 막힌다! 완전 신기로구나!"

여기저기서 엽전이 떨어졌다. 사람들의 함성과 박수 소리가 더욱 커져갔지만 여인은 표정의 변화 없이 여전히 침착하게 말 등에서 재주를 넘었다.

'그대로구나, 여해야.'

인파에서 떨어져 그녀를 바라보는 기택의 눈가에는 어느새 촉촉이 눈물이 고여 있었다. 그 오랜 세월 동안 한 번도 잊은 적이 없던 얼굴, 오늘 밤 꿈에서는 만날 수 있을까 간절히 바라며 잠들게 한 보고 싶던 얼굴이었다.

"이제 마음이 놓이십니까?"

부철은 수심이 가득한 얼굴로 그를 빤히 쳐다보았다. 힘들게 얻은 행복이 또다시 사라질까 두려운지 부철의 입술은 바짝바짝 타들어 갔다. 기택은 희미한 미소를 지으며 고개를 저었다.

"이미 그때 저 사람을 내 마음에서 보냈네. 이리 보았으니 되었네."

말 등에서 뛰어내려 사람들에게 인사를 하며 환히 웃던 여인은 인파 저 끝에서 부철 옆에 서 있는 사내를 보자 숨이 멎을 것 같았다. 그녀는 다시 한 번 눈을 껌뻑 하고는 바라보았지만, 가슴에 늘 품고 있던 소중한 이가 그곳에 서서 웃고 있었다. 그녀는 천천히 고개를 숙여 인사를 올렸다. 미소를 짓는 주름진 그녀의 눈가에도 어느새 눈물이 반짝거리고 있었다.

"오랜만이다."

사람들이 돌아가도 여전히 가라말과 함께 서 있는 그녀 앞으로 기택은 천천히 다가갔다. 여인은 가슴이 두근거리는지 옷고름에 손을 얹고 계속 고개를 숙이고만 있었다.

"장포와 이리 잘사니 기쁘구나."

여인의 눈에서는 어느새 눈물이 흘러내렸다. 그녀는 천천히 고개를 들고 그토록 오랫동안 가슴에 묻었던 얼굴을 바라보았다. 그는 약간 여위었을 뿐 여전히 늠름하고 차분한 잘난 사내였다. 다사롭게 그녀를 바라보던 그 눈빛까지도 여전히 다정하였다.

"이리 멀리까지 와서 사는 줄 몰랐다. 잘 지내는 걸 보니 내 마음이 좋구나."

"나으리께서도 강녕하시지요?"

"그래, 그러하다."

오랜 시간의 강을 건너 만난 두 사람은 더는 말을 하지 않고 바라보기만 했다. 그 오랜 세월, 만날 수만 있다면 묻고 싶은 말들이 백만 가지도 더 되었건만, 막상 눈앞에 선 옛 정인을 바라보고 있으니 저절로 벙어리가 되어 그 어떤 말도 할 수 없었다.

"여전히 말을 잘 타더구나. 예전보다 더욱 훌륭해졌다."

"……."

"배 떠날 시각이 다 되어 난 이만 가야겠구나. 잘 지내거라."

아쉬운 듯 천천히 뒤돌아서는 그에게 여인은 한 발자국 다가들어 오랜 세월 가슴속에 품고 있던 응어리를 토하듯 소리쳤다.

"후회하지 않으셨습니까?"

그녀의 말에 그는 얼어붙은 듯 멈춰 섰다. 그의 두 주먹이 꽉 쥐어졌다. 그러고는 마치 억지로 쥐어짜듯 들릴 듯 말 듯한 목소리로 중얼거렸다.

"이미…… 이미 다 지난 일이다……."

"이제껏 계속 그 순간을 후회했습니다. 다시 달려가서 나으리의 손을 잡지 않은 것을……."

"만약 내가 너의 손을 다시 잡았다면 이렇게 널 볼 수 없었겠지."

그는 뒤돌아섰다. 그녀의 눈에서도 어느덧 눈물이 흘러내리고 있었다.

"이리 볼 수 있으니 좋다. 그때 너를 그리 떠나보낸 것이 어찌 가슴 아프지 않았겠느냐? 하지만 그때 더 욕심을 내지 않았기에 이리 살아 사람답게 살고 있는 너를 볼 수 있으니 된 것이다."

"나으리……."

"잘 살거라. 지금까지 그러했듯 정말 잘 살아."

기택은 천천히 저잣거리를 벗어나기 시작했다. 여인은 한두 발자국 앞으로 더 나아가다 결국 억지로 고개를 돌렸다. 뒤돌아선 그녀의 얼굴에서는 끊임없이 눈물이 흘러내렸다.

"늘 평안하십시오, 나으리. 부족한 제게 베풀어 주신 그 큰 사랑, 죽을 때까지 마음에 품겠습니다."

상천나루터는 마지막 배를 타기 위해 봇짐을 진 사람들로 북적이고 있었다. 서산이 번홍빛으로 물들기 시작하는 남강은 그 어느 때보다 가량스러운 어린 여인의 슬픈 표정처럼 서글프고 처연하였다.

기택은 가슴 한가운데가 묵직하게 무거웠다. 차라리 오지 않은 것이 나았을 것 같기도 했다. 그녀의 모습을 보고 나면 돌아가는 발걸음이 가벼울 것이라고 생각했건만, 오히려 좁은 방에 갇힌 것처럼 답답하고 심산했다.

"자, 배가 떠납니다. 마지막 배니 다들 오르십시오!"

사공의 재촉에 사람들은 짐을 챙겨 배 위에 오르기 시작했다. 기택은 계속 나루터에 서서 뒤를 바라보았다. 하지만 그 어떤 이도 자신을 향해 손을 흔들지 않았다.

"나으리, 가실 겁니까, 머무르실 겁니까? 곧 떠나야 합니다!"

사공은 신경질적으로 그를 향해 소리쳤다. 기택은 무거운 발걸음을 옮기기 시작했다. 저 배를 탄다면 기억 속의 모든 것을 다 놓쳐 버릴 것만 같은 불안함이 그를 엄습해 왔다.

"자, 배가 떠납니다. 다들 자리에 잘 앉으십시오!"

천천히 나루터에서 배가 멀어지기 시작했다. 기택은 여전히 나루터를 바라보고 있었지만, 그 어떤 그림자도 보이지 않았다.

'미련한 놈, 잘 사는 거 보았으면 된 거다.'

쪽빛과 번홍빛이 어우러져 흔들리는 물결을 보며 기택은 토하듯 날숨을 내쉬었다. 남강의 물살에 그동안의 묻어 놓은 세월을 흘려보낼 수 있다면 그리하고 싶었다. 하지만 흔적만 남을 때까지 스스로 품어 안은 채 더 아파 해야 할 시간이 남아 있음이 괴로웠다.

그는 아직도 미련이 남았는지 멀어지기 시작하는 나루터를 물끄러미 바라보았다. 어스름해지기 시작하는 그곳에는 아무도 보이지 않았다.

'그래, 잘 살겠지. 더 보아서 무얼 하겠어?'

그때 저 멀리서 검은 가라말이 달려와 나루터에 멈추어 섰다. 가쁜 숨을 몰아쉬는 말 위에서 여인은 떠나가는 배를 안타깝게 바라보고 있었다. 기택은 자리에서 벌떡 일어섰다.

"에고, 나으리! 앉으십시오. 큰일 나십니다!"

사공은 화들짝 놀라 그를 말렸지만, 기택의 귀에는 아무 소리도 들리지 않았다. 여인은 눈물을 흘리듯 손등으로 연신 얼굴을 훔치고 있었다. 기택은 기쁘고도 슬픈 미소를 머금었다. 눈가가 뜨겁고 가슴 한편이 칼로 저미듯 아팠다. 겨우 숨을 고르는 말고삐를 세차게 잡아당기며 여인은 남강 위를 미끄러지듯 흘러가는 배를 따라 천천히 따라오고 있었다.

기택은 점점 작아져서 잘 보이지 않는 그녀를 계속 지켜보았다. 칠흑같은 가라말 위에 하얀 옷을 입고 앉아 있는 그녀는 이제 작아져 보이지도 않을 정도로 멀어지고 있었다. 목구멍에서 뜨거운 무엇인가가 치밀어 올랐다. 그의 심장은 미친 듯이 뛰어 차가웠던 온몸을 덥히기 시작했다.

'고맙구나, 참으로 고맙구나.'

기택은 해가 지는 서산을 바라보았다. 반물빛의 어슴푸레한 하늘은 하루가 가고 있음을 보여 주고 있었다. 하지만 그의 마음속에서는 해가 떠오르고 있었다. 슬픈 과거를 가슴에 묻은 너무도 밝고 찬란한 상아빛 햇살을 널리 드리운 해가 기택의 가슴속에서 뜨거운 열을 내뿜으며 떠오르고 있었다.

서산에는 손톱보다도 더 작은 강색의 태양이 빼꼼히 훔쳐보듯 두 사람을 향해 미소 지었다. 힘들고도 애틋했던 그 오랜 시간을 강물에 흘려보낸 채 마지막까지 서로의 행복을 위해 간절히 기도하는 사랑스러운 그들을 붉은 해는 아련하게 바라보았다. 어둠이 깃드는 물소리는 참으로 고요하고 애절했다. 두 정인의 뜨겁고도 슬픈 마음을 대신 품은 남강은 오늘도 늘 그러하듯 조용히 흐르고 있었다.

곡마

2016년 7월 20일 1판 1쇄 인쇄
2016년 7월 26일 1판 1쇄 발행

지은이_임나경 / 펴낸이_정영석 / 펴낸곳_황금소나무
주 소_서울시 관악구 국회단지15길 10, 102호
전 화_02-6414-5995 / 팩 스_02-6280-9390
출판등록_제2015-000032호
홈페이지_http://www.mindbooks.co.kr

ISBN 978-89-97508-28-0 03810

* '황금소나무'는 마인드북스의 문학 출판 브랜드입니다.